冰刃之上

何堪 / 著

·上册·

南方出版传媒
花城出版社
中国·广州

图书在版编目（CIP）数据

冰刃之上 / 何堪著. -- 广州 : 花城出版社,
2019.11
ISBN 978-7-5360-9009-5

Ⅰ. ①冰… Ⅱ. ①何… Ⅲ. ①长篇小说－中国－当代
Ⅳ. ①I247.5

中国版本图书馆CIP数据核字(2019)第196016号

出 版 人：肖延兵
策划编辑：程士庆
责任编辑：陈诗泳
特约策划：汪海英　徐建玲
技术编辑：凌春梅
装帧设计：介　桑

书　　名　冰刃之上
BING REN ZHI SHANG
出版发行　花城出版社
（广州市环市东路水荫路11号）
经　　销　全国新华书店
印　　刷　佛山市迎高彩印有限公司
（佛山市顺德区陈村镇广隆工业区兴业七路9号）
开　　本　880毫米×1230毫米　32开
印　　张　18.5　2插页
字　　数　530,000字
版　　次　2019年11月第1版　2019年11月第1次印刷
定　　价　56.00元（全二册）

如发现印装质量问题，请直接与印刷厂联系调换。
购书热线：020－37604658　37602954
花城出版社网站：http://www.fcph.com.cn

目录
Contents

第一章　英雄救美　001

第二章　循环的两周跳　023

第三章　不大成功的约战　041

第四章　昔时梦里人　056

第五章　初试双人滑　074

第六章　北极星之战　091

第七章　少男少女的约会　109

第八章　来自冠军的邀请　128

第九章　老骥们的壮志雄心　145

第十章　曾经的搭档　161

第十一章　最是冤家易聚首　178

第十二章　一起训练吧　195

第十三章　剧院里的邂逅　212

第十四章　往事烟云散　227

第十五章　今朝月正圆　248

第十六章　新舟扬帆起　265

第一章
英雄救美

（一）

全国花样滑冰等级测试B市冰上中心分站。

“6组准备入场热身。”

广播里的女声一落，挤在冰场门口的家长就赶紧帮孩子脱外套，整理衣服，脱冰鞋刀套，准备入场。

简冰排在一群只到她腰部的孩子中间，利索地脱了羽绒服，露出里面浅色的滑冰服。

她身后的小女孩还在换牙的阶段，诧异地仰头看她，一张嘴就露出缺了颗门牙的牙齿：“你这么大了，才考一级步法呀？”

简冰抬手摸摸她脑袋：“是啊。”

女孩前后左右看了一圈，撇嘴：“你和那个哥哥，都好笨——小学毕业前考不出一级步法的，都是笨蛋。”

简冰倒是不介意被当作笨蛋，随着她的目光看去，果然在队伍末端看到一个十八九岁的大男生。

那男生显然早就注意到她，见她看过来，立刻报以微笑。

简冰便也扯了扯嘴角，算是回应。

这个友善的“笑容”，却给她带来不少麻烦。

一进准备区，那男孩就滑了过来：“幸好和你分到一组，不然太尴尬了，全是小屁孩。”

简冰嗯了一声。

男孩继续道：“我这一早上尽听熊孩子叽叽歪歪了，铁定要影响发挥了。”

简冰瞄了一眼自己放在入场口的衣服和包，往前滑了滑。

男孩紧跟上来：“你也是一个人来的呀，我也是请私教加自学，挂在朋友的冰场那儿报的名。”

简冰又往前滑了两步。

男孩毫无知觉，亦步亦趋地跟着：“我叫杨帆，你叫什么名字？平时在哪个冰场玩？”

简冰指指周边：“你不热身？”

同组的小考生们已经开始热身，滑行的滑行，练习双足转的双足转。

杨帆于是姿态飘逸地转了个身，脚下带跳，一个漂亮的后燕式平衡[1]从她左侧滑到了右侧。

“妹妹，交个朋友嘛，到时候咱们可以组个双人滑什么的，参加比赛。”

一级测试自由滑里，只要求难度系数低很多的前燕式平衡，保持住三秒就算通过了。

而他这一下展示的后燕式平衡，是四级测试要求的动作，而且保持了足足七秒多，在全是小孩子的一级测试区，算是非常亮眼的存在了。

就连原来鄙视他们年龄太大的小女孩，都频频朝这边张望。

简冰只是笑，再一次往场地边上滑了滑，手搭着围栏，看向测试区。

——小小的女孩子不过六七岁，穿着一身蓝，正努力地蹬冰前行，短短

---

1 燕式平衡：以支撑腿伸直与冰面垂直，上体前屈与冰面平行，浮腿向后抬起，以膝关节至少高于髋关节的姿势向前滑行于冰上。

的裙摆一晃一晃，可爱极了。

杨帆趴到她身边的护栏上："羡慕吧，年纪小就是不一样，不像我们这样的'老人家'，十八九了还来考一级步法，基本是当不了专业运动员了——对了，你学几年了？"

"你呢？"简冰连靠围栏的姿势都没变。

"一年零八个月，"杨帆得意道，"本来去年就要来考了，这不是忙嘛。我打算今年就给考到三级……保三争四吧。[1]"

简冰不由得多看了他两眼。

才学了两年不到，年纪又不小了，进步已经算非常大了。

全国花样滑冰等级测试，因为测试结果与ISU国际比赛资格相联系，对立与偏休闲、娱乐的ISI[2]体系，通常被大家俗称为ISU等级测试。算是当今国内储备花滑人才的一项权威测试，其中单人滑测试是一切的基础。

但一般有志于走专业运动员路线的人，出于身体条件的考虑，五六岁乃至三四岁就已经开始上冰学习，十二三岁已经是考级争取比赛资格的年纪，而国际上19岁、20岁的冠军则数不胜数。

这就是一个需要和时间赛跑的体育项目，像杨帆和简冰这样的年纪才来考一级的，确确实实是老人家了。

测试大纲调整之后，单人滑除去可以自行由各大冰场、俱乐部组织的基础级测试，一共分为十级，分步法表演节目和自由滑两项。两项可以完全分开独立报考拿证，却不能跳级参加测试。

考过步法表演三级，就可以参加冰舞等级测试；两项测试都通过三级，则可以开始报考双人滑等级测试。

---

1 全国花样滑冰等级测试大纲 2016 版规定，每名测试者在一个年度内最多可参加两次测试和通过两级（每次一级，单人滑两项测试分开计算），补测则不限制次数，直到通过为止。本文则设定只要时间不冲突，可以在通过测试后，多次报名参加其他分站的下一级测试，不限次数。

2 ISI，全称为 Ice Skating Institute of Asia，是世界范围认可的，专为休闲、娱乐性质的滑冰爱好者设定的测试标准。

杨帆刚才就向简冰提出了一起组双人滑，又说自己是在“保三争四”显然是有志于此。

简冰静静听完，歪了下头：“那我就保八争十吧。”

杨帆愣了下，随即哈哈大笑：“哎哟，你算是幽默了一回！刚和你说半天，都爱答不理的。”

八级，通过了就算是获得参加国内各项正式比赛的资格了；而十级，通过了可是直接获得入选国家队资格的。

就是全中国，一年都未必能出一个。

一个一级步法都没通过的成年人，拿十级当一年目标，实在是有些天方夜谭。

简冰把目光投向了对面运动员通道。

一个高瘦的人影自里面晃了出来，四下一打量，把目光转向正在向考官致意，准备离场的小萝莉。

黑头发，薄嘴唇，长腿……七年过去了，好像确实长高了很多，但那标志性的薄唇，也显得更加凉薄了。

简冰目光沉了下来，微侧过身，抬手整理固定头发的夹子。

杨帆愣了愣，目光跟着落到那个人身上，立刻反应过来：“看到帅哥紧张呀？”

简冰偏头看向他，扯了扯嘴角：“他帅吗？我看你比他帅多了。”

杨帆一直热脸贴着冷屁股，无端给这么一夸，脸涨得通红。

简冰就跟没事人似的，绕过他滑向测试区。

广播里，清晰地重复着播报：“六组四号，简冰。”

“你叫简冰呀？”

杨帆后知后觉地转过身，简冰正轻灵地滑过准备区与测试区的交界处。

非常普通的前外刃弧线滑行，一丝不差，月白色的影子流畅进入场中，仿佛羽毛在水面随波漂行。

考场内基本都是家长和孩子，突然出现的成人考生还是蛮吸引注意力的。明明是一模一样的步法，一道道熟悉的弧线在她脚下显得异常流畅。

杨帆饶有兴致地趴着看她测试，不时点头。

他原本是单纯想撩个妹，组双人也就一借口——看简冰这个滑行的熟练度，竟也真有点动了心。

双人滑跳跃难度比单人小，选手运动寿命也比单人长。半路出家想当专业的运动员，双人滑还真是比较切实际的一个选择。

这个妹妹话是不多，脚下功夫倒是蛮稳的。

入场时的小女孩也在一旁围观，等到简冰开始做交叉步，忍不住嘀咕："哎呀，她做得和我们教练一样好看。"

杨帆没吭声，低头看表——一分三十秒，她完成的时间都和大纲上的标准时间一秒不差。

有家长不由自主地鼓掌，先是稀稀落落的一两声，很快响成一片。

简冰飞快地行礼致意，从出口滑了出去。

她并没有急着离开，穿上外套，套上刀套，走到外面的等候区坐了下来。

步法测试结束，接下来还有自由滑测试。

——遥遥地，似乎有目光跟随过来。

简冰把长羽绒服兜帽戴上，整张脸都埋了进去。

脸颊蹭着柔软的衣料，说不出的舒服，也遮挡住了冰场透骨的寒意。

这就是北方的一千八百平方米标准冰场，和南方的那些小冰场截然不同，透着股肃穆凛冽的气息。

正在昏昏欲睡之际，肩膀被人摇了摇。

简冰在黑暗里睁开眼睛，说不出是愤怒还是震惊，只是反复地想：真是他吗？他敢若无其事地走到自己面前来？

肩膀又被摇了下，声音也响了起来："别在这里睡呀，感冒了怎么办。"

不紧不慢，带点儿痞气的笑声……

简冰一把掀开帽子，站在她面前的却是那个自来熟的杨帆。

她浑身竖起的刺一下子瘪了下去，有种一拳打在棉花上的无力感。

防备半天，原来是自己在演独角戏了。

——是呀，发生了那样的事情，离得越远越好才对。

杨帆可不知道她在想什么，只觉得这个女孩现在的反应一惊一乍，像极了家里的短毛猫。

比刚才在准备区，有活力多了，也可爱多了。

“吓到你了？”他伸手来拉她，“我是想提醒你别在这儿睡，太容易感冒了。”

简冰摆手：“我没睡，等下面的自由滑考试。”

杨帆挨着她坐下来：“我也等考试。”

简冰无奈一笑，还真往边上坐了坐，让出空位给他。

自由滑测试在两小时之后开始，杨帆看看表，振作精神：“冰冰妹妹……”

简冰正拿保温杯喝水，“噗”的一下全喷出来了。

“简冰。”她一边擦嘴巴一边纠正。

“这多见外，”杨帆不乐意，“冰冰，冰冰总行了吧。”

简冰盖上杯盖，算是默认了，

杨帆继续道：“我看你滑得挺好的，一级肯定没问题，有没有兴趣跟我一起考二级？我都查过资料了，这个分站明天出成绩，后天下一级证，正好来得及报名参加C市蓝鲸滑冰俱乐部分站的二级测试。”

简冰点头：“行，有不懂的我问你。”

“好嘞，包我身上！”杨帆于是掏出手机，“咱加个好友——你哪个学校的？”

“Z大。”

“Z大？我也是啊，我土木工程的！”杨帆嘀咕，“那个凛风冰上运动俱乐部下个月也有测试，跟咱们学校还近一些，你怎么跑这么远，来这儿考试？”

简冰抬抬下巴：“你呢？”

“我不一样啊，”杨帆道，“我要保三争四嘛，得多报几个分站……”话没说话，想起了简冰之前的玩笑，“你……”

简冰举了举手里的保温杯，露齿一笑：“是啊，我也是为了保八争十嘛。”

***

一直到自由滑测试开始，杨帆都没回过味来。

这妹妹说话滑溜溜的，玩笑开得半真半假，撩得他也有了点争强好胜的心。

自由滑测试他排到了很前面，出于“展示”的目的，杨帆直接把为三级测试准备的点冰鲁卜跳[1]给用了上去，又加了个后燕式滑行[2]——匆促之间，差点超时严重。

现场的反应倒是很热烈，连考官都频频点头。

轮到简冰上场时，杨帆目不转睛地盯着。

——人家正规比赛的选手，一套节目也用上一个甚至两个赛季呢。

像他自己，因为打算考三四级的，编排节目时候就留了余地，音乐拉长一点，就可以方便增加跳跃和旋转周数什么的。

简冰真要像她自己说的，也打算多考几级，必然不可能每次考试都换曲目。

1 点冰鲁卜跳：又称后外点冰跳、外点跳，简写为T，是六种常见跳跃动作中技术难度最低的。

2 后燕式滑行：燕式滑行的一种。

那肯定就能在曲目和动作编排上看得出一点端倪。

至于那句“保八争十”，他还真没当回事。

简冰选的曲目非常常见，跟好几个小女孩撞了。表现也和考步法时候一样稳，华尔兹跳[1]轻快得像蜻蜓点水，双足转也是标准的五周。燕式平衡做得如行云流水，浮足[2]落地时你都差点忘了她在考试。

这么游刃有余……

杨帆忍不住再次看表，果然又是和一级测试要求的时间一秒不差。

他正感慨着，一扭头，意外地发现一个高瘦的人影立在运动员通道的入口附近，半边身影被黑暗遮蔽着，只能看到模模糊糊的一个轮廓。

杨帆不由自主往前走了几步，这才看清楚，居然是步法测试时候出现过的小帅哥。

这人也真是奇怪，鬼鬼祟祟地躲在角落里，幽灵一样。

他多瞥了几眼，隐约觉得这人有些眼熟——简冰最后一个单跳落地的时候，他终于想了起来。

这是那个拿过世锦赛冠军的陈辞啊，国内难得五个四周跳全的年轻男单选手！

他不是受伤消失很久了吗？

难道真的像传言所说的，因为半月板和肌腱损伤严重，要改行做幕后了？

但他这个身份，还真有点尴尬——要当教练吧，论资排辈还轮不上，奖牌分量也不够；去做助教什么的，也太埋汰人了……

好奇归好奇，杨帆可不是追星族，喜欢的花滑选手里只有女性没有男性。

但见他似乎一直在看测试区，心里忍不住隐隐有些期待：

---

1 华尔兹跳：助滑，左前外刀齿顶冰起跳，空中直体纵轴转体半周（180° ），右足刀齿落冰后外刃滑出。

2 浮足：单足滑行时的非着冰脚。

随着中国花滑双人滑和短道速滑项目在国际上的不俗表现，冰协开始鼓励民间资本入驻，花滑国内商业化发展虽然比不上俄美这类大国，靠谱的冰上俱乐部倒是新开了不少。

这些俱乐部一方面拿补助养人才，另一方面也很喜欢关注全国花样滑冰等级测试的考试，想要多挖些新苗储备人才。

难道，陈辞小哥是替教练来相人才了？

音乐再次响起，简冰已经离开测试区，正在角落里穿外套换鞋，看样子是打算离开了。

杨帆犹豫半天，到底还是把比较虚无的“星探”可能放在一边，冲着简冰小跑过去。

这位小师妹不言不语的，动作可是很快的。

简冰对他的出现一点也不惊讶，拎起包问：“你要回学校了？”

杨帆点头，简冰歪头一笑：“那咱们下次见了。”

“哎，哎?!”杨帆提高声音，“你去哪儿？”

“我去打工。”简冰声音自然。

“勤工俭学啊——”杨帆理解了，玩花滑可是很烧钱的，“那行，回学校记得联系我，咱们一起去考二级。”

“好。”

简冰答应得很痛快，痛快到杨帆觉得，她压根就不会联系自己。

（二）

简冰把脸深埋在围巾里，快步往公交站走去。

真的太冷了！

她从小在南方长大，读了大学才来北方，真的不太适应这里的天气。

明明已经四月了，气温还这么低，风还这么刺骨。

早知道就不把羽绒服装起来了，被路人嘲笑总比被风吹透好。

风吹动道旁树木，也吹动她背包上的挂饰。

“叮叮叮，咚咚咚，冰冰冰——”像极了有人在风里呼唤她。

简冰缩缩脖子，大步踩上公交站亭的台阶，挤进等车的人群里。大家都像鹌鹑一样缩着，人挨着人，比站风口里暖和多了。

公交迟迟不来，站亭上的人越来越多。简冰看看时间，由着身旁的人越挨越近，把温暖送到自己身上。

人啊，果然是社会性动物。

怪不得爸爸小时候总说，一根筷子啪地折断，一堆筷子寂静无声坚强挺立。她要一个人在这等车，不冻死才怪。

她身后的男人估计也是差不多想法，一个劲往她这边挤，皮包反复撞到她后腰。

“你干什么！”

冰凉的声线夹杂着一股寒风吹到简冰的身后，那个挨得极近的男人几乎是被拎着出去的。

简冰有些诧异地转过头，就见一个高瘦的灰风衣戴口罩小哥正拎着她身后那个皮包男的衣领。

那男人左手戴着手套，右手握着一只熟悉的蓝色壳子手机。

简冰下意识地一掏口袋，手机果然不在了。

“谢谢，谢谢！”

简冰连忙挤出人群，连声道谢。

口罩小哥把手机夺下来，塞回她手里——也就在这一瞬间，那皮包男猛地抬腿用膝盖在他胯间一顶，狠跺他左脚脚背。

口罩小哥惨叫了一声，整个人蹲了下去。

他手松开的瞬间，皮包男已经笔直地冲了出去。

一切都发生得太快，救美的大英雄还没帅过几秒钟，迅速地被坏人用女子防身术KO掉了！

简冰也顾不得追那贼了，跟着蹲下来："没事吧？"

口罩小哥低着头，脸深埋在膝盖上，有些艰难地摇了摇头。

气氛一时有点尴尬，简冰搓搓手："不然，我叫辆车送你去医院吧？"

口罩小哥又摇了下头。

这一次，动作幅度比之前要大得多，明显疼痛好转了不少。

简冰只得继续陪蹲，冷风无遮无拦地吹在身上，冻得她全身都麻麻的。

身后的公交站，连着迎来了两辆公交，鹌鹑们争先恐后地开始上车。

简冰瞄瞄"恩人"手上的手机，没好意思起身。

"恩人"一双长腿看着又瘦又长，上半身裹得虽然严实，衣服料子却还是单薄的。

——假如他肯多穿几件，估计现在也不至于那么难受了。

时间一分一秒过去，"恩人"始终不肯把头抬起来，就那么固执地攥着她的手机，一动不动地蹲着。

简冰觉得自己都快冻成雕塑了，犹豫着又问了两次要不要去医院，都被他无声地用摇头拒绝了。

这个时间实在太久了，久到她都怀疑他是在害羞。

又一阵刮骨寒风吹来，简冰重重地打了两个喷嚏。

"恩人"这才动了——伸直了手臂把手机递给她，声音闷闷地表示，你快回去吧。

简冰哭笑不得："你是因为帮我才受的伤，我怎么能丢下你不管？"

"恩人"仍旧不肯抬头，只是说："我没事，再休息会儿就要走了，你快回去吧。"

简冰瞥了瞥他涨得通红的耳朵，眼珠子转了转，当真接过手机站了起来。

“那我真走了。”

说完，沿着人行道大步往前，走到拐角处，忽然一个转弯，拐进了绿化灌木丛后。

她微蹲下身，遥遥地望着那个一直没起身的人影。

“恩人”同志还真蛮要面子的，又蹲了好几分钟，才慢慢站起身。他四下看了一圈，又特地望了望不远处的公交站亭，这才一瘸一拐地转身离开。

简冰不远不近地跟了几步，眼见着他上了路边停靠着的一辆黑色SUV，驱车离开。

高富帅占了两个，脸要是也不错的话，妥妥的小姑娘眼中的男神。

她记下车牌，犹豫着放弃了上前道谢的想法。

既然人家那么怕留下黑历史，就不要打扰了吧。

***

7岁的文穗坐在后座，看着陪自己来比赛的大男生有些艰难地挤进驾驶座，脱了灰色风衣，露出里面黑色的卫衣。

“陈辞哥哥，你刚才去哪儿了？外面很冷吗，你怎么把外套都穿上了？”

毕竟已经四月了呀，再冷，能比冰场里面还冷？

陈辞拉下口罩，露出那张曾经频频在新闻体育版面出现的帅气脸庞，耳朵上的绯红还没有完全褪去。

他没顾得上回答小姑娘的话，低头脱下鞋子，检查脚上的伤。

那贼穿了双硬底皮鞋，他的脚背红肿一片，肯定要影响今天的康复性训练了。

文穗没得到他回答，两条小腿在座椅上踢动：“你怎么了呀？”

“没事。”陈辞穿好鞋子，发动车子，“我送你回家？”

“我不回家，”文穗眼睛发亮，“我要跟你回俱乐部，去训练场找爸爸！”

陈辞叹气：“文教练说……”

“我不管，我不管我不管我不管！”

陈辞最怕小孩子缠，她的魔音一出来，立刻就妥协了。

——教练忙，他也可以稍微轻松一点，没准能把脚上的伤糊弄过去。

文穗见他真往近郊方向开，心情大好，哼了会儿歌，又问：“陈辞哥哥，你说我今天能通过吗？”

“能。”

“可我在自由滑的时候失误了，华尔兹跳没有做好。”

“轻微失误，步法还是清晰的，扣个一分差不多，就是判你严重失误吧，也不至于让你过不了。”

文穗“哦”了一声，接着又问：“那个长得和舒雪姐姐很像的姐姐，她滑得真好。”

陈辞没吭声，半晌才说：“你知道舒雪？”

“爸爸给我看过比赛视频呢。”文穗晃晃脚，“舒雪姐姐为什么不滑了呀？”

陈辞踩下刹车，让车子滑行到白线前慢慢停下，黄灯跳转为红灯。

他眯着眼睛看着面前来往的车流，简冰滑行的身影再一次在眼前浮现。

确实很相像，不但滑行的风格像，连那漂亮的浮足姿态都像。甚至……他想起女孩缩着脖子站在人群中瑟瑟发抖的模样——长得也像，眼睛、鼻子、嘴巴，无一不像。

唯一不同的，大约是看人时，那直凛凛的眼神。

15岁的舒雪不会有这样的眼神，她就连给刚看完比赛的小观众签名，都眉眼弯弯，笑得月牙一样温柔。

而现在的她……

陈辞踩下油门，车子成功通过路口，往俱乐部方向开去。

文穗因为他的那句“不影响通过”心情好了很多，叽叽喳喳开始控诉父亲文非凡对自己的严厉，最后总结，要是在父亲工作的俱乐部测试，肯定会因为太紧张而失误更大。

陈辞一只耳进一只耳出，压根没留意她到底在说什么。

到了凛风俱乐部，文穗一路小跑着就往训练场去了。陈辞跟在后面，慢慢地走着。

脚虽然还肿着，落地却没那么疼了，不做跳跃的话，问题应该不大。

文非凡刚开完会，拿着一大沓资料从会议室出来。

文穗扑过去：“爸爸！陈辞哥哥说我肯定能通过，还夸我动作清晰，落冰干净。”

文非凡笑着抱住女儿：“有没有谢谢哥哥？”

“谢了！”文穗笑嘻嘻的。

文非凡拍拍女儿肩膀，看向正沿着过道走来的陈辞：“今天真是麻烦你了——等等，你的脚怎么了？”

花滑运动员的脚，不亚于吃饭的饭碗。

陈辞已经因伤休息了一年多了，再不努力训练回赛场，恐怕连国际比赛的节奏都要跟不上了。

陈辞苦笑，还真一点儿都糊弄不过去啊。

“刚才不小心，和人撞了一下，休息一晚上就好了。”他解释道。

文非凡的脸色这才缓和下来：“那今天的训练就先算了吧，你现在上冰也主要还是做恢复性训练，身体养好了，才有本钱拼。”

说完，又想到这个赛季的紧张形势，叮嘱道：“今年世青赛又出了好几个能做四周跳的小男单，这几年的比赛难度，真是水涨船高。”

陈辞点头。

文非凡忍不住接着感慨：“双人滑现在难度也提了一截，当年咱们国家的四周捻转[1]和四周抛跳简直就是独门绝技，现在……要是小雪还在，你们……”

他蓦然住了嘴，气氛一时有点尴尬。

“我今天倒是遇到一个很像小雪的女孩，”陈辞主动打破僵局，“排在穗穗后面考试，鼻子眼睛都像。”

文非凡松了口气，顺势问：“冰感怎么样？”

一级的难度，也没什么别的好问了。

陈辞笑笑：“挺好的，拿分站第一应该没什么悬念。”

“哦？”文非凡真来了兴致，就是一级测试吧，小小年纪能拿第一的话，那必然是很有天赋了，“多大年纪了，哪个学校的？”

“学校不知道，”陈辞停顿了下，“年纪看着15岁往上了。”

不过，学花滑的女孩一般都偏瘦，看着十五六岁，没准就十八九岁了。

……如果真是她的话，今年应该也快18岁了。

15岁才考一级？

那基本也就是在业余圈混混了，文非凡登时没了兴趣。

（三）

车子在少年宫门口的站牌停下，简冰随着人群挤下了车。

冷冷冷！

1 捻转：花样滑冰中，男生把女生向上抛起后再接住，同时要求女生在空中完成转体。

她缩着脖子小跑进大门，一路疾走。

这里的露天冰场虽然大，现在的气温是冻不起来的。室内冰场就小得多了，才是标准比赛场地的三分之一大。

即便是刚清完冰，里面也只有一群五六岁的孩子跟着不同的教练，穿着冰鞋在溜趟。场边，则是拿着外套和水壶的家长们。

这里不比那些大型的冰上中心，没挂着什么特别出名的国际型教练，固定客源所占的比重也并不高，甚至连学员都比散客少。

见她进来，几个小朋友齐声喊着“小简老师”，围了过来。

好几个家长也抱着外套挤过来——这么小的孩子，也不讲究学多好，主要就是给点信心，诸如夸两句“冰感很棒”“学得很快”。

家长开心，孩子也有信心。

冰场的温度，又比外面冷上很多，简冰外套也不脱了，直接换鞋上冰。

小孩们小鸭子一样排成一串跟在她身后，练习下蹲和站起。

这几个孩子是她一手带的，基本步伐都还是扎实的，滑起来朝气四溢，跟在尾巴上的男孩还不时做个括弧步。

简冰两手背在身后，一次一次地示范下蹲。

她脸上的妆还没卸干净，头发上密密麻麻夹满了夹子，心头却隐约有着火苗一样的雀跃。

一切都与计划的别无二致——锦衣夜行，一朝得见天日，莫不过如此了。

***

第二天早上满课，下午则只有两节书法课。

简冰趁着老教授指着黑板上贴的作品口沫喷飞时，用手机搜了冰协官网。

昨天的测试结果已经出来了，她拉到自己的名字上，不出意外看到了“优秀通过”字样。

她笑了笑，截了屏，分别给手机里的两个联系人发了图。不出意外，很快收到两个灿烂的笑脸表情。

简冰没再回复他们，直接复制了证书号，切到五天后举办的C市蓝鲸俱乐部分站报名页面，注册、登录、报名、缴费，一气呵成。

她这边报完名，不到傍晚，杨帆的电话就来了：“看到成绩了吧？咱俩都是优秀通过！赶紧报名，咱们周末一起去C市！”

那股兴奋劲，隔着通信网络都能听得出来。

简冰报了自己订好的动车号过去，杨帆一边抱怨她不打招呼擅自行动，一边也订了票。

“多可惜呀，咱们俩隔着大半个车厢呢。”

简冰抿嘴，这就是她不一起买票的原因啊。

许是被她的“独断专行”吓到，杨帆一大早就在大一的女生宿舍楼下守株待兔。

简冰背着包，一脸诧异：“不是约好在地铁站等？”

杨帆一脸委屈：“你肯定又提前溜啊。”说着举起手机，“咱们约的七点，现在才六点。”

简冰无奈：“我总得吃饭吧？”

杨帆这才松口气：“我还真以为……哎，走走走，一起吃！”

B市到C市动车不过十分钟，从动车站到蓝鲸俱乐部，却足足用了半小时。

二级考场的考生年龄段明显高了不少，甚至还有几个初中生模样的大孩子。

杨帆既然敢说出保三争四，二级自然是没有问题的，他的所有注意力都用在观察简冰的考试表现上。

让他欣喜的是，对方仍旧是零失误，但要说惊喜，也是没有的。

简冰的步法和自由滑都中规中矩，多一个旋转都吝啬。

他犹豫着把她的考级视频发到了自己所在的滑冰爱好群里：“这姑娘说自己今年考级保八争十，你们帮我看看，是不是吹牛哇。”

安静的群组很快热闹起来，语音与文字齐飞：

“保八争十？这是二级自由滑吧？”

“吹牛不打草稿，和你超级般配哈哈哈哈哈哈。”

“追女孩要哄的小杨，人家就是自称能消灭月亮，你也得点头！”

闹哄哄地讨论了半天，才终于有人嘀咕：“她长得是不是有点像以前那个世青赛冠军舒雪啊，你看那个燕式平衡，特别像。”

杨帆愣了下，舒雪？

他学花滑的时间不长，关注的也都是近年的现役选手，这个舒雪他可没听过。

也幸亏现在网络发达，网页一开，搜索引擎几秒钟就能把想要的信息送到面前。

而“舒雪”两个字相关的信息，几乎全部都和“陈辞”这个名字捆绑着出现——舒雪、陈辞，14岁横扫四站，包揽青少年组国际大奖赛两分站、总决赛和世青赛的双人滑冠军；15岁以国内青少年组积分第一的身份，代表国家参加冬青奥……

所有与她相关的荣誉终止于此，接下来的全是关于她受伤，关于双人拆对的新闻。

杨帆盯着新闻页面上年轻女孩天鹅一样高昂着脖子，冲着镜头露出笑脸的照片，一时有点反应不过来。

这姿势，这神态，几分钟前他刚刚在简冰身上看到。

他又看了一眼新闻的年份，年龄是明显对不上的。简冰比自己还要小上一年，而这个舒雪则和22岁的陈辞同年。

陈辞……杨帆脑子里立刻闪现一级考试时，冰场旁那个黑乎乎的“幽灵”影子。

回去的路上，简冰一直在瞌睡。

杨帆几次想问她是不是认识陈辞，都没找着机会——人姑娘睡得头都快歪到你身上了，你好意思摇醒她?

下了公交车，校门口也到眼前了。

杨帆看着简冰摇摇晃晃地往前走，到底没憋住：“冰冰啊——”

简冰猛地打了个喷嚏，回头冲他摆手：“下周五校门口见，三级咱们就去北极星俱乐部考吧。”

杨帆组织了半天的语言，愣是一个字都挤不出来。

这姑娘怕是睡迷糊了，把心里话都说出来了。

直接约下次比赛的行程，够自信的啊!

接下来这几天，杨帆简直度日如年。

成绩他是看到了，他和简冰再一次优秀通过了。

可接下来这个三级，不同于前面的测试呀——三级开始，步法的测试名字都改成了“步法表演节目测试”。除了动作达标、滑行流畅之外，将开始要求技术之外的艺术表现力了!

按花样滑冰比赛中的说法，就是要考虑“节目内容分”的情况了。

杨帆学的土木工程专业，班上同学经常自嘲又土又木，对自己的艺术细胞是非常不自信的。

就连他报班学习的花滑老师，也明说他这个艺术领悟力，稍微差了那么点儿味道。

他一个人磕磕绊绊练习了几天，到底还是给简冰打了电话："冰冰妹妹呀，约个时间咱一起上冰？我心里好没谱啊。"

说到考试的事情，简冰答应得还蛮痛快的。

杨帆高兴极了："那今晚我请客，咱们去凛风玩！"

简冰沉吟："凛风不接散客吧，我不是他家会员，进不去。"

"我刚办了卡呀，"杨帆笑嘻嘻的，"有送活动体验券，不过有年龄限制，你脸嫩，应该混得进去。"

电话对面的简冰沉默，杨帆拉长声音："冰冰妹妹——"

"OK，晚上八点凛风冰场见。"

简冰浑身的鸡皮疙瘩都起来了，飞也似的挂了电话。

***

简冰晚上本来还有少年宫的花滑课，既然约了杨帆，就干脆请假了。

凛风俱乐部跟她学校就两个公交站的距离，骑个自行车十分钟也就到了。

凛风算是国内比较早成立的私营冰上运动俱乐部了，运营模式成熟，分馆也多，老板本身也是练花滑的，虽然当年的成绩不是特别理想，商业头脑倒是很好。退役之后专心经商，还真做出了大门道。

Z大附近这家是综合旗舰馆，前面门店是三分之一小场，后面的训练中心则是标准冰场，承办过不少大型比赛。

据说，凛风的运动员训练基地，就在训练中心。

春寒料峭，夜风吹在人身上，刮骨地寒冷。

简冰才把自行车停进车棚，杨帆又来了短信，让她直接往门店后面的训练中心走。

简冰皱眉，直接拨号过去：“训练中心？那不是不对外营业的吗？”

“跟你说了有活动呀！”杨帆那边声音嘈杂极了，“快来快来，快要开始了！”

说完，啪一声挂了电话。

简冰无语地看着被挂断的手机，叹了口气，认命往训练中心走去。

大风天绕这么一大圈，何止是冷而已。

让她惊奇的是，越往训练中心走，人就越多。

杨帆早已经等在那儿，连滑冰服都换好了，只套着个薄外套。

他看到裹得严严实实的简冰，视线都拉长了：“你穿了多少啊，一会儿进去怎么办哦。”

简冰没说话，只左右张望。

“你说咱们多好的运气，”杨帆领着她往里走，“休赛季，凛风开放运动员训练场供会员参观体验，一会儿还有表演滑呢。”

简冰怔住，杨帆以为她是被这天降的喜讯震到了，更加得意：“高兴傻了吧，早跟你说了，跟着你杨哥哥我，有肉吃！”

简冰：“……”

他一边说，一边领着简冰往里走，临到服务台了，压低声音道：“你就说自己念高中，15岁哈。”

“哈！”简冰也震惊了。

杨帆嘘了一声：“体验券限制了年龄，仅限16周岁以下——万一和你要身份证多尴尬，你就说你15岁，那不就没身份证啦。”

简冰懊悔得步子都快迈不开了：“不然我不去了。”

“都到这里了呀！”杨帆死拽着她不放，“机会多难得，去吧去吧去吧！”

简冰叹气，眼看着服务台越来越近，心跳也不由自主加快了。

北方的冰场人气就是旺，服务台前围了不少带孩子的家长。

杨帆先给自己刷了卡，再掏出体验券，指指自己身后的简冰：“我妹妹，15岁，来体验一下。”

工作人员视线在简冰脸上溜了一圈，礼貌地问：“小妹妹在哪个学校上学，有带学生证吗？”

简冰刚要说没有，杨帆抢着道：“她念完初中就出来打工了。”

此话一出，边上全部人都扭过头来看简冰。

简冰木着脸看着杨帆，半晌，才憋出一句：“对呀，因为我们家重男轻女，女孩只给学到义务教育的。”

此话一出，大家的目光又唰的一声，回到了杨帆脸上。

杨帆干笑，冷汗淋漓，拉着她转身就冲向通往冰场的通道。

论不要脸，他还是输了啊！

输得彻彻底底！

“砰！”

他们猛地从明亮处冲进稍暗的过道，一时不察里面站着人，撞了个结结实实。

简冰揉着额头，抬眼看去——

深色的冰鞋、牛仔裤、白背心、棉质的格子衬衣……脸逆着光，好半天才逐渐从混沌到清晰。

长长的眉毛如弯月一般，黑瞳孔明亮幽深，薄薄的嘴唇抿着漂亮却不讨喜的弧度。

简冰的脸僵硬了，同样被撞倒的杨帆却兴奋不已：“陈辞！你是那个世锦赛冠军陈辞对吧！”

陈辞显然听到了他们刚才在服务台的对话，带妆的脸上还残留着对初中辍学少女的怜悯。

如今看清了失学少女的模样，他也明显怔住了。

竟然是她！

难道，是自己认错了人？

第二章

循环的两周跳

（一）

“偶像呀！”杨帆自从搜过资料，对陈辞的崇拜程度上升了不少，看到他立刻就迎了上去，“求签名！”

简冰站着没动，不由自主地，把手插进了衣兜里。

陈辞瞥了一眼简冰，努力收拾起对重男轻女家庭的厌恶，微笑着摸摸口袋：“我没带笔。”

杨帆于是举起手机：“那求个合影？”

陈辞一时找不到拒绝的理由，杨帆便将手机塞给简冰：“冰冰，快帮我们拍一张。”

“冰冰”两个字，让陈辞再一次把视线投向简冰。

“你叫冰冰？”

简冰没应声，举起手机就拍。

陈辞只得闭嘴，露出大众所熟悉的客套笑容，杨帆也飞快地摆出剪刀手。

咔嚓咔嚓咔嚓，她连拍了三张，随手翻了翻，删掉两张，递还给杨帆。

“好了。”

杨帆接过来一看：“哎”了一声，“怎么只剩下一张了，而且这拍的……”

他自己倒是蛮上相的，可陈辞的——他都怀疑简冰是故意的了，这么大一枚帅哥，她愣是逮着人家斜眼睛、动嘴巴的时候拍，看着跟中风了似的。

“你今年才15岁？”陈辞的注意力却完全不在拍照上，反而盯着简冰问。

简冰矮了他一个头不止，闻言终于仰起了头：“怎么，我看起来很老？”

陈辞噎住。

简冰便要抛下杨帆继续往过道里走，陈辞连忙往后退了一步，追问道：“那你的全名叫什么？”

简冰不得不停下来——要不然就得撞他身上了。

陈辞干咳了一声，表情看起来也有点尴尬，但还是硬着头皮道：“我有个朋友的妹妹，也叫冰冰，今年……”

“你认错人了。”简冰干脆利落地打断他，神色漠然。

“认错了也是缘分哪。”杨帆在边上打圆场，“她叫简冰，简单的简，冰雪的冰。”接着指向自己，“我是杨帆，杨树的杨，扬帆远航……嗷！”

简冰收回踩在杨帆鞋上的脚，淡淡道：“你还滑不滑，不滑我就走了。”

杨帆总算看出来了，小师妹对陈小哥有敌意！

他看看这个，看看那个，小师妹舍不得得罪，和世青赛冠军攀谈也机会难得。

一时间，真有点难以取舍。

简冰冷笑一声，扭头就要走。

杨帆赶紧拉住她胳膊：“哎，怎么就生气了，我难得见着现役的花滑运动员，激动一下嘛——不聊了，咱们进去，一会儿有表演滑呢。”

他半哄半劝着，把简冰往过道里推。

陈辞盯着两人的背影好半天，直到人转过拐角看不到了，才自言自语道："亲兄妹，怎么会一个姓杨，一个姓简呢？"

***

凛风训练场看起来和平时选手直播的视频差不多，蓝白配色，1800㎡的标准冰场刚清完冰，平整如镜面。

大屏幕上播着宣传短片，墙面上的红色横幅上有"会员酬谢日"的字样。

简冰倒是听说过，不少俱乐部出于展示旗下运动员风采、宣传俱乐部文化、增加会员凝聚力等因素考虑，会不定期搞搞类似的会员福利活动。

但搞成凛风这么大架势的，还是不多见。

冰场四周的观众席坐满了观众，密密麻麻，少有空位。

小孩所占比重极大，不少人羽绒服里面都穿着冰鞋和滑冰服。

杨帆带着简冰在角落里找到两个空位，坐下才发现正对着空调口，禁不住瑟瑟发抖。

简冰庆幸自己没把包里的滑冰服和鞋子换上，但也觉得奇怪："来看表演滑，你把滑冰服穿上干吗？"

杨帆努嘴："有活动的呀，我刚就想劝你先去换了——不过一会儿应该要清冰的，那时候去更衣室也来得及。"

说话间，灯光暗了下来。

整个冰场沉入一片湛蓝色之中，四条追光扫过观众席，最终交会在了冰场挡板上。

不知什么时候，坐了个人上去。

蓝色牛仔裤、棉质格子衬衫，大屏幕上打出了陈辞的名字。全场先是寂静一片，紧接着就响起响亮的掌声。

表演曲目名出来，观众席又是一阵激动。

《为了永远》，那是当年斯皮尔伯格导演电影《人工智能》的主题曲，也是陈辞刚转单人滑时的第一个长节目曲目。

悠扬的音乐缓缓响起，追光暗去又亮起，陈辞却始终纹丝不动。

犹如电影中那个被启动“爱”的程序之前的机器人男孩，面对人类，毫无情绪波动。

I close my eyes.

我闭上眼，

And there in the shadows I see your light.

朦胧中我看到了你带来的光明。

You come to me out of my dreams across.The night.

你穿越黑夜从梦境中向我走来，

……

男孩终于抬起了头，僵硬的四肢也逐渐有了活力，跃下挡板那一瞬间，仿佛终于被赋予了生命。

追光紧跟着他移动，在冰上拉出长而流畅的弧线。

第一个连跳完成后，掌声再一次响起。

而冰场上的机器人男孩如受重击一般贴着冰面向后仰滑，直至静止。

机器人男孩“学”会了爱，妈妈真正的孩子却苏醒了——机器人男孩不再被需要，被遗弃的命运终于来临。

载着妈妈的车越开越远，机器人男孩单纯的追寻根本没办法挽留住她。

绝望之后，希望再次出现，机器人男孩踏上了寻找蓝仙女的征途。找到蓝仙女就能变成真正的男孩，变成真正的男孩就能得到妈妈的爱……

后内点冰[1]三周跳、阿克谢尔[2]两周半跳……一个又一个的难度跳跃顺利完成，电影里的机器人男孩在海底冰封千年，最终被外星文明唤醒，得到了和妈妈短暂重逢的机会。

追光下的陈辞，也如男孩一般缓缓卧倒，陷入安详的沉睡之中。

场内灯光重新亮起，观众席掌声再次响起，不少年轻女会员将包装好的小枝玫瑰和毛绒玩具一起投入场内。

冰面上的陈辞爬坐起来，起身时候随手捡起几枝鲜花，重新朝观众席抛回，引得女生们尖叫不已。

简冰一动也不动地凝视着场内，看着那个穿着格子衬衣装嫩的高瘦身影滑出冰场，接过冰刀套套好，一边穿外套一边离开。

杨帆感慨："他哪里看得出受过伤嘛，状态多好——对了，我都忘了问你呢，为什么那么讨厌他呀？"

"我有吗？"简冰淡淡否认，"他这样的状态很好吗？整场都没出一个四周跳跃。"

杨帆一愣，犹豫道："毕竟是表演滑，又不是正式比赛……"

这套长节目，是陈辞当年在青年组时的比赛用曲，那时候男单的四周跳跃可没现在这么普及。

今天他也只是拿来做表演滑，不用四周跳跃也并不能说奇怪。

简冰却异常较真，掏出手机，调出他当年的比赛视频："曲子是同一个，内容编排上做了不少调整——你看这个难度进入，当年也是没有的。既然这么多地方都改了，他可是五种四周都能跳的人，为什么不放一两个难度

1 后内点冰跳：由一只脚内刃向后滑行，另一只脚点地跳起，身体在空中转体360度，以滑足（起跳脚）后外刃落地滑出的跳跃动作。

2 阿克谢尔跳：又称前外点冰跳，简写为A，是唯一向前起跳的花样滑冰跳跃动作。由于起跳与落冰方向不同，阿克谢尔跳的空中转体比其他种类的跳跃多出半周，故视旋转周数不同又有一周半跳、两周半跳、三周半跳乃至四周半跳之称。目前花滑难度最大的单跳，尚且没有选手在比赛中完成阿克谢尔跳四周。

稍低的四周跳跃？阿克谢尔跳还只做了两周半——你不觉得他是在刻意回避？”

杨帆目瞪口呆地看着她动作流畅地拉动视频进度条：“你还真挺……关注他的啊……”

不但记得人家很多年前既没拿冠军又不是代表作的一个长节目，而且连动作编排的顺序都记得这么牢！

如果不是出于热爱？难道是出于恨？

杨帆脑海中再一次闪现舒雪那张温婉微笑着的稚嫩脸庞，到了嘴边的疑问，也终于提了出来：“刚才他说，你像他一个朋友，那朋友是指他的前搭档舒雪吧？其实，我也觉得你们长得有点……”

“他认错人了，”简冰语气平淡地关掉视频，把手机揣进兜里，叹气似的沉吟，“我既不姓舒，也不认识什么舒雪。”

杨帆还想再打听，两位主持人已经鱼贯入场。

“非常感谢我们陈辞小哥的精彩演出，欢迎大家来到凛风冰上运动俱乐部会员嘉年华活动现场！”

来的全是会员和靠会员带进来的“体验家属”，捧场得不得了，一个劲儿鼓掌。

听那俩主持人唠唠叨叨说了半天，简冰才终于明白怎么这么多人穿着滑冰服来看演出。

——所谓体验，除了眼睛体验一下，人也是有机会下场滑一滑，甚至和运动员一起互动一下的。

冰场上的主持人问了句什么，不少人骚动起来，举手的、站起来想要直接下场的都有。

就连简冰身侧的杨帆，也蠢蠢欲动：“哎呀，可以和运动员亲密互动哎，你感不感兴趣？”

简冰摇头，杨帆便也忍耐地重新端坐。

场内的主持人开始点名，请那些自告奋勇的观众下去上冰。女主持人见大半都是未成年小孩，笑得开怀不已：“这么多小朋友呀，你们全都会跳呀？最少要做一周的跳跃哟。”

小孩子们嘻嘻哈哈点头，只有一个最矮的小女孩，不过三四岁，奶声奶气道：“我只会小兔跳，你能不赶我走吗？”

声音刚一落地，全场观众都哄笑出声。

（二）

小游戏很简单，参与者边滑边做跳跃，5分钟内周数越多越好，最多的那个算晋级，可以参加最后的比赛，其余人拿些小布偶算是奖励。

只会小兔跳的小萝莉最先开始，她毕竟年纪小，摇摇晃晃做了一个小兔跳，就直接滑到了尽头。

小兔跳连半周都没有，严格来说当然是连游戏规则都没达标的——但是，谁又忍心和这么小的一个孩子去计较呢？

好在小姑娘也容易满足，跳完之后，从等在那头的男主持人手里领过兔子布偶，欢天喜地地下冰，回到了妈妈身边。

接下去，比赛才算真正开始。

单跳能做，连跳和连续跳当然也算，最后连阿克谢尔一周半跳和两周点冰鲁卜跳都有小朋友做出来了！

杨帆拿着手机一边录像一边感慨：“了不得，长江后浪推前浪，前浪死在沙滩上……”

那个跳了两周点冰鲁卜跳的小姑娘才10岁出头，听主持人说自己拿了第一名，将要和那些偶像一起同台，拿着话筒，激动得话都说不利索了。

观众席上，却有人高高举起了手。

女主持人好奇地问：“那位大哥，你有什么事儿吗？”

能被女主持喊成“大哥”的，年纪当然不会太小。他拿起话筒：“我来晚了，也能参加游戏，继续挑战的吧？”

“哈哈哈哈，您真幽默。”男主持人打着哈哈。

这比赛本来就是娱乐为主，竞争为辅。现在都结束了，小姑娘都说完获奖感言了，你来挑战，不是打击小朋友自信心嘛。

那挑战男可不这么想，主持人们不完全拒绝，他就当他们同意了，小跑着就下来了。

主持人们只得调侃他参与热情高，抱着话筒的小姑娘却紧张了起来，不住地左右张望。

挑战男脱了外套，三下五除二开始跳，先是一个两周的拉兹跳[1]接两周点冰鲁卜跳，中间夹杂两个单跳，最后以阿克谢尔两周半跳收尾。

这技术，怎么看都不像业余的啊！

华华丽丽的九周半，小女孩激动了半天的“和凛风运动员一起上冰玩”的奖励，立刻就拱手他人了。

女孩张着嘴巴，看了半天，没吭声，眼眶却明显红了。

主持人一边激动得鼓掌，一边也多送几个布偶给小朋友以示安抚。

观众席那边也掌声雷动，虽然“以大欺小”，毕竟人家技术是真好。有几个成人学员也开始跃跃欲试——刚才是碍着小女孩，大家不好意思去试。

如今这位都老大不小了，其他人当然就不客气了。

连跳和两周跳跃不行，单跳多做几个总可以的。

那位大哥却也拽得不得了，主持人问他敢不敢继续接受其他人的挑战，他直接抢过话筒喊：“有种就让他们都来试试吧！”

主持人都给惊到了，男人神情嚣张地巡视四周。

连杨帆也按捺不住站起来：“大男人欺负小孩还这么拽，以为自己是上帝啊！”

主持人于是开始毫不客气地点人，一、二、三、四……但凡有意向参加

---

1 拉兹跳：助滑，左右外滑行、右足刀齿点冰起跳，空中直体纵轴转体，右足刀齿落冰后外刃滑出。

的，全部都给叫了下去。

点到杨帆时，杨帆却又心虚了，低声向简冰道："冰冰，一起去呀。"

简冰坐着装傻，杨帆无奈，挺着胸膛下去了。

花滑毕竟是一项要求童子功的体育项目，年龄越大越不容易练习出成果，而年龄小的出了成绩的，基本已经成为凛风的正式学员甚至签约运动员了。

那几个成人学员，水平也都差不多。

一个一个上去试了，就没一个跳出过一个成功的两周连跳和阿克谢尔两周半跳，更不要说超过挑战男成绩的。

杨帆是最后一个，他知道自己三周不行，便想要在规定时间内多做几个跳跃，助滑的时候缩短了不少距离，做到两周点冰鲁卜跳时落地不稳，啪地摔到了地上。

挑战男直接就笑了出来。

简冰早在杨帆摔倒的时候就坐直了身体，见他半天没起来，脸色变了，站起来往场下走。

站在冰刃上的运动，美则美矣，危险也是时刻存在的。

主持人也发现了杨帆的情况似有些不对，在场外待命的队医一起围了上来。

他抱着膝盖，眼眶都有点红了，挤出笑容自嘲："没事没事，好像拉到筋了。"

挑战男哼了一声："那到底还能不能跳？我还等你破纪录呢。"

这话他是对着话筒说的，嘹亮而冷漠地传遍了整个大厅。

"太过分了，"女主持忍不住抗议，"你这人怎么这么冷冰冰的，好没有同情心呀！"

男主持人和其他人也一起应和，挑战男一脸理所当然："冰场上就是凭本事说话，有能耐就拿奖，没能耐摔死摔残也是活该咯。"

一句话说得斩钉截铁，掷地有声。

刚走到冰场入口处的简冰停下脚步，表情麻木地看向他。

挑战男此时却只顾得意，压根没留意到她。

医生和主持人一起把杨帆扶到了冰场边缘，简冰伸手去扶。杨帆苦笑：“我真没用，小姑娘都不如。”

简冰没吭声，只是问：“严重吗？”

杨帆摇头，额头却都是冷汗。

那医生让他在椅子上坐下，检查了半天，叮嘱他好好休息：“保险起见，最好还是去拍个片。”

杨帆点头，简冰想扶他起来，他却摇头：“我就这么坐会儿，还有点儿晕乎。”

简冰只得作罢，刚在他身侧的椅子上坐下来，就听他轻声道：“在这儿歇会儿也好，正好可以看看那个骄傲狂被打败的衰样。”

声音虽然不大，那挑战男却正好滑到出口附近的冰面，听到了个尾巴。

挑战男立刻开腔了：“让你失望了，哈哈哈哈，没人再来挑战了。不然你休息够了，自己再上来？”

杨帆是真被气到了，扶着椅子把手摇晃着就要站起来——手背一暖，整个人被坚定而又温柔地按了回去。

“我们俩一起来的，”简冰一边站起来，一边把背上的背包摘了下来，“他参加过就行了，也给我个机会吧。”

挑战男这才注意到这个有些瘦小的女孩——那身量倒是很标准的练花滑的女孩会有的轮廓——他嗤笑了一声，把下巴高抬起来：“行啊！”

简冰笑笑，脱了外套，里面穿着身轻便的运动服——她本以为是来和杨帆一起切磋技术的，还真没带专业的滑冰服。

背包里，倒是放着冰鞋的。

既然有新的挑战者，摄像师又把机器开起来了，干脆利落地给简冰切了个大特写。

男主持于是笑："哎呀，新挑战者是个小美女。"

观众席也重新热闹起来，有人轻声议论："哎呀，是那个初中辍学的小姐姐。"

简冰就跟什么都没听到似的，低头绑着冰鞋带子。

杨帆靠在那儿，嘟囔："你小心呀，刚才让你和我一起，你又不来……别逞强……"

简冰连头都懒得抬："你就好好养着吧。"

说罢，她拿掉冰刀套，踏上冰面，流水一般滑了出去。

女主持人带头鼓掌，简冰找了处比较平整的冰面，舔了下嘴唇，左脚画出弧线，右脚"转3"拉弧线，点地起跳——

一周、两周，落地。

一个漂亮的两周点冰鲁卜跳！

两位主持人一齐喝彩，观众的掌声也挺热烈的。

落地后的简冰却没有停顿，一样拉弧线，一样屈腿点冰起跳。

腾空，落地。

腾空，落地。

……

冰场内一片寂静，主持人目瞪口呆，就连坐在场外的杨帆，都不顾头晕绷直了身体。

最后一个两周跳落地后，掌声才再一次噼噼啪啪地响起。

5个两周点冰鲁卜跳，换成简写也是一长串的2T。

一共10周，正好比挑战男多那么半周！

男主持人好几次把话筒拿到了嘴边，最后还是臣服于掌声，无奈地笑着放下。

这单曲循环一样的两周跳，他们也就在世界级的表演滑赛场上见过。

而做这个连续跳的人，是十年前拿过冬奥会冠军的日本冰上女皇浅仓真子。

如今，却在凛风的冰场上，由一个连名字都不知道的小女生轻松重现。

简冰本人倒是挺平静的，做完跳跃，嘘出口气，就要往场外滑。

主持人赶紧喊住："等等，等等！"

简冰就当没听到，侧身绕过他们，飞快地往场外滑去。

前面的冰场出口，却被一个身影挡住了去路。

——正是刚才那个趾高气扬的挑战男。

"你哪家俱乐部的？"挑战者皱着眉，"专业运动员来跟业余学员比，也不嫌丢人。"

简冰停下："我可不是专业的运动员，我今年才刚考完一级。"

挑战男"哈"地笑出了声："你骗鬼啊！"

"那你又是哪家的？"简冰滑近了一点儿，"我也没见过你啊。"

"我是……"挑战男差点说漏嘴，赶紧闭紧了嘴巴，"我是看你装得太累，看不下去！"

"你不傻，我也不傻。何必呢？"简冰摊开手，"你是哪家一线俱乐部的二队成员？再不然小俱乐部一队的？北极狼？米朵拉？"

"你才是北极狼那个冒牌货！"

此话一出，简冰的视线登时就拉长了："你是北极星的啊，北极星二队听说全是小朋友，那么——就是连上场机会都没有就退役了的三队成员咯？"

挑战男被猜中出身，登时面色铁青。

简冰回头看向场中，摄像摇臂上的镜头正好摇过来："北极星这么大的俱乐部，居然派专业运动员来凛风欺负小朋友——你们不是还有世青赛冠军吗，什么时候来呀？"

（三）

风平浪静的B市花滑圈，突然就起了一阵不大不小的涟漪。

休赛季嘛，运动员忙着编排下一赛季的新曲目、队内测试，冰迷们就分析分析下一赛季的风向，撕一撕各家运动员的以往表现。

当真是死水一潭，百无聊赖。

而北极星签约运动员专门跑去参加凛风嘉年华活动，被业余爱好者教做人的新闻，如投湖石子，一夜传遍了整个花滑圈。

简冰那句“世青赛冠军什么时候来”，更是刷了无数花滑群的屏。

就连杨帆那个滑冰爱好群，也有人专门@杨帆：“小杨，你女朋友好厉害啊，长得像世青赛冠军，滑得像冬奥会冠军，还怼了北极星的世青赛冠军哇！”

躺在宿舍床上静养的杨帆泪流满面：“那不是我女朋友好嘛！她这么生猛，我哪儿养得起啊！”

群里登时一串“不信”，只有一个比较细心的女孩帮着解释：“我相信小杨哥哥，我看到新闻里写了，那是他妹妹，初中就辍学不读了。”

杨帆：“……”

群友：“……”

你这还不如不解释呢！

杨帆正百口莫辩呢，接听界面跳了出来，简冰两个字又大又显眼。

杨帆赶紧接起来，有些心虚地打招呼：“Hi，早啊！”

“都中午了，还早。”简冰的声音听起来有点疲惫，“你休息得怎么样，要不要去医院？”

“不用不用，”杨帆捏紧手机，“我再休息两天就好了。”

简冰也不怎么坚持，只是用告知的语调表示：“那后天的测试，你暂时就不去了吧？”

杨帆“啊”了一声，无奈道：“去不了啊。”

简冰的声调听起来松了口气：“那我自己去了，可别说我不讲义气。”

杨帆沉默，半晌才说：“你要不要换个测试点啊……后天测试……是在北极星吧？”

“北极星怎么了？”简冰的声音听起来非常阳光，仿佛忘记了自己昨天才怼完北极星的花滑新台柱。

——北极星当年是做冰球运动起家的，旗下好几支冰球队伍，签约运动员无数。近几年开始转向花样滑冰竞技，去年更是签下了刚升成人组不久的世青赛男单冠军单言。

简冰在凛风训练场怼那挑战男时提到的世青赛冠军，自然就是他了。

这事八卦得那么厉害，除了简冰那套五个2T连跳，就是牵扯到了这个年仅18岁的明星运动员。

花样滑冰里最不缺天才少女和天才少年，要是长得稍微好点，更是万众瞩目。

单言长得好，拿冠军时，恰好又是国内男单退的退，伤的伤的时候——北极星签下他之后，给的福利待遇不说，编舞教练全都挑世界顶级的，就连宣传方式，都是按娱乐圈捧明星的规格来的。

这样一个又帅又红的小帅哥，莫名其妙，被一个只会最简单的两周跳的“辍学妹”怼了，如何能不引起粉丝的愤怒?!

杨帆都不能想象那个画面，偏偏电话那头的简冰还那么云淡风轻。

“我不就说了他们两句，还能把我打出来啊？”

她用的是夸张手法，北极星的冰迷，却是真的有过前科的。

那还是在三年前，北极星只有冰球队，没有花滑队的时候。

敌对球队的队长在赛后采访时怼了他们当时的明星球员，一出体育馆，就被几个北极星的球迷在停车场套麻袋狠揍了一顿。

事件影响恶劣，最后以北极星俱乐部赔礼道歉加球迷罚款拘留和赔偿才算终结。

那个时候，在国内冰上运动圈，“北极星球迷”五个字，是可以直接换算成“流氓粉丝”四个字的。

如今北极星越做越大，那些“流氓”也成长了，倒是没再爆出过什么暴力事件。

但是，当年传说还在江湖。

说到这一家的粉丝群体，大家还是比较忌讳的。

杨帆把“绯闻女友”要去北极星考级的事儿在自己的滑冰爱好群一说，立刻就有人旧事重提，甚至连当年那球员满头鲜血的照片都被翻出来了。

杨帆看得是触目惊心，再打电话，人姑娘已经关机了。

***

简冰每天的日程，其实排得非常满。

要上课，要兼职，要上舞蹈课，要完成陆地训练，还要上冰滑个几小时。再除掉吃饭、睡觉等日常需求，基本就剩不下什么时间了。同宿舍的姑娘们想约她一起逛个街，都难得有机会。

在凛风跳完那串2T循环之后，简冰的手机铃就没停过。

想要来采访八卦的，想要询问她为什么辍学的，想要招揽她去滑冰馆试滑的……

她不得已设了静音，继而干脆直接关机。

第二天，便是她去北极星参加测试的日子了。

北极星家大业大，起步虽然晚，分馆分店却遍布全国，硬件设施更是全国称霸。他家不但冰球队分出一队二队三队，就连从去年开始组建的花滑队也分了个一二三出来。

一队暂时只有一位刚升成年组的世青赛冠军单言，二队全是未成年。

三队则人满为患，汇聚了一大堆舍不得退役，又从来没拿到国际名额的“老将”。

花滑在国内发展一般，商业化程度也并不是特别高，这些人退役后基本就是从事相关培训工作。

北极星因为刚刚开始转向花滑项目，招聘了一大堆这样的人才，干脆便整合整合，让他们在教课之余，凑了个三队出来。

那个被简冰怼了的挑战男，便是其中一员。

简冰不知道他是为什么要来凛风跟业余爱好者较劲，但是他频繁打电话来骚扰，就非常非常讨人厌。

她下了车，缩着脖子往北极星冰上综合馆走。

才到门口，就见杨帆裹着大外套，鸭舌帽、墨镜、口罩全副武装挤在备考的人流里。

“你在这儿干吗？”

简冰很有些莫名其妙。

杨帆费力地挤过来，摘下墨镜，飞快地就给她戴上，瞪大两只眼睛强调事态严重性：“你不要命了，居然还真来！居然就这样来了，生怕他们认不出来怎么的！”

说着，又把帽子摘下来，戴到她头上。

简冰只觉眼前一黑，帽子大到半张脸都被挡住了。

她抬起帽子，无奈地看向他：“你到底干什么呢？”

杨帆一瘸一拐地，强硬地拽着她往角落里走：“这是北极星，你是真不知道还是假不知道——他们家冰迷全是流氓，杀人不眨眼的！”

话音一落，周围人视线唰唰唰扫射过来。

好奇、震惊、茫然、八卦……什么情绪都有。杨帆讪笑，拉着简冰往角落里躲。

简冰拽回袖子，顺便把帽子也摘了下来：“我还考试呢，你别闹了。”

闹？他这叫闹吗?!

杨帆简直都要哭给她看了："姑奶奶，这是敌人的大本营！敌在前、在后、在左、在右，四面八方，无处不在好吗?！"

简冰忍不住笑："那和我有什么关系？"

杨帆扶额哀叹。

简冰看看时间："我得进去了，错过这次，又得等一星期，你要么找个地方坐着休息，要么早点回学校得了。"

说完，把帽子往他怀里一塞，径直就往综合馆大门走去。

杨帆在后面摇摇晃晃追了几步，把帽子重新戴上，到底还是跟了上去。

综合馆门口的保安大老远就看到简冰架着墨镜，两手插兜，黑社会大佬一般大摇大摆地过来。

跟在她身后那男的，则用帽檐遮了上半张脸，口罩遮了下半张脸，猥琐地弓着腰……

保安干咳了一声，伸出胳膊："你们干什么的？"

杨帆在心里呐喊：就说要出事儿吧！

你看，连保安都认识咱们了！

他一个劲扯简冰胳膊，简冰轻轻甩脱，摘了墨镜，掏了准考证出来。

保安对着准考证看了半天，侧身放行。

杨帆松了口气，就要跟着简冰往里挤。保安放下的手，却又抬了起来："你又是来干吗的？"

杨帆："……我也是来考试的。"

保安狐疑地上下打量他，伸出手来："那你的准考证呢？"

杨帆也将手伸入口袋，两边一摸空，这才想起自己因为不打算参考，压根就没带准考证。

保安见他手伸进去半天，都没能掏出东西来，不冷不热道："你到底是不是来考试的？准考证没有带，身份证呢？"

杨帆："……"

简冰回头冲他一笑，转身快步往里走去。

北极星与凛风的极简风格完全相反，到处都是亮灿灿的装饰物，就连俱乐部Logo，都是一枚金黄色的六芒星。

巨大的冰场被分割成准备区和考试区，六芒星标志在冰面下清晰可见。

简冰排在第二组，热身时仍旧还是小朋友占了多数。

没了杨帆的“骚扰”，她有条不紊地做了几个必考的动作，接着便滑行到挡板边，看考试区的小朋友考试。

旋转、跳跃、滑行……小小的身影轻灵而单薄，仿佛一不小心，就要破冰落水，万劫不复。

无端，她又想起挑战男嘲讽杨帆的话：

冰场上就是凭本事说话，有能耐就拿奖，没能耐摔死摔残也是活该。

摔死了，也是活该？

简冰眯起眼睛，右脚刀齿在冰上轻轻磕动。

考试的小女孩滑行速度并不是很快，看得出来很紧张，“转3”时一个重心不稳，直接就摔了。

摔完，她立刻又爬了起来，跳过漏下的动作，跟着音乐继续往前蹬冰。

这熟悉的场景让简冰不由自主笑出了声，甚至没发现，场外有人越走越近，乃至直接停在了她身后的挡板外。

第三章

不大成功的约战

（一）

“就是她？”

单言冲场内的女孩抬抬下巴，瞥向一直跟在一旁的李用鑫。

李用鑫点头：“对！怼你那话，就她说的。”

“要你话多——我不瞎，也不聋，读得了新闻，看得来视频。”单言话说得慢条斯理，声调却拉很长，逼出点不大符合年龄的成熟来，“你不是说她哄人？她确实是来考三级的嘛。”

李用鑫耷拉下脑袋，嘟囔：“她也可能一直在国外训练，刚刚回来呢。”

单言瞪他：“新闻不说她辍学？”

李用鑫缩头：“新闻还说她15岁……”

单言转过头，问另一个大男生：“阿佳，她一级和二级是什么时候考的？”

阿佳翻了下手机：“上上周在市冰上中心考了一级，上周在蓝鲸考了二级——唔，全都是优秀通过。”

说话间，场内的广播播到了“简冰”两个字。

单言回过头，就见简冰转过挡板，滑入考场。

他迈步往前，避开了遮挡，整个考场映入视野。

简冰的配乐没什么特别的，滑行速度过得去，也不算特别快，流畅性倒是很好。

点冰鲁卜跳、鲁卜跳[1]、菲利甫跳[2]……几个单跳做得不但标准，看滞空的感觉，她也明显还有余力。

确确实实，不是初学者能达到的水平。

单言转了转眼珠子："阿佳，你找找她等级测试的小分表，包括今天的。"

阿佳没吭声，只埋头看着手机屏幕，手指飞快摁动。

过了好一会儿，他才把手机递过来。

单言笑了——论技术，阿佳连国内男单一线都算不上，跳跃配置和女单齐平；论学历和纸上知识，却能和国际上那几个大咖技术专家打平手。

他不但把简冰的测试小分表和视频搞到手了，还顺便做了比较简单的统计分析，将她几个跳跃和步伐的弧线、压步加减速的大致用时都给做出来了。

边上，还附着视频里截出来的起跳截图。

简冰的那几套动作都中规中矩，完成度却都算得上完美。滑行更是无可挑剔，也难怪每次都能优秀通过。

***

简冰一下冰场，立刻就把羽绒服裹了起来。

她蹦跳着把冰鞋收进袋子里，拎起来就往外走。

---

1 鲁卜跳：助滑，右后外起跳，空中直体纵轴转体 1 周（360°），右足刀齿落冰后外刃滑出。

2 菲利甫跳：助滑，左后内滑行、右足刀齿点冰起跳，空中直体纵轴转体 1 周（360°），右足刀齿落冰后外刃滑出。

身后有人叫了一声，她转过头，就见那天那个挑战男横眉竖眼地走过来：“撒谎精！”

简冰四顾张望：“你喊谁？”

李用鑫从鼻子里哼了一声：“就喊你，撒谎精！你怎么一直不接我电话？”

简冰无奈地看他：“你这恼羞成怒吧，持续时间也实在太久了点诶。”

“你才恼羞成怒！”李用鑫一想起那天的事，还是气不打一处来，“我们老大想找你聊聊，跟我走吧。”

简冰站着没动，李用鑫吼：“还想让我背你啊！”

“谁稀罕让手下败将背，”简冰耸肩，“我还一堆事，没空跟你闹。”

“你才手下败将！”李用鑫大怒，“我那是马失前蹄！”

简冰露出“你明明双蹄尽失”的表情。

“不信就和我再比一次！”李用鑫恨不得立刻拉她上冰，再比一场挽回尊严，“谁怕谁属狗！”

“今天没有空呀。”简冰坦白，“我晚上还有课呢。”

“我就知道你撒谎！初学者教什么课！我难道晚上没课？全世界就只有你有课要教啊！”李用鑫大吼。

“噢，原来你真是教练呀——我可没你这么厉害，我就是去学个舞蹈而已，小学生水平。”简冰笑了。

“我……”李用鑫脸涨成了猪肝色，噎得结结实实的。

是啊，人家又没说自己要去教课。

人家是说，要去上课。

倒是自己，又把底细泄露了。

“你一小时课时费多少？”简冰问。

李用鑫警惕看她：“干吗？”

“问问行情嘛，”简冰道，“你学生家长有看那天的活动视频不？知不知道你去别的俱乐部欺负小学生了？”

李用鑫脸腾地涨红了，讷讷难言。

——确确实实有家长看到了啊，还打电话来问："李老师，那个人真的是你吗？"

他能怎么办?!

真的超尴尬超心虚!

他这儿正难堪着呢，身后脚步声响起，单言在后面闲闲催促："李用鑫，让你叫人，磨磨蹭蹭谈什么呢，谈恋爱啊。"

李用鑫整个人绷直，有些尴尬地回过头："老大……"

简冰侧身站着，微一偏头，便看到了这位越走越近的所谓"老大"。

高个，瘦腿，鼻子上戴着副茶色的太阳眼镜，挡住了半张脸。头发比一般男人长那么一点，发梢染了点亮紫色，还打着卷……

大约是觉察到了简冰视线里的探寻，他抬手摘了眼镜，露出双飞挑的桃花眼：

"巧了，'辍学妹'，随便考个试，就让你撞上世青赛冠军了。"

简冰嘴角不由自主地抽动了一下——这种自我介绍，她还真是第一次见到。

真是拽得脸都不要了。

单言把眼镜又戴了回去："既然都到我们北极星家门口了，就这么走了，多见外啊——李用鑫，考试几点结束？"

李用鑫扭着脖子去看墙上的海报："8点……6点30分。"

单言看了看手机，咧嘴笑了："那就一起吃个晚饭呗，吃完参观参观场子，晚上一起上冰切磋切磋。"

简冰把手插进衣兜："没时间。"

单言眯起眼睛："时间靠挤的嘛。"

"不想挤。"简冰干脆地拒绝了，"再说，你一个世青赛冠军，欺负一个三级都没过的人，多尴尬。”

单言可不觉得尴尬，但是她说自己三级没过，那倒是真的——即便人在国外训练，要是真那么出挑，按理，也是会参加国际赛事的。

而这个简冰，名字陌生，脸蛋陌生，完完全全的无名之辈。

单言插在裤兜里的手指头搓动了下：“那咱们就在这儿切磋也行啊。”

简冰怔住：“这里？”

“对，”单言抬脚轻点了下瓷砖地面，“陆地空转，总有时间了吧？”

简冰眼珠子滴溜溜转了好几圈，点头：“行吧，你先来！”

她这一点头，别说李用鑫，连单言都不得不佩服她的勇气了。

花样滑冰的跳跃，男子和女子差距还是很大的。

就说国际比赛上的跳跃配置，男单一线已经普遍上了四周；女单在正式比赛中，却还没有人跳出过被承认的四周跳跃。

男女的力量差距本来就很大，在冰上还能靠滑行速度和弧线起跳，在陆地上，那就是完完全全在拼肌肉力量跳。

单言盯着她看了半天，脱了外套，摘了太阳镜。

小跟班李用鑫立刻接了过去，一脸得意地站在一边：叫你挑衅我们老大！现在要出丑了吧!

技术青年阿佳则举起手机，摆好了拍视频的架势。

单言的跳跃能力，在男单当中都算出色的。

他也不助跑，反直立旋转四周后，直接一个小跳，接了两周的阿克谢尔跳上去。

非常完美，一个陆地模拟两周A跳。

落地的瞬间，掌声雷动。

单言慢慢收回举起的手臂，有些得意地转过脸看下简冰——

映入他眼帘的，却只有正疯狂鼓掌的李用鑫，和举着手机录像的阿佳，以及不知什么时候围上来的学员和家长。

“她人呢？”单言问。

李用鑫有些茫然地“啊”了一声，阿佳按下停止键，淡定道：“你一开始跳，她就溜了。”

单言脸上的笑容，一点一点，凝固僵硬了。

（二）

简冰冲出北极星综合馆大门的时候，身后掌声哗啦哗啦响个不停。

她嘘了口气，小跑着往台阶下走。

杨帆不知从什么地方冒了出来，拦在她前面：“没事吧？你考完了？没人欺负你吧？”

简冰不由得有点感动——这么冷的天，难得他居然一直等到现在。

“没事，”简冰拍拍他肩膀，“肯定能过就是了。”

杨帆一颗心放了下去，顺便又扭头问：“里面怎么了，那么热闹？”

简冰露齿一笑：“感兴趣？那你快去看看。”

杨帆：“……”

明知道他被赶出来，说什么风凉话！

两人一路往外走，杨帆提议先去吃饭：“回学校食堂都关门了。”

简冰点头：“看在你那么关心弱小的分上，今天我请客。”

杨帆斜眼看她：“你弱小吗？”

简冰缩缩脖子，掐尖了喉咙道：“超弱的啦——”

杨帆抖落一身鸡皮疙瘩，抖得太卖力，大腿上一阵酸楚。

他才是超弱的好嘛！

大学城附近的餐厅，要么卖潮流，要么卖性价比。杨帆今天是真心要白吃一顿的，选了家既有性价比，又算得上干净的高考主题餐厅。

一进大门，就能看到墙上猩红的“辛苦这一年，幸福一辈子”十字标语。简冰无语地看他：“你是多怀念高考啊？”

杨帆讪笑，领着她快步往里走：“别管那些，这里红烧肉很好吃的！”

简冰摇头：“我减肥。”

“那就吃鲤鱼跳龙门，这里的招牌菜！”

简冰感慨着“知识也改变不了迷信”，随着他转过门口的影壁，迎面就迎上一群人——凛风那天的男女主持人、陈辞以及凛风的教练文非凡。

文非凡穿得严严实实的，手里抱着个七八岁的小女孩。

杨帆眼睛发亮：“好巧！”

女主持也很激动：“我们正找你呢！”

杨帆愣住：“找我?！”

女主持歉然一笑，热切的视线牢牢地盯住简冰：“简小妹，那天你走得太急了呀！这是我们凛风的单人滑教练文非凡，这位……”她指了指陈辞：“陈辞大帅哥，肯定认识的吧。”

简冰矜持一笑，杨帆轻撞了她一下，主动道：“都是大人物，我们都认识的。”

“我还真都不认识，”简冰问杨帆，“你都认识呀，你有他们手机号？能看朋友圈？”

杨帆给噎得闭嘴了。

女主持有些茫然，扭头看了一眼陈辞和文非凡。

文非凡皱着眉，陈辞倒是带着笑，还把手机掏了出来：“这是我手机号，那咱们现在加一个？”

简冰手插着兜，没动：“没带手机。”

杨帆在一边主动掏手机：“我带了我带了！”

几个人便那么直挺挺站着，看两个大男人互扫二维码。

女主持干咳了一声：“在这儿站着多影响人家做生意，咱们进去包厢里面吧？”

文非凡点头，却还是忍不住抱怨："我是不懂你们这些年轻人，就不该来这里，闹得慌。"

他怀里的文穗扭扭身体："爸爸——"

爱女撒娇，文非凡也闭上了嘴巴。

一行人沿着不大宽敞的通道重新往包厢里走，简冰落在最后，懒懒散散的。

杨帆走几步，就得推她一下。

他忍不住凑近了咬耳朵："姑奶奶，你摆什么架子呀？人家大教练、现役国家级的运动员呢，没准要挖掘你去凛风呢。"

简冰嗤笑，声音里的不屑，从杨帆耳畔一直传到走在最前面的文非凡父女那儿。

文非凡脸色更加阴沉，女主持也有点后悔邀请他们回包厢。

这小姑娘，之前看着蛮懂礼貌的，没想到私底下脾气那么难搞！

文穗却很兴奋，扭着头和陈辞小声嘀咕："陈辞哥哥，那个像舒雪的姐姐在看你呢。"

小姑娘的声音又脆又响，即便刻意压低，穿透力还是很大。

女主持和陈辞，包括文非凡，都回头看向简冰。

简冰脸上难得有了点羞赧，侧头看向墙壁上的装饰。

墙上印满了模拟试卷，大蓝字印着：五年高考，三年模拟！

刚刚经历过高考磨砺的简冰同学，有些无语地，再一次转回了脑袋。

不偏不倚地，正好看到转角的衣冠镜里的自己。

陈辞正走在衣冠镜的最中央，也正扭头打量镜子里的自己——对上她的视线，他弯起眉眼，不无戏谑地笑了一下。

走在他身后的女主持显然也注意到了他们的互动，要笑不笑的，视线在镜子里的两人之间扫来扫去。

这破餐厅到底是谁设计的啊！

简冰重重地踩在地毯上，地毯尽责地将她这点脾气吸收殆尽。

***

陈辞他们是用完餐了的，包厢里碗碟半空，很有些狼藉。

女主持坐下来，随手按了铃，招呼服务员收拾残局，上饮料。

杨帆客气地要了红茶，简冰往后靠在沙发上："喝什么饮料呀，我们都还没吃饭。"说完，直凛凛地去看陈辞。

陈辞点头："那我请你们吃吧——你手机号多少？"

简冰声音硬邦邦的："做什么？"

陈辞笑笑："都让我请客了，却连个手机号都不肯给，太不给面子了吧？"

女主持捂嘴笑："往常都是别人追着你要联系方式，难得你也有碰壁的时候——简小妹，看你魅力多大。"

简冰不置可否，飞快地报了一串数字。

"这不是……"杨帆表情有点诡异。

陈辞狐疑地看了简冰一眼，又去看刚输好的手机号，按下了拨出键。

杨帆裤兜里的手机，快乐地唱了起来：

"我有许多的秘密，就不告诉你，就不告诉你……"

"你骗我啊。"陈辞还真是这辈子头一次主动和女生要手机号，也头一次在这种事情上栽跟头。

简冰一点不觉得羞愧："都说了他是我哥，找到他不就找到我了？"

杨帆哆嗦——撒一个谎，真的就需要千百个谎来圆！

陈辞没再说话，低头摆弄自己面前的小盒纸巾。

服务员很快把脏餐盘撤了下去，简冰不客气地点了一大堆东西，还扭头问杨帆："哥，你要吃什么？"

杨帆被那声“哥”震得话都说不利索了，结结巴巴说：“随、随便。”

简冰便非常豪气地，给他也来了一大堆餐前水果、餐后甜品，正餐则全是又贵又吃不饱的花哨东西。

杨帆实在是坐不住了，悄悄拉她：“差不多啦——”

简冰这才放下菜单。

文非凡一直坐那儿没吭声，这个时候，才开口道：“小姑娘，你家是哪里的？”

简冰瞥了一眼杨帆：“我哥……”

“你滑得那么好，”文非凡打断道，“又那么像我们的一位故人。她有一个妹妹，和你年纪差不多……”

简冰垂着眼皮，手里的小勺子轻轻地按压小杯子里的布丁，橙色的表面光滑平整，犹如刚刚清理完的冰面。

“她姓舒，小名冰冰，L市人……”

小勺子慢慢切入布丁内部，又轻轻拉了出来。“镜面”平整依旧，长长的切痕，却也无法愈合了。

简冰放下布丁，摇头道：“你们认错人了——要没什么事，我们就先回去了。”

文非凡一愣，看了陈辞一眼，将到嘴边的疑问咽了回去。

简冰可不管他，起身就往外走。

杨帆尴尬笑笑，也赶紧跟了上去。

“这也太傲了！”人一出门，文非凡就忍不住道，“我当了这么久教练，还真第一次见到这样的毛丫头。技术不怎么样，脾气倒是很大。”

女主持干笑。

文穗踢动双脚：“爸爸，你们不请那姐姐来凛风了呀？”

“请她来干吗？”文非凡冷笑道，“就算长得像舒雪，也不能拿脸来比赛——都已经18岁了，发育关都过了，难道靠那一串2T跳去参赛？”

陈辞没吭声，扭头看向窗外。

已经是五月初了，马路上的火炬木也已经展开了条状的绿叶，葱翠鲜亮。

而在那个笑起来眉眼弯弯的女孩口中，这是“浴火重生木”，是她的信仰之木。

他也是从她口中知道，火炬木的花语是：我将于巨变中生还。

秋去春来，整整七年。

浴火重生的奇迹，于巨变中重新站起的希望，还是没能在她身上发生。

（三）

ISU三级证书下来的那天，正好是简冰的18周岁生日。

她照例复制了证书号报名，照例用手机报了喜讯，照例收到了杨帆大惊小怪的电话。

“冰冰师妹，你老实说，是不是在国外受过训练啊?!”

简冰一边擦冰刀，一边心不在焉道：“没有啊，我要有机会出国训练，能这么优哉游哉地在这里读书？”

杨帆想想也是，转了专业的那些运动员，哪儿有时间像简冰这样天天跑出去打工。

“那晚上什么节目？没事的话，来参加我们系的单身晚会呀。”

简冰呵呵一笑：“你单身啊？”

那语调一听就不怀好意，杨帆嘴硬道：“没有，我是策划人。”

“噢，”简冰笑得更欢，“有女朋友的人，成天不是滑冰，就是搞活动，你女朋友不生气？”

“我有没有女朋友，到底关你什么事儿啊！”杨帆愤然，“就一句话，来不来？”

“晚上还真有事，我买了票要去看演出。”

“看演出，你还追星啊？”杨帆想象不出简冰这样的人，犯起花痴是什么模样的。

“老舍的《茶馆》。”

杨帆无语了，看话剧，还是《茶馆》，真挺像她会做的事。

“那个……”杨帆看看时间，用非常不刻意的语调，“顺便”提道，“那个陈辞，你还记得吧？”

“嗯？”

“他最近每天给我打电话呀。”杨帆在“每天”两个字上加重了语气，“要不，我把你手机号给他？”

简冰沉默了，半晌，道：“你手机有拉黑功能吧？”

杨帆“啊”了一声：“什么？”

“你就拉黑他呗。”

杨帆：“……”

真不能忍啊！

女的怎么就能这么傲，男的偏偏还就这么能缠！

你们这是要谈恋爱吗?!

谈恋爱，不也是烈女怕缠郎?!

总缠着他大老爷们干什么呀！

杨帆捏着手机原地走了好几个来回：“我说，那小子到底哪里让你看不顺眼了呀？”

“没有啊。”简冰淡定道。

“没有你让我拉黑他！”杨帆控诉，“你自己都没发觉啊，你一看到他，那个脸——唰，就拉长了。跟人家欠了你几百万似的。”

“他也是个怪胎，那么多女粉丝，怎么就非得跟你屁股后面——他是不是在追你呀？追你也不能老骚扰我呀！”

杨帆越说越愤慨，都没发现电话那边早已经没了声音。

简冰放下手机，有些恍神地看着书桌前的小小相框。

照片里，10岁的她胖成了一团，脸上的肥肉把五官都撑变形了。虽然可爱，却和现在的模样大相径庭。

而身后的姐姐，如青涩的竹笋一般挺立着，两手环在她腰上，费劲地抱着她转圈。

“你快点减肥，姐姐带你一起去冰场上玩。”

……

她苦笑着摸了摸自己的脸——现在，她真的瘦了，姐姐却始终不曾也无法兑现诺言。

而不能兑现的原因，正是这看似毫无波澜的平静冰面。

当年的场景又一次在她脑内浮现，座无虚席的观众席，巨大的电子屏，雪白的冰面，乐声悠扬。

她的姐姐滑着弧线与男伴共舞，旋转、跳跃、下腰……被扶着腰肢抛出之后，如断翅的蝴蝶一般坠落……

七年过去了，“舒雪”两个字彻底消失在了公众面前。

而他陈辞，换女伴，转男单，换教练，拿奖牌……

如纸鸢乘线凭风，青云直上。

渐渐地，在评论人的口中，“舒雪”两个字，成了他转男单路上的一块障碍，成了他不愿突破单跳的一个借口。

“不能让优秀的男单女单选手全部为冲刺双人滑而放弃单人项目”，这话在简冰眼前不知出现了多少次。

而实际上，他最开始进入职业生涯的起步就是双人滑，他最初的冠军头衔也是双人滑给的。

一转身，论调就变成了“双人滑耽误陈辞多年”。

简冰正想得出神，室友们从外面回来。最活泼那个直接扑在了她背上：“简小胖，又在回忆当年的胖子生涯了哇！”

简冰笑着转过头，那点忧伤也瞬间抛到了脑后：“龙思思，你不是想交男朋友——我给你介绍个学长怎么样？”

龙思思瞬间来精神了：“真的啊！帅不帅？高不高？什么专业的？”

“个子挺高的，本校土木大二，”简冰停顿了下，“最重要的是姓杨，特别配你龙姑娘。”

说完，还掏出手机，把杨帆和陈辞的那张合影翻了出来。

“跟花滑小帅哥站一起，颜值都不输。”

那照片她拍的时候偏心到了极点，杨帆玉树临风，陈辞却连脸都是糊的，对比极其惨烈。

龙思思看得心花怒放，一个劲儿点头。

简冰于是把杨帆提到的单身晚会的地址给她发了过去：“今晚咱们学校还有个单身晚会，这位学长就是策划人。你去那边攻略攻略，要是攻略不成，还可以在现场物色物色其他对象。”

龙思思嗯嗯直应声，就差给她磕头了。

远在男生宿舍区的杨帆，毫无知觉地，打了个大喷嚏。

***

应付完室友，简冰套上外套独自出了宿舍楼。

周五，向来是学生们最放纵开心的时候，成群结队地往外面走。

简冰缩着脖子，慢腾腾地往外面走。

出校门就有公交，但是要绕一大圈路，好处是不用转车。假如坐四站公交后转乘地铁，出地铁口步行一千三百三十四米，也能到目的地。

公交十五分钟一班，平均四站一个红绿灯；地铁五分钟一班，没有红绿灯……

“冰冰。”

简冰浑身一抖，快要完成的心算登时就乱了。

她不大高兴地转过头，陈辞穿着件薄卫衣，背着运动包，不远不近地站在自己身后。

夕阳西下，那点余晖烧起来一般艳丽，毫不吝啬地洒了他满头满脸。

这场景何其熟悉，在简冰的记忆里，不知曾经有过多少个相似的傍晚。

同龄的少男少女一起训练，一起走在夕阳下的街道上。互相道别前，往往还要拿趴在公寓阳台上写作业的她打趣。

冰冰怎么有那么多作业？

冰冰的蛀牙拔掉了没？

冰冰是不是瘦了？

……

如今物是人非，再喊起这个名字，就很有些刺耳。

简冰有些厌恶地皱起了眉头：“别这么叫我。”

陈辞明显愣了下：“杨帆……”

“他是他，你是你。”简冰打断道，“你能跟他比吗？”

陈辞苦笑：“我没得罪你吧？”顿了下，补充道，“如果你不认识舒雪的话。”

正要转身的简冰，在听到那两个字的瞬间，顿住了身形。

“如果你指的是那个练花滑的舒雪，”简冰顿了下，颇有些讽刺地提高声音，“你把她抛摔成植物人的那场比赛，我是现场观众。”

第四章 昔时梦里人

（一）

旋转、旋转、抛出——

“砰！”

白衣女孩如羽毛般轻盈地离开他的掌心，却在旋转数周后重心偏移，重重摔落冰面。

骨骼断裂声、肉体撞击挡板声、观众惊呼声……陈辞甚至觉得，那汩汩流出的鲜血，也带着巨大的声响，一声一声不肯停歇。

音乐没有停，他滑行上前，弯腰试图去搀扶。原本应该沉默昏迷的女孩却转过了头，睁大着眼睛，凛然地看着他……

陈辞蓦然惊醒，睁开眼睛，眼前一片漆黑。

他伸手按亮台灯，撑着手发了半天呆，才恍然自己是做梦了。

那个女孩说，是自己把舒雪摔成了植物人。

她是他的女伴，她是在抛跳时候出的意外——他当然是第一责任人。

想起简冰那一脸理所当然的愤恨和谴责，陈辞苦笑着揉了揉额头，起身走向卫生间。

冰凉的白瓷砖地面倒映着同样苍白的天花板，水冲在脸上，冷得人浑身一激灵。

多久没做这样的梦了？

多久，没有见到舒雪了？

陈辞有些恍惚地看着镜子里的自己，拉开窗帘，外面地平线上已经透出了鱼肚白。

他干脆换了运动服，背上包，小跑着出了家门。

虽然是恢复期，每天固定的基本训练还是要做的。冰上跳跃其实问题也不是很大了，上周训练的时候，他还试跳了两个难度较低的四周单跳。

甚至，还陪因为男伴退役而落单的双人滑女选手曲瑶练了半套节目。

想到曲瑶，陈辞的脚步顿了下。

按文非凡的计划，他这个月就应该飞出国门好好和编曲老师磨合，争取在下赛季正式开始前练好新节目。

但是……

陈辞抬眼看向已经到了眼前的基地大门，转了个弯，跑向后面的宿舍区。

所谓的宿舍区，其实就是一栋三层小楼，三楼女生宿舍，二楼男生宿舍，一楼则是食堂。

食堂对面建了个篮球场，空荡荡的没什么人。

陈辞从食堂后门进去，溜达了一圈，果然找到了正在吃早饭的曲瑶。

“Hi！”

他拿盘子装了早餐，拉开凳子坐下来，曲瑶塞了满嘴的食物，抬头看到他，眼睛圆瞪，一口包子吐也不是，咽也不是。

陈辞道：“还没找到新搭档吧？我之前那个提议，你考虑得怎么样了？”

曲瑶吃力地咽下东西，连灌了两大口温水，才道：“小陈哥哥，你还没死心哪？”

陈辞没吭声，曲瑶接着道："教练压根就不会同意你转回双人，我建议你还不如考虑换俱乐部——你昨天那四周跳多棒，跳单人比双人有出息，干吗这么想不开？"

陈辞低头，拿手里的面包去蘸碟子里的果酱。曲瑶左右看看，欠身往他这边凑了凑："说实话，就是教练同意了，我也不敢啊，你们家冰迷太彪悍了，万一成绩不好，我不得被撕成碎片。而且，我的新搭档，有眉目了。"

陈辞垂下视线，抿紧了嘴唇。

到了眼前的希望，又一次破灭了。

曲瑶自从男伴宣布退役，已经整整半年没有参加正式比赛，平时训练要么练单人部分，要么跟其他小队员借男伴练习下双人动作。

陈辞伤愈回来后，偶尔也陪她练过几回。女方本来就是国内一线的双人滑选手，男方则拿过双人滑世青赛冠军，这对临时组合在训练场上，还真算得上亮眼。

螺旋线[1]、联合转[2]、捻转、抛跳[3]……陈辞不得不承认，相较于更强调跳跃难度的单人滑，他还是更喜欢注重默契与配合的双人滑。

紧跟在女伴身后绕场滑行时，恍若重返充满懵懂而热切的少年时代。

刚开始练双人的时候，舒雪的滑行速度特别突出，压步加速时，他跟着都有点吃力，更不要说做配合。

场上的他气喘吁吁，场下的教练气得破口大骂："陈辞，你怎么回事！没吃饱还是怎么着！"

---

1 螺旋线：双人花样滑冰中，男伴做后外规尺动作，两人用一只手相握，女伴身体接近冰面，用单足绕男伴滑行的动作。螺旋线包括准备、进入、滑进、滑出 4 个环节。

2 联合转：旋转过程中变换姿势的旋转。

3 抛跳：双人花样滑冰中，女伴在男伴协助下完成的跳跃，即女伴在起跳时由男伴抛入空中，在没有男伴协助的情况下独立完成落冰。抛跳包括准备、起跳抛出、空中转体和落冰滑出 4 个环节。

而到了联合旋转的时候，挨批的就变成了舒雪。

明明是一起开始的动作，他已经换动作转过两周了，舒雪还保持着原来的姿势，在那儿兀自瞎转。

……

“我吃完了啊，”曲瑶的声音蓦然将他拉回现实，她乒乒乓乓地收拾餐盘，“您继续，我训练去了。”

陈辞有些茫然地点了下头，曲瑶瞄瞄他，又瞄瞄门口，压低声音：“我就随口问一句，你别生气，成不？”

陈辞点了下头，曲瑶八卦兮兮的，往前走了一步，“你那么惦记着转双人滑，到底是因为……舒雪呢，还是因为……练单人压力太大呀？”

陈辞本来就不大好看的脸色，更加苍白冷峻了。

曲瑶多机灵一人，看着气氛不对，立刻摆手表示只是自己随口问问，一溜烟跑了。

留下陈辞一个人，对着一桌子早饭发呆。

类似的话，文非凡也问过他。

男单练得好好的，为什么想不通非得转双人呢？

父母、同事、教练、冰迷，都需要一个接受的理由。

舒雪之后，他不是没有换过搭档，成绩却一落千丈。

好不容易成功转到男单，世锦赛冠军也拿了，正是要冲击冬奥会的时候……文非凡几乎是斩钉截铁地拒绝了他的申请：“就是我和俱乐部答应，国家和人民也不会答应。”

再冷门的项目，涉及奥运冲击奖牌的概率，就不单只是一个人的事情了。

天色越来越亮，来食堂吃饭的人也越来越多。

陈辞收拾了东西，拎着包出了食堂大门。

青空无云，只在东面地平线上悬着半个烧红了脸的太阳。他却一点儿温度也感受不到，只埋头苦走，将贴着“责任重大”“目标高远”标语的食堂，远远地甩在了身后。

这一切的一切，全都没有错。

但是，最初走上这条路，难道不是因为喜欢吗？

因为喜欢冰刀滑过冰面带出的流畅轻盈；喜欢跳跃时恍如挣脱引力一般的自由无羁；喜欢与同伴一道在冰面上互相信任着挑战一切……所以，才有了今天的他啊。

8点4分，文非凡的电话终于还是过来了。

“怎么迟到了？感冒了？”

陈辞握着手机，半天才挤出一句“起晚了”。

文非凡啪地挂了电话。

陈辞叹气，把手机塞回衣兜里，垂着头往冰场走。

文非凡的脾气，他是知道的。

说好听点叫杀伐决断，说不好听点，叫独断专行。

他和舒雪刚开始练花滑时，文非凡已经拿过不少奖项，是国内名副其实的男单一号种子选手了。

作为国家队教练霍斌的大弟子，无论教练还是冰迷，无一不认为他将被载入中国男子单人滑史册。

那个时候，四周跳还不是男单的标配，文非凡的阿克谢尔三周半跳就是在国际上都非常亮眼……

陈辞跳上台阶，实在不愿意回想悲剧发生的那一天。与舒雪的摔倒不同，文非凡是在场外出的车祸。

一时间传言纷飞，醉驾、闯红灯、顶包……什么样的消息都有，官方出来辟谣的同时，也宣布了他退役的消息。

这一退，就是十几年。

陈辞有时候忍不住猜想，文非凡寄托在自己身上的，除了身为教练的期许，是不是还有一点未圆满的寄托？

***

“乡下是怎么了？会弄得这么卖儿卖女的！”

“谁知道？要不怎么说，就是条狗也得托生在北京城里嘛！”……

台上的人贩子忙着帮人卖女儿，台下的观众席鸦雀无声。

简冰窝在剧场二楼的角落里，眼睛盯着舞台上大半个世纪前的乱世，神思却不知飞到了哪里。

初夏时节，正是家乡那个南方小城要热闹起来的时候。

花展可以去看了，风筝也放得很高了，就连公园里的鸭子游艇也坐满了人……

舒雪可不喜欢这些，她最开心的，莫过于父亲同意送她北上训练。

“北方的冰湖知道吗？整个湖面都结成了冰，大人小孩都能在上面走来走去——当然，你穿上冰鞋，也就可以直接滑冰了。”短暂的假期里，舒雪不遗余力地夸赞着他乡的冬季。

见她含着铅笔仰着头，舒雪便伸手来摸她胖乎乎的脸蛋。

“等你长大了，姐姐也带你去北方，在冰湖上滑一整套节目给你看！”

“还有糖葫芦——人家那地方的山楂长得才好，摘下了都不用放冰箱，直接往家门口一放，几小时就冻上了。”

这位姐姐做起承诺来，更是肆无忌惮，仿佛整个北方都在她掌中一般。

而坐在一边代姐姐帮她批改作业的陈辞，就跟什么都没听到似的，将错题一道一道画出来。

细细长长的波浪线，纹路不深，振幅不大，却将将拦住她那颗想要出去撒野的心。

她近乎着迷地听完姐姐的许诺，低头看到血淋淋的现实，忍不住抱怨：

“怎么可能都错了呢？”

陈辞也不着急，题一道一道讲，错一个一个纠。

连舒雪都暂时忘却了自己的伟大梦想，凑过来惊叹：“小妹呀，一加五怎么会等于四呢？”

……

那时候，她的梦想也有那么大大小小几十个。

其中最最迫切的，就是陈辞不要再上他们家吃饭了，尤其在她写作业的时候。

（二）

看完话剧已经近晚上10点了，回学校的公交都没班次了。

简冰走了大半条街才进地铁站，一上车，她就有点后悔——车厢尽头那个捧着手机看得入迷的，不是李用鑫又是谁?

真是冤家路窄，防不胜防。

她往车门边站了站，用拉吊环的手尽力地挡住脸。

李用鑫是没什么可怕的，他身后的那个单言，就有那么点儿麻烦了。

地铁一站一站停过去，李用鑫始终没有要下车的意思。简冰仰头看看站点，轻轻松了口气——还有两站，就能摆脱了。

地铁音又一次响起，李用鑫收起手机，站了起来。

简冰努力在人群中背过身，眼看着玻璃倒影里的他一步步走近，一点点从身后挤过去。

二分之一，三分之一，四分之一……

她还没来得及庆幸，那个消失的脑袋又一次冒了出来。

李用鑫脑门锃亮，不可置信地睁圆了眼睛：“居然真的是你！我就说怎么觉得这人贼头贼脑，特别眼熟！”

简冰无奈地转过头，挤出有点尴尬的笑容："真巧啊——"

"巧你个头！"李用鑫车也不下了，三两下挤到她边上，"我们找你好几天了！那个什么杨帆压根就不是你哥！"

"他骗人关我什么事？"

"那你那么护着他干吗！不是你哥你还护着？"

"我不就见义勇为，伤了你那么一点儿面子吗？"简冰真的头疼死了，被这一车人围观就算了，李用鑫还这么不依不饶，"我知道你崇拜你们老大，爱戴你们老大。但是现在你老大又不在，你就放过我不行吗？"

"我放过你，谁放过我啊！"李用鑫这几天可一点儿也不好过。挨经理的批，挨冰迷的骂，还被学生家长嫌弃。

恰好地铁到站，他一闪神，简冰泥鳅一样滑溜着往外钻。

李用鑫赶紧跟着往外走，幸好这站下车的人多，简冰被人堵着，跑不太远。

他一追上就赶紧拽住她背包，大喝："还跑?！"

简冰都给逗乐了："我到站了啊，大哥！"

"我还过站了呢！"李用鑫越想越生气，手更是紧攥着不放，"不行，你得跟我回去！"

"回哪儿啊？"简冰真是没见过这么执着的小弟，"大晚上的，当心我告你拐卖妇女噢。"

李用鑫冷哼："我们老大上次约你比试，你不是跑了？这回跟我一起去。"

简冰努力掰他紧攥着自己背包的手指："你武侠片看多了吧，还比试——就是正式比赛，也没有让男人和女人比跳跃的。我不溜，等着被你们这群傻子欺负？"

李用鑫被她说得有点心虚，但还是坚持不放人："那也是你自己要这么比的，你要男女平等，完全可以跟我们老大提议，换个比试内容！"

简冰使劲点头："你想通了就好，赶紧联系你们老大，劝劝他。"

“你等着！”

李用鑫一手攥着她，一手掏出手机拨号。

简冰扯了两下还是没能挣脱，干脆身子一矮，整个人从背包带子里滑出来，撒腿就跑。

李用鑫跳脚：“又骗我，你包还在我这儿呢！”

简冰头也不回，直奔出站口：“抵押给你了，下次见面再取——”

“你……”

李用鑫在后面追了两步，很快被出站的自动闸门拦住了去路。等他掏出地铁票，再刷卡出来，早已经不见简冰的人影。

他晃了晃书包，觉得并不十分饱满，拉开拉链，往里一探：

除了一条薄围巾，一瓶喝了一半的矿泉水，一个放了几个钢镚的零钱包，里面空空如也。

李用鑫不死心，将包整个颠倒过来，使劲晃动。

一张不大不小的学生证，磕磕碰碰着掉了出来。

***

出了地铁站，简冰几乎是狂奔着拦了的士。

她一边庆幸如今科技发达，拿个手机就可以走遍全城了，一边有点心疼被自己抛弃掉的背包和围巾。

四站路很快到了，她一边下车，一边在裤兜里掏学生证——他们学校门禁严格，晚上超过10点回宿舍区，没学生证进不去呢。

左边口袋是空的，右边的也是空的。

简冰愣了一下，苦笑出声。

这一回，真的是把老底都给交代了。

第二天早上只有三四两节课，简冰早起去跑步，其他人都赖在床上不想起来，纷纷用嗷嗷待哺的眼神瞅着她。

“我要吃东门小马哥的驴肉火烧，和他家隔壁的豆汁！”

“我要一套西门口大爷的烧饼。”

……

简冰绑好鞋带，顺便把她们放在桌上的饭卡都给收进了自己衣兜里：“懒汉没有选择的权利，一会儿我带什么，你们就吃什么。”

“法西斯——”

“暴君！”

把一屋子的哀号关在里面，她沿着走廊往外走，阳光从走廊尽头晒进来，让整条过道都暖融融的。

赛事密集的冬天真的过去了，百无聊赖的夏天，马上就要来了。

简冰伸伸胳膊，伸伸腿，沿着宿舍楼底下的水泥路往教学区的操场跑去。

操场外面就是热闹的小吃街，就连风吹过来都带着股食物的香气。

简冰深吸了口气，目不斜视地踏上塑胶跑道绕圈。

一圈，两圈，三圈……卖肉夹馍的阿姨忍不住隔着铁门打趣：“小姑娘，你一大早跑那么多圈，不买点肉夹馍补充补充体力呀？”

简冰笑笑：“我减肥呢。”

阿姨呵呵直笑：“怪不得那么瘦。”

瘦吗？

简冰一边擦汗，一边打量自己不算粗壮的胳膊、有点平坦的胸脯、没什么赘肉的双腿。

她原地蹦了几下，两臂张开，做了个简单的跳跃落冰练习。

想要在冰上轻盈如蝶，不瘦怎么飞得起来呢？

塑胶跑道是不方便做陆地旋转练习的，但操场后面还有体育馆，早上是没什么人的。

简冰熟门熟路地从后门进去，开了舞蹈室的门。

膝关节屈伸练习、双足跳接落冰、起跳练习、反身直立旋转、收手起跳空转……她做得太过专注，甚至没留意到虚掩的门什么时候又被推开了。

直到转身时，镜子里清晰地印出了单言的身影时，才“啊”地轻呼了一声。

注意力转移，脚下的动作也乱了，小跳后面的A跳就出不来了，整个人啪地摔倒在木地板上。

“小跳接A跳，模拟我的后外线进入啊。”单言有点得意，尾音扬得高高的，右边肩上还挂着那只熟悉的灰色女式背包。

简冰揉了揉膝盖，没好气道：“全世界就你的A跳是后外线进入的？”

“脾气还不小，模仿谁你也没跳好吧。”单言道，“就刚才那一下，你连抱臂都没抱好，身体弯得跟只虾似的，跳个屁A跳啊？”

简冰呵呵干笑，爬起来，一把抢过他手里的背包，拍拍裤子就往外走。

单言耸耸肩，跟在她后面，一边走，一边道：“忠言逆耳，良药苦口。这是世青赛冠军对你的忠告，你别不当回事嘛。”

简冰越走越快，最后干脆小跑起来。

拼体力，单言大小伙一个，当然不会输。

他轻轻松松追上来，并肩跑着问：“怎么一直不说话？伤自尊啊？你也伤我自尊了呀，这叫一报还一报。”

简冰只得停下：“你一个现役运动员，成天跟我一小屁民较劲，有意思吗？”

“有意思呀。”单言搓搓鼻子，一脸无赖无畏的模样。

简冰叹气：“我跟您认错，行不？”

“当然不行。”单言斩钉截铁道，“我这个人认死理的，你既然怼我，那就得拿出当初怼人的勇气，彻彻底底打赢我才行。”

“我……”简冰难得噎住，深吸了口气，继续往前埋头苦走。

惹不起，躲总可以了吧！

单言慢吞吞跟了两步，从兜里掏出张学生证，提高嗓门："人文学院文二班学号二十五的简冰同学，你每天做这么多陆地训练，是想当专业运动员？"

百米开外的简冰，再一次停下了脚步。

她近乎恶毒地转过头，瞪着他："是不是只要赢你一次，你就滚得远远的？"

"只要你做得到。"单言答得十分干脆，那表情分明就是不屑。

"那咱们就比……"

许是预料到了危险，单言再一次出声打断她："必须得在冰上，必须得合规则。"

简冰咬咬嘴唇，"行，那咱们就比双人滑长节目，各自找伴，各自编舞。"

单言愣住："双人？"

"不行？"

单言上下打量她一圈，眯起眼睛："行。"

（三）

"你和单言比双人滑？"杨帆有些夸张地张大嘴巴，"你不是疯了吧？"

简冰嗯了一声，把自行车推了出来，问："凛风下午几点清冰来着？"

"不是，"杨帆结结巴巴道，"我伤还没好呢，就是好了……我也不会滑双人啊！你们约在什么时候？"

"周五10点整。"

周五?!

还精确了具体的时间!

杨帆只觉要晕倒，今天已经周四了啊！

就是从现在开始算，也只剩下不到二十五个小时了。他杨帆就是天赋异禀，立刻去学双人滑基础动作……怎么可能赢得了单言？！

简冰看起来倒是淡定的，还有空检查自行车轮胎。

“哎呀，哎呀！”杨帆就跟陀螺似的绕着她转，“你把时间约那么紧，不是为了早死早超生吧？”

简冰瞥了他一眼，拎起装着滑冰鞋和滑冰服的大背包：“我这是兵行险招，为了不给单言练习备战的时间。”

不给单言备战的时间？

杨帆都不知道该哭还是该笑了——赢他们两个，单言需要准备什么？

他只需要随便去大街上拉个女的，扶着她在冰上滑上几圈，再做几个四周单跳，不就赢了？

简冰背好包，又伸出手：“陈辞的号码还有吧？手机借我。”

“陈……”杨帆瞪大眼珠子，“你要找他跟你搭档？！”

亏他在那儿担心半天！

原来压根没他什么事儿啊！

仔细一回想，人姑娘确实从头到尾，都没有提要他帮忙。

真是自作多情了……

简冰接过手机，翻出号码，直接拨了过去。

电话响了半天才被接起，陈辞的声音带着点喘，似乎刚运动完：“杨帆？”

简冰干咳了一声：“是我，简冰，想找你帮个忙。”

陈辞意外极了，愣了好一会儿，才点头道：“行，等我训练……”

“我赶时间，”简冰打断他，“很急很急。”

陈辞沉默了一会儿，似乎在往外走，压低声音道：“那你来凛风训练基地门口等我，二十分钟后见。”

***

从Z大到凛风训练基地，骑车大约也就十几分钟的距离。

因为载着杨帆，加上背上的背包负重，简冰花了整整十八分三十六秒才赶到。

出乎他们意料，陈辞居然已经等在那里了。

杨帆禁不住感慨爱情的可怕，多帅一小伙，多有希望一祖国栋梁，居然因为小丫头片子的一个电话，浪费宝贵的训练时间。

怪不得说英雄难过美人关，色字头上一把刀呢。

“偶像，你来得好早呀！”杨帆一边跳下车，一边拍马屁。

陈辞客气地笑了笑，看向简冰：“到底什么事儿？”

简冰骑得满头大汗，话到了嘴边，又给气压了回去，只得一个劲儿地用手顺气。

杨帆赶紧帮忙解释：“北极星那个单言，特别睚眦必报，特别阴毒无耻，就因为我们冰冰上次在你们凛风的嘉年华活动上怼了他一句，每天都来学校骚扰人！特别特别欺负人……”

他特地强调了简冰是在凛风嘉年华上与单言结的梁子，又添油加醋描述了一遍单言的蛮横霸道，最后才哭丧着脸说出了此行的真实目的。

陈辞默默听完，举一反三地猜到了他们来的目的，问简冰：“你想让我当你的男伴，和单言比赛？”

简冰没吭声，当是默认。

陈辞垂下视线，按亮手里的手机，调出拨号界面：“你手机号多少？”

简冰：“……”

杨帆：“……”

陈辞耐心地等着，杨帆悄悄扯了扯简冰袖子，她这才瓮声瓮气地报了串号码出来。

话音落下不久，她那个大背包里，就传来了轻快的钢琴声。

陈辞这才收起手机："北极星一共就一对小双，女伴今年才刚满14岁，还没到发育关，五种两周跳齐全，低级三周跳跃也会几个，强项是捻转——但单言没练过双人项目，时间又那么紧，他大概率是学一下螺旋线，然后带着女伴滑一下上个赛季的长节目。"

杨帆听得触目惊心："他还真要带现役的运动员来啊？他……他也太欺负人了吧？"

陈辞无奈："既然要比，他总不喜欢输的，当然会带专业的女伴。"说着，看了下简冰，"你们不也来找我了。"

简冰靠着自行车，目光游移。

那副刻意装出来的、心不在焉的样子，不知为什么，就让陈辞有种想要摸摸头的冲动。

真的，很久违，很诡异的……一种感觉。

"你……"陈辞干咳了一声，"接触过双人滑吗？"

简冰迟疑着，摇了摇头。

陈辞叹气："那跳跃配置呢？"

简冰看了眼垂头丧气的杨帆："单跳的话，3T，3lo，3s[1]，其他都只能跳两周。"

杨帆眼睛唰地就亮了，就连陈辞也有点儿震惊。

能做三种三周跳的女孩，这已经不是业余水平了吧。国内不少小双的女伴，也就差不多这个配置了。

陈辞看了眼时间："那我们先去看看你的跳跃完成度。"

---

1 3T，3lo，3s：点冰鲁卜三周跳，鲁卜三周跳，沙霍夫三周跳。沙霍夫跳，助跳，左右内起跳，空中直体纵轴转体，右足刀齿落冰后外刃滑出。

凛风的冰场，他们肯定是不能去的。

商业冰场有学员，容易被围观。

训练基地有文非凡，要是知道他陈辞好好的恢复训练不做，跑去跟小姑娘勾勾搭搭练什么双人滑，一定会被骂到怀疑人生。

陈辞叫了辆车，三人去了简冰打工的少年宫。

——这边的冰场价格虽然便宜，设施也差，还真没多少人。

简冰做了几个热身动作，换鞋上冰，从三周的点冰鲁卜跳开始，一个单跳一个单跳演示过去。

陈辞两手插兜，大半张脸埋在口罩里，紧盯着那个踩着刀刃起跳、凌空旋转再“漂移”着落地的消瘦女孩。

真的是太像了。

点冰起跳的瞬间尤其像舒雪，举手投足间全是他熟悉的神韵。

六个跳跃做完，场内仅有的几个散客也不滑了，自动自发地退到一边，纷纷鼓掌着叫好，有人甚至举起了手机开始拍视频。

虽然稳定性一般，但这女孩刚刚跳了三种三周跳，两种两周跳哇！

还有一个用刃一般的阿克谢尔两周半跳，这么年轻，是专业的运动员吗？

杨帆悄无声息地凑过去：“哥们，帮帮忙呀，他们明天有比赛呢。我们是在练‘秘密武器’，视频千万别到处传呀。”

几句半真半假的话，唬得围观群众震惊不已，自动自发将手机放下。

“我们不拍了，不拍了！”

时间紧迫，简冰也有点绷不住了，滑到一直不说话的陈辞边上：“怎么样，能赢吗？”

陈辞这才回神，有些怅然道：“双人滑并不是一加一等于二的数学题，跳跃配置要够，配合也是很重要的——你的几个单跳跳跃问题都不大，但你没接触过双人滑……”

“单言也没练过吧？”简冰打断他，“我不信他能用一个晚上练出捻转和抛跳，就是他敢，他的女伴也不敢吧？”

陈辞盯着她，半晌，摇头道：“他不敢，我也不敢。”

简冰眯起眼睛：“怕我也摔成植物人？”

陈辞的脸一下子阴沉起来，抿着嘴唇看了她半天，克制道：“我不会和任何没有做过两个月以上陆地抛跳训练的人，上冰做抛跳动作。”

简冰脚下蹬了下冰，从他身前左侧滑到右侧，又滑了回来：“那捻转呢？”

陈辞仍旧只是摇头，简冰简直要给他气笑了：“抛跳不敢试，捻转也不敢试，那我找你有什么用？”

陈辞也来了气：“换个女伴，我当然就敢了。”

“你——”简冰仰头瞪他，瞪了半天，眼泪都酸出来了，只得低头揉眼。

陈辞终归还是心软了：“一共也就那么点时间，加双人旋转和托举，还有螺旋线，未必就会输。”

“也未必就会赢吧？”简冰反问。

陈辞苦笑：“谁能保证自己一定能赢？赢比命还重要？你是为了什么学花滑的？为了命丧冰场？”

简冰咬唇，自言自语似的嘟囔：“没准单言他们……”

“他连托举都不会去做。”陈辞认真地看着她，“他是现役运动员，男单下赛季一共就两个国际比赛的名额，竞争力那么大，他绝对不敢冒险——对手又是你，信不信他今天坚持常规训练，只和女伴合两遍音乐？”

简冰握紧了拳头，紧得掌心都吃痛，才缓缓松开。

这才是真正的大实话，现在的她，恐怕连作为对手的资格都没有。好胜心与羞耻感一齐噬咬着她，就连头顶的灯光都白得刺目起来。

陈辞静静等待着，眼看着女孩脸上因为激动而泛起的红潮逐渐褪去，渐渐显露出原本的白皙和冷静。

“那曲目呢？”

陈辞松了口气，声音也轻柔了不少：“你看过我和舒雪的《堂吉诃德》吧？”

简冰猛然抬头，神情复杂。

《堂吉诃德》，她当然看过！

八年前，陈辞和舒雪两个名字登顶世青赛时的用曲，便是这首改编自理查·施特劳斯的交响诗。

在木管上升音群中被托起的女孩，随着小提琴声旋转的少男少女……在长号与低音号的旋律下，于刀刃上起舞，破蛹成蝶。

会当凌绝顶，一览众山小。

这是舒雪一生中最辉煌的时刻，也是简冰十几年生命里，最鲜活明亮的记忆。

忍受那不能忍受的苦难，
跋涉那不能跋涉的泥泞，
负担那负担不了的重担，
探索那探索不及的星空。

——塞万提斯

第五章

初试双人滑

（一）

杨帆坐在椅子上，困得脑袋一个劲往边上歪。

每次醒来，总能看到眼前两个人影，不知疲倦般地在那儿跳啊蹦啊的。

看完简冰的那几个三周跳跃之后，他们就找了个空地开始陆地训练，等到天色全黑，少年宫都要关门了，又转移到了凛风空无一人的舞蹈室。

枯燥到了极点的陆地训练，重复再重复，看得他不知不觉就睡了过去。

椅子太硬，外卖太难吃，灯光太刺眼，气温太低……杨帆不知在心里吐槽了多少，但两个训练了大半天的人都没吭气，他总不好表现得太娇气。

杨帆之前也是跟着私教做过陆地训练的，可眼前这个强度，还是看得他心头打鼓。

整整十几个小时啊，除了吃饭和上厕所，他们真就一刻也没休息。

就连吃饭的时候，都不忘讨论动作。

简冰不提，就连看着斯斯文文的陈辞，训练起来也严苛得可怕。一个难度最低的托举动作，他们陆地上起码练了有几十遍。

杨帆几乎是眼睁睁看着简冰从狼狈到熟练地翻上陈辞的肩膀，最后居然还能换落冰腿做动作，简直像是在耍杂技。

再一次醒来时，简冰和陈辞已经穿好外套，在那儿收拾东西了。

杨帆一个激灵，赶紧跳起来："练完了？"

"去上冰。"陈辞戴好口罩，顺手想去拎简冰放在地上的大包。简冰飞快地抢先拿到手上，硬邦邦道："走吧。"

陈辞愣了下，抱怨道："我陪你练了一个晚上哎。"

简冰只当没听到，大步往外走去。

杨帆揉揉鼻子，也装没听到。

凛风俱乐部冰场的营业时间只到晚上10点，到现在这个时候，连保安都已经去休息了。

三个人走在空荡荡的走廊上，只觉得满大楼都是萧索的脚步声。

临近冰场入口，更是能听到诡异的轰鸣声。

杨帆哆嗦了一下，嘀咕："我是不是幻听了啊，怎么屋子里还有雷声？"

"是制冰设备的声音，"陈辞解释道，"白天噪音大，不容易觉察，晚上就比较明显了。"

"那怎么……现在又没了？"杨帆的声音听着有点儿抖。

"晚上温度低，设备是间隔运转的。"陈辞倒是已经很习惯这样的环境，掏出事先跟经理借来的钥匙，将冰场大门重新打开。

扑面而来的冷气，冻得三个人都是一阵哆嗦。

杨帆更是连打好几个喷嚏，就差缩到简冰背后去了。

简冰迟疑着看了他一眼，劝说道："要不然，你先回去吧？"

"哪儿的话！"杨帆努力挺起胸膛，"你为我打抱不平惹的麻烦，我自顾自去睡觉，那我还是不是男人了？"

简冰也不是会跟他客气的人，他这么说了，她便又把外套脱了，交给他："那外套借你，可以当被子盖。"

陈辞的目光在两人之间流转："你们真是亲兄妹？"

杨帆立刻心虚了，正犹豫着要不要实话实说，简冰道："不是亲兄妹，还能是小两口？"

清纯少年杨帆的脸，唰地一下，全红了。

他这反应实在太过诡异，陈辞狐疑地追问："那你们怎么不同姓？"

简冰一边把冰鞋从包里掏出来，一边漠然道："谁说亲生的兄弟姐妹都要一个姓的？我们一个随母姓，一个随父姓，法律不允许吗？"

陈辞终于闭嘴了，心里的另一个疑问却再一次隐约浮起。

一个随母亲姓，一个随父亲姓？

舒雪的母亲，姓什么来着？

那时候的他，确确实实太过年轻，只记得"叔叔""阿姨"的称呼，却连对方父母的全名都没能完全记得。

后来舒雪出事，他们举家搬迁，叔叔更是把一直在经营的小冰场都转手卖了。

他看向正低头脱冰刀套的瘦小身影，越看便越觉得熟悉。

那种熟悉感并不仅来自她与舒雪有些相似的外形，也并不仅来自刻意模仿的舒式动作。

女孩在他面前这样肆无忌惮的任性态度，实在是太过自然了。

仿佛他们的相处模式，从来就如此一般。

陈辞若有所思地取出冰鞋，一颗心晃晃悠悠，不知要落到什么地方去。

——如果她真是舒冰，他要怎么做？

陈辞把脚伸入冰鞋，手指头凉凉的，有点发麻。

七年，不长不短，就这么悄无声息地，从各自疯长的骨骼、逐日坚挺的脊背间溜走了。

芭蕉不展丁香结，同向春风各自愁。

大约是深夜的缘故，冰面上融了不少水出来，较平时滑了不少。

陈辞绕场滑了两圈，只觉得这冰面也和自己的心情一样潮湿阴冷。

简冰则满脑子都是上冰练习的念头，急匆匆适应了下冰面，便滑到了他身侧：“能开始了吗？”

陈辞低头看了她一眼，点头：“从同步的联合旋转开始吧，我喊口号，你跟着做——咱们先把动作过两遍，再合音乐。”

《堂吉诃德》毕竟是以前的世青赛参赛曲目，部分动作在现行评分规则下其实并不讨巧，又去掉了抛跳和捻转，基础分值较之前低了不少。

陈辞陪她做陆地训练的同时，也将动作做了更符合现状的调整。

两人按着预定好的路线滑入，开始同步抱臂旋转。

杨帆在那边瞧着，明显看出了两人转速不同，完全无同步率可言。

一个脸转过来了，另一个还侧着身呢！

待到陈辞喊“换”的时候，简冰更是和他差了整整一周——双人滑的周数要按周数最少的那一位算分，陈辞那多转的一周，便彻底浪费掉了。

同步率差，那是全国性的顽疾！

杨帆这么安慰自己，啪啪鼓掌。

正沮丧着的简冰表情诡异地看向他：“你是不是北极星派来的奸细啊，我们滑得差，你还鼓掌庆祝？”

杨帆举在半空的手掌，轻轻合在了一起：“就……就鼓舞下士气嘛。”

他总不能承认，自己胸无大志，要求低廉吧?!

两人磕磕绊绊地磨到了螺旋线这里，又出了问题。

舒雪原来做的是漂亮的燕式螺旋线，但如今规则更新，那个姿势已经不符合现行标准了。

陈辞考虑到简冰是第一次做螺旋线，直接把单足燕式改成了更加简单的双足螺旋线。

简冰在陆地上模拟的时候还因为难度系数不够，而有所不满，如今上冰一试，只觉得被握住的手臂烧灼一般地疼痛。

偏偏陈辞还在不断地提醒："头低一点，膝盖，膝盖压下去！整个人都往下再低一点！"

一套动作做下来，她满头大汗，陈辞却直摇头："没有一周姿势是规范的，按这样的完成度，整个动作的基础分都没有了。"

简冰咬唇："我可以再练。"

陈辞看了看时间，差四分钟凌晨1点。

就是不眠不休，他们也只剩下九个小时不到的时间了。

"输给现役运动员，其实并不是什么特别丢人的事。"陈辞犹豫了下，斟酌用词道，"你的底子不错，勤加练习的话……"

"不是还有时间？"简冰打断他，"万一我就赢了呢？"

陈辞沉默半晌，揉了揉眉心，示意她往场外走："那先去做半小时压腿。"

这一回，简冰没反驳，干脆利落地下了冰，在冰凉的地板上做起了压腿。

陈辞看了一会儿，去衣柜那边找了毯子来，铺好，冲简冰招手："你过来。"

简冰虽然看他不顺眼，却也知道这是在照顾自己了。她乖乖上前，整个人趴倒——毕竟是练过芭蕾的人，身体柔韧度还是……冷不丁后腰被一股大力按住，狠狠地压下来。

简冰惨呼一声，隐约听见了自己骨骼咔嚓咔嚓摩擦的声响。

这简直比舞蹈老师还要惨无人道！

毕竟舞蹈室里，不用一年四季都开着冷气。

陈辞便跟没事人一般，淡定地直起身，走到杨帆边上，拉开椅子坐下。

杨帆下意识挺直了脊背，放下跷起的二郎腿，没话找话一般，问："偶像，你们平时训练，都……这么苦啊？"

陈辞嗯了一声，仰头揉了揉酸痛的脖子：“我觉得练跳跃的时候更苦一些，危险性也大。难度上不去的话，教练有时候还会拿道具辅助一下。”

“那不是蛮人性化的嘛，”杨帆嘀咕，“怎么辅助呀？”

陈辞看了他一眼，比画：“就那个钓竿一样的，把你吊起来，就不怕摔了。”

杨帆：“……”

那还是人吗?!

杨帆这辈子，都不想被人像鱼一样吊起来。他紧裹着外套，打了个响亮的喷嚏，也打消了学习什么双人滑的念头。

他这个人别的优点没有，就是懂道理，不逞强，识时务!

（二）

时间一分一秒过去，冰场二层观众席外的窗户，渐渐透出了光亮。

值班小哥例行检查场地，经过冰场门口时，意外地发现门缝里居然有灯光漏出。

忘了关灯?

遭贼了?

这里面除了冰，还是冰，有什么特别值得偷的东西吗?

他推开门，冷空气激得他浑身汗毛直立，极目望去，平如镜面的冰场里空无一人。场外的空地上，却明晃晃地横放着一大堆东西。

那是什么?

看轮廓似乎是人……难道昨晚清场没清干净，把人反锁里面冻死了?!

可怕的念头才浮现，又被他硬按了下去。

不可能啊!

门没锁呢，他一推就开了。

回应他想法似的，躺最外围的男人动了一下，扒开外套撑坐起来。

——乱成鸡窝的头发，黑眼睛，薄嘴唇，身上还穿着印着凛风logo的蓝色卫衣。

这不是自家的男单一哥陈辞?!

这里毕竟距离签约运动员的训练基地近，偶尔也确实会有运动员来借场地训练。但这么早就来上冰的，还真不大常见。

值班小哥正要打招呼，陈辞身侧的衣服动了动，简冰顶着一头张牙舞爪的头发，钻了出来。

少男少女的心真是火热呀，在这么冷的地方约会吗?

还是……不会是他想的那样吧……

值班小哥被自己放荡不羁的想象力吓得呆若木鸡，嘴巴也张成了O形。

“你别误会啊，我们还有个人呢！”简冰摇了摇杨帆，把他硬扯起来。

八目相对，杨帆还冲他挥了挥手，张大嘴巴，打了个长长的哈欠。

三个人，那也不能解释什么吧!

谁也没规定，两个人能做的事情，三个人不能做。

两男一女并不比一男一女独处纯洁呀!

值班小哥看看杨帆，瞄瞄简冰，最后还是把视线投向了陈辞。

陈辞已经站起来了，正在那儿整理衣裤，对上他视线，有些无奈道：“能不能别用那么污的眼神看我们，我们练了一宿，又冷又累，就挤一起打了个盹儿而已。”

值班小哥呵呵干笑：“我眼神不好，我道歉我道歉，你们继续练习，继续！”

说罢，他飞快地退出来，一边走一边摸出手机：

“大八卦哦，陈辞小哥约小妹妹小弟弟在冰场过夜!!!”

寂静的凛风后勤工作群霎时热闹起来：

“冰场过夜什么意思啊?”

“集训啊？”

“虽然不明白发生了什么，但是听起来好污呀！”

……

“三个人睡一起呀！”值班小哥强调，“陈小哥解释说是训练了一夜哟！”

群众A：“……”

群众B：“……”

值班小哥不满了，抱怨：“你们怎么那么没劲的，一点儿想象力都没有。”

“是你刚来我们凛风，不了解这行的情况，想象力太丰富了好吧。”终于有老工作人员出来解释了，“他们攻难度的时候，什么怪招都敢想，睡冰场简直是小菜一碟好嘛。”

说着，发了张曲瑶端着饭碗，眯着眼睛在那儿闻的照片。

“我听食堂小李说昨天晚上，曲瑶姑娘晚饭都没吃，就闻了五分钟味道——据说新搭档要来了，她得开始减肥，控制体重了。”

因为训练，所以睡在摄氏度零下的冰场里？

因为要减肥，所以用闻味道代替吃饭？

捧着手机的新新社会人值班小哥，有些茫然地看向身侧的白墙。

墙上印着蓝色的凛风会徽，风带起气旋，于冰天雪地中披荆斩棘。接着是一大串裱在镜框里的花滑文化资料，尽头则是当年霍斌老教练的两幅篆体书法：

合抱之木，生于毫末。

石以砥焉，化钝为利。

***

比赛的地点，就约在北极星的综合馆。

三人苦哈哈地挤上出租车，杨帆忍不住八卦："偶像，你们运动员平时是不是特艰苦呀？都世界冠军了，连个代步的车都没有，真叫人敬佩。"

陈辞有点尴尬地笑了下："……我车送去修了。"

杨帆马屁拍在马腿上，立刻见风使舵："代步车嘛，是应该要有的，不然出门多不方便。"

前面的简冰轻哼了声，不着痕迹地摸了摸火辣辣的膝盖。

——刚才托举落冰那一下，真的摔得挺狠的。

她看了眼时间，已经9点30分了。不堵车的话，估计能留个五分钟时间上洗手间；堵车的话，就说不准了。

35分，40分，45分……时间越来越近，简冰忍不住催促司机："师傅，能不能再快点？"

司机师傅淡定地指指前面堵得严严实实的路面："怎么快？飞过去？"

简冰再一次拿起手机，9点52分，距离北极星的直线距离倒是不远了。但马路不是笔直的，前面还有弯道，还要绕过市政广场……

"你们慢慢赶过来，"简冰解开安全带，"我从广场这里横穿过去。"说罢，不顾司机的阻拦，拎着包跳下车，几步绕过停滞不动的车子，小跑着开始横穿广场。

陈辞犹豫着打算起身，车子却在这个时候发动了。

杨帆安慰他也安慰自己："单言约的是她，她没迟到，我们就不算迟到。"

四百米，三百米，二百五十米……简冰越跑越急，冲入北极星那扇被冰迷们称呼为"黄金大门"的镀金门时，分针精准地指向了"59"。

最后一分钟！

她压根不管工作人员"出示证件"的提醒，径直跑向冰场。

"哐啷——"大门被推开的瞬间，迎面而来的刺目灯光、镁光灯和冷气，彻底把她震傻了。

冰场灯火通明，记者、媒体、裁判、观众，一样不缺。

见她进来，摄影将摇臂拉近，她放大特写的脸，便出现在了上面。

这哪里还是普通的私人“约战”，分明是一场严格的小型比赛现场。

***

杨帆刚跳下车，便收到简冰的短信：你们回去吧，别过来了。

他愣了一下，简冰很快又传了一段小视频过来。

杨帆看得咋舌，犹豫着，把手机递给了陈辞：“这……”

陈辞只看了一眼，眉头就紧蹙了起来。

这毕竟是北极星的地盘，还这么大阵仗，这一去，恐怕就要被冠上“踢馆”的名号了。

更何况，媒体本来就很喜欢拿他和单言比。

陈辞单言，连名字都对仗好的，能怪人民群众八卦吗？

“要不然，你就别去了。”杨帆劝道，“我去吧……那么多人，你去了，闹出事情就不好了。”

陈辞默然。

杨帆接着道：“那个北极星的冰迷，我可听说了，特别没素质，往冰面上扔玫瑰花都不带包装的。他们……”

“你学过双人滑？”陈辞问。

杨帆老老实实地摇头：“反正也赢不了，我们输给他，总比你输给他要好……”

“谁说一定会输？”陈辞打断他，“来都来了，这样输了，她能甘心？”

杨帆想起这二十多个小时的刻苦训练，也觉得有些遗憾。

“你不是还有教练，还有……万一输掉……”

刚挺过伤病，重上冰场的人，面对公众的第一战，无论本人还是俱乐部，应该都非常重视吧？

杨帆不是专业运动员，却也隐约猜得到其中的重要性。

“那就不要让这样的事情发生，不就好了？”陈辞把背包甩到背上，大步向前走去。

正前方不到两百米，便是北极星的那扇黄金大门“金灿灿”。

杨帆一跺脚，也小跑着跟了上去。

（三）

“你就一个人来，男伴呢？”单言早在简冰进门时，就注意到她身后没有人。

他今天穿了件鹅黄色的卫衣外套，小卷发根根精神奕奕，镀水银的太阳眼镜架在鼻梁上，如镭射眼斯科特般手扶着眼镜走过来。

他摘下眼镜，一手插进裤兜：“还是你又改主意了，要跟我比单人呀？”

简冰瞪了他一眼，压低声音：“你故意的吧？”

“故意？”单言可一点儿也不觉得有什么问题，“不是你对着摄像机说‘世青赛冠军什么时候来’？我依约而来了，你居然还不满意?!”

简冰怒极反笑：“比就比，又不是真怕你。”

单言笑得非常不怀好意：“我就喜欢你这样有勇气的女孩。”

“我可不喜欢你。”

单言的笑容更大了：“一会儿你就喜欢了。”耀武扬威完，他便大摇大摆地打算去换鞋了。

临要转身，他又嚣张地加了句：“就说你还太嫩吧，也不看看得罪了谁，真以为能拉得到人陪你来丢人。”

简冰只当听不到，把大包往地上一放，直接开始换鞋。

时间那么赶，她包里也没备什么表演服，就身上穿着一套平时的训练服。从昨天到现在，便一直没脱下来。

单言见撩不起她怒火，也觉得没劲，不远不近站着，拿脚尖踢着地面。

不远处的项佳和李用鑫两手做成话筒，冲他呐喊：“老大加油！老大最棒！”

单言不耐烦了，招手示意他们过来。

“你们都搜集的什么狗屁消息，她哪有被凛风收编？哪里被陈辞青睐？光杆司令一个，还是个假司令，连那个假哥哥都没陪她来。”

项佳垂头，李用鑫想要争辩，话到了嘴边，又被单言恶狠狠的眼神瞪了回去。

别说是假的，就是真的哥哥，就那哥们的水平，来这儿和单言比……得多想不开，多想要丢人现眼呀！

也就是这个时候，双开的大门再一次被人从外面大力推开。

小小的一股暖流随着来人一起涌入，正是那个没义气的假哥哥杨帆。

“哎，他来了！”李用鑫赶紧抬手指住。

单言回过头，重重地啧了一声。

不知天高地厚呀，居然真的来了。

杨帆却没急着进来，探头探脑半天，将门推得更大，露出了站在他后方的人影。

高个子，灰色运动裤，蓝色卫衣，凛风标志，干净的黑直短发……

镁光灯和镜头再一次跟了过去，甚至连项佳，都忍不住伸长脖子去看。

王不见王，那是凛风的男单陈辞吧！

怪不得请这么多人，原来是新老两大男单对决呀！

单言眯起眼睛，紧盯着愈走愈近的人影。

他拿世青赛冠军之前，陈辞已经升入成年组，是国内男单拔尖的风云人物。等他拿到冠军，升组上来，陈辞却已经受伤住院了。

他们虽然没在赛场上碰过面，名字却经常被媒体放在一起。

毕竟，两人都是世青赛冠军出身，又同样靠着高积分拿过国内男单第一。

更有甚者，直接称呼年龄较小的单言为“陈辞接班人”。

单言对此当然不屑一顾，甚至整个北极星，也对这样的称号很有些不满。

——陈辞不过就是早出生几年，早几年升成年组而已。

按单言现在的成绩和排名看，并不比陈辞逊色。

两人之间一没衣钵传承，二无师徒关系，接的哪门子班？

都说中国花滑男单充满希望，但下赛季世锦赛的入场券，也就两张而已。

陈辞离开的这段时间里，男单好苗子频出。

到底谁能攒够积分，冲到最前面两名，还真是个未知数。

单言瞥了一眼已经站起来的简冰，从牙齿缝里挤出声音来：“你找的男伴是陈辞？”

简冰没吭声，单言忍不住扭头，却发现她也盯着门口呢，神思沉沉，表情复杂极了。

既不完全是欣喜，也不完全是生气。

她这个受困的“公主”，真是一点儿被救的自觉都没有。

“喂！”单言抬脚踢她膝盖，“我问你话呢！”

简冰这才回神，不掩厌恶地道：“不是他，难道会是你？”

说话间，陈辞和杨帆已经过来了。

单言那不大友善的一脚，被他们明明白白看在了眼里。

杨帆性子急，直接开嚷：“摄像呢？你们家流氓踢我们小姑娘了看到没！北极星真的是从里到外一窝子黑社会啊！”

因了有陈辞在边上撑腰的关系，杨帆嗓门都大了不少。

说完，他还凶巴巴地瞪着单言，将还没绑完鞋带的简冰拉了起来。

“有没有受伤？哥哥帮你检查检查！”

简冰一把拍开他的毛手，避开陈辞询问的目光，挑衅似的反问单言：“那你的女伴呢？”

单言啧地咂了下舌头，拿余光扫了扫陈辞，冲项佳道：“阿佳，喊小茉莉过来。”

听到“小茉莉”三个字，陈辞心里一松。

北极星仅有的那一对小双，女伴叫李茉莉，外号正是“小茉莉”。

李茉莉年纪毕竟还小，虽然从小就练双人滑，但跳跃配置比简冰还低上一些……这一场比赛，还真不好说鹿死谁手。

阿佳很快把李茉莉带来了，跟着一起来的，还有她的男伴周楠。

16岁的大男孩，个子不怎么高，身形却不单薄，壮壮实实的，保镖一样站在自家女伴旁。

单言眼皮跳了下：“小周，你来干吗？”

“单哥，昨天说好了的，小茉莉借你，不抛跳，不捻转，不托举。”

周楠人不大，嗓子倒是粗，声音也嘹亮，一句话说得中气十足，完美体现了双人滑男伴的护花属性。

“要你多嘴！”单言有点拉不下脸，伸手来拉李茉莉，“别管这个二愣子，咱们去换鞋换衣服，准备热身。”

李茉莉怯生生的，回头去看周楠。

周楠瞪着铜铃似的眼睛，一副你不同意我就不放人的架势。

单言叹气：“不做，不做！行了吧?!”

就是要他做，没提前训练，他也做不来呀！

这又不是一个人就能完成的动作！

周楠这才满意，跟李茉莉咬了两句耳朵，一步三回头地被项佳和李用鑫带回了观众席。

单言丢了面子，也懒得在这儿跟他们几个废话了，领着李茉莉，一起往更衣室走。

杨帆冲陈辞竖起大拇指："偶像，你果然料事如神！"

陈辞笑笑，向简冰道："我们也去换衣服吧。"

简冰没吭声，只豪气地坐下来，三两下脱掉加绒的运动长裤，再把外套一脱，身上便只剩下那套浅色的裙装滑冰服。

陈辞抿了下嘴，独自拎着包往更衣室走去。

简冰将包和衣服都往杨帆怀里一放，拆冰刀套，独自一人率先上冰热身。

观众和记者们早就等得不耐烦了，如今见有人上冰，也不管哪一个，镜头先拉起来再说。

简冰低着头绕场滑行，那些密密麻麻长了触手一般的目光，落在身上，针扎一样刺人。

舒雪当年，每次都是在这样的环境下比赛吗？

这么多双眼睛看着，这么多声音响着……她摔倒的时候，看到了什么，听到了什么？

简冰想得出神，脚下一个不稳，啪地摔倒在冰面上。

整个冰场一片寂静，半晌，才爆发出雷鸣般的笑声。

摔了啊！

平地摔啊！

热身滑倒其实挺正常的，但像这个"辍学妹"这样，不做跳跃不做难度步伐也摔倒的，似乎就不多见了。

摇着镜头的摄像师，也是一脸茫然。

他跟过这么多场比赛，就数今天的比赛奇葩了。

两个一线男单选手比双人滑项目，一个女伴上冰就摔，另一个现场和小选手讨价还价借女伴……

还规定不抛跳、不捻转、不托举……

这还比什么赛，干脆演小品得了。

简冰有些狼狈地站了起来，一边拍衣服一边继续蹬冰。

眼看着快到一侧尽头，她脚下冰刀划出的线条也逐渐规整起来。转弯，小跳，落冰，右脚冰刀后外刃接触冰面，划出弧线，左脚外刃起跳，旋转——

一周半，两周半！

外刃落冰，滑出。

一个干脆利落的阿克谢尔二周半跳跃。

“好！漂亮！再来一个！”杨帆从座位上跳起来，鼓掌鼓得简冰的衣服全都落到了地上，又蹲身去捡。

观众席上都是北极星的会员，沉默了一会儿，也客客气气地给了掌声。

毕竟，客从外来嘛。

“流氓粉丝”们告诫自己，在镜头底下，对敌人要“稍微客气一点”。至于真正的庆祝，等单言赢了的时候再开始也不晚。

***

男更衣室里，陈辞刚换好衣服，单言就来敲门了。

陈辞诧异地打开门：“有什么事？”

“你来凑什么热闹？”单言瞪着他，“你不是早就转单人项目了？咱们不应该在国内锦标赛的赛场上见面吗？”

陈辞把衣服放进包里：“你不也是练单人的，不还非得欺负一个业余的小姑娘。你们教练就由着你这么瞎胡闹？”

“我们教练听老板的，老板讲究眼球经济。”单言习惯性地又啧了一声，“再说，她当着这么多人的面让我下不了台，我要不给她点厉害瞧瞧，我还是男人吗？混得下去吗？”

陈辞上下打量了一通这个18岁的“大男人”，单言下意识挺胸，斗鸡一般。

陈辞哭笑不得地摇摇头，绕过他，坐到长凳上换鞋。

单言垮下肩，往衣柜上靠了靠：“倒是你，刚回来不久，不去练新节目，跑来我们北极星英雄救美。干吗，春心动了？不怕被教练骂？”

陈辞终于忍不住白了他一眼，拎着包起身往外走：“管好你自己就行了。”

“嘿，一把年纪了还这么嚣张。”单言一边冷笑，一边跟着往外走，“一会儿输了，看谁哭！”

陈辞压根懒得回头搭理他，大步往前，进了赛场，直接脱冰刀套上冰。

单言这才想起去了女更衣室的李茉莉，四下找了半天，发现她竟然又跑回了观众席，跟周楠挤在一把椅子上。

“小茉莉，你怎么回事？”他很有些挫败。

李茉莉赶紧站起来，顺便把外套脱了下来，露出里面的滑冰服。

“我看你在忙，就……坐一坐。”她小声解释道。

对着这么个易碎易哭的玻璃娃娃，单言还真的凶不起来。

更何况，她身后还杵着个五大三粗的周二愣子呢。

第六章
北极星之战

（一）

热身结束，单言和简冰抽了下签。

单大冠军手气极旺，抖开就是个大大的“1”。

简冰便把没拆开的纸条捏捏扁，扔进场边的垃圾桶：“冠军不愧是冠军，什么都喜欢抢先——请咯。”

单言没说话，只拿眼睛去看站在她边上的陈辞。

他单言不过一个世青赛冠军，这位可是世青赛、世锦赛双料冠军。

陈辞低头整理着袖扣，像是什么也没听到。

单言撇撇嘴，示意李茉莉跟着自己一起上冰。

他和李茉莉选的，正是他上个赛季的单人滑曲目《牧神》。

果然如陈辞所言，这个18岁大男孩，连学一下李茉莉他们上赛季的曲子都觉得“浪费”。

《牧神》剪辑自音乐大师德彪西《牧神的午后》，描述的本来就是生性不羁的牧神似梦非梦间的浪漫邂逅，编曲老师又特别突出了缥缈暧昧的感觉。

单言长得就不是那种非常正派的“好看”，滑这个曲子，确确实实合适极了。

去年的单言一身白衣站上纽约站冰场时，赢得了一堆异国迷妹的追捧。

他今天穿的仍旧是那身滑冰服，身边的李茉莉却是一身充满西班牙斗牛舞感觉的火热红裙，怎么看怎么多余。

长笛声响起的时候，连杨帆这种音痴都感觉到了格格不入。

冰场上，倚坐在冰面上的单言慢慢抬起头了，仿佛牧神刚从睡梦中醒来。

不远处的李茉莉怯生生地扭过头，四目对接，她受惊的小鹿一般跳起来，飞速滑远。

简冰皱眉，这曲子的原版她听是听过的，但李茉莉的表现，她还真有点吃不准这扮演的是受惊的林泽仙女，还是在火山燃烧时赶来的维纳斯。

音乐似乎只在为单言一个人服务，李茉莉胆子小，曲子也不熟悉，生疏地游离在将错未错的边缘。

小姑娘的滑行虽然流畅，跳跃就明显有点跟不上单言的节奏了。

——单人滑的跳跃要求本来就比双人滑高，更何况她对上的还是国内一线水准的男单选手。

《牧神》又是单言的夺冠用曲，编排的时候难度就不同于一般的世青赛节目，开场不久就有一个难度不小的单人3A+3lo连跳。

这组三周连跳在男单里也算出挑的，女单压根就没人能做，更不要说李茉莉这种还没升成年组的双人滑女伴了。

单言傲慢地没更改难度，李茉莉只好按事先商量好的，跟着他跳自己能力范围内的2A+2lo。

两人的周数都完全不同，起跳和落冰动作就更不可能同步了。

观众席上静悄悄的，冰场上也只有乐曲声应和着冰刀磨砺的声音。

到了做单跳的时候，单言的3T还明显存有余量，李茉莉不知是紧张还是技术不到位，落冰时明显踉跄了一下。

比赛既然在北极星举行，单言又强调了北极星老板注重“眼球经济”，裁判席上的人员都是齐备的，就连评判跳跃质量的技术专家，也按比赛标准请了三位。

李茉莉上个赛季临场发挥其实都还算稳，3T也是她和周楠自由滑使用了一个赛季的单跳。没想到临时一换搭档，一学新曲，连最拿手的单跳都炸了。

几个裁判和专家都看得暗暗摇头——男强女弱，差距太大，默契度也几乎没有，实在是想给个友情分都不好给。

毕竟，双人滑就算单跳，也是要看同伴完成度的。

你单言就是跳出4A，李茉莉要是只能跳1A，还真就只能拿1A的基础分。

而且，双人滑项目中的必要配置螺旋线、捻转、抛跳全部没有，双人旋转和联合旋转完成得再好，也补不回这些地方失掉的分。

其中一位较为年轻的外聘裁判更是暗暗后悔：这么不专业的比赛，自己真的不应该来的。

你们不嫌丢人，我还嫌丢人呢！

一曲滑毕，现场粉丝的掌声都稀稀拉拉的，带着点心虚。

接下来，就要看陈辞和简冰这一对的表现了。

陈辞当年的成绩虽然好，毕竟受伤休息了这么久，刚才热身时，也只慢悠悠地跳了两个简单的三周跳。

简冰更是一上场就平摔，后面的2A跳得虽然不错……毕竟，也只是个2A。

至于配合嘛——陈辞上冰时，简冰都已经下去了，哪儿来的默契度可看？

但《堂吉诃德》的序曲响起时，看着冰面上一黑一蓝的两个身影，裁判们还是有点儿恍惚了。

能坐上裁判席的，看过的花滑影像资料当然不会少。

而陈辞和舒雪这首拿过世青赛冠军的《堂吉诃德》，名气较单言的《牧神》有过之而无不及，说没看过都没人信。

简冰的表现风格明显在模仿舒雪，一举一动都带着故人的韵味。

陈辞身上的衣服虽然不如当时的比赛服那么充满中世纪风味，配上简冰的浅色裙子，倒也不算突兀。

大提琴声悠扬而绵长，两人脚下的冰痕也拉出了漂亮的长弧线。一黑一白的两个身影，如影随形一般，沿着椭圆的冰场绕圈滑行。

甲胄是我服饰，
战斗乃我休憩，
坚石为我床铺，
不寐系我睡眠。[1]

不屈的骑士四处寻找着敌人，风车、羊群、僧侣，目之所及，全是需要战斗的对象。

冰面上的旋转也进入了高潮，简冰在听到陈辞的指令后，犹豫了好几秒才开始更换旋转姿势。

当年的抛跳，就是安排在类似的旋转结束之后。

滑行是分先后的，抛跳前，舒雪还是意气风发的冰上公主。

落冰之后，却只留下七年的沉寂。

简冰想得入神，不知不觉滑过了节拍，没能进入计划好的螺旋线弧线。

陈辞愣了下，放弃做规定动作，身形一侧，继续往前滑行。

简冰回神，后悔已经来不及了，只好继续跟上。

1 引自塞万提斯《堂吉诃德》。

“螺旋线一会儿看情况补，这个转弯过去，先把托举完成，没问题吧？”陈辞的声音不大，正好能让她听到。

简冰嗯了一声，陈辞便开始数倒计时。

“10、9、8、7……准备——”

落魄的骑士不失风度地弯腰鞠躬，简冰回礼，滑行上前，小跳的同时被陈辞托着翻身上了他肩膀。

和练习的时候完全不同，被高高举起，并且在冰上滑行时，连吹到脸上的气流都冷得凛冽。

简冰甚至感觉得到，托在她腋下的胳膊微弱的颤意。

怪不得他们说，花滑是美丽与危险并重的项目。

稍有差池，就会血溅冰场。

“准备落冰。”陈辞提醒了一句，简冰便跟着转变腿部动作。

“3、2、1！”

落冰的瞬间，一颗心也落回到了胸膛里。

观众席有零星的一点儿掌声响起，稀稀落落，像夏日午后时晴时雨的天气。

陈辞的手没松开，不松不紧地拉着她，转弯、蹬冰。

“下面，是做单跳？”简冰犹豫着问。

毕竟，因为她自己的失误，还差了一个螺旋线。

陈辞却笃定地嗯了一声：“跳完之后，剩下的那组托举咱们不做了，换成螺旋线，进入的弧线差不多。”

简冰不由自主地，暗暗松了口气。

坦白说，托举这种把一切托付给他人的动作，于她还真是有点吃力的。

陈辞不知道是不是看出了这一点，直接把第二个托举给换掉了。

音乐到了哪里，简冰已经不知道了。

她只留心着陈辞的动作，见他浮足抬起，立刻跟上。

起跳，旋转三周，落冰。

落冰的瞬间，杨帆就开始鼓掌，带得身侧几个北极星冰迷也不好意思地跟着鼓掌。

冰场上的两个人，却并不曾放松。

陈辞滑到了简冰身侧，两人并肩向前滑行：“准备了，这个螺旋线做好，咱们基础分就比他们高了。”

简冰没吭声，只牢牢用余光锁定了陈辞的动作，耳朵也尖尖竖起。

他说的是“做好”，而不是做了就行。

周数不足的螺旋线，是拿不到分的。

而练习的时候，她犯的错误并不仅是动作不规范不达标，摔都摔了不止一次。

“准备进入，3、2、1！”

简冰将身体向冰面倾斜，陈辞也同步下蹲。

绷直的身躯擦着冰面如风车般旋转而过，陈辞的声音却也同步传来。

“再低一点，坚持住。”

一周、两周、三周……

被握住的手臂火辣辣地疼，后脑生风，天地都在旋转，只有陈辞的脸始终在自己的正上方，嘴角还带着熟悉的微笑。

那是属于堂吉诃德的笑，属于骑士终于见到爱人的微笑，但笑着笑着，就又变成了记忆里那个邻家哥哥的模样。

他说，小雪，你看你妹妹，她把奶油弄到你床单上了。

他说，小雪，今天雪那么大，咱们两个人去吧，让冰冰留在家里吧……

“好了，准备滑出。”

简冰倏然回神，头顶上的人，笑容几乎可以媲美更高处的灯光。

她将注意力转回到刮擦着冰面的冰鞋、 被陈辞握住的手腕，身体重心开始转移……

“啪！”

计划中的流畅滑出并没有发生，简冰整个人后仰倒向冰面，连带着已经半起身的陈辞，也踉跄着被带倒。

（二）

冰上摔跤，其实是非常常见的一件事情。

哪一个动作从入门到熟练，不是靠摔出来的呢？

哪一个跳跃难度，不是一跤一跤摔上来的呢？

就说前一个晚上的练习，也数不清到底摔了多少跤了。

旋转摔，单跳摔，托举摔……螺旋线当然也摔，但是摔得最多的，还是在进入的时候。

简冰第一次在公开赛场上摔，还是摔在自己相对而言练习得不错的“滑出”这一步，一时间有点反应不过来。

陈辞却已经爬起来，蹲到了她身旁：“怎么了，没事吧？”

许是她一动不动的模样吓到了他，他甚至还伸手在简冰面前晃了晃。

简冰张了张嘴，没能说出话来，扶着冰面挣扎着打算起来。

木管奏起了上升音群，这里本来应该是那个最经典的托举动作。

而他们在干什么？

简冰沮丧极了，脸也不由自主地越涨越红。

自己真的太没用了！

爬起身的瞬间，她便挣脱陈辞的手，朝前滑了出去。

音乐还在，时间也还没有到，机会还有！

陈辞跟着滑了一小段，确认她只是摔蒙了，也加速赶了上来：“再往前一点，回头，咱们做提刀的双人旋转。”

简冰嗯了一声，下意识地伸手来拉他。

伸出之后，才想起来，这是舒雪和他当年的动作。

——他们的新编排里去掉了这段捻转，捻转前的拉手靠近动作也就取消了。

陈辞也愣了下，手上的动作先于意识，回握住她的手，将人拉近，就势带着她往前滑去。

“下面做什么？提刀的双人联合旋转呢？”简冰趴在他胸口，看不清前面的东西，只好小声询问。

摔跤是她失误，做错动作的也仍旧是她。

她没脸道歉，只好靠行动来弥补了。

毕竟，这一场比赛，本来就因自己而起的。

“现在做。”陈辞声音响起的瞬间，已经就着这个拥抱的姿势，带着她开始了双人旋转。

冰场和周围的观众在旋转中化为了虚影，简冰愣了一下，跟着他的动作，身体顺势微微后仰，浮足抬起，手臂往后抓住冰刀。

旋转仍旧继续，曲着颈项，弓起身体的两对身影，如对影的天鹅一般优美。

音乐的节奏，终于又在简冰的耳边清晰起来。

接下来，他们要一起滑行到冰场的另一头，做最后一组连跳。

这也是今天全场难度最大的跳跃，2A+3T。

2A的基础分是3.3分，而2A+3T的基础分足足有7.4分，再加上编排在了节目后半段，还有10%的加分，超过了单言和李茉莉的2A+2lo。

如果能够成功的话，分数又能补回来不少。

简冰悄悄深吸了口气，滑行，向前起跳。

身侧的陈辞也是同样的动作，滑行，起跳——

黑色的身躯如破蛹的蝶类一般腾空而起。

旋转，旋转，落冰！

两人一前一后再次点冰起跳，一周，两周，三周——

落冰，滑出！

成功了！

两周半的阿克谢尔跳，接三周的点冰鲁卜连跳！

这样的跳跃配置，这样的完成度，足可媲美国际一线双人滑搭档。

北极星的后台导播一激动，习惯性地要了回放，漂亮的连跳便再一次在大荧幕上向全场观众及裁判展示。

场上的音乐声逐渐停歇，陈辞的堂吉诃德最终跪坐在地，输给了现实。幻想中的恋人达西尼亚在最后的滑行结束后，也终于俯身在他身后。

改了动作，改了跳跃配置，最终的结束造型，却还是和8年前的原版节目保持着一致性。

“我去！我去！”

李用鑫一连爆了好几个粗口，也没能把自己的震惊完全表现出来。

身侧的技术少年阿佳则忙着估算分数：“跳跃基础分，加艺术表现分，加……”

李用鑫无奈，试图扭头和周楠讨论一下。

周楠伸着脖子看着冰场，喃喃自语似的嘟囔：“那女孩谁呀？居然能跳2A接3T的连跳，我都还挺勉强的呢……”

他们不知道的是，忙着打分的技术专家们，也在观看专用设备的慢速回放时，小声议论：

“这女孩怎么从来没参加过国内比赛？”

“大约一直在国外训练吧？”

“看年纪还小，应该还没升组。”

“陈辞是不是打算回去滑双人？”

“不知道，他好像没再跳过四周跳，如果是伤病影响导致的，那留在男单也确实没有什么发展了。”

……

猜测与谣言齐飞，一夕之间，传遍了整个北极星俱乐部。

一直到比赛视频流出，被上传到了网上，才终于有人说出了那句无数人到了嘴边的话：

有没有觉得，陈辞的这个女伴，滑得特别像当年的那个舒雪呀？

早在吃瓜群众发出疑问之前，入错行的技术少年阿佳就已经嘟囔了好几遍了。

他是彻彻底底的行动派，既然认为两个人有相似点，立刻就找了舒雪当年的比赛视频出来，一帧一帧，截图对比。

身姿像，动作习惯像，就连五官容貌，都越看越像。

阿佳自己看完，揉揉眼睛，递给李用鑫，李用鑫当然也觉得像。

两人便屁颠屁颠，拿去给单言献宝了。

单言衣服都还没换呢，盯着看了半天，也沉默了。

——这个世界上，真有这么神似的人？

他在这一瞬间忘记了愤懑，也顾不得沮丧，就想找那两人问个清楚。

无奈刚才为了躲避记者和粉丝，跑得太快，现在回头想找人，那也是难上加难。

李用鑫赶紧提醒道：“他们一下场就被记者包围了，连那个杨帆都被拉去做专访了。”

单言：“……”

“不过，”李用鑫用特别鄙视的声音补充，“那个小丫头装腰疼，被陈辞扶着躲到更衣室去了。”

单言有些不解：“你怎么知道她装的？”

李用鑫得意："我跟过去看了呀。"

单言："……"

周楠忍不住好奇，插嘴问："你偷看她换衣服了啊？"

"啊呸！"李用鑫愤怒，"她那种一看就营养不良的小鸡身材有什么好看的！我是看她装得那么像回事，怕她回头赖咱们北极星！"

周楠"切"了一声，同样小鸡身材的李茉莉闷声中枪，默默缩了缩脖子，往周楠身后躲了躲。

周楠于是把那句"没偷看你怎么知道人家小鸡身材"咽下去，改口为女伴抱不平："人家看技术，你看三围尺寸，果然是大色狼！"

李茉莉整个人都要消失在他背后了。

单言懒得听他们废话，大迈步往更衣室走。

简冰，舒雪，这俩名听着就像认识的。

别特么是串通好了来诈他的吧?!

自己也是脑子发热，吃饱了撑的去比什么双人滑，就应该直接一对一比跳跃比技术嘛!

就算被嘲讽专业欺负业余，也好过现在输给陈辞。

陈辞这人也不厚道，难道是想转回双人滑，怕教练和冰迷不同意，借这个事情表现自己的双人滑能力?

还是单纯打算复出前要压他这个后起之秀一下?

他单言看起来很好骗?

很适合当踏脚石?

单言越想越生气，脚步声都重了不少，推开更衣室的大门时，更是用了十足的力气。

里面空荡荡的，哪儿还有人?

唯有一扇没关紧的柜门被他的气势震得吱呀抖动了一下。

***

从侧门溜出北极星后，陈辞不无犹豫地问简冰："不用等你哥吗？他还在里面啊。"

而且还被记者和冰迷里三层外三层，围得水泄不通！

"那你等他一下呗，"简冰裹紧外套，拿着手机点点戳戳，头也不抬，"他号码你有的哦？我还有事，先回学校了。"

"我……"陈辞真的无语了。

这么理直气壮的卖哥哥兼卖队友真的好吗?!

刚才不是他牺牲训练时间，陪着她成功赢了单言？

刚才不是杨帆大义凛然喊"我妹妹受伤了，你们有事就问我"，她能脱身？

"你才多大年纪？"陈辞忍不住抱怨，"这样过河拆桥也太……太功利了！"

简冰这才抬起头，表情诡异地上下打量了他一番，问："我哥在里面，不是在接受采访吗？"

陈辞："可他……"

"他接受采访，不就能上电视上新闻了？"简冰顿了顿，提高声音，"你知道他去年看场校际球赛，被镜头扫到侧脸，都跟我描述了三次吗？"

陈辞"啊"了一声，彻底哑然了。

简冰扭头看看马路，一辆白绿配色的出租车径直往这边驶了过来。

她收起手机，挥手道别："我叫的车来了，再见了呀，道德小王子！"

说罢，拉开车门坐进去，冲司机喊："师傅，咱们走吧。"

司机年纪不大，应了声"好嘞"，一踩油门，呼啸而去。

她这一系列动作太过流畅，陈辞一直到车子开出去好几百米了，才终于反应过来自己才是真正唯一被"忘恩负义"抛弃的对象。

“砰！”

愤懑的前冠军狠狠地用脚踹了路边的花坛一脚，用力太猛，震得裤兜里的手机都掉了出来。

屏幕在沙土上滚了一圈，亮起，露出密密麻麻的一连串未接来电提示。

（三）

“你跟我请假，就是为了跟那个业余的小姑娘排双人滑？你打算退役然后陪她去参加大众冰雪公开赛？”文非凡的声音气得简直有点尖锐，“那我们费那么大劲，让你在嘉年华展示竞技状态，为你积极争取名额还有什么意义？”

“教练，我……”陈辞犹豫了下，到底还是开口了，“这段时间你也看到了，不管是我本人的意愿，还是竞技状态，都适合回去练双人。”

电话里一片寂静。

有鸽子从头顶飞过，哗啦啦一串，转瞬消失在天际。

半晌，文非凡才道：“你这是执迷不悟啊！”

随后，挂断了电话。

焦虑的忙音一声跟着一声，催得人心头发颤。

陈辞把手重新插进衣兜，仰头去看头顶的苍穹。

飞鸟已经远去，只有稀稀落落的白云浮在青蓝色的天空中，一动也不动。

他把包甩到背上，慢吞吞地往前走了走，招手拦车。

司机年纪很轻，嘴皮子也利索：“小帅哥，去哪儿？”

陈辞怔忪了会儿，把到了嘴边的“凛风冰上运动俱乐部训练基地”咽了回去，改口道：“去泉井洋胡同29号。”

司机一听是去老城区的胡同里弄，心里就有点犯嘀咕。那些地方呀，车道窄，房子老，开进去半天出不来。顶顶不好做的生意啦！

一路上穿大街过小巷的，好不容易把车开到距离胡同口几百米的地方，司机怎么也不肯继续开了："小伙子，里面开不进去了。"

陈辞也知道这里车子难开，付了钱，下车步行。

他熟练地拐进小巷，在熟食店称了两斤卤肉，拿了两瓶白干，沿着小路继续往里。

绕过种满大葱的小花坛，转过停满了自行车的过道，总算跨进了霍家小院。

葡萄架、枣子树、笤帚秧……小院里一棵闲花也没有，栽满了各种实在的吃的用的。

气温不够的缘故，地上还搭了个不大不小的棚子，蒙着白色塑料膜，种了不少家常蔬菜。

霍斌戴着副老花眼镜，背着手，正瞅着蓄满水的青花大瓷缸。

"霍老师。"

陈辞出声招呼。

霍斌扭头，见是他，咧开嘴笑了："腿好了？快来看看我这鱼！"

陈辞走近，探头往瓷缸里看去——水清见底，稀稀落落浮着两根水草。既没有锦鲤，也不见什么新奇品种，只两条黑乎乎的胖头鱼，甩着尾巴在缸底游动。

"霍老师，这是……"

"胖头鱼啊，"霍斌笑呵呵的，"不认识啊？"

"认是认识，"陈辞只是疑惑，"您养这个干吗？"

他还真没见过谁养这个的。

这不就是花鲢嘛，又不好看，也不稀奇，甚至连个好点的寓意都没有。

"这个鱼肉好啊，"霍斌扶扶眼镜，"清炖、红烧、酱炖、煲汤，怎么做都好吃。"

陈辞囧然，他倒是忘了，务实的霍老教练，怎么可能有闲情养鱼欣赏。

只可惜了这口青花大缸，看花纹看做工，绝对不是设计来养胖头鱼这种肉菜的。

霍斌欣赏完胖头鱼肥厚的身躯，领着陈辞往屋里走："你今天来得可真是时候，我早上刚摘茄子呢——让你师母给你做葱爆茄子！这个葱呀，也特别好，我自己种的，绿色无污染……"

"就咱们这破空气质量，还无污染？"霍斌爱人钱芸从里屋出来，怀里抱着她那只宝贝狸花猫，"小陈来了呀，中午留这儿吃饭。"

"哎，"陈辞应了声，"钱老师越来越漂亮了。"

"漂亮什么呀，都老了。"钱芸嘴上不说，脸上笑意却掩藏不住，摸着狸花猫抱怨，"天天看你霍老师瞎折腾，今天种大葱，明天栽茄子，种的胡萝卜跟小指头那么大。"

说着说着，瞥到了陈辞手里的酒和卤肉："你们一个个，也不给我省心，又是酒又是烟的，当他18岁呢！"

陈辞笑笑，霍斌打断她："行了，人孩子那是好心——陈辞，快坐——小芸，你别摸那猫了，毛都给你撸秃了，给孩子倒杯水去。"

钱芸把猫放到垫子上，摇着头往厨房走去。

霍斌冲陈辞眨眨眼，陈辞赶紧把袋子里的卤肉和白酒一一摆出来。

"今天我没开车，和老师好好喝一杯。"

霍斌却把酒瓶往自己这边拉了拉："毛孩子喝什么酒？陪着我就行了！"

"霍老师，"陈辞哭笑不得，"我今年都22岁了。"

霍斌愣了下，忍不住感慨："都22岁了？哎，怪不得我老了！刚带你和小雪的时候，你还没我院子里养鱼的水缸高。"

听到"小雪"两个字，陈辞的眼神暗了下，随即又恢复了笑容："是啊，小雪也22岁了，大姑娘了。"

"她……"霍斌话到了嘴边，又咽了回去，扭头向厨房喊，"小芸，茶呢！"

钱芸这才端着茶杯出来："你这个性子哟，急死！"

陈辞起身接过茶盘："钱老师您别忙了，您也坐。"

钱芸摆手："你们坐，帮我看着点儿梨花，我去买点菜，你中午留下吃饭。"

梨花，就是那只狸花猫了。

当年他跟舒雪第一次来霍家时，梨花还喝不了牛奶，叫起来也呜呜咽咽的，身体更是比一只老鼠大不了多少。

如今物是人非，小奶猫也成了肥老猫了。

霍斌倒了两杯酒，犹豫了会儿，还是把属于陈辞那小半杯倒回自己的杯子里："你就别喝了，下午回去还训练吧？"

陈辞没吭声。

霍斌自言自语："白酒容易上头，晕。人这一晕啊，上冰就得摔。"

"我今天……"陈辞的声音有些赌气，"我今天不回去了。"

霍斌瞥了他一眼，夹了块牛肉放进嘴里，"我这儿可没地方给你住。"

"您不还有个小书房？"陈辞也去夹牛肉。

"书房被你钱老师征用了，"霍斌拿筷子遥指狸花猫，"给改成梨花的活动室了。"

陈辞看看猫，再看看自己："霍老师，您宁可留给猫住，都不给我啊？"

"那是，"霍斌吃得腮帮子一鼓一鼓的，"猫没活动室，就得祸害我院子里的菜；你有没有小书房住，都一样得叫你文师兄一声教练。"

陈辞不吭声了，嘴里的牛肉也有点嚼不动了。

霍斌不但是他和舒雪的双人滑教练，还是一路领着文非凡入门直到拿奖的启蒙老师。

后来文非凡受伤退役，霍斌才开始执教双人滑，带起了一对又一对的小双。

那时候训练基地条件比较艰苦，陈辞和舒雪两人年纪最小，也是队里唯一的南方人，特别不适应北方的伙食。

别人要控制体重减肥，他俩瘦到肌肉力量不够，影响托举和跳跃。

霍斌嘴上严厉，回去后就买了一大堆南方菜谱，学做炝蟹、东坡肉、莼菜汤……

甚至，还像模像样地用发面给他们蒸豆腐虾米馅的包子，用鲜冬笋切丝，和里脊肉、咸菜一样下面条做片儿川……

于陈辞而言，霍斌并不只是一个教练，说是人生导师也并不为过。

而对霍斌来说，自己执教生涯里，自文非凡后，最耀眼的苗子就数陈辞和舒雪了。

那么刻苦的两个人，那么好的天赋，那么高的起点……霍斌放下筷子，长长地叹了口气。

那一声叹息带着岁月的磨砺，划过陈辞耳畔，把记忆里的尘沙都搅乱了。

“你觉得咱们几岁能拿冠军？”

“咱们不是拿过了？”

“那是世青赛，都一群小孩子呢……我说的是世锦赛、四大洲赛、冬奥会！”

“大约还要再过两年吧？”

“明年先拿冬青奥的，后年升成人组，适应一年，然后拿世锦赛的……20岁吧，最晚20岁，拿第一块奥运金牌！”

如今，八年过去了，火炬木年年萌新绿，那个把拿冠军挂在嘴边的女孩，却再没有醒来。

“你才22岁，不能老看着过去，老跟自己过不去。”霍斌道，“小雪出事，我们谁也不愿意看到。但是事情确实发生了，又过去了那么多年了，你怎么还看不开呢？”

霍斌嚼着牛肉嘟囔：“你是一个现役的运动员，为国争光是你的责任，说是义务也不算错！你为了自己的那一点内疚，非得回去练双人？”

“文师兄是这么跟您说的？”陈辞忍不住问。

“需要他来说吗？”霍斌没好气道，“你想干什么我还不知道？你觉得对不起小雪，是吗？可就算你回去练双人，也改变不了小雪的悲剧，也不能把她从病床上拉起来练啊。”

“我……”陈辞欲言又止地看着霍斌，半晌，才解释道，“我想转双人滑，并不完全是为了小雪，或者说……小雪只是其中的一小部分原因。”

“那主要是为了什么？”霍斌一副不大信的样子。

“为我自己。”陈辞道，“责任、义务这些事我都知道——可我们学花滑，不就是因为喜欢吗？您当年问我，为什么要和小雪组双人，我说，因为我喜欢，我喜欢和同伴一起上冰比赛的感觉。而现在，我的答案并没有改变，您已经不能理解了吗？”

霍斌神色复杂地看着陈辞，这个几乎可以说是他看着长大的男孩，半晌没有说话。

单人滑是双人滑的基础，但单人滑的难度要求，其实更甚于双人。

所以，业内一般会劝在单人项目上难有突破的选手转投双人项目，反之，则很少。

陈辞当年从双人转单人，也是顶着巨大的压力的。

难得熬过来了，却要转回去……

不要说文非凡不乐意，就搁他霍斌这儿，也觉得他在胡来。

“非凡说你腿伤恢复得不错，”霍斌沉吟，“那心理上……”

“你们怎么都……”陈辞苦笑，“我心理健康，身体健全，只是想滑自己喜欢的项目，只是……想从摔倒的地方重新爬起来。”

霍斌不说话了。

屋子里暖融融的，梨花喵喵叫了两声，把头蹭在垫子上磨。

第七章

少男少女的约会

（一）

“双人滑不是一个人的项目，也不是你想转就转得成的，”两人沉默了半天，还是霍斌先打破寂静，“容诗卉滑得多好，跟你组搭档，还不是失败了？”

陈辞低着头，看着装牛肉的盘子发呆。

霍斌继续道：“曲瑶也确实不错，但听非凡说，她跟新搭档磨合得好好的，咱们总不能瞎拆对，拉郎配吧？”

陈辞张了张嘴，欲言又止地看着老教练。

霍斌以为自己终于说到点子上了，重新拿起筷子，声音都明快不少：“你有这个心思，我们都知道了，会多多留意着的，有合适的苗子，就让你去试试。”说罢，拧开酒瓶盖子，给自己满满倒了一小杯，啜饮起来。

梨花闻到酒味，不轻不重地打了个哈欠，跳下垫子，往门口跑去。

霍斌赶紧站起来，一边跟着往外跑，一边喊：“别乱跑！别祸祸我的菜啊！”

梨花对院子的杀伤力显然很大，吓得霍斌东北家乡话都飙出来了。

陈辞也跟着走出来，无奈地看着一人一猫绕着院子跑。

梨花毕竟是只老猫，青春不再，跑了十来分钟，终于在青花瓷缸边被霍斌逮住。

霍斌气喘吁吁地抱起四爪怒张的猫，见陈辞还在门口站着看，没好气地瞪他：“你这个小子，越大越没良心，不知道来帮忙？”

陈辞失笑：“您都抓住了啊。”

“男娃就是不贴心。”霍斌摇摇头，抱着猫回到屋子里，“你要真找得到姑娘陪你练双人，得带来让我把把关。”

陈辞手指在门槛上轻轻摩擦了一下，薄嘴唇掀动了几下，终于还是开口了：“如果您和文师兄那边都没有合适的人选，我倒是有一个觉得不错的。”

霍斌抬起的脚，登时僵住了：“什么？”

“我是说，”陈辞停顿了下，“我最近找到一个单跳不错，也挺有挖掘潜力的搭档。”

霍斌脸色转来转去，复杂至极。

陈辞掏出手机，把好事观众传到网上的那个他和简冰的比赛视频打开，冲着霍斌递了过来。

霍斌腾出一只手来接手机，梨花立刻挣动四肢，挣脱桎梏。

他也没心思管猫了，一手拿着手机，一手扶住眼镜，眯着眼盯着小小的手机屏幕。

《堂吉诃德》的音乐响起时，老教练的眼眶也有点儿湿润：“这是咱们拿冠军的那个曲子呀！”

他的得意弟子如当年一般流畅滑行，而那个频频出错的女孩，却在关键的跳跃时，再现了当年小舒雪的风采。

连跳结束的时候，镜头带到了重播的大屏幕上，简冰的近景特写出现在两人的头顶。

这眉毛、这眼睛、这鼻子……故人不再，眼前的女孩举手投足间，却都是故人的影子。

一遍结束，霍斌又按了重播。

陈辞静立一边，听着熟悉的旋律，抿唇等待着霍斌的反应。

“她……”霍斌一连看了三遍，还暂停了好几次，“她叫什么名字？”

“简冰。”陈辞道，“也是南方人，和小雪她家妹妹一样……也恰好18岁了。”

“姓简啊——”霍斌捧着手机，端详了半天，才道，“那有空的话，约她来我这儿坐坐？”

陈辞点头：“没问题，我去联系，只要您有空，能支持我们。”

“我可没这么说！”霍斌赶紧打断他的臆想，“我是说，请人姑娘来这儿坐坐。就这话啊，字面意思，你小子别给我瞎发散。”

“是，是。”陈辞连声答应，语气里却不由自主带了笑意，眼睛里也多了一丝热切的希望。

那希望虽小，却热切而执着。

霍斌受不了这样炽热的注视和希冀，转头寻找其他转移注意力的东西。

这一转头，就看到狸花猫弓起身子，一个纵跃，跳上了塑料小棚的顶部。

噗的一声，塑料膜承受不住肥猫的体重，骤然裂开。

梨花“喵啊——”惨叫一声，掉进茄子地里。

***

简冰上了出租车，就把手机给关机了。

她把车窗摇开一点，任凭已经有些燥热的夏风刮过脸庞，任凭喧嚣的喇叭声在耳侧鸣响。

赢了！

那个声音小小的，雀跃的，在胸口里一蹦一蹦回响着。

她努力控制着已经有点翘起的嘴角，小小的得意，小小的满足——原来赢比赛，是这样的感觉！

难怪姐姐说：赢的感觉，是会上瘾的。

车子上了高架，天光更亮，仿佛离苍穹也更近了。

白云悠远，青空如梦。

简冰把脸贴在窗玻璃上，冰凉的触感让她恍惚自己还在冰上。

掌声不息，音乐流转。

被握紧的手掌传递着小小的温暖，她抬头去看，那人也回头报之以微笑。

一时是舒雪弯弯的眉眼，一时是陈辞柔软的表情。

“不要怕呀，跟着我们就好了。”

“别后仰别后仰，哎呀！陈辞你看我妹妹！”

……

记忆里的摔跤充满了眼泪和欢笑，带起的冰屑如雪般纷飞。

车子在Z大校门口停下，简冰下了车，大步往宿舍走去。

经过宿舍楼下枝叶繁茂的火炬木时，忍不住仰头多看了几眼。

又是一年，草木回春，冬去夏来。

回到宿舍，其他人都各忙各的，只有龙思思一个人在床头呆坐着，脸红扑扑的，眼神迷离。

见简冰进来，龙思思立刻跳了起来：“冰冰，我这样穿好看吗？”

简冰一头雾水地看向她，大红拖鞋，绿色小熊睡衣睡裤……就，还马马虎虎一正常宅女的邋遢样吧。

龙思思却被她的评价说得眼眶都红了：“很邋遢？真的很邋遢？”

“那也没有啊。”简冰老老实实道，“就很一般的邋遢——你平常不都这样？”

龙思思哀号了一声，把头扎进被子里。

简冰无奈地去看其他人。

龙思思隔壁床的姑娘一边吃着薯片，一边笑嘻嘻道："刚才好几个男生来找你呢，也不知道怎么混进来的——思思就这么穿着，踢踢踏踏去开门了。"

说罢，咔嚓一声，把手里的薯片咬成两半。

"哦——"

简冰明白了，什么对怀春少女的打击最大？

当然是在值得展示荷尔蒙的异性面前展示了错误的形象啦。

龙思思呜呜咽咽蹭了会儿枕头，又爬起来找衣服打扮。

简冰忍不住好奇了："到底什么人啊，我有认识那么帅的男生？"

说话的瞬间，脑子里不由自主地闪过陈辞和单言等人的身影。

凭良心说，就连那个李用鑫，跟普通人一比，颜值也都是在线的。

毕竟，花滑是观赏性比较强的项目。

再丑，能丑哪儿去呢？

"帅是没有帅到让人念念不忘的程度，"隔壁床姑娘笑道，"主要呀，那些男生都跟你之前介绍的学长是同学——思思怕他们回去跟学长吐槽呢。"

简冰这才想起被独自丢在北极星的杨帆。

"我当什么事儿呢，"她一边掏手机，一边安慰龙思思，"思思你别怕，我现在就打电话回去，提前帮你探探口风。"

龙思思动作定格，扭头看她："真的？"

简冰便把正在拨号的界面亮出来，顺手还开了免提。

电话恰好便在这一瞬间接通，杨帆的声音嘹亮地响起："简冰！你还是不是人！你居然一个人跑了！"

龙思思期盼的脸僵住了，其他人也纷纷好奇地探出头来。隔壁床姑娘更是连薯片袋子斜倒了都不知道，簌簌往下掉碎屑。

简冰把手机凑到耳朵边，一边抖掉薯片碎屑，一边脚底抹油往阳台走：“你嚷什么呀，这么大声，吓到我们宿舍的小姑娘们了。”

“小姑娘们”立刻嗤之以鼻，表示自己没那么胆小。

简冰拉上阳台门，把噪音关在屋内，问杨帆：“你回来了没？”

“回来你大爷！”杨帆的声音非常崩溃，“那些都什么记者啊！问我一堆废话，什么‘你妹妹几岁学滑冰’‘你妹妹是注册运动员吗’‘你妹妹打算跟陈辞组双人吗’……我是独生子女好不好！现在的体育记者都这样了？狗仔也没这么夸张吧！他们凭什么查我家电话号码呀！”

杨帆这刺激受得显然不轻，怒火有如滔滔黄河水，决堤倒灌。

他絮絮叨叨骂了半天，终于想到罪魁祸首：“还有你，居然直接溜走!”

“呃，”简冰讪笑，“那你让同学闯女生宿舍，什么意思啊？”

“少给我转移话题！”杨帆今天的火气是真的不小，连带着智商都上升了，一眼就看穿了她的小心机，“我不派人来找，你舍得开机?！我今天牺牲太大了，你必须补偿我！”

“补偿补偿。”简冰哄道，“从今往后，你就是我亲哥，改天我买好礼物，亲自登门给叔叔阿姨们道歉，成不？”

杨帆沉默，半晌，干巴巴道：“你是希望我妈当你是上门的儿媳妇，还是来认爹的私生女？”

简冰难得噎住，随即反应过来杨师哥的火气归根到底来自何方了——这是引起家庭战争了啊！

“那你说怎么办？”简冰抓抓头，身体往后靠在阳台护栏上，“不然，我打个电话给阿姨，和她解释解释？”

“免了！”杨帆赶紧拒绝，“你就请我们屋哥们好好吃一顿就行！人均不能低于……”男人的尊严在这一刻又冒了出来，想想小姑娘天天勤工俭学，他还是心软了，“不能低于五十元吧。”

这雷声大得不得了，落地的雨却小得可怜。

简冰听了心领神会，赶紧点头答应。

拉开阳台门，顺便跟屋内的三个小姐妹宣布："约了土木工程的帅哥学长们联谊，大家晚上打扮得漂亮点儿呀。"

宿舍里一片欢呼，龙思思更是追问："杨帆学长也去？"

"当然去！"简冰拍胸脯保证。

（二）

Z大一共经历过大大小小不下三次搬迁，先是城郊往城内迁移，再是城东往城西迁移，最后又因为大学城兴建等因素，重新搬回到了城郊。

当然，如今的大学城设施齐备，新楼盘林立，入住率虽然不能跟中心城区相比，基础设施也已经很完备了。

就连当年城内的小吃一条街，也跟着莘莘学子一起搬了出来。

简冰一屋子人上完下午的书法课，把墨水宣纸往隔壁屋姑娘怀里一塞，就浩浩荡荡向着校门口出发了。

杨帆也早已经回学校了，领着早上帮自己勇闯女宿舍的一票哥们打了场酣畅淋漓的友谊球赛，汗津津地站在学校南大门外的小喷泉前等债主。

其中一个哥们抹了好几把汗，忍不住抱怨："杨哥，毕竟是姑娘请咱吃饭呢，是不是先去冲个澡啊？"

"不冲，熏死她！"杨帆昂着头，两手斜插在裤兜里。

"可是……"其他人也一副欲言又止的模样。

"我跟你说，你就不要对这样的女人抱有任何幻想了。"杨帆苦口婆心地看着他们，"人家胡一刀在水里，他的女人就在水里；胡一刀在火里，他的女人就在火里。要是换成简冰，啧啧，她就是那种会烤了丈夫的肉配小酒的人！"

他这描述太过血淋淋，听得大家都是一阵齿冷。

和这样的女人一起吃饭，的的确确不能洗澡。

太阳渐渐西移，晚霞把整个喷水池都映得绯红。

几个脏兮兮、臭烘烘的大男生歪歪斜斜站着，时不时就抬手擦一把汗，或者干脆撩起衣服当毛巾抹脸。

正百无聊赖地吹牛打屁呢，眼尖的男生蓦然看到校门口有人影闪现。

“哎呀，你看，那个女生长得真不错……”他的声音蓦然低了下去，撩着衣服的胳膊也僵硬了。

——这几个姑娘是真的好看呀！

尤其领头那个，小脸俊得发光！

可是自己呢?！

蓬头垢面！

衣衫不整！

他迅速地把撩起的衣服放下去，下意识想去整理整理头发。抬手往上，摸到了一大坨油腻腻、湿漉漉的脏头发……

哪个少年不怀春，哪个少年不要好啦！

愤怒的怀春少年忍不住去瞪瞎出馊主意的杨帆，却发现杨帆表情十分诡异——似怒非怒，似羞非羞的，嘴角还连续抽搐了好几下。

“杨、杨哥？”

杨帆压根没理他，大步往前，冲着领头那个漂亮女孩吼：“简冰，浑蛋啊你！”

怀春少年：“……”

“请你吃饭还发脾气。”简冰嘟囔了句，侧身把身后几个姑娘拉到前面，“这我室友们，大姐马可馨，二姐鲁梓涵，四妹妹龙思思——这是咱们师哥杨帆。”

杨帆噎住，打扮得整整齐齐漂漂亮亮的室友姑娘们六只眼睛扫描仪一样把他从头到尾扫了一遍。

杨师哥头发上沾着粪便颜色的黄泥，脸上全是汗和灰尘，球衣全部汗湿了，裤子耷拉着眼看就要掉了……

杨帆的脸越来越红，姑娘们眼睛里的亮光也逐渐熄灭了。

就连对学长印象极好的龙思思，花痴劲头也锐减。

颜即正义，没有了颜，还有什么好深入了解的？

亏得她们打扮了那么久呢！

基于投入了时间和精力成本打扮的缘故，姑娘们又把希望投向了杨帆身后。

邋遢肮脏的少年们呆呆傻傻地站着，一个比一个脏，一个比一个臭。

怀春少年更是糗得要哭，眼眶都红了。

当然，这就使得他连表情都特别滑稽。

杨帆咽了咽口水，尴尬地介绍："赵子轩，李宇航，钱一诺。"

408宿舍姑娘们最后的希望，也迅速破灭了。

最藏不住的话的龙思思，甚至小小声地感慨："阿冰你骗人啊，这些学长……没一个能看的……"

大男孩们欲哭无泪，纷纷把谴责的眼刀甩向杨帆。

杨帆自己还在那儿疗内伤呢，又给兄弟们捅了无数刀，真正有苦说不出。

简冰就跟没事人似的，拿着手机边看团购边问："哎呀，别站路边嘛，咱们先找地方吃饭，边吃边了解。"

这还了解个屁啊！

杨帆的心在哭号，几个兄弟也死气沉沉的。

姑娘们却不这么想——既然帅哥没得看，那白吃自家小骗子简冰一顿饭，也是值得的，纷纷点头同意。

姑娘们都说要去吃饭了，男生们当然是不好拒绝的。

一行人以性别为界，拉开一米多距离，浩浩荡荡往简冰选定的店家走去。

在女孩们的强烈要求下，简冰选了家姑娘们常去的西式快餐店，店里人均消费不过六十五元，还窗明几净，整洁异常。

男生们如芒在背地坐下来，没一个动手点菜的。

菜单好干净啊！

服务员小姐姐眼神好凶悍啊！

好怕弄脏菜单然后被赶出去啊！

……

他们这一顿饭吃的是味同嚼蜡，恨不得直接拿球衣罩着头狂奔回学校澡堂。

姑娘们也没啥闲聊的兴致，等菜的时候就拿着手机玩，菜上来就埋头苦吃。

只有简冰恍若置身事外，还好奇地问杨帆："哥，你们土木的人，都这么有专业特色？"

专业特色你大爷！

几个大男生纷纷在心里啜泣。

好不容易吃完这顿有毒的霸王餐，女孩们表示自己要回去上晚自习了，男生们……决定回去冲澡。

在男女生宿舍附近的小桥旁挥手告别后，各自转身。

还没走出去多远，师妹们黄莺一般的声音就从小桥的另一头传来。

"哈哈哈哈哈，你们有没有看到那个钱宇航的眼睑！哈哈哈哈哈好像被泥巴粘住了！"

"哎呀土木工程真的是个好神奇的专业哦！"

"太可怕了！"

"我这辈子都不要找这种类型的老公！"

……

钱一诺和李宇航顾不得悲哀自己名字被喊错，默默地看向对方的眼睑，希望能找到“他才是那个被嘲讽的人”的证据。

落单的怀春少年赵子轩则直接把脏球衣脱下来套到了始作俑者杨帆的脑袋上……

晚风拂来，汗臭味一阵接一阵地四处飞扬。

几个半大的“男人”正闹得厉害，杨帆的手机突然响了起来。

赵子轩一把抢过来，念道：“陈、辞，哎呀什么破名字呀，我还陈词滥调呢！”

杨帆却立刻变了脸色，抢回手机，用接近控诉的声音接起电话：“喂，偶像啊——”

陈辞被他的热情吓到，怔忪半天才道：“是我，那个，简冰在学校吗？”

“我去，”杨帆愤然，“她又不接你电话了？她也太过河拆桥了！禽兽不如！”

“呃……”陈辞还真的不太懂这对兄妹的相处方式，有时候看着挺有同胞爱的，有时候又跟仇敌似的。

不过，杨帆这句“过河拆桥”倒是把简冰这次的行为描述得十分贴切。

陈辞默默在心里点了点头，再一次追问：“她在学校吗？”

“在！”杨帆笃定道，“她住女生宿舍2号楼408，靠窗那个床。晚上估计你是进不去她们那个楼了，不过她明儿有课，课表你等我上学校网站给你下哈……”

因为心怀仇恨，杨帆这回可把简冰卖了个彻彻底底。

***

简冰告别了杨帆，日子也没多好过。

思春少女们把往常的卧谈会开成了吐槽大会，吐槽到最后，还是怪简冰牛皮吹太大。

隔天一早，简冰顶着对大黑眼圈去上课，一路上都浑浑噩噩的。

室友们好像完全不受影响，纷纷满血复活，在她耳朵边苍蝇一样唠叨：“阿冰小姐，你走快点，我们快迟到了。”

“就是，加油啊！”

“快快快！”

……

简冰忍不住告饶：“姑奶奶们，饶了我吧，我知道错了。”

“光知道错了有什么用！”龙思思直哼哼，“你得帮助我们大家，包括你自己，积极解决伴侣问题，多多关注帅哥资源。那歌怎么唱来着，‘十个男人七个傻八个呆，还有一个人人爱’……”

“思思快别唱了，”走在最前面的马可馨突然往栏杆外探头，“楼下路过一个大帅哥！”

许是被土木的学长们刺激得太伤，花痴龙思思懒洋洋地回道：“帅哥，那脸值几块钱一斤啊？”

马可馨跺脚：“至少十万块钱一斤！”

十万一斤的脸？

龙思思好奇了，赶紧探头去看。

这一看，可就挪不开眼睛了。

真的，很帅的小哥呀！

一双大长腿！

满脸胶原蛋白！

挑染了头发居然也不像发廊小弟！

发梢还打着俏皮的小卷儿！

简冰站在队伍的最末端，被身侧的龙思思一挤，手上喝了一半的豆浆，咚地掉了下去。

身侧数声惊呼，楼下则直接一声惨叫。

简冰赶忙探身去看，就见手下败将单言被豆浆淋得满头满脸，正一脸愤懑地仰头来找凶手。

他怎么又来了？

这是新仇旧恨啊！

简冰心里一慌，动作比脑子转得快，瞬间缩回身子蹲下，弯腰往教室跑去。

（三）

简冰坐下好半天，才见龙思思等人一脸欲言又止地跟进来。

简冰干咳了一声，低头做翻书状。

龙思思挨着她坐下，用蚊子大的声音道："肇事逃逸哦。"

简冰嘘了一声，小声道："人走了吗？"

龙思思冷笑："可能吗？人家现在赶上来找凶手了。"

What?

找凶手！

简冰是真的不懂单言这个人了，他不用训练的？不用练舞的？

怎么成天乱窜呢?!

她不由自主矮了矮身子，没多久，果然看到单言只穿着件短袖T恤，单手拎着沾满豆浆的外套，怒气满满地从窗外经过。

龙思思感慨："生气都生得那么帅——"

简冰撇嘴，把课本竖起来，挡住脑袋。

讲台上老师刚写完板书呢，转头一扫课堂，立刻就发现她这颗特别不和谐的脑袋。

"简冰，"老师亮起嗓门，胳膊还非常文艺地举了举，"你来念一念这首诗！"

窗外眼看着要走过去了的单言，猛地顿住了脚步。

简冰叫苦不迭，慢慢吞吞地站起来，努力把脸往一边撇。

“好好站呀，”老师苦口婆心道，“年轻人，站就要站如松柏——来，给大家念一念。”

简冰在心里叹了口气，抬头去看黑板上的现代诗：

我不去想是否能够成功，

既然选取了远方，

便只顾风雨兼程……

她嘴里念着诗，余光却分明留意到那个几乎已经要消失在窗外的人影，一点一点，又挪回了窗子中央。

灼人的目光落在身上，针尖一样扎人。

老师，你害死我了呀！

简冰在心里哀号，声音也愈来愈低。

讲台上的老师可不知她心里这小道道，耳听得声音变轻，立刻提醒：“简冰同学，声音要饱满，要把情绪调动起来。”

调动情绪……

简冰只能愈加悲怆地接下去念：“我不去想身后会不会袭来寒风冷雨……”

寒风冷雨倒是不至于，但是那目光毒辣异常，倒是没有错的。

单言看样子真是来找她的，在门口看了会儿，衣服往地上一扔，干脆不走了。

简冰念完诗，坐回原位。

龙思思小声提醒：“那帅哥还在呢。”

“是么？”简冰故作镇定道，“没准是看上咱们班哪个姑娘了。”

“他一直盯着你呀，”龙思思可没那么乐观，“你瞧瞧他那眼神，都快喷出火来了。”

简冰只当不见，低头悄悄翻手机。

她的朋友不多，通话记录里最多的就是杨帆的夺命连环call。

再翻开黑名单，里面的内容可就精彩多了。

单陈辞一个人的未接来电，就有十几个，短信更是密密麻麻一大页。

“你怎么一直不接电话？我有很重要的事情和你商量……”

“你明天在学校吧，我明天来你们学校……”

简冰把最后一条短信看了好几遍，将人从黑名单里放出来，手指轻快地打字：“行，你来，我在5号教学楼二楼东侧的大教室。”

打完，又默念了两遍，再瞥了眼教室外虎视眈眈的单言，摁下发送按钮。

兵来将挡，水来土掩。

北极星的小魔王来了，当然只能祭出更加老牌的凛风台柱了。

信息发出去没多久，陈辞的电话就来了。

简冰赶紧掐断，几秒钟不到，陈辞发了短信过来：“你肯回我消息，是因为单言堵你？”

简冰愣住——这哥们神算啊！

接着，又一条消息进来了：

“过完河拆完桥，没想到前面还有河。”

这话就比前面笃定多了，连“？”都省略了，直接就是陈述句。

简冰无奈，回了句：“帮帮忙哎。”

等了好半天，手机才再一次震动：“我没办法帮一个总是挂我电话的人。”

擦！

简冰握紧了拳头，半晌，又不得不松开：“我在上课，这回真不是故意挂你电话。”

那边还是沉默，下课铃却在这个时候响了起来。

简冰扭头，正对上教室外单言似笑非笑的狰狞表情。

“我跟您道歉，以后您的电话，三声之内必接！”简冰识时务，这种时候，不认输也只能吃亏啊。

单言这种“奇葩”，满身豆浆，谁知道他想干吗啊！

消息发出去，却如泥牛入海，一点儿声息也没有。

简冰无法，只得回拨电话过去。

电话好半天才被接通，陈辞的声音听起来有些急促，似乎刚刚运动完：“喂？”

同样的声音，也同时从单言身侧的楼梯口传来。

简冰诧异抬头，单言也不由自主地转过头——

一身运动服的陈辞，拿着手机，斜挎着包，正风尘仆仆地踩上教学楼转角楼梯的最后一级台阶。

神速啊！

简直来得比游戏召唤兽还快！

简冰目瞪口呆。

单言也愣住了：“陈辞，你来这儿干吗？”

陈辞挂了电话，先瞄了瞄简冰，再回头来打量他：“你呢？来干吗？”

那神情，分明一股护短的架势。

简冰鼻头一酸，握紧了拳头，手指关节都掐得发白。

明明已经是陌生人了，那些小习惯，却还是熟悉不已。

如果没有那场比赛，如果没有那次失误……

她抿紧了嘴唇，神色逐渐恢复漠然，吐出口的话语也毫无温度：“他找碴儿欺负人呢。”

“简冰同学，你能不能不睁眼说瞎话？你刚用热豆浆烫我，我都看见了！看看我这衣服！”单言不客气地扯了扯自己满是豆浆的裤子和上衣，控诉，“淋我一身！”

“我是不小心，”简冰硬着头皮，“压根没看到楼下有人。”

“不小心？你这思想品德怎么学的啊！”单言提高嗓门，“你应该先道歉，说先生对不起，淋到你不好意思，您这衣服、裤子、手表、手机多少钱，我给您买新的！我……”

“你手表和手机不都好好的，”陈辞不客气地打断他，“再说，你没事不乱往人家学校跑，怎么也淋不到你吧？”

“我去！还成我的错了！”单言火气更大，“这地方没被你们凛风买下来吧，还不许人走了?!”

他们越吵越大声，围观的学生也越来越多。

甚至，连收拾课本打算走人的现代文学老师，也挤了过来。

“你们几个同学，在这儿闹什么呢？”

简冰眼珠子一转，立刻主动汇报道：“王老师，我不小心把豆浆淋到这位同学身上了，我跟他道歉说，同学，对不起，淋到你不好意思，你这衣服、裤子我帮你送干洗店吧。他不同意，非要我赔偿他的名牌衣服、裤子、手机、手表……”

简冰把单言刚才的恶霸腔调学了个十成十，特意强调了“名牌”两个字。

王老师推推眼镜，果然认真地打量起单言的装扮。

不愧是世锦赛冠军，这衬衫至少五六千，裤子上万，手表更是连logo都镶着圈碎钻……

“同学啊，你们毕竟还是学生呢。父母赚钱不容易，做子女的要多体谅，不能因为家里条件好了，就肆意挥霍……”

还没能完全从汪国真诗歌意境里清醒过来的人民教师，殷切地拉住了单言同志的小手。

“我……”

单言7岁开始上体校，老师教练们个个雷厉风行，训练遇到瓶颈，直接上手的都有。

哪儿见过这么温柔、文艺的男老师。

满腔脏话，满腹委屈，统统堵在喉头。

吐也不是，咽也不是。

单言那欲说还休的小表情，彻底让王老师误会了。

“老师也不是批评你，”王老师把备课本往腋下一夹，语重心长道，“老师是教你做人的道理。古人说得好，君子求诸己，小人求诸人。咱们新时代的年轻人啊，就要严以律己，宽以待人——来，简冰同学，你再好好跟这位同学道个歉，帮他把衣服洗一洗，晒一晒，这不就化干戈为玉帛了？”

简冰正在一边看热闹呢，突然被点名，表情就是一愣。

单言被唠叨得头大，立刻抓住了机会打断他：“王老师，您说得太对了！”

他大跨步往前两步，将地上的脏衣服捡起来，往简冰怀里一塞：“不用赔了！衣服洗洗就好，都不用送干洗店，手洗就成！”

给你洗衣服?

当我傻啊!

简冰立刻就要把衣服往地上扔。

单言眼疾手快地握住她双手，表情诚挚道：“同学，别生气了。刚才是我态度不好，你千万别介意啦。”

说完，还在她耳朵边压低声音威胁：“配合下啊，你想被这只唐僧纠缠到死？”

唐僧?

简冰差点没憋住笑，眼珠子转了两圈，到底没再推开他。

王老师还不知自己因为太唠叨，而被同仇敌忾了。

他见两人终于“一笑泯恩仇”，总算露出了宽慰的笑容。

一直站在边上的陈辞，视线盯在他们交握的双手上，却怎么也笑不出来了。

——女人心，海底针。

前一秒还拼死求救，后一秒就双手紧握，笑靥如花了？

第八章

来自冠军的邀请

（一）

好不容易目送走老师，简冰立刻将单言甩开。

单言也横眉怒目的："你们这什么破学校啊，连老师都有神经病！"

"谁请你来了？"简冰冷冷道。

单言还要再吵，一阵寒风吹来，啊嚏一声，整个人都颤抖了下。

毕竟还没到真正的夏天，这天气就穿一件短袖，确实是有些单薄。

单言瞄了瞄脏兮兮的外套，嫌弃不已；又打了个喷嚏，终于把目光落到了裹得严严实实的简冰身上。

"这天气你穿得也太多了吧？捂出病哭死你，不如借我穿好了。"说着，就伸手要来脱她最外面的飞行外套——这衣服宽宽大大的，颜色也墨绿墨绿的，明显不挑男女。

简冰没料到他一大男生居然大庭广众下伸手来扒女生衣服，整个人蒙在那儿，三两下就给他拉开了一边衣服领子。

"流氓啊——"她赶紧拽住领子，试图阻止单言。

"别闹了！"

一只消瘦有力的手，突兀地横了过来，掰开单言蛮横的手掌，顺势将她拉到胸口的拉链刺啦一声拉回到脖子下方。

不用抬头，简冰也知道是谁。

多少年过去都一样，陈辞不耐烦起来，还是那个语调。

“别闹了，叔叔阿姨就要回来了。”

“别想蒙混过关了，这题型是必考的。”

……

一定要说有变化的话，大约是声音不复少年时代的青涩脆亮，开始显露出成年男性的低沉和磁性吧。

陈辞这一下用劲极大，单言整个人都被拽得一个踉跄。

——他年龄本来就比陈辞小上几岁，加上一直练单人，肌肉力量当然比不了陈辞这种有着双人滑经验的选手。

能把姑娘凌空抛起的手臂，拽个五十多公斤的大男孩，还真是轻轻松松。

单言什么脾气，当着这么多小姑娘的面出糗，人都还没站直呢，抬手就是一拳。

陈辞退开两步，避开这险险的一击，从牙缝里挤出声音：“你在这里动手，想被禁赛吗……”

话音还没落，咔嚓，一声明显的快门声响起。

他们一齐愕然转头，只来得及看到一双高举着手机的手，缩回到人群里。

现役运动员大庭广众下大打出手，这事闹出去，对谁都不是好事！

单言顾不得其他，就要去追这个偷拍的人：“谁让你拍了？”

那人动作极快，三两下钻出人群，还号叫了一声：“世青赛冠军打人了！世青赛冠军单言打人了！”

他叫得凄惨，跑得又快，很快没了踪影。

围观群众的目光，经历过最初的惊讶和茫然，渐渐地，就集中到了单言和陈辞的身上。

世青赛冠军？

世青赛冠军单言？

就是那个代言了运动鞋广告，还客串过真人秀，唱歌特别难听，长得很好看的体育明星单言？

这么一看，真的挺像的呀！

既然这个人是单言，那么……旁边那个长得更好看一点的，斯斯文文的小哥哥，难道是大学城附近凛风俱乐部的陈辞？

看着，也很相像呀！

这里毕竟是北方，冰雪运动的热度也比南方高上不少。

这边的几幢教学楼又都是人文学院的地盘，女生基数大，关注体育圈帅哥的女生自然也有不少。

人群渐渐骚动起来，好奇的，想要签名的，想要合影的，想要八卦一下现役运动员为什么来这边斗殴的……

陈辞毕竟年长一些，看着阵势不对，暗暗跟简冰使了个眼色，悄悄往楼梯口退去。

简冰心神领会，也跟着往外走。

人群总是喜欢往光亮处聚集，单言长得好，发型嚣张，嗓门还大，无异于一颗巨大的闪光弹。

学生妹妹们，便愈加往他身上挤。

单言勉强签了两个名，被俩小姑娘缠着非合影不可。

他毕竟年纪轻，丢脸的事情是不肯做的，一迭声地解释："我头发脏，发型也乱了，拍照就下次吧。"

这些人可不是北极星的冰迷，也不是他的个人粉丝，哪儿管你形象好不好，举起手机咔嚓咔嚓就是一串连拍。

有人开了闪光灯录视频，有人直接站到他身后比剪刀手自拍，有人举着装了美颜神器的手机开直播……

我特么是景区标志性NPC吗?!

单言都想仰天长号了。

刹那间，又一个本子递到他："帅哥，签个名呗。"

单言接过来，低头，又猛地抬起头——这不就是刚才跟简冰站一起的女孩?!

龙思思大睁着眼睛看着他，瞳孔里都是闪亮亮的小星星。

"你……哎，你朋友怎么也来添乱……"单言回头想要喊简冰，脖子都快扭断了，才发现她和陈辞已经溜到楼梯口，即将逃之夭夭了。

"我去！你们俩！还有没有节操了?！"

他这一声吼满腔悲愤，震得围观群众都是一愣。

陈辞趁机拉了简冰就跑，单言愤然，也拔腿就追。

他这一跑，无异于狼群中间的肉块突然长脚移动。

直播的，自拍的，要签名的，纷纷如鲸鱼背上附着的飘摇海草，张牙舞爪地追了上来。

单言开始还惦记着要追陈辞和简冰，后来是哪儿有空隙就往哪儿跑。

他呼啦啦带着一串人，穿过球场，跨过小桥，踏过草坪，最后一头扎进男厕所，死也不敢出来了。

——现在的女生，太可怕啦！

单言蹲在坑位上，掏出手机，满是悲愤地给项佳打电话求救："赶紧给我死过来帮忙，老子命都要丢这里了！"

阿佳沉默半晌，犹豫着问："老大，你现在……还没脱裤子吧？"

单言"啊"了一声，随即大骂："我让你来救我，谁让你管我脱没脱裤子啊！"

"不是……"阿佳耐心解释，"有人在直播你……你现在……躲在Z大的男厕所里，对吧？"

因为太过震惊，单言一时间竟然找不到能表达情绪的脏话。

阿佳又好心地加了句：“你放心，我们已经通知老板了，很快就会有人赶来接你的。”

单言：“……”

***

单言这边水深火热，陈辞和简冰也没好到哪儿去。

亏得简冰熟悉地形，一路狂奔进野鸳鸯无数的小树林，又从树林后面的供电房绕上小山，才算彻底摆脱热情的围观群众。

这小山虽然不高，草木倒是茂盛，半座山是野草，半座山是开得密密麻麻的杏花。

见没人追来，简冰弯着腰，靠着杏树喘气。

她身躯颤动，树上的杏花瓣也随之抖落。

白花馥郁，纷纷扬扬落下，鹅毛飞雪一般壮观。

陈辞不由自主就想起第一次来北方滑野冰，也是这样大雪纷飞的天气。

舒雪任性不肯戴帽子，滑得飞快，没多久，整个头发都落满了积雪，冻得结结实实……

太阳越升越高，照到身上暖融融的，风里满满的都是杏花和泥土的气息。

陈辞不远不近站着，看着简冰头上的杏花瓣越落越多，不自禁地就笑出了声。

简冰闻声，扶着膝盖抬起头，瞪着眼睛道：“笑什么？”

陈辞扯扯嘴角：“笑也不行？”

“嘁！”简冰懒得跟他废话，拍拍身上的落花，找了块干净的草地坐下来。

陈辞犹豫了下，慢慢走过去，道：“咱们聊聊吧。”

“聊什么？”简冰干巴巴道。

“聊你为什么滑得这么好，聊你学花滑几年了，聊你为什么今年来考级。”

“这些跟你有关吗？”简冰冷笑，“你是不是跑得太急，脑子跑丢了？我为什么要跟你聊这么私密的话题？”

陈辞抿了抿嘴唇：“这几天，就没有什么俱乐部来找过你吗？”

“有啊，”简冰声音轻快，“所以，就请你和你背后的凛风，干干脆脆地死心吧。我选哪家，也不会选你们。”

她斩钉截铁地说完，拎起包就打算走。

陈辞的声音，再一次从身后传来：“你的选择余地，没这么大吧？”

简冰顿足，有些近乎凶狠地回头瞪他。

陈辞接着道：“我要是没猜错，联系你的全是连国内参赛单位都算不上的小俱乐部吧？”

简冰没吭声。

陈辞分析道：“你要是年轻个五岁，别说我们凛风，连北极星都会主动递橄榄枝——18岁滑成这样是不错，但想要轻轻松松成为专业的运动员，你也太看不起花滑了。全国有多少比你还年轻，比你还刻苦的孩子在每天坚持训练，有多少不错的苗子在坚持……”

“你也说了是孩子，”简冰打断道，“他们熬过发育关了？”

陈辞愣住。

简冰盯着他，微带着点傲然道：“我今年18岁了，确实不如他们年轻机会大，参加世青赛的机会都几乎没有了——那又怎么样？我起码没因为发育关彻底跳不动，你确信他们都能顺利通过发育关，还是一定要通过打击我得到自信心？”

发育关，几乎是所有花滑选手都要面临的挑战。

这个项目的选手出成绩年龄普遍早，天才少女、天才少年多如过江之鲫。

然而，陨落在发育关上的男男女女也不计其数。

长高五厘米，长胖十公斤，甚至胸围增大一圈……都会影响身体重心的变化，继而造成跳跃配置下降，身体条件下降。

女孩的发育关通常来得更早，持续时间也更久，造成的影响也更大。

业内甚至有那么一种说法，发育关前不能把跳跃配置提升到一线水准，发育后终身无望跻身一流选手行列。

就连陈辞自己，在生长发育高峰期，也是吃了不少苦头的。

所以，简冰将发育关拎进来讲，陈辞瞬间就理解了她话中的含义：

虽然看着瘦弱单薄，但她已然平安渡过了发育关。

陈辞不由自主往她胸前多瞄了几眼，脸上的神情，也多少有些不可置信。

他见多了发育前后差距巨大的女选手，当然知道这样几乎看不出变化的发育才是最安全、最受女选手欢迎的。

甚至，有大胸的国外选手狠心去做缩胸手术的。

但是，这也……实在太平坦一点吧?

简冰被看得心头火起，抢起包就砸。

“你看个鬼啊！惊讶个蛋啊！”

陈辞接住炮弹一样的小包，脸涨得通红，讪然道：“不、不是，我不是那个意思，我的意思是，你要是真的想走专业运动员的道路，去拼可能性很小的女单，不如考虑双人项目——咱们这次练习赛，配合其实不错。”

“做梦！跟你做搭档，我不如从这儿跳下去比较快！”

简冰一把抢回小包，咬牙切齿地转身大步离开。

陈辞欲言又止地站在原地。

眼前的杏花，像极了记忆里的纷扬白雪；眼前的女孩，也逐渐与回忆里的女孩身影重叠了。

真的像，害羞的样子，生气的语调，通通都像。

她像舒雪，更像舒冰——即便舒冰从来都是胖嘟嘟的，圆滚滚的。

但小小的女孩生起气来，也是这样一副横眉跳脚的娇憨模样。

这个世界上，怎么会有这么相像的人呢?

霍斌和文非凡其实并没有猜错，他来找简冰，一半是理智，另一半，大约是心里的幽灵在作祟。

七年独行路，七年阴霾梦魇。

那一跤毁掉的并不只有舒雪，万劫不复的，也并不只有舒家。

他到底，还是没能彻底走出来。

以至于拼了命地想要在当年摔倒的地方重新站起来。

（二）

你的选择并没有那么多吧?

想要轻轻松松成为专业运动员，你也太看不起花滑了。

全国有多少比你还年轻，比你还刻苦的孩子在每天坚持训练，有多少不错的苗子在坚持……

简冰绑紧冰鞋带子，取下刀套，一溜烟滑入冰场正中央。

外面已经是初夏时分，冰场内的温度却依旧寒冷。冰刀在坚硬的冰面上留下一道道痕迹，在灯光下清晰可见。

一圈、两圈、三圈、四圈……脚下的速度越来越快，连场边的英文logo都开始变得模糊。

“几个月不见，你都改练速滑了？”

嘹亮的男声响起，简冰一愣，差点撞上挡板，赶紧转弯降速。

简陋的冰场入门处，站着个高大的中年男子，推着把暗灰色的轮椅。

中年男子穿着灰色马甲、戴着灰色渔夫帽，笑容又大又灿烂。

而轮椅上的女人，一身休闲装，连鞋子都是柔软的布鞋。

“爸爸！云老师！”

简冰失声尖叫，赶紧往入口处滑去。

“慢点。”舒问涛提醒道，“你慢点儿。”

云珊却只看着她笑，半晌，扭头向舒问涛道：“老舒，我没说错吧？你闺女自律能力不错的，有我没我，一样坚持训练。”

舒问涛无奈：“云老师，小孩不能一直夸的呀。”

云珊哈哈直笑，笑完向简冰道：“你爸爸这个人，非常不讲道理——他自己夸了你一路，临到了这里，近乡情怯，不许我夸你进步了。”

简冰拿冰刀蹭了下冰面，笑嘻嘻地回看他们。

舒问涛忍不住抬手摸她脑袋：“好像长高了点？”

简冰哭笑不得：“我穿着冰鞋呢。”

“哦，哦！”舒问涛也失笑。

“你们怎么来了？”简冰一边脱鞋下冰，一边问。

舒问涛摸摸鼻子，去看云珊。

云珊干咳了一声，道：“我们来看看你。”

她那语气不自觉就透着股心虚，简冰的表情狐疑起来：“真的？”

“真的呀。”云珊道，“你那个比赛视频，我们都看了，滑得不错的。虽然说能赢有运气的成分在，但是谁叫他们轻敌呢哈哈哈哈哈。”

笑着笑着，声音渐渐就干巴巴起来。

——直爽了一辈子的人，撒起谎来，画风特别诡异。

但那脸上的笑容，真真正正地掩藏不住。

简冰拎着冰鞋，呵呵干笑两声：“云老师，到底什么好事呀？骗人都骗这么开心。”

“骗人？有吗？”云珊的笑声更大了，声音也突然变得生机勃勃起来，“我不是不告诉你，我这是……”她停顿了下，清了清嗓子，才继续说道，“我这是想给你个惊喜。”

“哦——”简冰拉长声音，“你终于要跟鲁叔结婚了？”

云珊脸唰地一下红了：“小毛孩子，瞎说什么呢！”

“不是？”简冰这回是真猜不着了，“那……”

她不由自主地低头，看向云珊轮椅上的双腿。

云珊是她们姐妹从小的启蒙老师，也是舒问涛开在家乡的那个小冰场的总教练。

她是比文非凡还早退役的女单选手，也在霍斌手下滑过几年，按霍斌的话说，属于那种天赋有限，运气也一般，但特别能吃苦的类型。

或许，也就是因为当年太过拼命，她退役后伤病一堆，长年要依靠轮椅和拐杖行走。

她自己倒是很看得开，回老家后也没闲着，在小冰场里一干就是十几年。

因为行动不便，她几乎没办法上冰给学员演示动作，口述之外，就是找各种视频给学员看。

有些是她网上搜的，有些干脆就是她自己找人录的。

也正因为这样，远在南方的小城学员们，偶尔还能得到霍斌、文非凡等人的远程指导。

舒雪便是在这样的情况下，被霍斌挖掘到的。

简冰当然知道这些，也知道老师对花滑的热爱。

故而一听到有好消息，下意识就想到了老师的腿伤恢复情况。

但是，即便她的腿伤恢复了，如今也已经是年近四十的人了，要上正式赛场是不大可能了。

云珊却没意识到学生的心思，乐呵完，便转移话题道："来都来了，你滑一圈我们看看。"

舒问涛也有点跃跃欲试，跟工作人员租了鞋，熟练地换鞋上冰。

他毕竟开了十几年冰场，在业余群众里，水平还算很不错的。

简冰忍不住笑了："爸爸，云老师要看我练，你上来干吗？"

舒问涛笑呵呵的："我试试这冰面——你怎么想到来这儿训练呀？"

"人少，便宜，还能顺便兼职。"简冰往后蹬了几下冰，滑到场子边缘，"我之前为了考级挂的那个俱乐部，价格巨贵，我考那么多次，一点儿折扣都不给。"

"人家开门是做生意的，"舒问涛在商言商，"你都不是他们家会员，给你挂就不错了。"

简冰撇嘴，闭上嘴巴，开始专心滑行。

她一直跟着云珊训练，所有的练习都是按着女单的路子练的。

在云珊的那个年代，中国花滑女单出了一个温煦，不但是国内第一个在冬奥会拿奖的运动员，还是整个亚洲第一位花滑世界冠军。

所有的荣耀都聚集在了温煦的身上，所有的目光也聚集在了女单项目上。

云珊置身其中，虽然没能荣誉加身，却也与有荣焉，以至于多年以后回忆起来，还心潮澎湃。

如今看着简冰轻盈的身姿，云珊不由得轻叹了口气。

当年看舒雪滑得那么好，她死命地诱惑小胖妞冰冰也来冰场试试。

无奈人家人小主意大，当着爸爸的面，便缩着脖子撒娇表示："好冷呀，我不想学呀。"

在舒雪面前，则表示："姐姐你要退学练花滑，就已经够让妈妈崩溃的了，我可不能再刺激她了。"

再长大一点，连"人各有志"之类的成语都用上了。

若不是后来的一系列变故，若不是……

云珊扶着轮椅站起来，一摇一摆地往前走了两步。

人在被宠爱的时候，总是忍不住会有些有恃无恐，乃至肆意妄为。

只有在遭逢过突变，见识过命运的无常和残酷之后，才懂得珍惜和争取。

云珊还记得那个初春的深夜，自己刚从医院探望舒雪回来，拄着拐杖经过空荡荡的冰场。

胖乎乎的小小女孩，也不知怎么爬进来的，穿着不大合脚的冰鞋，小心翼翼地爬上冰面，战战兢兢的，像是只尝试游泳的奶猫。

要让冰刀和冰面合拍，是需要一定的练习和技巧的。

云珊不知道简冰到底观察了多久，又为了什么突然想要尝试上冰。但她站起的瞬间，就一屁股摔了回去。

爬起，摔倒，再爬起，再摔倒……

整整一个晚上，云珊在外面坐了一夜，她就在里面摔了一夜。

没有痛哭，没有求助，更没有放弃。

简冰对花滑的热情，似乎就是从那一次次摔跤开始的。

隔天一早，她就顶着摔肿的脸庞，来找云珊拜师。

那时候，舒问涛的冰场，已经停止营业半年了。行动不便的云珊，也已经在家休息近半年了。

舒雪的伤需要大笔的资金支持，但他们没有了重新再来的勇气。

云珊至今记得舒雪出事那天，她母亲简欣歇斯底里的疯狂。

那是一个母亲的愤怒，也是一个母亲的哀恸。

她甚至忘了自己年幼的小女儿还在身边站着，扯着舒问涛的衣袖，极尽恶毒地喊："是你害得她呀！你把自己女儿害成了这样！"

简欣从始至今就没有同意过舒雪学花滑，只是碍于女儿近乎痴迷的喜爱，而不得不妥协。

而舒雪赛场上的那一摔，成了她永远的心病。

那一年里，云珊每每入梦，必然会看到浑身鲜血昏迷的舒雪，呆若木鸡的陈辞，颓然无措的舒问涛，声嘶力竭的简欣……

那个时候，11岁的简冰姓氏还跟着父亲，人生轨迹却完全依照母亲的安排在铺设。

出生在母亲最喜欢的市立医院，上母亲选择的早教班，学母亲挑选的芭蕾舞课……甚至连日常的穿着打扮，都依着母亲简欣的喜好。

夏天穿小裙子、戴宽檐的遮阳帽；春秋穿小开衫配长筒袜、小皮鞋；冬天则一定要戴毛茸茸的护耳，围厚厚的围巾。

一切的一切，都因为那一场意外而改变了。

（三）

简欣沉浸于痛苦之中，彻夜不休地陪在昏迷的大女儿舒雪病床前。

她依靠和舒问涛分居，更改简冰的姓氏来“保护”小女儿，抢夺对小女儿人生的决定权。

她却完全没有注意到，一向听话的简冰，悄悄萌芽的那些“恶”因子。

没了倔强姐姐的保护，她仍旧装着乖巧贴心的模样，却开始事事与母亲作对。

她自作主张跟芭蕾舞老师要回了学费，把家长联系方式改成了父亲，甚至还打电话给中介，撤下了冰场的出售广告。

这些突如其来的成长和强硬，如沉默的暗流，来得这样突然，这样猝不及防。

被隐瞒的简欣无知无觉，眼睁睁看着事情发生的云珊和舒问涛，却坐不住了。

除了开冰场和当教练，他们确确实实都没有别的技能和天赋。

舒雪伤得又那么重，后续的治疗费用源源不断。

这个时候，并不是倒下去任凭颓废和伤心侵蚀勇气的时候。

他们拒绝不了理智回归，也阻止不了简冰上冰的决心。

南方的冰场虽然少，也并不是没有。

与其让其他人来教课，当然不如他们自己来。

只是在正式开始学习前，作为父亲的舒问涛，和年仅11岁的女儿简冰，进行了一场好几个小时的长谈。

云珊不在现场，只知道那次之后，舒问涛便不再反对小女儿上冰，甚至开始帮她一起圆谎，瞒过分居的妻子。

“云老师？”

清脆的声音在耳畔响起，云珊蓦然回神，这才发现简冰不知什么时候滑完了，正一脸困惑地看着自己。

“你怎么哭了？”

云珊茫然地“啊”了一声，抬手摸了摸脸颊，果然摸到几颗冷冰冰的水珠。

“是汗吧？哈哈哈哈，我以为北方很冷，今天穿得特别多。”她有些慌乱地擦掉水珠。

又哭了！

真是没用啊！

明明已经过去这么多年了，每每回忆起来，眼泪就跟有了自我意识一般，自顾自无声无息地流淌。

在生命面前，尤其是在他人的生命面前，谁又能真正坚强得起来呢？

“您觉得我的菲利甫跳怎么样？我已经练了好几个月了，一周、两周都没问题，一上三周必定出问题，更不要说连跳了。”

“呃……”云珊是真没留意她刚才的最后那几个跳跃，“你再跳一次试试。”

简冰无奈，滑到冰场的另一头，助滑一段之后，右足刀齿点冰，起跳。

一圈、两圈……外刃落冰。

非常明显周数不足，都不用技术人员用设备，连舒问涛也看出来了。

她多少有些不甘，再次往前滑了一段，空出足够的空间，助滑，再一次点冰起跳。

菲利甫跳分数不是最高的，但是对部分女选手来说，确确实实是一道不大不小的关卡。

花滑这类冰上弧线运动，大部分跳跃其实是可以借助速度和弧线来完成起跳的。但菲利甫跳需要用刀齿点冰起跳，即便有助滑，还是需要相对足够的力量。

像简冰这样瘦弱的女孩，提速度简单，可以利用弧线也可以依靠训练；要力量，可就有难度了。

舒问涛本来就业余练过花滑，后来为了两个女儿，又恶补了一堆知识，当然看出了原因。

云珊听他说完，却只是静立不语。

他和简冰一样，看得多，练得也不少，却缺乏足够的比赛经验。

简冰不仅在力量上有劣势，在应对比赛的技巧上，也是非常欠缺的。其他和她年纪差不多的女选手，要么混不出头考虑转行了，要么就已经是身经百战了。

舒雪14岁时，世锦赛、大奖赛都已经打过一整轮了，更不要说国内的比赛。

真正专业的运动员，除了平时的刻苦训练，分析裁判和技术专家们给出的小分表，也是每次比赛完成后的重要工作。

不复盘，不查漏补缺，怎么能进步？

更不要说，还有艺术表现力和裁判印象分这样比较虚无缥缈的东西。

姑娘长大了，花朵也到了怒放的时候。

花香馥郁，小小的训练场已经关不住了。

她需要更高的赛场去磨砺，需要更强的对手去挑战。

简冰听完父亲的话，便期待地看着云珊："老师，我是不是要再加一些力量训练的内容？"

云珊点头，说了点练习的方法，最后还是忍不住道："其实，还可以多观察其他人的起跳方法，力量不够是一部分女选手的通病，女单里面就一大堆，你多观察她们的节目编排，会发现很多人刻意减少容易失手的单跳。"

简冰点头，又听云珊感慨道："年纪也不小了，还是得多参加比赛呀——"

简冰沉默，不由自主地，就想起陈辞那个有点挑衅的提议。

去拼可能性很小的女单，不如考虑双人项目。

***

跟着舒问涛他们回到住的酒店，简冰才知道他们到底搬了多少东西过来。

一大包家乡的米面，一大箱家乡的小点心，一大罐父亲亲手做的红膏炝蟹……云珊行动不便，还附带了一个保镖和拎行李的苦力——爱情长跑N年的同居恋人鲁文博。

鲁文博其实是舒问涛冰场附近健身房的健身教练，从小不会说话，不知怎么就开始天天往他们这个小冰场跑，给云珊送东送西的。

云珊父母倒是挺喜欢他的，小伙子确实有残疾，但是他们闺女……也一样身体不好呀。

云珊这人呢，平时脾气也都挺好的，到了谈恋爱的时候，却作得吓人。

两人同居了这么多年，愣是不领证，不结婚。

简冰一推开门，就见鲁文博赤着膀子，正费劲地在拆一个巨大的快递箱。

"鲁叔，您干什么呢？"

鲁文博扭头看到她，有些羞赧地笑了下，比画道：“做吃的。”

简冰好奇地走近，就看到盒子上的“冰箱”字样。

简冰张大的嘴巴，立刻就合不上去了。

“云老师，鲁叔买冰箱了！”

住酒店买冰箱！

这是要上天啊！

还做吃的，这是打算住多久？做多少吃的?!

出乎简冰的意料，云珊居然没什么反应，十分淡定地朝他们瞥了一眼，继续拿着手机发消息。

鲁文博于是继续拆快递盒，锅碗瓢盆、调味料、洗洁精等一应俱全。

就是租房搬家，大约也就需要这么多东西了。

“鲁叔，您跟酒店老板打过招呼没？他们这儿给你开火吗？”

简冰不无忧虑地问。

鲁文博摇头，怕她不理解，停下手比画：不在这儿做。

简冰松了口气，随即又不明白了。

不在这儿做？

那去哪儿？

鲁文博看看云珊，又看看她，最后指了指隔壁房间，比画：去问你爸爸。

第九章
老骥们的壮志雄心

（一）

简冰敲开门，舒问涛正在打电话。

一会儿“嗯嗯嗯”答应，一会儿又嘀咕：“我知道生产经营场地得办妥，我这儿不是在解决着呢……”

看样子，是在谈工作上的事情。

简冰在小沙发上坐下来，晃着脚四下打量。

他们选的这家酒店，环境虽然一般，因为地理位置靠近市中心，价格却并不便宜。

简冰翻了翻小桌子上饮料的价目表，忍不住嘀咕：“爸爸，明天换到我大学城附近去吧，这儿环境不好，还这么贵。”

舒问涛捂着手机话筒，冲她摇摇头，往外面走去。

他忙起工作来，一向就是这样的。

简冰“哎”了一声，站起来在房间里乱转。

酒店房间就这么大，也没什么好看的，无非就是床、电视、沙发、茶几、衣柜、洗手间这些标准配置。

倒是靠墙的那一排行李，看得简冰有些讶异。

一向轻装简行的父亲，似乎也被鲁文博传染了，光旅行箱就带了两个，靠墙的床头柜上，还放着只塞得鼓鼓囊囊的背包。

再算上给她带的这么多土特产，他们的阵势简直比搬家还夸张。

简冰等了又等，始终不见父亲回来，又拆了土产包，吃了两块炝蟹。

百无聊赖，便起来帮他收拾行李。

她先开了只行李箱，里面是些基础的洗漱用具和衣物。再打开另一只，仍旧是衣物。

一大男人，带这么多衣服干吗呀？

再打开背包，里面是厚厚的一摞资料。

简冰眼尖，一眼看到了最上面的那份《冰场产值估算》。

她愣住，沉默半晌，将整沓资料抽了出来。

产值估算文件的下面，就是一份《重大资产出售法律意见书》。

“舒阳冰场”几个大字显眼地标在上面。

也恰是这个时候，房门嚓一声被推开，舒问涛皱着眉头走了进来。

“爸爸，你要卖冰场？”简冰捏着资料，声音都有些发飘。

舒问涛呆了一下，下意识地点头，又摇头。

“为什么呀？”简冰提高声音，“咱们不是说好了，好好过日子，一起等姐姐醒过来？您……您怎么又……”

“不是，”舒问涛赶紧解释道，“我不是卖冰场，我这是办迁移呢。”

“迁移？”简冰茫然地看着他。

舒问涛拉了把凳子，在她面前坐下。

“对啊，”他接过她手里的资料，翻出下面的各种迁移手续，“我跟云老师、鲁叔商量了，想把冰场搬来北方。这两年，咱们国家不是很重视冰雪竞技项目嘛，在小地方要拓展业务，实在是有点困难。这边冰上项目热度高，群众基础好，跟你也近。咱们主席不也在电视里邀请大家‘相约北京’嘛！国际友人都邀请，那咱们自己中国人，肯定更欢迎了——如果有可能，我们也想自己组建一支滑冰队。那时候，你就不用挂别人的俱乐部了，直接挂咱们自家的名字去考试，甚至比赛。”

“滑、滑冰队啊——”

看着鬓角已经有点斑白的舒问涛，简冰一时有点反应不过来。

即便是在北方，这理想也实在有些太过远大。

就不提专业运动员们那昂贵的身价，就说真冰冰场动辄几千万的硬件投入……南方小城和一线城市B市的地价天差地别，更何况，他们那个小冰场是真小，连标准冰场的一半面积都不到。

要组滑冰队，至少，训练场地得有保证吧？

“那资金方面呢？B市可是寸土寸金，”简冰道，“就算群众基础好，竞争也大呢。您知道本市有多少家俱乐部吗？”

舒问涛抓抓头：“我知道呀，所以我们也在积极寻找投资，接洽了几家，这两天去谈谈。你鲁叔联系朋友，给咱在你学校附近租了个房，这边的事儿忙完，我们就搬过去。”他叹了口气，“我们也做好长期抗战准备了。”

简冰沉默。

这三人年纪加一起都快150岁了，办起事儿来，却比二十出头的小青年还大胆。

迁移冰场，组建滑冰队……

她不由得想起多年以前，父亲坐在紧闭的冰场大门旁，一根接一根抽烟的颓废模样。

姐姐倒下了，妈妈崩溃了，原本大树一样遮风挡雨的爸爸，也突然就老了许多。

也是那个时候，她才发现——原来大人也是会流泪，伤心绝望的。

失去了姐姐的父母像失去了浮木的将溺之人，一个拼了命地攻击对方，一个则不断地将自己与世隔绝。

冰场关门，朋友断绝，连吃饭和睡觉都成了需要人提醒的事情。

简冰得承认，最初接触花滑，不过是为了还能拥有一个完整的家。

对于一个11岁的孩子来说，家庭破碎，不啻末日来临。

她穿上冰鞋，踩上冰刃，不过是想阻止父亲卖掉冰场，不过是想知道姐姐到底为了什么痴迷于这个寒冷的冰面乃至重伤……

没想到，这一路走来，真正离不开冰鞋的，反而变成了自己。

她不但没能找到说服姐姐放弃的理由，连自己也深陷其中。

坚硬的冰刀上似乎沾染着红舞鞋的魔法，让穿的人欲罢不能。

他们没有翅膀，也摆脱不了地球引力，却能依靠技巧与速度，拔地而起，凌空欲飞。

“你就别担心了，爸爸开了这么多年冰场，还能不懂这些事情？”舒问涛安慰道，“倒是你……”

他迟疑了一下，问：“你去参加比赛，你妈妈……”

“我会好好跟她解释的，不过，”简冰苦笑，“她还是老样子，除了工作，就是守着姐姐，其他事情一概不管，恐怕连我在哪个学校上学，她都没留意过。”

“她……”舒问叹气，抬手摸了摸她头发，“爸爸知道，你一直很懂事，很乖。这些年，辛苦你了。”

简冰垂下头，半晌，自嘲一般道：“也可能是我伪装得太好了，所以她才一门心思沉迷过去——让她知道真相，没准也不是坏事。人总不可能一辈子活在梦里。”

舒问涛呆了呆，安慰一般，拍了拍小女儿的肩膀。

***

从酒店回来，已经快10点了。

简冰几乎是踩着关门铃冲进宿舍楼的，宿管阿姨从窗口探出头来念道：

“以后早点，小姑娘家家，不要在外面逛太晚。”

简冰连声答应，一溜烟跑上楼。

宿舍楼11点熄灯，这个点随处可见抱着洗完的衣服从洗衣间冲出来的女孩。

简冰才一出楼梯间，就撞上好几个同班同学。

那几个穿睡衣抱大脸盆的同学，一看到她，先是瞪大眼睛，接着立刻围了上来，衣服都不去晒了。

“简冰！哎呀，你回来了?！”

简冰一头雾水地看着她们，她一学生，不回宿舍，难不成去睡大街?

女同学们却都闪亮着眼睛，满脸的八卦：

“你好厉害，居然会花样滑冰！”

“对啊！我也想学！”

“我也要呀！不但漂亮，还能认识那么多帅哥！”

“就是就是！”

……

简冰眨巴眨巴眼睛，隐约猜到了缘由——今天的事，还真是闹大了。

不过……

“花样滑冰的事，你们听谁说的呀？”她可不记得今天单言提过花滑比赛的事。

陈辞嘛，锯嘴葫芦一个，更不像这么多嘴的人。

“朋友圈都传疯了，你不知道吗？”

其中一个女同学掏出手机，三两下翻出个小视频。

乐声悠扬，正是她和陈辞一起滑的那首《堂吉诃德》。

简冰下意识往屏幕上方看去，果然看到了非常具有“爆红”潜质的软文模板标题：“姑娘，你穿冰鞋的模样美得让人窒息！”

出乎她的意料，视频里的自己和陈辞，看着居然还真有点搭档的感觉。尤其是在跳跃上，同步率虽然不高，高度和远度居然都差不多。

——她跳不了四周，那么，一定是他在配合自己了。

配文编排了一大串不存在的“草根女为和偶像同台疯狂训练多年”的故事，又叽叽歪歪灌了好几百字的励志鸡汤。

简冰看得牙疼，手指再往下滑，看到的就是陈辞扯着单言的那一幕抓拍。

配图文字是：两个世青赛冠军大打出手，原因不过是为博美人一笑。

美人一笑……

简冰终于明白面前同学火辣辣的眼神是哪里来的了，她深吸了口气，说了句：“哎呀，到熄灯时间了。”

将手机往同学手里一塞，推开人就往宿舍跑。

女同学们还不甘心，抱着脸盆在身后追问：

“到底哪个是你男朋友呀？”

那个唯恐天下不乱的神经病到底是谁啊？

偷拍照片就算了，还胡乱臆测。

胡乱臆测就胡乱臆测，还非得发公众号！

八卦的灵魂燃烧起来真是吓人，这架势是不把人写死就不罢休啊。

怪不得杨帆今天打了她好几个电话，原来这边又出事了。

对花滑丝毫不感兴趣的女同学都知道了，花滑圈内……

想起这俩男人那些彪悍的冰迷，她不由自主地打了个寒战。

（二）

简冰箭一样冲进自家宿舍，砰地关上了门。

一回头，就见408三姐妹虎视眈眈地盯着她，表情一个比一个凶悍。

“说要介绍帅气的男孩子给我们认识。”

“结果找了一群脏不啦唧的土木猥琐男。”

“自己却脚踏两只船，跟世青赛冠军谈恋爱。”

……

简冰瞪大眼睛：“你们这版本又不一样了？怎么成了我脚踏两只船了？”

她刚看到的公众号软文，还写着“你若盛开，蝴蝶自来；你若精彩，天自安排”呢。

龙思思等人互看几眼，把手机给她递了过来。

这一回，标题走的是狗血八卦风：

“让男神对你欲罢不能，这个女大学生不简单！”

往下一拉，最先出现的是那个比赛视频的截图，接着，果然又出现了陈辞和单言“互殴”的那张经典照片。

简冰盯着“欲罢不能”几个鲜红大字，肝都痛起来了。

马可馨还不放过她，又翻了个微博上的爆料：

“世锦赛冠军陈辞为新女友与单言大打出手，女友神似前搭档舒雪！”

微博不比朋友圈软文，点赞转发之外，评论里也精彩万分。

吃瓜群众除了围观，还纷纷贡献自己从别处看来的爆料，不仅有他们的比赛视频，还有陈辞拉着简冰狂奔离开的照片，简冰考级的小分表，舒雪当年的比赛视频，舒雪出事的新闻……

甚至，连杨帆当时偷录的那段考级视频，都被好事者贴了出来。

广大群众当然对这样的狗血八卦喜闻乐见，花滑铁杆冰迷、陈辞和单言的单人粉丝，可就没有那么乐在其中了。

铁杆冰迷们是对年轻男单选手的恨其不争：国内的花样滑冰成绩还不是特别好呢，你们难得有天赋，不好好训练为国争光，成天情情爱爱的是要上天哪！

单言的粉丝们大多知道自家偶像和小茉莉一起输了双人滑的事情，看陈辞不顺眼，看简冰就更讨厌了。

我们家言言还小，压根不想谈恋爱，就算想要谈，当我们这些女友粉是死的啊！

过气老选手蹭热度！

草根辍学女想出名！

连死掉的前搭档都拉出来卖惨，不要脸！

相对于其他群体，陈辞的粉丝感情就比较复杂了。

一大部分的陈辞粉是从当年的舒陈搭档，“辞雪”CP粉转化而来的。

若似月轮终皎洁，不辞冰雪为卿热。

天才少年和天才少女虽然没能像童话故事里的王子公主一样走到一起，但过往种种，总是叫人唏嘘的。

而现在出来的这个莫名其妙的女孩，算什么事儿？

小陈哥哥你就是再想念小雪，也不要被冒牌货蛊惑呀！

三方势力骂的骂，翻旧账的翻旧账，各种陈年往事都被翻了出来。

掐架这种事情，就是相互的。

既然有人出言不逊了，刚开始那些“抱走我家××”的温和派也逐渐丧失了耐心，加入混战。

每天挖空心思想要蹭热点的营销段子手们，也立刻闻风而动，写文章分析陈辞和单言花滑技巧的，八卦花滑圈各大俱乐部爱恨情仇的，深度解读“辞雪”阴阳两隔爱情故事的……

简冰看着看着，火气就渐渐上来了。

她姐姐人还好好躺在医院，怎么就“阴阳两隔”了？

更何况，14岁的小屁孩爱个什么惊天动地？

舒雪那时候满脑子都是比赛，陈辞这种凉薄的人就更不用说。

——他们搬家，姐姐转院之后，他压根就连探望都没再来过，哪儿来的“七年深情等待”？

他转投单人明明是因为找不到好搭档，哪是什么“曾经沧海难为水”！

她咬牙切齿的模样吓到了室友们，纷纷放弃逼问，拍胸口安慰：“哎呀，我们都知道他们在瞎编的，不生气不生气。”

“就是就是，咱们不跟造谣狗一般见识。”

她们不知舒雪便是她的亲姐姐，只当她因为被胡乱编排而伤了面子，损了名誉。

如果真只是这样一点儿小纠纷，该有多好呢？

简冰把手机还给马可馨，走到洗手间冲脸。

冰凉的自来水冲在脸上，彻骨地寒冷。

希望总还是存在的，既然家属和医生都不曾放弃，人就总还有醒来的可能性。

——如果你能醒来，就会看到世界依旧是这样精彩。

妹妹我现在都能跳连跳了，爸爸也重新振作，甚至连总说自己“没用”的云老师，都想要组建滑冰队，再圆一次冰雪梦呢。

简冰手扶着洗漱盆，冲着镜子露出个难看的笑容。

嘴唇弯起弧度的瞬间，眼前一黑，整个宿舍楼陷入了黑暗和沉默。

晚上11点整，到点熄灯。

再多悲伤，再多希冀，再多热情，都得等待明天太阳重新升起。

***

隔天凌晨，天才蒙蒙亮，简冰习惯性地爬起来出门跑步。

室友们照例五花八门报了一堆早点名词，她也照例左耳朵进右耳朵出。

反正最终结局，还不是她带什么，她们吃什么。

她是真的很喜欢早跑，尤其是在没人的操场上。

空气里夹杂着晨露的气息，人潮也都还没有醒来，鸟鸣声给人一种置身荒野的错觉。

跑着跑着，白雾逐渐散去，晨光穿透云层，温柔地洒落在人身上。

经过校门口的时候，迎面正撞上一群垂着头的男同学——看那精神状态，估计是通宵游戏结束。

简冰扯了扯嘴角，继续往前跑去。

那群通宵男里，却有人喊了句："简冰？"

简冰诧异扭头，就见中间那个男生一把摘下口罩，露出杨帆的脸。

简冰："……"

学长这个生活状态，非常不健康嘛。

杨帆跟其他同学挥挥手，梦游一般跑过来，声音都跟幽灵似的："你也太过分了，又不接我电话，做人要讲道义的啊，妹妹！"

简冰把手插进衣兜："我是比较没道义的，我都不喜欢偷拍。"

杨帆愣了下，简冰接着道："你干吗偷拍我考级，还传网上去？"

"我……"杨帆尴尬地摸了摸鼻子，整个人显得更加丧气了，简直气若游丝，"不是我传的啊——"

看来，他也知道网上闹翻天的那些传言了。

"那是你拍的？"

杨帆心虚地点头："我就觉得你滑得好，拍了下，在滑冰群炫了下，没想到他们那么爱搞事情……"

说着说着，声音越来越低。

简冰看了眼时间，"那你现在是来道歉吗？"

杨帆噎住，点头不是，摇头也不对，半晌，吭吭哧哧地说了句："算、算是吧。"

简冰于是大度地拍了拍他肩膀："道歉就算了，咱俩谁跟谁，请我吃个饭就得了。"

"行、行吧！"杨帆僵硬地点了点头——不知为什么，就觉得很憋屈啊！

简冰却又想起了别的："你那个什么滑冰群……呃，里面都是玩花滑的？"

杨帆点头，简冰伸手揉了下肩膀："他们给我造成这么大困扰，也该有点表示吧？"

杨帆的眼睛，登时就亮了："对呀，都是他们的错！"

"错了就该认哎。"简冰道，"我爸想办个冰场，要是能成，你让他们哪天来帮忙，当个看板郎、看板娘什么的呗。"

"你爸要开冰场哇?！"杨帆提高声音，"你们家还是土豪呀！"

简冰也懒得解释她爹其实仅有一个八百平方米的小冰场，教练也只有一个"残疾的退役运动员"，资金压根就没着落，只是追问："行不行呀？"

"行！"杨帆一甩刚才的丧气，拍胸脯保证，"我保证开业那天他们一个不少！全部都来！"

简冰闻言，终于露出了含蓄的笑容："我就知道，你这个哥哥没白认，走，我请哥哥你吃饭去。"

杨帆开心地答应了，完了想起请客的事儿，主动抢单："还是我请你吧。"

简冰露出神秘的笑容，杨帆赶紧解释道："这顿是早饭，吃完这顿，还有下顿！"

"那倒是不用，"简冰的笑容更大了，"我的意思是，你别后悔就行。"

"吃个早饭，有什么好后悔的嘛！"

出了校门，到了小吃一条街，杨帆才知道简冰为什么笑得那么一言难尽。

"这个牛杂要一大碗，不放香菜哈。豆汁，豆汁也要一份……对，打包！哦，阿姨阿姨，包子要来一笼。哎呀，叔叔我的煎饼果子好了没？肉夹馍，肉夹馍来俩……您帮我往烧仙草里再加点花生呀……"

有了杨帆这个免费的苦力，简冰难得按照室友们的要求买早餐。

一条街走下来，杨帆胳膊都快拎断了。

“我说，你们这些女生，看着瘦瘦弱弱的，胃里面藏着怪兽吧？！”

简冰露齿一笑：“哥你要坚强，就当提前体验有女朋友的感觉嘛。”

“免了，”杨帆坚定地摇头，“我宁可单身一辈子！”

两人一路说一路往回走，临近女生宿舍区门口了，简冰突然停下了脚步。

“怎么不走了？”杨帆嘀咕道。

简冰没吭声，视线却牢牢地盯着前方。

杨帆好奇地循着她的目光看去，就见铁拉门前站着两个披着橙、红两色运动外套的女孩。

橙色、红色，背上还绣着根带刻度符号的横线logo……

那是等温线滑冰俱乐部的队服？

（三）

H市的等温线滑冰俱乐部，在花滑圈里，颇有些另类。

这家俱乐部的老板，正是当年叱咤亚洲花滑圈的女单冠军温煦。

许是冠军名师的吸引力，国内数一数二的女单，几乎都聚集到了她家，甚至还包括国内女伴单跳水平最好的双人滑组合容诗卉与路觉。

那番茄炒蛋配色的运动服在不远处扎眼，简冰站着没动，杨帆却有些激动地往前迈了一步，声音也雀跃不已：“冰冰，等温线的美女哎！”

北极星的流氓，等温线的美女，都是圈内出了名的。

杨帆见识过了流氓，对美女的好奇心就尤其大。

简冰嗯了一声，没说话。

杨帆心痒，拎着早饭主动往前挤。

“不好意思，让一让，让一让！”

两个女孩果然闻声转头，高个子的小脸圆圆，眼睛也圆溜溜的，嘴巴不笑也微微翘着，颊边两个小小的梨涡。

矮个女孩年长几岁，眼神冷峻，看人跟看动物差不多。

杨帆的脚步却顿住了。

那个小圆脸……是国内的女单一姐肖依梦吗？

还有那个看起来很酷的小姐姐，是去年拿了世锦赛银牌的双人滑组合里的女伴容诗卉？

杨帆的胆子，也就够撩撩等级考试时遇到的小姑娘了。

李茉莉站他边上，他都不敢轻举妄动。

如今这俩专业运动员里的翘楚型人物在面前站着，他便只有㞞㞞地傻笑了。

容诗卉压根就没留意到他，全副注意力都集中在简冰身上——跟视频里看到的一样，她确确实实很像舒雪，鼻子、眼睛都像，只那凛然的眼神不像。

肖依梦压低声音问："卉姐，是她吗？"

容诗卉嗯了一声，迈步向前："你就是简冰？"

简冰也一直打量着她，闻声反问："你是容诗卉？"

容诗卉点头，简冰便冲她伸出了手："简冰。"

容诗卉低头看了看那手，没动："你学花滑几年了？"

简冰也不怕尴尬，直挺挺地伸着手等着她："七年。"

容诗卉沉默，好半天才又开口道："那是谁给你的勇气，去跟陈辞滑《堂吉诃德》？"

简冰愣住，讶然地看着眼前人："你……"

她第一次知道容诗卉这个人，还是在姐姐出事之后。

家里乱成一团，冰场大门紧闭。

她拿了父亲的手机搜新闻，意外在姐姐伤退的新闻之后，看到了陈辞的新搭档。

刚从女单转过来的15岁女孩，冷艳、傲气，站在姐姐曾经的男伴身旁，像一枝鲜嫩的夹竹桃。

这样的新旧交替，对于一个11岁的女孩来说，简直残酷到可怕。

甚至多年以后回想起来，还是禁不住齿冷。

——对比着病床上插满管子的舒雪，尤其讽刺。

对于那段时间的简冰来说，陈辞和容诗卉的比赛，不啻罂粟果的汁液。

他们赢了，她彻夜难眠，心口如有蚁群噬咬。

他们输了，她又替作为“前任”的姐姐不值。

毕竟，一个是舒雪曾经的男伴，一个顶替的是姐姐的位置，怎么能这么容易就输给别人呢。

然而，他们的比赛还是一场接一场输掉。

一个赛季结束，万夫所指之下，容诗卉干干脆脆地放弃了陈辞，找了女伴刚刚退役的路觉组双人滑……

即便落单的陈辞看着真的有那么点可怜，简冰在那一瞬间也大出了一口气。

而容诗卉在她的眼中，简直帅气度直逼夺冠时的姐姐。

没想到……

简冰的嘴唇开翕半天，到底还是没按捺住好奇心：“你……喜欢陈辞啊？”

容诗卉的脸僵住了，半晌，硬邦邦道：“不行吗？”

“行啊，”简冰耸耸肩，“我只是觉得失望而已。”

“失望？”这一回，轮到容诗卉不解了。

失望你是敌非友呀！

正所谓，敌人的敌人，就是朋友嘛。

这些话简冰当然不能说出口：“失望你居然为了个男人浪费训练时间，

大老远跑来B市，找我这个无名小卒。”

容诗卉的眉毛高高地挑了起来，一边的肖依梦终于反应过来要帮好姐妹怼人，两手往腰上一插，努力摆出凶神恶煞的样子：“谁说卉姐为了你来的？你算老几哦，我们是来参加活动的！”

“什么活动呀？”简冰好奇了。

“‘冰雪盛典’筹备……”肖依梦话到了一半，又全咽了回去，“干你什么事儿呀？”

“‘冰雪盛典’呀，我也买票了——”简冰认真道，“你们H市分站的票好难买呀，都不能现场选座。”

“选……哎呀，这又不是我能决定的。”肖依梦一着急，声音就开始尖细，“你跟我说这个干吗呀！”

“你好歹是等温线俱乐部的签约运动员呀，”简冰道，“你们等温线今年不是协办方之一吗？你可以跟你们老板好好反映一下群众的呼声嘛——对了，差点忘了跟你们介绍我哥，”简冰抬手指向杨帆，“他可是你们的头号迷弟，还专门给你们写过技术分析的文章呢。在我们学校论坛可火了，好像叫、叫《有关国内花滑女选手的一点儿遐想和私心》。”

杨帆还沉浸在见到业内“大佬”的尴尬中，闻言呆住，整张脸都涨得通红。

那篇文章确实是他写的，却并不能算火。

甚至，也没什么技术内容在里面。

直白点说，就是个有点贫的、语句也不算特通顺的调侃帖子，里面充满了诸如“肖依梦胸大所以阿克谢尔三周跳老不稳定”“容诗卉不爱笑影响裁判缘”之类的玩笑话。

万一俩当事人真去搜，他这脸也不用要了。

幸亏肖依梦和容诗卉都不是八卦的人，更没空去逛什么大学论坛。

简冰这么一提，也就是抬高一下杨帆的形象，让她们眼中的杨帆，从一个“路人甲”变成了一个“还挺有文化和眼光的路人甲”。

一年一度的“冰雪盛典”算是国内最大的商演平台，在亚洲范围内也是非常隆重的。能被邀请的，无一不是国内外荣誉加身的明星运动员。

肖依梦和容诗卉年纪虽轻，却都是各自项目里的拔尖人物，受邀参加，也是无可厚非。

她们俩也确实是冲着“冰雪盛典”的筹备会来的B市，但既然来了，就顺便来看一看这个靠着长相勾搭了陈辞的小婊砸。

眼看着简冰越扯越远，容诗卉渐渐地就失去了耐心。

她们来Z大，其实也是瞒着教练的。

下赛季的新曲目，也都还不怎么熟悉，没那么多工夫听一个门外汉的吹捧。

“你们跟单言的比赛我看了。”容诗卉打断简冰道，“他陪你去北极星瞎折腾，是因为这张脸吗？”

简冰怔了怔，声音也不由自主讥讽起来：“就是一场友谊赛而已，至于吗？如果这么介意，你别跟他拆对不就好了？”

“这是两码事。”容诗卉道，“他更适合单人项目，而我和路觉在冰上更合拍。”

“是吗？”简冰道，“他本人好像并不这么想——昨天，他可约我一起组双人了。看起来，并不像在开玩笑。”

容诗卉脸上流露出吃惊的表情。

她身侧的肖依梦，也不可思议道：“单人转双人，难道……”

难道之前的旧伤还没恢复？

还是技术退步，不得不考虑转型？

第十章
曾经的搭档

（一）

凛风和Z大，的的确确近得可以。

公交车十分钟，出租车只要五分钟。

容诗卉一路上都蹙着眉，脑海里反复出现简冰那句“他约我组双人”。

到底，发生了什么？

难道真的像坊间传言一样，他的伤……

车子一到凛风，她拉开车门就往外走。

肖依梦赶紧掏钱付账，小跑着才追上她：“卉姐，你别着急，那小丫头没准糊弄人呢。陈哥就是真想转，干吗找她呀！花滑成绩要看技术的，脸就是长得像奥运冠军，也一样没用哇。”

容诗卉嗯了一声，脚下却没停顿。

肖依梦只得紧跟在她身后，一起踏上凛风训练基地那个有点过高的台阶。

她们都不是第一次来凛风，熟门熟路地穿过大厅，直奔冰场。

服务台的工作人员遥遥看到了，要拦都来不及。

推开冰场大门，映入眼帘的，是刚被新搭档凌空抛起的曲瑶。

一、二、三……

落冰的时候有轻微踉跄，磨合得也算可以了。

出于职业习惯，容诗卉和肖依梦都把目光投了过去。

曲瑶当然也看到了她们，扶着男伴的肩膀，就开始喊了："教练，等温线的来刺探军情了！"

容诗卉她们这才发现，凛风的总教练文非凡一直在角落坐着。

听到曲瑶的呐喊，文非凡只微皱了下眉，淡定道："好好练你的，少管闲事。"

说完，才转身走向容诗卉和肖依梦："难得有贵客来，走，去我办公室坐坐。"

——休赛季，正是大家忙着上新动作、新曲目、新难度的关键时期，一来就往训练基地跑，确确实实挺容易让人误会的。

更何况，曲瑶和容诗卉练的都是双人滑项目。

肖依梦悄悄吐了吐舌头，容诗卉也自觉莽撞，跟着文非凡往外走。

"文教练，陈辞怎么不在呀？"肖依梦比较按捺不住，一踏出冰场大门，就忍不住开口了。

文非凡脚步顿一顿，笑道："他在做陆地训练呢，下午上冰。"

"那……"肖依梦迟疑。

"那我们就不耽误您训练了，"容诗卉道，"我们自己去找他吧。"

文非凡没吭声，心里的小算盘却噼啪有声：让等温线的现役运动员在自己的训练基地乱窜，他脑子有坑才会同意！

而且，容诗卉这个前女伴，现在来找陈辞干吗？

那小子正天天闹别扭要转双人，好不容易才被他骂醒呢。

难道是温煦终于发现自己俱乐部阴阳失调，想来挖角？

还是容诗卉的男伴路觉年纪大了要退役，从哪儿打听到陈辞有心要转回双人？

文非凡心思百转，脸上神色倒是不变。

“你们不熟悉这边，未必找得到，还是我叫他过来吧。”

说罢，掏出手机给陈辞打电话。

电话响了半天才被接起，陈辞气喘吁吁地：“教练？”

“你来下我办公室。”文非凡道，临挂电话，又叮嘱，“稍微收拾下，擦把脸。”

陈辞奇怪：“有记者？”

“客人，”文非凡瞥了眼容诗卉，“来了你就知道了。”

陈辞来得挺快的，还真收拾了一番——在汗津津的T恤外面套了件凛风的队服外套，把湿透的头发用清水冲了一遍。

容诗卉见他进来，只觉一股湿润的寒气扑面而来，男孩干净白皙的脸上还残留着水滴，像白玉上面飞溅了露珠一般清冽。

陈辞看到她们，先是一愣，继而露出久违的笑容：“容姐，依梦，你们怎么来了？”

“来看看你呀，”肖依梦热情地搭腔，“你伤都好了吧？回来训练也不跟大家说一声。”

陈辞笑笑：“你们不都知道了嘛。”

“那怎么能一样，”肖依梦在熟人面前，形象还是很甜的，“你要不跟单言那个小屁孩吵架，有几个人知道你回……”

她话说到一半，想起文非凡还在边上站着，又把剩下的话吞了回去。

文非凡似笑非笑的，倒了两杯水，拎到肖依梦身侧的茶几上。

“姑娘们别都站着，都坐——陈辞，你也坐。”

说罢，他又窝回了自己那个垫着软垫的椅子上。

这一下，连容诗卉都忍不住多看了一眼文非凡。

凛风这个年轻的总教练，有点不识相啊——

老朋友叙旧，他这一大灯泡杵着，发光发热啊！

文非凡丝毫不觉得尴尬，拿起自己的紫砂茶杯，小口小口地啜饮。

抽空还问肖依梦："你们温老师最近忙不？"

"忙！"肖依梦道，"她嫌弃我们之前的滑冰服不好看，新联系了意大利的设计师，要给我们换装备呢。编曲老师也……"

容诗卉抬起胳膊，轻撞了她一下："难得来一次凛风，听说你们前面还有个旗舰馆——阿辞，带我们去见识见识？"

文非凡正竖直了耳朵听肖依梦说话呢，猛地被她打断，表情就不是那么愉快。

再听说她们想去旗舰馆，情绪更是有点低落。

肖依梦听了容诗卉的提议，立刻站了起来。

陈辞却有些迟疑地看向文非凡——昨天那事闹得那么大，文非凡气得连手机都摔裂了。

虽然没让他禁足，但也提醒他最近别到处瞎逛了。

旗舰馆今天可是营业状态，现在去……

陈辞犹豫的眼神提醒了文非凡——但不去旗舰馆的话，总不能让她们在训练基地里瞎逛。

文非凡放下杯子，站起身："旗舰馆人太多了，你们要上冰，我领你们去……"

"不用了，文教练。"容诗卉也起身了，"我们不上冰，就去附近小公园坐坐，叙叙旧，随便聊两句。"

小公园啊——

文非凡沉吟半晌，终于还是点头答应了。

眼看着陈辞领着俩姑娘消失在门口，文非凡来回踱了两步，给曲瑶打了个电话："曲瑶，你去跟着陈辞和容诗卉他们，看看他们聊什么。"

"容诗卉来找小陈哥？"曲瑶激动了，"我靠，这是想挖角啊！"

曲瑶向来就信奉“知彼知己，百战百胜”，闻言立刻拉着新搭档申恺往外跑。

申恺：“咱们不练了？”

“练什么呀，”曲瑶边走边嘟囔，“小妖精都来策反了！”

***

容诗卉口中的小公园，其实就是训练基地附近的一小块绿地。

绿地上种了几棵不高不矮的树，放了几张木头长椅。从最右边走到最左边，用时不超过十分钟。

三人出了基地，且走且聊。

到了小公园附近，肖依梦就非常自觉地表示：“我突然肚子有点疼。”

一溜烟小跑着离开了，给两个老搭档腾出独处的空间。

陈辞不置可否，两手插着兜，继续往前走去。

容诗卉跟着走了两步，问：“我听人说，你想转回双人？”

陈辞嗯了一声。

“怎么突然又想转，你单人滑得挺好的呀？”容诗卉犹豫了下，问，“是腿伤的影响吗？”

“不是。”陈辞在长椅上坐下，“就是想滑双人——我本来，就是练双人滑的。”

容诗卉定定地看着他，半晌，才道：“那也没有必要，非得找一个门外汉小姑娘做搭档吧？”

陈辞有些诧异地抬起头：“你是说简冰？”

“对，”容诗卉提高声音，“你们的比赛视频我看了，至少在双人滑项目里，她完完全全就是门外汉——你选她，无异于自毁职业生涯。”

陈辞沉默。

容诗卉干脆挨着他坐下来：“有些不必要的风险，就没有必要去尝试；

有些不必要的责任，也没必要去承担。”

陈辞怔忪：“不必要的责任？”

容诗卉的手指在衣袖里攥紧，然后又松开：“我知道，她长得像舒雪，但是长得再像，也不是她本人……”

“你们——”陈辞无奈地起身，叹了口气，“我没那么不理智，我是想转双人，但是没有盲目到要去自毁前程。我是——”他停顿了下，“我是有一定把握的。”

“你说的把握是指自己吧？”容诗卉也跟着起身，“双人滑不可能不看搭档啊。”

“那怎么办呢？”陈辞苦笑，“教练不支持，不帮我配人，我只能自己找了——要不然，你跟我滑？”

这一回，沉默的人，换成了容诗卉。

当年他们磨合了一整个赛季，成绩虽然不好，陈辞还是想继续尝试的。

最先放弃的人，是她容诗卉。

职业生涯宝贵，她不确定他什么时候能彻底走出阴影，完成磨合；也不愿意牺牲自己的时间，再赌一个赛季。

恰好路觉女伴退役，对方教练伸出橄榄枝……

她的判断确实没出错，陈辞辗转又换了好几个女伴，始终没能在双人项目里再拿奖项。

而她和路觉越来越合拍，国内锦标赛、世锦赛、四大洲赛……一路虽然也有坎坷，总体上，还是螺旋上升着的。

如今，她和路觉更是稳坐国内双人第一的位置。

这个时候拆对，还是为了有“不良历史”的陈辞，她不愿意。

爱情这个东西，可以做生活的添加剂，却绝对没办法让她付出这么大的代价。

她当年毅然决定从单人项目转过来，就是奔着冠军来的。

人生苦短，行路匆忙。

哪有时间浪费呢?

（二）

肖依梦从洗手间出来，就在凛风基地门口瞎逛。

——那小公园实在太小，那几个小破树，也遮挡不住什么。

她才把门口的橱窗看了一半，就看到曲瑶拽着申恺，做贼似的往小公园走。

肖依梦警惕地跟了上去，眼看着他们俩矮下身，蹲在小灌木丛后面往前蹭行。

肖依梦犹豫了下，也蹲下去，慢慢往前挪动。

凛风这个俱乐部吧，名字取得很正气凛然，当家主教练性格却非常小男人。

往好里说是精明，往坏了说就是小家子气。

正所谓上梁不正下梁歪，连带着手底下的运动员都沾染了习气。

看看这个申恺，才刚从别的俱乐部转过来，抛跳都没磨合好呢，先学会猥琐地跟着曲瑶偷窥人孤男寡女“约会”了。

练花滑的筋骨软，三人都蹲着走，速度竟然也不慢。

尤其是曲瑶，一马当先，很快就冲到距离陈辞他们最近的一大丛冬青树旁。

容诗卉在长椅上坐着，陈辞不远不近站着，说不上生疏，也谈不上熟络的距离。

曲瑶竖直了耳朵，愣是没听到一点儿声音。

她还想要往前，被看不下去的申恺拉住，用口型提醒：他们没说话呢。

曲瑶这才作罢。

肖依梦蹲得稍远，耳畔更是只剩下风刮擦树叶的声音。

她抓了一把碎石子在手里，有心砸一砸曲瑶，又怕破坏了容诗卉他们的独处时光，天人交战，难解难分。

也不知过了多久，陈辞主动道："时间也不早了，我送你和依梦回酒店吧？"

容诗卉站了起来，半晌，说道："那以后再见面，就是竞争对手了。"

陈辞苦笑："共同努力吧。"

容诗卉嗯了一声，又问："做不成搭档，就不能做情侣吗？"

陈辞呆了一呆，摇头道："容姐，你别开玩笑了。"

"我像在开玩笑吗？"

陈辞抬头看了眼头顶的苍穹。

头顶上的树冠枝丫舒展，把天空切割成一块一块，显得飘浮其间的云朵分外自由。

"这大概，就是我们俩没办法在冰上合拍的原因吧——你只想找我谈恋爱，而我，从来就只希望能当你的最佳搭档。"

容诗卉心头发凉，还要再说什么，身后的树丛却发出了"噗"的笑声。

她诧异地转头，陈辞也茫然地看了过去。

"谁在那儿？"

冬青树丛簌簌抖动了几下，表情尴尬的申恺，拉着努力憋笑的曲瑶，小心翼翼地站了起来。

随后，不远处的那丛珍珠梅，也簌簌发抖，从后面爬起来个背着包的肖依梦。

螳螂捕蝉，黄雀在后啊！

申恺忍不住在心里感慨。

曲瑶这几年一直被容诗卉压得毫无翻身办法，今天居然亲眼看到她表白失败，越想越好笑，捂着嘴巴干脆又蹲了下去。

笑声虽然压抑住了，但那抖个不停的肩膀，还是彻底出卖了她。

“你们来干吗？”陈辞无奈极了。

“是教练让我们来的。”申恺脸皮薄，立刻就把幕后黑手给曝了。

“你们别太过分呀！”肖依梦小跑到容诗卉身边，紧紧地挽住好姐妹的胳膊。

曲瑶那夸张的笑声，却还是咯咯咯咯响个不停。

容诗卉开始还瞪她，最后也放弃了：“得了，我算是丢够人了。”说完，又忍不住嘟囔，“我女性魅力有那么差吗？就没个继续进步的空间？”

陈辞：“……”

申恺：“……”

刚刚止住笑声的曲瑶，又一次捂着肚子蹲了下去：“进步空间？哈哈哈哈哈哈哈哈哈哈哈哈哈！”

***

简冰拎着大包早餐回到宿舍，受到了一帮懒汉的热烈欢迎。

吃完早饭，正要去上课呢。

才出宿舍大门，遥遥地，又撞上了守株待兔的容诗卉和肖依梦。

“你们还没走呢？”简冰都觉得不可思议。

“少废话！”肖依梦下意识又把手插了起来，“有胆子就跟我们去比一比。”

简冰抱着课本，干巴巴地摇头：“没胆，我还得上课呢。”

“你……”肖依梦还要再说，容诗卉拉住她：“算了，她有自知之明，咱们又何必非要恃强凌弱呢？”

她说得不快不慢，语调里的不屑，却连藏都懒得藏。

简冰到底还是年轻，都抬脚往前走了，还是忍不住回头来问："你想比什么？"

"《堂吉诃德》里的全部单人动作。"容诗卉道。

简冰沉默地看着她，容诗卉也毫不客气地回视。

"你不是连手都懒得跟我握，这么看不起我，何必非要找我比？"简冰不解道。

"因为到目前为止，你确实除了脸，没什么值得我多看一眼的。"容诗卉道，"但是陈辞对你有信心——我不过是想确认一下，他是不是真的没走出舒雪的阴影——作为门外汉，你可能没听过这个名字，她……"

"去哪儿比？"

容诗卉一怔，掏出手机，搜了下地图："最近的凛风，远点有冰上中心，再不然去北极星……随你挑。"

"去少年宫，"简冰再一次打断她，"行不？"

"行啊。"容诗卉对比试地点倒是一点儿都不挑。

反正，在哪儿比，赢的那个也还是她。

***

少年宫这个冰场吧，虽说号称是"一千八百平方米标准冰场"，实际可用面积连一千二百平方米都不到。

制冰设施陈旧，洗冰车还老故障，即便客流量不大，一天下来，冰面不是坑坑洼洼的，就是水漫金山。

要不是价格实惠，经常租借给附近的学校搞活动，估计早就维持不下去了。

肖依梦从小就作为种子选手培养的，多年没见识过这么差的冰场了，一进门，就嫌弃地直摇头。

“这冰场也太破了，怎么滑呀？”

“我每天都滑，”简冰一边换鞋，一边道，“不也全须全尾的？”

当年舒雪刚开始学滑冰的时候，可是在南方自家800平方米的小冰场里，看着云珊手机里的小视频学动作的。

而她本人，也是差不多的练习条件起步的。

容诗卉倒是没挑，拿了自己的冰鞋出来，一边脱运动外套，一边道：“多适应不同场地也挺好的。”

“就是。”简冰站起身，“还便宜，是吧？”

容诗卉浅浅地抿了嘴，要笑不笑的。

肖依梦轻哼了一声，嘀咕：“说得好听，还不是抠门。”

“抠门怎么了呀？人家这也是节约成本。”简冰轻踢了下冰面上凸起的小冰碴儿，“一台洗冰车一百万，你给买呀？”

“我说的是你抠门！”肖依梦不服气道，“谁跟你说冰场。”

“我每天来这儿消费，支持老板买洗冰车。”简冰反问，“哪里抠门？”

“你……”肖依梦从小就是被钢琴、舞蹈、花滑等美丽事物环绕，就连比赛也都是优雅优雅再优雅的，哪遇到过说话这么无聊的女孩，气得舌头都撸不直了。

“好了，”容诗卉解围道，“咱们开始吧，别浪费时间。”

简冰这才跟着她往冰场另一头滑去。

容诗卉绕着冰场转了一周，才选了冰面状况比较好的这一边停下来。

简冰留意到，这也是她比较熟悉的起跳角度。

怪不得云珊总说，她还缺少历练。

对比人家的谨慎，自己简直初生牛犊一般莽撞。

“换足联合转、乔克塔[1]、莫霍克[2]……最后2A+3T，差不多这样

1 乔克塔：在两个相反弧线上通过换足、转体完成从一种刃换到另一种刃的步法。

2 莫霍克：一种由外刃到外刃或由内刃到内刃的换脚弧线滑行方法。

的顺序？”

“对。”简冰不远不近站着，估算着距离。

这里的冰场小了点，一会儿肯定得提前转弯。

两人脚下几乎是同时滑开弧线的，姿态悠扬，如两只待飞的鹭鸶。

冰场边的肖依梦忽然想到什么，掏出手机，对着冰面按下了视频录制键。

容诗卉不愧是国内排名第一的双人滑女伴，这样的难度，在技术上真的几乎是无瑕的。

不过才两个步伐，她就已经凭着速度硬生生把简冰甩开了一小段距离。

她做完联合转，简冰还整整差了两周蹲转。

乔克塔、莫霍克，漂亮的冰痕紧跟在容诗卉的脚下，犹如扶摇的风筝尽头的细线。

冰场内只有时而低沉、时而尖锐的冰刀摩擦冰面声，以及清晰可闻的呼吸声。

漂亮的舞姿和这没有温度的声响犹如双刃剑的两面锋镝，一面阐释着梦想，一面诉说着残酷。

做最后的连跳前，明明距离还够，容诗卉却选择了转身，绕回了场边。

简冰趁机把落下的规定步伐做完，往前滑行准备进入跳跃——这样直接的对比，才看到自己和这样身经百战的老选手间的距离。

明明不是她熟悉的节目，容诗卉也能尽量把每个旋转、步伐的角度和节奏调整成自己习惯的方式。

流畅如水，又刚劲有力。

简冰向前起跳的同时，容诗卉也跳了起来——

简冰再无暇他顾——大部分人在腾空旋转的时候，对动作成功与否是有一定预估的。

而旋转的周数，靠的是身体的记忆。

一周、两周，准备落冰，再次点冰起跳……

成了！

她平稳地滑出，整个人却霍然转头，有些震惊地看着不远处比她晚一步落冰的容诗卉。

就算容诗卉技高一筹，跳得更高，飘得更远，也不可能差那么多！

简冰紧盯着她，努力回忆自己刚才余光扫到的感觉……

难道，她跳的是3A?！

3A+3T！

国际上女单会的，都没有几个人啊！

简冰扭头，看向场内的第三人——

场边的肖依梦也是一脸呆滞，手还维持着举起手机拍摄的动作。

（三）

简冰径直冲着肖依梦滑了过去，一把抢过手机，点开回播。

视频里的两个女孩如影随形般做着几乎一模一样的动作，渐渐地，就拉开了差距。

在动作的完成度上，也有着明显的差距。

简冰手指一滑，直接拉到最后一段。

一周半，两周半，三周半！

果然是3A+3T！

虽然，容诗卉落冰的时候有点晃，周数可能会被技术专家挑瑕疵乃至因为差周被判为两周半。

但是，明明白白地，她就是比自己多转了整整一周！

就是在女单里，能跳3A的选手，都是绝对的一线。

更不要说她这个3A后面，还接着3T！

“容姐，你最近进步好大，都可以来女单了。”肖依梦梦游一般说道，“我压力好大啊。”

肖依梦自己的3A，也还没被裁判和技术专家们正式承认呢。

简冰站着没动，浑身僵硬，陈辞的声音又一次在脑海中响起：

“18岁滑成这样是不错，但想要轻轻松松成为专业运动员，你也太看不起花滑了。”

他说得没错，是她闭门造车，故步自封了。

在小冰场里称王称霸惯了，又去等级考试里刷了一波存在感，还侥幸靠着搭档赢了单言……

她真的以为，自己虽然不是最强的，至少算得上“还可以”的。

她练的是女单，却连侧重双人配合的双人滑女伴都滑不过。

还有什么资格去挑剔对方不愿意跟自己握手呢？

连门槛都没跨过去，连站在同一地平线的资格都还没有。

“这么点时间，你居然追上来了——既然能滑这么快，刚才干吗不快点？”容诗卉自简冰身后追上来。

简冰回头看她：“你跳了3A。”

“我这个不算，周数不足，”容诗卉道，“落冰也出问题了。”

“那也是我输了。”简冰固执道，“3A就是3A。”

容诗卉张了张嘴，到了嘴边的话，又咽了回去。

简冰和陈辞滑的那个《堂吉诃德》，她是认认真真看了的，但是今天……

一共也不过几天时间而已，简冰的步法和跳跃，肉眼可见地进步了。

这样的进步速度，简直有些可怕。

陈辞口中的有把握，难道，指的是这个？

这样的对手，加上陈辞那样的男伴的话……

容诗卉攥紧了手指，指节都开始发白。

“你连3A都能跳，为什么不去练女单呢？”简冰追问。

容诗卉还没开口，肖依梦先爆发了：“我靠！能不能考虑一下我这个现役女单选手的心情！”

说着，一把将简冰手里的手机抢了回来。

“我这就是把视频发给小陈哥，让他看清你和卉姐的真实差距，清醒过来，抛弃转双人的想法！”肖依梦说得口沫横飞，手上动作也飞快，三两下就把视频发出去了。

容诗卉盯着她的手机，一颗心上下忐忑，竟完全猜不到陈辞看到视频的心情。

如果他真能像肖依梦说的，对简冰的水平失望，放弃转双人项目，那就再好没有了。

视频发出去不过十几分钟，简冰放在一边的背包响起了手机铃声。

肖依梦看看自己的手机，又去瞄容诗卉的运动包，忍不住问：“卉姐，你手机静音了？”

容诗卉没吭声，只看着简冰默然地换下鞋子，去拿背包。

她的手机当然没有静音，喇叭声还设得特别响亮。

没有电话铃，自然就是因为没有来电。

简冰翻出手机，屏幕上赫然显示着陈辞两个字。

要是放之前，她肯定是直接掐断的。

今天的比试结果，却让她犹豫着按下了接听键——她和容诗卉的差距，瞎子也看出来。

陈辞……恐怕也在后悔提出了那个邀请吧。

“你刚刚……在跟容诗卉一起上冰比试？”陈辞的声音听着挺诡异的。

“是啊。”简冰有些丧气地承认了。

不但比了，还输得五体投地。

她握紧了手机，不自觉地连呼吸都变轻了，等待着即将来临的嘲讽。

“变刃进步了很多，连跳也比之前稳了。”陈辞问道，“你这几天还在练习……这套动作吗？”

“我……”简冰握着手机，一时间，居然语塞了。

是，她这几天私下确确实实还在练习。

一遍、两遍、三遍……陆地训练、上冰练习，她都不记得练习过几遍了。

至于目的，许是想要把这套给姐姐带来荣耀的节目记得更熟，也可能是潜意识里忘不了陈辞之前的提议。

简冰的沉默，给了陈辞莫大的勇气。

他毕竟是练双人出身的，接触过的女伴也有小半打了，对女性“沉默便是默认”的心态还是很熟悉的。

“那……我可以不可以理解为，我之前的提议，还是值得商榷的？”

这样诚挚的姿态，这样小心翼翼的语调，一分不差地通过电波，传入简冰的耳中。

她的手机声音调得有些高，站在一边的容诗卉和肖依梦，也都听到了那一声温柔的询问。

这还是陈辞吗？

还是那个硬邦邦说着只希望当搭档的陈辞？

容诗卉突然就想到最近很流行的那句话，嫉妒使我面目全非。

她下意识地去摸自己的脸，这才发现自己脸笑得都僵硬了。

感情这种事情，真是半点不由人。

佛家说有情皆孽，不知道她上辈子欠了他陈辞什么。

而面前这个女孩，仅靠着一张酷似舒雪的脸，便赢在了起跑线上。

当事人简冰却没什么自觉，明明已经在心动了，还忍不住嘴硬：“我可没这么说啊，我练我的，跟你有什么关系？”

容诗卉蹙眉，轻叹了口气。

被偏爱的，总是有恃无恐一点的。

简冰的口是心非，容诗卉听得出来，陈辞自然也听得出来。

“那晚饭后，就6点整吧，我来接你。”

“接……”简冰拒绝的话还没出口，电话“嘟嘟嘟”的，被挂断了。

留下一脸茫然的简冰，一脸嫉妒的容诗卉，忙着把视频压缩、调色、配乐上传到社交视频站的肖依梦。

一直到“海草海草海草海草，浪花里舞蹈”的旋律出来，容诗卉才猛然反应过来：“依梦，你别到处传呀！”

肖依梦无辜扭头：“啊，不可以吗？”

说话间，小视频爱心噌噌噌上涨，留言也一条接一条开始爆。

“我容美如诗！3A都能跳了！”

“小梦又拍容容小姐姐了。”

“三周半跳帅爆！”

“土鳖们！什么3A！这是3A+3T！”

“边上那个也很厉害啊，是俱乐部新来的小妹妹吗？”

“新妹妹美美美！这乔克塔做的，小梦后续有人了！”

……

一直等到肖依梦她们回到酒店，才终于有个不和谐的声音冒了出来。

“哎呀，这不是那个和陈辞一起，把单言和小茉莉按北极星地板上摩擦了的小毛丫头嘛——你们等温线，动作好快哟！”

发言者的章鱼头像上，赫然还挂着个黄色的“V”字认证符号。

第十一章

最是冤家易聚首

（一）

傍晚6点3分。

路灯还没亮起，陈辞就把车停到了Z大那热热闹闹的小喷泉边。

一直闷闷不乐的简冰，不出意料地，果然等在那里。

陈辞摇下车窗，冲她招手："上车吧。"

简冰抬头，愣了一下，看看他，又看看车，表情微妙。

她那神情变化太过明显，陈辞立刻就想到了上一次遇到时……但那时候，自己特地戴了口罩、裹了外套，而且，也没开车呀。

他干咳了一声，再一次催促道："走吧。"

简冰这才走过来，拉开车门，坐进了副驾驶座。

不知是不是他的错觉，他总觉得，她刚才，似乎往自己……呃……大腿那儿多看了好几眼。

一定，是错觉吧。

陈辞晚上的心情是真的不错，他努力让自己不要多想，主动找话题道："你怎么跟容诗卉她们认识的？"

简冰没反应，他又问了一句，她才回神一般答道："她们自己找上门的。"

陈辞“哦”了一声：“她们找你，就为了跟你上冰滑一圈？”

“她们可不是为了我来的，”简冰瞥了他一眼，老神在在道，“您自己的风流债，您不知道？”

风流债？

陈辞失笑：“小孩家家，哪里学的乱七八糟的话？”他手握着方向盘，让车子轻轻松松沿着弧形的车道转弯。

“人家一大早，就堵我宿舍楼下了。还一见面就问，”简冰学着容诗卉的语气，模仿道，“‘谁给你的勇气，去跟陈辞滑《堂吉诃德》？’——这还不是风流债呀？”

陈辞无奈：“她们和你闹着玩呢。”

“您这话要让容诗卉听到，可就有点伤人了。”简冰才不信他，“人家千里迢迢为你而来，你既然想转双人项目，怎么不找她呢？”

“她不愿意呀。”陈辞老实道，“我们当年拆对，是她要求的。”

说到这里，他语气多少也有些黯然。

被人嫌弃，尤其是在冰上被人嫌弃，无论如何，不能算是个愉快的回忆。

“所以，”简冰道，“你是被她抛弃了，没办法，才来找我的？”

“是啊，如果有合适的现役运动员可以选，”陈辞拿余光瞥了她一眼，“我当然更开心一点。”

那语气里满满的都是笑意，让人猜不透真假。

应和一般，道旁的路灯也次第亮了起来。

灯初上，夜未央，满目都是繁华锦绣。

简冰看着他黝黑眸子里倒映着的闪耀霓虹，不由自主地，就想打击一下。

“上次帮我抓小偷的人，是你吧？”她开口道。

陈辞猛然僵住，表情凝固。

“那……”简冰特意停顿了下，视线也往下方溜了溜，“伤都好了吧？”

驾驶座上一片沉默，陈辞连脸都没转过来，两只耳朵越来越红。

原来，那并不是错觉！

她真的认出来了！

***

车子一路沉默着往老城区开去，简冰渐渐地意识到了不对。

“我们去哪儿？”

“去见个人。”陈辞尽量装作不在意地答道，脸颊上好不容易消下去的绯红，却又慢慢爬了回来。

见个人？

不是去上冰？

不是去聊组双人的事？

“大晚上见什么人，我没时间的。”简冰整个人撑坐起来，看着车窗外倒退的街景，“我们宿舍10点关门，11点熄灯。”

“不会那么晚的，”陈辞解释道，“很快就到了。”

说着，他打上右转向灯：“高架下去，再过两条街就到了。”

高架下去，再过两条街？

简冰摇下车窗，看向车水马龙的窗外。

夜风里夹杂着不知从哪儿飘来的花香，一阵一阵，沁人心脾。

车子沿着高架桥开始快速下行，天风拂面，下方的街道灯火辉煌，如装满星子的银河一般璀璨。

仿佛，真的置身浩瀚宇宙一般。

至于将通往何处，那就完全不得而知了。

待到车子彻底驶下高架，置身其中，却又没了那缥缈绚烂的错觉——车挤车，路接路，仿佛永远都开不到尽头一般。

简冰下意识地就想往驾驶座那边靠去，被安全带往回一拽，蓦然清醒。

道路越来越窄，路灯也逐渐稀疏，道旁的房子也越来越矮旧，空气里的卤肉味、炒菜香、孩童吵闹声也愈加清晰。

陈辞熟练地把车停到胡同口的空地上，拉开车门下车。

简冰犹豫了下，也跟着跳下车。

路灯正打在头顶上，把两个人的影子照得融成一团，结结实实踩在脚底。

陈辞又开了后备厢，从里面搬出一大箱樱桃，抱在怀里，示意简冰跟着他往前走："就在前面了。"

简冰背着手跟着走了几步，嘴巴痒痒的："看你瘦不啦唧的，想不到力气还挺大。"

陈辞笑了笑，过滤掉"瘦不啦唧"几个字，权当夸赞了。

简冰观察着他的表情，语气蓦然急转直下："那怎么就连个七八十斤的小姑娘都给抛摔了呢？"

……

陈辞的笑僵在脸上，脚步也变得有些凌乱了。

这姑娘，确确实实跟舒雪是完全相反的人。

舒雪虽然执着于比赛的输赢，训练时候较真，平时还是很好相处的。

而简冰则不同，看着挺乖巧的，冷不丁，就塞你一嘴玻璃渣子。

用心险恶，阴毒非常。

两人一前一后，沉默地穿过昏暗的过道。

陈辞手里的纸箱几次撞到边上放着的杂物，发出难听的刺啦声。

终于跨进霍家贴着大红"福"字的小院，两人都憋不住松了口气。

霍斌正在院子里给那条胖头鱼喂食，回头看到陈辞，立刻就笑了："来了，我正说该到——"

他的目光落到陈辞身后的简冰身上，声音就渐渐低了下去。

简冰也有些手足无措——霍斌，她当然是认得的。

哪怕他老了很多，哪怕他胖了不少，哪怕他已经不再是舒雪的教练。

那个时候，提到霍斌，舒雪的眼睛都会发亮。

“教练带我们去看速滑队比赛，超级刺激！”

“教练的猫叫梨花，因为教练最喜欢的歌叫《梨花开满天涯》……”

每每这个时候，陈辞或者父亲舒问涛，都忍不住纠正她：那首歌叫《喀秋莎》，歌词才是“正当梨花开满了天涯”。

舒雪左耳朵进，右耳朵出，下次再提起，《喀秋莎》就又变成了《梨花开满天涯》……

“坐坐坐，”霍斌的声音把她拉回了现实，“还带什么礼物。”

“文师兄买的，托我给您捎来。”陈辞抱着箱子，熟稔地往屋子里走。

院子里，便剩下了霍斌和简冰两个人。

霍斌擦擦眼镜，眯起眼睛看着她：“姑娘，你认得我吗？”

简冰失笑：“练花滑的谁不认识您？”

霍斌笑了，脸上的皱纹葵花一样舒展开：“那你叫什么名字？”

简冰迟疑了下，答道：“简冰。”

“简冰？”霍斌咀嚼了一遍，点头道，“简简单单，冰雪聪明，是个好名字。”

那“舒雪”这个名字呢？

简冰下意识就想开口，话到了嘴边，又咽了回去。

舒雪出事之后，简欣不只和舒问涛闹得常年分居，连主教练霍斌也一并责怪上了。

霍斌几次上门探望，都被她挡回去了。

搬家之后，更是连住址都对他严格保密。

后来简冰跟着云珊学花滑，隔着屏幕，听他讲过几次课。

但每次都戴着口罩，想来……也认不出来吧？

“坐呀，别客气。”霍斌拉开椅子，自己先坐了下去。

简冰犹豫着，也坐了下去。

椅子都是藤条编的，也都有些年代了，坐上去吱呀作响。

霍斌拿起桌上的茶壶，往杯子里倒水：“口渴了吧？来，喝个茶。”

简冰道了谢，端在手心，杯子壁温暖而干燥，仿佛父亲双手的质感。

她能感觉到对面霍斌的目光，慈祥而柔软，仿佛某种海洋生物的触手，随着夜风一下一下地吹拂在自己的脸上、身上。

许是这栽满食物的小院太过有家的味道，许是院子里的灯光太过温柔。

简冰觉得身上那些躁郁，也暂时被抚慰妥帖。她安安静静地坐在那里，小口小口地啜饮着有些寡淡的茶水。

月亮像被咬了一口的烙饼，不大明亮地高悬在头顶，间或有一两声虫鸣，自菜地间传来。

“你学花样滑冰几年了？”霍斌问。

简冰捧着茶杯，犹豫了半晌，才老实答道：“七年了。”

霍斌“哦”了一声，靠在椅子上，感慨：“练这个苦啊，从小就得吃苦。”

简冰没吭声，他自言自语似的补充：“但这个苦吃了，就特别值得——因为好看呀，是吧？吃的苦越多，上冰就越好看。都说人是飞不起来的，咱们练花样滑冰的人，就能飞得起来！”

他语气间全是自豪，爬满褶皱的脸上也露出满足的笑容。

简冰不由自主地，也跟着笑了起来。

陈辞放好樱桃，又洗了一大盘，端到门口，就见这一老一少，面对面笑成了两朵花。

他恍惚觉得，又回到了十几岁时的初夏傍晚。

那时，一切都还未发生。

他不是什么世青赛冠军，霍斌头上的白发也还没那么多，舒雪更是吃个豆花都能满足地笑上半天。

而他们的小妹妹舒冰，抱着她的那堆作业，打游击一般逃避着父母的监督。

（二）

“聊什么笑这么开心？”

陈辞把果盘摆上桌，自己也拉了凳子坐了下来。

简冰眯起眼睛，又露出了询问他不可描述的地方“伤好了没？”时的神秘笑容：“你猜？”

陈辞明知她是在逗他，还是控制不住耳朵发烫。

霍斌奇怪地看他：“我们俩聊个天，你脸红什么？”

“有、有吗？”陈辞心虚地低头喝茶，拿起来才发现茶杯是空的，又伸手去拿茶壶。

角落里的狸花猫被他们的动静吵醒，摇了摇那张大圆脸，喵喵叫着走了过来。

肥胖的老猫即便迈着猫步，也跟优雅没什么关系。

每走一步，身上的肥肉和斑纹便颤动一下。

简冰低头看了看它，有些不大确定地问霍斌：“它叫什么名字呀？”

“梨花。”霍斌嘿哟一声抱起梨花，熟练地撸了撸它柔软的后背。

梨花发出满足的咕噜咕噜声，趴倒在他膝盖上。

这就是梨花啊——

简冰瞪眼看着，那些舒雪口中的远方，一点一点地在她眼前呈现。

现实与她幻想中的模样，每样都差了那么一点点，组合起来，就谬之千里了。

北方除了有天然大冰场，还有刺骨的寒风。

冰糖葫芦除了酸甜，还腻得人承受不住。

就连昔日的小奶猫，如今也大腹便便，美貌不再……

“听陈辞说，你一直练的女单？发育关也过了？”霍斌胳膊上多挂了只猫，说话的架势，就很有些宫廷剧里老佛爷的架势。

简冰点头。

“那……”霍斌迟疑了下，又问：“几岁过的发育关？身高多少？今年没再长过？”

“16岁到17岁，”简冰道，“我身高一五六，是南方人，爸妈个子也都不是很高。”

霍斌沉吟半天，又问，“发育关之前，能跳三周半吗？”

简冰咬唇，摇头。

三周半跳，也就是阿克谢尔三周跳。

它是花样滑冰六种跳跃里，唯一一种向前起跳的跳跃。

它既是最易识别的跳跃，也是难度最大的跳跃。

因为这份与众不同，导致它的空中转体，需要比其他跳跃多出整整半周。

在男单普遍上四周的国际花滑比赛上，至今还没有人真正成功完成四周半跳跃，而在女单这块，能高质量完成三周半跳跃的选手，必然是真正的一线。

因为花样滑冰的“少年成才”特性，尤其对于女性运动员来说，不少人发育关前的成绩，往往就是她人生所能达到的最大高度了。

不少发育关之前跳出过三周半的少年选手，随着身高、体重、肌肉力量的变化，再难完成三周半跳跃。

一道发育关，卡死了不知多少天才少女的逐梦之路。

霍斌的问话，也再一次清晰地提醒了简冰：

她，还差得很远！

***

回去的路上，简冰彻底地沉默了。

陈辞把着方向盘，不时扭头看她一眼，欲言又止。

他的本意，一来是想请霍斌帮忙分析分析他们搭档滑双人项目的可能性，不料老教练上来就立下马威，几句话便把小姑娘打击得消沉到底了。

外面车马喧嚣，车内却寂静到只剩下呼吸声。

陈辞忍不住安慰道："霍老师的话你也别太往心里去，他要求特高，说话也比较……"

"你是不是也觉得，"简冰打断道，"我这个人特别不自量力？"

陈辞愣了下，摇头道："没有啊。"

"我跟容诗卉的视频，你也看到了。"简冰道，"录视频的人，是国内的女单一姐肖依梦，她的单跳和综合能力，应该都强过容诗卉吧？"

陈辞过了好几分钟，才轻轻嗯了一声。

"如果我跟肖依梦比，结局应该会更惨。"简冰笃定道。

陈辞瞄了眼前方刚刚亮起的绿灯，踩下油门，将车子驶上高架。

夜风更换了角度，自上而下，凛冽而来。

简冰没管被吹乱的头发，咬着牙不知在想些什么。

高架桥上风景，她已经看过了。

业余冰场上的热闹，她也亲身经历了。

而和单言、容诗卉的那两场比试，让她如坐过山车一般，日夜煎熬。

不想认输，偏偏又如螳臂挡车一般无能为力。

她已然拼尽全力，却始终难以望其项背。

而众所周知，温煦之后，中国花滑女单并没有特别出挑的接班人，直白点说，就是弱项。

国际赛事上，中国一般也就能拿一到两个名额。

最近几年，女单的参赛名额，几乎被等温线家的几个女单运动员承包了。

肖依梦、安洁、季子珊……上赛季肖依梦和安洁在世锦赛上表现不佳，下赛季世锦赛更是只剩下一个参赛名额。

凭她现在的技术，不要说名额，连跟她们争夺名额的资格都还没有。

“你劝我跟你去练双人，是因为觉得我永远不可能滑赢肖依梦她们吗？”简冰突然问。

上个赛季，女单整体发挥不佳，世锦赛一共也就拿到1个名额。想在下个赛季抢到这唯一的名额，无异于虎口夺食。更不要说，她至今还没通过八级考试，连夺食资格也没有。

陈辞盯着前路，脚下加着油门，半晌才道：“我劝你，第一当然是为了自己，因为我想滑双人项目，我正缺少一个女搭档。双人项目虽然在国内还算热门，练的人也多，但是教练不支持，我从正规路子要不到女伴，没办法训练。”

他停顿了一下，继续道：“第二，只是因为觉得你合适。你的单跳虽然不算很稳，但总体还算均衡，练女单是不够出挑，练双人却足够了。”

第三……

他余光扫到简冰的表情，小姑娘一脸麻木，仿佛完全没有听到一般。

第三，当然是因为你长得像舒雪，年纪更与舒冰一样……完完全全，出于我私心的考虑。

陈辞在心里默默补充。

简冰浑然不觉，皱着眉，不知在想些什么。

他干咳了一声，继续道：“你不要只看女单下赛季世锦赛只有一个名额，双人滑有三个，看着好像是双人滑更容易拿名额。你赢不了肖依梦她们，难道就能赢容诗卉和曲瑶了？我如果看不起你，压根就不会来找你。”

简冰表情微动，暗暗曲起了袖子里的手指。

国内双人项目的竞争激烈程度，一向是超过单人的。等温线的容诗卉和路觉、凛风的曲瑶和新搭档申恺、贝拉的陈迪锋和林纷纷……哪一个，她都没有把握能赢。

单言毕竟是滑男单的，如果把对手换成周楠和李茉莉，陈辞跟她也几乎是必输的。

而输的原因，就是因为她这个拖后腿的女伴。

“没有哪个项目，能靠走捷径拿到奖杯。”陈辞的声音再一次响起，满满的都是无奈，“圈外人那种‘换项目早称王称霸’的说辞，你听听就好了。”

“那你自己，到底是为了什么要从单人转双人？”简冰问道。

为什么，非要放弃自己一个人能把握节奏的单人滑，把百分之五十甚至更多的希望，交付到别人身上呢？

据她所知，舒雪退役之后，他的双人滑之路，可比混男单时期坎坷多了。

陈辞轻叹了一声，半晌，才道：“大约是不甘心吧。”

不甘心？

简冰抿唇。

这句话，她从小到大不知听到了多少次。

母亲简欣说：“我们小雪还这么年轻，让我放弃掉，我不甘心！”

舒问涛和简欣争吵时说：“你只会责怪我，你不想想，小雪练了那么多年，不拼一把，怎么能甘心呢？”

云珊对跟她求婚的鲁文博说：“鲁哥，我还是不甘心就不去冰场了啊……”

而她自己，日夜不停地追赶。

又借着考上大学，远离家乡和母亲的机会，这么频繁地参加等级考试。

怎么可能甘心就在等级考试里刷个成绩表呢？

她跟杨帆说“保八争十”，并不是什么玩笑话。

通过成人八级后，能够获得参加全国性成人赛事的资格。

而国际性比赛的资格，可不是单单考一个等级测试就能拿到的。

原来，不甘心的人里，还包括了他。

简冰的沉默，让陈辞也有些忐忑。

他有些感慨，也有些刻意地提醒：“霍老师说花样滑冰漂亮，但它也是带刺的玫瑰，现役的运动员们，哪一个都是滑一年少一年。双人滑运动员的职业生涯，一般比单人是要长上一些……”

“前面的路口右拐，”简冰蓦然出声道，“在第一个公交站那放我下去吧。”

陈辞担忧地看她：“你想去哪儿？”

“你太吵了，我想一个人待一会儿。”简冰道。

“太晚了，”陈辞摇头道，“我先送你回学校吧，你们学校操场那么大……”

“那不然现在就停车？”简冰抬手抓住车门把手。

陈辞叹气，打转向灯，换车道。

车子缓慢地在公交站前停下，炫目的广告牌将这一小片区域照得明如白昼。简冰跳下车，飞快地挥了挥手，就往马路的另一边走去。

陈辞迟疑了下，到底还是掉转车头，慢慢跟了上去。

前面的女孩穿着有些过于宽大的衬衣，被风吹得猎猎作响，脚下的中性吸烟裤也鼓满了风。

若不是头上的马尾太过明显，还真有些雌雄难辨。

简冰走了几步，身后的车灯却刺眼得她想忽略都难。

她不得不停下来，转身往回走。

陈辞摇下车窗，还没开口，她已经先吼了：“你干吗呢？拍偶像剧啊！”

陈辞：“……”

“你要是嫌车子油太多，就去环线上跑几圈，跟我后面干吗?！跟只移动探照灯似的，搞马路刑讯哪?！”

她这一通话噼噼啪啪砸下来，说完了似乎心情舒畅不少，扯扯衣服领子，两手插兜，大步往前走去。

陈辞坐着发蒙，眼睁睁看着那个不到一米六的小个子越走越远，中间似乎还抬脚踢了颗石子。

又嚣张又无赖，完完全全是个假小子。

还是那种特痞、特不要脸的类型。

（三）

11点40分，云珊刚洗完澡，门铃就响了。

鲁文博忙着在整理东西，压根没注意到门铃——即便注意到了，他也听不到声儿。

云珊自己推着轮椅到门口，问了句：“谁呀？”

“我……”简冰的声音闷闷地从外面传来。

云珊拉开门，就见简冰顶着头被风吹得乱七八糟的头发，垂头丧气地在门口站着。

云珊伸手握住她手腕，触手冰凉，赶紧将人拉了进来：“这么晚了，怎么还没回学校？”

简冰抿着嘴唇没吭声。

云珊又去摸她额头：“还好，没发烧——你这是去哪儿了呀？”

简冰低着头，半晌，才道：“云老师，我刚才见着霍斌了。”

“霍、霍斌？”云珊茫然地看着她，“你怎么……”

“陈辞带我去的。”简冰言简意赅道。

一句话，便把事情都交代清楚了。

云珊哭笑不得地看她：“那你这又是闹的哪一出？霍老师认出你了？你跟他们吵架了？”

简冰摇头，伸手揽住她脖子，树懒一般。

云珊无奈，抬手回抱住她：“越大越回去了。”

简冰干脆拿头蹭她脖子，逗得云珊咯咯直笑。

鲁文博摇摇头，拿着衣服往洗手间去了。

云珊将她推开一点，拢了拢她乱糟糟的头发：“他们找你，还是为了劝你跟他组双人滑？”

简冰点头。

云珊叹气：“那你自己怎么想？”

“我……”简冰咬了咬唇，“我想参加比赛。”

云珊沉默：“你的等级考试……”

“我报了下周的四级。”

既然步法和表演滑都通过了三级，双人滑项目，也已经可以开始考了。

“那其他俱乐部……”云珊又问。

“联系我的，基本上都是小俱乐部——小到压根不是国内比赛的参赛单位，连比赛名额都没有。”简冰坦白道，“唯一有名额那家，找我是给他们家的冰舞男运动员找搭档。”

和小俱乐部的冰舞运动员一起练冰舞，当然不如直接跟着陈辞练。

即便是从云珊的角度来看，自己的小徒弟，也是高攀了陈辞。

“我想今年就参赛，”简冰道，“不只是全国大奖赛、全国锦标赛，还有世锦赛、四大洲赛——姐姐去过的比赛，我都想去。”

云珊嗯了一声，既觉得欣慰，又满怀忧虑。

她当然希望简冰能参赛，她也明白比赛才是让人快速磨砺、成长的正途。

但为什么，偏偏又是霍斌，又是陈辞呢？

云珊虽然现在行动不便，却并不后悔自己当年的选择。

但这毕竟是别人的人生，已经有一个舒雪躺在病床上了，舒家承受不起再一次打击。

哪怕只是让简欣知道简冰学花滑这件事情，也可能会让舒问涛那岌岌可危的婚姻彻底崩溃……

她正想得出神，桌上的手机震动了起来。

简冰习惯性地走过去，帮她拿起来，屏幕上显示着“霍斌”两个字。

简冰怔了下，递过去：“云老师，他来电话了。”

云珊也是一愣，接起电话：“霍老师？”

“云珊啊，”霍斌的声音听起来苍老了不少，精神倒还是很好，“又一年过去了，还没喝到你的喜酒。”

云珊不由自主笑了：“老师您大晚上的，就为了找我讨酒喝？”

电话那端传来爽朗的笑声，好半天，霍斌才道：“我是来跟你打听个人。”

“嗯？”

“简冰，”霍斌笃定地问，“是不是小雪那个妹妹？”

屋子里一片寂静，云珊看着简冰，简冰也看着她。

霍斌的声音浑厚而沉稳：“她是你在教吧？我看那个用刃的模样，就特别像。上次文非凡说你跟他求个阿克谢尔三周跳的冰上痕迹照片，也是为她要的吧？”

云珊觉得手机越来越烫，求助一般看向简冰。

简冰接过手机，伸手按下免提：“霍教练，我是简冰。”

干干脆脆地，承认了。

电话那头的霍斌也是一怔，过了好半天，才慢慢道："你们云老师，可能并不是最好的运动员，但一定是个最好的老师。"

语调恳切，连呼吸声都几近可闻。

云珊被他夸得不好意思起来："您才是最好的老师，没有您、非凡师弟和舒老板他们的帮忙，我恐怕现在还在家里宅着发呆，哪里敢幻想开俱乐部噢……"

"你要开俱乐部？"霍斌的声音一下子亮了起来。

云珊这才发现自己又一次失言了，哈哈大笑："哎呀，我这人就是藏不住事儿。是舒老板想到的，我最多算是技术入股。"

霍斌在那头嗯了一声，道："技术也能入股？那我也入一股好了。"

此话一出，不只云珊呆住，连简冰都震惊了："您说真的？"

"坐轮椅都能入股，"霍斌笑道，"我好歹还能走两步呢，上冰估计是不大行了，就看你爸爸嫌弃不嫌弃了。"

"不嫌弃不嫌弃，"简冰还没开口，云珊抢在前面道，"您这只股比钱可重要多了，不但技术含量高，还带精神力！舒老板肯定求之不得！"

前国家队主教练入技术股，哪怕就挂个名字，也非同凡响了。

口头入完了股，霍斌又想起下午的事儿："那个，云珊，你们家冰冰怎么现在才来考级？孩子都18岁了吧？"

云珊苦笑："霍老师，冰冰他们家……"话到了嘴边，想起简冰在身边。

简冰倒是无所谓，自己接上话头："霍教练，我妈妈不喜欢我学花滑。我学花滑的事儿，她还不知道呢。"

简欣岂止是不喜欢，简直是深恶痛绝。

霍斌回想起舒雪出事后，简欣看自己一行人的目光，也是一阵心悸。

"小雪的事情，我们是有责任的。"霍斌道，"你妈妈这也是人之常情，如果……"

“都过去那么多年了，咱们还是先顾好眼前吧。”这样的话，简冰听到的实在太多了。电视里、报纸上，无数认识的不认识的，都要评论一句：“舒雪发生意外，……是有责任的。”

然而，病床前并不见这个人的身影。

沉睡不醒的，也并不是这个人。

霍斌被这样打断，倒也不恼。

一直等到简冰离去，电话里只剩下云珊的声音，才不无担忧地问：“这俩孩子搭档练双人，你看着靠谱？”

到底，霍斌还是护短的。

陈辞和舒雪是他一手带起来的，一个已经昏迷不醒了，另一个好不容易走出来，要是再陷进去……

更何况，陈辞的单人成绩，确确实实拔尖。

云珊靠在椅子上，也有些无奈：“霍老师，那您怎么想？这一次，是陈小师弟主动找上门，不是我们冰冰去招惹他的呀。”

霍斌有些不好意思地笑了：“我没这个意思，都是好孩子……我就是……哎，我就是问问有什么能帮忙的。”

云珊舒了口气：“您能帮得上忙的事儿，那可就太多了。”

……

第十二章
一起训练吧

（一）

拉投资这种事儿，不喝酒是办不成的。

即便是喝了，也未必就能谈成。

舒问涛走出电梯，脚步微有些踉跄。

摇摇晃晃地走到自己房门口，却见抱着包、蹲在门口打瞌睡的简冰。

“冰冰？”舒问涛弯腰，“你怎么在这儿？怎么不回学校？”

“哦？”简冰揉揉眼睛，挣扎着站了起来，“几点了？”

“已经12点了。”

“您怎么才回来？”简冰反问道，声音也含含糊糊的，“我来找云老师聊个天呢，打你电话没人接，敲你门又没人。本来想在这儿等一等的，没想到直接睡着了。”

舒问涛一边打开门，一边解释道：“我手机没电了——你不会再去找云珊，或者下楼去找前台要门卡呀？”

简冰打了个哈欠：“我正好想事情呢，想着考虑好了，和你商量。哪知道，直接睡着了。”

舒问涛哭笑不得，有些心疼地把孩子按坐在沙发上：“你洗漱一下，直接睡觉，爸爸下去再开个房间。有什么事儿，咱们明天再聊，好不好？”

简冰晃了下脑袋，点头，又摇头道：“爸爸，我还是先说吧——我打算跟陈辞组搭档，改练双人滑。”

陈辞?!

听到这个简短而熟悉的名字，舒问涛只觉得脑袋嗡嗡发响。

“怎、怎么……”舒问涛酒是吓醒了，舌头却打结了，“你单人练得好好的，怎么突然想去滑双人？”

而且，为什么又是那个陈辞呢？

这世界上人千千万万，国内练花滑的男孩也不只他一个，怎么就躲不开这个姓陈的小子。

他舒问涛，一共也就两个女儿啊!

他心里惊涛骇浪，看简冰的眼神，还是充满耐心的。

他的两个姑娘，主意都还是挺大的。

就是有时候主意实在太大，当爹的也有点扛不住。

“我想早点参加比赛，而且……”简冰提高了点声音，“霍斌霍教练，答应来咱们的新俱乐部。”

新俱乐部……

霍斌……

舒问涛真的觉得小腿肚子有点发软了，他奔波这么久，大部分资金都还没着落呢。

哪儿有钱养得起前国家队主教练这样的大咖呀!

“冰冰，”舒问涛深吸了口气，“大人的事情，就让大人去操心。你目前最主要的是好好学习，好好训练。”

“你也不喜欢霍斌？”

“这不是喜欢不喜欢的问题，”舒问涛揉揉眉心，“这是……”

太贵了，咱们家请不起呀!

舒问涛犹豫着，要不要跟孩子讨论这么现实的经济问题。

“可是，”简冰的声音也为难起来，“人家已经说了要技术入股了，我跟云老师都当场答应了。”

“等等，”舒问涛眨巴眼睛，“技术入股？”

“对啊，”简冰有些苦恼道，“云老师说自己是技术入股，那霍教练就问，自己能不能也入一股……我们以为你会答应呢，都跟他说没问题了。早知道这样，就拒……”

“我答应啊！”舒问涛赶紧拦住自家闺女，“我没说不答应啊！”

技术入股！

技术入股就是不需要给现金呀！

霍斌这个身份地位，肯加盟他们这个连场地都没解决的小冰场，简直是天大的运气好吗！

一文钱难倒英雄汉，舒问涛也是被钱逼得快疯魔了，一瞬间连妻子的恶毒眼神都忘掉了。

一直到简冰离开，才后知后觉想起来，自己似乎忘了跟女儿讨论转双人滑的问题。

舒问涛忘记了，有人却没有忘掉。

简冰……不，408宿舍……也不对，应该是整层宿舍楼，都是被接连不断的手机铃声给震醒的。

那声音不但巨大，还连绵不绝。

床上的龙思思抱怨：“阿冰你快接电话呀。”

简冰整个晚上没睡好，早晨才回的宿舍，躺下还没几分钟，手机就响了。

她先按掉了手机，才看到名字。

陈辞。

阴魂不散啊！

一句腹诽还没落到枕头上，手机铃声再一次响起。

简冰眼疾手快地接起来，捂着话筒钻进被子里，小声问："你干什么？"

"起来跑步。"陈辞的声音听起来神清气爽。

"什么？"

"我在你学校门口，"陈辞道，声音里满是朝气，"快起来，一起去跑步。"

What?!

简冰真想学学电影台词，冲他喊一声："你神经病吧！"

又怕陈神经继续打电话，吵到其他人，害自己被宿舍里的懒姑娘们的口水淹没。

她手脚麻利地套上衣服，连脸都是在楼下公共水房冲的。

短短一段从女生宿舍到校门口的距离，手机又响了好几次。

每次都不长不短，正好那么几声，提示音一般。

清晨的空气笼着层薄雾，把一切都衬映得朦胧而美好。

校门口的小喷泉已经稀稀落落开始喷水了，晨光下的水珠都仿佛沾染了太阳的气息，温暖而欢跃。

陈辞一身运动服，脖子上还挂着条速干毛巾，笑盈盈地在喷泉边站着。

简冰看到他就抱怨："你行行好成不，我昨天深夜2点多才睡呢。"

"现在已经6点了，"陈辞看了下运动腕表，"你都睡了四个小时了。"

"我……"简冰决定不跟他纠缠这些，挥手道，"没什么事儿我就回去睡觉了。"

"等等，"陈辞赶紧拦住她，"都这个点了睡什么，跑步去呀。"

"跑……我干吗跟你去跑步呀！"简冰暴躁。

"容诗卉每天5点起床，十几年如一日呢。"陈辞说着，一把抓住她胳膊，连拖带拽地拉着她往前小跑，"肖依梦也差不多，每天还只吃两顿饭，十几年没吃过早饭了。还有单言，你是不是看他特别不顺眼？他每天上冰时间……”

“我看你最不顺眼！”简冰打断道。

陈辞看了她一眼，淡定道：“我现在也在锻炼呀。”

你……

简冰瞪着他，脚下步子却渐渐变得规律，慢慢跟上了他的节奏。

是啊，比自己强的人那么多，还全都比自己努力好几倍！

陈辞见她不再挣扎，也松开了禁锢她的手。

两人沿着马路往前跑去，道边林木森森，鸟鸣阵阵。连迎面吹来的风，都带着清新凛冽的气息。

“跑完十公里，我们就去吃早饭。”陈辞嘀咕道。

简冰不可置信地扭头：“十公里？”

“太长了？”陈辞诧异，“那就八公里吧，上冰体力得跟上啊。”

简冰沉默，埋头猛跑。

陈辞无奈：“你慢一点，咱们又不是来练长跑的。”

“你话怎么那么多，属八哥的？”简冰嘟囔。

八哥陈辞只得闭嘴。

十公里说长不长，说短也绝对不短。

他们跑出大学城，经过凛风，绕过小公园，一直跑上防洪堤，才勉强凑到8公里。

陈辞见她满头大汗，提醒道：“到八公里了。”

简冰没理他，喘着气继续往前跑。

陈辞怔了怔，很快恍然，也继续往前跑去。

今天早上这十公里，恐怕少一米也不行了。

（二）

如果七八年前问简冰，最讨厌的运动是什么，她脱口而出的一定就是跑步。

一跑就流汗，腿脚还特别酸痛。

并且，总是跑不及格。

她还是小学生而已，有必要和一个孩子这样较真吗？

体育老师们，还真就是这样不留情面。

姐姐说那是他们的职责所在，语气里满满地都是嘲笑。

陈辞最讨厌，开口闭口跑步能减肥，越胖越不喜欢跑步然后继续越来越胖……

循环往复，魔音灌耳。

后来学了花滑，不得已开始跑步减肥和增加耐力。

跑着跑着，还真的跑出了习惯。

少一天，都觉得不适应。

只是偶尔做梦，还是能梦见早跑初期，那种气息将尽，终点遥不可及的崩溃感觉。

太阳越升越高，陈辞虽然额头全是细密的汗珠，但看得出来耐力还是不错的。

简冰气喘吁吁，脚下越来越虚。

两旁的道路她已经看不到了，鸟鸣声也了无踪影，只有太阳还高悬在她的世界。

又烫又热，永远不会熄灭似的。

“到十公里了。”

陈辞的声音终于响起的时候，她几乎一个趔趄往前扑跪下去。

陈辞眼疾手快地扶住她——说是扶，几乎就是当肉垫整个将她抱住了。

占我便宜啊！

简冰人是累虚脱了，智商没跑丢。

她愤怒地空瞪了一会儿地面，实在没力气推开他。

还好，动一下搭在他肩头的手指并不是什么难事。

简冰把手往上挪了挪，擦过他衣领，伸进柔软的颈项。

陈辞整个人都僵硬了，接着就觉得脖子最柔软的那块肉带着血管一起被揪起一小块……

“嗷！”

他尖叫着将人推开，伸手捂住脖子。

简冰一屁股坐倒下去，晃了晃，干脆仰面躺倒。

心脏噗噗噗地快速跳动着，仿佛要从胸口蓬勃而出。

头顶的青空只浮着几朵云絮，飞鸟凌空，鸣声清朗。

“起来，”被袭击的陈辞没敢再靠近，远远地站着催促，“刚跑完别躺着。”

简冰挣扎了下，没能起来。

她看向陈辞，陈辞也盯着她。

他犹豫了下，到底还是捂紧脖子，选择了旁观：“快起来，当心脑充血。”

简冰闭上眼睛，就当听不见。

陈辞无奈：“冰冰！”

这样的语气，真是熟悉呀。

她翻了个身，把脸埋进草地里，青草的气息扑面而来。

陈辞叹气，半晌，也蹲坐下来。

“霍老师看错你了。”他自言自语似的嘀咕，“你是简单粗暴的简，冷语冰人的冰。”

简冰没吭声，陈辞便直接靠坐在草地上发呆。

这样一个女孩，到底靠不靠谱？

自己这一次，会不会又判断失误呢？

他揉了揉太阳穴，仰头看着头顶不大热烈的太阳发呆。

简冰终于休息够了，自顾自爬了起来。

脑袋满满，小肚空空。

她居高临下地看着神情有些黯然的陈辞半晌，抬脚踢他小腿：“走吧。”

陈辞捂着脖子：“去哪儿？”

“吃饭呀。”

他们跑得太远，附近压根没有吃早餐的地方。

叫了网约车，开了十几分钟，回到大学城的小吃一条街，才找到吃早饭的地方。

才刚刚过7点，莘莘学子大部分都还在和周公约会，热腾腾的包子、豆汁、油条也都还摆得满满的。

简冰自顾自拿了一堆，回头却发现陈辞只拿了俩鸡蛋，连豆浆都没拿。

“你干吗？减肥啊？”简冰放下盘子，一脸嫌弃。

大男人就吃这么点，娘娘腔。

陈辞瞥了一眼她装得满满的盘子，伸手把油腻腻的油条、炒米粉都端了起来，三两步放回点餐台子。

“都没动过的，不好意思。”他跟服务员解释。

简冰看他的眼神开始不友善起来：“我说不要了吗？我……”

“你现在几斤？”陈辞问。

“四十六公斤。”说到体重，简冰还是很自信的。

不料，陈辞直接把她面前的白粥和配菜也拿走了。

“起码减个十斤再说吧。”

十斤？!

看着面前仅剩的那颗鸡蛋，简冰整个人都要疯了。

“大哥，我刚跑完十公里好吗？”

陈辞指了指她面前的鸡蛋：“要不是这十公里，鸡蛋你都不该吃。”

简冰："……"

陈辞一边敲自己的鸡蛋，一边道："我跟容诗卉搭档的时候，她三十八公斤；跟舒雪搭档的时候，她三十九公斤；我们凛风的曲瑶，今年胖了一点，四十三公斤；小茉莉比你小四岁，身高比你矮一些，应该是三十六公斤……双人滑对女伴的体重要求，肯定是严格一些的。你这个体重，说实话，让我做托举还勉强，捻转和抛跳，我还是挺吃不准的……"

"我什么时候说要跟你滑双人了？"简冰嘟囔道。

陈辞看着她："你也没反对呀。"

简冰再一次沉默。

桌子上那颗鸡蛋，她却没有再拿起来。

陈辞说自己会加强肌肉力量的锻炼，她没吭声。说她也要加力量训练螺旋线和托举，她也没继续反驳。

一顿饭早饭吃了两分钟，买了三个鸡蛋，其中一个还被剩下了。

两人走出大门的时候，早餐店老板看他们的眼神都不对了。

陈辞可不管这些，掏出手机看了看时间："你今天早上有课吗？没课就跟我去做陆地训练，晚上上冰。咱们先磨合个一星期看看？"

简冰跟在他后面，慢吞吞走着。

身上的汗水都已经被风吹得差不多干透了，衣服还有点发潮，贴着皮肤，凉丝丝的。

陈辞的声音也和这微凉的轻风一般，和缓地吹拂过耳畔。

她不说话，陈辞便非常理所应当地当作她同意了。

他径直拦了辆车，顺便还帮姑娘把车门拉开："走吧。"

简冰皱眉："你自己的车呢？"

"我今天跑步过来的呀。"陈辞笑了，"难道你想再跑着去凛风？"

简冰犹豫地停下脚步，心想：你能跑，我就跑不了？一共也就是……

"好了，"陈辞投降，"你今天第一天，已经是超负荷了。真要跑过去，明天脚该肿了，陆地训练也不用做了。"

简冰这才上车。

车子在小吃街里开得慢如蜗牛，不时有姑娘小伙骑着自行车超车过去。

简冰忍不住抱怨："还不如跑步过去呢！"

司机听了哈哈直笑："小姑娘，跑步去凛风可不近，六七公里呢。"

简冰抿住嘴唇，控制住想要怼人的冲动。

陈辞似有所觉，看着窗外慢悠悠的街景笑。

那笑容倒映在车窗上，再被简冰看到，就很有些讽刺的意味。

——他这是在嘲笑自己沉不住气吗？

简冰越看越生气，干脆闭上眼睛养神。

没过两分钟，只觉额头一暖，一只男人的大手覆了上来。

"头晕？感冒了？"

道德病！

圣父光！

简冰非常"社会"地腹诽。

车子慢悠悠往前蹭着，陈辞的手也没有拿开，太阳光隔着车窗照在身上，温暖而没有声息……

她当真迷迷糊糊睡了过去，梦里江南难得大雪纷飞，湖面上结了厚厚的一层冰。

父亲和母亲一人拉着自己，一人拉着姐姐，嘻嘻哈哈地要比谁最先跑到对岸。

姐姐闹着要穿冰鞋，母亲不同意，父亲却从后备厢拿出了鞋子。

和谐的氛围没有了，母亲拽着她们往回走，嘟嘟囔囔地念叨："这么危险，你自己去吧，不要带坏小孩子……"

姐姐见冰湖近在眼前，当然是不愿意放弃这么好的机会的。

父亲一向信奉孩子有自己的想法，当然也据理力争……

她想说你们别吵了，却怎么都喊不出来。

正在喉头发紧、冷汗淋漓的时候，肩膀突然被摇了一下。

“就这么几分钟，不但打呼噜，还说梦话？”

陈辞的声音蓦然在耳边响起，什么冰湖、姐姐、争吵，全都在一瞬间消失得无影无踪。

陈辞干干净净的脸近在咫尺，一双眼睛笑得眯了起来，手还扶着她肩膀。

简冰立刻往后缩了缩，躲开他手掌：“你别老动手动脚的，男女有别不懂吗？”

陈辞还没说话，前面的司机开口了：“姑娘，你都睡十几分钟了，再睡下去我生意不做咯？”

简冰哑然。

下了车，陈辞一直都是那个要笑不笑的开心模样。

幸灾乐祸得不得了，恨不得直接在脸上写：“看你倒霉我好开心呀！”

简冰看着近在眼前的旗舰馆，有些疑惑：“为什么来这里呀？不去训练基地？”

陈辞嘴角那弯弧线，瞬间就扬不起来了：“这儿也有陆地训练的场地，一样的。”

“是吗？”简冰狐疑。

陈辞嗯了一声，加快脚步：“咱们从侧门进，不会有人认出来的。”

不会有人认出来？

他这话一说，简冰瞬间就醍醐灌顶了：

“你们那个拽得跟全世界都欠了他钱似的教练，是不是还没同意你来找我啊？”

“嘘——”

陈辞做了个噤声的动作，拽起她手臂，就往里走。

“别在这儿大呼小叫的，一会儿他真的来了。”

这种事情，还能先斩后奏?!

简冰整个人都震惊了，甚至，连被牵着的手，都忘了挣脱。

两人急的急，蒙的蒙，都没留意到那边大门口有学员驻足远眺：“哎呀，你看，那个拉着个女孩的帅哥，像不像陈辞呀？”

（三）

凛风的旗舰馆虽然冰场不大，人气却还是很高的。

陈辞领着简冰从侧门进去，特地选远离冰场的路线，还是能听到人声。

用于陆地训练的教室也大都有人，他们一直走到最里面，才找到一间空置的。

陈辞熟门熟路地掏出钥匙打开门，等简冰进去，立刻把门反锁了。

房间不是特别大，一边墙壁装着舞蹈扶杆，另外两面墙都拉着厚实的窗帘，看着黑漆漆的。

陈辞按亮灯，简冰才看到角落里有凳子、软垫之类的东西。架子上则放着跳绳、敏捷梯、拉伸带、哑铃等一应器械。

陈辞走到对面的窗边，哗哗两下拉开窗帘，正对着自小公园那儿流过来的小溪滩。

另外那边窗帘拉开，却是整面的镜子。

毕竟是大俱乐部，跟简冰家南方小冰场的简陋环境完全不同。

简冰还想问文非凡的事儿，陈辞一把塞过跳绳：

“先热身。”

简冰愣了愣，忍不住在心里感慨：

不愧是师姐弟，霍斌教出来的，似乎都很喜欢拿跳绳当热身。

陈辞自己也拿了根跳绳，节奏轻快地跳了起来。

简冰无奈，也跟着跳。

塑料皮绳有节奏地打在木质地板上，“啪——啪——啪——啪——”

陈辞明显跳得更快，简冰不由自主地就跟着提速，手上动作快了，脚下却没那么快适应。

她一连绊了好几次，陈辞开口提醒：“热身而已，不需要考虑同步率。”

“谁要跟你同步啊。”简冰嘟囔。

热身之后，简冰本以为要做陆地模仿动作了。

陈辞却只是给她加力量训练，又是俯卧撑又是蹲跳的。

简冰几个来回跳下来，忍不住问：“捻转……”

陈辞转过头，视线在她身上上下打了个来回。

那眼神里，对她体重的嫌弃意味不言而喻。

简冰暴怒，偏又发作不出来，只好低头继续猛跳。

在老家的时候，简冰自认为还算勤奋的。

即便云珊总是把“职业运动员比你们不知道要刻苦多少”挂在嘴边，即便舒雪当年也曾被简欣抓到好几次逃课去训练。

但让一个小胖子对晨跑从厌恶到热爱，还在一年内减下来近二十斤，对她本人来说，也已经是一种极限了。

而今，当真跟陈辞这样的现役运动员一起训练，才发现差距的巨大。

如果说她之前的训练是严格的话，那陈辞他们，简直可以用严酷来形容。

一个上午的时间很快过去了，陈辞看看手机，掏出把钥匙：“我下午得去开会，恐怕没时间陪你一起练了——钥匙我多配了一把，你有需要就自己过来。”

简冰看看钥匙，没接。

陈辞直接将钥匙塞进她手里：“走吧，我送你回去。”

***

来的路上，朝曦才刚开始显露。

这时却已经是烈日当空，烤炙大地了。

简冰靠在副驾驶座上，全身骨头都似被碾过了一般，心却还在雀跃着。

就像她当年第一次跑完晨跑，站在阴冷的南方寒风中，感受到的那股抑制不住生机和希望一般。

前方虽然还并没有出现宽阔的道路，但已然看见了灯火。

既然有了方向，便迟早能到达终点。

她想得入神，侧头靠在车窗旁，玻璃窗倒映着自己，也倒映着驾驶座陈辞的侧脸。

他的脸随着窗外景色的深浅，时而清晰，时而模糊。

因为运动而有些凌乱的头发，光洁的额头，高挺的鼻梁……

这样的注视隐秘而安静，更有些肆无忌惮。

简冰甚至探究起他脖子上挂着的那个小小的黑痣，是什么时候生长出来的。

小的时候，明明是没有的。

那个脖子她搂过那么多次，那个背脊她也熟悉不已，不可能没有发现……

陈辞突然瞥了她一眼，提醒："我扶手箱里有份运动员膳食参考表，你回去看看吧——不一定就按那个吃，你的情况毕竟特殊，我下午帮你问问我们体能团队的老师，再做个比较详细的个人计划。"

简冰收回目光，干咳一声，拉开扶手箱，把那份打印件取了出来。

车子也正好开到小吃街入口，扑鼻而来一股路边摊特有的油腻香味。

陈辞抿了下那薄薄的唇，半开玩笑半认真道："可别再在这儿附近乱吃了，再吃，体重就真没办法控制了。"

这就是钢铁直男啊！

动不动就要戳人软肋!

好好说话会死吗?!

简冰小时候是实打实胖过的，也被同班的小男生喊过“胖妞”，对“体重”这个词，还是很忌讳的。

心底那些不自觉冒出来的柔软记忆，立刻就为羞恼所取代。

“先控制你自己吧！”简冰把参考表卷成一卷，没好气道，“停车！”

陈辞也愣了，当真是姑娘心，海底针啊——

他只是开个玩笑，怎么就又惹着了她?

“还没到呢。”他用妥协的语气道。

简冰皱眉：“你不是要去开会？这地方你进去了，没半小时是开不出来的。”

陈辞想想也是，慢慢靠边停车。

简冰轻快地跳下车，手都没挥，直接就往里走去。

陈辞摇摇头，驱车离开。

这姑娘，还真……养不熟啊。

***

简冰一推开宿舍门，龙思思就飞快地跳了起来：“出息了简冰姑娘！老李的课都敢逃，你期末分肯定不超过59.9分！”

简冰这才想起自己早上逃的是以治学严谨闻名的现代汉语老师的课，登时就觉得不大妙。

但身体实在是过于疲惫，干脆破罐子破摔，直接爬到床上补觉。

龙思思傻眼了：“你这是怎么了？挂科也不怕了？”

简冰脑子还半清醒着，肢体肌肉却先一步沉睡了。

龙思思的声音就跟幽灵似的追到梦里，反复问着：“挂科也不怕?”

要害怕的呀，母亲要发火的呀!

可是实在太累了，就稍微躺一会儿，醒来再想办法吧……

这一觉睡过了午饭的点，临近下午2点才醒来。

简冰睁开眼，就见几个室友全围在自己床边，一脸的忧虑，龙思思更是眼泪鼻涕横流："阿冰，你总算醒了，你没事吧？"

"我……"

我不就是睡了一觉吗？

"你刚睡得好沉，就跟昏迷了一样。"鲁梓涵心有余悸。

马可馨也插嘴："就是，我们掐人中你都没反应，还好你醒了，不然我们都打算报警了！"

人中……

简冰伸手摸了摸人中，果然火辣辣地疼。

这几个妞下手也忒狠了，怪不得梦里总有螃蟹夹自己脸。

"我就是太累了，早上跑了十多公里。"简冰坐起来，活动了下筋骨，骨节嘎啦作响，"后来又去练了一阵子……呃……塑形的室内运动。"

见大家还是一副愁云惨淡的样子，她干脆爬下床，伸懒腰拉筋："真没事，我健康着呢。"

龙思思于是把桌上的保温饭盒推了过来："你一直睡，也没吃东西，我们给你打了饭。"

简冰还真是饿得不行，感激地接过来，打开盖子。

满满的一饭盒肉臊饭，肉汁浓香阵阵，米饭颗颗晶莹饱满。

她拿起勺子就往嘴里塞，两口下去，突然就顿住了。

我跟容诗卉搭档的时候，她三十八公斤；跟舒雪搭档的时候，她三十九公斤；我们凛风的曲瑶，今年胖了一点，四十三公斤；小茉莉比你小四岁，身高比你低一些，应该是三十六公斤……

简冰慢慢地放下勺子，有些不舍地看着面前的肉臊饭。

真的，很饿啊——

她犹豫着去找了那份膳食参考表出来，一样一样对应着看过去。

室友们你看看我，我看看你，都是一副“阿冰怕不是魔障了”的表情。

简冰浑然不觉，换了筷子，夹起饭盒里的两棵小青菜，细嚼慢咽地吃了下去。

她放下筷子，拿纸巾矜持地擦了擦嘴，口是心非地表示：“谢谢你们帮我留饭啊，我吃饱了。”

室友们的表情，更加诡异了。

第十三章

剧院里的邂逅

(一)

408宿舍的姑娘们，这几天真的特别愁。

老三简冰吧，虽然是个南方人，个儿不高，但做事一直是很靠谱的。

按薯片爱好者鲁梓涵的话说，就是：能扛事，不孬，爷们。

虽然偶尔开个小玩笑，搞个恶作剧，那都是善意范围内，杀敌不损己。

可最近几天，简冰突然着了魔一样开始减肥。

按她以前的习惯，给人感觉也就是喜欢跑跑早跑，晚上做做兼职，比其他人多去几趟冰场而已。

现在她每天不但早出晚归，搞得自己筋疲力尽，连饭都不好好吃了。

半夜做梦，还能听到她念叨菜名。

龙思思特意当着她的面煮了几次泡面，叫了几回炸鸡，人宁可把头整个埋进枕头里，也不多看一眼。

那香味，勾得隔壁宿舍的都憋不住来敲门……

一星期下来，简冰是清瘦了，她们几个倒是胖了一圈。

宿舍里，简冰同学的装备也越来越多。

什么练习身体协调性和敏捷性的敏捷梯，练习肌肉力量的小哑铃，练习柔韧性的拉伸带，精确度超高、能测体脂的体重秤……

有事没事，简同学就趴地上来个一字马，站阳台边摆个贝尔曼旋转[1]什么的。

姑娘家家的，这是要练成女版的东方不败呀！

人家东方教主是男变女，简冰你这是要女变男吗？

简冰可没空留意她们那“悲悯”的眼神，这天下午才上完课，陈辞的电话就来了。

“今天晚上不用穿运动服，穿漂亮点，咱们去放松一下。”

“放松？”

简冰不乐意了，她好不容易开始有点儿适应这个训练节奏，他却要放松。

“是去看演出，”陈辞只得放弃给她惊喜的打算，直言目的地，“去大剧院看个芭蕾舞剧，朋友送的票。节目难度要抓，艺术表现力也不能不要吧？”

简冰这才恍然，她看了看自己身上宽宽大大的运动服，确确实实有些不合适。

她拉开柜子，从上到下看遍，最终也只找到一条连衣裙稍微正式一些。

既然换了衣服，鞋子也不能穿运动鞋了……

看着在衣柜前忙碌的简冰，马可馨冲龙思思眨巴眼。

龙思思关键时刻又没胆子了，一个劲冲鲁梓涵打手势。

鲁梓涵咳了好几声，开口问：“阿冰，打扮这么漂亮，约会去啊？”

正弯着腰试鞋的简冰身体明显僵硬了下，随即又松垮下来：“瞎说什么

---

1 贝尔曼旋转：花样滑冰直立旋转的一种。选手以单足旋转，浮足从背后弯起超过头顶，全身形成水滴状。这个旋转动作要求选手具备极好的柔韧性。

呀，去看个芭蕾舞剧。”

“看芭蕾舞剧啊。”鲁梓涵跟马可馨使眼色。

马可馨立刻插嘴问：“跟谁一起啊？”

“跟……”简冰回头瞪她们，“我自己去呀，我以前也经常去剧场的！”

“噢——”龙思思等人长长地应了一声，眼神里却全是八卦。

以前去看话剧，有这么隆重吗？

连几乎不穿的高跟都拎出来了！

配裙子的项链也换了好几条！

她们互相交流眼神，在那一瞬间达成了共识。

之前种种形迹，终于有了解答——原来，是谈恋爱了！

鲁梓涵心情放松，把最喜欢的薯片袋子重新拎了起来。

龙思思一把抢下她拎在手里的高跟鞋：“你这个子，得配更高的鞋跟！”

简冰茫然：“我没有了呀……”

马可馨主动拉开柜子：“我有，我跟你一个鞋码。”

说着，飞快拎了双恨天高出来。

简冰连连摇头：“饶了我吧，穿着这鞋，我也不用去什么剧院了，自己就得一路表演平地摔。”

马可馨叹气，换了双稍低的：“这个总行了吧？”

“这跟……”

“就这双了！”鲁梓涵一把将她拉到镜子前，“阿冰，你看，你这个身高，跟我站着都差半个头，站人男生边上，那得差多少呀？”

简冰脑海中浮现出陈辞低头俯视自己的样子——怪不得每次都觉得他的眼神那么不顺眼，原来是角度问题！

确确实实，每次都在仰视啊。

室友们见她不否认是和男生一起出去，就更加笃定老三是要去约会了。

简冰在镜子前走了个来回，犹豫了下，还是向马可馨道：“馨馨，我再试试那双高的吧。”

龙思思感慨着长叹了一声，扭头去看鲁梓涵。

鲁梓涵也是一声长叹。

想不到啊想不到，最先脱单的居然是她。

明明看着对帅哥最有抵抗力，最不向往初恋啊。

果然是有心栽花花不开，无心插柳柳成荫。

简冰换好衣服，穿好鞋子，转过头，就见三个姑娘肩挨着肩，一脸欣慰地看着她。

那姿态，那神色，颇有三母嫁女的意思。

“你们干吗呢？”

“没事，”鲁梓涵道，“出去玩开心点，回来给我们带宵夜。”

“对，”龙思思也接腔，“你不吃，我们帮你吃。”

简冰：“……”

***

为了能够和陈辞保持平视，简冰磕磕绊绊地蹬着那双后跟足有十几厘米高的鞋子，摇摇晃晃地走到了校门口。

她下楼时候就趔趄了好几次，扶树、扶墙、扶石头、扶栏杆一路扶过来，简直比刚跑完十公里时的心跳还快。

遥遥地看到陈辞站在门口，衬衣袖子被风吹得不断鼓起，竟然有种目标达成的错觉。

——好不容易啊，终于走到地方了！

陈辞因为吃尽了小吃街堵车的苦头，难得把车停在小吃街外面。

看到简冰的瞬间，他明显一愣。

坦白说，胸脯平坦的小个子女生，看着就特别幼齿。

20岁出头像未成年，未成年像小学生。

简冰今天这裙子虽然也没多少成熟女人的韵味，好歹胸是胸臀是臀地勾勒了下线条。

遥遥望去，亭亭玉立，颇有点小女初长成的错觉。

简冰被他打量得有点恼火，松开扶住的小树，迈步往前。这一步跨得太大，鞋跟立刻绊歪，整个人就往后仰倒。

陈辞要上前扶人已经来不及了，万幸简冰手快，一把抱住刚刚松开的小杨树。

手臂粗的小树猛烈地颤抖了两下，勉强支持住了她。

陈辞呆了片刻，继而嘴角就不受控制地扬了起来。

简冰抓着树干，想放又不敢放，一脸的愤怒："你就不能过来扶我一把？"

陈辞无奈："你上次不是说了？男女有别，不要老是动手动脚……"

他话没说完，简冰已经弯腰开始脱鞋了。

左手一只，右手一只地拎起来，赤脚踩在路面上："走吧！"

陈辞皱眉："赤脚容易……"

"走不走啊！"

简冰踩着水泥路面就往前走去——太阳把路面晒得滚烫，踩上去热乎乎的，倒是不冷。

陈辞跟在她后面走了几步，到底还是没忍住："你穿回去吧，我扶你——脚受伤了，训练就得停。"

简冰一直倔强挺拔的背脊，在这一句提醒之后，慢慢耷拉了下去。

她弯腰把鞋放下，穿好一只，要穿另一只时却摇晃得不行。

陈辞伸手扶住她肩膀："我来吧。"

说话间，原本一直遮挡着她身前阳光的身影突然矮了下去。

紧接着，简冰就觉得右脚脚踝被轻轻握住，慢慢地穿进细窄的鞋子里。

——简冰一手按在他肩头，身体还维持着半躬的姿势。

这短短的几秒钟里，她连舌头都僵硬了。

“好了。”陈辞恍若无事一般站了起来，右手非常自然地扶住了简冰的左手。

“抓紧时间，晚高峰很堵的。”

简冰“哦”了一声，一边往前迈步，一边有些尴尬地挣扎了下左臂：“我自己走吧，我感觉已经适应了。”

陈辞果然放手，简冰赶紧加快步子往前走去。

无奈这鞋子实在太高了，她才走出去几步，鞋跟再一次踩到细碎的小石子——简冰重心不稳，尖叫一声，朝着地面直扑下去。

水泥地的触感和草地是完全不同的，也和在冰面上可以接着滑倒卸力不同。

手掌和额头砸到地面的瞬间，简冰觉得眼前都在发黑。

甚至，连陈辞慌乱的声音都带着回声。

“没事吧？没事吧？”

没事才怪！

手掌磨破了皮，额头也火辣辣地疼。

今天她真的是出门不利，霉运连连。

（二）

简冰是在陈辞的搀扶下，捂着额头巨大的肿包，一瘸一拐地走进剧院大门的。

陈辞那票位置极其不错，不但在视野开阔的二楼中间，居然还是个半封闭的小包间。

简冰一坐下去，就忍不住打开手机相机，查看额头的伤。

手掌上也全是擦伤，握着手机都能感觉得到伤口粗粝的质感和疼痛。

经历了一路的颠簸，肿包长大了不少，隔着刘海都能看到轮廓。

陈辞也凑过来看了看：“我去给你买瓶冰水吧，冰一冰就好了。”

毕竟从事的是常年摔跤的职业，他对这点小伤还是很淡定的。

简冰捂着额头摇摇头：“不用了，演出快开始了吧？”

说话间，剧场内提示演出即将开始的广播响起，灯光也慢慢暗了下来。

短暂的寂静之后，音乐如汩汩的流水般缓慢响起，追光落在舞台上，濒死的天鹅背向着观众席移步而出。

简冰从小学的就是芭蕾舞，虽然半途而废，对这哀伤的大提琴声却还是熟悉的。

眼前的舞者身形纤细，手足更是可以用伶仃来形容。

形孤影孑，仿佛天地间只剩下零落的她一人。

简冰捂着额头，不由自主就想起躺在病床上的舒雪。

不知道沉睡的她，会不会做梦，梦里是不是也是这样孤单……

白色的天鹅缓慢地倒了下去，挣扎着的双臂也逐渐放下，失去了生机。

灯光亮起，掌声热烈地响起……

一直到谢幕结束，简冰还是有点晃神。

陈辞以为她是因为额头太疼，一个劲儿地问：“没事吧？真摔得那么重？不然咱们去医院看看？”

简冰摇头：“没事，灯光有点刺眼。”

说完，站起身准备往外走。

陈辞怕她摔倒，主动把胳膊贡献了出来。

简冰看看胳膊，又仰头来看他的脸：“你到底多高？”

她这鞋跟至少十六厘米，居然还得仰头看他！

陈辞低头看她一眼，安慰道：“有点身高差，在抛跳和捻转上有优势。”

简冰呵了一声，视线在墙壁和他之间打了个来回，最终还是挽住了他消瘦却有力的胳膊。

两人随着人流并肩往外走去，才迈出包厢门，身后蓦然一声大叫：

“你们两个狗男女！”

这一声不但响亮，内容还劲爆。

周围的目光立刻闪电一样聚集在他俩以及说话的那一位当事人身上。

陈辞被看得满脸通红，简冰倒是很厚脸皮，只是循着声音去找肇事者——

单言穿了一身黑，在小卷毛上架了副新墨镜，一脸愤怒地看着他们。

“戴墨镜看芭蕾舞剧，”简冰刻薄道，“你是不是脑子跳弦了？”

“你才脑子——哦，撞这么厉害，脑门都撞破了?！”单言跳脚到一半，留意到她额头的伤口，“老天爷都看不过去了，替我收拾你这个……你这个……”

他直伸着手指头，想要找一个能够控诉简冰全部罪证的词语。

旁边悄悄开了视频录八卦的路人姑娘见他想得这么艰难，帮忙补充道：“淫妇！”

单言来者不拒，立刻学舌：“你这个淫妇——”话冲口而出了，又觉得不对，赶紧扭头去瞪那路人姑娘，“你才淫妇！你才被人戴绿帽子呢！”

他这一转头，就看到了她举着的手机，火气更是直冲云霄：“拍什么拍！有什么好拍的，素质呢！”

那姑娘被他吼得差点哭鼻子，收起手机就往后躲，一边躲一边用哭腔道：“又不是我一个人在拍……”

陈辞闻言，赶紧抬头四顾——果然，八卦永远是大家乐此不疲的事业。

大胆点的举着手机拍，胆小的悄悄拍，矜持的竖直耳朵睁大眼睛看……最正义的，在那儿喊工作人员来维持秩序……

“我们快走。”陈辞拉住想要跟单言理论的简冰，快步往外走去。

——上次的事儿还没完呢，他可不想再惹麻烦。

简冰也想起那些为了流量什么都不顾的营销号，紧紧地拽着他胳膊开始小跑。

穿这么高的鞋子跑，真的是太痛苦了！

简直比在冰上跳跃还要艰难！

回去一定要给马可馨颁奖，奖励她敢穿这么高的鞋，居然没摔断腿。

单言没抢到路人妹子的手机，又听到剧院工作人员遥遥的“请不要在出口斗殴”等不祥的提示，也有些发慌。

他再回过头，又一次发现历史重演——狡猾的陈狐狸拽着那条简姓小毒蛇，都冲到门口了！

“你们给我站住！”他大叫着想往外追，无奈人流大，出口小，挤了半天，又跟那几个偷拍的挤到了边上。

其中一个戴眼镜的中年男胆子比较大，不但踩了他好几脚，还跟他打听：“小弟弟，你多大了？高中毕业了？现在早恋不好吧？”

另一个似乎是他妻子模样的女人也插嘴：“就是，小小年纪穿得跟黑社会似的，还恩怨情仇、三角恋爱的，当心考不上大学哦……”

“我……”单言还没解释呢，其他人也叽叽喳喳发表自己观点：

“现在的小孩呀，不得了。”

“哎，我女儿要跟这些不三不四的小男娃搞一起，看我不打断她的腿。”

“是啊，你看刚才那女孩，未成年就穿高跟鞋……”

“你看他这个头，头发染成这个样子，学校也不管管。”

“现在的老师，都很不负责任的啦……”

单言初时还想反驳，越听越头大，终于冲出门口的瞬间，简直有种“逃出生天，重见天日”的悲壮感！

围观群众却不肯消停，纷纷提醒他：

那对“狗男女”从中门出去，现在在剧院外的广场南面呢！

单言犹豫了下，到底还是抬脚冲向中门。

就因为他俩，他被媒体评论员取笑：谁是国内男单第一人还没定论，国内在男厕所被直播的第一人一定是单言。

被冰迷质问为什么不务正业，被教练骂了整整一个下午，几个社交网站的账号也被俱乐部全部收走。

教练还不许他出门瞎逛，今天要不是因为“观看芭蕾舞剧”的名头，怎么也出不来的。

这一切的一切，都是拜这两人所赐啊！

***

简冰这鞋实在是不方便，好不容易跑到外面，脚底都磨出了水疱。

她死拉着陈辞要求停下来，才脱下一只鞋，就听陈辞嘟囔：“那小鬼追上来了！”

“啊？”简冰伸手想去脱另一只，冷不防天旋地转，整个人被陈辞拦腰抄抱起来。

“我跟你说了赤脚容易扎破，要影响训练的。”

他一边说，一边抱着她，朝着停车场小跑起来。

简冰抓着鞋，整个人都蒙了——她都已经18岁了，多年没有被人抱着跑过了，全身细胞都在叫嚣着恐惧和尴尬。

“你行不行啊，”她犹犹豫豫地问，“可别把我也摔了……”

陈辞狠瞪了她一眼，绕过花坛。

这种时候还不忘怼他一下，她可真是不忘本心。

单言初时还跑在后面，因为陈辞抱了个人，渐渐就追上来了。

门口围观的群众纷纷举着手机翘首八卦——

快追上了！

快追上了！

现在的年轻人多厉害啦！

三角恋都比以前的轰轰烈烈!

又形象又具体的!

几个当事人长得都还挺不错的!

力气也很大!

比看电视剧精彩多了……

战马关公身上文，掌声送给社会人!

（三）

陈辞拉开车门，把简冰放进后座的瞬间，单言已经追到了车屁股那。

他见人上了车，二话不说，拉开另一边车门，也坐了进去。

简冰才刚坐下呢，就觉得身侧的座椅重重一颤，单言顶着那头鸡毛掸子似的头发，炮弹一般陷进椅子里。

“你进来干吗？”简冰不满道，“快下车。”

“我偏不，”单言斜着眼睛看她，“我上次的账还没跟你们算呢，又想把我甩出去喂狼。”

他可不想再被直播、被围观了。

驾驶座的陈辞本来还犹豫要不要赶他下车，闻言也是心头一悸，眼见车外有人好奇地探头，立刻发动车子，朝着出口开了出去。

载个小鬼事小，被传网上八卦就尴尬了。

眼见车子开动，单言气焰更加嚣张了，手脚摊在椅子上，问：“你们俩真在谈恋爱啊？”

“胡说八道。”简冰一口就否认了。

陈辞皱着眉，从后视镜里瞥了他俩一眼，没吭声。

单言瞥了简冰一眼，抬脚踢了下驾驶座椅背：“喂，我问你话呢。”

陈辞被踢得震了一下，警告道：“你别乱来，我在开车。”

“开车怎么了，”单言声音懒洋洋的，“开车也没妨碍你泡妞啊——我说，你是不是真的不想滑了？又是练双人，又是跑出来约会的，你下赛季的曲目定了？编舞完成了？不用练习？”

陈辞沉默，半晌，才道：“你不用那么紧张，下赛季我们未必会碰上。”

“我紧张个屁，我……”单言话说到一半，蓦然怔住，看看简冰，又看看陈辞，“不是，你真的要转双人？为她？”

陈辞没接腔，默认了他的猜测。

单言呆了半晌，骂道：“你是色令智昏了吧，放着前途无量的男单不去滑，跟个业余的小丫头滑双人——多少人想练男单都练不了，你就这么轻而易举放弃？”

见他无动于衷，单言又提高声音补充道：“男单下赛季锦标赛可不止一个名额，赢不了我，你还赢不了楚云帆他们？”

陈辞看着前面的路况，打转向灯，踩离合，降速之后拐上了高架。

车窗上倒映着他自己的侧影，以及轻握着方向盘的双手。

车外霓虹斑斓，车内寂静无声。

他不由自主地去看身后的简冰——不知是不是因为单言说到的话题太过沉重，她破例没接腔怼人，只拿眼睛茫然地看着他的后脑勺。

四目相接，他扯着嘴角笑了笑。

简冰抿了下嘴唇，凛然回视。

“我放弃单人，”陈辞看着她那警戒异常的眼神，安抚一般道，“对你没什么坏处吧？名额有两个，国内练男单的人远不止两个——少个人竞争不好吗？”

说话的人只有一个，听话的人却有两个。

简冰默然不语，单言却觉得他这话讽刺极了。

“我怕跟你竞争？”他冷笑道，“我怕你躲太快，赢你的机会都没有了。”

陈辞若无其事地握着方向盘：“今年的‘冰雪盛典’，你们家是协办方吧？”

“你别转移话题——你们教练文非凡同意了？”单言奇怪极了，“不可能吧！那你们还签申恺干什么？直接让你跟曲瑶一块练儿不就得了？”

“曲瑶看不上我，不乐意跟我滑。”陈辞淡定道，“我前面路口放你下去？”

单言瞪大眼睛：“她看不上你？她能跳四周？她三周半都还不会吧，她用什么看不上你？”

“谢谢你那么看得起我，”陈辞的声音更柔和，“大约男女评价标准不同吧。”

“男女……这玩意儿跟男女有个鬼的关系。”单言愤愤道，“你好歹也拿过世锦赛冠军——国内哪个女选手能挑你？你配哪个都埋汰了！”

陈辞减下车速，往路边靠去：“你也太看不起双人滑了，双人只要有跳跃就行了？那你之前怎么输那么惨？”

单言冷哼。

陈辞停好车子，转头看他：“我就捎你到这儿？对面就能坐去你们北极星的地铁。”

单言往窗外看了看，又窝回来：“太晚了，地铁晚高峰，你送我回宿舍呗。”

“我没听过9点多还有晚高峰。”陈辞看了下表，向简冰道，“你们是11点关门？”

“10点。”简冰闷闷道。

陈辞愣了：“10点？”

现在已经9点50分了，哪怕是飞，也来不及赶回去了。

单言哈哈直笑：“哎呀，那就没办法了——反正已经晚了，先送我回去吧。”

陈辞叹气，真把车重新发动起来，朝着北极星方向开去。

单言伸了个懒腰，忍不住又八卦起来：“我想了半天，还是不懂她们为什么不乐意跟你滑。”

陈辞干脆把车载广播开起来，满车子都是热闹的声音。

单言一点不受干扰，提高声音道：“该不是你唬我吧？”

陈辞无奈，打击道：“你这个小胳膊小腿，转双人，一样会被女伴嫌弃——万一，把人摔了呢？”

说罢，下意识地瞥了一眼后视镜里的简冰。

自从单言上车，说起来陈辞转双人的话题，她就一直没什么精气神。

像是棵蔫掉的枯草，恨不得把穗头低垂到地上。

这一眼神也提醒了单言，他猛地反应过来：“我去！是因为那个舒雪是吧？她们因为你抛摔了那个舒雪，怕自己也重蹈覆辙？”接着，手往简冰身上一指：“而你，就非得跟自己过不去，找个长得像舒雪的小丫头，想证明给世界看？”

广播正播到热闹处，他的声音却比广播里的笑声还要尖锐。

一字一字，钢针一样扎在其他两人身上。

简冰直接拿起靠枕，劈头盖脸砸过去：“神经病！”

单言躲过枕头，又攥住了简冰想要去捞另一只枕头的胳膊，声音嚣张地表示：“哎呀，替身小妞冲我发什么火？找你们家陈辞哥哥去呀！”

简冰呸了一声，手指掐住他手掌，狠命一掐。

单言尖叫了一声，正要回击，车子猛地停下，几乎要把扭成一团的两个人从座椅上甩下去。

“下车。”陈辞声音冷漠地从前面传来。

简冰抽回胳膊，赤着脚就要去拉车门。

陈辞叹气：“我是说，单言下车——冰冰你坐好，我送你回去。”

“你出尔反尔，”单言当然赖着不走，“她学校都关门了，已经没地方去了。你不如直接送我回去，我们北极星门口酒店不少，随便开个房……”

“单言，”陈辞关掉广播，再一次重复道，“请你下车。”

单言舌头重重地啧了一声，两眼一翻，拉开车门跳下去。

车内只剩下简冰和陈辞两人，隔了半晌，简冰才问：“他说的是真的吗？”

陈辞苦笑，摇头，再一次发动车子。

“我送你回学校吧，你和老师解释一下，应该会让你进去的。”

第十四章
往事烟云散

（一）

不同城市的夜晚，有着完全不同的味道。

南方的夏夜总有股潮湿的气息，散布在钢筋混凝土的高楼、川流不息的车流、明亮或昏暗的路灯之下。

而B市，它的冬天寒冷而干燥，夏天也带着股纯粹直白的灼热，到了晚上，却又柔和不少，甚至有时还夹带着股寒意。

陈辞把车停在Z大门口，回头看向后座："要不要我陪你去解释？"

简冰坐着没动，半晌才问："容诗卉喜欢你，你知道吧？"

陈辞愣了下，点头。

"那舒雪呢？"

陈辞蹙眉，迟疑道："她……她那时候……没心思想这些吧，她满脑子都是想上'双四'……"

"我是说你，"简冰打断道，"单言说，你找我是因为……"

单言的疑问，她也曾认真提出过。

陈辞那时候说，因为自己不甘心在双人滑上的失败，因为自己想要更长的职业生涯。

但如果真的如单言所说，难道……他其实喜欢姐姐？

“他说什么你就信什么？”陈辞道，“我早跟你说过是我自己想滑，你现在不目中无人了，难道要改妄自菲薄？”

简冰抿唇，绕过那些迷雾似的句子，直击自己想要知道的重点：“那你到底喜不喜欢她？”

“喜欢啊。”陈辞的声音轻柔如窗外道旁的玉兰花香，“这世界上，又不只有男女朋友一种相处模式。谁会不喜欢每天和自己一起训练的搭档？她聪明、好学、刻苦、野心勃勃——她出事之后，我再没见过比她燕式做得更好看的女孩了。如果时间可以重来，我一定……”

“啪。”

简冰不知什么时候下了车，车门合上，车后座空无一人。

陈辞看向窗外，就见矮个子女孩拎着鞋，大步朝着门卫处走去。

裙摆在夜风里翻飞，像极了某种海草的叶子。

校园里一片漆黑，只有零星的几盏路灯还亮着。

小吃街也陷入了沉睡，只偶尔还有几家店门开着。

不知哪家店铺的音响还没关，低声哼唱着桑德堡的《明日又是一天》：

我告诉你昨天是已停止的风，
是落下西天的夕阳。
我告诉你世上没有别的东西
只有一个充满明天的海洋，
一个充满明天的天空……

陈辞靠在座椅上，一直等到门卫室有人出来，将校门打开一条小缝，放了简冰进去，才打开扶手箱。

里面有只半新的点烟器，车载烟缸，和几乎没怎么抽的烟包。

他将点烟器插好，点了烟，拿在手里看了半天，才塞进嘴里。

简冰已经消失在黑洞洞的校园里，歌声却仍旧不知疲倦地响着。

陈辞轻轻嘘了口气，白烟便丝丝袅袅地升起。

小小的车厢内，瞬间变得朦胧缥缈起来。

这个世界上，如果真的只有明天，没有过往，那该有多好呢？

他斜靠在车窗旁，一直等到那歌彻底放完，完全换成另外一种旋律，才撑坐起来，准备离开。

手机却在这个时候，不合时宜地响了起来。

他摸出手机，显示的是霍斌的号码。

再往上翻，才出现好几个文非凡的未接电话。

许是刚才广播的声音太响，没能听到。

又或者，仅仅是因为思潮翻涌，听漏了铃声。

他把烟头扔进车载烟缸，拔掉点烟器，和烟包一起，一股脑全塞进扶手箱里。

拉起手刹的瞬间，他顺便把四扇车窗也全都打开了。

风从一侧车窗灌入，又从另一侧冲出。

没过多久，车厢内的烟味就被吹得一丝不剩。

陈辞看着前面昏暗的路面，连踩了好几脚油门，犹豫了半晌，还是先拨了文非凡的号码。

“你不是感冒了在家休息吗?！”文非凡几乎是秒接，声音也咆哮如雷。

“我……”陈辞下意识觉得不对，编好的谎话卡在喉咙里，将吐未吐。

接着，就听文非凡吼道：“逃训练！争风吃醋！开假病假条！你敢再撒个谎试试？”

陈辞揉了揉太阳穴，将车靠边停下。

“你是怎么了？啊？舒雪受伤，那是舒雪，不是你！她摔到脑子，你没有吧？”文非凡几乎是从牙齿缝里逼出话来，“见着个长得像的就走不动了，你今年已经22岁了，不是15岁，也不是18岁！你以为你还有几年可以浪费？你再这样下去，别说世锦赛、冬奥会，你连全国锦标赛都未必去得了！”

“文师兄……”

“别这么叫我，我当不起，配不上！”文非凡啪地挂了电话。

陈辞拿着手机，茫然地看着眼前的车窗。

车玻璃上不知什么时候落了几颗鸟屎，正粘在视野最中央。

他咬了咬牙，给霍斌打过去电话：“霍老师？”

“在哪儿呢？你师母做了你特别喜欢吃的苋菜股，”霍斌的声音，听着倒还是温柔的，“想喊你来尝尝。”

大晚上的，喊人吃个冷菜？

陈辞有些哭笑不得：“我得去找文师兄，他正生气呢。”

“他呀，”霍斌笑道，“他什么时候不生气——他也在这儿呢，正吃宵夜。”

说着，似乎是把手机拿远了一些。

手机里模模糊糊地传来了文非凡的抱怨声。

“钱老师你别帮他说话……整整一个星期不参加队内训练，还骗我说自己旧伤复发……要不是今天看到那些记者……我吃不下了，够了！……我还真给他骗……哎呀钱老师我吃不下了……”

隐隐约约地，还有霍太太钱芸安慰的声音：“你慢点吃，当心烫着。”

“既然有误会，你也过来。”霍斌的声音陡然又响了起来，“我给你留门。”

“我……”陈辞迟疑。

文非凡的声音却穿透电波，再一次嘹亮响起：“来！叫他来！叫他领着他那小女朋友，来给你们看看！”

陈辞：“……”

***

从Z大到霍斌那个小院，还真需要不少时间。

陈辞怕再被发现自己抽烟，车窗压根不敢关，一路上压着限速上限，风驰电掣般赶。

终于在11点之前，赶到了那个绿意盎然的小院。

正如霍斌所说，他们给他留着门。

小院铁门没关紧，漏出一痕温暖的黄光。

但陈辞知道里面的人，一点儿暖意都感受不到，只觉得膝盖发沉，心头发怵。

他轻轻推开门，吱呀的声音却藏不住。

霍斌和文非凡正坐在小圆桌上，钱芸也抱着猫，靠在一边的躺椅上。

梨花见到他，伸了个懒腰，软绵绵叫一声："喵——"

"来了？"霍斌笑呵呵的，"快进来！"

钱芸也坐起来："我再去端点汤圆，芝麻馅料是自己磨的。"

陈辞心虚地应了一声，看向文非凡："教练……"

那一声"文师兄"，是无论如何都喊不出来了。

文非凡刚才在电话里叫嚣得厉害，这时却只顾埋头猛吃，连看都懒得看他一眼。

陈辞无奈，求救一般看向霍斌。

霍斌眨眨眼睛，示意他坐过来。

陈辞没办法，只得慢慢走上前，拉开凳子——

还没等他落座，文非凡一手端起瓷碗，一手拎起凳子，换到桌子另一边，气呼呼地坐下来。

"别挨着我，我见着你就来气。"

"我真不是故意逃训练，"陈辞暗暗握了下拳，"我是……单独训练去了。”

“单独训练？”文非凡嗤之以鼻，指指自己放在桌上的手机，“你是单独跟人约会去了。”

见手机屏幕黑着，他特地伸手按亮，好让大家都能看到上面陈辞和简冰手挽手走出剧院的照片。

“你年纪到了，该谈恋爱了，不能耽误！”

他每说一下，就拿手指戳一下桌面或者手机，戳着戳着，就戳到陈辞抱着简冰在前面跑，单言在后面追的那几张照片。

“看看人家怎么说的，”文非凡念道，“前男单冠军陈辞退役后，身体似乎恢复得很不错，不但抢其他运动员的女朋友，还能抱着姑娘狂奔，速度看起来也不慢……”

“这是误会，我是怕被人拍到乱写，所以才想抱起人跑快点。”陈辞无力地解释。

文非凡压根不听，只挑最难堪的念：“就凭这个肌肉力量，如果他重新去练双人滑，没准还真能重回巅峰……”

“好了，”最后，还是霍斌拦住了文非凡，“你就别挖苦人了。小陈想转双人这事，你又不是不知道，干吗非得听那些人瞎编排？”

“因为他不争气，撒谎啊！”文非凡瞪大眼睛，“霍老师你别袒护他，你难道真的觉得他应该去转双人？他现在还能跳四周的啊！”

“我知道，”霍斌道，“所以我说慢慢来——陈辞，以后可不能这样了。你跟我们老实说，这几天都干吗去了？”

“我跟简冰——就那个照片里的女孩—— 一起在训练。”陈辞坦白道，“都是很基础的训练，身体协调上的，体能上的……她确实没什么比赛经验，但基础其实不错，领悟力也还好。今天晚上，我们是一起去看芭蕾舞剧，单言是路上遇到的——恐怕他现在也后悔死了来找我们麻烦——真不是网上写的那样。”

“身体协调性训练，体能训练？”文非凡冷笑，“你是打算改行给她当教练？你打算退役？”

陈辞沉默。

霍斌拈了一根苋菜股，放进嘴里，很快酸得闭上了眼睛。

好不容易吃完，嘴里颊间都是清清凉凉的酸味。

“陈辞你如果真的非要转双人，也不是真的就不行，”霍斌咂咂嘴巴，慢慢道，“我们泰加林俱乐部，似乎也有不错的双人滑苗子。”

“泰加林？”文非凡茫然，“这是新开的俱乐部？我怎么完全没有听过？”

“还没正式对外营业呢。”霍斌笑道，手里又拈了一根苋菜股。

——这东西啊，真是太容易吃上瘾了。

“我挂了个名誉教练，算技术入股吧。” 他说得云淡风轻，眼睛深处，却全是算计的光，“到时候，挂了牌子，见了老板，你们就知道了。”

有些事，能疏，不能堵。

年轻人，总是不撞南墙不回头的。

既然有更大的阻碍在，为什么非得挡在前面，不让他们去尝试呢？

真正看到没有路了，撞得头破血流了，也就清醒了。

（二）

简冰听门卫唠叨了半天，才勉强被放进校门。

到了宿舍楼下，阿姨更是苦口婆心：“同学，你都不看看几点了？你这么晚回来，我要扣你宿舍纪律分的！”

纪律分虽然不是学分，却会影响她们的综合考评分，综合考评分对简冰和龙思思她们来说，凑够最低标准就好了。

对学霸鲁梓涵来说，意义就不一样了。

评优评奖，少一分都影响深远。

简冰被阿姨一通威胁，上楼的时候腿肚子就有点抽搐。

一人犯错，全屋连坐。

这阿姨真是太狠了！

楼道里的灯已经全熄了，她打开手机里的手电功能，蹑手蹑脚地往楼上走。

脚步细碎，光影昏暗而凌乱。

单言的那些话，却在这时逐渐苏醒，如雨后的竹叶一般，淅淅沥沥地往下落着水。

国内哪个女选手能挑你？

你配哪个都埋汰了！

你就非得跟自己过不去，找个长得像舒雪的小丫头？

……

替身小妞冲我发什么火？

……

手机灯打在地板上，也打在手指上、脚背上。

明暗对比强烈，仿佛把指节上的骨头都照透了一般。

——这，就是离开舒雪之后，陈辞的生活？

她笑不出来，但也完全没办法同情。

她抿紧了嘴唇，手指紧握着手机，指甲掐在柔软的硅胶手机壳上，留下深深的印子。

一步一步，无声地往408宿舍方向走去。

推开门的刹那，屋内一片寂静，只隐隐约约的泡面香味出卖了这伪装的安静。

简冰微抬起手机电筒，嘴里也自然地问：“思思？”

龙思思穿着睡衣，脑袋上箍着兔子发箍，端着碗泡面，一脸惊恐地看着她。

“你、你回来了？”

简冰关上门，做了个“嘘”的动作。

另外两张床上的鲁梓涵和马可馨立刻也跟着探出头来：

“你怎么进来的呀？”

简冰叹气，老老实实把阿姨的话交代了一遍，顺便跟鲁梓涵保证：“二姐你放心，我一定帮你把扣掉的分拿回来——做义工、献血，一定有办法的。”

鲁梓涵瞅着她，半晌，把被窝里还亮着的手机掏了出来：“那点儿综合分无所谓，倒是你——怎么这么晚了还回来呀，那个叫陈辞的小哥哥送你回来的？”

简冰愣住，再一转头，马可馨和龙思思也一脸八卦地昂着脸。

六只眼睛睁得又大又圆，在昏暗的宿舍里炯炯有神。

“你们……”简冰奇怪极了，“怎么知道的？”

“我们上网呀！”鲁梓涵掀开被子，跪坐起来，三两下发了一串链接给她。

简冰都不用点开，光看头图是陈辞抱着自己狂奔的那个照片，就知道他们又惹麻烦了。

单言这回，可真是偷鸡不成蚀把米。

没个十天半个月，恐怕是走不出北极星的大门了。

她想得入神，其他人却没那么大耐心。

龙思思连泡面都放弃了，搬好小凳子凑到她跟前：“快跟我们分享一下，和世界冠军谈恋爱的感觉——要不然，我先去给你倒杯水？”

简冰眨巴眼睛：“我没跟他谈恋爱。”

“都抱着跑了还没谈恋爱？”龙思思不服，“我高中恋爱一年半，就牵了个小手呢，都被全校通报。”

“谁叫你在政教处主任面前牵手的？老皇历还翻个没完了，”鲁梓涵出来主持公道，“阿冰你快点坦白！”

“真不是。”简冰摊手，“我就是找他学花滑。”

“学花滑啊——”龙思思和鲁梓涵一齐嘘出声，马可馨赶紧阻止，“嘘！不要命了？一会儿宿管来敲门了！”

鲁梓涵于是压低声音：“简冰同学，假如真不是你男朋友，那也好办——咱们屋现在全是女光棍，你就把他们介绍给我们呗。”

龙思思立刻举手表示赞同，马可馨犹豫了下，摇头：“我就算了，跟名人谈恋爱风险太大，天天被拍，还老被骂。”

别的不说，光看简冰在他们学校论坛的待遇：

第一次爆的时候全是吃瓜路人在围观，第二次就有专门的冰迷来谩骂了，现在嘛……过街老鼠也就是这个待遇了。

鲁梓涵和龙思思鄙夷地看她：“老大，你也太没出息了，帅哥都泡到了，被骂个几声怎么了？”

“就是，老天爷要给你重大任务，必先劳其筋骨，苦其心志。”

马可馨撇嘴：“我只想安安稳稳拿到毕业证，按部就班工作、结婚、生子，可不想当什么名人太太，被狗仔追着拍。”

“我们在说跟帅哥谈恋爱，你直接想到跟帅哥生孩子，”鲁梓涵轻拍床栏，“论脑补的本事，谁也拼不过老大！”

趁着她们在那儿瞎侃，简冰换了拖鞋，一溜烟进了卫生间。

熄灯不断电，卫生间的热水器还是能用的。

她也没敢开灯，就着手机微弱的光，飞快地洗了个战斗澡。

屏幕被她设置成不待机模式，陈辞那个狂奔的背影，便一直不远不近地显示着。

她拿毛巾用力地揉搓头发，一下又一下。

破天荒的，她决定主动发消息过去：“我明天一、二节没课，还是在老地方训练？”

消息发出去半天，才回来简短的一句：“明早有事，你练吧。”

简冰拿着毛巾，一时间竟有些挫败感。

被人拒绝，原来是这样的感觉。

她下意识想怼过去，一时词穷，手指僵在屏幕上方。

新的消息提示却又跳了出来，是父亲舒问涛。

“冰冰，我们新住处都安顿好了，明天中午来吃饭。”

舒问涛他们筹办冰场的工作进展得并不十分顺利，故而先租好房子，做起了长期抗战的准备。

简冰看着短短的那一句话，立刻回了个拥抱的表情。

“好。”

等她从卫生间出去，其他人都已经睡了。

简冰轻手轻脚地爬上床，看着头顶漆黑的天花板发呆。

又一天要过去了，距离目标似乎是近了，又似乎远了。

***

简冰一晚上都睡得迷迷糊糊的，醒来照常早跑和训练。

临近九点半，她回学校上完两节港台文学课，装着满耳朵的乡愁邮票，小跑着上了去市区的公交。

他们租的房子离少年宫不远，对简冰来说，也算熟门熟路了。

车子到了地方，舒问涛已经早早地在公交站前等着了。

“冰冰，这儿，这儿！”

简冰看着人群中的父亲直乐：“您都告诉我地址了，还专门来接呀？我今年18岁了，又不是8岁。”

“这里不好找，”舒问涛接过她手里的背包，“我帮你文博叔叔带瓶花椒，顺便接你。”

简冰这才注意到，舒问涛左手拎着的那一袋子花椒、芝麻。

鲁文博不愧二十四孝好男友，人在南方，爱心厨房在南方，人到了北方，爱心厨房也跟着搬了过来。

她跟着舒问涛左转右转进了小区，才知道父亲为什么说怕她找不到。

这小区里面又分了好几个区，每个区没隔断，楼号还重复使用，要是没人带路，还真不知要找到什么时候。

他们一上楼，就听云珊在那儿打电话："对，英文域名taiga，中文域名就用泰加林……什么是泰加林？哎呀，就是北极苔原和温带森林的过渡针叶林，树种简单，每一种都又坚强又不畏寒，做俱乐部名寓意特别好……"

中文域名，英文域名……俱乐部名称？

简冰有些疑惑地看向舒问涛，舒问涛笑着解释道："这是你云珊老师取的俱乐部名，我们想先把网站域名申请了——泰加林滑冰俱乐部，好听吗？"

（三）

泰加林，俄文名taiga。

简冰第一次听云珊提起，是为了向她和舒雪解释自己的名字。

云珊，云杉。

一棵云杉，是父母希望女儿坚强独立的美好祝福。

一大片云杉，成林成海，那就是防风林，能固沙防灾的。

而在北方，在最寒冷的北极苔原以南，有着这样成片的由云杉、落叶松组成的针叶林。

其间乔木高耸，沼泽密布。

这么大片大片的森林学名，便叫作亚寒带针叶林，又叫泰加林。

见简冰还是愣愣地没什么反应，云珊又补充道："你爸爸也很喜欢呢，说希望来咱们俱乐部的每一个人，都能够不惧寒冷，参天耸立。"

“我没不喜欢……”简冰道，“我只是没想到这么快——我五级也才刚刚考过呢。”

云珊笑了：“等俱乐部成立，你就是咱们的第一个签约运动员啦。”

简冰听得笑起来：“那咱们俱乐部Logo呢？”

云珊从书架上翻出叠纸，抽出一张。

上面用勾线笔画着三棵小小的云杉，小树们肩并肩站成一排，遥遥望去牵着手一般。

“你鲁叔自己设计的，三人成行，众木成林。”

鲁文博有点不好意思地笑了下。

简冰看着那叠纸，接过去一张一张往下翻。

除了冰场的各种审批表格，就是B市现有的商业冰场的规模、图纸什么的。部分冰场，还特别红字标注了“可租借”的字样。

简冰愣了下，转过头，问：“爸爸，你打算租冰场？”

舒问涛在椅子上坐下来：“是呀，建冰场要筹备的东西多，资金方面也有困难——我看B市成熟冰场不少，有一部分客流量不是很大，接洽下来，租金也可接受。就是愿意租借给我们的冰场都太小了点，最大的才九百平方米。”

“九百平方米吗？”简冰沉吟。

B市毕竟是北方城市，标准冰场不是国有的就是各家商业俱乐部的，训练、比赛都要用，确确实实不大可能长期租借给别人。

简冰脑海中，想起的却是另一个地方。

“那少年宫呢？”简冰问，“那里的冰场也有一千二百平方米呢。”

舒问涛惊讶：“少年宫的冰场也可以外租吗？中介没提到这家呢。”

“能啊，”简冰掏出手机，“少年宫的冰场是外包的，老板天天喊着亏钱要转手。”

电话很快接通了，简冰三两句话把事儿说清，冰场老板一听说可以不管经营，只收租金，言语间也有点动心。

简冰冲舒问涛眨巴眼睛，将他的号码报了过去，这才挂掉电话。

***

杨帆最近的生活有点忙碌，先是系里搞活动，再是滑冰群聚会，再是赶回家给高寿的奶奶祝寿。

忙到再见到简冰，都是在学校的八卦论坛上。

——世界冠军就是世界冠军啊，前阵子还电话都被拒接呢，这会儿就直接抱着跑了。

他正掏出手机想致电女主角，帮他整理行李的老妈拎着一大包苹果往箱子里塞："妈妈再给你装几个苹果啊。"

"哎呀，我的亲妈，苹果哪儿没得卖，你要重死我啊！"杨帆赶紧冲过去拒绝。

……

这么一番折腾，早把打电话的事儿忘到脑后了。

接到简冰的电话，是在他上了火车之后。

"喂，冰冰？"杨帆的声音有些雀跃，"太阳打西边出来呀，难得你主动找我。"

"你是我哥呀，"简冰道，"我怎么能不找你？"

她这一声"哥"叫得太过干脆，杨帆立刻就警惕起来了："你肯定有别的事！别又想坑我啊！"

简冰被他的反应逗笑了："我有你说得那么坏吗？下个月15号我爸的冰场开业，邀请你来参加。"

"这么快?！"杨帆比自己家冰场开业还高兴，"我一定到！哦，我们整个滑冰群的都到！"

"我就知道，你这个哥哥没白认。"简冰也爽快，"当天冰场免费开放，办会员的话，加送名教练花滑指导课一节。”

“你爸真是财大气粗，居然还请到了名教练哇。”杨帆的好奇心彻底被勾起，“报个地址给我呀。”

“就咱们B市的少年宫室内滑冰场。”

“哪儿？”

“少年宫室内滑冰场。”

杨帆很想揉一揉耳朵，确认一下自己是不是听错了。

少年宫滑冰场？那地方虽然有一千二百平方米，但设施老旧，连洗冰车都是坏的啊！

还有那“奇葩”老板，投诉个冰场维护太差，他能回电跟你哭诉半小时。

简直是他们群一提起来，就令人瑟瑟发抖的存在。

难道，那冰场老板就是简冰她爹？

杨帆被自己的想法吓到，小心翼翼地问：“冰冰啊，你跟你爸爸姓？还是跟你妈妈姓？”

“跟妈妈。”简冰奇怪，“你问这个干吗？”

“没、没干吗……”杨帆近乎绝望地挂了电话，转头在花滑群里发言。

“你们造不？我那个干妹妹……就赢过单言的那个妹妹，她是少年宫那个冰场老板的女儿！”

原本寂静的群一下子沸腾了，吐槽和惊叹喷涌而出。

“原来是这样！”

“有其父必有其女啊，怪不得这么猛呢。”

“太可怕了，冰场在老爹手里就快倒闭了，要是等你干妹妹继位，得把设备都挂二手市场了吧？”

“怪不得敢脚踏两只船，踏的还是俩职业运动员。”

“什么职业运动员，是俩冠军好吗！”

“不但是冠军，还是世界冠军。”

……

等大家好不容易消化了这么劲爆的消息，杨帆这才宣布："下个月15号她家冰场开业……呃，估计是重新开业吧，大家说好了，一起去的哈。"

霎时，全群静默。

（四）

杨帆这边八卦纷飞，始作俑者却在为另一件事情烦恼。

简冰突然发现，自从那天早上陈辞拒绝一起训练之后，便再没找过她。

当然，凛风那个训练室的钥匙，也还在她手里。

但她再没有在那儿见过陈辞，打电话要么不接，要么忙音。

两人虽然没谈恋爱，她却有种突然被人"渣"了的错觉。

好在父亲的新冰场开业在即，ISU六级测试也马上要考了，她也没那么有空在那儿追根究底。

——等级测试不考过八级，下半年她就没办法参加全国锦标赛了。

而且，他们的新冰场，也需要考过八级的运动员来签约提升一下档次。

舒问涛和云珊的冰场审批还没完全下来，装修倒是热火朝天在那儿做了，资金每天熊熊燃烧。

好在有了霍斌的友情加盟，人一听前国家队主教练都来了，登时投资信心大增。

加上国家最近对冰雪竞技项目的支持，政策利好，倒是给他们提供了不少便利。

好的坏的，时光就这样飞一般流逝着。

转眼，小半个月就又过去了。

炎热的夏天真正地到来了，大街小巷上都是穿着清凉的男男女女。

简冰每天速干衣运动短裤进进出出，厚重的背包里则雷打不动地背着她的冰鞋和运动外套。

搞得龙思思她们都忍不住问："冰冰，你和陈小哥哥最近咋样了呀？他要去L市表演了呢，你去不去呀？"

简冰有些发愣："表演？"

龙思思掏出手机，翻了那个刚看到的新闻出来。

"冰雪盛典乘夏来袭"几个大字格外耀眼，漂亮的海报上面，陈辞的名字赫然在列。

难道，最近停训练，是为了去参加"冰雪盛典"的表演滑？

不应该吧？

简冰记得，舒雪那时候，觉得最轻松的，就是这种表演性质的商业活动——因为不受比赛规则限制，很多地方可以自由发挥，滑得特别酣畅淋漓。

为了表演滑放弃训练，怎么说，都是捡芝麻掉西瓜的行为。

更大的那一种可能，简冰猜到了，却不大愿意承认。

——对陈辞来说，最保险的，还是继续练单人滑。

不但教练放心、冰迷满意，职业发展也更按部就班。

这一种猜测最接近真相，却也最残酷。

有谁愿意坦然接受，自己被无情抛弃呢？

哪怕最先伸出橄榄枝的人，并不是自己。

但这世上哪有那么多理由？结果才是最重要的。

她照常去训练，陆地模拟，上冰跳跃，一样都没落下。体重也在不知不觉中掉到了四十四点五公斤——体重对跳跃的影响是巨大的，突然下坠的体重让她在滞空时无所适从，跳2T都摔了好几次。

但渐渐地，熟悉了身体的崭新状态之后，跳跃反而变得比以往轻松。

毕竟，体重越重，双腿需要承受的压力也越大。

去L市考六级时，简冰发挥更是出色。

成绩出来那天，破天荒地，居然还以“案例”的形式上了电视。

近年来文体不分家的趋势越来越明显，越来越多的体育明星走上真人秀，甚至参演影视剧。

而影视明星们逐流量而来，电子竞技火了做代言人、参加电竞主题真人秀；运动明星红了跨界玩暧昧、卖绯闻。

当然，其中也不乏真正一见钟情或者日久生情的有缘男女。

在一档邀请不少明星推广大众冰雪运动的访谈节目上，L市冰上中心的一个负责人作为嘉宾，聊到了普通人的成长空间：

“我们一般情况下，都是鼓励大家从小开始练习，从小开始考级的。因为专业道路非常辛苦，也确确实实需要下苦功，需要一定的天赋。但这也并不是说，普通人就完全没有希望——今年我们这边的ISU六级测试，就遇上了一个特别厉害的18岁姑娘。她半年不到就从一级考到了六级，而且每次都优秀通过。”

明星们好奇不已，纷纷询问自己跟这女孩比差了哪些，是不是也有机会在冰上滑行如飞。

这负责人是实在人，前面刚说完“只要有梦想，就一定有希望”，后面又加了句：“但能成为职业运动员那是一定要吃苦的，吃苦的人那么多，确确实实也不是每一个人都实现了梦想。”

节目播出当天，就有好几家商业俱乐部来联系简冰。

其中，甚至还有自己曾经参加过考试的贝拉俱乐部。

可惜，如今舒问涛的泰加林冰场已经开业在即，简冰怎么也不可能抛弃自家老爸，去签其他的俱乐部。

娱乐圈粉丝的传播力不可小觑，不到一天，简冰之前的那些“光荣”事迹，便以光速传播开来。

而她和单言、陈辞的桃色八卦则成了其中最为人津津乐道的核心部分。

甚至连她和陈辞的前搭档舒雪模样神似，都被扒了出来。

……

总而言之，正能量大V们归纳：哪怕再平凡的姑娘，只要肯努力，什么花样美男、冰上王子，完全不在话下啊！

鸡汤荼毒之下，仅有少量理智的人申辩：

“哪里平凡了啊，她一年考了六级啊！”

“而且，颜也算能打了吧！搁我们班算班花了好吧。”

“屁班花，起码级花水平！”

“楼上小学生不要参与成人话题，这姑娘是我们Z大的，我们系花等级妥妥的！”

……

蜂拥的流量再回涌到花滑圈，各家冰迷的反应则又各不相同。

陈辞和单言的冰迷当然烦不胜烦，只恨管不住自家偶像的腿，怎么就跟个草根冒牌货牵扯不清。

这圈从来不缺天才少女，少女们从小开始发光，各大赛事上风光无限。

到了简冰这个年纪，要么已经崭露头角登顶拿奖牌，要么就是折戟发育关，泯然众人矣。

像简冰这种18岁“大龄”空降的，还真是不多。

按她现在的年龄和表现出来的跳跃配置，考过全国职业赛事准入证的ISU八级肯定没问题。

和职业运动员组个双人滑什么的，看着也挺有点潜力的。

但是，假如这个双人滑对象，是国内数一数二的男单运动员，大家肯定不干了。

不但冰迷们不同意，各家教练也能急死。

单言好不容易解禁呢，还没潇洒两天，又因为这新闻被自家教练拉回去训：“我早跟你说了啊，拿成人组冠军之前不许谈恋爱！”

眼见命令之下，单言表情就没啥变化，教练又精明地加了句：“你就让他们俩折腾呗，一石二鸟，你下赛季世锦赛还能少个竞争对手。”

哪知道单言最受不了这个刺激，立刻一改往日听训的乖巧模样，抬头反驳：“我才不需要他让，我肯定能赢他！”

教练无奈，这小子吧，初看以为是火暴浪子，处久了才发现是三井寿。

人浪荡归浪荡，打完架还是要回头的。

还特耿直，非得亲自上去论个黑白不可。

人三井寿，可还知道打架得靠大家，叫了一堆帮手呢。

其他俱乐部的教练，则是借着这个机会告诫自己家运动员。

谨言慎行，注意品行！

要不然，下一个单言就是你！

下一个陈辞就是你！

回头到了学员们面前，教练则又换了面孔：

“大家最近，也看到那个半年考出六级的平凡女孩的故事了吧？所以说，一定要相信自己，相信奇迹！”

便是在这样的情况下，简冰手机里，陈辞的号码也再没蹦出来过。

新闻媒体什么的，除了之前的那些照片、视频，也再没有他的最新动态更新。

倒是学校里的同学，闲得发慌建了个“简冰后援会”和“简冰滚出Z大”组织。

但前者是线下组织，还被杨帆以“干哥哥”的名义成功收编。

而“简冰滚出Z大”因为名字太不同学友爱，遭到学校领导的无情绞杀，还因为喷薄的戾气而让部分中立群众观望，甚至改投后援会怀抱。

渐渐地，“简冰滚出Z大”成员就分散于线上聊天群组、社交平台之中。

随着时间的流逝，他们逐渐与线上讨厌简冰的各家冰迷会合，形成一股见“冰”就喷的暗流。

***

简冰的体重掉到四十三公斤那天，正是学校开始放假的日子。

龙思思等人先后离校，杨帆则留在学校里等B市的“冰雪盛典”。

简冰觉得奇怪：“‘冰雪盛典’是巡演啊，我看到巡游城市里，有你们老家的名字。”

“我知道呀，”杨帆有些得意，“但老家只有熟人，没有知己，更没有人送票给我好嘛。”

简冰更好奇了：“谁送的？”

难道是那个看着就很财大气粗的花滑群送的？

杨帆却一句话打破了她所有的幻想：“是我偶像陈辞送的——他没送你票吗？”

别说票了，他连我的电话都懒得接了！

简冰在心里咆哮。

第十五章 今朝月正圆

（一）

杨帆到底是杨帆，觉得苗头不对，立刻转移话题："对了，学校放假了，你住哪儿？"

"我跟我爸爸他们住。"简冰道，"过两天冰场开业，你别忘了啊。"

杨帆噤声，少年宫冰场那个老板啊！

他忍不住悄悄打量她——说实话，完全看不出那老板居然有个她这么大的女儿啊。

那得多早结婚？

十八九岁？

还是那老板其实只是脸看着嫩，实际上已经45岁往上了？

简冰可不知他心理活动那么丰富，手往兜里一揣，就拖着行李打算走。

口袋里，还装着凛风那个活动室的钥匙。

摸上去冷冰冰、硬邦邦的——就连钥匙上吊着的小雪人挂坠，也摆着一张冷漠的脸。

"哎——"

杨帆想说，她前几天参加七级考试，又被人拍下来了。

他们花滑群都有人在转发，人美技炫，实在是太棒了！

又想说“冰雪盛典”现在网上还有余票，她其实也来得及买……

但简冰已经转身离开了，小小的背影看着消瘦了不少，感觉比初见时更加娇小了。

女孩的心，海底的针。

杨帆犹豫半天，还是把话全部都咽了回去。

毕竟，他最想问的那句，其实是：你和陈辞，是在谈恋爱，还是谈完恋爱又分手了啊？

单身狗嘛，对感情的事情，有点不好意思太八卦。

***

简冰拖着箱子到了门口，叫了车，头也不回地上车了。

假期的小吃街关了大半店面，冷冷清清，空空荡荡。

车子没用几分钟就驶出了大学城，一路向南而行。

眼看就要经过凛风了，简冰提前打了招呼：“师傅，能在前面的滑冰馆停个几分钟吗？”

司机挺干脆地答应了，继续往前开了一段，车子屁股一摆，果然在凛风门口停了下来。

简冰攥着那把钥匙，小跑着踏上台阶，将钥匙交给服务台的工作人员。

“小姐？”工作人员一脸茫然。

“麻烦帮我转交给陈辞，”简冰淡然道，“就说是物归原主。”

说罢，也不管那工作人员的呼唤，径直走出来，上车离去。

车子继续沿着原来的路线前进，外面烈日炎炎，车内却清凉宜人。

简冰看着窗外不断后退的街景，努力让自己表现得更加不在意一些。

虽然说陈辞回去是再正常不过，但连一声告别也没有，未免有些太过分了。

哪怕她不期待也不需要，没有就是没有。

连杨帆，都还拿到了他送来的入场券呢!

简冰把头靠在车玻璃上，默然嘀咕：“我看起来有那么难缠?是那种一旦被甩，就死活要扒着不放的人吗？”

她的声音不大，司机师傅偷偷在后视镜里瞄了她几眼，确定她没戴耳机，没跟人通话，八卦兮兮地问：“小闺女儿，跟对象分了？”

简冰摇头。

“不是啊？”司机师傅发挥想象力，又问，“那是表白被拒绝了？”

“比那些都还要惨。”简冰苦笑道，“我能力不足，被人嫌弃拖后腿了。”

“嫌弃你啊？”司机听得直摇头，“小闺女儿长得这么好看，倍儿耐人，以后肯定嫁得好。”

简冰想解释，听到“嫁得好”几个字，最终还是选择了沉默。

他们这一代人，男的也好，女的也好，说是温室的花朵，谁又不知竞争激烈?

更不要说体育竞技，越是有天赋的就越努力。

拼命奔跑也可能被甩下，嫁得好，能当什么?

她拉拉衣摆，往椅子里缩了缩。

沉寂许久的手机，也终于在这时热热闹闹地响起。

简冰看着屏幕上的“陈辞”两字，听着铃声一声接着一声，到底还是没接起来。

钥匙都还了，得偿所愿了，他才终于想到来个电话?

懦夫，她在心里默默地评价。

懦夫同志打起电话，却一点儿也不懦弱。

一个不接，还有另一个。

连环夺命call，一个紧挨着另一个。

连前面的司机都忍不住在后视镜里打量她好几次，提醒：“小闺女儿，电话响了。”

简冰含含糊糊嗯了一声，只是把手机调成了静音。

没了声音的手机继续震动了几下，最后改成了信息。

“这几天实在有点忙，没能来得及跟你解释，真是抱歉。教练知道我们训练的事儿了，他不赞同，希望我……总之，我会处理好的。钥匙我还是放在服务台，请再给我一点时间，好吗？”

简冰按灭手机屏幕，侧头看向窗外。

等待这种事情，她是从来不做的。

给你时间？

那不如给我自己时间。

车子冲上高架，青空邈邈，白云悠悠。

车里的人，却只剩了她一个。

习惯这种事，就是这样可怕，哪怕是决定要去憎恨的陈辞，几次相处之后，竟然也变得有些不舍。

简冰闭上眼睛，努力在脑海里模拟这几天想到的几个新动作，不让自己再被这些繁杂的情绪干扰。

到了新租的小区，父亲和云珊都不在，只有鲁文博在厨房擦擦洗洗。

见简冰进来，他赶紧帮忙拉行李，一边拉一边比画：你怎么不喊我帮忙？

简冰笑笑，钻进厨房，拈了块酱牛肉想放进嘴里。

肉都到嘴边了，余光瞥到墙角放着的体重秤，又放了下来。

“鲁叔，我爸爸他们呢？”

“在冰场，”鲁文博比画，“冰场装修完了，马上开业，他们打算冻上试试。”

“哦——”

简冰拉长声音应了一声，转身就往外走。

少年宫跟这里距离是真不远。

哪怕步行，也费不了多少时间。

简冰直接小跑着过去，无奈天气太热，身上都是汗。

毕竟是暑假，少年宫较以往热闹了不少，介绍冰场重新开业的大幅广告牌也异常显眼，惹得不少家长驻足观看。

“泰加林滑冰俱乐部”几个字印得大而凛然，挟冰雪而来，气势汹汹。

到了冰场，意外发现原老板何丛洋也在，穿个运动短裤，笑眯眯地在那儿溜达。

“老板？”简冰招呼，“你怎么来了？”

“我入股了呀，”何丛洋笑笑，“你现在喊我何总比较好。”

简冰呆住：“你不是说开冰场不赚钱？”

“那说的是以前，”何丛洋拨拨刘海儿，“现在国家多重视冰雪竞技，多鼓励大家好好锻炼身体。就连咱们国家主席，都鼓励场馆反复利用、综合利用、持久利用呢。我把场子租给你爸，也算是为我国体育事业……”

说话间，身后人头攒动，一个熟悉的苍老身影晃了过去。

简冰的视线，便越过何丛洋肩头，飘了过去。

原来是霍斌教练来了，怪不得何丛洋这种铁公鸡，都回过头来要入股。

简冰绕过仍旧喋喋不休的何股东，朝着霍斌等人走去。

舒问涛走在右侧，霍斌居中，云珊今天穿了身明黄色的连衣裙，拄着拐杖，漂亮而精神。

简冰跟在后面，也觉得与有荣焉。

他们三人一路走一路讨论，顺便检查装修情况。

不知不觉，就走到了已经被挡板围住的一千二百平方米冰场上。

设备都已经开起来了，俱乐部的三棵树logo也印上去了，冰面已经凝结，在灯光照耀下，折射着明亮的光。

“好漂亮呀。”简冰忍不住感叹。

墨绿和白的配色，看着干净而沉稳，一如原始密林深邃的早晨。

舒问涛等人回头，看到她，都有些开怀地笑了。

霍斌眼珠子转溜溜的，问：“你放假了？今天都空了？”

简冰点头，然后就听他道：“那正好，一会儿上去试试这个冰。”

不用他说，简冰也肯定是要上冰的——来的时候，她就把冰鞋背上了。

几个人又逛了一圈，霍斌中途出去打了个电话，回来更显得老当益壮、精神奕奕。

“一会儿领你们见个人。”

他在业内的号召力有目共睹，舒问涛和云珊互相看了一眼，神情里也都有些期待。

而简冰，也被父亲的情绪感染，很有些兴奋地朝门口看了一眼。

作为冰场的前老板，何从洋又挤了过来，缠着霍斌讨论竞技规则。

偏偏他自己又只有半桶水，非得装得特别懂行，把霍斌都问急起来。

“执行分不是这么算的，技术专家有专业设备，不会判错……”

他们正争论得厉害，身后的大门吱呀一声再次被推开。

两个高瘦的身影走了进来，因为逆着光，一时间竟没看清楚样貌。

“霍老师。”较高的那个青年先开了口。

另一个则对这地方有些不满：“您怎么想到参加这么……”许是想到其他人都在边上，他谨慎地闭上了嘴。

“非凡、陈辞，你们俩也太慢了，快过来认识一下我们泰加林的大老板、二老板。”霍斌笑呵呵招呼道，“哦，还有我们的小冰冰——就是我之前跟你们提过的，不错的双人滑苗子。”

那两人一齐朝着站在一边的简冰看去，登时，就全僵在了原地。

简冰早在他们推开门的时候，就认出了来人。

哪怕阳光遮蔽了容貌，身形轮廓却还是熟悉的。

她抿紧嘴唇，任凭那四道视线笔直地刺在自己身上，又缓慢，而不可置信地，转移到自己身后的舒问涛和云珊那儿。

盛夏时分，油漆味还没散尽的冰场内，陷入死一般的寂静之中。

（二）

文非凡当上教练时，舒雪已经病退，甚至陈辞与容诗卉，也已经差不多拆伙了。

故而，他认识舒雪，却对舒家其他人毫无印象。

但云珊他还是认识的，师出同门，见面或者电话联系时，也会客客气气地喊一声“师姐”。

如今看到云珊和霍斌，还有那个小丫头简冰站在一起，脑海中不由自主就浮现出“老弱病残”四个字。

再结合冰场是跟少年宫租借的，刚看到的不少相关设备也没有完全更新——这个泰加林滑冰俱乐部，真的可以算得上国内软件硬件都最简陋的商业俱乐部了。

花滑本来就是个很烧钱的行业，敢投资开俱乐部的，无一不是资本雄厚。像他们这么拼拼凑凑就上场了的，还真是有点不多见。

他甚至一时间都没能理解霍斌那句“双人滑好苗子”是什么意思。

站在他身边的陈辞却听懂了，他不但听懂了霍斌的意思，也看到了简冰身后的云珊和霍斌。

原来，那些猜测全都是真的。

原来，这一个冰冰，果然就是那一个冰冰。

他呆立在原地，寒冷自脚尖往上攀爬，心里却柔软得一塌糊涂。

那些记忆里的人事，突然就又来到了他的面前。

倔脾气的小胖妞长成了亭亭少女；慈祥的舒伯伯苍老了不少，头发斑白；开朗的云师姐腿脚仍然还没利索，拄着拐杖却也行动如风……

最先转开视线的，是背着背包的简冰——她从他们进来开始，便一直是一副看见鬼的表情。

接着，便是背着手的霍斌。

没有喜悦，没有谩骂，甚至没有惊讶，他只是像什么都没看到似的，转过头，轻摸了下身侧简冰的脑袋。

云珊看看这边，看看那边，拄着拐往陈辞他们这边走了两步，笑着招呼道："你们来了呀——我介绍一下，这位是舒问涛，舒老板，咱们冰场的大老板。这是简冰，咱们老板的千金。"

见舒问涛一直低着头，她停顿了一小会儿才继续道："舒老板，陈辞你反正认识，我就不介绍了，旁边那位，是现在凛风俱乐部的总教练，也是男子单人滑教练文非凡。"

舒问涛这才抬头，冲着文非凡客客气气地笑了一下："幸会。"

多大架子啊！

还幸会！

文非凡心里多少有些不屑，瞥了眼简冰，心想，这家人也是奇怪，爸爸姓"舒"女儿却姓"简"……

他一直微皱着的眉头，蓦然蹙紧了。

舒姓，可不是赵王张李这样满大街都常见的姓。

他认识的上一个姓舒的人，全名，叫作舒雪。

而眼前这个男人，姓舒，认识陈辞，和云珊一起开滑冰俱乐部……

文非凡倏然扭头，看向陈辞。

陈辞有些忐忑地看着霍斌，手紧攥着背带，小心翼翼地招呼道："舒伯伯，好久不见了，小雪她……最近好吗？"

他果然就是舒雪的父亲！

文非凡彻底闭上了嘴巴，看向简冰的眼神也变了样。

这个舒老板是舒雪的父亲，那她，不就是舒雪的妹妹？

难怪，她对明明是世锦赛冠军的陈辞，态度那么诡异。

舒问涛叹了口气，淡然道："没什么不好的，也没什么好的。这7年，她哪一天不是躺在床上……”

说到后面，他的声音不由自主就低了下去。

这里有太多外人，这个习惯了隐忍的男人，并不希望小女儿看到自己的脆弱。

气氛一时僵持在那儿，还是霍斌主动说：“我们去旁边的办公室坐一坐吧，站着辛苦，云珊也累。”

到了办公室，地方狭小，大家只得围着长桌坐下来。

又因为舒问涛这边一排坐了四个，更显得陈辞和文非凡看着像来面试的。

只可惜“主考官们”要么乐得坐山观虎斗，要么是有心结的当事人，压根没有交流的心思。

云珊尴坐了一会儿，扭头喊外面服务台附近搬东西的小妹进来倒水。

无奈服务台远，小妹也忙，愣是没听到。

坐在一边的简冰站了起来：“我来吧。”

“我来帮忙。”一直发愣的陈辞，也终于清醒了过来。

他有些慌乱地站起身，磕碰到椅子，差点摔倒。

简冰却已经拎着空水壶，头也不回地走了出去。

陈辞也径直跟出去，冷不防她在前面甩了下门。

砰一声，若不是他手伸得快，差点被门板砸到脸。

身后几道视线钢针一样扎过来，陈辞整个背脊都绷紧了。

前面的简冰就跟什么都不知道一般，快步朝前走着，运动鞋底踩在瓷砖地面上，猫一样没有一点儿声音。

陈辞揉了揉手掌，犹豫片刻，到底还是跟了出去。

——她确确实实是瘦了，不但比一年前瘦，比之前刚开始训练的时候，也瘦了不少。

自己果然没有看错人，她是会吃苦的人。

哪怕没人督促着，训练也一直没有停。

他偶尔半夜去那个小训练室，也一直能发现有人在使用的痕迹。

……

然而，他自己现在的心情，又跟之前的完全不同。

哪怕7年没见面了，他们那个时候……不是很要好的吗?

如果没有那一场意外，如果他当时能够再谨慎一点，再强硬一点说服舒雪不要用“抛四”……

一直走在前面的简冰，突然转弯——陈辞敏锐地往前小跑了两步，这才发现已经到了开水房门口。

这边的开水房设计得不大，一共也就放着一台开水机。

简冰走进去，就差不多把空间占走了一半。

陈辞在入口处站着，就见滚烫的开水从水龙头里汩汩流出，没入不锈钢水壶之中。

他不说话，简冰更懒得说。

眼前蒸汽腾腾，白如迷雾，烫得人脸颊都汗津津的。

简冰灌好了水，拧上盖子拎着就走。

陈辞下意识往前一步，整个身体就把开水房的出口挡住了。

“让开。”简冰皱紧了眉头。

陈辞没动：“你之前不是说，不认识舒雪？”

“你之前不是说，要跟我练双人滑？”简冰干干脆脆地顶过去。

“我是说了，”陈辞有些哭笑不得，“我们也一起训练了，有什么不对吗？”

简冰冷笑：“你觉得没什么不对，那就没什么不对。”

说着，直接就往前冲。

陈辞退了一步，她立刻就要挤出去。

陈辞赶紧伸手拦住：“等等，到底怎么了？我们不是说好了，等我这边……”

“等你男单退役吗？”简冰打断道，“你放了我一个月鸽子，然后问我到底怎么了？”

她简直想敲开他脑袋看看，里面装的是不是都是玻璃渣和土渣：“陈辞，你以为别人都是傻子？你如果没有勇气放弃单人滑，就不要说什么大话——我看起来有这么可怜？等着你来拯救吗？我练单人一样可以参加全国锦标赛，一样可以抢名额！”

“我……”陈辞有些讶异她的愤怒，“你听谁说我打算放弃，我只是因为教练不同意，所以……你就这么不相信我吗？”

“你有值得人相信的地方？”简冰抬起头，有些凶狠地瞪着他。

那眼神太过锐利，也太过冰冷。

完完全全，不是那个曾经跟在他身后喊着“哥哥”的小胖妞所会拥有的。

时光改变了太多东西，如果有可能，他宁愿她永远不要长大，永远像小时候那么……

“如果有可能，我宁愿我们姐妹从来都没有认识过你。”简冰抢白道。

简冰也是这时才发现，自己不知不觉，竟然把心里话说了出来。

“如果不是你，我姐姐不会变成植物人，我爸妈不会分居。”简冰一字一句道，“而你呢，你连医院都不来，连我姐姐住哪儿都不知道！”

“那是因为，你妈妈她不肯让我们上门啊。”

“所以你就不去了？”简冰瞪着他，“我妈妈又没有二十四小时守在病床前，你连偷偷去看一眼都做不到？你不是很会骗人吗？骗你教练和骗我不都很在行？怎么到了要见我姐姐的时候，就不行了？”

她的声音清脆而尖厉，满水房、满走廊都是一声声近乎谴责的逼问。

陈辞张了张嘴，千言万语噎在喉头，一个字也答不出来。

那时候的他，确确实实是懦弱了。

他怕看到舒问涛颓然的背影，怕看到含泪的小舒冰，怕看到满目绝望的舒雪妈妈……

毕竟，那一年，他也不过15岁而已。

（三）

见陈辞一直沉默，简冰推开他，转身就往外走。

陈辞站在原地，有些茫然地看着还冒着热气的开水房。

也不知过了多久，文非凡走了过来，拍拍他肩膀："回去吧。"

陈辞回过头，文非凡身后空荡荡的，果然一个人也没有。

文非凡叹气："别看了，他们回去了——有些事情没必要的，过去就过去了。你就是真愧疚到要把职业生涯都赌上，人家也不会领情的。"

文非凡刚才坐在办公室里，简冰的话一个字也没听漏。他自然而然地，就以为陈辞是因为她是舒雪的妹妹，才想要转双人滑。

这样的理由，在文非凡看来，倒是觉得要好过别的——陈辞毕竟也才20岁出头，要承担这样的事情，也确实很为难他。

他一时想不开，钻进死胡同里，非要转回去拉拔简冰一把，也挺能理解的。

回去的路上，文非凡搜肠刮肚，难得扮演了回善解人意的大师兄，说了一堆安慰人的话。

陈辞坐在驾驶座上，如若未闻。

反倒是在车子驶入凛风车库的时候，差点撞到车库里的隔断墙。

***

简冰刚把冰鞋塞进背包，就见云珊拄着拐杖，叼着牙刷，从洗手间拐了出来。

"去冰场呀？"云珊招呼。

简冰点头，接着就觉得身侧的沙发往下一沉，云珊坐了下来。

“昨天……”云珊的声音因为那些泡沫和牙刷的缘故，稍微有点模糊，“我也没想到霍老师会叫他们过来。”

简冰嗯了一声，站起身，把包背上。

“云老师，我中午不回来吃了。”

“你也不回来吃了呀，”云珊还想继续刚才的话题，有些焦急地站起来，“你鲁叔一早就去菜场了呢。”

“那晚上一起吃吧。”简冰说着已经走到玄关，穿鞋、开门，一气呵成。

“冰冰……”

简冰只当没看到云珊那一脸欲言又止的表情，快速而礼貌地关上门，大步冲着电梯走去。

云珊要说什么，她当然知道。

过去的事情都过去了，没必要一直揪着不放。

跟陈辞一起练双人滑的机会非常难得，没必要一定要意气用事。

……

她把耳机塞进耳朵里，满耳朵就剩下悠扬的歌声。

急げ悲しみ翼に変われ

快点把悲伤变成翅膀，

急げ傷跡羅針盤になれまだ

快点把伤痕变成罗盘针，

飛べない雛たちみたいに僕はこの非 力を嘆いている

像不能飞翔的雏鸟，为我现在的无能为力感叹。

夢が迎えに来てくれるまで震えて待ってるだけだった昨日

直到飞翔的梦实现，昨天只不过是颤抖的等待……

乐声太嘹亮，她走得也太匆忙，一直走过了两处公共自行车停靠点，才终于扫码借车，骑车往少年宫赶去。

夏天的早晨，太阳还没有完全升起，风吹到脸上，有股难得清冽的感觉。

道旁树木也正葱翠，一如耳畔中岛美雪温柔而又有力的歌声。

冰场马上就要开业了，少年宫附近的广告也做了不少，“泰加林”几个大字大老远就能看到。

而更显眼的，则是放在少年宫门口的那张大幅喷绘——依着云珊的意思，广告公司把霍斌的照片放大，和名字“霍斌”一起，非常显眼地放了上去。

美感是没有了，宣传效果却出乎意外地好。

无论是谁，经过时都忍不住抬头多看一眼这个头发斑白，笑得僵硬异常的老头子。

冰场原老板何从洋更是表示：我总算知道自己为什么失败了，我脸皮不够厚啊！

简冰把车还好，从霍斌那张巨幅广告前走过，径直往冰场大厅走去。

开业在即，制冰设备的检修和维护也已经完成，冰场已经开始全天候运转起来了。

父亲更是几乎二十四小时候泡在冰场，就连云珊和霍斌，也时不时来看一看，转一转。

然而，昨天那场争吵之后，再没人主动向她提起“陈辞”两个字。

云珊难得鼓起勇气，又被她飞快地躲了过去。

到了冰场，舒问涛果然在现场，正和何从洋商量洗冰车的事儿。

见她进来，只微微笑了一下，继续和何从洋讨论：“你那台旧车我早说过了，不要，你还没处理掉？今天一定要搬走，我们明天就开业了。”

“哎，”何从洋也很郁闷，“成色确实不好了，来联系的全都压价压得厉害，简直了！他们怎么不去抢银行……”

简冰继续往里走去，一进冰场，室温就降了不少。

——因为还没正式运营，制冰设备都开了，场内观众席上的空调全都关着，温度差不多掉到了零下。

她呵了口气，做了点基础热身，直接脱外套上冰。

也不知是什么时候开始，简冰和姐姐一样喜欢上了脚踩冰刃、奔行如飞的感觉。

单调的白色冰面犹如空无一人的天空，不但可以随意翱翔，还能释放压力。

她绕场滑了几圈，做了几次跳跃练习。再一次滑回场边，就把手机里那首一路循环了无数遍的《骑在银龙的背上》放了出来。

她虽然日语才过N4，但这歌毕竟听了那么多遍，只要听到熟悉的旋律，那些耳熟能详的歌词就不由自主地冒了出来。

骑在银龙的背上，
飞过生命的沙漠。
骑在银龙的背上，
穿过云雨的旋涡。
即使失去了一切能失去的东西，
我还是能依靠他的手指……

这是她ISU八级打算用的曲子，云珊帮着一起编的舞。

八级其实相当于全国锦标赛这类全国性赛事的准入考试了，编舞、用曲，都不得不严谨起来。

而网上，早已有人对简冰的八级考试结果开了个赌局。

赌的不是她能不能通过，而是能不能“优秀通过”。

简冰当然不知道这些，但涉及下半年能不能拿到参赛资格，她当然是十分重视的。

她没有翅膀，也没有罗盘，更没有银龙可以骑乘。

唯一的办法，就是更加勤奋地练习，尽量拿到最好的成绩。

面对闹哄哄的网络，简冰是真的没有什么好的办法——这种时候，她甚至开始感激母亲执着于照顾姐姐，生活封闭的状态了。

如果这些事情被简欣知道，真不知要闹出多大的乱子来。

……

但是，她已经18岁了。

也实在没有更多的时间，让她去等待和忍耐了。

一首曲子滑完，简冰脚腕稍微扭到了一点。

她滑回到场边，找了包里的云南白药。

休息了一会儿，她还是忍着酸痛继续合了两遍音乐。

在冰上受伤，实在是太过正常的事情。

久病成良医，以至于现在这点小伤，她连处理方式都异常熟练。

骨折、扭伤、脱臼……每一种伤她都体验过，光根据落冰时候的疼痛程度判断，就大致能知道是个什么级别的。

既然受伤了，硬撑着练也没什么效果。

简冰在冰场边坐了一会儿，和父亲打了招呼，尽量平稳地往门口走去。

暑假的少年宫热闹非常，一出门就遇到一对拉着爷爷奶奶非要继续玩碰碰车不可的双胞胎，连哭带闹，声震四野。

简冰有些羡慕地看过去，不自觉笑了下。

那俩孩子看到陌生人，有些畏缩地退了两步，继续抱着爷爷大腿哭：“我要碰碰车！碰碰车！”

简冰爷爷奶奶去世得早，没什么机会撒娇。

在父母面前她又习惯性装乖巧，也很少这么大哭大闹。

反而是在舒雪和陈辞面前，很有些肆无忌惮……

想到陈辞，简冰忍不住掏出手机又看了一眼——伪君子自从真面目被戳破，至今已经沉默将近二十四个小时了。

她倒是不介意他反悔，她看不起的，是他明明就后悔了，还非得嘴硬辩解自己误会了。

这世界上哪儿来的那么多误解?

不过是犹犹豫豫、遮遮掩掩的反复琢磨的过程中，出现的一些非黑非白的灰色地带。

她虽然还不够强，但真的并不需要别人来施舍拯救，尤其是害得舒雪长眠不醒的他……

“冰冰。”

大约是她想得太入神，甚至连那不轻不重、不急不缓的声音也出现了。

大中午的，这样的幻听倒还没有遇到过。

简冰抬手揉了下被太阳晒得有些发烫的耳朵，正打算扫码取车，那个熟悉的声音，却再一次响起。

“冰冰。”

简冰倏然转身，就见灼热的太阳底下，陈辞只套了件运动T恤，不远不近地站在少年宫门口的围墙下。

盛夏草木茂盛，他身后的围墙也爬满了爬藤月季。绿的叶粉的花，密密麻麻，枝叶交缠，燃烧一般怒放着。

而站立其间的少年，脸庞较七年前多了些刚毅的线条，眼神还温柔依旧。

甚至连脸上神情，都如那时一般，满是这个年纪不应有的慈祥。

“我们聊一聊吧？”

简冰绷了近一个月的弦，在这一瞬间，不受控制地松动了一下。

大约，是太阳太猛烈了。

也可能，是他身后的花枝，太过繁密了。

放弃借单车，跟着他沿着马路往前走去的简冰，这样不大自信地说服着自己。

第十六章
新舟扬帆起

（一）

从少年宫出来，沿着围墙一路往西，是家挺有名的儿童公园。

这公园和凛风附近那家小公园完全不同，说是儿童公园，来的一半游客是成年人。

公园里紫藤花架、绿孔雀、白鹭鸶、摩天轮、蹦蹦床……简直就是各种元素的大杂烩。

小情侣们大部分挤在紫藤花架下，或者去坐不需要排队的小摩天轮，半大的小朋友则想着逗一逗绿孔雀和白鹭鸶……

简冰和陈辞既不是情侣，也不是小朋友，只沿着湖岸散步。

经过蹦蹦床区域，看着绑着安全绳上蹿下跳的熊孩子们，陈辞忍不住笑了起来：“你看那个扎小辫的小姑娘，像不像你小时候？”

简冰循声去看，那女孩不过七八岁，斜扎着根小辫，正一下一下地蹦跳着。

自己小的时候，是这样子的？

记忆就像没有远景的单视野手游，看到的只有别人。

哪怕明明是自己往背囊里塞了大把武器，背着沉重背包狼狈奔跑的模样，还是只留在了别人的眼睛里。

陈辞看着扎小辫的女孩出神，简冰却看着蹦床外女孩的家长发呆——她小的时候，最流行的就是去小区里的公共秋千架那荡秋千了。

但孩子多，秋千少，往往很难抢到。

舒雪和陈辞的解决办法异常简单，直接领她到竞争不那么激烈的陈家附近的小公园那儿，去爬五块钱一小时的小城堡。

她从充气城堡的一头爬到另一头，再从中部的滑梯那儿出来的时候，抬头一望，往往就能看到并肩站在城堡外面的舒雪和陈辞。

对于好玩的她来说，那时的他们不是家长，却又胜似家长。

……

小公园拼凑元素虽然多，地方却没有大到无边无际，从东走到西，再从南走到北，一共也就个把小时的时间。

明明是陌生的地方，却仿佛重回童年时光一般。

就像他们两个，认识这么多年了，却又回到了原点，陌生到近乎疏离。

陈辞找了条长椅，拂了拂上面的落叶，向简冰道："我们坐一会儿吧。"

简冰站着没动，他轻叹了口气，伸手拉着她坐下。

木质的椅子虽然被树荫遮住，却还是被暑气烘得暖乎乎的。

简冰挣开了他的手掌，人却没再站起来。

到底，她还是坐下了。

陈辞往后靠了靠，倚在椅子上，看着面前满是粼粼的波光的湖面发呆。

他不作声，简冰自然也落得安静。

风从他们之间吹过，摇晃他们头顶的树梢，也翻动地上的落叶。

坐着坐着，她觉得眼皮越来越沉，耳畔的鸟鸣声也越来越轻。

恍惚间，她觉得自己又回到了小时候。

在那些充满了橘子汽水甜腻味道的暑假里，她有大把的时光可以挥霍。

哪怕母亲在每一天都给她安排了各种补习班和兴趣班，她还是能想尽办法找到一点乐子。

课间的短暂休息，课上的互动时分，甚至上下课时经过的公交站……

“之前没和你一起训练，是因为我们教练——他都直接打电话到我父母那儿告状了。”

陈辞的声音蓦然响起，简冰迷迷糊糊睁开眼睛，“啊”了一声。

橘子汽水，雨后的蜻蜓，挤满同学的小卖部……一下子全都消失了。

只有陈辞白皙的衣服领子，近在咫尺。

许是她迷茫的眼神太过直接，陈辞有些讶异地转头看她，半晌才恍然，有些无奈地叹息道：“……我说话这么催眠吗？”

简冰：“……”

明明是尴尬的氛围太催眠，她压根都不知道他从什么时候开始讲话的。

陈辞倒也不恼，叹完气，强忍着摸一摸她被风吹乱的头发的冲动，继续解释道：

“他们认为我没考虑清楚，认为我匆促之下做的决定一定不靠谱。非得要我深思熟虑一个月，才肯跟我详谈。”

暑气阵阵，身旁的松枝被风摇曳得微微晃动，却一点儿凉爽的感觉都没有。

天气，实在是太热了。

简冰抿着嘴唇，半晌才道：“那叔叔阿姨答应了？”

陈辞苦笑：“我还没跟他们谈呢——你都不跟我滑了，我跟他们谈还有什么意义？”

“我……”简冰一时不防，球就被踢回到了她面前。

“也怪我，只想着快点解决问题，忘了应该先告诉你一声。直到工作人员说，你把钥匙还回来了，我才想到你可能误会了。这几天打你电话，你也不接，昨天……”他想到简冰昨天的怒气，更加认真地解释道，“我父母年纪不小了，有自己的一套思维方式——说白了就是特别固执，有时候就也挺像小孩子的，得花时间、花心思哄着顺着。我这边的恢复训练排得紧，教练那边逼得也厉害……”

陈辞父母一直挺支持他工作的，简冰多少也有点印象。

如今儿子明明走得顺顺利利的，却突然要转回受尽挫折的双人滑，想也知道肯定忧心忡忡。

殚竭心力终为子，可怜天下父母心。

正如仍旧每天守在病床前的母亲简欣，看到陈辞连笑容都摆不利索的父亲……

“无论如何，放了你一个月鸽子，是我的不对。”陈辞的声音轻轻的，柔柔的，像是初春刚刚拔尖的茅草。

因为还没到盛夏，还没被肃秋的寒霜磨砺彻底，从茎到叶，都还白皙柔软。

简冰低着头，看着地上细绒毛一样的草坪发呆。

陈辞看着她头顶上那个不大显眼的发旋，恍惚还在无忧无虑的少年时代。

舒雪正为减肥绞尽脑汁，舒冰才小饭桌那么高……

但回忆毕竟只是回忆，现实里大家都长大了。

就连长期卧床上的舒雪，脸庞轮廓也有了成熟女孩的模样。

“时间真快，好像昨天，我们还一起放过风筝。”

他语气里满是怀恋，说到后来，却只剩下悲凉。

简冰这才抬起头，陈辞也正看着她。

四目相接，他眼神里的柔软并没有被时光完全掩埋，仍旧是当年那个邻家哥哥的模样。

甚至因为她的注视，习惯性地露出一点鼓励意味的笑容。

过山车有什么好怕的，握着哥哥姐姐的手就好了呀。

游起来呀！游起来就不冷了！

鬼屋又没有真鬼，害怕就尖叫嘛！

……

简冰准备好了一堆刻薄话，却怎么也没办法在这样的笑容面前出口。

伸手不打笑脸人，更何况这笑脸还那么熟悉……而美好。

许是她的神情里流露出了和缓，又许是沉默滋生了希望。

陈辞再一次提议道："明天，咱们继续一起训练吧？"

"你……"简冰沉默了半晌，才开口道，"那叔叔阿姨，还有你教练那儿……怎么交代？"

"这是我自己的人生，我自己选的路。"陈辞薄薄的嘴唇微微往上弯了弯，挤出个不大快乐的笑容，"人人都觉得我应该继续练男单，应该在世锦赛的基础上再加一把劲——但我当年决定转单人的时候，他们照样不同意，照样和我说：从来没有从双人转单人的成功先例……"

这样的陈辞，是简冰所不熟悉的。

——那样无可奈何，那样孤独而又执拗。

那时候，她看到的是躺在床上的舒雪，是冰面上众人瞩目的少年……完全没想过，被留下的那个少年，到底是什么样的处境。

简冰愣愣地看着他，安慰的话说不出口，攻击的言语更说不出来。

她咬紧了牙，看着他伸过来的手掌，犹豫着微微抬起了手。

那动作幅度极小，手腕甚至没完全离开膝盖。

陈辞却欣喜地发现了——他回握住她的手，嘴巴张开，一时却又说不出话来。

那快乐来得太过突然，砸得他发蒙，连语言的能力也丧失了。

手机铃声，却在这个时候毫无征兆地响了起来。

陈辞如若未闻，还是简冰先抽回手，提醒道："你手机响了。"

陈辞这才掏出手机，看到来电人名字，有些遗憾道："出来太久了，我得回去训练了。

简冰嗯了一声。

"明天冰场开业吧？"陈辞追问。

简冰又嗯了一声。

身侧有小朋友嬉闹着跑过，手里的几个气球被扯得相互碰撞，仿佛有了生命一般。

他又看了看时间，手微微举起，悬在半空。

简冰茫然地看着他——那手抬得不高不低，这里一没什么门框，二没个篮筐，也不知他是想干什么。

陈辞粲然一笑，到底还是没能忍耐住，手往前伸，轻揉了下简冰近在咫尺的脑袋："一转眼，长这么大了。"

他这一下用力不小，简冰刚要发火，手却已经离开了。

"赶时间——明天见吧！"

他一边大迈步转身，一边利索地挥了下手。

独留简冰和她满肚子的攻击话语在原地，笑也不是，恼也不是。

夏风轻拂，满道花香。

昨天那些锐利和不快，在这一瞬间，却似从来都没有发生过一般。

（二）

杨帆一早起来，就去卫生间冲了个澡，对着镜子轰轰轰把软趴趴的头发吹得根根蓬松立起。

坐在椅子上的本地人钱一诺哈哈大笑："哎呀，杨哥你好像一只见了果子的刺猬。"

叼着牙刷的李宇航从厕所探出头，含含糊糊道："你说错了，是一只见了敌人的刺猬。"

杨帆揪着头发，冲李宇航吼道："你别废话了，快点收拾，一会儿晚了！"

李宇航悻悻然缩了回去，钱一诺百无聊赖，举着手机拍来拍去。

"哎，杨哥，你都说冰冰学妹她爸很无赖了，干吗还非得去捧场啊？还非得拉上我们——我晚上还得陪我妈去看外婆，时间很紧张的哎。"

杨帆总算不折腾那几根头发了，拉开衣柜找衣服："冰冰是冰冰，她爸是她爸，好歹人家叫我一声哥哥，我能不去嘛。"

他一边换，一边又催了李宇航两声，还抽空看了下手机。

花滑群那些本地的群友都已经出发了，外地打算来的那几个更是早早上了火车，都快到站了。

杨帆看得更急，一边套鞋一边一个劲催促室友们。

因了上次和女生们"集体约会"丢人的事儿，哥几个现在出门都特别注重形象。

钱一诺因为是本地人，出门前妈妈给他整整齐齐收拾了一通，坐那儿特别容光焕发。

爱睡懒觉的李宇航就不同了，脸还没洗，衣服也没换。

就连门口的鞋子，都沾满了脏东西。

杨帆忍着恶心给他刷了，嘟囔："你鞋我都给你刷好了，你赶紧出来！晚了扒你皮！"

钱一诺在一边羡慕："杨哥这手巧的，也帮我刷刷呗。"

"刷个蛋！"扬帆拎着刚抓了件衬衫的李宇航直接往外走。

李宇航上了出租，才来得及把衣服扣子扣好。

杨帆的花滑群，早已经炸锅了。

"杨帆！你怎么还没到！"

“杨帆你干妹妹家到底有多豪呀！请到的名教练居然是霍斌?！”

“霍斌啊！那个前国家队教练霍斌吗?！”

“早知道我也请假过来了！”

“现在打飞的来得及来不及啊!!！”

……

杨帆拿着手机，也一脸茫然。

霍斌?

他不知道啊，简冰没有告诉他名教练就是霍斌啊!

他身侧的李宇航也听到了语音消息，茫然问：“霍斌是谁呀？现场妹子多不？”

钱一诺也很关心这个问题：“就是，好看的妹子多不？”

听语气，他追求还比李宇航高上那么一点儿，不但要求性别，还要求质量。

杨帆哪儿有空跟他们废话，一个劲催司机：“师傅，快快快呀！”

司机冷漠地看了眼后视镜：“红灯，闯了扣你分？”

外强中干的尿包杨同学，默默地闭上了嘴巴。

电视剧里那些主角，从来就没有被这么怼过啊!

现实和幻想差距果然很大。

好不容易赶到少年宫，门口霍斌的巨幅海报瞬间就闪瞎了杨帆的狗眼。

怪不得大家这么激动，这照片也太大了啊！老教练的一只眼珠都抵得上旁边的路灯了!

他热血澎湃地下了车，李宇航和钱一诺紧随其后。

三人不由自主呈品字形向前走去，又因为杨帆走得太快，“品”渐渐就拉长成了锐角。

到了滑冰馆入口，舒问涛等人正举行剪彩仪式。

舒问涛、云珊、霍斌三人一字排开，一人一把剪刀咔嚓三声，就把红绸给剪断了。

杨帆踮着脚，找了半天，才在一长排人里找到简冰。

他正要开口招呼呢，肩膀被猛拍，花滑群几个人挤了过来："坑爹，杨帆你现在才到！"

"就是，老板根本不是何从洋！"

"老板是舒雪他爹！"

"你妹妹居然是舒雪的妹妹，那你不就是舒雪干弟弟？"

……

杨帆还没完全消化霍斌加盟的消息，立刻就又被这俩重磅消息炸得眼冒金星。

舒雪……就是那个曾经拿过世青赛冠军的舒雪？

陈辞的脸，简冰漠然的眼神……往事历历在目，那些不合理的、匪夷所思的事……突然就全都有了解释。

杨帆抬头看向滑冰馆门口，剪彩结束，简冰已经跟着其他人往里走了。

大批来凑热闹的家长小朋友也跟着鱼贯而入，花滑群友们当然也跃跃欲试——里面有霍斌呢！

前国家队教练啊！

李宇航和钱一诺却多少有些失望——女的倒是不少，但老的老，小的小……跟他们想象中的完全不一样啊。

他们从来不关注什么花样滑冰，体育明星都认不全，更不要说什么教练了。

杨帆拖着他们往里走的时候，他们忍不住抱怨："这儿的女孩年纪也太小了吧，平均年龄肯定超不过8岁！"

"8岁的孩子都不放过，你们是禽兽吗？"杨帆嘟囔。

“我们不是这个意思……”李宇航想解释，杨帆又被花滑群的揪了过去。

“你看外面，那个人是不是陈辞?！”

杨帆赶紧瞪眼看去——树荫下那个，可不就是陈辞！

虽然他刻意换了比较随意的运动T恤，戴着大街上随处可见的鸭舌帽。

可那个清秀的下巴，那双颀长的腿……对关注花样滑冰的冰迷来说，简直太好认了。

陈辞似乎也挺怕被人认出来的，远远站着，四处张望。

一直等到门口的人差不多都走完了，才慢吞吞往门口走来。

杨帆拽住想要冲上去要签名的群友，压低声音：“不许去，你忘了我是舒雪干弟弟？要签名以后机会还不多的是！”

群友一听，与有荣焉，登时也觉得自己有点太掉价。

“谁稀罕签名啊，你得让我们拍个合照，再在合照上签个名。”

杨帆点头，将他推到一边，自己则迎了上去。

“陈辞。”杨帆这回没叫偶像——不知为什么，得知那个摔成植物人的小姑娘是简冰的姐姐，他不由自主地，也对陈辞有了那么一点儿莫名其妙的偏见。

本质上来说，杨帆还是很认亲不认理的。

陈辞看到他，也有些意外，微微笑道：“你也来了。”

杨帆嗯了一声，看那点笑意，越看越不顺眼。

笑笑笑，有什么好笑的！

你搭档都躺那儿那么久了，你还有时间笑！

他这股诡异的娘家人气场来晚了七年，气势却一点儿不小。

边上的群友看得莫名其妙，就连李宇航和钱一诺都非常不理解——杨哥这态度是不是有点太傲了？

平时张口偶像，闭口帅哥的，今儿这是……近乡情怯?

陈辞却没空观察杨帆，他开完早会就过来了，无奈围观的人太多，没敢进来。

如今眼看简冰直接进冰场了，再不追上去，又要疯狂打电话才可能联系得到她了。

毕竟，她从小就擅长装聋作哑。

他走得急，杨帆跟得更紧，牛仔裤簌簌作响，简直要摩擦起火。

这么一耽误，简冰已经完全消失在挤满了人的冰场内。

陈辞犹豫片刻，咬咬牙，把兜里的口罩掏出来戴上，也去一边换了冰鞋，打算上冰。

杨帆忍不住追问："你去哪儿？"

"去上冰啊。"陈辞莫名其妙地看他——今天的杨帆，的的确确有点奇怪。有点像某种护崽的哺乳期雌性生物。

但是，冰冰明明不是他妹妹啊。

舒家一共两姐妹，怎么也不可能从天而降一个姓杨的男孩来。

早在得知简冰身份的时候，陈辞就猜到了——简冰这个"哥哥"，大概率是随便认来糊弄人的。

杨帆可不管这些，磕磕巴巴问："上冰……凛风条件不比这里好，你专门跑这儿来上冰？你们教练都不管啊？"

"管啊，所以我没告诉他。"陈辞穿好鞋，拍拍他肩膀，径直从他身侧穿了过去。

杨帆还想要追，差点一脚踩上冰面，被工作人员拦住："先生，上冰前请先换上冰鞋。"

等他急匆匆换完鞋子，哪里还有陈辞的人影。

***

云珊想出来的全场免费和霍斌亲临指导当真宣传效果奇佳，不仅少年宫这边免费帮忙做广告，本地不少媒体都自动自发跟进，想挖掘一下这家新滑冰俱乐部是个什么背景。

要知道，凛风当年想请霍斌重新出山，都没能成功呢！

结果这一深入挖掘，就有点傻眼。

硬件上，这俱乐部真是要啥缺啥，连冰场都是租的，租的还不是1800平方米标准冰场……

缺斤少两，一看就捉襟见肘。

再说软件：老板是老熟人，当年世青赛冠军舒雪的爸爸；教练也是老熟人，当年霍斌那个因伤退役的女徒弟云珊；唯一的签约运动员也算半个老熟人，就是前阵子刚跟单言、陈辞闹三角恋绯闻的草根女孩……

这组合，说草根又不够草根，说专业又得被嘲讽，愁杀了满怀希望打算出大稿的媒体人。

但对于来冰场玩的普通滑冰爱好者来说，这一切都不成问题了。

太草根他们也不稀罕，太专业太高端，他们也高攀不上。

像现在这样，又能免费上冰，还能凑过去跟前国家队教练合个影，摸个老手……很满足，很满足了！

整个冰场沉浸在一片喜气洋洋里，过节抢红包一般的氛围。

简冰挤在人群里，不时被熊孩子撞一下腰，推一下腿肚子，心情却好得不行。

北方的冰上运动基础确实要好于南方，这么多小孩子，冰上节奏好得简直要飞起来。

看得人满怀希望，满心欢喜。

她正看得出神，冷不防肩膀被轻拍了一下。

她倏然扭头，正对上陈辞那双幽深黑亮的眼睛。

“早上好。”他的声音隔着口罩传过来，低沉而微有些沙哑，像蒙了层纱。

“早……”简冰下意识回道。

陈辞扶着她肩膀，半搂半推地带着她往场边去：“最近的训练没有停吧？体能方面有进步吗？肌肉力量呢？身体协调方面呢？”

他这一连串问题，和动作一样行云流水。

简冰甚至来不及拒绝，就被带着滑到了场边。

“你问的还真不少，这么有经验的样子，看不出来吗？”她不由自主地，又开口怼了。

话音才落，只觉得腰间一紧，整个人被抱得离开冰面，腾空而起。

——陈辞如捻转时男伴的起始动作一般，双手握住她消瘦的腰际，将她抱了起来。

“轻了不少，现在应该不到42公斤了吧？”他声音近在咫尺，眼睛微微弯着，笑意满满。

（三）

舒问涛和云珊一起领着前来祝贺、参观的客人、朋友在滑冰馆里里外外转了一圈。

一行人刚回到冰场入口，眼睛一斜，就看到一个戴着口罩的大男孩，举小孩似的把瘦骨伶仃的小女儿举了起来。

他举完还不够，还特地晃动了一下，似乎在掂分量。

简冰面无表情，愣愣地看着他，像只任人摆布的洋娃娃似的。

——这也太……

那小子那姿势，既不是捻转，也不是托举，危险性也不大，单纯像是在逗人玩。

但在老父亲舒问涛看起来，就非常扎眼！

“冰冰！”

舒问涛中气十足地吼出声。

简冰和口罩男孩一齐转过头，看到舒问涛，简冰挣扎着就要落地，口罩男孩也赶紧把她往地上放。

一高一矮，一灰一白，对比异常强烈。

简冰落地之后，直接朝着他们这边滑了过来。

口罩男孩略一犹豫， 也跟了过来。

舒问涛看得怒火中烧，脸上神色也不大好看。

——胆子很大啊，当着老父亲的面玩猫一样逗人闺女，还上赶着来挨骂!

口罩男孩似有所觉，滑到半米开外，主动把口罩给摘了。

薄而秀气的嘴唇，高挺的鼻梁，黑亮的眼睛，光洁饱满的额头……

“陈辞！”舒问涛和云珊还没开口呢，边上的一位客人先惊呼出声了，“舒总太厉害了，居然把凛风的陈辞都挖过来了？”

其他人也很惊讶，这个泰加林真的不简单啊!

不但有霍斌，有云珊……居然还有钱挖现役的男单!

而且，还是拿过世锦赛冠军的男单!

陈辞和简冰显然已经听到了，滑过来的速度都慢下来不少。

舒问涛吭哧吭哧答不上来，半晌才含糊其词道：“我没挖他。”

“我们是联合组对训练。”陈辞主动解围道。

联合组对啊——

能一来就和凛风的一线联合组对，也很牛啊……

然后，后知后觉地，其中一位客人道：“联合组对的，不一般都是双人项目？你是男单的呀。”

此话一出，几个人都沉默了。

好半天，另外一个客人才犹豫着问：“陈先生是……打算转双人滑吗？”

陈辞笑了下，点头。

几个客人的脸上，肉眼可见地流露出了可惜的神情。

碍着大庭广众，才没直白追问他之前的伤是不是还没好。

舒问涛在看清是他之后，表情一直就很僵硬——于他来说，无论陈辞的技术如何，他首先是女儿舒雪的前搭档。

还是那个直接导致女儿落冰事故，把女儿摔成植物人的现役搭档。

舒问涛一共也就俩闺女，眼看着大女儿昏迷不醒，小女儿又站到了陈辞的身边。

亲眼看到这一幕发生时，他无论如何也没办法心平气和。

然而，正如云珊和简冰分析的，和陈辞搭档，确确实实是现阶段的最优选择。

云珊当然看出来自家老板的纠结，轻碰了他胳膊一下，向简冰道："你们忙自己的去吧，我们一会儿还有事儿。"

简冰点头，陈辞也有点如释重负。

两人并排滑开，稍远，陈辞又把口罩戴上了。

但是，刚才那客人的嗓门不小，已经惊动了附近的几个冰迷。

他们犹犹豫豫追了上去，掏出手机上前询问是否能一起拍个合照。

陈辞轻嘘了一声，小声问："咱们去外面拍行吗？"

那几个冰迷也十分上道，赶紧点头。

陈辞便跟着他们一起向出口滑去，见简冰站着没动，又回身来拉她。

简冰飞快地甩开他的手，一溜烟滑到前面去了。

陈辞也不计较，跟着滑了出去。

滑冰馆里人来人往，滑冰馆外面也到处是放暑假的孩子。

陈辞领着人转了一圈，才找到一处没什么人的角落。

简冰在一边两手交叉，冷眼旁观他给那几个女冰迷签名、合影。

咔嚓、咔嚓，快门声不绝于耳。

简冰等得累了，干脆在护栏那儿坐了下来。

折腾了有十来分钟，终于有个女孩留意到了她这个局外人。

女孩拿着手机上前："同学，你能帮我们拍个合照吗？"

简冰板着脸接过手机，等他们站到一块儿，不管不顾按了几下拍摄键。

——习惯成自然一般，她顺手把陈辞最上镜的那张，给删掉了。

长得好看，很了不起吗？

简冰在心里默默腹诽。

那几个女孩当然不知道她的小动作，接过手机，欢欢喜喜走了。

陈辞又把口罩戴了回去，有些疲惫道："不然去凛风吧？这里压根训练不了。"

简冰翻了个巨大的白眼："今天我爸的滑冰馆开业，你让我跟你去凛风？"

陈辞失笑："我给忘了。"

"既然来了，你也别客气嘛。"简冰道，"帮忙招徕招徕生意——一会儿霍教练亲自上场指导，你就跟边上帮忙演示呗。"

陈辞"啊"了一声，简冰瞪大眼睛："不给面子啊？"

"给——"陈辞苦笑。

跟文非凡那儿请的病假，又得被戳穿了。

***

简冰和陈辞一前一后回到滑冰馆，霍斌的免费公开指导课，还真已经开讲了。

霍斌教课向来实在，拎把凳子坐场子边，求指导的直接往他面前的空地上滑，滑完给意见。

最开始，上场的几乎全是小男孩和小女孩。

在爸爸妈妈的鼓励下，小朋友们或熟练，或生疏地从霍斌面前滑过去。

那些小孩里，甚至还有好几个简冰带过的学生。

霍斌看得眉开眼笑，评价起来却毫不留情。

“你这个小朋友，括弧都还没滑好，就急着想学跳跃，基础得打扎实呀。”

“不对，不对，用刃错了。”

……

小朋友们挺受挫的，家长们却两眼发光。

名师难寻，多好的机会呀！

每每点评结束，家长都恨不得现场办个会员，把孩子塞到霍斌门下。

搞得云珊好几次声明：“霍斌教练不开收费班，就是偶尔来咱们冰场指导指导哈。”

即便这样，也没能阻挡家长们望子成龙、望女成凤的心。

霍斌这指导课才进行到一半，服务台那边已经围了一圈办会员的家长。

陈辞和简冰进来时，正轮到一个怎么也跳不好一周半的小男孩。

霍斌说了半天要点，男孩还是一脸茫然。

霍斌啧了一声——自己要是年轻个十几二十岁，就自己上冰演示……他微抬起头，正看到小徒弟陈辞跟着简冰进来。

霍斌赶紧招手：“来，陈辞你过来！”

他语气十分自然，就跟说“小明，来你扶着爷爷过马路”一般。

冰场上的大人们，却十分震惊——他们没走错地方吧！

这不是新开的小冰场么，随口一叫，来的就是世界冠军级别的？

老教练召唤，陈辞自然不敢怠慢。

他摘了口罩，加快脚步走到场边：“霍老师。”

“你给这小弟弟演示一下一周半的A跳。”霍斌指指冰上的小孩，“起跳别太快，让他看仔细。”

陈辞“哦”了一声，坐到一边换鞋上冰。

男孩的妈妈已经激动得早早举起了手机，连陈辞换鞋的过程都没放过。

陈辞也没辜负他的期待，轻轻松松跳了个一周半的跳跃。

起跳被他刻意放慢，旋转标准，落冰更是干脆利落。

男孩和妈妈还是第一次如此近距离地观看到这样漂亮的A跳，只觉得他长手长脚优雅如斯，连冰刀刮起的冰屑都闪着钻石般的光。

周围的人不由自主地鼓起掌来，陈辞有些不好意思，摸摸耳朵，滑回场边。

等着指导的冰迷，却还有大半场子。

杨帆也挤在人群里，百般滋味在心头，很有些手足无措。

他刚刚还为冰冰姐姐的事情义愤填膺呢——怎么这两人现在看着，关系挺不错的……

难道是自己理解错了？

在他身边的其他人哪儿知道他心里的小九九，一个劲地催促他上前去打招呼。

“杨哥，冰冰学妹！你看到没？”

“哎呀，小杨你快带我们认识下你干妹妹和霍教练呀！”

“还有干妹夫陈辞……”

“我什么时候有干妹夫了？”杨帆忍不住嘟囔。

“怎么没有，”对方立刻摆事实讲依据，“我刚还看到他俩手拉手呢。”

“我也看到了，你干妹夫还以为戴个口罩就没人认识，还大庭广众上手给女朋友举高高，被岳父现场抓包哈哈哈哈。”

……

杨帆忧郁地看向站在陈辞和霍斌边上的简冰，心里打鼓：

妹诶，你到底是啥心思？

哥哥我是真的，看不懂了啊——

冰刃之上

何堪 著

·下册·

南方出版传媒
花城出版社
中国·广州

图书在版编目（CIP）数据

冰刃之上 / 何堪著. -- 广州 ：花城出版社，
2019.11
ISBN 978-7-5360-9009-5

Ⅰ. ①冰… Ⅱ. ①何… Ⅲ. ①长篇小说－中国－当代
Ⅳ. ①I247.5

中国版本图书馆CIP数据核字（2019）第196016号

出 版 人：肖延兵
策划编辑：程士庆
责任编辑：陈诗泳
特约策划：汪海英　徐建玲
技术编辑：凌春梅
装帧设计：介　桑

书　　名　冰刃之上
　　　　　BING REN ZHI SHANG
出版发行　花城出版社
　　　　　（广州市环市东路水荫路11号）
经　　销　全国新华书店
印　　刷　佛山市迎高彩印有限公司
　　　　　（佛山市顺德区陈村镇广隆工业区兴业七路9号）
开　　本　880毫米×1230毫米　32开
印　　张　18.5　2插页
字　　数　530,000字
版　　次　2019年11月第1版　2019年11月第1次印刷
定　　价　56.00元（全二册）

如发现印装质量问题，请直接与印刷厂联系调换。
购书热线：020－37604658　37602954
花城出版社网站：http://www.fcph.com.cn

目录
Contents

第十七章　贝拉俱乐部　283
第十八章　夜闻星辰语　303
第十九章　冰雪襄盛会　319
第二十章　结伴同路行　336
第二十一章　脉脉心底事　352
第二十二章　一小时女友　369
第二十三章　今夜无人入眠　387
第二十四章　人间修罗场　406
第二十五章　同居室友　425
第二十六章　全国大奖赛　441
第二十七章　男人的心　458
第二十八章　再见再出发　475
第二十九章　冰天雪地世界　490
第三十章　迟来的发育关　505
第三十一章　闯缸鱼的勇气　521
第三十二章　天地为谁春　536
番外一：可怜天下父母心　549
番外二：毕业季·成人礼　556

目 录
Contents

番外三：单言的秘密 *565*

番外四：吵架的学问 *569*

番外五：火炬木与候鸟 *577*

第十七章 贝拉俱乐部

（一）

泰加林俱乐部开业的消息甫一上报，简冰和舒雪的姐妹关系也被曝光。

霍斌亲自免费授课，陈辞上冰演示跳跃……

媒体也好、评论员也罢，甚至所有俱乐部老板、冰迷，都仿佛看到了他们师徒两人脑门上明晃晃的“愧疚”二字。

就说一个看着跟没发育似的小女孩，也没美到倾国倾城，哪来这么大能量，引得好几个专业运动员跟她屁股后面瞎转悠。

原来，是这么回事啊！

一时间，流言四起。

又因为牵扯到圈内人，参与八卦的除了那些吃瓜群众，还有不少业内人士。

甚至连被禁足的单言，也难得发了条不带感叹号，也不带辱骂意味的短信过来打探消息。

简冰忙着训练呢，哪有空搭理他。

因为开业那天的大酬宾和霍斌的免费授课活动，泰加林这几天生意火爆，冰场拥挤如菜场，到处都是想碰运气偶遇“名教练”或者“世界冠军”的冰迷。

简冰作为舒雪的亲妹妹，也在他们的围观列表之中。

她白天不得不跟着陈辞回凛风的旗舰馆训练，深夜再回到空无一人的冰场上冰练习。

——文非凡仍旧不同意陈辞转双人的申请，甚至铆足了劲要说服持观望态度的陈家父母。

霍斌倒是没说反对，但也没多少要支持他们的样子。

老人家每天照例浇浇花、撸撸猫，深入贯彻云珊的那句“偶尔来冰场”。

陈爸陈妈是真的没了主意，放纵儿子吧，怕他前程尽毁；强硬阻止吧，又怕激起年轻人的叛逆心。

而且，那女孩还是舒雪的妹妹，于情于理，都有点说不下重话。

最后，他们也只好含含糊糊表示：“不管转不转双人滑，做人要有基本的责任心。你之前接受了今年‘冰雪盛典’的邀请。答应了别人的事，总要好好完成的。”

一年一度的“冰雪盛典”，虽然没有积分可以攒，但作为国内最大的商演平台，知名度还是非常大的，来的也全是世界级的名将。

今年的活动一共四个分站，B市的承办方是北极星。

凛风这边考虑到陈辞恢复不久，只给他报了一个分站，还特意避开北极星，将L市作为参演分站。

颇有点王不见王的意思。

而L市作为第一个表演分站，下周就该正式开演了。

简冰看着仍然陪着自己训练的陈辞，忍不住开口询问：“你下周就要去L市了，不用练习吗？”

陈辞“嗯”了一声，卸下冰鞋上的刀套。

洗冰车刚清完冰不久，冰面上湿漉漉的都是水。

已经是深夜了，一会儿还要准备捻转练习，他便决定提前上去适应场地。

中式捻转较之俄式高度可观许多，视觉上也非常漂亮，主动权却几乎都在男伴身上。

——对于女伴来说，要交给搭档的不只有后背这么简单。

一旦失误，是极有可能赔上人命的。

简冰和陈辞的捻转训练已经整整尝试了好几天了，始终没有任何突破。

简冰没经验，陈辞似乎也完全放不开。

昨天摔了一天，今天他早早换鞋上冰找感觉。

简冰一边在场边热身，一边回忆动作要领。

陈辞则在冰上一圈接一圈地滑，不知疲倦一般。

他称这种练习为找脚感：从基础滑行开始，各种步伐、各种方向，一遍一遍熟悉脚下的冰面。

简冰也换鞋上冰，自己在那儿滑了两圈，停下来问陈辞："再试试？"

陈辞看了一眼她脸颊上的红肿，摇摇头，伸手来拉她："先一起滑两圈吧。"

简冰无奈，回握住他的手，跟着他的节奏一起滑行。

刚开始的时候，她对陈辞动不动拉手、扶肩膀的习惯还是很不适应的。

但捻转训练开始之后，她竟然对双手交握感到安心。

尤其拉着手一起压步转弯的时候，站在身后的陈辞，意外地给了她这种感觉。

这样如影随形的陪伴，时刻扶持的配合模式……确确实实，不会让人有孤单的感觉。

"你觉得泰加林的冰硬，还是凛风这边的硬？"陈辞抽空问。

简冰"啊"了一声，道："说不好，但感觉泰加林的踩着更舒服。"

"这就是习惯了。"陈辞道，"这边你还是滑太少了，脚下没滑顺，不熟悉，起跳时候总还提心吊胆的感觉。"

简冰没反驳，半晌，嘀咕："你看着也没多放松嘛。"

陈辞给她说得笑起来，又一圈滑完，提醒道："再来一个。"

说着，两手扶住简冰腰部，换位到另一边，提起、捻转……

这一次，落冰没有问题，捻转却仍旧只有一周，高度也低得可怜。

看起来，简冰这一周完完全全是在他怀里转完的。

训练没有进展，时间却仍是跑得飞快。

泰加林那些无聊想来“偶遇”的冰迷也终于转移了注意力——“冰雪盛典”终于要来了！

对他们来说，在漫长而炎热的休赛季里，有这么一场热闹而星光熠熠的表演是多么幸运。

对不少现役的运动员来说，虽然能够提升关注度，多多少少也会影响到训练的。

陈辞对这一次出行，就很有些嫌弃。

简冰这个级别的别说被邀请，连张赠票都拿不到。

杨帆打电话来约她一起去看演出时，她便非常果断地拒绝了。

有票很了不起吗？

她也是很忙的，一场表演滑而已，有什么好看的！

杨帆还不死心，非常“物尽其用”地分析：“你不去呀，那把票转给我吧？我这儿还有人没票呢。”

简冰沉默半晌，冷漠道：“我也没票。”

不患寡而患不均，这种差别对待真是太让人不舒服了。

你无我有是得意，你我都无是仗义，你有我无……友谊的小船就岌岌可危了。

“你没票？”杨帆嘀咕，“他为什么不给你票呀？”

简冰看着不远处收拾背包、整理冰鞋的陈辞，在心里暗骂了一声。

——我哪儿知道啊！我也很不爽啊！

挂了杨帆电话，简冰就拎起包打算回家。

陈辞喊住她：“等等。”

等什么，要给我演出门票？

简冰扭过头，尽量让自己不要那么……明显地显露出期待。

陈辞在包里掏了掏，掏出一张随行证："明天一起去L市吧，今年冰雪盛典还邀请到了威尔逊和娜塔莉。"

看着递到面前的蓝色挂牌，简冰到底还是没能绷住表情。

原来，这才是她的"门票"吗?

（二）

L市纬度更高，春天来得更晚，冬天来得更早，盛夏的气温当然也低了不少。

而承办方贝拉俱乐部，最出名的不是教练，也不是运动员，而是他们家的俱乐部logo。

该俱乐部创始人是个钢铁直男，当年设计logo的时候，为了简单明了，直接把"贝拉"两个字的中文首字母给拎出来。

做了个艺术感十足的英文字母logo——BL。

多年以后，腐文化铺天盖地席卷而来。

运动员们穿着印了大大的"BL"logo的运动服，到哪儿都成了调侃对象。

无奈名声已经打响，直男老板表示我们身正不怕影子斜，logo则坚决不改。

久而久之，竟然也和北极星的流氓、等温线的美女一起成为国内花滑圈的三大景观之一。

简冰是跟陈辞、曲瑶他们一起上的飞机。

一路上，曲瑶都在大谈特谈"BL俱乐部"的鲜肉帅哥。

哪一个腰更细，哪一个腿更长，哪一个脸更帅……谈到最后，本性暴露，开始八卦哪两个看起来更相配……

陈辞闭眼假寐，申恺哈欠连连。

简冰面带微笑，认认真真听着她的“分析”……末了，好学地提问：“那陈辞和单言，名字是不是也很相配啊？”

此言一出，不但陈辞惊醒，连一直因为气不顺而坐得远远的文非凡也斜眼看了过来。

曲瑶面露神秘笑意，等到下了飞机，进了酒店，才找机会把简冰拉到一边：“他们两个，我有文包的哦。”

简冰：“……”

虽然是表演性质的活动，但毕竟要上冰滑完整节目的，主办方还是安排了热身训练的时间。

凛风的训练排在当天下午的一点到三点，曲瑶和申恺要合双人短节目表演滑。陈辞是单人的长节目——他训练时间不够，选的还是之前嘉年华表演过的《为了永远》。

接在他们后面的，就是联合排演节目的北极星和等温线的运动员。

简冰百无聊赖，便也跟着他们去了贝拉。

她上次考级的时候就来过贝拉俱乐部，但跟这一次的体验完全不同。

——因为跟着陈辞他们一起的缘故，在酒店楼下就遇到了等温线和北极星的人。

单言戴着个墨镜，在人前冷酷非常，看到他们理也不理。

容诗卉倒是好几次遥遥地看过来，目光温柔悠远。

陈辞只当看不见，曲瑶“呵呵”冷笑：“小妖精！”

申恺被搭档的“阴险”模样唬到，摸摸胳膊感觉汗毛都起来了。

到了冰场那边，简冰破天荒第一次认真观察起贝拉的logo——说实话，那巨大的字母“B”和“L”高悬头顶的感觉，还真的……有种世界大同的豪气感。

又因为赞助商的缘故，冰场挡板不是粉蓝就是粉红，把氛围烘托得异常甜腻。

陈辞等人上了冰，简冰便在一边坐着看热闹——陈辞这个表演滑她是看过了，曲瑶和申恺的却是新赛季的全新表演滑。

两人鬼马地选择了反串，男的妖娆，女的英气，甚至还有一个女托男的托举动作。

动作虽然没到打分标准，却非常滑稽可笑，现场不少工作人员都被逗得哈哈大笑。

简冰正看得津津有味，就觉得身侧一挤，有人挨着她坐了下来。

她下意识扭头，差点被这人浮肿的大脸吓得摔到地上。

“你、你谁啊?!”简冰尖叫。

那人明显有些失落，肿得快成一条缝的眼睛眨了两下，囫囵着嘀咕：“我是贝拉的章雨天。”

章、章雨天啊——

这个名字简冰是听过的，上次贝拉这边邀请她，就是说要给他们俱乐部的章雨天找女伴。

只是可惜，章雨天虽然也是现役，练的却是冰舞。

简冰记得自己之前搜资料，章雨天……似乎还不是这副鬼样子的。

短短几个月，他竟然完成了从帅青年到猪八戒的退化。

大约是她脸上震惊得太过明显，章雨天不得不开口解释：“你别害怕，我这是过敏反应，过几天就好了。”

简冰这才“哦——”地应了一声。

“我就想问问你，”章雨天声音似乎也过敏了，粗砺而磕碰，“你怎么一直没回我们曹经理电话？”

没回电话，就是拒绝啊，简冰在心里呐喊。

章雨天可不这么想：“你别看自己考试挺在行的，你那个跳跃配置，练女单肯定没戏。”

简冰嗯了一声，瞅着他开翕的红肿嘴唇。

配着他身上那件运动服上的“BL”logo，真的要有多搞笑，就有多搞笑。

章雨天帅习惯了，见女孩盯着自己看，下意识就眼神放电，也不管自己到底是个什么形象。

经过的工作人员看到这个画面，都扭头加快了脚步。

他“风流倜傥”地说了一堆，然后伸手拍拍她肩膀：“你也别太担心，既然来了，就先跟我们经理报名选拔——我感觉你希望还是蛮大的。”

简冰有些吃力地扒开他沉重的胳膊，斟酌着如何拒绝。

话还没出口，身后就传来单言嘹亮的声音：“又在泡妞啊，章鱼！”

章雨天和简冰一齐扭头，就见单言两手插着兜，斜着眼睛站在门口。

他的身后，则是李茉莉、周楠，以及等温线的几个女孩。

容诗卉和肖依梦也在其中，独独缺席了容诗卉的男伴路觉。

章雨天被喊了“诨号”，不大开心地站起来：“我是章鱼，你又是什么？装逼犯？”

“哈！”单言冷哼了一声，“装逼犯也比猪头三好——我说你又吃了什么啊，脸肿成这样，你明天还能上场？”

单言这么一说，大家也都关心地投来了目光。

周楠更是掏了支药膏出来，问他愿不愿意试试。

章雨天一口拒绝：“你这三无产品，我可不敢用。”

周楠直摇头：“你这体质也太特殊了。”

肖依梦也忍不住吐槽：“章雨天，你到底还对什么不过敏呀？”

趁着他们讨论得热火朝天，简冰便溜回了冰场边。

陈辞也恰好合完音乐，滑到了她身边。

“你认识章雨天？”

简冰摇头，陈辞狐疑地看了她一眼，下冰换鞋。

（三）

章雨天跟单言他们说完话，回头不见了简冰，立刻兢兢业业地找了过来。

“你这小姑娘也挺没礼貌的，”章雨天顶着那张变形的大脸，嘟嘟囔囔抱怨，“跟别人说话说到一半，直接走人……”

“因为我已经有搭档了，”简冰实在不想再看到他这张可怕的脸，干干脆脆坦白道，“我也不会去参加你们那个什么选拔——祝你顺利。”

章雨天愣了下，下意识反问：“谁？”

简冰便去看身侧的陈辞，章雨天顺着她的目光看过去，声音尖厉道：“你和陈辞？开玩笑——你怕不是被那些记者给忽悠傻了！”

他转了转眼珠子，声音又低了下去，问陈辞：“你真的要转双人？你是疯了？还是腿伤好不了了？”

陈辞无奈：“你就不能盼我点好的？”

章雨天仰起猪头脸：“我盼你好有什么用，我还天天祈祷自己不过敏呢——不是，就算这小姑娘是舒雪妹妹，你也没必要干啥都亲自带着，多牺牲自己呀。”

他又指指自己：“我搭档刚退役，正缺人，你劝劝她，来我这儿参加海选呗。”

陈辞失笑：“我千辛万苦才说动她和我搭档，怎么会让给你？”

“你配她多可惜，”章雨天嘴巴可没个把门的，“怎么也得……”他四下张望，正好看到还在换鞋的容诗卉，“……那个，那个级别的。”

章雨天说完，冲容诗卉那个方向抬了抬下巴。

——他基本眼色还是有的，如果对象是肖依梦，开开玩笑倒是没什么问题。

容诗卉嘛，一来不熟，二来……这也不是可以随便开玩笑的主。

他说得这么大声，容诗卉当然听到了。

但她听得更清楚的，是陈辞那句“怎么会让给你”。

不知是不是听者有心，她总觉得陈辞这话弦外有音。

章雨天可不觉得他们这对话还有什么别的歧义，隔空还向单言喊话：“好难得来这么多人，晚上一起聚聚？大家认识认识新朋友呀。”

单言刚脱下外套，一边绑鞋带一边冷笑：“聚什么聚，贼眉鼠眼地看上哪个了？我警告你啊，别打扰我们训练，后面还有别的俱乐部呢。”

他这么一说，陈辞和简冰都准备往外走了。

曲瑶和申恺也收拾完东西，背好了包。

“单言你至于吗？又不是正式比赛，”章雨天道，“就一表演滑还搞保密啊，没必要嘛。”

单言瞪眼：“至于不至于，关你屁事！”

说完，还狠狠白了正要往外走的简冰一眼。

简冰莫名其妙被他怼，也毫不客气地瞪回去。

两人瞪来瞪去，硝烟愈来愈浓。

眼看着两人就要开战了，陈辞拍了下简冰的肩膀：“走吧。”

简冰这才冷哼一声，转头不再搭理单言。

单言却瞅着她肩膀上陈辞那只“咸猪手”，露出了深思的表情。

曲瑶眼里只有自己的对手，早在看到容诗卉的时候，就跟申恺咬耳朵：“你看容诗卉那小妖精，两眼放光，脸泛桃花，估计还没死心，怀春呢。”

申恺毕竟是小俱乐部出身，奉行不惹事、不树敌原则：“你小声点。”

“切，怕她啊！”

眼看着已经走到门口了，换好了鞋的容诗卉，果然喊住了陈辞。

“陈辞！”

她并不急着上冰，反而赶上两步。

破天荒地，还冲陈辞身边的简冰，微笑了一下。

简冰还从没见过容诗卉这么友好的模样，有些茫然地看向陈辞。

陈辞表情也有些疑惑，问道："容姐，什么事儿？"

容诗卉又上前两步，几乎要踩上门口的台阶。

陈辞只得提醒道："小心，你穿着冰鞋。"

容诗卉也低头看了下——她确实已经换好了冰鞋，但是刀套没摘掉，站在地面上，也并不觉得难受。

"借一步说话？"

陈辞看看同伴，简冰挺无所谓的，曲瑶一脸嫌弃，申恺倒是……挺羡慕的。

当着这么多人的面，女孩子主动开口了，总不好让人下不了台阶。

***

贝拉的冰场隔壁，是个小展厅，做了几面展示贝拉历史的陈列墙——企业文化主旨，就是从一个孤独的"BL"boy，发展成一群"BL"人。

容诗卉穿着冰鞋，也不好走太远。

两人出了冰场大门，便拐到了这里。

"我在新闻里看到霍教练了，他老人家真是老当益壮。"容诗卉道。

陈辞失笑："你可别当他的面这么说，'老人家'得生气了。"

容诗卉也笑了，带套的冰刀踩在地面上，声音里充满了希望和忐忑。

"你和她……和简冰，已经开始训练了？"

陈辞点头。

容诗卉看着他黑亮的眼睛，胸口似有飞鸟在鸣叫。

头顶灯光明如白昼，周围全是热热闹闹的浮雕与装饰画框。

陈年的影像泛着黄，抽象的符号和线条疏密参差地在白墙上铺陈蔓延。

记忆里的小小少年，如今已如青松一般高大、挺拔了。

她不得不转头避开，伸手去摩挲陈列墙上大大小小的浮雕："时间真的过得太快了，一转眼，舒雪的妹妹也已经长这么大了。”

“是啊。”陈辞回头看了眼门口。

今年的冰雪盛典，等温线和北极星搞深度合作，编排了好几个合演节目。

容诗卉不回去，单言他们恐怕合不了音乐。

容诗卉似乎已经忘了这些，她在陈列墙边的小圆桌旁坐下，感叹似的说道：“有时候，我真的挺羡慕你的。说转项目就转项目，说从头再来，就从头再来。”

陈辞苦笑：“我那是没有办法。”

“当年没办法，现在也是？”

陈辞低下头，嘴角含着笑，并不接话。

“我就做不到，”容诗卉靠着椅背，手指摩挲着椅子扶手上的纹路，“我喜欢赢，从小就喜欢——这些年一步步走来，算是有了点成绩，但也真是不容易。”

她垂下视线：“不要说从头开始，单是努力前进，就已经拼尽全力了——”

人就是这样得陇望蜀的生物吧，越是没有，就越是希冀。

她还记得当年自己决定拆对重组时，少年沉默而单薄的背脊。

——说实话，那时候，她不是没犹豫过是否该继续坚持。

尤其在陈辞因为找不到合适的搭档，离开国青队，转而参加商业俱乐部训练时。

但这行里，有太多因为各种原因夭折、放弃的天才少年少女。

多他一个不多，少他一个也不少。

她并不能确定自己留下来之后，到底是共沉沦，还是同胜利。

赌注太大，她谨慎观望，最后还是落荒而逃。

她不要做仲永，不要人生的最高点定格在世青赛上。

付出未必能得到收获，不付出，却注定什么都没有。

她这一路走来，得到的多，失去的也不少。

当年的拆对，某种意义上说，实在也是因为没有精力，也没有勇气继续磨合等待下去。

让她松了口气的，是随着冰雪竞技的普及和推广，商业俱乐部运作模式日渐成熟。

不少俱乐部的签约运动员，也逐步走上了世界赛场。

连她自己，也在保留国家队编制的同时，被温煦说服，签下了等温线的合作合同。

而昔日离开的陈辞，也随同凛风的崛起，而重新站上了全国锦标赛的冰场。

继而，是世锦赛、四大洲赛……

七年独行路，他一步一步，扎实走来。

竟然，再一次迎头赶上，走到了如今的位置。

古人说，莫欺少年穷。

她却偏偏，“欺负”了这个自己初见时挺有好感的少年。

她确实喜欢强者，也确确实实不曾在他最需要帮助的时候，伸手扶助。

但竞技场上本来就只有输赢，如果不是当年的拆对，她遇不到路觉这样的好搭档，陈辞也未必就会发现自己在单人滑上的天赋……

阴差阳错，而又柳暗花明。

歉疚也好，慕强也好——她最忘不了的，还是那个记忆深处的坚韧少年。

并且，这一次，已然不是时势逼人了。

陈辞的这个选择，从理性角度考虑，是完完全全没必要的。

他却比任何人都要坚定地，要在22岁的当打之年，放弃近在咫尺的国内男单一号选手的位置，转投双人滑。

再一次，从头再来。

于情于理，于公于私，容诗卉都不赞同他的这个决定。

换作别人，她可能连多看一眼，多问一句，都觉得浪费时间。

视职业生涯如儿戏的人，哪里配得上运动员这个称呼？

但做这个决定的人，偏偏又是陈辞。

——他已然在退役边缘走了一遭，满身风雨，终究还是上岸了。

这一次，谁又能断定，他一定会输呢？

“我原来以为，你和小姑娘滑《堂吉诃德》，是因为喜欢上人家了，还傻兮兮跑去表白，想给自己一个机会。”容诗卉有些自嘲地讪笑，避重就轻地提起了之前的表白，“没想到，她竟然是舒雪的妹妹。”

面前青年的影子投射在她脸上，让她的神情有些落寞。

像是落了半脸的灰，又像聚了吹不散的阴霾。

她永远也不会赞同他，却克制不住艳羡，这与自己完全不同的人生。

（四）

陈辞从展厅出来，就见单言硬把简冰往章雨天身边推。

“你有资格嫌弃章鱼吗？”他声音嘹亮地吼道，“他可是拿过四大洲铜牌的！”

简冰愤然推开他们俩：“我管你铜牌银牌，谁要跟一只猪站一起。”

单言踉跄了一下，向章雨天道：“章鱼，她骂你是猪。”

章雨天一脸忧伤：“我都听到了，不用你再骂一次。”

“我骂的是你，”简冰瞪着单言，“他不过长了个像猪头的脑袋，你从头到脚、完完全全就是一头猪！”

……

他们三人闹得不可开交，肖依梦和同俱乐部的安洁已经上了冰，也不训练，趴挡板那儿看热闹。

周楠和李茉莉倒是在滑，只不过滑滑停停，注意力全在场外。

曲瑶和申恺则不知跑哪儿去了，连人影也没有。

陈辞无声地叹了口气——文非凡要是知道他们这么不靠谱，肯定不敢放他们独自过来适应场地。

至于等温线那俩姑娘，温煦要是看到，肯定要骂人了。

他喊了一声“冰冰”，大步上前，将被两大男生挤在角落的女孩拉了过来。

“你们别太过分了，”陈辞道，“欺负喜欢的女孩，是小学男生才干的事儿。”

“谁喜欢她啊，我们开玩笑而已。”章雨天赶紧撇清。

单言却只抓住有攻击含义的字眼跳脚：“你才小学生，你才喜欢她！”

章雨天被他猛踩了一下脚背，一边揉脚一边躲：“你别激动，踩到我了！”

“我可没欺负人。”陈辞摸了摸简冰发丝凌乱的脑袋，被她一把打开。

“我欺负她了吗？”单言圆瞪着眼睛，向简冰道，“我欺负你了吗？”

“当然欺负了。”简冰抬了下胳膊，“我衣服都被你口水喷湿了，”又抬了下脚，“鞋子也被你踩脏了。”

“我……”单言噎住，一时无法反驳。

陈辞给简冰使了个眼色，继续道：“你看，他脸红了。”

简冰长长地嗯了一声，恍然大悟地看着单言：“果然是小学生。”

单言百口莫辩，恼羞成怒，脸也红了，汗也出了。

更加验证了陈辞有关“做贼心虚”的推论。

就连章雨天，也探头来看：“哎，好像真的有点脸红。”

单言一把推开他：“你走开——陈辞你这人真挺没意思的，不敢正面对决，专门讨这种口头便宜。”

“正面对决？”陈辞没吭气，章雨天可恍然大悟了：“敢情你刚才不是要帮我找女伴，而是想把人女伴哄走，渔翁得利？卑鄙！”

“那对你有什么损失？”单言被戳穿，也并不觉得尴尬，“咱们这叫利益共同体，拆散一对，幸福大家。”

说罢，还向简冰道：“你这跳跃配置，练冰舞正合适，还不用从头开始学抛跳——抛跳那多危险，想想你姐姐……”

“先想想你们后天的表演滑吧，”陈辞蓦然打断他，“现在7点3分，你们还剩下一个小时不到的时间合音乐。”

北极星和凛风人多势众，节目足足有四个，冰场大家是轮流使用的，他们再拖下去，时间明显来不及了。

单言哼了一声，牛气冲天道：“不合音乐，我也照样滑得比你好。”

单言的这一句豪言壮语，倒不是毫无根据。

他参演的曲目是由上个赛季的短节目改编而来，为了观赏性还降了不少难度。只要场地不出问题，闭着眼睛他也能滑完。

***

冰雪盛典既然有“冰雪”两个字，自然除了冰上项目，还有雪上项目。

又因为雪上项目在夏天需要独立的室内滑雪场，所以场地其实是完全分开的。

贝拉俱乐部和北极星成为承办方，也是因为这两家除了冰场，还经营室内雪场。

为了不分散客流，最先举行的是雪上项目，隔天才是冰上项目。

陈辞等人除了休息，便是等待最后的带妆彩排。

简冰百无聊赖，很后悔提前来，打算好好睡上一觉——不料，凌晨三点，房门被“咚咚咚”敲响，连带着手机上也有一排陈辞的未接电话。

简冰有些茫然地瞪着黑乎乎的天花板，半天才彻底清醒过来。

她抓了把乱得像鸡窝的头发，冷汗淋漓地跳下床，甚至来不及开灯，便将门一把拉开：“怎么了？”

这个点敲门，是出什么事儿了？

陈辞穿戴整齐，看到她这副模样，明显愣了一下。

“你……”他努力抑制笑意，背转过身，“去换一下衣服吧——记得带外套和冰鞋。”

简冰这才想起来，自己身上只穿着睡衣，“啪”地一转身又把门甩上了。

屋里再次漆黑一片，她深吸了口气，按亮房灯，开了衣柜，翻出衣服来套上。

走到了玄关，又转回去拿冰鞋和外套。

凌晨3点不睡觉，要去冰场吗?

她再次打开门，陈辞靠在走廊护栏上，正看着窗外黑漆漆的天空发呆。

“咳！”简冰干咳了一声，“这么晚……呃……这么早，找我什么事儿？”

陈辞眯着眼笑了笑，习惯性地伸手来拉她：“带你去个地方。”

“去哪儿呀？”简冰赶紧躲开，“我自己走哈，大晚上让人看见了误会。”

陈辞也不坚持，只说：“去贝拉的冰场。”

果然，是要去冰场。

简冰没再废话，只是把外套塞进了装冰鞋的背包里。

天气这么热，在外面没必要穿外套，去冰场上冰的话，穿上反而累赘，更没必要了。

酒店跟贝拉距离极近，下楼走路过去也不过十几分钟。

陈辞却没带着她直接从正门进去，反而绕了一整圈，一直绕到冰场围墙附近的侧门那儿。

那铁质的小侧门不到一人高，陈辞单手抓着门框，三两下就爬了上去。

然后翻门，落地。

整套动作行云流水般，看得站在门外的简冰目瞪口呆。

这、这是要爬墙进去?

在别人家的商业俱乐部，还是马上要举行大活动的商业俱乐部冰场这儿……翻墙?

“很容易的——我记得你翻墙从小就熟练呀。”陈辞“鼓励”道。

简冰犹豫：“被发现怎么办？”

陈辞安慰：“不会的。”

你这话听起来完全没有说服力啊!

陈辞低头看了眼时间，催促道：“快开始了，来——我在下面接着你。”

简冰无语地看着他虚虚张开的一只手掌，这么个姿势，连只猫也接不住。

她背好包，扎紧了鞋带，一手抓铁栏，一脚蹬铁门上的空隙。

毕竟她当年也是学过舞蹈，又有不少逃课经验，爬个小小的铁门，还是不费吹灰之力的。

落了地，陈辞主动把她背上的背包拎了过去。

两人一前一后沿着草木葱茏的小路往馆内走去，漆黑的夜空连月光都没有，只有点点星光遥远而稀疏。

行至冰场的运动员通道入口，那小门居然虚掩着。

陈辞领着她径直往里走，黑暗里只有手机那点灯光照亮前路。

她不由自主加快了脚步，身前那个身影似乎也较平时高大不少。

行至出口的瞬间，有惆怅悠长的小提琴声响起。

这曲子简冰从小就在姐姐的mp3里听到过，正是萨拉萨蒂的《吉卜赛之歌》的选段。

舒雪更喜欢它的另一个名字，《流浪者之歌》。

还自己给它配上了不知从哪儿抄来的吉卜赛谚语，反复哼唱：

时间是用来流浪的，

身体是用来相爱的，

生命是用来遗忘的，

而灵魂，

是用来歌唱的。

空旷的冰场内没有开灯，隐约可见一些模糊的人影，伴着手机屏幕的零星光亮，或站或立，似乎在等待着什么。

其中一个消瘦纤长的人影身体微弓，维持着低头拉琴的姿势，流畅而舒缓地绕场滑行。

她听到的琴声，便是随着他这些动作，流泻而出，无形地在空气中流淌。

“那是……”简冰惊讶地张大嘴巴。

“俄罗斯的安德烈·安德烈维奇·西多罗夫。”身侧的陈辞接腔道，“俄罗斯人真是有趣，这么晚了，居然还带小提琴来——应该是明天节目的道具吧。”

简冰没有接腔，只默默地跟着他换鞋上冰。

——走近了，她才发现，那些黑影全都是坐在垫子上的运动员。

黑暗里虽然看不清楚脸，但也隐约能看到他们是三三两两，各自挨着自己的队友或者熟悉的朋友们坐着。

甚至，还有人歪歪斜斜，坐着坐着打起了瞌睡。

精神最好的，便是一直在拉琴的少年奥运冠军西多罗夫。

他不但边拉琴边滑，抽空还辨别一下地上那些黑影的性别。

也不管到底认不认识，长得合不合胃口，凡他认为是女性的，便献殷勤一般绕着滑，姿态悠扬地拉上一段。

那模样又潇洒又高傲，犹如求偶的漂亮雄天鹅。

简冰才刚接过陈辞递过来的垫子，便因为明显的身高被西多罗夫判断为女性。

“雄天鹅”大约是滑high了，绕着她转了一圈不说，还炫技意味十足地拿手指在弦上按出好几个漂亮的泛音。

看着抖完羽毛优雅离开的少年冠军背影，简冰不由得在心里感慨：

战斗民族玩起浪漫来，普通人真是拍马都追不上。

第十八章
夜闻星辰语

（一）

学着其他人的模样，简冰也放好垫子，挨着陈辞坐下来。

她留心观察，发现来的人也并没有她想象中那么多。

就是按节目单上看到的运动员名字吧，按理也不只这么多人。

在一千八百平方米的冰场上，这么点人犹如落进夜空的小小星子。

简冰探头看了一会儿，悄声问陈辞："你们俱乐部的其他人呢？"

实在太黑了，唯一的光亮还是那些不甘寂寞的手机屏幕，照得凑近的人脸惨白兮兮的。

"你说曲瑶她们？"陈辞的声音也轻轻地，"她爱睡懒觉，起不来，申恺就更没兴趣了。"

我也想睡懒觉啊！

我也没兴趣来挨冻啊！

简冰在心里抱怨，忍不住又问："那这么多人大晚上不睡，到底来干吗？"

陈辞指指头顶："一会儿你就知道了。"

简冰仰起头，循着他手指的指向，看向黑洞一般的冰场顶部。

——她还是第一次留意到贝拉冰场的顶部，大约是为了营造星空下滑行起舞的效果，屋顶原有的覆膜材料被撤掉了，露出了透明的屋顶。

当然，在深夜看来，透明不透明，无非也就是多了那几个遥远而并不明亮的星星。

西多罗夫似乎有无穷的精力，拉完了《吉卜赛之歌》，又改拉《友谊地久天长》，哼哼唧唧地用蹩脚的英文吟唱。

简冰留心听了一会儿，才辨认出来，他唱的是《魂断蓝桥》里的主题曲版本*Auld Lang Syne*。

这歌传唱度惊人，但在国内远比不上中文版《友谊地久天长》。

于是，空旷的冰场上，一边是国际友人和一部分电影发烧友吟唱过去的美好时光，一边是中国运动员们中文应和的《友谊地久天长》。

一方吟唱爱情与别离，一方歌咏友情万岁。

对比场内大部分三三两两玩手机聊天的运动员，和几对明显挨在一起腻歪的小情侣，也算是非常应景了。

简冰跟着哼唱了两句，蓦然听到了有些熟悉的粗砺嗓音。

她循声看去，终于在东北角看到了裹着外套、摇头晃脑的过敏青年章雨天。

他和单言坐在一起，前者跟着唱歌，后者埋头打游戏，音效声隔那么远都能隐约听到。

这两人白天互相损得厉害，私下交情倒是不错。

时间一分一秒过去，简冰也忍不住打了个哈欠。

室内冰场冰温较自然冰虽然高上一些，但深夜也就一到三摄氏度，她越坐越冷，到底还是把外套穿上了。

陈辞又去拿了张垫子，给她垫在屁股底下。

“实在坚持不了，我们就回去算了？”

这样温柔的询问，颇有点回到儿时的感觉。

简冰哈欠连连地问：“咱们到底是来干什么呀？大晚上的……这么多

人，总不是来看雪看星星吧？”

陈辞没应声，竟然有点默认的意思。

简冰无语极了：“就是看雪看星星，这儿也没雪啊。”

不但没雪，星星也没几颗!

大半夜的，大家不睡觉，难道是等流星雨?

陈辞再一次……无声默认了。

简冰简直给他气笑了，嘟囔：“我也喜欢睡觉，不喜欢看星星。”

陈辞抿了下嘴：“可我喜欢。”

“那你自己来不就好了？”简冰嫌弃地看他，“你又不是不认识路。”

“咱们是搭档，应该多多相处，多培养默契。”陈辞认真解释道。

简冰：“……”

她枯坐了一会儿，也终于和其他人一样，打开手机玩了起来。

冰场上“闪烁”的星辰，又多了一颗。

陈辞定力倒是很足，看看天看看地，偶尔还闭眼打个盹儿，没有堕落为低头族。

简冰把朋友圈都刷到三天前了，还是没能等来传说中的流星雨，憋不住问：“到底几点开始？”

她在网上也搜了一圈，看到新闻都说是两点到三点呀。

现在天都快亮了，还有希望?

陈辞也很困惑，起身滑过去两步，问章雨天：“在这里真能看得到流星雨吗？你是不是弄错了？”

章雨天脸明显消了不少肿，眼睛比白天时候大了一倍，瓮声瓮气道：“我哪儿知道啊，我也是人家给我说的——还气象站工作的呢，不如回家卖茶叶蛋！”

单言听出是陈辞的声音，从游戏里抬起头，手机屏幕光把他脸照得惨绿惨绿的。

“一把年纪了，还学我们年轻人来看流星雨，丢人。”

陈辞并不理会他的挑衅，他今年22岁，就是在吃青春饭的花滑圈，都是当打之年。

单言吐槽完他，又四处张望了一番，看到简冰，不冷不热地嘀咕：“连体婴儿。”

陈辞懒得跟他解释，滑回简冰身边。

“再等等吧。”

简冰做了个“我就知道”的无奈表情。

陈辞叹气，他记得当年的小胖妞，好像还是有点粉红少女心的。

怎么如今越长大，就越看不懂了。

早知这样，就不大半夜把她喊起来了。

时间一分一秒过去，不少人开始起身撤退，浪漫潇洒的战斗民族少年西多罗夫也终于坐了下来。

简冰越来越困，也越来越冷，不知不觉便靠在了陈辞身上。

陈辞见她缩头缩脑、小动物般的睡姿，不由自主就想起了小时候。

他最开始认识的人，其实并不是舒雪。

那时候，他正准备考三级自由滑，端坐在观众席那儿等待。

舒问涛拉着俩小姑娘过来，挨着他坐下。

舒雪坐了片刻就上场热身去了，舒问涛开始还陪小女儿坐着，等到大女儿开始考试，不由自主就起身挤到了前面。

4岁的小舒冰独自坐了一会儿，慢慢地滑下椅子，在椅子前方的空隙处蹲了下来。

陈辞那时候也才8岁，母亲又去帮他买水了，他并不大懂4岁小姑娘的心理。

他们俩一个坐一个蹲，相顾无言。

一直到散着臭味的尿液从小女孩浅色的小裙摆那儿流出来，淌到他穿着冰鞋的脚边……

比赛服的裤子是有踩脚的，沾湿了鞋子，绕过鞋底的裤子踩脚便也一样被弄脏了。

彼时，小陈辞还处在容易害羞也容易受伤的年纪，他发现裤子沾了尿，眼泪控制不住便开始往下掉。

母亲哄，舒问涛道歉……甚至连始作俑者小舒冰给他递纸巾，都没能缓解这股委屈。

陈辞的三级自由滑，到底，还是穿着那条带着尿味的滑冰裤通过的。

也是从那一次开始，他多了一个喜爱花滑的同龄朋友，附带一个胖乎乎，总是喜欢做点出乎他意料事情的小妹妹。

较之现在嘛……姑娘越大，脾气也越大，远远没有小时候可爱了。

陈辞想是这样想，见简冰睡着，又缩了下肩膀，还是忍不住小心翼翼地把自己的外套脱下来，盖在她有些纤薄的背上。

***

简冰这一觉睡得异常踏实，醒来时天已经蒙蒙亮了。

偌大的冰场只零散地剩下几个人，她意外地发现自己居然趴在陈辞身上睡着了，背上还多了他的外套。

而陈辞就凄惨得多了，不但只穿着单薄的T恤，还抱臂低头，努力维持着坐姿，以支撑她的体重。

简冰张了张嘴，喉咙干巴巴的，微一仰头，便看到一道小小的浅色弧线，自头顶半透明的屋顶划过。

“那是……”简冰有些沙哑地开口道，“流星啊。”

随着她的话音，更多的流星出现在已经有些灰白的天幕。

陈辞等人也抬起了头，一颗又一颗的流星，拖着浅白色的轨迹，稍纵即逝。

不少人举起手机开始拍照、录视频，睡眼惺忪的章雨天更是大喊："我就说我没撒谎吧，你们要相信我这个东道主啊！大家快拍照，让那些半途而废的家伙知道没有毅力的下场哈哈哈哈哈哈哈……"

笑声经久不绝，回荡在空旷的冰场里，比流星的尾巴还要长上不少。

这迟来的流星雨，终于在晨曦来临之前，无声地下了起来。

（二）

冰场上午还有一些俱乐部运动员的场地适应时间，下午是全场的带妆彩排。

吃过早饭，陈辞却明显有些精神不振。

简冰初时还没注意，直到一起上电梯时，陈辞笔直地撞上了闭合的电梯门，才觉察到不对。

"你怎么了？"

陈辞摸了摸额头，轻声道："没事，好像有点发烧。"

简冰一愣，瞬间想起刚才盖在自己身上的外套。

"你……"

电梯门在这时打开，不早不晚，正好打断了她的话。

陈辞率先迈步走了进去，简冰只好跟上。

电梯启动，陈辞靠着厢壁，疲惫地闭上了眼睛。

简冰站在他对面，手微抬了下，又泄气一般放了下去。

陈辞的房间在走廊尽头，简冰则在靠近电梯的一头。

他大约是真不舒服，径直往自己房间走去，连话都没再说一句。

简冰在心里叹了口气，在原地站着没动，看着他拉开房门了，才转身去掏房卡。

房门"嗞拉"一声打开的瞬间，走廊上传来一声沉闷的重物落地声。

简冰扭头一看，就见刚刚还站着的陈辞，已经面朝下躺倒在了地板上。

“陈辞！”

她低呼了一声，小跑过去。

陈辞闭着眼睛，额头滚烫。

曲瑶和申恺除了后面的双人表演滑，还要参加前面的开场群舞，一早就去了冰场排练。

随行的工作人员也跟了过去，文非凡则因为要参加会议，提前离开了。

酒店便只剩下简冰、陈辞两个人了。

简冰摇了半天，又掐了人中，陈辞始终没有反应，她只得拨打120叫救护车。

救护车来得很快，检查完基本情况便用担架将人抬下了楼。

简冰跟着上了车，坐在封闭的车厢里，耳畔是呼啸的鸣笛声，身前是面色苍白的陈辞。

他看着似乎很累，每呼吸一次，都要把整个胸腔绷紧再松懈下来。

薄薄的嘴唇没一点血色，干涸到蜕皮。

没关系，不过就是高烧而已。

医生都来了，再坏也坏不到哪儿去……

她努力让自己平静下来，手指紧紧地抠住衣摆。

七年过去了，她还是害怕这种人事不知、生死未卜的局面。

哪怕连医生都说了他只是高烧引起的缺水、缺氧，记忆的闸门还是轰然打开。

救护车、急救病房、奔跑的医护人员……

简冰轻掐了自己胳膊一下，翻找随身背包，掏出纸巾，帮陈辞擦去额头的冷汗。

除了这个，她似乎……也帮不上什么忙了。

许是输进体内的药物起了作用，许是救护车的消毒水味道太刺鼻，许是她擦汗的动作太过粗鲁……陈辞轻晃了下脑袋，挣扎着睁开了眼睛。

“冰冰？”

他有些茫然地看向她。

“啊！”简冰应了一声，眼泪也终于控制不住夺眶而出。

陈辞愣愣地看着，半晌，才想要抬手帮她擦拭一下。

抬动手腕的瞬间，他才留意到自己手背上扎着针：“这是……”

坐在一边的护士立刻提醒道：“躺好，别乱动。”

简冰抹了下眼泪，将他手腕轻轻按了回去：“别乱动啊。”

“我们在哪儿？”陈辞扭头四顾，看清救护车上的设备和护士打扮之后，苦笑，“我刚才……晕倒了？”

简冰没吭声，只努力将自己剩下的眼泪憋了回去。

病人虽然清醒了，医院还是要去的。

陈辞坚持要自己下救护车，护士便拎着吊瓶，让简冰搀扶。

但两人的身高差实在是不小，陈辞要被她扶住，还得配合着弓点腰……

最后，他便拄拐杖一般，拄着她的肩膀下车。

见简冰一直沉闷，陈辞忍不住打趣：“幸亏是现在，要是小时候，我得按着你的脑袋才能站得起来……”

简冰没吭气，一缕发丝滑落下来，突兀地垂在耳边。

微风拂来，那缕青烟似的头发，便一下一下挠动在他拄着她肩膀的手背上。

又轻又痒，像是有蚂蚁在手上爬动。

陈辞将手往右边挪动了一下，那发丝也如有生命一般继续飘了过来。

他又往左边挪动……

“你别老动来动去行不行？”简冰终于忍不住扭头斥责。

转身的瞬间，脚下一滑，踩空踏板，仰面倒向地面。

陈辞下意识伸手拉她，身体重心前倾，整个人也向前扑倒下去。

完了！

这非得摔成肉饼不可！

简冰绝望地闭上了眼睛。

扑倒的瞬间，她屁股和后背都撞得火辣辣地疼，上方的陈辞却始终没摔下来。

她有些茫然地睁开眼睛，陈辞苍白的脸近在咫尺。

他紧蹙着眉头，冷汗一滴滴从额际滑落。

“没摔到吧？”他的声音近在咫尺，平日温和的眼睛里蓄着层雾，眼神迷离地看着她。

“没……”

“那就好。”陈辞含糊地说完，却没立刻爬起来。

他那因为高烧而异常灼热的呼吸喷在脸上，火焰一般滚烫。

简冰不由自主侧过脸，避开那过于暧昧的注视。

这一扭头，她蓦然注意到，陈辞肌肉紧绷的双臂，树干一般撑在她颈项两侧。

右手的吊针已经被拽掉了，手背上洒着些透明的药水、固定针头的白色创口贴上渗满了血……

“你……”简冰惊讶地转过头。

她话还没说出口，陈辞已经支撑不住，眼皮合上，整个人失重一般，彻底扑倒在她身上。

“英雄主义”浓重的男人，最终还是没能抵抗住病魔的袭击。

护士的呼救声、医生的指挥声、推床车轮与地面“咕噜咕噜”的摩擦声……

一直到他们将陈辞从简冰身上搬开，抬上推床，简冰才扶着膝盖站起了身。

那灼热的体温似乎还残留在脸上、身上，后背和屁股火辣辣的痛。

但和超过四十摄氏度的高烧比起来，并不算什么。

退烧针在救护车里就已经用上了，液体补充也在做，陈辞的晕厥其实还是因为太累了。

白天高强度的训练，晚上彻夜不睡，还长期待在低温环境下……医生检查了半天，无奈地宣布："病人太累了，应该是睡着了。"

护士："……"

简冰："……"

***

文非凡和曲瑶等人赶来时，陈辞已经睡醒了。

他们推开门，就见陈辞打着吊针，靠着床头，歪着头在那儿用吸管喝水。

简冰则拿着杯子，一直举到了他下巴那儿，以方便病人。

文非凡蹙眉，曲瑶和申恺对视一眼，依靠搭档的默契无声交流：感情真不错啊！

"怎么突然会发高烧？"文非凡拉开椅子坐下，愁着脸，努力忽视简冰的存在。

"空调打太低了。"陈辞毫不心虚地撒谎道。

申恺想要开口，被曲瑶轻轻一撞，半张的嘴巴，立刻就闭上了。

简冰见陈辞不再喝水，便把杯子放下。

"医生怎么说，下午的带妆彩排……"文非凡事业心一向极重，忍住了不责备，已经算是很客气了。

"没问题的，"陈辞道，"我已经退烧了。"

文非凡沉默，曲瑶插嘴："高烧容易反复的，下午和晚上温度更高。"

……

他们几人商量，简冰正犹豫要不要出去避一避文非凡不友善的眼神余光，陈辞突然扭头向她道："我想吃个苹果。"说完，又非常自然地接上之前的话头，继续道，"我自己的身体自己清楚，排练和晚上的演出绝对没有问题。"

简冰："……"

她盯着空荡荡的床头柜半晌，有些认命地起身，下楼去超市买水果。

她回来的时候，文非凡等人已经离开了，只有陈辞一个人窝在病床上，拿着手机不知在看些什么。

"他们都回去了？"简冰问。

陈辞点头："我让他们走的，在这儿也没什么事儿。"

没什么事儿？

简冰拎着满兜的苹果，感觉手臂有些酸痛。

喂水打饭不是事？

楼上楼下拿报告、买水果不是事？

不知不觉，陈辞似乎已经完完全全将自己交给她来照顾了。

简冰有心要怼上一句，再一想他这次感冒，毕竟是因自己而起，又把话咽了回去。

她无奈地将苹果放好，拿了两个去洗手间冲洗干净。

她自己吃一个，另一个便递给了病床上的陈辞。

陈辞没接，只拿那双黑亮的眼睛看着他："不能把皮削一下吗？带皮吃容易有农药残留。"

简冰只得放下咬了一口的苹果，开始帮他削苹果。

她三两下削完，又递了过去。

陈辞没接，摇头表示："手不方便，切一下吧。"

简冰的眼睛瞪大了一点，但还是把苹果给他切开，放进小碗里。

陈辞总算抬起左手，拿了一块放进嘴里。

简冰舒了口气，坐下来，拿起自己的那个苹果就往嘴里送。

“等一下。”陈辞抬眼看到，立刻制止。

简冰嘴都张开一半了，硬生生停下：“怎么了？”

陈辞示意她靠近床边，待她走近，将苹果拿了过去。

“你体重还是得再控制一下。”他把苹果往床头柜放下，犹豫了一会儿，将小碗里最小的一片拿起来，递给简冰。

“少吃多滋味。”

简冰看着比自己小拇指大不了多少的苹果，无语凝噎。

（三）

陈辞在医院观察了一上午，带着一大堆药品出院了。

简冰多少有些忧虑：“万一下午体温再升呢？”

陈辞晃了晃手里的塑料袋：“升了就喝美林嘛，早上效果就很好。”

美林也不是万能的呀，最短使用间隔得四个小时。

简冰很想吐槽，到底还是憋住了。

曲瑶他们已经早早地去了贝拉，就连拽得不得了的单言，也老老实实提早到贝拉化妆换服装。

陈辞几乎不参加合演的节目，倒是少了联排的问题。

他安安静静地坐在那儿化妆，简冰因为担心他再晕倒，还是在一边陪着。

化妆师是贝拉这边配备的，一边给他打底一边对他的皮肤赞不绝口。

简冰听得牙酸，找了个借口溜达到冰场那边。

冰场上肖依梦正滑她的新赛季表演滑曲目，漂亮的女孩宛转滑行，举手投足间都是风情。

下一个节目则是西多罗夫的《歌剧魅影》，深眉广目的美少年穿起法国十九世纪风格表演服的样子青涩而又迷人，做起漂亮的连跳更是赏心悦目。

简冰看了一会儿，忍不住又转回后台化妆间。

陈辞已经化完妆了，正在那儿拿着个透明的小量杯喝药。

简冰愣了下："体温又升了？"

医生千叮咛万嘱咐，美林超过三十八点五摄氏度才喝，现在不过下午3点，体温又升这么高了？

陈辞轻"嗯"了一声，放下量杯，拿过水杯开始大量喝水。

"不要紧，这药对我还挺管用的。"

"可是……"简冰欲言又止，这药连续使用太多也是不行的，"距离正式演出只有四个小时了，再升温……怎么办呢？"

四小时之内，可不能再喝了。

"不是还开了泰诺林？"陈辞一口气喝下去一大杯，将杯子递给她，"再升就吃那个——帮我再倒点水。"

简冰无奈，接过水杯，转身往开水房走去。

倒完水回来，陈辞已经换鞋上冰了。

孤寂的男孩悲伤依旧，丝毫看不出来带病上场。

他流畅地绕场滑行，压步加速，三周半完成得潇洒而又利落……最后一个连跳开始的时候，身体稍微晃了一下，落冰不稳，斜摔了出去。

简冰一直提着的心蓦然揪紧，才想上前去看看，一直在场外看着的文非凡推开她冲了上去。

"摔哪儿了？站得起来不？"

陈辞侧脸卧冰躺着，蹙着眉，半天才微微摇了摇头："没事。"

贝拉的医生也赶了过来，认真检查完，表示："没伤到骨头，问题不大，不过晚上最好不要继续跳了。"

“没问题的，晚上……”陈辞试图争取一下。

“晚上没问题，以后呢？”医生打断他，“你别看这次摔得不重，如果继续加重腿部负担，影响到旧伤怎么办？”

陈辞没再说话，文非凡手插着衣兜，沉吟半天，又出去打了个电话，雷厉风行表示：“我和主办方这边沟通了，你晚上的节目取消。”

陈辞低着头，沉默如磐石。

那边工作人员帮忙推了轮椅过来，文非凡低头打算一起扶他上去。

陈辞缩了下手，到底还是让他一起扶着坐了上去。

“师兄你忙吧，冰冰陪我回去就行了——彩排时间紧张。”他轻声道。

文非凡看了简冰一眼，犹豫着点了点头。

简冰便接过手来，推着陈辞往外走去。

她能感觉到那些追随而来的目光，还有一两声相熟人的鼓舞。

陈辞一一回应，声音温柔，笑容平淡。

等到出了冰场，那笑容也就如燃尽的烛火一般，渐渐熄灭。

简冰紧了紧握着轮椅的手指，开口道：“对不起，要不是我……”

“不关你的事儿，”陈辞打断道，“是我非要带你去的，”他停顿了一下，自嘲，“这事谁也不怨，是我高估了自己。”

简冰看着他消瘦的背脊，搜肠刮肚，找不到一句安慰的话。

反倒是陈辞自己，自言自语似的说道：“我本来也就只滑一场，这也不是比赛，没什么可惜的。”

话是这样说，他看着轮椅上的双腿，仍旧有些伤感。

贝拉的长廊用的黑底瓷砖，人走上去，影子清晰可见。

他们一前一后，脚步声与轮椅碾压地面的声音相互交织，嘈杂而纷繁。

***

回到酒店，陈辞扶着简冰肩膀挪到床上，一觉就睡到了傍晚。

简冰拿体温计帮他量了两次体温，温度堪堪卡在三十七点八摄氏度，没高到要去医院的程度，也没恢复到可以彻底忽略。

简冰自己的手机，却嘹亮地响了起来。

杨帆精神奕奕地问："我听你们俱乐部前台说，你也来L市了？晚上一起看演出？"

简冰瞥了一眼沉睡的陈辞，捂着话筒走到门口："你拿到的不是B市的门票吗？"

"我自己买了呀，反正闲着。"杨帆得意扬扬的，"你在哪儿？晚上要不要一起吃饭？"

"不用了，"简冰轻声道，"我不过去了，陈辞受伤了，酒店这边没人，我得陪着。"

"陈辞受伤了？"杨帆的声音蓦然提高，又戛然而止。

杨帆实在是吃不准他俩之间的关系，犹犹豫豫问了句："严不严重？"

在听到否定的回答之后，他便顾左右而言他，找个借口挂断了电话。

他这几天听人描述了不少八卦狗血爱情，深深觉得，男人和女人之间的事情，实在是太复杂了。

如今简冰和陈辞之间情况未明，他还是少掺和为好。

简冰挂了电话，走回房间，却见陈辞已经爬坐起来，靠在病床上。

"你醒了？"简冰问。

陈辞点头，随即问："谁的电话？"

"杨帆。"

"约你去看演出？"陈辞马上猜到了。

简冰"嗯"了一声，又问："你晚上想吃什么？"

"就还是按俱乐部的食谱吧，"陈辞道，"你要是想去，就去吧——医生也说了，我没什么大问题。"

"表演滑而已，"简冰道，"兴趣不大。"

陈辞一愣，摇头道："表演滑限制少，还是很见创意和艺术表现力的。"

简冰没吭气，他接着道："不然咱们一起去吧——我上不了冰，当个观众还是没问题的。"

简冰听得无语，果断拒绝："我不能带你去，你们文教练会杀了我的。"

"你不说，他怎么会知道？"陈辞当真来了兴致。

简冰瞪着他，寸步不让。

陈辞并不惧怕她的眼神，轻拍了下她肩膀，手扶着床沿，直接下了床。

他微弓着腰，一手扶着床沿，一手去拖放在床边的轮椅。

简冰站着没动，他便微跛着腿坐了上去，自己推着椅子往外走。

车轮辘辘，轮椅一直孤零零地驶到玄关。

他回过头，简冰抱着臂，一脸麻木地看着他。

陈辞叹了口气，掉转轮椅——受过伤的缘故，操控轮椅的技巧他倒是掌握得不错的——又驶回她身前。

接着，简冰便看着他跟陀螺一般，灵巧且快速地再一次将轮椅转了个方向，只留个被椅背挡住的后背给她。

而轮椅的把手，不偏不倚地，正在她双手的下方。

只要她松开互握的胳膊，正好可以将手放上去。

"走吧，"陈辞道，"就当是个学习机会——你要实在不放心，帮我把床头柜里的口罩和太阳镜找出来。哦，里面还有一副曲瑶送的假胡子。"

假胡子？

简冰好奇地走过去，拉开抽屉。

塞了不少东西的抽屉里，躺着副太阳眼镜、整包一次性口罩……以及，两副长短不同的八字假胡须。

第十九章
冰雪襄盛会

（一）

夜幕降临，杨帆从出租车上下来，意气风发。

他刚刚和L市的花滑群漂亮女群友搭上线，约了冰场内见面。

开开心心地跟工作人员出示了门票，他快步往里走去。

馆内的观众已经不少，有许多带着孩子来的家长，吵吵嚷嚷，热闹非凡。

杨帆在场内转了一圈，并没有找到女群友。

他略坐了一会儿，见时间还早，又晃了出来。

走到门口的时候，杨帆看到有个像极了简冰的胡子男推着个残疾人在那儿转悠。他觉得有趣，“咔嚓”一声拍了照片。

***

简冰戴着有些过大的棒球帽，鼻梁上架着眼镜，嘴唇贴着两撮有些搞笑的小胡子，千辛万苦地把陈辞推到了冰场门口。

陈辞裹得更严实，假胡子和帽子之外，还套了件特别宽大的嘻哈风T恤衫。

远远望去，活脱脱一个矮个子娘娘腔，推着个重度残疾。

简冰推着陈辞在贝拉外面转了一圈，才到大门口附近，手机就响了。

杨帆飞快地发了张他们两人贼头贼脑的照片过来：

哈哈哈，我遇到个和你特别神似的男人。连身高都像！

简冰看到照片，心都提到嗓子眼了，哪里还记得回复杨帆，立刻劝说陈辞从运动员通道进去。

陈辞无奈，只得同意。

好不容易进到里面，他们的位子在最中央，压根没办法把轮椅推进去。

陈辞意志坚定地扶着她肩膀站起来，催促她："咱们走进去。"

简冰叹气，他这体温一直就没彻底降下来过，她是真怕他半途晕倒，或者腿伤加重。

要是被文非凡知道，又得是一顿狠骂。

两人磕磕绊绊地往里走去，陈辞初时还硬撑着，无奈越是往里，越是人多嘈杂。

他本来就还发着烧的脑袋愈加混沌，连简冰的声音都变得模糊而遥远。

他不由自主地把身体重量往简冰身上转移，初时只是搭着胳膊，渐渐地，几乎整个人都俯在了她身上。

简冰越走越吃力，只觉他的呼吸声越来越粗重，人也越挨越近。

"你没事吧？"

陈辞轻"嗯"了一声，不大坚定地回答："没事。"

没事还挨那么近？

简冰没戳穿他，只努力继续往前挤。

身后的男人，沉重得像只巨大的蜗壳，半靠半附在她背脊上。

她每走一步，都能清晰地感觉到他那条伤腿，谨慎而忐忑地接触地面。

犹如踩在刀刃上行走的美人鱼，一步接一步，痛苦而坚韧。

那模样，不知为什么就让她联想到了云珊——如果不是迫不得已，谁愿意满身伤痛？

冰上一舞，台下十年。

……

她隐约听到有人在细碎耳语，似乎是在嘲讽两个大男人挨那么近。

简冰忍了又忍，到底还是扭头怒怼：“我就抱他怎么了？没见人残废了？一点同情心都没有！low爆了！”

说罢，也不顾人家因为胡子男发出“萝莉音”而目瞪口呆，拖着陈辞继续往里挤。

陈辞全程没吭声，一直到落座靠倒在椅子上，控制不住歪在椅子上无声大笑。

简冰坐一边喘气，斜瞪了他一眼，一把把自己的胡子摘了下来。

***

盛典开场，就是一段童话主题的群舞。

几乎全体运动员都参加了，曲瑶和申恺扮演的是野兽王子和贝尔，一黄一褐，滑得温情脉脉。

单言戴着绿色的尖头高帽，完完全全就是一个拉长版彼得潘的装扮。

简冰扯了扯嘴角，关了手机闪光灯，咔嚓咔嚓连拍了他好几张照片。

“绿帽子，呵呵。”她语气里全是嘲讽。

陈辞瞥了她一眼，欲言又止。

他本想说你别招惹那个小疯子了，但看简冰那神情，说不清是真的完完全全嫌恶，还是也乐在其中。

她眼睛里闪烁着捉弄的光，一时间竟让他有些嫉妒。

——曾几何时，他们的相处也是这样无拘无束的。

西多罗夫一身巫师打扮，游走在众人之间。

经过李茉莉扮演的白雪公主身边时，还特意打了个招呼。

简冰忍不住问陈辞："他演后妈皇后吗？"

陈辞摇头，嘴角不自觉地上扬了起来："不，他演的是格格巫。"

简冰瞪大眼睛，还要再问，陈辞指了指容诗卉扮演的睡美人身边的那一对金发选手："你注意一下威尔逊和娜塔莉，他们是上一届世锦赛的双人滑冠军得主，年纪轻，成绩一直很稳定。"

简冰"嗯"了一声，目光循声而去。

威尔逊是美国人，娜塔莉却是个俄裔，两人都是欧美选手那种典型的矫健有力型身量。

两人虽然穿着有些繁复的宫廷装，滑动起来却仍旧行云流水。

到节目的最后，甚至还做了个难度不低的三周抛跳。

俄式抛跳没有换位转身动作，女伴简直就是拔地而起。观赏性虽然不是特别高，动作和速度是绝对地快。

观众们掌声阵阵，简冰靠在椅背上，一遍遍地在脑内回放刚才的那一串动作。

音乐声渐息，灯光也逐渐暗去。

追光再次亮起的瞬间，轻柔的钢琴声紧随而至。

容诗卉和路觉随着追光并肩入场，开场就是一个捻转三周。

——他们这个节目是新赛季的表演滑，改编自三幕芭蕾舞剧《睡美人》。

这曲子被无数人用过，双人版本和单人版本都不少。但经典就是经典，总有它的独到之处。

他们这版的剪辑较以往多了几分沉郁，王子路觉一身黑衣，紧跟在睡美人身后，如影子一般安静。

联合旋转之后，便是难度进入的螺旋线，这算是容诗卉的强项，身体压得极低，几乎与冰面平行。

简冰紧盯着紧贴地面的容诗卉，从头顶看到脚尖，连被追光照得雪亮的冰刀都没错过。

在表演滑里，为了更具观赏性，很多人并不严格按照头膝连成一直线的标准去做螺旋线。

容诗卉却是个意外，较之美观，她更喜欢严格按照每一赛季的比赛规则标准去定义一个动作。

双人滑里，女伴其实比男伴更容易出彩。

曾经有人不大善意地调侃男伴为“底座”，而在这“底座”上起舞的女伴，当然就是全场的中心。

甚至连比赛时候的简介和官方播报组合成员，惯例都是女士在前、男士在后。

当年舒雪与陈辞两人的组合算得上是花开并蒂，而容诗卉与路觉，明显是容诗卉的人气高上许多。

路觉为人低调，外形在俊男美女辈出的花滑圈只能算勉强过了及格线，单人跳跃和滑行上的技巧并不算特别出彩。

但他臂力好，下盘稳，双人配合方面，给容诗卉提供了独一无二的支持。

到他们最后一个连跳完成，简冰忍不住嘀咕：“那个路觉，单跳似乎还没有容诗卉稳。”

“是吗？”陈辞接口，“但是，他们合作六年，他的错误率比容诗卉低了一倍。”

简冰讶异扭头，陈辞表情自然：“我算是被他PK掉的，当然会关注他。”

“你可是能跳四周的。”简冰提醒。

陈辞摇头：“坦白说，我敢和他比单人滑，并且确信自己能赢。但是双人……容诗卉的眼光，还是很毒的。至少当年，我绝对没有他这么稳。”

“那现在就有了？”简冰意有所指地问。

陈辞沉默半晌，扭头冲她温柔道：“我会尽自己最大的努力，去比他做得更好。”

灯光昏暗，那点幽幽的黄光照在他眼睛上，像一泓倒映着晚霞的湖水。

简冰心跳蓦然快了一拍，不由自主地，转头看向冰场，顾左右而言他：“下、下个节目，好像是女单的吧？”

（二）

容诗卉和路觉后面的节目，果然是女单的。

肖依梦今天的表演服是暗色系的，滑的也是冰上的常青曲目《图兰朵》。

《图兰朵》是典型的外国人眼里的中国故事，里面的中国公主性格拧巴到死不说，还特别女权。

美丽高冷的图兰朵公主因为祖母被外族掳走欺辱，而仇恨异邦王子们，想出了用三个问题招驸马的方式。

答得出问题的当然是抱得美人归，答不出的却得被砍头。

歌剧一开场，倒霉的波斯王子就被砍了。流浪的主角鞑靼王子，非得去伸张正义，看到公主的模样，坠落了爱河……

简冰当年听姐姐说起这个故事的时候，就特别为故事里的三个问题而烦恼。

而能答得出问题的王子，在她看来，多少还是有那么点厉害的。

但是等看到侍女为保护王子而死，王子却还忙着和公主拉拉扯扯，最后还要强吻……多多少少就有些看不上他。

更不要说，故事的最后，残暴的公主被王子强吻之后，居然就清醒了。

一个吻而已，哪儿来这么大的能量？

长大之后，她才知道后面的结局并不是普契尼写的——她有时候忍不住在想，如果是普契尼本人来完成，结局到底会怎么样？

高傲而不懂爱的公主，因为多年前一个微笑暗恋王子多年的侍女，为爱痴狂到命都不要了的王子们……

肖依梦这版的表演滑，主角却并不是公主图兰朵。

编舞老师另辟蹊径，把痴情的侍女柳儿给剪了出来。配乐从老国王摔倒时柳儿慌乱的呼喊声开始，再到与王子重逢、绝望表白、自刎保护爱人……

肖依梦毕竟年轻，演绎得更多的还是少女表白时的羞涩与忐忑。

以至于随着乐声伏倒地面时，不少人还怀疑她是不是马上会爬起来，将那未完的咏叹调唱完。

“她这个节目……”

“是不是觉得不够完整？”陈辞道，“据说这节目是她自己一个人编的，但因为缺陷比较大，就没同意她用——后来，她就直接改了来做表演滑。”

自己独立编舞吗？

简冰看着陷入一片黑暗的台上，肖依梦估计正借着这个机会退场。

初生牛犊不怕虎，她愈是接触到这些人，就愈觉得，自己如刚爬出井口的青蛙，初见浩瀚世界，多震惊都不为过。

他们入行比她早，滑得比她好，刻苦的程度，也远在她之上。

这样的付出，怎么可能会没有回报呢？

“不完整是指哪方面？”简冰忍不住追问——坦白说，她没看出来哪里有问题。

她的滑行、跳跃安排，甚至咏叹调的插入都恰到好处。

“指音乐主题。”陈辞道，“她什么都想要，全部都放进去了，甚至还包括王子对图兰朵的表白，图兰朵的拒绝——她滑的是柳儿，柳儿爱得如此纯粹，在她这个节目里，却因为加入太多东西，把主题搞得繁复了。”

简冰愣住，仔细一回想，刚才听到的那些旋律，确确实实切换得异常频繁。就连那首经典名曲《今夜无人入眠》，都只冒了个头就被掐断了。

“下个月，B市有演出，到时候一起去看看吧。”陈辞看着再一次逐渐亮起的冰场，轻声道。

简冰心想我又不是没看过这个歌剧，为什么非得和你再去看一遍？

想是这样想，话却没有说出口。

冰场内，表演还在继续。

今年较之往年，多了不少合作类型的节目。

也因为这样，大家的关系也在突飞猛进。尤其开场的群舞结束之后，没有后续节目的运动员们在后台扎堆围观。

上半场的最后一个节目是国内几大俱乐部推选出来的优秀小冰童合演的队列滑，领头的几个便是北极星的。

小朋友们在台下叽叽喳喳闹个不停，穿着明黄色的表演服上了台，滑成一串，小鸭子一样可爱。

小冰童们的节目之后，便是中场休息兼清冰的时间了。

不少人起身出去，上洗手间透口气的，还有想借机去后台要签名的。

陈辞坐着闭目养神，简冰便自己溜达了出来。

冰场外面就是陈辞和容诗卉一起聊过天的陈列墙，不少家长带着孩子在那儿参观。

简冰随着人群走了一会儿，肩膀被人猛地一拍。

她吓了一跳，转过头，更是惊得直接后退了两步。

章雨天放大的脸近在咫尺，相较前天消了不少肿，算是半恢复了清秀的五官。

“简冰？”他眯着眼睛，笃定地说。

简冰下意识捂住胡子：“你怎么认出来的？”

“我谁呀，我是这么好骗的？”章雨天拉起她胳膊就往外走，“这儿有什么好玩的，我带你去见大咖。”

简冰挣扎了两下，没能挣脱，只得认命跟上。

章雨天走得飞快，熟稔地绕了一大圈，转回到后台——毕竟是在他自家俱乐部，走起“捷径”来简直不要太溜。

他们这一路除了工作人员，就没碰到一个观众。

倒是遇上好几个带妆的运动员，简冰认出了威尔逊和娜塔莉，还有一个等温线的安洁。

他们脚步匆促，身上的滑冰服却都换过了。

“他们去哪儿？”简冰小声问。

“紧急合一遍节目呗。”章雨天道，“威尔逊和娜塔莉的飞机延误，来晚了，他们的三人节目才合了两遍音乐。”

“现在，来得及吗？”简冰惊讶。

“没办法啊，”章雨天道，“大家的训练时间都挺紧张的，所以来得都不算早，一旦延误，就影响到了排练计划，但也不能对不起观众。”

说话间，已经到了后台休息室。

为了方便运动员，贝拉把男女混用的大化妆间和休息室安排在中间，两侧则是男女独立的更衣室。

章雨天一拉开门，一个人影风一般贴面旋转着刮过去。

章雨天猝不及防，猛地往后退了一步。

简冰个子矮，压根看不到前面的情况，被他撞得鼻子火辣辣地疼，胡子也掉了。

章雨天也是撞了人才想起来后面还有人，赶紧回身道歉：“哎呀，差点把你忘了——没事吧？”

简冰捂着鼻子摇头，视线却随着刚才那个旋转的人影跟了过去。

那是在做陆地模拟跳跃吧？

化妆间的人不少，忙着换装的，补妆的，这么大剌剌地在中间做跳跃，很是添乱。

坐得最近的曲瑶正在调整发型，拿着小镜子喊："陈迪锋你发什么疯，不要在这里跳好吗？你把我假睫毛都刮掉了！"

离她不远的肖依梦也难得同仇敌忾："就是，当这儿是你家呀！"

"嘿，这儿还真是他家，"章雨天接腔，"你们和我队长说话，能不能客气点？"

简冰这才恍然，这个叫陈迪锋的，原来是贝拉的队长。

陈迪锋的脾气倒是不错的，立刻打圆场道："不好意思，马上上场了，我有点紧张。"

"不是紧张，是怕拖累我们卉姐吧？"肖依梦道，还扭头向不远处的容诗卉道，"卉姐，你看陈队长多重视和你的第一次合作。"

她说得大声，陈迪锋脸都涨红了，有些尴尬地抓了抓头。

容诗卉一直在一边沉默，这时也不得不站起来："还有十分钟，我们去外面走廊吧，别影响他们。"

说着，又拉了下还坐着的路觉："你也一起吧。"

陈迪锋感激地点头，也招呼自家搭档林纷纷："纷纷，一起吧。"

一下子四个人往门口挤来，章雨天赶紧拉着简冰往边上靠。

简冰好奇地看着他们——节目单上确确实实有写着他们四个人名字的四人滑节目，难道是要换伴的？

容诗卉看到她，明显愣了下，但时间紧迫，还是飞快地走了过去。

简冰抬脚就想跟上，被章雨天一把拉住："你干吗？"

"看看呗。"简冰道，"我还没见过四人滑的训练呢。"

"训练有什么好看的，一会儿他们就上台了，随便你看个够。"章雨天道。

台上和台下可不同！

简冰探出头，便见他们四个已经在走廊中部停了下来。

陈迪锋又一次模拟了那个沙霍夫跳[1]，地方太窄，容诗卉却也坚持同步做了一遍，接着是手拉手的滑行，旋转……

有工作人员跟出来提醒："你们该准备一下了，时间差不多了。"

陈迪锋犹豫地看了眼时间，在这种事情上，容诗卉一向是精益求精的："再来一遍吧，就做刚才那个旋转。"

她的陆地旋转流畅而好看，比不少人加了陆地训练器的效果还棒。

陈迪锋的当然也不差，但和她相比就明显差了一些。

即便在地板上，两人的动作也明显没有同步。

即便是在国内，贝拉的双人滑并不算特别出挑。

陈迪锋当年转双人，也仅仅是因为单人跳跃不行而已。

他已经25岁了，最好的成绩是和搭档一起拿到国际比赛的团体赛名额。和他水平差不多的选手，都已经在考虑是否退役。

如果这场活动贝拉不是东道主，他是否能够上台，恐怕都要打个问号。

和容诗卉这样国内顶尖的双人女伴搭档，机会确实非常难得。

这个赛场上不乏耀眼的天才，也不缺陈迪锋这样天资不足，但一直努力的勤勉型选手。

前者不必太过得意，因为稍有松懈，一样折戟沉沙。

后者也不用太过妄自菲薄，付出总有收获。

横向比不了其他佼佼者，纵向肯定能赢过曾经的自己。

当然，如果涉及发育关，那凭的就是运气和毅力。

---

1 沙霍夫跳：助滑，左后内起跳，空中直体纵轴转体，右足刀齿落冰后外刃滑出。

（三）

简冰正看得入迷，身后一个熟悉的男声响起："有什么好看的，他们会的我哪样不会？"

这声音又骄傲又欠揍，简冰转过头，果然就看到一脸臭屁的单言。

单言穿了一身白衬衣黑裤子，领口扣子开着好几个，看着优雅而又颓废。

"你会三周抛跳？"简冰嘲讽道，"那上次比赛怎么不见你用？"

那一次比赛，虽然不够正式，却是单言明面上"输"给陈辞的最大证据。

单言表情立刻就狰狞了起来："陈辞呢，他晚上真的不参加演出？"

"他在发烧。"简冰一字一顿道。

"弱鸡。"单言嫌弃地撇嘴，又手贱地扯了下她衣服，"你这穿的什么呀，男不男女不女的。"

简冰一把拍掉他的手："你才不男不女。"

那边工作人员从他们身侧挤过去，又开始催外面的容诗卉他们。

下半场马上要开始了，而他们的四人滑是开场第一个节目。

简冰瞅了眼手机，也打算往回走。

毕竟，陈辞还一个人在冰场里呢。

单言的节目排在后面，跟在她后面絮絮叨叨地追问："我哪儿不男不女了？"

简冰怕他发现陈辞也来了，又闹出新闻，只得停在冰场门口："你再继续跟，我就要喊了。"

"喊什么？"单言觉得好玩，"非礼，救命？俗不俗啊？"

"信不信我只喊你名字，你就出不去这个走廊。"简冰威胁。

单言一愣，随即瞥了眼冰场内黑压压的人群——不远处，就可以看到写着他名字的灯牌在一闪一闪。

他“啧”了一声，悻悻然往回走。

简冰这才松了口气，弓着腰，一路道歉着回到座位上。

台上的容诗卉和林纷纷等人已经上冰，追光如水一般温柔。

一道由左向右，一道由右向左。

小提琴声悠扬，《梁祝》的乐声缓缓奏起。

陈辞看了她一眼，轻声问：“你去哪儿了？”

简冰没回答，只盯着台上的四个人。

出乎她的意料，容诗卉还是和路觉一起出场的。

两个祝英台，两个梁山伯。

一对衣衫如雪，一对火焰一般鲜红。

同对镜照影一般，一举一动，一颦一笑，都一模一样。

但仔细看的话，还是能看出他们之间的区别。

譬如，较之林纷纷，容诗卉的鲍步下腰更低。

再譬如，较之陈迪锋，路觉的托举看着更轻松。

到了捻转和单跳部分，他们差距就更加明显了。

——技术性强的项目就是这点没办法，优缺点一目了然，藏都藏不住。

四个人的同步率虽然还不错，但连跳结束，林纷纷落冰的时候，动作明显没有容诗卉干净。

简冰全神贯注，手指抓紧了椅子扶手。

陈辞小声提醒她：“注意看她们两个的用刃，林纷纷那样，已经算错刃了。”

简冰“嗯”了一声。

旋转、螺旋线、单跳……当抛跳结束，代表祝英台纵身投坟的锣钹声响起，红衣的容诗卉在落冰之后，却没有如往常一样滑回路觉身侧。

她宛转而行，与身侧一身白衣的林纷纷交叉了滑行的轨道，音乐也转到了哭灵的部分。

万古英台面，云泉响珮环。

冰场上的灯光聚为一线，分隔开生与死的界限。

作为生者的红衣祝英台，一往无前地奔向了已然身亡的白衣梁山伯。

简冰刚才在走廊上看到的场景再一次重现了。

只是，这一次，陈迪锋和容诗卉的旋转比之前任何一次看到的都更加流畅和唯美。

世事嗟兴丧，人情见死生。

陈迪锋的确不是天赋型选手，但他毕竟足够努力，站在冰场上，依旧光彩照人。

化蝶的悠扬乐声响起，红白身影交错，宛如蝴蝶在花丛中穿行。

待到乐声停歇，蝶影凝固。

全场掌声响起，欢呼声冲上屋顶，又如雨点一般落向雪白的冰面。

简冰也不由自主地跟着鼓掌，刻苦坚持的人，总是值得钦佩的。

哪怕他并不是最强大的，哪怕他已渐入颓势。

谁不是懵懂出生，然后奋力生存呢？

四人滑之后，是单言的新赛季表演滑《牛虻》。

他这版编曲严格意义上来说不是剪辑自苏联电影，而是由苏联作曲家肖斯塔柯维奇的《牛虻》组曲混剪而成。

电影里，“牛虻”光伟正而战斗力十足。

而在作曲家笔下，描述的却是“牛虻”从大学生到作为革命者死去，短暂而起伏的一生。

编曲老师考虑到单言的年龄，曲子大部分在展示牛虻初期理想化与神经质的一面。

单言那意气风发、天下唯我独大的骄傲模样其实并不特别适合诠释这样的角色，但是他胜在年轻外形好。

甫一开场，他直接就是一溜高级三周连跳。

白衣黑裤的少年起跳时姿态悠然，落冰则如雁降平沙，稳得人无话可说。

表演滑自由度比实际比赛大，单言挣脱了规则，滑得也酣畅淋漓。

旋转从蹲转到提刀蹲转再换足，再直立再燕式再反燕式再换足再躬身……只有人想不到，没有他做不到的。

那奔放不羁的模样虽然不像英国绅士，却很有些西班牙斗牛士的范儿。

到牛虻逃狱那段，音乐声渐高，加速助滑的身影靠着刀齿点冰起跳，如风一般旋转——

一周、两周、三周、四周！

平稳落冰，外刃滑出。

这是四周的拉兹跳!

拉兹跳英文简称LZ，又称“勾手跳”，因为助滑时施力与旋转的方向完全相反，难度仅次于阿克谢尔跳。

目前国际上还没有人跳出过被裁判们承认的阿克谢尔四周半跳，勾手四周跳是名副其实的最高难度跳跃。

单言今年才刚刚从青年组升上来，居然就可以完成这样高质量的勾手四周跳，当真是把在场的众人都震到了。

这可不是国际赛场，这是商演平台上的表演滑节目啊。

居然跳勾手四周！

短暂的几秒钟沉默之后，掌声如雷鸣一般响起。

演出虽然还没有结束，但所有人都几乎可以确定，眼前看到的，便是今晚的最高难度跳跃。

哪怕他滑的牛虻完全不像牛虻，舞蹈动作也有些僵硬，勾手四周跳十三点六分的高基础分是明摆着的。

现役男单就是不一样，直接技术碾压，就问你怕不怕吧！

简冰瞥了陈辞一眼，灯光昏暗，他靠着椅背，眼神悠长，不知看到了哪里。

“是不是很羡慕？”

陈辞一愣，失笑，继而摇头。

简冰有些不信：“跳四周的感觉，不好吗？”

奥林匹克的口号就是更快、更高、更强，将竞技的本心描述得通透彻底。

可以跳得更好，偏偏要放弃在难度上的追求，一心配合连三周半都还跳不好的自己，值得吗？

“你看他刚才那一场，PCS能拿多少？”

简冰沉默。

PCS，Program Component Score，即比赛时候选手的节目内容分。

它考量选手比赛时的滑行技术、编排衔接、表现力（执行力）、编舞构成和诠释表演。

相对于技术得分（TES）来说，PCS的主观因素更大，也更难攻克。

因为确确实实，有些人在艺术表现力等方面就是有所欠缺的。

而单言自世青赛成名以来，最大的优势便是不断升级的跳跃难度，最为人所诟病的，也正是他步法基础不够扎实和PCS太低。

他的跳跃难度基础分一向不错，但是等到执行分出来，冰迷们往往就十分可惜。

与他完全相反的，则是俄罗斯的西多罗夫。

他至今还没能跳全五种四周，却已然是金牌在手的奥运冠军。

“曾经有体育评论家做过计算，身体的转速得达到每分钟四百转，才有可能跳出一个完美的冰上四周跳跃，而按他的统计，世界上最顶尖的选手跳四周的成功率也不到百分之七十。”陈辞看着冰场上行礼致谢的单言，声音不疾不徐，“但我们真正在跳跃的时候，压根不会去计算这些。肌肉有它自身的记忆，刻苦训练之后，就牢牢地印在了脑子里。这种记忆又和别的不同，它是一直成长的，体重的变化、身高的变化……花样滑冰，要求的从来都不只是难度而已。”

简冰嘴巴张了张，应答不出。

她不由自主地，就想起当年自己才刚学会基础滑行，就急吼吼地求着云珊教自己跳一周半。

云珊无奈极了，叹着气说：“我知道你好学心切，可是，这个项目的名称叫作花样滑冰，而非冰上跳跃——肆意滑行才是一切的基础，你的步法还这么差，急着上跳跃有什么用？”

多年过去了，当年她不屑一顾的观念，却在这一瞬间，在脑海中再一次清晰显现。

犹如枯萎的根须重新寻找到新鲜的水源，断线的风筝依凭上飞鸟的羽翼。

归根结底，这项运动最初的模样，应该就是类似古籍中描述的“流行冰上，如星驰电掣”的生活与嬉戏吧？

第二十章

结伴同路行

（一）

陈辞辞演的消息，是在L市冰雪盛典开幕后的第二天中午发布的。

而相关报道，便是单言成功跳出勾手四周跳的各种新闻和截图。

什么“中国男单崛起的新希望”“国内又一能跳五种四周的新晋小帅哥”……孱弱的女单，在这一刹那又被狠狠抨击了一番。

而陈辞的退出，在这一瞬间也隐约包含了某种暗喻。

媒体含蓄地表示，陈辞似乎是因为伤病的影响而不得不退出。

冰迷们的猜测就直白犀利得多，在各大社交媒体、冰迷聚集平台上热火朝天地讨论：

陈辞连表演滑都滑不了？

男单的更新换代彻底完成？

凛风的外联电话都快被他们打爆了，粉丝们一个比一个真情实感，甚至还有人专门在俱乐部门口蹲守。

文非凡愁得牙疼都犯了，每天捂着腮帮子进进出出。

陈辞却全然不受影响，养了几天伤，仍旧有空就往泰加林跑。

云珊护短，装傻充愣地继续忙碌。

简冰却憋不住，见他进门就问："你还来？"

陈辞讶然看她："我不过来，咱们怎么训练？"

简冰没吭声，陈辞便径直过去换鞋。

"你的腿真的没事？"简冰上前几步，站在凳子边，恰好能看到他头顶的发旋。

陈辞"嗯"了一声，发旋旁的头发随着他的动作轻轻颤动。

简冰盯着那几根抖动的头发，咬住嘴唇："新闻……"

陈辞终于抬起了头，黑亮的眼瞳里竟然带了点儿戏虐："要不然，我现在跳个勾手四周证明给你看看？"

简冰沉默，半晌，点头："好。"

"好什么好，"陈辞站起身，伸手用力地揉了一把她披散着的齐肩长发，"练这么久都学不会一周的捻转，还好意思要福利——快去把头发扎起来！"

简冰破天荒没躲开他的"魔爪"，任凭他把头发揉得鸡窝一般蓬乱。

陈辞愣了下，微低下头，简冰把头更低地垂了下去。

蓬乱的头发像是巨大的保护伞，将她整张脸都遮得严严实实的。

"怎么了？"陈辞干脆蹲了下来，仰头去看她的脸——

简冰倒是没哭，但眼眶微红，嘴唇咬得雪白，显然是在极力忍耐。

再如何倔强，毕竟只是个18岁的大孩子。

"他们都是瞎说的，我真的没事。"陈辞哭笑不得地抓住她双手，触手冰凉，也不知她在冰场里待了多久，"这么大了还哭鼻子？"

她没反驳，但也没掉眼泪，声音闷闷的："要是我能……你放心，我一定会努力追赶上你的。"

陈辞蹲着没动，只是更用力地握住她手掌。

一个人走了这么久，他以为自己早已经习惯了。

却因为这么傻兮兮的一句话，而心潮起伏——说到底，谁愿意主动选择孤独呢？

女孩的手心软软的，沁着点汗，像是梅雨季浸饱了水分的栀子花。

“好，我等你。”

那声音轻轻地，却似有无穷的力量，自交握的掌心传来，一点点侵入血管、渗入骨髓。

简冰绷直了身体，抬眼看向他。

那双熟悉的眼睛里，有她曾经怀恋的温柔，也有她陌生的成熟与坚毅。

“那咱们就早日练出四周抛跳。”她微仰起脸，试图把这莫名其妙的眼泪逼回去。

四周抛跳吗？

陈辞感受着她纤细却有力的手腕上生机盎然的脉搏，仿佛触摸着云层包裹的春雷。

为了证明自己的决心似的，她难得主动地回握住他双手，用力到关节发白。

这天不怕地不怕的虎虎生气，既熟悉又陌生，激得他也满胸膛热血。

虽然，他已然过了那个要靠言语证明勇气的年纪。

怀揣着那点滚烫的希冀，他站起身，向她道：“那我们开始吧。”

说话间，他手指触碰到她手腕上的黑色发圈。

陈辞一愣，随即十分自然地用手指钩住，轻轻松松取了下来。

“头发扎一下。”

简冰下意识伸手，想要接过发圈。

陈辞却熟门熟路地将发圈套进自己手里，双手在她颈项处轻轻一拢，以手代梳，三两下便把她的头发整理成一束。

简冰怔怔地站在原地，仿佛回到了儿时一般。

那个时候，父母太忙，姐姐忙着赶作业，陈辞便经常负担起帮她扎辫子的任务。

从初时的笨手笨脚，到后来的熟能生巧……他甚至，还帮她编过风靡幼儿园的四股蜈蚣辫。

时光荏苒，两人的身高差却几乎没有变过。

他甚至都不用把胳膊举得太高，就轻轻松松帮她把甩乱的头发重新整理进掌心。

手指摩挲发丝的瞬间，陈辞不禁在心底感慨：

真的已经是大姑娘了，她的头发又黑又长，再不是当年那个扎着稀疏泛黄小辫的毛丫头了。

扎马尾的步骤他还是牢牢记着的，手心一攥，发圈一撑，来回绕个五六圈……按她现在的发量，只绕三圈，皮筋已经被绷得没有余量了。

简冰摸着扎好的马尾发根，一时五味陈杂。

他和她之间，重逢、争吵、组搭档、当朋友、闹矛盾……

没有一样是她想要的，却不知为什么，兜兜转转，就变成了现在这样。

深夜的冰场显得尤其空旷，冰刀划过冰面的声音清晰可闻。

几圈滑行下来，陈辞扭头问：“再试试？”

简冰脚下没停，头却自然而然点了下去。

为什么要拒绝呢？

既然上了冰，既然利刃已经踩在足下，难道还要畏惧它的锋芒？

两人滑得靠近了些，陈辞拍拍她肩膀：“放轻松。”

简冰深吸了口气，主动拉住他的手掌。

人是不能像飞鸟一样脱离地面的，要想摆脱地心引力就得承受代价。

她学了七年花滑，到最近才终于有点明白搭档的意义。

并不只是单纯的合作，而是需要全身心的信赖。

她承认自己放不开，每每被陈辞握着腰凌空提起，首先想到的不是能否成功完成动作，而是这力量并非来自自身。

有了姐姐的前车之鉴，她对这种借来的力量，在内心深处充满了恐惧。

就像当年初学单跳，急迫而又忐忑。

急迫于早日帮姐姐实现梦想，忐忑于每次摔落冰面时彻骨的疼痛。

她不怕疼，但是害怕会遇上比疼痛更加严重的灾难……

如果她再出意外，她想象不出母亲会做出怎样疯狂的事来。

但当身体凌空，因旋转而起的朔风刮过脸颊，刀齿平稳地落上冰面，如飞燕般流畅滑出。那一瞬间的满足感，还是彻底征服了她。

这大约就是人类生存之外的渴望，类似于在安逸平稳中想望高山深谷，在逼仄的格子间内向往诗与远方。

这种创造了自己生命意义的体验，让无数人趋之若鹜。

甚至，不惜放弃生命与自由。

对于她的想望和恐惧，陈辞和云珊似乎隐约也看出了一点端倪——毕竟，按传统来说，捻转是要比抛跳更简单的。

但他和云珊，在几次尝试之后，更倾向于让她先学会抛跳。

毕竟，抛跳只是起跳时借力于男伴。

而捻转，更多的还是需要陈辞来掌控的。

一圈、两圈、三圈……滑到了靠近入口这一侧的时候，陈辞的手放到了她的腰上。

“还记得小时候那个总爱迷路的老爷爷吗？他说，走过错路，才知道什么才是对的。”

他将手扶在她腰际，下巴贴着她头顶。

“别怕，相信我。”

陈辞说得笃定而又缓慢，就连呼吸和手掌，都是温热怡人的。

简冰不知不觉，就放松了绷紧的神经和身躯。

他微微松开她，自她身后转到身前，手掌也再一次贴在了她腰际，“一、二……”

“三！”

简冰在心里应和着他的声音默念，左脚刀齿点冰起跳的瞬间，腰部再一次被陈辞双掌有力地握住，凌空提起，抛出——

旋转的时候，身体是有记忆的。

如何离开所有的支撑，如何沿着抛物线的轨迹回落冰面，右足冰刀齿如何接触冰面……

她借着滑出的力道卸掉抛甩和旋转的惯性，在冰面上足足滑出四五米，甚至还踉跄了一下，才彻底停下来。

陈辞追着滑了一段，慢慢停下，目光地遥遥望着她："你看，把起跳交给我也没那么难，这不就成功了嘛。"

简冰仍旧维持着那个滑出的动作，有些呆滞地回看着他。

成功了！

毫无预兆地，一直走不出去的迷宫，突然就洞开了自己的秘密路线。

她走了那么长，那么远的路。

回过头，才发现终点其实近在眼前。

（二）

"霍老师，您就赏赏脸嘛！对……是抛跳，一周的点冰鲁卜跳！……您答应过来了？好嘞，我这就让人来接您！"云珊兴奋地挂了电话。

她当天就把霍斌请了过来，商量要给他们准备双人编舞。

霍斌这两天也正因为那些传言消化不良，更不要说文非凡天天往他家跑，求他帮忙劝说陈辞改变主意。

他靠在椅子上，看着陈辞脱了冰刀套，和简冰一前一后上冰入场。

这两人的默契度看着是有些进步的，至少不像之前那样剑拔弩张了。

滑到靠近他们这一侧时，陈辞赶上一步，将手放到了简冰的腰际。

"一、二、三！"

转身换位，握腰提起，抛出——

小姑娘一身漆黑，如破空的云雀一般飞快地旋转，落向冰面。

他们显然已经成功好几次了，简冰成功落冰之后，甚至还及时做了个漂亮的后燕式滑行缓冲惯性。

“漂亮！”云珊“啪啪啪”使劲鼓掌，热切地去看霍斌，“怎么样？他们一起训练的时间可没多久——白天小师弟都得在凛风呢。”

霍斌沉默，对于简冰这样完全没有接触过双人滑的选手来说，这样的进步不可谓不大。

但是，赛场上可不管你起点多低，大家比的就是你现阶段所能达到的最高水平。

扶起了她，浪费的却是陈辞这样已然成熟的种子选手的时间和精力。

“捻转练得怎么样了？”霍斌问。

“快、快了……”云珊看了简冰一眼，有些心虚道，“毕竟时间紧迫，我感觉编舞也可以开始准备了。”

“编舞老师你想请哪个？”霍斌看着正在下冰的陈辞和简冰，情绪交缠，说不出打击的话，但也没办法鼓励。

“江卡罗吧，”云珊道，“他价格适中，人也在国内……但是，”云珊有些期待地看着霍斌，“我跟他攀不上交情，时间紧迫，担心他不肯接。”

霍斌轻“哼”了一声，招手示意陈辞他们过来。

“你真的想好了？”

陈辞扶着挡板，笑道：“霍老师，您都不知问过多少遍了。”

霍斌又去看简冰，简冰看着消瘦了不少，穿了黑色的训练服，就显得更加四肢纤细，身量单薄。

她也正有些期待地看着他，对上他带着评估和考量的目光，那点期待立刻变成了灼然的精神气。

简直就是只野气十足的小动物！

霍斌在心里苦笑，半晌，叹气道：“我问一问，能不能成，就不知道了。”

“有您出马，怎么可能不成？”云珊笑嘻嘻拍马屁。

某种意义上来说，名教练比明星运动员更能吸引有志于此的人的注意力。

因为霍斌的加盟，泰加林这边来咨询的家长可谓络绎不绝，甚至还新招进来好几个教练员。

简冰一边默默听着，看着冰面上的痕迹发呆。

直到陈辞拍了下她肩膀，才蓦然惊醒："怎、怎么了？"

"想什么那么出神，霍老师都走了。"

"哦……"她轻轻应了一声。

"那咱们也走吧？"

简冰摇头："你先回去吧，捻转还没成——我再去克服一下恐惧。"

陈辞犹豫地看着垂着脑袋的简冰，她这个样子，像极了一株耷拉着脑袋的豌豆苗，和初重逢时杀气腾腾的模样截然相反。

简冰却已经塌着肩膀，蹲下去穿鞋了。

换完鞋子，把冰鞋往袋子里一装，埋着头就往外走。

陈辞也跟着往外走——暑假的缘故，停车场里人满为患。

等他把车开到门口，正瞧见简冰挤上公交，巨大的背包小山一样趴在背脊上。

人小包大，像一只负重的蜗牛。

他不由自主弯起了嘴角，瞥了眼公交车前面的牌子。

415旅游专线？

他有些奇怪，无论是去Z大，还是去她家，似乎都不是这个方向。

415经过的站点，最近的和花滑相关的，大约便只有北极星了。

她要去北极星吗？

陈辞手指在方向盘上轻点了两下，打上转向灯，掉转车头，跟了上去。

公交车体形巨大，停靠站点还多，陈辞跟在后面，愈来愈觉得焦躁。

好不容易到了北极星站，简冰却没有下车。

陈辞生怕自己看漏了，还特地把车开到隔壁车道，超了车去看车窗里面——简冰背着她的大背包，果然还在车上站着。

小车擦着大车并行了一小段距离，她突然扭过头来。

陈辞心头一慌，立刻踩油门直行一段距离。

——毕竟是在“跟踪”，说好听点是“爸爸心理”。

说不好听，简直就是小女生口中的“STK”“变态”“跟踪狂”。

公交又停了两站，终于彻底驶出城区，奔放地开始加速朝着郊区驶去。

陈辞不远不近地跟着，心里的疑惑也越来越大。

再往前开，可就只剩下一个游乐园了。

这游乐园还是人工的，在这样热的大夏天，有什么好玩的呢?

公交车可不管花滑少年的困惑，四个轮子马力全开，突突突开到游乐园门口，泄洪一般放下来一大群人。

简冰那个巨大的背包，也在下车的人群之中。

原来是来玩，真是小孩子心性。

陈辞失笑，转身打算往回走。

他才把车子掉了个头，却发现简冰独自一人买了票，径直往一看就没什么人的山道上笔直走去。

——入园的其他游客都热热闹闹往大路上走，山道旁还立着“小心虫蛇”的提示牌子。

陈辞迟疑片刻，到底还是将车子熄了火。

他随手在入口的文创店买了顶鸭舌帽戴上，朝着草木氤氲的小山深处走去。

简冰显然是没有同伴的，背着包走得飞快，他追了半个小山头，才在另一侧的半山腰看到她的身影。

大背包、小个子，运动上衣被汗彻底浸湿，紧贴在身上，勾勒出少女感十足的曲线。

小山腰附近有个小悬崖，被改装成了蹦极台，三三两两排着几个游客。

简冰显然不是第一次来，熟门熟路地换了游戏币，存了包。

悬崖那不时传来“啊啊啊”的尖叫声，排队的人也大多结伴而来，相互玩笑或者鼓劲。

她独自一人体检、签生死协议，孤零零地排队，连影子都比别人安静得多。

“准备了啊，不要害怕，准备——”

教练的声音被大风吹得混沌如咆哮的黄河。

简冰面无表情地穿装备，面无表情地按着教练的引导往前走去。

跃下高台的瞬间，束着头发的发圈崩断了，黑发如晕染开的墨汁一般四散飞扬，人却笔直地坠了下去。

让陈辞意外的是，她竟然没有尖叫出声。

就连工作人员也纷纷探头，生怕人出了意外。

好在被工作人员解下来的简冰虽然面色惨白，但明显神志正常。

她在小悬崖下坐了一会儿，再一次乘索道上来，坚定而又执着地，站到了队伍的尾巴上。

那专注而又安静的神情，不像是在玩，倒像个兢兢业业的实习生。

一次，两次，三次……

陈辞静静地站在那里，看着看着，脸上的笑容逐渐凝固了。

难道，这就是她所谓的，克服抛跳恐惧的办法?

蹦极他也不是没有玩过，这种恐惧是积累式的，第二次站上蹦极台时，人还没跳出去，脑内已经将上一次的恐惧预演一遍了……

他的小妹妹，不但不知不觉长大了，还不知不觉，学会了这样近乎残酷的磨砺方式。

他下意识咬住了嘴唇，左边胸膛里的心脏抽搐一般被攥紧。

夕阳西下，晚霞把整个游乐园都包进一片昏黄里，小山腰上的蹦极台更是连钢筋铁架都被染得红彤彤的。

距离蹦极台关闭的时间越来越接近，游人也越来越少。

简冰再一次拿起笔，正要接过协议，胳膊却突然被人拉住了。

“一个人签这种东西，一点都不觉得害怕吗？”

她转过头，就见陈辞将那份写着“登记表”，却印刷着“我愿意承担一切后果”的生死协议举高，蹙紧了眉头。

“你怎么来了？”她意外地问。

陈辞没回答，只是拿过她手里的笔，弯下腰，将“陈辞”两个字，清晰而有力地写了上去。

“我也很久没玩过了，一起吧。”

简冰怔了下，工作人员却马上递了另一张协议过来。

和协议一起的，还有一份双人蹦极须知。

他们两人的体重，当然不会超过一百五十公斤。

两人又都有经验，完美符合双人跳的标准。

只是……

当教练用八卦兮兮的眼神看他们，顺便调侃着问“这回玩情人跳了？”时，简冰还是不由得瞥了一眼陈辞。

陈辞就跟什么都听不到似的，慢吞吞地整理衣服。

简冰克制自己不要去看脚下空旷的悬崖，面朝里站着，解了皮筋重新绑头发。

之前陈辞帮她帮的发圈已经断掉了，这皮筋是临时在背包里翻出来的，反复使用早就没了弹性，扎了七八圈还是不大紧。

陈辞等了一会儿，干脆褪下手腕上的黑色护腕，伸手去帮忙。

简冰没推拒，任由那纤长的手指摩挲过头皮，温柔而不失力度地将长发束起。

“你要玩的话，其实完全可以一个人……”她犹豫道。

“我害怕。”陈辞淡定地打断她。

害怕?!

她不可置信地抬起头，他也正回看过来，眉角发梢都被夕阳照得暖融融的，声音笃定而温和：

“两个人的话，应该就没那么吓人了。”

说话间，身后的教练提醒两人往前走去。

简冰深吸了口气，暗暗握住拳头，轻轻往前迈了一步。

陈辞瞥了一眼她有些发抖的双腿，赶上一步，自然而然地握住了她的手，理由也是现成的：

他一个人，胆小。

（三）

双人跳当然并不都是情侣跳，也并不都是需要拥抱在一起的。

但是他们两人双人蹦极的经验都是零，陈辞又声称自己“胆小”，教练便从善如流地，要求男士拥住女士的腰……

额，既然身高差这么大，抱住肩膀也是可以的。

简冰跳了那么多次，再次踩上钢铁铸就的台子简直如履薄冰。

被他轻轻揽进怀里的时候，一颗心带了降落伞一般直落下来，柔软着陆。

两人从未有过的靠近，近到连心跳都仿佛连接在了一起。

怦，怦，怦！

一声接一声，愈来愈趋同。

简冰轻轻地抬起胳膊，按教练所说的，回抱住他有力的腰部。

那一瞬间，身后的悬崖，凛冽的山风，似乎都不那么可怕了。

两个人，确确实实要比一个人能承担得更多，也勇敢得多。

陈辞看着消瘦，腰腹和手臂上却都有着明显的肌肉。

这便是花滑运动员的典型身材，刀尖上舞蹈，美丽与力量并重，荣耀与危险齐行。

然而，他说自己恐高。

点冰起跳，高速旋转四周后落冰时，就不害怕了吗？

她仰头试图再看一次他的表情，山风却把她额前的碎发都吹乱了，飘来飘去不时遮挡住眼睛。

陈辞询问地看向她：怎么了?

简冰艰难地在飘荡的发丝间寻找他的视线：“你现在还怕吗？”

她感受到了来自搭档的力量，自然，也希望他能够得到一点儿回馈。

陈辞一愣，半晌，恍然失笑。

他更加用力地拥住她的肩膀，摇头道：

“和你一起，我就不觉得害怕了。”

马屁谁都爱听，简冰觉得心里暖洋洋的，连听到教练说“准备”，都不像刚才那样慌乱了。

她将身体深藏在他怀里，微仰着头去看被男人的肩膀遮挡着的天空。

湛蓝一片，万里无云。

那些绚烂到即将凋谢的彩霞，即将沉入地平线的夕阳，都被这给她带来温暖与支持的肩膀挡住了。

教练将他们一并推出蹦极台瞬间，天地倾斜，那个宽厚的肩膀，却依旧如城墙一般立在她的视野里。

简冰闭上眼睛，紧抱住陈辞。

熟悉的失重，无法掌控的身体，无法挣脱的地心引力，冲击得人骨骼都疼痛的巨大风力……

但是，有个人正与自己紧密相拥，生死相随。

下落到最低点之后，绳索开始剧烈地回弹，旋转。

绳索的力量将两人紧紧地扣在一起，速度可怖的空中旋转让不远处的游人都仰头眺望。

幸而，他们两人对高速旋转并不陌生。

陈辞甚至在紧抱住她之余，还有空轻抚她后背安慰：“下一次，如果再觉得害怕，就大叫出声。”

简冰一动也不动，只有紧抓着他衣服的手指泄露了情绪。

回弹的力道一次次减弱，旋转的速度也在慢慢下降。

陈辞再一次将手移动到她单薄的肩胛处，女孩弧度美好的蝴蝶骨隐约可触，紧贴在他胸膛上的柔软胸脯，也剧烈地起伏着。

他意识到那柔软是什么之后，不由自主涨红了脸，小心翼翼地往后挪动了下身体，试图拉开一点儿距离。

简冰立刻追了上来，更紧地箍住他，甚至还用力地把脸往他怀里藏了藏。

还是害怕吗?

他心里柔软得一塌糊涂，任凭柔软而绵长的发丝漏进自己的衣领深处。

缱绻缠绵，连骨头都被挠得酥痒，乃至疼痛。

疼痛进而又转化为力量，牵动心脉，鼓噪心脏。

满腔满肺，都是为情绪激烈撕扯震荡的声音。

这是他的女孩，怨愤的，狡黠的，聪敏的，倔强的，温柔的……

七年过去了，她如春竹般拔节而起，挟带海浪般的怒气，与儿时判若两人，一路跌跌撞撞却总不肯服输，直闯入他心腑。

那些莫名的情愫，如雨季的苔林，在饱浸了融化的冰川水分之后，被回暖的气温催促，被归来的候鸟提醒，疯狂滋长。

就连陈辞本人，都不知它们何时萌芽，何时破土。

在他觉察时，它早已经密密麻麻、层层叠叠，漫山遍野了。

***

他们回去的路有两条，一条是坐缆车回到小山上，如来时一样，直接翻山而归。

另外一条，则是直接从悬崖小道绕出去，直达游乐园的最中央。

陈辞看看天色，再想起那块“小心虫蛇”的牌子，毫不犹豫地选择了第二条。

简冰没什么意见，被他拉着手，紧紧跟着。

从小径回到主干道，老远就看到卖糖果饮料的小车。

“口渴吗？”陈辞问。

简冰摇头。

陈辞歪了下头，又问：“那肚子饿吗？”

简冰看了眼自己和他交握的手掌，仍只是摇头。

现在不是在冰上，亦不是在空中。

但依赖人的感觉，确确实实是会让人上瘾的。

她任由他拉着自己的手，漫无目的地瞎逛——蹦极这样的极限项目关闭了，夜场的各项活动却才刚刚开始。

头戴闪烁灯饰的卡通人物，拉着母亲的手蹦跳个不停的小朋友，相依相偎的小情侣……

真是热闹啊！

经过旋转木马的时候，陈辞再一次停下了脚步。

他记得小时候，简冰最喜欢的就是这个了。

每次去游乐园，都能连玩数场不带停歇的。

“这个想不……”

“不想玩。”简冰言简意赅地打断了他的童年臆想。

她已经18岁了，不是8岁！

更何况，那时候喜欢玩旋转木马，主要也是懒得走来走去排队，更遑论有些项目，还得被熊孩子骚扰。

她也不过是偷个懒，图个清静而已。

毕竟，愿意玩旋转木马的，少有彪悍角色。

陈辞可不知道这些，他从小就有点“小奶爸”的唠叨，长大了到处被教育才收敛不少。

如今春心萌动，多巴胺疯狂分泌，满脑子都想着怎么才能让小姑娘开心点。

“糖葫芦要不要尝？”

“钓金鱼要不要玩？”

“柠檬汽水要不要喝？”

“棉花糖要不要吃？”

……

简冰的拒绝生硬而果决，让他不由自主地更加怀恋萌萌胖胖的小冰冰。

真是人生若只如初见，何事秋风悲画扇。

这边故人心尚永，那一边的故心人却已经不见了。

他体内被多巴胺强势压制的血清胺此时若是能说话，一定会声嘶力竭地提醒：

快醒醒，少年！

不要再被酸诗影响了智商！

你们第一次见面，她就尿了你满鞋满裤！

你还哭鼻子了！

完完全全没有任何美好可言！

第二十一章
脉脉心底事

（一）

霍斌的面子果然不小，第二天，就和江卡罗约好了时间。

云珊佩服得五体投地，马屁拍了一路。

充当司机的陈辞，却把全副注意力，都放在了坐在副驾驶座的简冰身上。

不过一个晚上没见面而已，她额头又多了一块红肿，膝盖也摔青了——很显然，早上又去冰场训练了。

不但训练了，还摔跤了。

他几次想要开口，话到了嘴边，又咽了下去。

江卡罗是地地道道的意大利人，退役之后开始做编舞老师，意外和中国女留学生相恋，后来更是直接千里迢迢追了过来。

不料，中国女婿没当成，编舞事业倒是发展得如火如荼，还因为泡妞等实际沟通需要，成了个彻彻底底的中国通。

他的工作室在B市冰上训练中心对面，在这种寸土寸金的地方，这么一个小型的私人工作室居然占了整整一层写字楼的空间。

云珊感慨着“有钱真好”，霍斌则直接动手“咚咚咚”敲门。

“Hi，好久不见，霍教练——”门还没完全打开，声音就先传了出来。

简冰抬头，就见一个金发碧眼的高大男人，赤着上半身，一手扣裤扣，一手拉开门。

漂亮的胸肌、性感的腹肌……那裤子里面显然什么都没穿，不知羞耻地耷拉着，隐约可见明显的人鱼线。

外国帅哥就是豪放啊！

这简直就是一台会行走的荷尔蒙发射器嘛。

简冰还没感慨完，就觉眼前风景一煞—— 一直站在边上的陈辞上前一步，不偏不倚地挡在了她前面。

江卡罗和霍斌寒暄完，又把云珊夸了一通，最后才和陈辞打招呼。

“陈辞，我认识你，你把大卫滑得活灵活现，艺术表现力一流。”

编舞也是很看重运动员本人情况的，毕竟，再好的节目编排，也是需要运动员去演绎的。

良禽择木，良曲择人嘛。

简冰被挡得不耐烦了，忍不住自陈辞身后探出头来：“你别总挡着我……”

她剩下的话没能说完，陈辞干干脆脆地伸手将她脑袋推回身后，向江卡罗道：“老师，这儿还有个小姑娘。”

江卡罗不愧是意大利人，一听小姑娘，立刻两眼放光。

陈辞不得不把话说得更明白：“您能不能先把衣服穿好？”

“哦？哦！”江卡罗瞬间明了，抛下众人往屋内走去。

陈辞这才松手，简冰立刻推开他：“你干吗……”

她声音渐消，眼睛直直地穿过他肩膀。

陈辞心里咯噔一下，转过头，就见明明已经进屋的江卡罗不知何时又走了出来。

上衣仍旧没穿，裤子也仍旧没有完全整理好，风骚异常地冲着他们眨巴了下眼睛，狠狠地放了回电，这才心满意足地进去了。

“你们这些年轻人啊——”霍斌感慨。

“特别明白自己的优势所在。”云珊大饱眼福，禁不住夸赞道。

陈辞瞥了一眼简冰，对方木着一张脸，眼神却是飘的。

不知是被突如其来的半裸男吓到，还是真的被那六块腹肌诱惑到了。

江卡罗再从里屋出来，已经套上了件宽宽大大的V领套头衫，但是领子低到胸口正中，稍微一动，就露锁骨露胸肌的，穿了也和没穿差不太多。

他在中国混了这么久，恭维起中国姑娘来也熟门熟路。

舞蹈室外面的小客厅甚至还专门放着女孩子爱吃的各种甜品，插着少女心满满的粉色茑兰。

简冰多看一眼，他便立刻接口：“漂亮的花，特别容易让人想起美好的往事。”

随口一张就是花语，还特意与情景结合得严丝合缝！

云珊和简冰互看一眼，无声交流。

云珊：这男人真是太浪漫了，绝对能打一百分！

简冰：云老师，你不要忘了鲁叔啊。

……

片刻，两人身前的水杯就空了。

热情的江卡罗弯腰来给女士们添茶，举手投足之间，胸口到小腹的肌肉一览无余。

这老师作风绝对有问题！

陈辞轻咳了一声，往椅子上重重地靠了一下。

霍斌捧着洋编舞奉上来的家乡“名酒”，又嗅又呷，并没有留意到这些。

“霍老师，”陈辞提醒，“我下午还有事呢。”

这世上编舞那么多，没必要找这么个一看就会带坏小孩的吧？

霍斌这才提起编舞的事儿。

江卡罗听完他的介绍，眼神在陈辞和简冰身上转了一圈，一句多余的话都没有，直接问："你们有特别喜欢的曲子吗？"

简冰随口说了几个，陈辞补充："我们一起滑过《堂吉诃德》。"

江卡罗摇头，站起身去开音乐。

霎时间，满屋子都是童声合唱的意大利文版的《茉莉花》：

Là sui monti dell' Est,

在东边的山上，

La cicogna cantò，

仙鹤在唱歌。

Ma l'april non rifiori，

四月不再有花开，

ma la neve non sgelò，

雪没有融解，

Dal deserto al mar non odi tu mille voci sospirar：

由沙漠到海洋，你可听到，一千个声音在轻唤：

"Principessa，scendi a me！"

公主，来我这里吧！

……

江卡罗在那悠扬的东方曲调里转过身，用意大利语随着背景乐哼唱："Bianca al pari della giada，fredda come quella spada，è la bella Turandot……"

见简冰一脸茫然，他不得不改用中文解释道："这是说图兰朵公主有如玉一般地雪白，有如刀锋般地冷酷……像你这样可爱的女孩子，不应该滑老骑士，应该滑《图兰朵》才对。"

《图兰朵》？

那个初期高傲残忍，后来又无脑恋爱的，西方人想象中的元朝公主图兰朵？

虽然这个剧里名曲众多，本身也被无数前辈演绎过，简冰对里面的主人公，实在是爱不起来。

霍斌和云珊却都对江卡罗的这个提议挺动心的——《图兰朵》里的曲子确实好，那么多版本，每个版本都特色十足。

只是，前辈们滑得那么好，他们俩再滑……滑得出彩吗？

陈辞显然也想到了这一层，蹙着眉沉思。

唱片机里的音乐已经唱到了柳儿的咏叹调：

Tu che di gel sei cin ta，

你那颗冰冷的心呀，

Da tan ta fiam ma vin ta，

将被他的热情融化，

L'a me ra I an che tu……

那时你会爱上他……

悲伤的姑娘哽咽不能自已，他的心也跟着飘远。

而对面的简冰，正低头看着茶几上的茶杯，丝毫不受歌声的影响。

——某种意义上说，江卡罗看人确实挺准的，简冰确实和那个冷冰冰的图兰朵，有那么一点儿相似。

“那么多经典版本珠玉在前，你们敢滑吗？”霍斌突然问道。

“怎么不敢？”简冰简直是下意识反驳。

初生牛犊不怕虎，真是一点儿也不假。

霍斌无奈摇头，又去看陈辞。

他的得意小弟子，正侧着头听着柳儿哀恸的咏叹调。

一声一声，绵长而忧伤：

Pri ma di que sta au ro ra，

等不到升起朝霞，

I o chi ù do stan ca gli oc chi

我就要永远地躺下……

“陈辞，”霍斌不得不提高声音，“你怎么想？”

陈辞低头看了眼身前的茶杯，满杯茶香，白雾袅袅升起。

这丝丝缕缕柔软而坚韧，被空调风吹得歪来歪去，但还是固执地往高处飘去，如云絮一般白皙。

“试试吧。”他轻轻说道，余光深望着对面目光炯炯的女孩。

不试试，怎么知道滑不滑得好？

不试试，怎么知道冰霜会不会融化呢？

（二）

“完美！”

江卡罗的提议被采纳，内心还是很得意的。

坦白说，他接中国人的单子，最怕的就是遇到对方执意要滑完全不合适的曲子。

或者干脆要滑东方色彩过于浓重的曲子，类似《梁祝》《黄河》这类名曲还理解点，冷门点的二胡曲子之类的，他真的是有心无力。

他再中国通，也得承认自己在厚重的东方文化面前，还很渺小。

“你们现在的跳跃配置是怎么样的？”

出于严谨考虑，江卡罗还是先问了一下。

陈辞因伤临时缺席冰雪盛典的消息，他也有所耳闻。

但好歹是练男单的，找的女伴也不可能太弱，就算因伤退步，也不可能太差。

简冰呆了呆，转头去看云珊，云珊也有些不好意思。

陈辞接口道："其他问题不是特别大，主要是捻转和抛跳还有些问题。"

"是磨合的问题？"江卡罗乐观地问。

"前天我们才完成了一周的抛跳，"陈辞无奈坦白，"捻转，应该也快了。"

"几周？"江卡罗以为自己听错了。

"她一直练单人，"云珊主动替简冰解释道，"最近才刚接触双人滑。"

所以，他刚才没有听错！

他真的要给只会做一周抛跳，完全做不来捻转的组合编舞了?!

江卡罗瞪大眼睛看着他们，半晌，转头看向霍斌："我可以反悔吗？"

他的招牌虽然不是很响亮，但也不是不值钱的！

霍斌板着脸，并不接他这个冷笑话的茬儿。

"从四周跳转到一周抛跳，这个跨项……"江卡罗长长地嘘了口气，拍拍陈辞的肩膀，"你一定很爱她。"

陈辞深看他一眼，没有解释，亦没有反驳。

***

你一定很爱她。

一直到坐上了车，简冰脑子里都是江卡罗这句半是玩笑、半是认真的话。

她倒是没听出意大利男人口中的认真，她唯一解读出来的，就是自己确确实实非常拖后腿。

拖到，江卡罗都直接将陈辞和自己搭档的行为，用毫无道理可言的"爱情"来解释调侃了。

等到陈辞将霍斌送回家后，她便有些迫不及待地问："要不要一起上冰？"

基础训练她可以自己做，但捻转和抛跳，都是没办法单人去练习的。

陈辞犹豫："现在？你们店里还有客人吧？"

"那……你们凛风呢？"简冰真是豁出去了，连文非凡的大白眼都不怕了。

陈辞沉思了一会儿，点头："行吧，去我那儿练。"

简冰于是又抱着大包，吭哧吭哧重新爬上了车。

陈辞发动车子，前方的路况极差，他却还是忍不住拿余光瞥了眼副驾驶座的小姑娘。

简冰正全神贯注地整理头发，发圈在她手里翻花绳一般灵巧，三两下就把马尾扎好了。

——年轻小姑娘新陈代谢速度快，鬓边一圈短碎发，稍微一运动就从发圈里挣脱而出。

现在还不到中午，正是凛风运动员们上冰训练的时间。

陈辞领着简冰往训练基地走，一路上连前台小妹都禁不住频频探头观望：

传言陈辞小哥哥色令智昏，要跨项和外面的业余小妹子去滑双人，所以这就把"祸水"直接带进来了？

等等，这个祸水看起来很眼熟呀！

我也认识，就是那个怼了北极星的"辍学女童"……

陈辞就像什么都没听到，带着她笔直地往冰场走去。

简冰紧跟着往前走，前面那个沉默的背影看起来是如此可靠，那些低声的议论很快被他们甩到了身后。

推开冰场大门，曲瑶和申恺正做单人旋转。

"一、二、三，换！"申恺的声音在这时听起来格外严肃，曲瑶也一改往日嘻嘻哈哈的模样，专心控制转速。

这两人的组合简冰在冰雪盛典上已经见识过了，配合度是差了点，但实力绝对是不容小觑的。

如果在全国锦标赛上遇到，以他们现在的水平，赢面小到几乎可以忽略不计。

陈辞进来就直接换鞋，见简冰站着不动，催促道："别傻站着了，换鞋。"

简冰"嗯"了一声，抓着背带的手指，却不由自主扣紧了。

和这样的对手同场练习，这……

她换好鞋，跟着陈辞上冰。

曲瑶好奇地多瞥了几眼，表情渐渐就认真起来了："小陈哥哥，你不是吧，玩真的呀！"

简冰刚落冰，还在愧疚自己只能做出一周的抛跳——和曲瑶刚才的抛跳三周对比起来，格外寒碜。

曲瑶看他们，却完全是看此生最大敌手的感觉，围上来一个劲打探："这么快都能抛跳了啊，你们单跳要用什么配置？"

陈辞无奈："你不训练了？"

曲瑶夸张地抬手按住胸口："能跳四周的男单种子选手跨项来滑双人，我们还滑什么？"

陈辞还没接腔，简冰先开口了："我连捻转一周都还不会，我怕你才对吧？"

她难得这么直接地示弱，说得陈辞都是一愣。

曲瑶嘿嘿笑了两声，瞥了眼陈辞。

那意思不言而喻——你是弱，但你的搭档强啊！

简冰没吭声，只是加速向前滑去。

陈辞轻瞪了曲瑶一眼，曲瑶努嘴，用口型道："我可什么都没说。"

陈辞摇摇头，加速从她身侧绕过去。

曲瑶耸耸肩，滑回申恺旁边。

申恺左看右看，一脸纠结："我们……"

"继续练呀，"曲瑶道，"'敌人'都练上了，咱们哪儿还有时间浪费呢！"

简冰滑得飞快，独自一人冲到冰场的另一头，等到曲瑶滑远了，才重新向着陈辞滑去，跃跃欲试道：

"先温习抛跳？还是直接捻转？"

"捻转吧。"陈辞道。

简冰点头，与他并肩向前滑去。

习惯真是可怕，不过几个月时间，她竟已经开始习惯，身后如影随形一般的陪伴了。

毕竟是同场训练，曲瑶和申恺不时自不远处掠过。

近的时候，甚至是擦着他们的影子过去的。

他们这对新组合磨合到如今，滑速较冰雪盛典时候，又快了不少，默契度也是与日俱增。

但摔起来也毫不客气，不但曲瑶会摔，申恺也坐倒好几次。

新节目初期，这样的挫折简直是无可避免的。

简冰深吸了口气："我准备好了。"

陈辞没吭声，只稍微放慢速度，转到了她身后。

手也搭在了她腰上，半晌，附在她耳边轻声道："放轻松。"

她这才发现，从决定尝试开始，自己全身的肌肉都是绷紧的。

"知道江卡罗为什么叫江卡罗吗？"陈辞突然道。

简冰愣了下："什么？"

"江卡罗的原名其实不叫这个，Giancarlo是他们意大利一个早年花样滑冰名将的名字，江卡罗这辈子都没拿过金牌，所以就把中文名改成了Giancarlo的谐音。”

“这样也可以？”

简冰目瞪口呆。

“为什么不可以？”陈辞道：“灵魂永远比身体高尚，谁没个做梦的权利。”

说话间，他放在她腰际的手掌也微微收紧：“准备了，一、二、三……”

简冰下意识地随着他的动作踩刃起跳，整个人如陀螺一般拔地而起，三百六十度旋转之后开始下落。

她脑子里一片空白，蹦极时从高空坠落的无力感再一次环绕了她，她咬紧牙关在脑内模拟如何落冰、如何用刃、如何滑出……

被那个温暖的怀抱牢牢接住的时候，陈辞的声音也再一次响起：“都好好完成了，怎么还闭眼？”

简冰这才睁开眼睛，近处是陈辞微笑的脸庞，而他头顶，则是凛风高远的冰场弧顶。

完、完成了？

“不相信？那咱们再来一遍。”陈辞作势就要再抛。

简冰却拿双臂紧揽住他脖子：“我……我真的做到了！”

她把脸紧贴在他胸口，努力平复呼吸，努力克制自己不要把胸膛里快乐的尖叫释放出来。

美梦成真，当真是痛快淋漓！

她挨得这么近，手搂得这么紧，连心跳和呼吸都隐隐传了过来。

陈辞再没勇气逗她，有些僵硬地抱着她继续在冰面上滑行。

有那么一瞬间，他甚至怀疑，他们是不是不小心，把血管粘连在了一起。

要不然，怎么连心跳都愈来愈趋同？

简冰渐渐也觉察了，犹豫着抬头打量他：“你心跳怎么也这么快？”

虽说抛跳和捻转的时候，女伴更容易摔倒，更容易受伤。但男伴摔得七荤八素，也并不是没有发生过。

难道，是在担心自己连累他？

陈辞好半天才轻轻说了句“没事”，面上没什么表情，耳郭却渐渐红了起来。

那点绯红如洇开的墨汁，一点一点往外晕染，从耳际到下巴，再滴落到简冰微微仰起的脸颊上，传染一般泛起红晕……

窗外蝉鸣声阵阵，不知疲倦一般。

身下是冰刀磨砺过冰面的声音，耳畔是带着凛冽寒气的风声，自对方身上传来的温暖，便显得尤其珍贵。

（三）

“我、我们再试试吧！”

简冰有些慌乱地挣扎着跳下地，冰刀落在冰面上，踉跄了一下才往前滑去。

陈辞说了句“小心”，却没有跟上去。

他的肩膀、他的手指、他的双腿，全都是僵硬的。

只一颗心，火苗一般烈烈地跳动着。

他站在寒冷的冰面上，甚至想要俯倒下去，把开始烧灼的脸贴上去，以阻止两颊越来越烫的红晕。

这一场冰下来，除了最开始的捻转练习，两人再无交集。

你在这边练旋转，我便去那边压步；你滑到了东面，我便滑向西侧。

这捉迷藏一般的行为惹得曲瑶频频探头张望，小声跟申恺嘀咕：“他们这是在干吗？”

申恺也是满头雾水："不知道啊，可能排节目吧。"

"你们家节目俩搭档从头到尾天各一方？"曲瑶嗤之以鼻。

一直到冰场开始清冰，简冰和陈辞才一前一后下冰。

曲瑶眼里闪烁着八卦的光芒，笑嘻嘻地上前："小陈哥哥，冰冰，一起吃中饭去呗。"

简冰扭头去看陈辞，陈辞四下张望了下，有些犹豫。

曲瑶立刻猜到他的担忧："文教练女儿高烧，今天一天都不会过来。"

"那……"陈辞松了口气，"走吧。"

凛风的食堂，并不是适合待客的地方。

但对需要控制体重的运动员们来说，是个挺好的觅食地点。

供应的餐点普遍高蛋白、高碳水不说，还特别提供定制服务。

像曲瑶、陈辞这类签约运动员，在训练周期里，食堂都是按监控指标供给食物的。

简冰就不同了，她木来就不是凛风的人，压根没人管她吃什么。

她拿着陈辞的卡片在窗口转悠了一圈，这个拿点，那个要点，端了一盘子吃的回来。

陈辞才瞥了一眼，就问："你最近测过血红蛋白吗？"

"测过。"简冰一边拿筷子，一边道，"每升一百三十五克，正常范围内。"

既然在正常范围内，那么饮食还是得继续控制的。

陈辞拿起筷子，利索地将她盘子里的东西拨了大半出来。

简冰嘴上不说，喉咙却不由自主吞咽了一下。

陈辞瞅瞅她那单薄的小身板，心有不忍，又把自己盘里的菠菜和木耳，各拨了一点到她盘子里。

"女孩子会周期性失血，补铁的东西多吃点。"他嘀咕道，"免得影响身体机能状态。”

失血……周期?

简冰咀嚼食物的动作渐渐慢了下来，待到想明白他话里的意思，脸腾地红了。

陈辞却又想起了另一件事，问曲瑶道：“她一控制体重，体脂就掉得厉害，都影响到生理周期了，有没有什么办法?”

“人设崩塌好吗?!”曲瑶真是大开眼界，“谁说凛风的陈辞是个木头人，居然开始关心女伴的生理周期！你确定要继续和我讨论?”

陈辞拉长视线看她：“申恺大约不知道，教练刚带他的资料回来的时候，你还嫌……”

“咳！”曲瑶干咳一声，急忙打断他，“体脂控制不好，肯定还是饮食和训练的问题。”她看向简冰，“你最近的训练是不是超负荷了?”

……

生理周期确确实实不太规律的简冰同学，到底还是在这俩能在吃饭时把这类话题聊得如此自然的前辈面前，默默低下了头，埋头啃起了水煮菠菜。

等他们吃完饭，回到冰场，清冰已经结束了。

之前的暧昧与尴尬也仿佛随着混乱的冰痕一并被洗冰车洗去，简冰站在场边深吸了口气，觉得心境也如这平滑辽阔的冰面一般坦荡。

陈辞讨论了一中午的膳食营养、综合监测，神情看着也分外平和。

两圈滑下来，两人的脚感都渐渐回来了。

简冰毕竟年轻，迫不及待地提议再次尝试捻转。

陈辞思忖了下，点头，加速跟上来，自身后扶住了她纤细的腰。

这样近的距离，那种心跳加速的感觉又来了。

他轻嘘了口气，滑行，握腰提起，捻转——

旋转，下落……

他稳稳地接住了下落的简冰，轻轻放下冰面，滑开。

转过弯道的时候，简冰不由自主地回头来看他，大眼睛里全是掩藏不住的喜悦和激动。

“再试试？”

陈辞“嗯”了一声。

她似乎真的找到了突破口，起跳一次比一次流畅，落冰也一次比一次稳。

一直跟在后面的陈辞，却愈来愈觉得恍惚。

女孩汗津津的脸生机勃勃，柔美的肢体如初春吐蕊的白茅，健美的腰肢温热而坚韧……

甚至，连她自他手掌间抛出后，简单的一周旋转都转得他心神不宁。

自己这几天，是怎么了？

对着从小就喊自己“哥哥”的18岁小妹妹心旌摇荡，甚至严重到影响训练。

现在是在训练场上，脚下的刀刃锋利到可以割破咽喉，光滑冰面即便在盛夏也不减严寒。

抛跳和捻转需要男伴强大的控制力，稍有不慎便可能血溅冰场！

刀齿磨砺冰面的声音刺入耳膜，他蓦然惊醒，如醍醐灌顶，浑身冰凉，冷汗一层层往外冒。

迟到了多年的情愫觉醒得毫无道理，如雨后春笋一般日日拔高。

他不曾应付过这海潮一般起伏的心绪，喜悦、惶然、惊惧……种种情绪交织在一起，如困入泥滩的幼兽一般无力。

唯一清明的，大约便是突然理解了那个因为暗恋邻家的钢琴少女，而成天听着钢琴曲发呆的室友。

长相思兮长相忆，短相思兮无穷极。

“咱们要不要试试做二周的捻转？”

简冰的声音蓦然响起，陈辞全身一震，愕然地看向她：“什么？”

“我说，要不要试试捻转二周？”简冰重复道，眼睛似有星光在闪动。

“……不行。”陈辞知道，应该要先做陆地模拟训练的，应该要先……但是，她那满眼希冀和向往的样子，让他怎么也不忍心开口斥责。

光是拒绝，便用尽了他全部的理智。

简冰也自知这个提议太过不靠谱，得不到支持便放弃，又缠着他复习螺旋线。

江卡罗今天给她的刺激是真不小，她迫切地想要成长起来。

起码要配得上新编的曲目，配得上身边的搭档。

而捻转、抛跳、托举、螺旋线，是无论节目怎么编排，都绕不过去的规定动作。

陈辞想起曲瑶提到的超负荷训练问题，劝道：“你该下冰休息一会儿了。”

体脂比过低不但影响生理周期，训练状态也是要受影响的。

简冰回头看了眼曲瑶他们：“他们都没停啊，他们还一直抛跳呢。”

陈辞叹气：“他们的训练强度一直就是这样的，和你情况不同——再急，一口也吃不成胖子。”

简冰只得作罢，又缠着他再练一会儿托举。

陈辞无奈，干脆领着她练步法。

一边滑，一边还苦口婆心地劝她：“你不能只盯着抛跳、捻转，凡事都得一样一样，慢慢来。”

简冰连声答应，练习起来也挺认真的。

但临要离开了，她还是想再试做一下抛跳和捻转。

女孩的样子可怜又可爱，陈辞到底还是一败涂地，全部答应。

他想着既然已经成功多次，巩固一下，也没什么不好。

但是，独独忽略了她的体力和耐力。

正所谓善水者溺于水，善战者殁于杀。

因为体力不济，她在捻转落冰时踉跄就算了，抛跳滑出时更是直接扶冰跌倒。

陈辞心里发慌，蹲下去扶人时心几乎要从嗓子眼跳出来。

曲瑶和申恺也围了上来。

简冰单手捂着膝盖，眼泪都疼出来了，硬挤出笑容："没事没事，是我不小心。"

陈辞抓起她藏在身后的手掌，掌心磨破了点皮，渗着点血丝。

膝盖摔得更重一点，连运动裤都破了个口子。

凛风是有配医务室的，处理这种小伤完全不在话下。

从医务室出来，陈辞的脸却一直紧绷着。

他最近的状态，确确实实不对。

明明知道耐力不是短时间就能养成的，明明知道超负荷训练的危害……他想自己大约是魔怔了，激素混乱、脑子发晕，连原则都完全不顾了。

舒雪摔倒时的身影隐约在眼前晃动，无形的达摩克利斯剑高悬在他头顶。

这样不对!

不对!

他咬紧牙关，越走越快，一直到打开驾驶座坐进车里，都没再扭头多看一眼简冰。

但他的眼睛看不到，耳朵却较之往日更加敏锐——她因为膝盖摔伤而有些别扭的脚步声，拉开车门鼓动空气流动的钝声，坐下时速干运动服与皮垫轻微的摩擦声……

喜欢一个人，就连影子都是可爱的。

可这影子的主人年纪还这样小，未来还这样长。

……

陈辞发动车子，无声无息地叹了口长气。

第二十二章
一小时女友

（一）

车子驶出训练基地，简冰突然又后悔了。

“能帮我借条裤子不？”她轻拽了下裤子上的破洞，“我这样回去，我爸估计得担心了。”

陈辞用余光瞥了她一眼，将原本左向的转向灯，拨到了右边：“我家离这儿不远，应该有你能穿的衣服。”

简冰“哦”了一声，靠倒在椅背上。

太阳开始西落，道路两旁的行道木森然矗立，车子如同穿行在树木与天地围合而成的天然隧道里。

间或有一两只雀鸟鸣叫着自头顶飞过，像是碧涛蓝海间掠过的一片羽毛。

陈辞家便在这隧道尽头的静谧公寓内——这是陈父陈母为了方便儿子训练和生活而购置的复式loft。

房子虽然不大，该有的也基本都备齐了。一楼是做健身房用的客厅、开放式的厨房和洗手间，二楼扶梯上去是半封闭结构的卧室和书房。

装修风格简约，配色也只简单的黑白灰三色，一看就是典型的单身小青年独居的地方。

就连玄关边的鞋柜，都只孤零零地放着双男士拖鞋。

简冰探头看了看，没有直接迈进去。

她记忆里陈辞的房间，是杂乱且五颜六色的，里面塞满了各种帅气球星的海报、车模船模、习题册子。

又因为陈父陈母常年不在家，那房间还成了同龄人寄存不能让家长知道的小玩意儿的仓库。

舒雪藏过体校选拔的资料，隔壁男孩藏过偷买的游戏机……就连简冰自己，也曾将考砸的试卷，偷偷塞进他挤满了资料的书架深处。

如今这个房子，无论怎么看，都不像经常有客人来访的模样。

陈辞换了室内拖，走到鞋柜边翻了双没拆封的男式大拖鞋出来，递给简冰："穿这个吧。"

简冰换上，直如穿错大人鞋的小孩，每走一步都要担心摔倒。

陈辞无奈："算了，别穿了，地板早上保洁刚来清洁过，干净的。"

简冰毫不客气地把拖鞋脱掉，光着脚板走到跑步机对面的照片墙前。

墙上密密麻麻贴满了照片，从小到大，形色各异，甚至有不少举着奖杯、奖牌的照片。

简冰微踮着脚，一张张看过去，脸上的神采也逐渐暗淡下来。

——右上方那个举着奖杯、被陈辞高高托起的女孩，赫然就是姐姐舒雪。

照片已经泛黄，天鹅般优雅的笑容却依旧灿烂。

那是他们拿世青赛冠军的辉煌瞬间，全场掌声雷动，绒布玩具和鲜花落满冰面……

这张照片的旁边，便是他们三人的大头合照。

三个笑得东倒西歪的孩子，肆无忌惮地往对方的脸上抹着奶油。

她伸手想要去触碰，摸到照片的瞬间，手指被什么刺了一下，一个小小的圆环自固定照片的图钉上滚落下来。

这是……

简冰茫然地看着这个亮闪闪的小东西在地板上滚了半天，骨碌碌地躺倒在脚边。

那是一个小小的戒指形状的生辰石坠子，指环上镶着细碎的小钻，中间的白色大水钻在夕阳下熠熠生辉。

我是四月生的，白色的石头就是我的幸运石。

我把幸运石送给你，就等于把幸运送给了你。

……

谁稀罕你的臭石头！

你把姐姐还给我！还给我！

……

简冰的目光随着折射着光芒的小戒指微微颤动，一直到视野里出现熟悉的棉质拖鞋，才彻底停住。

“你还记得它吗？”陈辞弯腰捡起来，举到她眼前。

“你那时候总是考不好数学，卖小饰品的阿姨拿水钻哄我，说水钻是四月的生辰石，还说送给谁就能把好运带给谁。”

再后来……

他没有继续说下去，但人生无法如言语一般，想停在哪里就停在哪里，想绕过哪一段路就绕过哪一段路。

那个名字谁也没有说出口，却如绵延的山峦，永远矗立心中。

他摊开她手掌，将那冰凉的小东西放进她手心：“如今，也算物归原主了。”

简冰微微蜷缩了下手掌，只觉掌心似有冰霜停驻。

那些过往的记忆，快乐的、悲伤的，如洪水一般转瞬将她淹没。

陈辞上了扶梯，在卧室里翻出几条明显是他学生时代穿过的旧裤子。

这些为岁月所磨砺的朴素布料，触手柔软，经纬纵横间都是故事。

然而，给简冰穿，还是不合适。

她太瘦了，腰肢纤细，不用手抓着，压根穿不住。

陈辞又去抽屉里找，上下翻检，总算给他找到一条还挺新的男式皮带。

简冰哭笑不得，她要是穿着这条明显属于男人的裤子，还绑着男人的皮带回去——不需要舒问涛开口，连云珊都得来盘查她。

陈辞也终于醒悟过来，讪讪地问："不然我送你去商厦，临时买一条？"

简冰摇头，去卫生间将自己的旧裤子换了回去，怏怏道："不用了，麻烦你送我回去就行了。"

再继续折腾下去，天就全黑了。

于是，又是原路返回。

夜色渐浓，碧绿的通道已经逐渐为暮色吞没，也再没有鸟鸣声响起。

只有不知名的蛙虫，一声接一声，嘹亮而快乐地回荡在夏夜微凉的风中。

***

他们的生活，便又回到了原轨道。

简冰每天在泰加林按部就班地训练，偶尔跟着陈辞去凛风——文非凡睁只眼闭只眼，对外都说陈辞只是兼项，但明眼人渐渐也都看出来了。

陈辞花在双人项目上的时间和精力，确实越来越多。

冰雪盛典H站闭幕的那天早上，江卡罗又来了电话。

说是曲子已经剪辑完成，基本步法也编排完毕。

出乎他们的意料，他编的居然是短节目，记录舞步的本子上清晰地标注着他们需要完成的动作：

一组捻转、一组单跳、一组抛跳、一组托举、一组接续步、一组螺旋线和一组单人联合旋转。

“这个赛季短节目的规定动作是单人联合旋转，对你们这样的新组合，只能说有好有坏吧。”江卡罗道。

好处是对一直练单人的简冰来说，这组动作好歹比双人联合旋转熟悉。

坏处则是他们两人的默契度上估计得吃点亏。

双人联合可以直接抱在一起转，好赖都在一起了；单人联合却是各自为政，转速的差距一下子就体现出来了，同步率恐怕不会特别好。

霍斌也接过去看了看，又把本子抛回给简冰和陈辞：“具体的动作，你们自己先填一个参考一下。”

陈辞看了眼简冰，在单跳里填上了3Lo，捻转填了3Tw，抛跳则填上了3Tth。

三周的鲁卜跳，三周的捻转，三周的点冰鲁卜抛跳。

简冰抢过笔，将抛跳和捻转的那两个小小的阿拉伯数字“3”改成了“4”。

陈辞哭笑不得：“这是短节目，短节目不能上四周。”

听到“四周”两个字，江卡罗张大了嘴。

你们不是才学会一周的抛跳和捻转?

这梦想是不是太过宏大了点?!

简冰可没管这些，听到陈辞这样说，快速地涂掉“4”，重新写上了耳朵一样的数字“3”。

陈辞忍着笑意，将本子递还给霍斌。

霍斌戴上老花眼镜，一行一行看过去。

看到被涂改得乱七八糟的捻转和抛跳，他先瞟了陈辞一眼，又看了眼简冰，连日来一直紧蹙的眉头终于有了松动：“还算有志气。”

云珊也凑过来看，微微颔首：“三周是必须上的，要不然，连争取名额的机会都没有。”

江卡罗的态度可就暧昧不清得多，他们有志气，他当然是巴不得的。

但是最近的全国大奖赛在九月，要在不超过三个月的时间里，完成从一周到三周的蜕变……

江卡罗并不十分看好，他盯着节目编排动作看了一会儿，沉吟：“冰冰既然能跳3Lo，把抛跳换成2Loth，短期目标实现得更快，基础分值也就差0.8分，如果完成质量好，定级高点，也和3Tth差不多了。”

“那如果我们3T完成得好，”简冰反驳道，“不是能在加上这0.8分的基础上再争取高定级？”

霍斌摘下眼镜，一锤定音：“既然这样，那就直接练鲁卜跳，小目标抛二，大目标抛三。至于抛四，等自由滑曲目定下来，有的是挑战机会。”

（二）

从江卡罗的工作室出来，天空淅淅沥沥地下起了小雨。

云珊突发奇想，想去对面的冰上中心走一走。

“霍老师，咱们一起回去看看呗。”

霍斌“嗯”了一声，点头：“行啊。”

B市的冰上中心和L市的冰上中心，是国内最早成立的两个冰上运动训练基地。

对于霍斌来说，这里不啻梦想开始的地方。

他生于北方，长于北方，从小就是戴着虎头帽滑野冰长大的。

对于冰上项目，他自认为挺有天然优势的，一直到进入国家队，和同伴一起上了国际赛场，才知道差距有多大。

这差距不单来自硬件、来自训练体系，更来自于人才的选拔、培养，来自于一个国家的综合实力……

数十年过去了，时代发展了，国家强大了。当年的毛头小伙们、懵懂的少女们，也都已经白发苍苍。

在花样滑冰这个项目上，女单崛起又衰落，男单经历一番风雨，如今也称得上新人辈出。

双人滑则完成了从无到有、从有到强的转变。

中间当然也有过低谷，甚至如今，都还经常被人嘲讽“田忌赛马”——传统冰雪竞技强国让最顶尖的苗子去练单人，单人淘汰下来的练双人、冰舞。中国则是选拔最优秀的选手去滑双人，剩下的才去练单人、冰舞。

霍斌可不这么想，单言、肖依梦、安洁，这些单跳能力强的，全都是单人滑选手。

至于陈辞，他当年在双人滑这儿是摔了大跟斗的，人家自己想要再尝试，想要从头再来，能说是功利吗？

这简直是全天下最傻最纯粹的梦想了！

仰头望了望冰上中心这块稍显陈旧的牌子，霍斌眨了眨干涩的眼睛，感慨：“老咯……”

话还没说完，大门被猛地推开，一个高瘦的身影飞快地冲了出来，嘴里还嚷嚷着：“你别跟着我了，我真的有女朋友了！”

紧接着，门后哗啦啦又跟出来个穿着运动背心和短裤的年轻女孩，一副青春无敌的样子。

她满脸通红，连冰鞋都没换：“单言你给我站住！说好了我练出三周半，你就当我男朋友的！”

单言？

北极星那个会跳勾手四周跳的男娃？

霍斌眯起眼睛，好奇地看过去。

单言顶着他那头风骚卷发，穿着件深色紧身运动背心，满脸的郁闷：“你那叫三周半吗？你那叫陆地模拟三周半，你在冰上连一周半都跳不利索呢！”

女孩眼眶通红："你又没说一定要上冰才算！"

"需要专门说明吗？"单言也是秀才遇见兵，有理说不清，"我是练花滑的，又不是你们练体操的！"

他眼珠子滴溜溜直转，四下一张望，蓦然看到霍斌，吓了一跳。

"霍教练?!"

霍斌听着挺受用的，冲他露齿一笑，心想：花滑在国内发展确实不差啊，当年自己哪怕到结婚的时候，也就不知名小报给自己在角落里登个豆腐块。

如今的小伙小姑娘们，粉丝是真的成群结队。

看看，才多大的孩子，就有姑娘流着眼泪哭着喊着要当他女朋友了。

霍斌想到这里，不由自主地扭头去看落在他后面的大小徒弟。

云珊坐在轮椅上，正一脸的八卦。

陈辞和简冰一起站在云珊身后，也正好奇地看向单言和那眼泪汪汪的女孩。

一个下定了决心要中年创业，继续爱情长跑。

另一个……另一个，还是先好好把成绩练出来再说别的吧。

单言终于也发现了陈辞他们，眼睛一亮，径直就朝着简冰走去。

他一边走，一边还喊："冰冰，你怎么来了？"

简冰浑身一抖，鸡皮疙瘩一层层往外冒。

突然叫这么亲热，姓单的是不是磕坏脑袋了?

单言可不管这些，脚步快得裤子都猎猎作响，绕过云珊，张开手臂揽住简冰的脖子。

简冰抬脚就踩在他脚背上，没想到他居然还忍着不放手，凑在她耳朵边小声道："帮帮忙啊，回头重谢你。"

简冰想要推开他的双手，就这样凝固住了。

重谢?

听起来，似乎是个不赖的提议。

能让孔雀一样骄傲的单言低头……最最不靠谱，也起码可以拿这个把柄要求他离自己远点吧？

简冰当真衡量起利弊来，单言趁机揽着她往前走了两步，将她从陈辞身旁带离：“帮不帮？”

简冰犹豫地看向他，“怎么帮？”

“当我半小时……”单言停顿了下，“一小时女朋友吧。”

简冰愣了下，随即了然：“报酬呢？”

“随便你开价，我能做的绝对没二话。”单言倒是大方。

简冰拉长眼线，似乎想要好好打量一下，单言能不能实现承诺。

“快，她过来了！”单言使劲催她，还特地拉起她胳膊，示意她搂住他的腰。

简冰悄悄翻了个白眼，却干脆松开了贴上他后背的手臂，改挽住他胳膊，声如蚊蚋道：“你也差不多可以了，别想占我便宜。”

“我需要吗？”单言冷笑，咬牙切齿地小声嘟囔，“没看到眼前这个就哭着喊着要当我女朋友？”

“那你答应她呀。”

“答应个屁……”单言冲口而出，想到需要她帮忙，又咽了回去，“太强势了，我喜欢温柔点的。”

简冰长长地“哦”了一声，点评道：“直男癌。”

单言斜了她一眼，到底还是没控制住，脚尖踩在她运动鞋鞋面上，轻轻往下碾压……

简冰吃痛，大喊：“你干吗踩我？”

单言只得松脚，逼出温柔声线：“对不起，对不起，疼吗？”

简冰被他“哄”得鸡皮疙瘩都起来了，摆手推开。

单言于是昂着头，耀武扬威一般向那女孩道：“汪晓晓，你看清楚了，这就是我女朋友——新闻还报道过呢，跟你说半天还不信。”

汪晓晓眼泪都下来了，拿起手机就冲着简冰拍了一张，低头捣鼓半天，似乎是在搜图。

简冰见她一边忙活，一边还掉眼泪，忍不住跟单言咬耳朵："我看这不叫强势，这叫情之所至，你真的可以考虑一下。"

"我可不敢，"单言嘟囔，"还没当我女朋友就这么爱折腾的，真要成了，不得把人逼死。"

他们声音都挺小的，越说越认真，两颗脑袋自然也越凑越近。

一直站在云珊身后的陈辞，脸色逐渐转阴，慢慢攥紧了拎着运动背包的手指。

对面的汪晓晓突然从手机屏幕上抬起头，声音尖厉地道："你骗人，她是那个人的女朋友！"

说着，手指头直指向陈辞。

陈辞微微一愣，随即在心里苦笑。

她搜到的，应该是之前那个谣言吧。

如果谣言可以成真，他还真不介意被多拍几张照片，多编几篇报道。

起码不像现在这样，眼睁睁看着自己喜欢的女孩和别的男孩搂搂抱抱，愣是找不出理由来阻止。

"他们分手了。"单言得意道，说着还挑衅一般瞥了陈辞一眼。

陈辞避开他的视线，既不揭穿，也不像是生气，只看着不远处的广告牌发呆。

单言于是加重语气："她现在是我女朋友了。"

他说着，还微侧过头，含情脉脉地看向比自己足足矮了一个头的简冰。

汪晓晓"哇"地大哭着冲过来，狠推他一把，冲入雨幕之中。

地上已经渐渐积起了雨水，湿滑不已。

单言人被她这样一推，重心不稳，整个人往后仰去。

他随手一捞，恰好抓住了身侧的简冰——

简冰这几天摔得够狠了，哪儿经得住他的体重，惊呼着滑倒。

两人你扯我拽地扑向地面，不知是谁的身体先着了地，滚向了车水马龙的马路。

陈辞扑上去想拦，哪里来得及。

还是简冰自己腾出手，抓空了好几下，最后堪堪拽住了路边的地灯桩子。

两人脸贴着脸，呼哧呼哧地喘气，彼此都只能看到对方侧脸旁的街景和地面。

单言从没觉得死亡离自己这么近过，心跳得快像要破胸而出。

他茫然地看着眼前灰白色的路面，和沾着点血迹的古铜色镂空雕花地灯。

女孩纤细的手像是柔韧的锁链，满是擦伤，紧紧地缠卷在地灯古朴的花纹上。

紧贴着花纹的那根手指大约是割伤了，缓慢地往下淌着殷红的鲜血。

一滴、两滴、三滴……

单言近乎凝固地望着，躁乱的心跳逐渐规律起来，呼吸也开始逐渐平复。

命悬一线，却幸运地靠这“一线”获得了生机。

这一瞬间，天地似乎都只剩下这抹艳丽而浓稠的红色。

“你、你没事吧？”简冰的声音自下方传来，“没事就快起来啊——”

单言蓦然清醒，惶然地想要爬起身。

无奈手足无力，一连爬了两次都没能起来，直到身后一股大力袭来，才被人猛地拎了起来。

他混混沌沌地站定，眼看着陈辞蹲下身，小心翼翼地将简冰抱起。

她应该也吓得不轻，右手一直死死地攥着地灯的铜罩，差不多是被陈辞掰开的。

细密的雨丝打在人脸上，如有蚂蚁在脸上爬动。

单言无措地看着几乎整个人都陷在陈辞臂弯里的简冰，从他这个角度看去，只能看到女孩乱糟糟的头发。

靠近发旋的发丝上，落着一片指甲盖大的绿叶，葱翠欲滴，随风一抖一抖地颤动着。

不像落叶，倒像是森林里什么不知名的昆虫。

活跃跃地，停驻在她发梢，也悬在他心尖上，随时随地都要振翅飞走一般。

一直到陈辞把人抱上车，关上车门，单言才急吼吼地回头去找自己新改装完的帅气大摩托。

被这个意外吓到的汪晓晓，终于鼓足勇气，带着哭腔问道："你要去哪儿？"

"去医院看我女朋友啊！"他看也没看她，大步朝着车库方向走去。

（三）

距离冰上中心最近的医院，就是市立医院了。

开车的话，算上红绿灯的时间，单程十五分钟。

单言一路风驰电掣，十分钟就到医院急诊部了。

如今的三甲医院，哪个时间点去都人山人海的。

单言里里外外找了一圈，也没找着简冰的人影。他脚步越来越重，眉头也越蹙越紧，濒临爆发。

附近护士留意到单言额头的那点擦伤，主动走过来问："你额头需要处理下吗？门口的机器全都可以自助挂号，这边两个诊室都还有号。"

单言不耐烦地挥挥手："我找我女朋友呢——"他往前走了好几步，又回过身，"护士姐姐，您看见我女朋友了吗？小矮个儿，瘦瘦的，穿一条蓝色牛仔短裤，白T恤，胳膊和手指受伤了。"

这一声"姐姐"，瞬间就让小护士蔫了。

这么帅的男生，果然有主了。

都喊人姐姐了！

她失望地摇摇头，表示这儿人流量实在太大了。

单言不死心，又问：“急诊的病人，都在这儿了吗？”

护士点头，想了想，指指右边过道：“你女朋友受伤不严重的话，也可能去挂普外的号了。”

单言想想有道理，道了谢，往普外门诊走去。

出乎他意料，普外居然比急诊稍微空闲一点。

他才找到第三个诊室，就看到了陈辞比一般人高上不少的背影。

简冰坐在他身边的椅子上，正耐心地等着医生开单子。

两人一坐一站，虽然没什么暧昧的动作和表情，就是让人觉得很亲昵。大约，这就是双人滑搭档的默契感吧。

按章雨天的说法，叫作“夫妻相”。

单言看得酸溜溜的，喊了一声“简冰”，大步往里走去。

简冰抬起头，看到他明显有些意外：“你怎么来了？”

“我当然要来，”单言有些不开心，“你是为我受的伤，我哪能不管。”

简冰哆嗦了一下：“你能不能别这么说话——”

好肉麻好恶心啊！

她还是更习惯他拽兮兮的模样，好歹看着正常很多。

单言是真受到打击了，他千辛万苦地找过来容易吗?!

不感动就算了，她这表情分明还很不欢迎自己。

他刚要表达下自己的不满，对面的医生已经下完了诊断。

医生一边把就诊疗卡从刷卡机上拿起来，一手随手关电子病历：“没什么大碍，先去缴费，再去隔壁清创室包扎一下就好了。”

陈辞伸手要接，单言眼疾手快地抢过去：“我去我去，我负责到底！”

说罢，转身就往外面的自助机器那儿跑。

陈辞摇摇头，扶起简冰：“那咱们先去清创室吧。”

简冰“嗯”了一声，小声嘀咕：“你说他是不是摔到脑袋了，怪模怪样的。”

“大概吧。”陈辞望了单言的背影一眼，脸上没什么表情，垂在大腿一侧的手指，却不由自主地握紧了。

这小子，不过就是被女孩拉了一把，春心都荡漾到脸上来了。

他只听说女孩有英雄情结，没想到男人也有“慕强”心理。

如今的“王子”，也都需要公主来拯救了吗？

陈辞却不曾留意，西方童话里，有靠着公主的吻才成功摆脱诅咒的青蛙王子。东方志怪里，多的是孤身赶考，引得狐仙、女鬼屡次垂青的落魄书生。

就连武侠剧里的大侠小侠，也总有身份不凡的美人前来搭救。

从古到今，无论男女老幼，对于“恩人”这个词，向来都是充满旖旎幻想的。

更何况，简冰还是单言名副其实的“救命恩人”。

他们到了清创室，又是一群人排队。

膝盖有积液的，眼睛红肿的，额头鲜血淋漓的，小腿被钉子戳破的……

简冰在这里简直再健康没有了，门口的椅子都没好意思坐。

刚刚排到她，单言回来了。

护士阿姨拦住：“家属跟一个进去就好了，其他在外面等。”

“不是，我女朋友在里面！”单言脸皮贼厚，“你不让我进去，女朋友跟人跑了，你赔我一个？”

护士阿姨给他说得一愣一愣的，扭头瞥了眼陈辞——哎呀，这女孩命真好，一点儿小伤，前前后后俩小帅哥陪着。

里面那个温柔，外面这个酷劲十足，确实挺难抉择的。

青春就是好啊!

护士阿姨虽然青春不再，为人倒是宽厚，微微侧了侧身，向单言道：“进去吧。”

“谢谢！”单言一溜烟就进来了。

简冰和陈辞早就听到他们的对话了，陈辞垂着眼睛没说话，简冰却不客气："谁是你女朋友？"

"你啊，"单言指了指墙上的挂钟，"一小时还没到，你想出尔反尔？"

"嘁。"简冰撇嘴，扭头去看小医生给自己包扎手指。

单言也凑过来，还顺势把陈辞往外挤了挤，问她："疼不疼？"

简冰眼皮跳了两下，半天才道："你别忘了之前答应我的事。"

"我是那种言而无信的人？"单言说着，好奇心起，抬手在她擦了药水的擦伤那儿轻戳了一下。

简冰吃痛，"嗤"地倒吸一口凉气，反手去推他。

单言一把握住她胳膊："别乱动。"

忙着包扎的小医生也开口提醒："别在这里打情骂俏，到时候留疤了我可不负责的。"

"谁要你负责，"单言冷哼一声，干脆挨着简冰坐了下来，"我负责。"

简冰乜了他一眼，专心看小医生操作。

等到单言再一次抬起手，她突然问："你不是想追我吧？"

"追、追你？"单言的表情有了一瞬间的僵硬，嘴硬道，"你诚心诚意跟我表白的话，我可以考虑一下。"

他这话说得骄傲极了，连小医生都忍不住多看了他两眼：这么臭屁的人，还真是不多见。

简冰懒得再理会他，等小医生包扎好，站起身打算离开。

她这一转身，才发现一直跟在身后的陈辞不知什么时候站到了清创室门口。

他手插着兜，低着头，出神地望着地上的大理石花纹发呆。

***

不知是不是简冰的错觉，自从那次在冰上中心偶遇单言之后，陈辞的态度就冷淡了不少。

他本来话就不算多，如今更是除了训练之外，几乎一言不发。

单言倒是经常来“串门”，有时是在附近的公共车库里，有时干脆就在电梯里。

按他的话，说是去冰上中心测试。

国内这么多现役运动员，简冰也没整明白，他一个人怎么有这么多测试。

简冰没空去打听，她忙着训练，忙着控制体重。

时间只剩下三个月不到，短节目编舞才刚刚开始，长节目也马上要排上日程。

唯一值得欣慰的，大约就是捻转和抛跳的大门打开之后，技术还真是突飞猛进。

他们现在不但捻转能上两周，loth也顺利上了两周。

江卡罗开心坏了，灵感大发，居然提前把短节目编舞完成了。

但自由滑的编曲仍旧没有眉目，江卡罗提的方案全被霍斌否决了，愁得他都开始蹲冰场边看简冰和陈辞训练了。

简冰的进步是巨大的，但他们两人的问题，也远远不止是抛跳和捻转难度不足。

江卡罗左看右看，越看越觉得别扭。

这两人是吵架了？

一点儿小情侣热情似火的感觉都没有，别别扭扭，跟闹情绪似的。

尤其是托举的时候，难度都还没上去呢，这都不是拉索式的，身体接触面老大了，上上下下都硬邦邦、冷冰冰的。

一个沉默不语，一个面无表情。

江卡罗长长地叹了口气，觉得膝盖也更冷了——年纪大了，冰场的温度对他来说，越来越难以忍受。

他随手将陈辞挂在椅背上的外套取下来，抖开，打算盖在自己腿上。

衣服在灯光下展开的瞬间，两张小小的纸片落了下来。

江卡罗愣了愣，弯腰捡起。

是两张歌剧《图兰朵》的门票，时间就在今晚7点。

江卡罗看眼手表，现在已经6点30分了，剧院跟这儿并不近，不堵车也起码得开个二十来分钟。

他再一次扭头看向冰场，他们正做压步练习。

陈辞紧跟在简冰身后，目光一刻也不停地紧跟着她，却始终不曾追上去并肩滑行。

按这个训练节奏，他似乎也并没有停止训练，邀人去看演出的意思。

这个陈辞！

江卡罗作为情场老前辈，很有些怒其不争。

追女孩最忌讳的就是瞻前顾后，犹豫不决了，有这个工夫，人都跑了！

他抖了抖门票，蓦然站起："冰冰，陈辞，你们俩过来！"

他这一嗓子号叫得惊天动地，差点把两人喊摔倒。

陈辞扶了把踉跄的简冰，一前一后滑了过来："怎么了，江老师？"

江卡罗扬了扬手里的票："今天的训练就到这儿吧，我请你们俩看个歌剧。"

看歌剧，《图兰朵》吗？

简冰一脸茫然，陈辞却紧盯着他手上那两张熟悉的门票。

江卡罗悄悄冲他眨了眨眼，一副"你快谢谢我"的得意模样。

陈辞苦笑着叹了口气，下冰换鞋。

江卡罗将门票交给简冰，去车库取了车出来。

等两人上了车，他瞥了后视镜一眼，立刻把车载音响打开。

悠扬的钢琴曲流泻而出，车窗外快速后退的街景都在这一刻变得柔美。

简冰侧过脸，玻璃窗外一片喧嚣，隐约还倒映着陈辞熟悉的侧脸。

他低垂着眼，似乎是睡着了，既不看风景，也不听乐声。

仿佛，完全与世隔绝了一般。

她抿了下嘴唇，摇下车窗，把那有些单薄的侧影彻底抛之脑后。

夏夜灼热的空气扑面而来，连风都是燥热难耐的。

一直低头的陈辞终于被惊醒，他欲言又止地看着拿后脑勺对着自己的简冰，手臂抬起又放下。

最终，选择了再一次沉默。

他有满腹的言语，有满腔的爱意，正如那早早就订好的歌剧票一般，深深地藏在衣物的深处。

对上她澄澈的眼瞳，却什么也表达不出了。

她才18岁，柔嫩的骨骼还攒满了朝阳般的活力，整个运动生涯也才刚刚起步……

他握紧了拳头，抵在膝盖与座椅交界的缝隙里。

第二十三章 今夜无人入眠

（一）

他们赶到歌剧院，歌剧已经快开场了。

陈辞和简冰几乎是小跑着冲进去的，江卡罗欣慰地站在门口，看着两人的身影远去，直至消失。

他打着响指往外走去，临到了停车场，却意外遇上个老熟人。

“单？”

单言见到他，也是一愣：“江老师，这么巧，您来看演出？”

作为B市还算大牌的编舞老师，江卡罗当然和北极星合作过的。

江卡罗摇头：“送两个朋友来——滑不出感情，来补补课。”

“滑《图兰朵》？”单言眼珠子一转，“双人滑？陈辞和简冰？”

江卡罗点头：“你们认识？”

中国的花滑圈，到处都是熟人，真的不大嘛。

单言瞥了眼墙上的歌剧海报——为爱痴狂，冰雪消融。

他眯起眼睛，轻轻地掂了掂手里的钥匙串。

***

陈辞购票的时候，为了能够专心欣赏，也为了自在独处，特地挑了二层的包厢座位。

包厢票价虽然贵，视野确实极好，不用望远镜都能看到台上演员的表情。

他们来得太晚，一坐下来，四周灯光全灭。

接着，乐池那边的灯光最先重新亮起。

乐队指挥在掌声中上场，台上的幕布也开始渐次拉开。

熟悉的铜管声阴森响起，舞台上惨白的人头为灯光照亮……

《茉莉花》的曲调响起时，求亲不成的波斯王子终于还是难逃被砍头的命运。简冰轻叹了口气，这样的爱情观，她实在是不能理解。

爱一个不爱自己的人，甚至为之丧命——放到现在来说，大约就是大家所唾弃的恋爱脑吧。

舞台上的主角王子，却着了魔一样，对着公主离去的背影，飙着高音赞叹："美若天仙！叹为观止！"

简冰忍不住扭头去看身侧的陈辞，对方一脸沉静，全神贯注地凝视着舞台。

许是简冰的视线太过明显，他终于转过了头，轻声问："怎么了？"

简冰摇头，重新看向舞台。

熟悉的曲调，熟悉的剧情，高傲的公主有多美丽便有多残酷。

哪怕王子将三个限定的谜题一一解答，完全符合她招亲的条件，她看向未来"夫婿"的目光却依旧冷漠。

"不要望着我，陌生人。"

王子于是提出，只要她在破晓前答出自己的名字，便愿意慷慨赴死。

公主骄傲的脸上，才终于流露出一点欣喜和希冀。

两幕剧结束，掌声如雷，演员们不得不一次次上台谢幕。

简冰却有些蔫蔫的，除了至今还在耳畔回荡的优美旋律，她一点儿与爱相关的心情都没有接收到。

因为歌剧本身布景华丽、繁复，每幕剧的中场休息时间极长，不少观众选择去一层大厅外的茶歇小憩。

陈辞见简冰无精打采的，也拉着她走了出来。

简冰自言自语般嘀咕道："这剧最失败的就是下一幕里的结局了，我看多少遍都没办法理解。那么高傲残暴的公主，怎么可能因为一个侍女的死，一个强迫的吻，就突然开窍了呢？"

陈辞愕然，"你刚刚，就一直在想这个？"

"对啊，"简冰叹气，"这又不是她第一次杀人，柳儿对卡拉夫王子深情，向她求爱而死掉的几十个异族王子难道不深情？凭什么，她就被柳儿感动了，被卡拉夫感动了呢？"

陈辞呆了半晌，突然道："怪不得江卡罗说你像图兰朵。"

一样固执，一样冷漠。

一样在炽热的爱情面前无动于衷。

"什么？"简冰没听清。

"没什么，"陈辞找了个位置坐下，"要吃点心吗？"

简冰摇头，懒洋洋地瘫在椅子上。

陈辞无奈，仍旧起身朝着茶歇台走去。

台子上满是造型精致的小甜点，一看就高糖高热。

陈辞想想她那摇摇欲坠的体脂，转了一圈，转身走向门口。

他记得那里有自助售货机，里面有矿泉水和功能饮料。

待到他拿着两瓶矿泉水穿越整个大厅，回到休息区，却见自己的位置上，已然大摇大摆地坐了个人。

黄卷发，印着夸张图案的运动T恤……就连原本空荡荡的小桌子，也摆上了精巧美味的小甜品。

陈辞怔忪半晌，才抬脚继续往前。

有那么一瞬间，他觉得自己的模样显得非常滑稽而可笑。

战战兢兢，考虑这个隐忍那个，似个被生活磨去了所有棱角的疲惫老人。

看，就这么一晃神的工夫，青春逼人的竞争对手已经乘虚而入。

简冰面朝着单言的方向，微抬着头，眼神清亮，嘴角上扬。

和之前在医院时的嫌弃模样，截然相反。

陈辞越走越近，终于听到了单言那标志性的又拽又冷酷的声音：

“这屎一样的剧情确实不好看，还不如跟我去滑野冰。你还没怎么见识过我们北方的美吧？等到后公园那儿的冰湖全都结冰了，那景象才叫壮观……”

简冰手撑在椅子扶手上，侧着头听着他滔滔不绝，眼神里流露出的向往刺得陈辞胸口针扎一般地疼痛。

他拉开椅子，坐下来，也将那两瓶矿泉水放到了桌子上。

单言被打断，不大开心地瞪眼：“哎，陈辞你是不是特别喜欢当电灯泡？”

简冰白了单言一眼，稍微坐正了点，向陈辞道：“你去买水了？”

“嗯。”她这一眼白得太过明显，落到了陈辞眼里，就颇有点他们才是一辈人，自己成为要应付的“长辈”的错觉。

明明，自己才是那个从小和她一起玩耍的“竹马”。

陈辞瞥了眼桌上的点心，随手往单言那儿推了推，向简冰道：“少吃这些东西，容易长胖。”

简冰还没说话，单言先怼人了：“你又不是她爸，管得也太多了。”

说完，不等陈辞开口，又向简冰道：“真不知道你怎么受得了他，古板又没劲，约会看歌剧，土鳖！”

“那你呢，”陈辞盯着他，“你来这里干什么？”

“哈！”单言发出嘲讽的笑声，“我是在这儿等人，”说完，还特地转头看了简冰一眼，“等了足足两幕剧才见到。”

简冰心情挺好地靠在椅背上：“那你再等一等呗，演出完了我请你吃宵夜。”

“你不想练了？”陈辞终于还是变脸了。

简冰愣了一下，改口道：“请他吃，我就看着，不碰。”

陈辞噎住。

单言满意地晃了晃跷起的二郎腿，看他的眼神揶揄而挑衅。

照梁初有情，出水旧知名。

在18岁这个如入夏的葛藤一般肆意疯长的年纪里，他们有着相通的小世界。

快乐起来惊天动地，愤怒起来歇斯底里。

而陈辞的谨慎小心、周到思虑，则显得分外格格不入。

花期已至，他闻到了花香，却猜不透人心。

他当她是小孩子，如珠如宝捧在手心，考虑她的未来，担忧她的家庭，连表白都不敢。

甚至，试图凭一己之力构筑个遮风挡雨的玻璃花房。

可花房还没盖好，不速之客已经踩着绿茵随信而至。

而她对这样鲁莽的客人，似乎也并不讨厌。

她和单言愈谈愈是投机，连话题都信马由缰，随起随扔，徒留他一人置身玻璃墙内。

二十分钟的休息时间显得格外漫长，陈辞枯坐在那儿，耳畔是他们交谈的声音，眼里是他们的笑容。

心情，也如沉入深潭的船锚一般。

直到休息时间结束，简冰才意犹未尽地和单言告别。

聊得再投机，单言没有票，包厢也是进不去的。

两个少男少女站在入口附近挥手道别，含辛茹苦的陈奶爸又是一阵心酸。

“你们什么时候关系这么好了？”

简冰一边往里走，一边抿了下嘴唇：“他这人其实还不错，没我想象的那么坏。”

陈辞“哦”了一声，一直到幕布再次拉开，都还在咀嚼她这话的意思。

舞台上，深情的王子因为即将得到的爱情而无法入眠。

整个剧场都是《今夜无人入眠》的旋律，那高亢的歌声震颤人心，一字一句都饱含深情。

Ma il mio mistero e' chiuso in me,

秘密藏在我心里，

il nome mio nessun sapra!

没有人知道我姓名！

No，no，sulla tua bocca lo diro，

等黎明照耀大地，

quando la luce splendera!

亲吻你时我才对你说分明！

Ed il mio bacio sciogliera il silenzio……

用我的吻来解开这个秘密……

一曲唱毕，台下掌声如震动的鼓点一般热烈。

陈辞看了下简冰，她又蜷在了椅子上，一脸萎靡，与刚才神采飞扬的样子判若两人。

他心里有些不是滋味，话到嘴边，又咽了回去。

舞台上，柳儿和老国王被带到了公主面前。

在侍从们的咄咄逼问下，柳儿挺身而出，代替了老国王接受盘问。

又是那首熟悉的《公主你那冰冷的心》，演员满面泪水，观众席也有人开始拭泪。

王子终于放弃了温柔，愤恨地大声谴责他的公主。

然而，谴责着，谴责着，荷尔蒙又一次占到了上风。追来赶去，撕扯面纱不说，甚至在舞台上就开始强拥强吻。

这也是简冰最不喜欢的桥段，歪着头，几乎要打起瞌睡来。

一如她的预料，王子的拥吻如灵药一般融化了公主身上的寒霜，她不但立刻就学会了爱，整个人都宽容大方起来。

乐声高亢，整个乐队都在沸腾。

舞台上众人齐聚，圆满结局。

简冰轻叹了口气，心想这么好的曲子，这么好的演员，怎么就配了这么可怕的剧情呢?

陈辞朝她这边侧了下头，轻声问："就这么不喜欢？"

简冰迟疑了下，点头："爱情观不同，一个粗鲁的吻，只会让女人更加愤怒而已。"

陈辞沉默，黑暗中看不清表情，只能听到他清浅的呼吸声。

周围的掌声如浪潮一般翻涌，小小的包厢却如六月的地下隧道一般静谧、阴凉。

简冰收拾好杂物，正准备把背包背上，身侧的影子突然俯了过来。

有什么柔软而灼热的东西，如蜻蜓点水一般，颤抖着蹭过她的眉眼、嘴唇，继而快速远离。

"这样，不算粗鲁吧？"

陈辞的声音温柔如薄纱，又恍惚似梦中的呢喃。

刚才，刚才——

简冰呆在原地，手足都僵硬了，被触碰的嘴唇似乎被灼伤了，一刻也不停地发热。

这股灼热还大有向四肢扩散的意思，一圈一圈，涟漪一般在身上荡漾。

（二）

凌晨2点多，第三十八次翻身之后，简冰终于还是爬了起来。

她赤着脚走到窗户边，拉开帘子，小区里静悄悄的，只有路灯静静地矗立着。

简冰犹豫了下，伸手将窗户用力地推开。

北方的夏夜并不如南方那般湿润，晚风吹到脸上，不但皮肤紧绷，连鼻子都堵得慌。

她揉了两下，不出所料，揉出点鼻血来了。

她在这边也算待了大半年了，无论饮食还是气候，还是不大适应。

她叹了口气，拿了点纸巾塞住鼻子，坐到窗台上，倚着墙发呆。

这小区的楼都不怎么高，遥遥望去，连路灯都显得比别处高大。

路灯下树影幢幢，不时随风颤动一下——天上动，地上自然也跟着动。

吹过去黑压压一片，晃回来乌漆漆一团。

她坐了一会儿，又去看桌上放着的钥匙串。那颗小小的生辰石坠子被她悬在钥匙环上，在微弱的灯光下，金属圈与水钻都显得有些暗淡。

她高举了一些，更多的光线照在坠子上，终于折射出如那日傍晚一般的璀璨模样。

年少无知多可贵，直率到连钻戒造型的礼物都敢随意送。

简冰掏了手机出来，短信、未接来电、微信……一圈翻下来，也没在那个叫“陈辞”的头像下面，找到一条新消息提醒。

她这好歹也是初吻，他就这么亲了就跑？

她有些懊恼地把手机扔回床上，顺便把自己也摔了上去。

被褥刚换过，枕头上满是阳光的味道，燥热地贴在脸颊上。

左翻右翻，开灯关灯，还是毫无睡意。

再爬起来，她干脆把衣服也重新套上了。

冰场的备份钥匙她有，冰鞋什么的也全都在冰场的柜子里存着。

既然睡不着，不如去上冰冷静一下。

简冰主意已定，轻手轻脚地推开门，又蹑手蹑脚地下了楼。

待到走出楼道，双手轻轻一扬，小跑着奔向小区门外。

道旁路灯并不算太密集，亮度也并不特别大，两旁的店铺都已经关门休息。

但她显然也并不需要什么交通工具，夜路绵长，消耗掉多余的精力，于她也是种解脱。

许是夜风把云絮都吹散了，许是霓虹黯去，天色太黑。黑丝绒似的夜空里，竟然也隐约可见几颗不大耀眼的星子。

简冰且走且看，恍惚着又想起在贝拉看流星的那个晚上。

可惜泰加林的屋顶没有做天窗，除非下陨石，不然是感受不到什么星辰气息了。

凌晨的少年宫还在沉睡，大门紧闭，侧门铁栏也被锁了。

简冰熟练地掏出备用钥匙，从侧门进去。

草坪上蓄满了露水，也打湿了蜿蜒伸入园中的小径。

简冰径直往冰场走去，门开了一扇又一扇，整个过道都回荡着她清脆的脚步声。

她不是第一次晚上来冰场，但这个点还真是第一次。

转过拐弯，冰场的入口虚掩着，门缝里透出一线雪白的灯光。

这个点了，会有谁在呢?

简冰愣了一下，犹豫着往前走去。

推开门的瞬间，冰上的人影正点冰起跳。

一周、两周、三周……四周!

落冰——

简冰呆呆地立在原地，这是她第一次这么近距离地观看陈辞的勾手四周跳。

当真是长身玉立，翩若惊鸿。

甚至，连被刀刃带起的冰屑都钻石粉末一般流光溢彩。

陈辞往前滑了一段，停下身，转头来看了过来。

四目相接，两人都有些尴尬。

制冰机巨大的声响在这时突兀地响起，先是一声，接着是连续不断的波浪式杂音。仿佛有咆哮的巨龙，要从地底升起。

“咳，”陈辞轻咳了一声，有些尴尬地问，“你怎么来了？”

“训、训练。”简冰结巴道，手臂不由自主地轻挥了下，带得手里那一大串钥匙“哗啦”一声，甩了出去。

夜间制冷效果更好，室内温度较之白天低了不少，冰面也更硬。

钥匙砸在坚硬的冰面上，冰屑飞溅。

简冰立刻就要去捡，一只脚都跨上去了，才觉察自己还没换鞋。

陈辞已经滑了回来，却没立刻弯腰，只怔怔地看着地上的钥匙串。

那颗小小的生辰石吊坠，被摔坏了。

多年前的小饰物抗摔度自然是比不上坚冰和钥匙的，不但戒指造型的金属圈微有变形，连戒面上镶嵌的锆石都掉了下来。

“我不是故意的，”简冰赶紧解释道，“我就是觉得挂着好看……”

“没事，”陈辞弯腰捡起锆石和钥匙串，滑到场边，轻声道，“喜欢才会带在身边。”

喜、喜欢?!

简冰觉得自己的脸颊又开始不争气地发红发热，陈辞也反应过来自己说了什么了不得的话，耳郭绯红。

他把锆石攥进手心，低下头去解钥匙串上的小戒指：“先放我那儿吧，修好了还给你。”

简冰“哦”了一声，嘀咕：“这也能修？”

“能。”陈辞笃定道，将没了装饰的钥匙串递还给她。

简冰接过来，看着他将那颗小小的锆石和戒指圈塞进背包里。

她便也把钥匙塞进背包，把柜子里的冰鞋取了出来。

穿鞋子的时候，她明显能感觉他的视线一直远远地跟过来。

她努力让自己平静下来，绑鞋带、脱刀套。

踩上冰面的瞬间，她重重地打了个喷嚏。

陈辞皱眉：“怎么只穿短裤就来了，要不要戴护具？”

“不用。”简冰也有点后悔刚才没穿条厚长裤，但是要让她戴护膝，她又实在不乐意——就是小时候刚开始练跳跃，她都没戴过护膝、头盔。

“既然来了，咱们滑一圈吧。”陈辞冲着她伸手。

简冰回握住他的手掌，跟着绕圈滑行。

这算是霍斌这一系培养出来的老习惯，先把脚感滑出来，适应了冰面，再考虑其他的。

在专业的运动员脚下，不同的冰面，都有着迥异的特色。

有的冰场冰面偏厚偏硬，要小心摔伤；有的冰场偏薄偏软，稍微一滑，刀刃就陷进去了；有的冰场加的牛奶太多，连颜色都和别处不同……

而在比赛现场，只有人去适应场地；不可能要求符合规则范围的冰场为哪一个人作出调查。

那么，就只能适应。

硬的冰面要能滑，软的冰面也要能滑！

他们一起滑了起码四五圈，才开始做步法练习，接着是螺旋线、单人联合旋转……

一套节目滑下来，失误不少，问题也一堆，但和之前的“零基础”相比，已经进步神速了。

第二轮的时候，陈辞建议把原来为了练抛跳而省略掉的动作衔接什么的也都加上去。

简冰毕竟是跟着云珊练的，对女单中特别有美感的鲍步有着特殊情怀，下腰又低又美。

陈辞呆了好一会儿，才加速从另一头滑入，如卡拉夫一般，将他的公主拥入怀中。

简冰也按着江卡罗的动作安排，将头靠在了他的肩头。

耳鬓厮磨，缠绵婉转。

陈辞微弯着腰，虚搂住她，感受着女孩近在咫尺的芬芳，心跳快得几乎停不下来。

简冰个子矮，拼命地踮起了脚尖，还是觉得这个姿势有点难保持。

她不得不把大部分体重靠到他坚实的胸膛上，手则死死地攥住他肩膀。

没多久，就清晰地感受到了从他左侧胸口深处传来的、明显过速的心跳。

怦怦怦，一下一下，如因为成熟而从枝头掉落的果实，簌簌掉落，沉入她好不容易平复下来的心房……

陈辞深吸了口气，将她轻轻推开："这个动作设计得不合理，咱们这个身高差做起来太勉强了。"

身高差……简冰听到这个词，脸瞬间就红了。

陈辞身高在男单里算高的，在国内双人男伴里则算标准身高。

那么，造成这么大差距的原因，主要就是只有一百五十六厘米的简冰太矮了。

二十多厘米的身高差，踮脚做动作当然累。

见她怏怏不乐，陈辞拍拍她肩膀："矮有矮的好处，咱们这个身高练双人正合适，就是……"

就是接吻困难了点，他有些心虚地在心里把话补全，耳郭又一次红了起来。

他不由自主地想起简冰关于王子粗鲁的吻的那番批判，但是……她似乎并没有拒绝自己。

那是不是代表着，一如图兰朵遇到了她的卡拉夫王子，自己对她来说，也是那个对的人呢?

***

回去的路上，简冰一直哈欠连连。

陈辞的车简洁得吓人，没有车载香水，没有挂件……除了黑色就是白色，单调如他居住的loft公寓。

简冰初时还试图坚持不睡，车才开出去一小段路，便累得闭上了眼睛。

再醒来时，仍旧还躺在逼仄的车厢里。

只是身上盖着运动外套，脑袋靠在陈辞的肩膀上。

车窗外，是灰蒙蒙的苍穹和小区里的挺拔松树。

自己睡了这么久!

简冰霍地坐了起来，也震得陈辞猛地睁开了眼睛。

“你醒了？”

简冰揉揉睡得有些酸胀的后腰，不好意思道：“你怎么不叫醒我？”

“反正回去也没什么事，”陈辞道，“再说……我刚刚也睡着了。”

说着，侧过脸，给她看自己脸上印着的靠垫的纹理。

简冰“噗”一声笑了出来，摸摸自己的脸，隐约也有点他衣服纹理的痕迹。

这样安静聊天的气氛，两人都有些留恋，但这逼仄的车内，似乎也没什么好待的。

车窗外有蛙鸣声响起，不知哪两只早起的青蛙，你一声我一声地“呱呱呱呱”叫个不停。

地平线尽头逐渐泛出一丝鱼肚白，像是沿着天地交界处轻涂了一笔青灰色的水粉颜料。

简冰拉开车门，抬头望了几眼，又回身敲动副驾驶座的车窗：“等等！”

陈辞正打算发动车子，闻声抬头：“怎么了？”

简冰指向东面：“太阳出来了。”

他循着她手指的方向看去，太阳像未发育完全的鸡子似的，猛地往上蹿了一蹿，带出一片橙红的朝霞。

路边的树冠轻颤了一下，蹿出一对早起的麻雀，扑棱两下翅膀，灰色的身影自头顶一掠而过。

一大早，就被秀了一脸恩爱啊。

（三）

云珊觉得奇怪，简冰早上训练迟到就算了，连一向稳重的陈辞，也擦着点来的。

两人跟约好了似的，一人一对黑眼圈，一看就熬夜了。

“你们俩没睡好？”云珊忍不住问。

“同学聚餐……”

“队内活动……”

两人不约而同地开口撒谎。

云珊无奈：“年轻人，娱乐生活都很丰富啊——”

待到开始训练，云珊又忍不住唠叨：“怎么这么放不开，身体要舒展，表情要温柔！”

还好两人虽然神情别别扭扭的，技术动作倒是在进步的。

捻转两周完成得越来越漂亮不说，抛跳的成功率也不断上升。

只是，一到了拉手、托举的时候，就总感觉动作不流畅。

不是这个伸手晚了，就是那个松开慢了。

“越练越回去了——”云珊叹气，“你们这个节奏完全不对，让你们牵手，又不是让你们握烙铁。”

简冰尴尬地瞥了陈辞一眼，陈辞站得笔直，脸上没什么表情。

云珊无奈：“那合一遍音乐试试？”

陈辞自然是没意见的，简冰犹豫了下，也点头答应。

云珊从包里掏出手机，扭头向一边的工作人员道：“让音控室放一下这个曲子。”

工作人员应声点头，拿着手机出去了。

熟悉的乐声响起，眼前仿佛又掠过图兰朵公主那傲慢的背影。

王子炽热、执拗的追逐，一道又一道被解开的谜题，全城盘查王子真实姓名，为保守主人秘密而不惜牺牲的女仆柳儿……

当《今夜无人入眠》的高亢歌声响起，他们的节目也滑到了最后收尾的部分。

看着越滑越近的简冰，陈辞犹豫了下，单膝跪下，张臂将人拥入怀中。

简冰虽然诧异，还是照着原来的编排，回搂住他脖子，将脸埋入他颈项之间。

陈辞海拔降低的缘故，她这一搂便较以往轻松得多，就连视线也笔直地对上了对方的。

四目相交，两人都不由自主地错开，虚抱了一下，迅速分开。

云珊托着下巴，左瞅右瞅。

运动员是真正上冰滑的人，改编舞动作确实是很正常的，但这么改……

是不是，还缺点什么？

热情、配合，还是服装的问题？

怎么看，两人这模样也不像是图兰朵和卡拉夫——倒是有点达西和伊丽莎白的别扭影子。

一场冰下来，大家都有点累了。

云珊去休息室小憩，等着鲁文博来接。

陈辞俱乐部还有事情，得抓紧赶回去。

简冰一人百无聊赖，摸出手机来刷，一刷开指纹锁，一串未接电话不说，还附带一条谴责短信：

“你昨晚居然放我鸽子，我在门口等到剧院关门也没见你！”

昨晚……

简冰觉得脸上又烧了起来，那时候混混沌沌的，甚至都忘了是怎么到家的，哪里还记得和单言的约定。

她努力回忆，隐约记得陈辞好像说过“西门距停车场比较近”，他们便自然而然地从西门出去取了车……

她犹豫着按了回拨，那边几乎是秒接：“简冰！”

简冰被震得耳膜生痛，立刻把手机拿远，单言义愤填膺的声音还是喷薄而出：“你居然敢骗我！还不接电话！老子长这么大从来没有被人放过鸽子……”

简冰一直等了十几分钟，才算有空隙插进去话：“对不起啊，我真的忘了——晚上请你吃夜宵行不行？”

电话那头沉默了良久，总算回了她一句：“算你识相。”

接着，报复一般，“啪”一声挂断了。

简冰无奈，哭笑不得地收起手机。

***

到了傍晚，不等简冰主动邀约，单言直接骑着那台大摩托过来了，十分具有骑士风范地冲她抬抬下巴：“上车吧。”

简冰接过头盔，绑结实了，有些吃力地爬上后座。

“坐稳了哈。”

单言说着，一脚油门踩下去，车子几乎是箭一般射出去的。

简冰被带得整个人往后仰去，赶紧抓住他腰，单言僵了一下，挺直背脊，心情极好地再一次踩下油门。

简冰不得不连脑袋都整个趴到他身上，皮包铁就是不一样，风简直是刮着身体过去的。

单言越开越高兴，一路朝着夜市方向开去。

让她觉得意外的是，不过一个晚上，大摩托速度虽快，却不再“突突突”了。

甫一下车，她就开口问道：“你的车怎么没声儿了？”

单言摸摸鼻子，粗声粗气道：“关你什么事儿啊——我要吃烤串，快走。”

“被查了？”简冰猜测，“被举报了？”

“……你是不是想赖账！”单言越是恼羞成怒，简冰就越觉得自己的猜测靠谱。

两人边走边斗嘴，到了排档那儿，单言围着台子见东西就往筐里放。

土豆、蚕蛹、韭菜、腰花、尖椒、花蛤、豆皮、中翅……简冰看得眼馋，站起来在风口上溜达。

单言可没想到她是被馋的，有些愤愤然地将人捉回桌子边：“你别又想溜，路边摊你也怕？吃不穷你！”

简冰狠狠地咽了下口水，问：“你不用控制体重？”

单言拿着竹签的手停滞了下，继续把鸡胗塞到嘴边：“我是不易胖体质，吃完运动一下就好了。”

简冰羡慕地叹了口气：“我要是能有你这么幸福就好了。”

单言瞥了她一眼，一边吃一边含含糊糊道：“我早劝过你了——章雨天和新搭档磨合得不好，你还有机会选择。别的不说，冰舞的长裙子可比双人滑的小短裙好看。”

简冰撇了撇嘴，心里很有些不以为然。

冰舞也一样要限制体重，长裙子也未必就一定比短裙子好看。

而且，她还觉得抛跳和捻转漂亮呢！

夜风把烧烤味吹得老远，烟雾缭绕，看人都像隔着层纱。

简冰拄着桌子，托着下巴看着满桌子的竹签，不由自主就想到陈辞唠唠叨叨要求她控制饮食的样子。

小时候，他可完全不是这样的。

她要冰激凌，他就绝不可能买冰棍；她要棉花糖，他就不可能买汽水……

“喂！”单言忍不住敲桌子，“你傻笑什么呢，这是腰花，也就是个肾！你瞅着猪肾笑那么暧昧干吗？”

“谁笑了。”简冰脸有点发烫，坐直了点身体，催促，“你吃完了没有，吃完了就快点回去，我明早还要训练。”

单言破天荒没怼她，视线在她发红发烫的脸颊上停留了一会儿，低头默默地把蚕蛹塞进嘴里。

她脸红了诶……

就一起吃个夜宵而已，又没拉手又没拥抱的，坐对面还就莫名其妙脸红了。

该不会……

单言又瞥了她一眼，嘴角扬起，埋头苦吃。

吃完东西，简冰起身打算去付钱，单言也掏出了钱包。

“说了我请就我请，谁要你付？”简冰一把把钱包塞回他怀里，三两下扫码付费。

单言拿着钱包，总觉得灯光下女孩的皮肤看着特别好。

一点儿瑕疵也没有不说，还白里透红，像六月的水蜜桃似的。

“那个……”单言舔了舔舌头，瞄了瞄她被排档炭火照得绯红的脸颊，小声问，“你……不是喜欢我吧？”

“啊?!”简冰呆滞地抬起头，眼前的男孩神情傲慢而自得，很有些开屏孔雀的气势。

“啊什么啊，就问你是不是？”

单言追问道，语气虽然随意，放在裤腿边的手指却微微痉挛着蜷曲了起来。

快承认吧！

少女怀春什么的，他见得多了！

女追男隔层纱，我也不会嘲笑你！

“那个……”简冰消化了半天，才算理解他的意思。

她微踮起脚，抬手轻轻拍了拍他肩膀：“你放心，我用人格担保，绝对没有。”

单言以为自己听错了，茫然反问：“什么？”

“我绝对绝对，没有要追你的意思。”简冰一字一句，清清楚楚地说道。

第二十四章

人间修罗场

（一）

“没有要追你的意思，应该就是不喜欢你的意思吧。”阿佳推推眼镜，老老实实分析道。

“你瞎说什么呀，”李用鑫赶紧打断他，“不想追，不代表不喜欢——人家是女孩，咱们单老大是男人。我们老家，长辈都教育姑娘不能太上赶子。所以啊，女孩的心思可深了，喜欢你也未必告诉你，得让你猜。”

“可……”阿佳还要说，连对面一直埋头扒饭的周楠和李茉莉都使劲冲他使眼色。

阿佳咽了下口水，到底还是把打击的话咽了回去。

单言靠着椅背，一脸沉思的样子。

半晌，问阿佳：“你，谈过几个女朋友了？”

阿佳眨了下眼睛，摇头：“没时间，没谈过。”

单言又看向李用鑫，李用鑫难得露出点羞涩的神情：“我也没怎么谈过……也就……十几个吧。”

这话一出，不但单言和阿佳睁大眼睛，连边上李茉莉和周楠也都惊奇地看向他。

十几个女朋友，不简单啊！

看来他只是在冰上不够用心，谈恋爱追女生还是很上道的！

李用鑫被看得不自在起来："我毕竟这个年纪了，没点过去才不正常。"

"十几个……哪儿只是一点。"周楠忍不住小声吐槽。

"简直比韦小宝还多。"李茉莉也附和道。

"韦小宝那是同时娶七个老婆，"李用鑫赶紧解释，"我那都是一个一个的，都不是同时交往的——我这人还是很专一的。"

众人"喊"了一声，非常不以为然。

十几段情史就算了，他居然还幻想脚踏十几条船，这是想翻船翻到死吗？

单言干咳了一声，问："你那些女朋友，都怎么来的？"

"自己追来的啊！难不成还在家等着撞上来？"李用鑫道，"女孩就是要哄的，给她送送早餐，搞点不好抢的签名海报……效果最好的就是在她宿舍楼下搞个惊喜什么的……"

惊喜啊——

单言陷入了沉思，泰加林肯定不合适，冰迷太多，容易上新闻。

她家也不行，惊动了她爹，不知道会不会挨骂。

上课，上课的地方不就是学校嘛，现在都放暑假了……江卡罗那工作室一面朝着冰上中心，另一面却是稍有些冷僻的停车场，倒是挺合适的。

停车场嘛，既方便运送物资，也方便进出，更不容易被围观。

毕竟，他的那些疯狂粉丝，大部分还没到可以考驾照的年纪呀！

***

曲瑶刚到会议室，就见里面黑压压坐了一群人。

运动员、学员教练、运动员教练……连他们家大老板都赫然在座。

申恺冲她招手，她赶紧弓着腰钻了进去。

后排座位都满了，申恺无耻地从前面拉了张空椅子，硬插在自己和陈辞边上。

曲瑶仗着自己瘦，愣是从夹缝间找到道路，成功落座。

“谢了，好搭档一辈子！”

申恺回她一个灿烂的笑容：“客气。”

坐在她另一侧的陈辞，则一直低着头，不知在搞些什么。

曲瑶扭过头，就见他面前的桌上放着条小小的白金链子，悬着个小小的环形钻石坠子。

“我去，定制款？”她一把拿起来，“太浪漫了，钻石诶！”

“是四月的生辰石。”陈辞纠正道。

说得那么文艺，四月的生辰石不就是钻石嘛！

曲瑶撇嘴，多少有些羡慕——

“A diamond is forever”虽然和玫瑰一样烂俗，却没多少女孩会真心拒绝。

更何况，这钻看着还不小。

陈辞说完话，又自己忙活去了。

曲瑶也才注意到，他左手还捏着另一只几乎一模一样的“仿款”坠子，右手则拿着支小小的强力胶……

他这是……在粘钻?!

曲瑶张大嘴巴：“小陈哥哥，你这是……”

要疯啊!

大男人跟个高中女生似的，居然在粘钻!

陈辞没吭声，只是眯着眼睛，小心翼翼地将那颗大锆石放进挤好了胶水的钻位上。

手指再轻轻一按……锆石便左高右低地，固定住了。

曲瑶眼珠子也不转地小声提醒：“胶水挤太多了。”

陈辞“嗯”了一声，将这只冒牌的小坠子攥进手心，盖好胶水盖子，左右看了一下，随手把胶水递给她：“送你吧。”

“送……”曲瑶表情狰狞，“哪有送女孩胶水的！不指望你送的真钻石，好歹把这个假的小玩意儿给我吧！”

陈辞瞥了她一眼，淡定地将桌子上的东西悉数收进口袋里。

“你们女孩有很多发夹，开胶了可以粘。”

“粘个鬼！”曲瑶愤然，“我从来就不用那种劣质产品！我……”

“曲瑶——”会议室主席台的位置陡然传来文非凡的声音，“你来给大家说说，你这个月的训练进度。”

被发现了！

曲瑶哀叹着闭了下眼睛，深吸一口气，站了起来。

“来，到上面来讲，这样大家都听得到。”坐在文非凡左边的老板热情招手。

申恺同情地摇头，陈辞没什么变化，只是低下头，看着手心胶水的痕迹，嘴角不自觉地露出点不大明显的笑痕。

***

简冰这两天忙得不行，除了训练之外，就是飞去H市参加八级的等级测试。

舒问涛特地腾出空来，专门陪女儿去了一趟。

旅途奔波，路上两人还感冒了。

幸亏结果不错，成绩仍旧遥遥领先，顺利拿证。

隔天去江卡罗的工作室，她一路上喷嚏打个不停，还因为车上人太多，差点下不了车。

好不容易挤下车，简冰觉得全身骨头都被碾过了一般。

手机消息却“当啷当啷”响个不停，她点开一看，就见群列表里，多了个叫“花样滑冰”的群。

简冰点进去才发现自己是被单言拉进去的，里面一串熟悉的人名：章雨天、李茉莉、安洁、容诗卉、路觉……

“文安路夜跑有没有人一起，健康改变生活，毅力成就未来啊！”

“@凛风陈辞 你要转双人，怎么女伴还是单言拉进来的？”

“别乱加非注册运动员吧，是非说不清。”

“文安路太远，庆华路我就参加。”

“庆华路参加+1。”

“@北极星单言 这到底是谁的女伴？”

……

电梯门打开，她迈步往里走，群里的新消息也终于刷了出来。

凛风陈辞：“我的女伴。”

北极星单言：“我前女友。”

两个当事人一出来，群里的消息刷新速度立刻快了起来。

单言却没像往常一样和陈辞针锋相对，贴了下她的八级成绩单，说了句“人姑娘已经有注册资格了”，就蒸发似的消失不见了。

简冰哭笑不得地给单言打电话：“谁是你前女友？”

“你啊，”单言那边音乐声嘈杂，隐约还有引擎声，“一小时恋情，那也是恋情，小姑娘做人要诚实。”

简冰撇嘴，干脆利落地挂了电话。

到了工作室，陈辞已经在那儿了，坐在靠墙的沙发边，拿着手机，低着头，老僧入定一般。

不知是因为几天没见，还是因为窗户外透进来的阳光太过猛烈，简冰总觉得他的脸较之往常多了几分陌生。

见她进来，也只是抬眼招呼了下，便又重新看向茶几。

手机里，杨帆也发了消息来：“八级！你八级过了！！我看到名单了！”然后是一张花滑群的截图，“大家让我代为转达祝贺，你是我们所认识的，第一个不是专业体校毕业的运动员。”

看到“运动员”三个字，简冰一时有些恍惚。

ISU八级，确实意义非凡。

就像18周岁生理年龄一样，这是分水岭，也是里程碑。

八级之前，对成年人来说，最多只能算个花样滑冰爱好者；而八级之后，完成注册手续，就是注册运动员，能参加全国成年组的比赛了。

江卡罗总算来了，一推开门，就扑过来拥抱：“恭喜你，冰冰！可爱的女孩！”

简冰比他矮了一大截，只觉得眼前巨大的黑影直罩下来，脸颊也被“啪啪啪”连亲了好几下。

陈辞皱眉在一边看着，正要开口说什么，江卡罗自己先放开了简冰，用意大利语冲着窗外喊了一声，接着用中文向他们道：“辣眼睛！好尴尬的追女生办法！”

陈辞诧异地转过头，就见楼下不知什么时候升上来个巨大的粉色气球，下面挂着张小竖幅：

简冰，晚上一起看电影吧！

简冰眼皮直跳，冲到窗户边，气球正停在窗户边，下面还悬着根细线，似乎是用来固定高度用的。

她往下探头，果然见楼下站了好几个人，单言戴着个墨镜，两手插着兜，酷酷帅帅的样子。

“你疯了！”简冰拨电话下去，“我昨晚不都跟你说清楚了？”

“你不追我，我就不能追你了？”单言语调听着挺能屈能伸的，“课上完了吧？上完了就下来，我送你回去。”

“我……”

电话已经挂断了，单言还冲她潇洒异常地挥了下手，坐进车里。

那只被李用鑫牵着的气球，也跟着颤动了一下。

简冰深吸了口气，转身到桌子边找了水果刀，三两下走到窗边，“啪”

一声，把气球戳破了。

已经上车的单言，果然又下车了，仰着头瞪了她好一会儿，抬脚在车门上狠踢了一脚，钻进后座。

李用鑫心疼地摸了摸车门，也和阿佳一起快速上车，一溜烟开了出去。

简冰站在窗户边，长长地叹了口气。

（二）

“好了好了，我们还是继续来选曲子吧。”

江卡罗拍拍手——单言这种小学生式的、不成熟的表达方式，实在是有点丢男人们的脸。

他巴不得简冰快点把这个小插曲完全忘掉。

而且，他瞥了眼精神有点萎靡的陈辞……这影响的，还不止一个人呢。

江卡罗打开音响，清亮的钢琴曲流泻而出，紧跟着是华丽的管弦协奏，整个房间霎时被乐曲声包围。

“这是……贝多芬的《第五钢琴协奏曲》？”陈辞问。

江卡罗点头，有些沉浸地晃了晃脑袋：“既然一直选不定，不如用古典乐保险，又好听，又不容易出错。”

陈辞欲言又止，简冰不知在想什么，呆呆地坐在沙发上。

一首曲子听完，两人都有点懵懵的。

江卡罗不死心，又连着放了莫扎特和舒曼，一会儿浪漫一会儿激昂，最后连他自己也茫然了。

曲子都是好的，但是说不出为什么，总觉得……不合适。

感觉这种东西，最难捉摸。

相请不如偶遇，偶遇不如天降。

又是失败的一天。

陈辞等简冰系好安全带，才把车子倒出来。

装项链的盒子放在右边的裤兜里，硌得大腿生痛。假“生辰石”坠子，则装在左边，遥遥望去，仿佛裤子上长出了颗不大规整的牙齿。

他等了半个月，才终于从珠宝店把东西取回来，也终于把她从H市盼回来了。

可单言说，这是我前女友。

她明明进了群，也并不反驳。

那一小时，当真那么快乐，那么值得回味?!

前女友，前女友……这三个字针扎一样刺激着他。

车内空调开得极大，简冰把副驾驶座的车窗按下来一点，燥热的夏风毒蛇一般探进来半个脑袋。

上高速，过隧道，穿十字路口，绕环线……到处都是人，到处都是光。

他觉得无处可躲，又不想当真逃避到底一了百了。

最后，干脆把车开进还未完全开始营业的商城停车场。

简冰“咦”了一声，转头四顾：“这是哪儿，我们不是去上冰吗？”

陈辞没回答，手握着方向盘，用力到指节发白。

简冰没注意他的神情，解了安全带，把车窗整个按下来，探头出去看：“要去买东西吗？”

陈辞没回答，只是轻声反问道：“你和单言……”

话才说到一半，简冰已经拉开车门，跳下去了。

“和他怎么了？”简冰回过头，隔着空荡荡的副驾驶座，莫名其妙地看着他。

一回想起刚才单言吃瘪跳脚的模样，她就忍不住弯起了嘴角。

陈辞可一点儿都不觉得有什么好笑的，连她瞳眸里倒映着的自己，都显得特别滑稽可笑。

“你是不是……”他手指扣紧方向盘，到底还是把话问出了口，“喜欢他？”

“谁会喜欢脾气这么坏的人。”简冰脸上笑容不减，否认得一点说服力也没有，“我就看不惯他拽兮兮的样子，总以为自己天下第一……”

她巴拉巴拉嫌弃了一堆，才发现陈辞一直没接腔。

他背脊绷紧，垂着眼睛，薄薄的嘴唇微微抿着，侧影美好如画，却又冷硬如石。

毫无防备地，简冰就想起了黑暗里那个突如其来的吻。

彼时年少不知春，而今韶华灼灼，已然到了花开季节。

那是她的初吻，古人说山有木兮木有枝，心悦君兮君不知。而她连那木头都不如，被吻了，也不知自己到底是个什么心境，更遑论陈辞的意图。

简冰干咳了一声，故作不经意道：“你那么关心，不是吃醋了吧？”为了显得自然，刻意维持着笑意，眉毛眼睛都弯起来，眼睫毛微微颤动，蒲公英绒毛一般漂亮而浮夸。

陈辞咬紧了牙关，说不出“是”，也不愿意否定。

他是没有立场，但那天夜里那个吻，她明明也没有拒绝！

车位前的电子广告牌大约是在调试，画面颤动，“嗞嗞嗞”地发出杂音。

陈辞僵坐在那儿，像尊冻住的雕塑。

简冰终于感觉到了不对，手扶住车门：“生气了？”

陈辞沉默，近乎无奈地抬眼看向她。

爱情这种事情毫无逻辑，谁先主动，谁先受伤。

付出的姿态再卑微也未必有人看到，索取的模样却没那么好看了。

他说不出口，又实在舍不得放弃，执拗地与自己较劲。

那漆黑眼瞳里情绪万千，看得简冰心悸。

她不由自主往后退了一步，暗暗攥住了衣角，干笑道：“我开玩笑的呀——扯平了扯平了，你上次……在剧院里占我便宜，我也没跟你计较呢。”

终于说出来了！

简冰没敢和他对视，早早转开视线，观察起地上坑坑洼洼的减速带。

“占……”陈辞整颗心像是被扔进火炉里，又摔进了冰窖。

于她而言，那……那叫占便宜?

他看着她，半晌，才道：“这里的米浆很好喝，要不要试试? ”

“好……”简冰迟疑着点头。

他没反驳!

那就是默认了?!

简冰的心，也“咚”地沉了下去。

像印证她想法似的，驾驶座上的陈辞熄火下车，头也不回地往商场方向走去。

停车场的尽头就是商城入口，开着家24小时便利店，滚烫的米浆被封在塑料杯里，光闻着就觉得用料扎实了。

简冰打开小盖子，轻啜了一口，便觉得满口留香。

陈辞和她并肩坐在台阶上，背靠着车头，斜对着那个不停切换画面的广告牌，两人不约而同地静默。

许是系统故障，许是调试人员凭喜好选择，画面有时快逾闪电，有时却突然放缓。

播一个暖心的小故事，唱一段动人旋律。

“你说，这车子要是突然有了意识，自己发动起来，”简冰突发奇想，比画道，“那咱们不就完蛋了? ”

陈辞表情诡异地回头看了一眼自己的车，半晌，掏了张纸巾出来，擦她嘴角白色的米浆。

简冰下意识伸舌头舔了下，唇上的手指僵了下，沿着她下巴往下摩挲，挠小狗一般。

“干吗呀! ”简冰试图后仰挣脱，身体却又被拉了回去。

陈辞近乎苛刻地仔细擦去她嘴角剩余的那点残渍，好半天才停手。

简冰脸涨得通红，捂住火辣辣疼痛的下巴和嘴唇。

广告牌又切了两条广告，终于跳出一点还算清晰的乐声。

If you need someone who cares for you.

If you're feeling sad your heart gets colder.

Yes I show you what real love can do……

她的视线往下，看到了他微微突起的裤兜。

那里面明显装了不少东西，鼓鼓囊囊、棱角分明。

一如他今天阴晴不定的脾气——尽管她不愿意承认，但眼前这个只比自己大了四岁的男孩，早已不是当年那个满脸宠溺的邻家小哥。

他虽然极力在掩藏，也总是满面温柔，但仍旧和谁也亲近不起来。

那个整洁的loft公寓，甚至连待客的杯子都没有。

客厅的玻璃花瓶里插着仿真的马蹄莲，不用照料不用更替，也能常年怒放。

七年过去了，那个把房间当成朋友们的秘密基地，可以为了一份观察日记整整养死七八盆水仙的“陈辞哥哥”，早已经消失在时光里。

许是简冰的目光太过直白，陈辞伸手探进裤兜里，摸索半天，掏了只精致的首饰盒子出来：“送你的。”

简冰愣了下，接过去，打开盒子。

小小的圆环被链子固定在黑丝绒盒子上，被地下车库昏暗的灯光一照，流光溢彩、绚丽非凡。

这是……

“四月的生辰石，当是……我送晚了的18岁成人礼。”

这般熟悉，又这般陌生。

回忆如沙漏，每一轮倒转，都纷纷扬扬如落雨。

“之前那个……”简冰拎着链子，疑惑地问，“修不好了？”

“嗯。”陈辞叹气，将链子接过去，解开锁扣，轻轻地环上她的颈项。

链子冰凉彻骨，又柔软如丝，酥酥麻麻地贴在皮肤上。

“我们……”简冰被这麻痒刺激得忍不住仰头转移注意力，陈辞正凑过来扣那小到有点难扣的扣子。

这一抬头，恰似索吻一般，把脸迎了上去。

肌肤相蹭，陈辞的脸颊凉得像块石头，一点儿温度也没有。

简冰愣了一下，呆呆地看着近在咫尺的熟悉脸庞。

陈辞只觉得那柔软的嘴唇羽毛似的拂过脸颊，停滞，继而飞快地逃离开了。

他怔忪了下，微低下头—— 一向小兽般无所畏惧的女孩，难得把头深深地低了下去。

他叹了口气，往后退了退，抬手轻抚了下她柔软的发丝。

简冰想，自己大约是生病，只是靠近而已，就紧张得不知所措。

一如那个黑暗中的轻吻，她甚至没好意思深究到底意味着什么。

自己不过是diss了一句王子的莽撞，他却直接现身说法来“教学”……

手掌被拉住的时候，她不由自主地回握住了他的手。

同她一样，对方也是一手的湿汗，黏黏地握在一起，仿佛连心跳和呼吸都联结在一起。

广告牌上的背景又切换了，满目的绿色，一高一矮两个身影沿着河岸慢慢往前走去。

忧伤的前奏流泻而出，在这逼仄的地下室内流淌。

Прости меня, младший брат!

请原谅我吧，我的弟弟！

Я так пред тобой виноват.

我在你面前是个罪人。

Пытаться вернуть нельзя……

试图挽回却无能为力……

陈辞抬起头，简冰也望向画面上被盔甲包裹的高大人物。

钢铁铸就的面庞冰冷麻木，小豆子似的眼睛却满是纯真地隔着时空对望过来。

那是——

简冰攥紧了拳头，下意识地仰头看向身侧的陈辞。

对方也正看过来，眼神里满是怀恋和惊讶。

他也还记得！

简冰觉得眼眶发热，拼尽全力才忍耐住眼泪。

这曲子他们都听过，耳熟能详，却又总搞不清归属——明明是俄罗斯语写就的歌曲，却又被插入到了日本的番剧之中。

舒雪没事的时候就喜欢哼唱，还为歌专门学了几句俄罗斯语。

在家的时候，唱“Милая мама！Нежная！[1]”；换冰鞋的时候，哼“Хотеть быть сильнее всех[2]”。

一直到升上初中，简冰才知道这是描写二战的俄罗斯民歌，后来被日本TV动画《钢之炼金术师》用作了插曲。

现实战争的哀恸，与故事里人物的悲剧，在歌声中意外地契合在了一起。

而如今，佳人沉眠床榻，乐声依旧，如泣如诉。

如果，如果——

两人不由自主地看向对方，那点小小的希冀，掺杂进哀恸的童声里，渗入心田，萌发出新的梦想。

Тебя соблазниля

是我怂恿了你，

Прекрасной надеждой

1 Милая мама！Нежная：俄罗斯语，“亲爱的妈妈，温柔的妈妈”。

2 Хотеть быть сильнее всех：俄罗斯语，“想要变得比任何人都要强。”

用美好的希望——

Вернуть наш семейный очаг.……

重建家园的希望……

（三）

“贝雷巴特撞？”江卡罗艰难地发音。

“是 БРАТЬЯ，兄弟，Brother。”简冰纠正。

江卡罗拿着碟片，有些为难地看向霍斌。

花滑选曲是非常重要的，重要到直接影响执行分。

这也是为什么那么多人选择古典音乐的原因，起码，能在裁判那混到个耳熟。

近年用曲放宽了限制，不少流行歌曲也进入赛场，但基本也都是些传唱度极高、脍炙人口的国际“流行”歌曲。

这首《兄弟》，先别说知名度，首先名字就不适合一男一女去演绎。

霍斌毕竟是老教练了，什么风浪没见过，瞥了眼两手插兜的陈辞，淡定道：“先听听吧。”

江卡罗无奈，把碟子放进唱片机，按下播放键。

乐声响起的瞬间，整个屋子都安静了下来。

他们没看过动画片，更不知这是二战主题的曲子。

不知小小的少年在试图挽回母亲时失去了什么，不知他们烧掉家园头也不回地上路寻找失去的身体时，到底靠什么支撑着……

然而，音乐又是相通的。

忧伤的童声清清浅浅地吟唱着，像是清晨流过鹅卵石河床的山泉。乌云未散，雨声淅沥，而晴朗的明日，也迟早要来临。

霍斌靠坐在椅子上，慢慢地闭上了眼睛。

他想起初见舒雪时，小小瘦瘦的女孩昂着头看他，大眼睛黑亮如水晶；

想起陈辞第一次摔断腿骨，埋着头抱着腿冷汗如雨下……

他甚至看到了多年前的自己和文非凡，还没发福，还没结婚生子，步履轻快地在冰上滑行，如一只翱翔的雪燕……

也不知过了多久，他听到江卡罗喊："霍教练，霍教练？"

"嗯？"霍斌这才觉察曲子已经放完了，江卡罗毛茸茸的大脸不知什么时候凑了过来，几乎要扑到他身上。

"你悠着点儿。"霍斌忍不住想往后撤椅子。

江卡罗扶着椅子，满脸笑容："我觉得能滑！"他兴奋道，"只要编排步伐那儿的配乐改动一下，完全没问题！"

是啊，哪怕听不懂歌词。

但那歌声里传递的情绪，是谁都无法忽略的。

人生如行路，到处都是相逢，也随时要准备离别。

但不走到尽头，永远也不知道路将延伸到哪里。虽然坎坷，也总有风景相伴。

霍斌扭头去看陈辞和简冰，两人有些紧张地拉着手，紧张地看着他，犹如两个想要得到肯定的小孩。

老教练不禁莞尔，一路走来他们的努力他看在眼里，他们的进步他也全部都看到了。

他确确实实担心陈辞被拖累，也担心简冰的参赛，会给那个已经濒临破碎的家庭带去更大的打击。

他计算夺冠的概率，计算最适合的项目……却独独忘了，正如陈辞所说，最开始的一切，仅仅是喜欢而已。

因为喜欢，所以忍受枯燥而艰苦的训练；因为喜欢，所以伤痛无数也仍旧舍不得离开。

梦想之所以可贵，不就是它的狂妄和无所畏惧吗？

这是属于年轻人的战场，身体是武器，骨骼肌肉全是能量来源。

天地辽阔，趁着青春踏刃而行，在履冰起舞之时展现生命的力与美。

“你不是说歌背后还有个故事，”霍斌难得没问陈辞，直接看向简冰，“说给我们听听。”

简冰愣了下，半天才反应过来他是同意了，手忙脚乱地从背包里掏了碟子出来——一大摞印满日文的动画光盘。

江卡罗和霍斌互看了一眼，脸上的神色不约而同有了一丝动摇。

虽然说，叫《钢之炼金术师》比叫《兄弟》合适很多。

但在正式比赛里用古典音乐的选手，远多于通俗乐，而在通俗乐里选择动画片插曲的选手，就更是凤毛麟角了。

就连日本本国选手用个类似的曲子，新闻媒体都要夸张地描述一句“突破次元壁”——霍斌和江卡罗虽然不懂“次元壁”的意思，但这种选曲风险大、容易被压分的现状还是了解的。

陈辞主动提出先看看片子，才算把两位老师请回到座位上。

江卡罗这个工作室，别的装修称不上顶级，家庭影院设备却是真正的好东西。不但有全套的发烧音响，墙上的大屏幕居然用高清矩阵来传输信号。

四个成年人并排坐下，看着屏幕上逐渐显现出日系TV动画的画面：

乱七八糟的战斗场景、可以炼成万物的炼金术……头发花白的霍斌皱紧了眉头，努力让自己走进年轻人的世界。

就连一向笑嘻嘻的江卡罗，也被这从未接触过的题材搞得晕头转向。

江卡罗几次想要开口，视线落在年过半百却依然岿然不动的霍斌，又硬生生忍耐住了。

霍斌这个年纪的人，都还在努力了解，他正当壮年，怎么好意思退缩呢。

不能输，不能输！

画面一帧帧过去，直到主角两兄弟的母亲在镜头上出现，江卡罗才算有点茅塞顿开。

故事里的炼金术遵循着严格的守则，被严禁用来从事人体炼成。

而两个小孩不能忍受母亲的离世，满怀希望地准备好材料，画成巨大的炼成阵，殷切地按下了结阵的手印。

禁忌被打破，死去的母亲却没能回来，两兄弟也不得不付出代价——哥哥爱德华失去了右腿，弟弟阿尔冯斯失去了整个身体，仅存的灵魂暂存入冰冷的盔甲之中……

这个看似可爱单纯的纸片人世界，讲述的却是这样残酷的法则——等价交换，无力却仍旧不肯放弃希望的渺小人欲。

镜头再转到无法在炼金术上有所突破的中年炼金术师那里时，整个剧情都扭曲了——为了保住他国家炼金术师的头衔，不惜拿自己的妻子和女儿来合成动物……

而到了故事的最后，终于救回弟弟的哥哥，虽然牺牲了自己的能力，却终于得到了平常人的幸福。

人来人往的火车站台上，他涨红了脸，虚张声势地向心爱的女孩嘶吼着表白："等价交换吧！我把我的人生分你一半，你的人生也给我一半！"

而迎接他的，是青梅竹马的女孩无奈而宽容的答复：不要说一半，全部给你也可以。

轻而易举地，就打破了这个残酷世界所谓的"等价交换"法则……

霍斌不再健硕的胸脯微微起伏，苍老的眼神里满是怜悯和不忍；感情丰富的江卡罗则直接潸然泪下，哽咽出声。

只有无知无畏的年轻人，才喜欢这样的故事吧？

——人物形象天真可爱，故事的背景残酷而冰冷。历尽艰辛的主人公，却在面对如斯黑暗，也仍旧敢于做童话般的美梦，固执地相信希望还在前方。

最终，他们也等到了花开，实现了梦想。

看着霍斌端端正正地在笔记本上写下"自由滑：钢之炼金术师"几个字，简冰觉得心跳都快从胸膛里蹦出来了。

年少者有梦，年长者有情。

何其有幸，遇到这样毫无芥蒂，肯努力跨越年龄障碍来理解他们，甚至一起努力的导师。

***

既然自由滑曲目定了下来，他们接下来要做的，便是无休止的训练。

全国大奖赛在国际上无足轻重，却是国内运动员积攒积分的一大渠道。

陈辞和简冰几乎把全部精力都放在了冰上，其他人也不遑多让——都说起步晚的人，应该要比别人更勤奋。而实际上，“更勤奋”这个带对比的坐标，也不是那么容易达到的。

愈是攀高，便愈知高处的艰难，也更想要奋发向上。

“老”运动员们的拼劲，一点儿不比新人差。

毕竟，大海之外有陆地，陆地之上有山峦，而山峦之上，还有浩荡苍穹。

而运动的黄金期，一共也就这么几年。

就连单言都少往这边跑了，只时不时给简冰发个肉麻兮兮的土味情话。

被简冰挤对过几回之后，又开始照片和视频邀请，对着镜头狂霸酷拽地凹造型。

终有一天被陈辞看到，趁着简冰来他家借训练手册的时候，直接按了接听，冲着镜头问：“单言，有什么事儿？”

单言大受刺激，飙了一堆脏话，质问：“你大晚上不睡觉，在人女孩屋里干吗?!”

陈辞轻笑了一下，示意他留意身后的环境：“这是我家，我的房间。”

说话间，简冰在外面书架旁问：“是我的电话在响吗？”

她这一声喊得不轻，陈辞表情微变，直接把电话挂断了。

陈辞淡定地将手机放回原处，没多久，简冰就抱着一堆书进来了：“时间不早了，我先回去了。”

“我送你吧。”

陈辞接过书，顺便帮她把包拎上。

临走到车库门口，回想起单言刚才的表情，他脸上不由自主漾起一点笑意。

简冰斜眼看他："我要回去了，你那么开心，我这么讨人厌？"

陈辞一愣，伸手就要去揉她脑袋，被她闪身避开："你别老摸我脑袋，我又不是小狗！"

陈辞失笑："好了，不闹了，上车，我送你回家。"

***

日子一天天过去，初夏鲜鲜嫩嫩的绿意逐渐为仲夏的浓荫所代替，就连枝头的蝉鸣，也愈加嘹亮。

立秋一过，训练的日子就更紧张了。

无论是三周抛跳，还是三周的捻转，成功率都低得让人心疼。

在陈辞的坚持下，简冰不得不同意戴护具和头盔，甚至连辅助跳跃的工具都用上了。

但是，抛捻一旦上三周，仍旧还是摔。

休息的间隙里，简冰靠着椅背，不无烦恼地向陈辞抱怨："你就假装抛一下，让我自己跳，都比刚那样完成得好。"

陈辞无奈："一共才那么点时间，这个进步已经很大了——实在不行，我们就先上两周，编排步伐那问题其实也不小，我们可以先磨一磨那部分……"

"你见谁在全国大赛上用抛二捻二了？"简冰直白道，"至少前五是绝对不会这样干的！"

舒雪也不会这样选择，既然成功过，当然要勇敢去尝试！

第二十五章
同居室友

（一）

新学期伴着九月的骄阳一起到来，一瞬间满世界都是开学的消息。

连道边的蝉鸣，都带上了青春蓬勃的气息。

简冰在住处整理完行李，对着舒问涛叹气：“爸爸，真的不能帮我请个假吗？距离比赛，只有一个星期了。”

“你忘了那时候给我的承诺？”舒问涛无奈地看着小女儿，“不影响学习，不影响生活。你今天要为了比赛请假去训练，以后呢，再为了比赛休学？”

“那姐姐呢？”简冰忍不住反驳。

“她读的是体校，她……”舒问涛没继续往下说，简冰也沉默了。

按当年的成绩，舒雪不但能继续训练，像陈辞一样直升体院的冰雪分校，也是板上钉钉的结果。

尽管，光是她进体校这个决定，就让父母两人大吵了近半个月。

最终，简欣还是屈服在了父女两人坚定的决心和舒雪在冰上展现出来的傲人天赋上。

而如今……

她简冰就是滑得比舒雪好十倍，简欣也不可能同意她转学。

“你妈妈最近没和你联系？”舒问涛有些生硬地转移话题。

“联系了，”简冰轻声道，“她问我为什么整个暑假都不回去……我答应她，十一放假回去看看她和姐姐。”

舒问涛“嗯”了一声，看着窗外的树荫发呆。

都说少年夫妻老来伴，他们当了二十多年夫妻，勉强维持着纸面上的关系，如履薄冰，愈走愈远。

他这样的沉默，简冰不知有多熟悉，甚至在自己母亲简欣身上也见到过。

无奈两个人都固执，要和解也无从下手。

她轻叹了口气，拖着箱子打算下楼。

舒问涛跟了上去：“行李给我，我送你回去。”

简冰扭头看他一眼，犹豫着摇头：“不用了，我和朋友约好了，他送我回去。”

朋友?

舒问涛并不当一回事儿，简冰的那些朋友们，年纪最大的也没到20岁，自己怎么也放心不下的。

进了电梯，简冰的神情更加诡异了。

“爸爸，你回去吧，我们真的约好了，他就在楼下。”

“约好了就一起过去，”舒问涛道，“你这孩子，也不让人上来坐坐。”

“我……”简冰轻叹了口气，没再接腔。

下了楼，舒问涛一眼就看到公共车位上停着的黑色SUV。

“司机”陈辞靠在车门边，单手插着兜。

看到他们，陈辞明显愣了下，随即快步迎了上来：“叔叔，冰冰。”

舒问涛的表情僵住了，扭头去看简冰：“这就是你说的朋友？”

简冰应了一声，忐忑地看看这个，又看看那个。

陈辞表情还算自然，舒问涛脸上却是阴云密布。

小女儿和他组队训练已经够亲密了，原来私下也一直在联系？

舒问涛因为冰场的事，对女儿的关注确实大不如前，怎么也想不到两个大孩子竟然这么快就从“仇人”进化为“好友”了。

失落、惶恐、无奈……舒问涛被打击得话都说不出来了，看陈辞的眼神也愈发沉痛。

简冰瞅着自家爸爸神色不对，赶紧把行李从他手里抢过来，就势塞给陈辞。

陈辞开了后备厢，把东西都放进去，回头见父女俩都站着没动，主动开了副驾驶座和后座的车门：“叔叔要是不忙，咱们就一起送冰冰去学校吧？”

“他还一堆事呢，”简冰主动解释道，顺便轻推了一把舒问涛，“爸爸你放心，到了学校我给您打电话。”

舒问涛身体晃了下，这才猛然清醒：“我整个早上，就安排了送你去学校这么一件事！”

说罢，他直接坐进了副驾驶座。

简冰无奈，只得坐进后座。

这一路三人都异常尴尬，简冰一个人坐后面，完全看不到他们俩表情。

陈辞开着车，不用扭头也能感受到舒问涛扎在自己身上的审视眼神。

一直到车子快到学校了，陈辞才终于鼓足勇气，找了个话题：“叔叔来北方习惯吗？”

“习惯。”

“B市……”

“好好看路。”舒问涛打断道，“前面红绿灯了。”

……

好不容易到了学校，舒问涛第一个下了车。

陈辞主动帮忙搬行李，刚把箱子拖杆抽出来，就被舒问涛抢了过去：“你回去吧，我们自己来。”

说罢，他一手拖上箱子，一手拉着闺女，飞快地往校门里冲。

陈辞的手停滞在半空，“叔叔”两个字，也硬生生卡在了喉咙里。

简冰回过头，就见陈辞一个人站在原地，落寞而孤单。

见她回头，陈辞扯着嘴角露出苦笑，轻挥了下手。

再见——

***

简冰一回学校，就被宿舍那几个叽叽喳喳的室友和杨帆缠得脱不开身。

女孩们要聚餐，要逛街，要看电影，要趁着还没开始正式上课最后放纵一下。

杨帆难得“攀”上个正经的注册运动员当朋友，拉着她有说不完的话。

简冰趁着上厕所的时间，随身小包也不要了，带着手机和钥匙，溜回宿舍拿了冰鞋和几件衣服，拦了出租就往陈辞家跑。

陈辞刚冲完澡，正在擦头发，门铃“叮铃叮铃”响个不停。

他有些奇怪地拉开门，就见简冰满头大汗，拎着个巨大的运动背包，靠着门框喘气。

“你……”

“训、训练去！”简冰捂着胸口，上气不接下气道，“好不容易出来，这帮王八蛋，不学无术，满脑子都是花花世界！”

陈辞失笑：“明天就开学了，今晚还练？”

他看了眼黑漆漆的天色——这个点，练完学校就该关门了。

她肯定回不去了。

简冰早有计划，拍拍大包：“不要紧，我换洗衣服都带了，咱们去泰加林练——云老师在那儿有个休息室，我就睡那儿。”

“泰加林到这儿开车都至少一个小时。”陈辞叹气，“你明天再赶早班车回来？”

“对呀。”简冰皱眉，“婆婆妈妈的，还练不练了？”

陈辞盯着她，欲言又止。

“到底怎么了？”简冰是真有点不耐烦了。

如果不是舒问涛坚决要她回学校住，她也不会想出这么个不是办法的办法。

“你……住我这儿吧，”陈辞开口道，“上完课就来凛风，还是用咱们之前的那个训练室，晚上也不怕门禁。”

只是……

如今两人都已经成年了，住一起，毕竟是不方便的。

他暗暗握紧了拳头，既怕她答应，又怕她不答应。

简冰愣了好一会儿，才结巴道：“住……住你这儿啊？”

“孤男寡女，共处一室”八个大字，走马灯一般从她眼前掠过。

她再回想了下舒问涛早上的神色——如果真的住进去，爸爸怕是要疯！

他的那些女友粉，估计也得疯！

但是，这确实是最优解决方案。

不用惊动舒问涛，距离冰场更近，他们的训练也不再受学校作息的影响。

许是嫌弃她思考的时间太长，黑暗中突然爆起一声闷雷，没过多久，噼噼啪啪的大雨就倾盆而下。

陈辞自然而来地拉她进了屋，拉了凳子，倒了水，方便她继续考虑去留。

简冰坐在小厅的落地窗边，瞅着被路灯照亮的银色雨丝，陷入了深深的焦虑之中。

答应？

不答应？

卧室是在楼上，楼下的空间也不小，沙发放倒能躺两个大活人。

但这个卧室半开放啊，坐这儿一仰头就能看到半个床栏！

……

时间一分一秒过去，陈辞湿漉漉的头发也自然风干了，坐在沙发上看书。

好半天过去，也不见他翻动一页。

外面的雨非但不停，还有愈下愈大的趋势。

龙思思发来消息："阿冰，你去哪儿了？回家了？"

大家都知道她爸爸来了B市，自然而然，便把她当作可以通勤的"本地学生"。

简冰握着手机，半天也回不出一个"是"字。

她站起身，让有些僵硬的双腿活动一下。

陈辞果然立刻看过来："要回去了吗？"

简冰含含糊糊地"嗯"了一声，有些可惜浪费掉的这一晚上训练时间，又挺留恋这样安静的独处时光。

她走到照片墙边，意外地看到之前那个被她砸碎的"生辰石"坠子，如上次一般悬在大头针上。

她惊讶地伸手取下来，这才发现金属圈上斑痕累累，锆石也粘歪了，边缘一圈明显的胶水痕迹。

陈辞有些尴尬："丢了挺可惜的，就留着……做个纪念。"

简冰"哦"了一声，把东西放回原位。

雨声嘹亮，偶尔有闪电划过天际，带得屋内的照明灯都一闪一闪。

简冰焦灼地看看窗外，又看看时间。

再过半小时，雨还不停的话，真的就走不了了。

就是真回去，她也进不了校门。

陈辞又坐回了沙发上，老神在在的样子，翻页的速度却快了不少。

快到，简冰都有些怀疑，他到底有没有看完整页的内容。

寂静容易引发联想，联想又容易带来误解，误解则容易催生尴尬。简冰站在窗户边，身后是震耳欲聋的雨声，身前是岿然不动的前邻家哥哥……

“今晚……今晚也训练不成了，我就先回去了……”简冰暗暗握了拳，轻声道，“明天吧，明天找你借住，恢复训练……”

书页的翻动声戛然而止，陈辞抬起头，张了张嘴，没能说出话来。

半晌，脸色也同她一样，变得绯红如霞。

（二）

408宿舍的姑娘们刚刚洗漱完，上床躺平，房门就被猛地推开了。

龙思思最先爬起来，其他人也相继探出头。

简冰浑身湿透，拎着包，落汤鸡一般冲了进来。

“神了，阿冰，你简直踩着点进来的！”龙思思不禁赞叹。

话音才落，熄灯铃奏响，全寝区陷入一片黑暗之中。

简冰嘟囔着放下包，顾不得换衣服，冲到阳台往外看去。

外面混沌一片，到处都是雨水，路灯也照亮不了黑暗。

裤兜里的手机却震动了一下，简冰掏出手机，就看到了刚进来的微信。

“快进去换衣服，湿透了再吹风要感冒的。”

还没走？

简冰有些焦急地四处搜寻，过了好一会儿，楼下不远处才蓦然亮起车灯，慢悠悠地朝着校门口开去。

一直到车子彻底驶入雨幕，消失不见，简冰才松了口气。

龙思思她们蹑手蹑脚地跟了出来，猛地重拍了她肩膀一下。

“望夫石啊，看什么呢？”

“就是，那谁啊？”

“衣服都没换呢，就急急忙忙追出来目送了——”

“那是我爸！”简冰板起脸，赶着三人往屋里走去。

龙思思嘁了一声：“满脸春情，叔叔早上刚来过，晚上又来？”

“就是，还让你急得连包都不要了？”

其他人也不信，纷纷脑补出无数浪漫狗血的爱情桥段。

简冰手脚利落地换下湿衣服，进洗手间洗漱。

等她穿着干干净净的睡衣出来，舍友们口中的爱情剧已经发展到婆媳斗争的现实环节。

简冰越听越不对劲，终于告饶：“求求你们了，别再编了，给未婚少女我一点幻想吧——我明天就给你们介绍一箩筐的帅哥资源。”

众人这才作罢。

但隔天报完到、办完手续，一个帅哥的电话号码都还没交代呢，简冰就又开始打包行李了。

一看那架势，就是打算长期出走。

龙思思看着她把前一天刚塞进衣柜的衣服，再一次装回了箱子里，边嚼口香糖，边嘟囔：“你不是才刚回来，收拾东西干吗？”

简冰看着一脸镇定：“我假期综合征还没好，回家住一阵子。”

龙思思去看马可馨，马可馨使眼色给鲁梓涵……大家你看看我，我看看你，都是一脸的狐疑。

简冰怕她们看穿，特意让陈辞在校门外等。

舍友们却一点儿也不想放过她，借着帮忙搬行李的由头，死缠烂打着跟了出来。

一行人才到学校门口，龙思思一眼就认出了昨晚的那辆SUV。

陈辞老远看到她们，主动下车帮忙。

他双脚才刚落地，就听简冰身侧的女孩阴阳怪气地喊了声：“哎呀，阿冰你爸爸来了！”

其他人哄然大笑，简冰也闹了个大红脸。

一直到上车，陈辞也没明白自己怎么就突然“喜当爹”了。

简冰则一直扭头看着窗户外，完全不打算解释。

“你同学刚才喊我……”陈辞犹豫着问，“我有那么老吗？”

简冰“嗯”了一声，随即反应过来，摇头否认：“她们开玩笑的。”

现在的大学生，都流行拿叫别人爸爸来开玩笑？

这种话，陈辞是不信的。

但她不肯说，他自然也不想自讨没趣。

车子继续向前，转出小吃街，笔直地驶向小小的公寓。

一路上树影婆娑，北方的9月已经入秋，早晚都有了点凉意。

到了陈辞家，简冰意外地发现，他已经把屋子重新收拾过了。

小客厅的沙发被放倒，扩展成了小床的形状，健身器材也都搬到了角落。小扶梯上去的卧房腾出了一半的柜子，半封闭的围栏内还加装了素净的帘子……

“你住楼上，我睡楼下。”陈辞拎着箱子一边往楼上走，“地方不大，卫生间也只有一个，但可以从里面反锁的……”

他絮絮叨叨地说着，很有些当年“小奶爸”的影子。

简冰想起龙思思喊“爸爸”，不由得噗地笑出声。

陈辞刚从柜子里抱了新的被子出来，听到她笑，有些诧异地回过头：“怎么了？”

“就觉得你现在，特别像小的时候。”简冰笑道。

小时候么？

陈辞也笑了：“对，我从小就唠叨。”

他把被子放到床上，铺好，轻拍了两下：“你看看还缺什么，没问题我们就去训练。”

简冰嗯了一声，把冰鞋和训练服找出来，塞进包里。

白天训练，自然是不可能去旗舰馆那个商业小场的——到了训练基地，果然又撞上了曲瑶和申恺。

文非凡当然也在，六只眼睛探照灯似的看着他们摔。

坦白说，他们的进步速度确实叫人惊叹。

但起点毕竟低，上升再快，也跟曲瑶、申恺这种成熟的现役不一样。

这么着练了一场冰，曲瑶和申恺放心了，文非凡郁卒了。

陈辞还算淡定，简冰就坐不住了，上完冰又要去陆地训练，陆地训练结束看看时间，干脆连晚上的选修课也逃了，捧着手机听曲子找感觉。

就连晚饭，都是被陈辞催着才勉强吃了几口。

“我要是再瘦点，”简冰捏着自己纤细的胳膊，“咱们的三周是不是能稳一点儿？”

“别多想，你维持现在的状态就行了，”陈辞发动车子，“我抱得动。”

他说得自然而然，简冰却蓦然涨红了脸。

虽然明白他的意思，但这样形容，很容易引起歧义好吗！

尤其，他们还正笔直地朝着他家驶去。

简冰的脑子里又开始闪现走马灯，红黄蓝绿颜色跳了个遍。

文字内容倒是没变，仍旧是那让人浮想联翩的“孤男寡女”几个字。

夜风从半开的窗户吹进来，吹得路边的树叶哗啦啦响，也吹得她的心晃晃荡荡落不到实处。

凛风到他家确实是近，这段路又不堵车，十分钟不到就进车库了。

简冰慢腾腾地跟着下了车，看着他开了门，开了灯，站在门口忐忑。

这个“同居”决定，确实太过大胆了。

点头的时候只觉得这个建议确实是现阶段的最优方案……可现在，光是让自己安静下来不要胡思乱想，就够她拼尽全力了！

陈辞进了门，见她迟迟不往里走，主动把鞋架上的女用拖鞋拿下来，放到她面前的地板上。

简冰道了谢，深吸了口气，穿鞋进屋。

房子的格局她是大约知道的，陈辞大致又介绍了一下常用物品的位置，顺带帮她把卧室收拾了一下，便下楼去了。

简冰把衣服一件件拿出来，放进柜子里。

手指拉动推拉门，隔壁柜子，陈辞的衣服整整齐齐放着，和主人一样规整而低调。

人和人挨得近了，便仿佛有了羁绊。

楼下陈辞似乎是去洗漱了，再没有了脚步声。

简冰整理完东西，拉开帘子往下看了看，又转去小书房——说是书房，其实就是几个书柜并一套桌椅隔出来的小小空间。

椅子可以放倒，柔软如云，人一坐进去，便懒洋洋地不想起来。

简冰坐上去，不由自主地就闭上了眼睛。

坐这样舒适的椅子看书，不困也想睡了。

***

陈辞擦着头发上来，看到的就是这样一副情景。

简冰歪躺在椅子上，胸口还摊开着本书，睡得孩子一般无知无觉。

陈辞失笑，往前走了两步，轻轻蹲下。

女孩虽然瘦，脸颊还带着点婴儿肥，眉头紧锁，梦里不知遇到了什么。

等我长大了，一定比你们都高！

等我长大了，也请你们吃冰淇淋！

……

记忆里的小胖妞自信满满，似乎能凭时光打赢所有人。

如今亭亭玉立，倒也不减气势。

只是身高，估计她是真无能为力了。

他随手抽了床上的小毯子，正要给她盖上，简冰蓦然睁开了眼睛。

陈辞一愣，随即笑道："醒了？困了就去床上睡。"

简冰挣扎着爬起来："这椅子太舒服了，完全就是用来睡觉的。"

"我有阵子老失眠，"陈辞解释道，"也就躺椅子上看看书能睡一会儿。"

简冰惊讶，她倒是没想到真是这个用途，嘟囔道："你都拿世锦赛冠军了，还有什么好失眠的？"

陈辞只是笑，清清淡淡的，满是落寞。

简冰从没见他这样笑过，一瞬间又想起了病床上的舒雪。

一别七年，他们像歌里唱的，成了最熟悉的陌生人。

乍一看，什么都似曾相识；细深究，时光早已经改变了一切。

她不由自主想起自己初学花滑的时候，也是整夜整夜地不睡觉。

一闭眼，就是染血的冰面。

"你……"她犹豫着问，"也常梦到……那个时候？"

她问得这样含糊，陈辞却听懂了。

他不但听懂了，还听出了她没说出口的，那些只有她自己一个人知道的独处时光里的恐惧和孤寂。

他们不远不近地站着，却在这一瞬间如隔鸿沟。

这个刻意回避的话题，到底还是绕不过去的。

芭蕉不展丁香结，同向春风各自愁。

（三）

这样似近似远的"同居"生活，便算是正式开始了。

为了科学合理地调节身体状态，陈辞干脆把两人的三餐都定在了凛风的食堂。

简冰每天往来于学校、凛风和他家之间，三点一线，规律如高三备考时光。

随着比赛时间的临近，霍斌也开始频频出现在凛风——云珊仗着老师照顾，也厚着脸皮跟来。

文非凡到底没憋住，愤然指责道："你们也别太过分了，抢人不说，还抢场地！"

霍斌乐呵呵的："互相学习嘛。"

文非凡垮下脸："霍老师，你们的新冰场呢？"

"那儿白天得营业呢，"霍斌说得理所当然的，"我们又不霸场，就你们做陆地训练的时候借用一下——再说，报名的时候不是挂你们俱乐部名字下面联合组对参赛的嘛，你们提供场地也是应该的。"

文非凡鼓着腮帮子，如胀满气的河豚一般坐回场边的椅子上。

然而，这才是刚刚开始。

当天下午，打扮得花枝招展的江卡罗就来了，指点动作、调整节奏什么不说。文非凡觉得，这外国佬一半的注意力都放在周边的年轻女孩身上。

运动员他倒是不怎么撩，跟前台的小妹妹啊，冰场的工作人员啊，后勤相关的女职工啊……那真是有说不完的甜言蜜语，开不完的玩笑。

连申恺都看出来了，小声地和曲瑶嘀咕："你看江卡罗，瞅准了大胸妹子放电。"

曲瑶冷哼："胸大有什么用，胸大跳得了三周半？"

申恺这才想起自己女伴也是个平胸，摸摸鼻子继续训练。

在这一片吵闹之中，简冰和陈辞仿佛完全不受影响，只是一遍一遍地复习动作。

三周的抛跳成功率还是太低了，甚至连单跳和连跳都受到了影响。

霍斌倒似放开了，捧着杯子，目光深长地望着他们。

文非凡到底还是拉了椅子过来："霍老师，我……我是真不懂你。你看他们滑成什么样了？就这个水平，全国比赛拿奖都不可能，更不要说去国际上。"

霍斌瞥了他一眼，半晌，慢慢道："这个自由滑曲目，他们就练了一个月。”

一个月?

文非凡愣了。

陈辞毕竟有基础，那个草根女孩……一个月就能把一个曲子磨到这个程度?!

要知道，所有的比赛曲目，几乎都是在一次次的比赛中不断磨砺、调整、完善的。

而现在，赛季还没正式开始。

***

白露刚过，有关全国大奖赛的新闻就已经频繁见报。

国内习惯性将每年10月的世界花样滑冰大奖赛成年组分站赛作为新赛季开始的标志，而全国大奖赛作为选拔国际赛事选手的大型比赛，几乎是国内每个一线运动员都会参加的比赛。

这一次的新闻爆点，几乎都集中在了复出的陈辞身上。

这位年仅22岁的男单世锦赛冠军，伤后第一战居然更换了比赛项目，搭档还是个名不见经传、刚刚通过八级测试的新人女孩!

传闻与现实，带给人的冲击总是不一样的。

凛风的电话几乎被打爆了，媒体记者的，疯狂冰迷的，圈内同行的。

甚至连体育总局冬季运动管理中心那边都来了电话，要确认选手参赛项目是不是填错了……

陈辞早就把手机号停了，重新买了个新号码。

记者蹲点堵门口，他就不从正门出入；冰迷们在他主页上问，他干脆就不登上去了。

他在圈内也没什么特别交好的朋友，只有章雨天在群里跳出来，大剌剌地“@”他和简冰：“你们俩居然来真的?!”

群里的话题霎时就热闹了，单言嫌弃他说话有歧义，其他人嘲讽单言怕陈辞转回男单压力太大……

陈辞充分发挥了自己的忍耐力，愣是当作没看到。

到了晚上，容诗卉发了条私信过来：“你把电话号码换了吗？”

陈辞犹豫了片刻，关上私窗，同样放弃了回复。

这是他自己的人生，既然已经选择了，只管大步往前就好了。

今年的赛场选在H市，比赛场地用的就是等温线训练基地的冰场。

成年组双人短节目排在第一天傍晚，自由滑则放在第二天下午。

赛前最后两天，简冰请假随队出发。

云珊、鲁文博、舒问涛自然是一起的，就连年纪一把的霍斌，也订了机票。

飞机起飞，简冰觉得自己的整个心，也随着气流的颠动震颤起来。

坐在隔壁的陈辞把手伸了过来，轻轻地握住她。

“放轻松，人生第一场比赛，能拿到积分就是胜利。”

简冰“嗯”了一声，被他掌心的温度感染，连脸颊都是热热的。

姐姐，等我的好消息吧!

窗户之外，白云绵延，仿佛永远没有尽头一般。

***

H市是全国最北的省会城市，这里的秋季也比别的地方凉快许多，白天的日照时间也短上不少。

简冰依着陈辞的嘱托带了外套，果然一下飞机就用上了。

入住酒店后，就要去熟悉场地了。

他们的训练时间安排在中午，去的时候青年组的几个运动员还没离开。

见陈辞进来，两个小女生推推搡搡着就围了上来。

“我们能和你合个影吗？”圆脸的小女生红着脸问。

陈辞才刚放下包，闻言微愣了下，点头。

两个女生马上围了上来，一个比剪刀手、一个歪头微笑。

简冰帮着拍了两张，女生千恩万谢地接拿回了手机，又问他：“陈辞哥哥，能加个好友吗？”

这一声“哥哥”叫得非常自来熟，陈辞明显愣了好一会儿，才摇头道：“我不用社交软件。”

女生们这才悻悻离去。

简冰不由得想起他连杨帆的好友都加了，小声嘟囔道：“偏心男粉丝哦。”

陈辞看了她一眼：“我怕她再像你那么喊我。”

“我才不会喊你哥……”话说到一半，声音就轻了下去。

——儿时黑历史一堆，随便拎一个出来，都够嘲上半年的。

两人上了冰，练的是隔天将要上场的短节目《图兰朵》。

陈辞习惯性地要先适应场地，简冰心里却多少有些焦虑，不断地问他：“可以开始了吗？”

陈辞无奈：“这边的冰面能适应吗？”

“能！”简冰回答得斩钉截铁，真正开始做跳跃和旋转，却还是犯了明显的基础错误。

从场上下来，她的脚踝有些浮肿。

“扭到了？”陈辞皱着眉，找了云南白药出来给她喷。

一直在场边坐着的霍斌和舒问涛也围了上来：“要不要紧？”

简冰摇头，有些懊恼地垂着头，站起来走了两步。

“回去让队医看看，再不行去医院拍个片。”陈辞还是有些不放心。

“真没事，”简冰又走了一个来回，“你们看，完全不受影响。”

第二十六章
全国大奖赛

（一）

一觉睡醒，简冰就觉得不对了。

昨天敷过药的脚踝高肿了一倍，一落地就钻心地疼。

她有些茫然地在床边坐了会儿，咬牙从行李箱里翻了医用绷带出来，一圈一圈地紧紧缠住。

绑完了再下地，疼痛果然没那么明显了。

整个早上都是青年组的比赛，简冰没有参加过这类项目，看着年纪几乎都比自己小的选手在场上滑行如风，又是羡慕又是嫉妒。

如果，自己也能早点参赛……

初时是她自己不愿意，后来是不敢，怕刺激到母亲简欣。

一直到她离了家，得到了充分的自由，才终于拼来了这样的机会。

陈辞却是一路滑上来的，对于青年组的选手，更多关注那些比较出色的小双和男单。

其中，便有上次意外输给他们的李茉莉。

——和搭档单言的时候不同，站在周楠身边，她显得那么灵动和可爱，笑容更是如花一般绽放。

一整套短节目做下来，难度虽然一般，却几乎没什么失误。他们的观众缘也不错，行礼的时候掌声如雷，连冰面上都落了不少毛绒礼物。

“你别看他们现在还小，过两年升上来，全是咱们的劲敌。”

陈辞的语气里有忧虑，也有自豪。

忧虑自己将要面临的更大挑战，自豪于这个项目日渐丰富的人才储备。

中午休息之后，霍斌又给他们开了个短会，凛风随行的队医也跟了过来。

简冰犹豫了半天，才把裤腿挽起来，高肿的脚踝吓了众人一跳。

“得去拍片检查一下。”

简冰固执摇头：“就是看着吓人，我都试过了……能跑能跳，不影响比赛。”

陈辞沉默，好一会儿才说：“还是去看看吧，时间还早，来得及。”

简冰无法拒绝，被舒问涛领着去做了全套的检查。

CT的结果出来，确确实实只是扭伤，但肿得这样厉害，还是叫人心惊。

***

成年组的双人滑排在青年组的短节目之后，去年的老选手都是按积分倒序出场的。

陈辞和简冰一个受伤休养、一个压根没有积分，自然只能跟着类似情况的运动员去抽签决定顺序。

他们运气不算太差，抽到了第二组第二位。

这次的参赛队伍有十五支，光双人滑成年组的运动员就有二十四对。

按规定，双人项目只有进入前十六名才有资格进入自由滑，总分排名前八才开始累计积分。

也就说，他们至少要赢三分之二的人，才有机会拿到积分。

这些简冰早就知悉了，但站到了冰面上开始热身，才知道真正的战场是什么模样的。

陈辞紧握着她的手，不无忧虑地留神着她脚下的动作。

——看起来，倒似真的没有什么影响。

他们一起拉着手绕场转圈，第一圈、第二圈、第三圈……其他选手都已经开始做步法和跳跃的练习，只有他们还在找感觉。

场下的霍斌和舒问涛等人屏息不语，视线几乎要在简冰和陈辞身上烧出个洞来。

简冰完成第一个三周单跳时，大家都松了口气。

就连霍斌这样见惯了大风大浪的人，也忍不住露出笑容。

反身直立旋转、螺旋线、夹心连跳……训练时完成的动作一个接一个地呈现出来，连跳落冰的时候简冰晃了一下，但仍旧站稳了。

三周的抛跳却没能完成，她结结实实地摔了，周数倒是足的。

陈辞将人扶起，轻问了句："没事吧？"

简冰摆摆手，继续往前滑去。

场下的观众席隐约响起一些动静，很快又安静了下来……

热身结束，运动员们纷纷离场。

舒问涛早就把水和刀套都准备好了，等简冰下来，就迫不及待地迎了上去。

"不要紧，摔了也比跳空好，你们的周数是足的。"

简冰抿着嘴，接过刀套戴上，跟着陈辞一起下冰。

第一组上场的是等温线的一对刚升成年组的小双，第一组上冰本来就容易紧张，冰面又还有些湿滑，两人滑得非常不如人意。

三周抛跳周数不足，直接降档成了两周，女伴的2A+2S连跳跳空了后面的2S，导致连跳变单跳，还和已经完成的单跳2A重复，分数唰唰唰往下扣……

简冰坐在椅子上，看着镜头缓慢地回放他们刚才的失误，表情严肃。

陈辞趁机宽慰道："大家都是这样的，第一次比赛，总是没办法百分百完美的。"

简冰没吭声，只咬紧了牙关，笔直地看着前方。

大屏幕切到了等待分数的那对小搭档身上，两人的眼眶都红红的，满脸懊恼。

然而，比赛就是这样残酷。

下一组选手很快上场，滑的是耳熟能详的古典乐。

这组经验明显比上一组丰富许多，技术难度却不是很高，亮点几乎都在步法上……

当广播他们名字的时候，简冰全身的肌肉都绷紧了。

来了！

她脱了外套，轻拉了下紧裹在身上的滑冰服，大步往前走去。

负责清洁冰面的小冰童们三三两两地自冰上下来，霍斌和舒问涛等人隔着挡板看着他们携手滑入冰场深处。

向裁判行完礼，简冰在单膝盖跪地的陈辞不远处站定，只拿背影对着他。

悠扬的《茉莉花》曲调响起，高傲的图兰朵公主冷淡地拒绝了王子的追逐。

她的问题一个一个地被抛出，又一个一个地被解答。

王子终于占到了上风，有些得意，又有些温柔地安慰公主：猜出我的名字，我便把性命交付于你……

因为简冰手部肌肉力量不足，他们选择的托举是手握扶腰的点冰鲁卜托举。

这种托举方法相对于扶髋托举和手拉手压腕托举难度更低，基础分值也更低，对女伴手部力量的要求也更宽松。

在《今夜无人入眠》的音乐声中，简冰随着节奏外刃起跳，靠着陈辞双手的力量翻上他的肩头，如女王一般傲视全场。

高昂的歌声震得人脊柱都在颤抖，落冰时脚踝传来一阵酸胀，她脚下一滑，手掌扶了下冰面才勉强站住。

乐声未歇，比赛也还没结束，她飞快地站稳起来，就继续往前滑去。

陈辞紧跟在后面，不无忧虑，却也毫无办法。

失误一旦发生，对运动员来说，更大的挑战来自于本人。

如何才能在剩余的时间里尽量完美地展现自己，才是最重要的。

简冰的表现在新秀里已然算是很不错了，但他的目光，不由自主地落到了她刚才的落冰足上。

——那个扭伤，果然还是有影响的吧？

下面的联合旋转结束后，还有单跳和抛跳。

她的3Lo其实成功率不错，但是……

简冰却已然完全注意不到他了——刚才落冰时候的那一摔，让她本来就不大舒服的脚踝疼得更加厉害了。

她几乎将全部的注意力都放到了那只脚踝上，滑行、旋转、莫霍克步……

3Lo，3Lo……

她深吸了口气，和陈辞一起开始做“3”字步，准备起跳。

3Lo中文译名三周鲁卜跳，又称后外结环跳。

像她这类逆时针选手，跳点冰鲁卜跳的时候还可以靠左脚点冰借力，减轻起跳脚的压力。

而鲁卜跳则省略了点冰这一步，需要直接靠着右脚的肌肉力量起跳。

非常倒霉的是，她这次扭伤的恰巧就是右边的脚踝。

一，二，三！

起跳，旋转，落冰！

三足周！

简冰强忍着右脚的剧痛，面对着陈辞向后滑去。

捻转、接续步……短短的几分钟仿佛有一年那么漫长，最后的抛跳完成时，场外的霍斌激动得把手里的矿泉水瓶捏扁了。

成了！

虽然小失误不少，但关键的几个得分动作的完成质量都还过得去，进自由滑应该问题不大了。

观众席上的冰迷和场外看直播的观众，却如预期一般地失望了。

如果这是一对刚升上成年组的普通小双，他们也觉得情有可原。

但是，现在的男伴可是陈辞啊！

15岁便拿过双人项目的世青赛冠军，改练单人项目后又拿到世锦赛冠军的陈辞！

在他游刃有余的动作对比之下，她那踉踉跄跄的落冰显得分外扎眼。

他们还没出冰场，网上的谩骂就开始泛滥了。

陈辞那些唯粉舍不得攻击自己偶像，便只好一个劲地diss女伴：单跳炸、托举炸、接续步炸，还有什么不能炸雷的呢？

那么能摔，名字也不该叫简冰，应该叫碎碎冰才对！

其他的普通冰迷就没有这么客气了，双人滑一荣俱荣，一损俱损。

他自己选择重新开始，自己选择业余选手做搭档，当然就得承受后果。

他和舒雪当年的那些比赛视频又被拎了出来，那句叫早年粉丝怀恋的CP口号“不辞冰雪为卿热”，也在这样的舆论环境下衍生出了诡异的味道：

“你们也别只顾嘲女方不自量力了，她技术到底多烂，正主不比你们清楚？”

“就是，我是凛风俱乐部的会员。据说陈辞为了和她滑双人，跟教练都闹翻了。”

“明显是一个愿打一个愿挨——‘不辞冰雪为卿热’，情种哦，姐姐妹妹人家都很喜欢呢。”

……

不过半天时间，在当年冰迷口中的“辞雪”CP基础上，立刻就新发明出了一个颇带嘲讽意味的“扶贫组”称号。

更有甚者，还调侃着将之扩写为：“花样滑冰扶贫偶像剧之姐夫小姨子德国骨科组。”

（二）

当事人却不知这些风风雨雨，等分数的时候，他们顺带还看了几个其他选手的短节目。

陈迪锋和林纷纷的短节目是《卡门》，技术难度一如既往保有国内一线水准，默契和配合也没什么问题，但一眼看去，总有股说不出的怪异感。

霍斌坐在他们边上，见她蹙紧了眉头，抬脚轻踢了陈辞一下。

陈辞一愣，反应过来，担当起了解说员的责任：“他们俩属于典型的刻苦勤勉型，天赋不高，成绩也不错，却始终没办法跻身一流选手的行列。”

简冰侧头看他：“那……问题出在哪儿？”

“出在他们只拿比赛当比赛，只拿竞技当竞技。”霍斌靠着椅子，慢吞吞道，“花样滑冰追求力与美，你光有个力量，光知道往上爬，爬得那么难看，哪个裁判会喜欢？”

简冰睁大眼睛，一瞬有如醍醐灌顶：“他们缺的，还是艺术表现力吧！”

虽然不同于单言的“干拔跳”，但一举一动，的的确确匠气十足，毫无感染力。

霍斌赞许地点头：“你看看他们俩，面无表情、肢体僵硬、尴舞尴跳……艺术表现力不行，技术难度也没高到碾压其他人的程度，裁判闭着眼也打不下去高分。”

说完，瞥了陈辞一眼，有些得意又有些失落道：“当年陈辞和小雪能拿冠军，除了难度在青年组里拔尖，艺术表现能力强也是一大优势。”

这还是舒雪出事之后，霍斌第一次当着他的面这么坦坦荡荡地回忆过往。

陈辞有些惊奇地抬眼看他，他靠着椅子，眯着眼睛，花白的头发被灯光照得泛白，染了霜一般晶莹剔透。

见他看过来，温和地露出笑容，俨然一个“慈祥”的老人模样。

似在鼓励，又似安慰。

陈辞觉得眼眶发烫，转过去看场边橙色的挡板。

因为是按倒序积分排列的出场顺序，越是往后，选手的综合能力就越强。

曲瑶和申恺因为是新组合，清零了去年的积分，顺序靠前了不少。而容诗卉和路觉，不用说排在了压轴。

恢宏的管弦乐响起的瞬间，一身金黑色的两人的的确确有股王者归来的气势。

行云流水一般的接续步，如风卷草一样快节奏的联合旋转，流畅淋漓的三周抛跳……

简冰再一次叹服在他们高超的技术难度和表现力之下，甚至连路觉那张普普通通的路人脸，都越看越有味道了。

许是成功率和完成度还太低，容诗卉那个3A+3T到底没有拿出来用。

但就凭他们现在的技术难度，碾压全场已经毫无疑问。

比赛的间隙里，青年组的成绩全部出来，冠军落在了H市冰上中心的一对小双身上，亚军和季军则被等温线和北极星的运动员拿到。

看着李茉莉乖巧地站在周楠身边，配合记者合影，简冰恍惚看到了当年的陈辞和舒雪。

也正是这个时候，陈辞轻拍了下她肩膀：“看大屏幕。”

她闻声仰头，容诗卉和路觉的短节目分数出来了。

77.88分，果然高居榜首！

最后一组短节目得分播报之后，是成年组双人项目全员的成绩和排名。

曲瑶和申恺以69.83分紧跟在容、路之后，然后是来自小俱乐部米朵拉的孟祎和于致其……

密密麻麻的好几页之后，简冰才看到了自己和陈辞的名字。

四十分不到，第十五名，倒数第十二名。

勉勉强强，攀上了进自由滑的门槛。

***

从冰场出来，已经是深夜。

在舒问涛的坚持下，简冰还是坐进了老爸临时买来的轮椅里。

夜风呼啸，竟有点初冬的寒意。

简冰缩了缩脖子，打开了手机屏幕，一整排的未接来电和未读消息。

她粗略瞥了一眼，没有看到母亲的名字，微松了口气。

打得最多的是单言和杨帆，未接电话和未读消息都破十了。

同样的一件事情，两人的态度却截然不同。

单言说：“虽然狼狈，好歹进自由滑了，你继续加油吧！”

杨帆则发了一大串“恭喜”“祝贺”的表情，最后还同仇敌忾地表示：那些骂你的人，都是站着说话不腰疼，你已经战胜全国一大半的对手了！

简冰有些哭笑不得，正要把手机收回衣兜，蓦然看到了“容诗卉”几个字。

她愣了一下，点开那个临时消息框。

“你脚受伤了？”

简冰蹙着眉，惊讶地看着她的头像。

那么多人在现场，竟然是她最先发现了自己的“秘密”。

回到酒店，舒问涛动手帮自家闺女冷敷。

那短短的几分钟比赛，强度还是不低的，较之下午，她脚踝的浮肿和疼痛都更严重了。

陈辞帮忙烧了些热水，买了晚饭，尴尬地在舒问涛有意无意的冷淡态度下忙碌。

吃过晚饭，舒问涛去了霍斌房间，陈辞也被一个电话叫了出去。

十分钟后，他竟然领着容诗卉进来了。

简冰瞅着一前一后进来的俩人，说不清自己什么心情，有点讶异，有点无措……甚至，还有点说不清道不明的酸楚。

毕竟是老搭档，这两人站一起，也不用说话，光那么一左一右杵着，都让人觉得相配。

陈辞见两人只对瞅着不说话，主动解释道："容姐听说你扭伤了，带了点药过来。"

容诗卉脸上的笑容淡淡的，伸手从裤兜里掏出小瓶的喷剂，放在茶几上。

"我自己日常用的药，消肿效果还是不错的。"

简冰道了谢，容诗卉便自动自发地坐了下来。

见陈辞仍旧站在两人之间，容诗卉仰头笑道："能劳烦您给倒杯水不？"

陈辞这才抬腿往放水壶的桌边走去，容诗卉却又开口了："酒店的水壶不干净，楼下大厅有纯净水。"

陈辞的脚步停下了，回头看着她："有什么话，不能当着我的面聊吗？"

容诗卉抿了下嘴："你也知道，女生之间总有不少小秘密的。"

陈辞看了简冰一眼，没接腔，但也没别的动作。

明显，是不打算让她们有特别的交流机会。

容诗卉无奈："你也太小气了。"说罢，回头看向简冰，"我看起来有那么可怕？”

简冰靠着床头，瞅瞅这个瞅瞅那个。

半晌，她向陈辞道：“陈辞哥哥，我的一次性洗脸巾也用完了。”

这一声“哥哥”又清脆又突兀，陈辞脸唰地就红了。

容诗卉的脸色也蓦然沉了下去。

见陈辞还没出去的打算，简冰干脆自己爬起来，准备下床。

“好了，”陈辞阻止道，“我下去买。”

说罢，他忍不住又瞥了容诗卉一眼，这才开门离去。

容诗卉目瞪口呆，满腔愤懑：

“我叫他去他就不去，你一‘威胁’，就比兔子还快！”

门甫一关上，简冰就一滑溜靠回了床头：“他走了，你找我到底什么事？”

“就是觉得他不值，”容诗卉强忍着醋意，有些刻薄地开口道，“他从小一路滑上来，从来没拿过今天这么差的排名。”

简冰哑然，手指骤然抠进掌心。

“你的脚伤是障碍，你抛跳前的滑入，为什么要减速？因为害怕？根本没必要！还有捻转的起跳……”容诗卉打开了话匣子，语气里有不屑，也有挑衅，更多的则是怒其不争的愤懑，“你如果肌肉力量不足，那就提转速，何必非要自曝其短？”

她语气讥讽，说的却是事实。

简冰脸白了又红，红了又白，最后忍不住问：“你这算是，向我传授经验？”

容诗卉轻哼了一声，站起身：“大约是不忍心你暴殄天物吧。”

说完，转身往外走去。

简冰怔忪地看着房门被关上，回味着她刚才的话：

暴殄……天物？

从来没拿过那么差的排名？

时间已经是晚上11点多了，外面黑幕深垂，一丝风也没有。

这北方都市的深秋夜晚，沉默如无生命的磐石，只那不断下降的气温暴露了它的严酷和漠然。

***

隔天一早，最先开始比的是男子单人项目。

这几年的男单技术难度水涨船高，没个四周跳都不好意思说自己是一线的男单选手。

国内的小将们势头猛烈，也理所当然地提升了技术难度。

看着一个个年轻男孩在冰上翩然起舞，简冰不由自主地多看了陈辞几眼。

他面色平静，感受到她的目光，也不回头，只轻轻在她手背拍了两下。

接下来是女单、冰舞……

肖依梦、章雨天、安洁……那些曾经靠得那么近的运动员，一到了场上，便与台下截然不同，也与表演滑时候的放飞自我完全不是一个感觉。

在规则下各有亮点，一如天际明暗不一的点点繁星。

单言众望所归地拿到了短节目最高分，肖依梦也终于重新证明了自己一姐的实力。

接下来，就到了真正决定胜负的自由滑、自由舞环节。

（三）

按照短节目得分倒序出场的规则，简冰和陈辞这一次不需要再去抽签，直接排在了第一组第二位。

因了两人水平的明显差距，不但场外观众注意到他们，连现场解说也把更多的注意力放在了他们身上。

广播才播到姓名和曲目，解说就已经在分析了：“《钢之炼金术师》，这是一部日本动画片用曲的混剪——陈辞这个选手真的是非常让人惊讶，不论是跨项参赛、搭档的选择，还是今年的比赛用曲……呃，都非常新颖。”

两人手拉着手并肩入场，观众席稀稀落落响起几声掌声。

待得忧伤的旋律响起，简冰滑向前方，解说突然有些讶异地说：“哎，似乎女伴演绎的角色，才是《钢之炼金术师》的男主角。”

这句话，让不少人的目光定格在了简冰那条灰白色配红腰带的裙子上。

原剧里哥哥爱德华的标志性装束，确确实实就是灰白色的钢铁假肢和大红色的风衣。

再看陈辞那身休闲衬衣、工装裤，忽略性别的话，简直就是女主角温丽的翻版……

用日系动画配曲就算了，居然还玩性转!

现在的年轻人啊，真的是让人看不透——

不仅现场的人猜不透，遥远地守着直播的杨帆等人，也完全不懂这波操作。

很风骚，很特别——

但是，有什么意义呢?

一直坐在休息室等上场的容诗卉，却看懂了性转角色的隐喻。

她没看过那个动画，但稍微搜索了下剧情梗概和人物形象，便能发现主要人物间的联系：

失去身体的弟弟，为拯救弟弟而奔走的主角哥哥爱德华，一路默默支持守护爱德华的小青梅温丽……

这不就是在映射舒雪、简冰和陈辞三人的关系吗?

她看着屏幕上简冰有一个明显的小失误，有些茫然也有些嫉妒。

他牺牲那么多，就是因为对舒雪的歉疚吗?

还是……

她的目光再一次落到了手机屏幕上，爱德华与温丽之间的那句“我的人生分你一半”的名台词尤其扎眼。

如果连人生都愿意共享，那么荣耀与未来，自然也是愿意分享的。

容诗卉料想不到的是，“性转”的主意，其实是编舞老师江卡罗提出来的。

在他看来，简冰适合诠释“图兰朵”，适合诠释别扭而容易奓毛的爱德华……唯独不合适诠释温丽这样默默守护的人设。

既然简冰不合适，那么便只能让陈辞上了。

简冰本来有些不愿意，总觉得主角爱德华“拯救弟弟”的戏码似乎在影射自己和姐姐舒雪，江卡罗却非常坚持：“你和温丽完全不像呀——你看，只有陈辞这种脾气的人，才说得出把整个人生交给别人的话嘛。”

她无法反驳，只得同意。

刚浇过冰的冰面像镜子一般平整，冰刀踩上去，发出轻微的声响。

自由滑又叫长节目，时间长过短节目，难度也大大强于中规中矩的短节目。

简冰跟着陈辞往前滑去，脚踝的疼痛越来越明显，额头冷汗直往外渗。

陈辞明显感觉到了，轻声问：“很疼吗？”

简冰没吭声。

“如果真扛不住了，告诉我。”陈辞拉着她继续往前。

简冰感激地看他一眼，轻“嗯”了一声。

带伤上场，或者比到一半受了轻伤继续滑完，是大部分选手都遇到过的情况。

坚持不一定就能胜利，但直接放弃，那就连可能都没有了。

完成螺旋线之后，真的灾难才刚刚开始。

整套编排步伐，她都在不断地失误——脚踝用不上劲，滑速下降，跟不上音乐的节奏……

进入第二个单跳之前，陈辞终于开口了："不要太勉强，如果不……"

"不试一下，怎么知道不行？"简冰打断他的话，松手向前滑去。

陈辞无奈，只得跟上。

他有些庆幸这个三周单跳是点冰鲁卜跳，好歹还有个点冰的动作能给她的伤脚减轻一下压力。

简冰深吸了口气，开始"转三"——

点冰，起跳！

右脚剧痛传来的瞬间，她身体整个歪向了一边——那个凌空飞起的姿势只维持了不到两秒钟，便重重地直摔下来。

冰面光滑，失去控制的躯体落地之后如一叶偏飞的小舟，滑向冰场边缘。

脑袋撞上挡板，简冰的眼前有了片刻的混沌。

——姐姐当时，也是这样绝望和不甘吗？

陈辞早在落冰前便听到了近处观众恐惧的抽气声，眼睛余光也扫到了摔向冰面的身影。

"冰冰——"他轻唤着追上前去，简冰却已然爬了起来，压步往前滑去。

他暗暗握了下拳，加速跟了上去。

场外的观众席响起了一些掌声——不同于通过直播和回放观战，现场那种刀刃上起舞的凛冽感让大部分观众对选手们的失误充满了怜悯。

当然，该扣的分数，还是一分不留地被扣掉了。

场下的解说和不少观战的运动员，已然猜到了他们这组的无奈结局。

"她的脚是不是有问题？"

在休息室观战的单言突然扭头。

阿佳从深陷的椅子里直起了背脊，伸着脖子瞅了半天，摇头："不是脚，应该是右脚脚踝——脚踝使不上劲，跳不好，落冰没办法站稳……"

屏幕里的简冰，像是印证他的话似的，托举的起跳果然不稳，几乎完全靠着陈辞的力量才翻上肩头。

落冰的时候，陈辞虽然极力小心，她额头还是渗出了大量的冷汗。

解说也终于觉察到问题所在，探讨起她是不是刚才摔跤时候受的伤。

单言没再说话，微仰着头，一动也不动地盯着屏幕里的两个身影。

灯光把他的额头照得光亮洁白，也柔化了他向来天不怕地不怕的犀利眼神。

单跳、连跳、捻转、托举……如同被推倒的多米诺骨牌，一次跌倒引发下一轮跌倒。

干瘦的女孩一次次狼狈地摔倒，又一次次爬起，努力跟上音乐的节奏。

解说有些怜悯地分析：这个女伴的信心正在崩塌。

单言却不这样看，她爬起得那么快，起跳的动作那么果断……

虽然有些不可思议，但是，她似乎真的在幻想翻盘！

这让他整个人都兴奋了起来，胸膛里似有种子在蓬勃萌发，恨不得撕开血肉生长。

这才是他单言看上的女人嘛！

他看得热血沸腾，神采飞扬，甚至有些嫉妒牵着她手的陈辞。

执手同行，奋力一搏。

哪怕输了，好歹不枉来这么一次。

整整4分38秒，她几乎摔了一半的时间。

两组抛跳，两组单跳，一组连跳，一组编排步伐……陈辞第一次试图搀扶被她拒绝后，便如影子一般伴随左右，徒劳却又坚定地完成了自己的动作。

一个挫败如骨感现实，一个完美如希冀理想。

场内的掌声渐渐响亮起来，观战的不少教练和运动员也开始交头接耳。

双人项目里，只有一个人完成动作，是没办法得分的。

但身在其中，才知艰辛。

这个小小瘦瘦的女孩，顶着沾满了殷红血渍的额头，不曾流泪，不曾停下脚步……

两人行礼下场时，竟也有不少鲜花和毛绒玩具被抛掷到冰面上。

灯光如雪，清理冰面的小冰童在捡拾玩具的时候，意外地发现了冰上的斑斑血迹。

丝丝殷红，没用多久，便遇寒凝结成冰了。

***

简冰却无暇去留意这些了，她几乎是被陈辞搀扶着下冰的，甫一下场就扑进了舒问涛的怀里。

“你是最棒的！”舒问涛轻拍着女儿的后背安慰。

简冰没说话，只把脸深埋在父亲的颈项间，攥着他衣服的手指用力到发白。

刚换完鞋的陈辞站在不远处，无言地看着女孩微微耸起的肩胛骨。

下了场，他才蓦然发现自己掌心全是冷汗。

他们，居然真的滑完了全场！

有好几次，连他都以为，她要靠担架才能下场了。

他们的第一次征程，便这样惨烈而略带不甘地，结束了。

第二十七章

男人的心

（一）

之后的比赛，简冰几乎都是在医院看完的。

初到医院时，医生盯着她比前一天严重几倍的脚踝、血淋淋的额头、青肿的大腿、擦伤的手臂，无奈地摇头："我这辈子，最不愿意接的，就是你们这种病人。"

舒问涛赔笑："医生，麻烦您了。"

医生长长地叹了口气："麻烦我不要紧，要是连累了自己下半辈子，那才是真正惹了大麻烦。"

说罢，开了一堆检查单子。

等到结果出来，他干脆把住院单也开了："住院观察几天吧。"

于是，简冰就这么不大情愿地住了进来。

闭幕式那天，恰好是星期六。

408室几个姑娘专程赶来看她，拎了一大堆水果、毛绒玩具。

龙思思更是把自己新到手的掌机都捎了过来，大方地表示："你想玩多久，就玩多久！"

到了下午，杨帆也来了——他的目的就没姑娘们那么单纯了，除了来探望简冰，还想顺便去全国大奖赛的比赛现场转一转。

简冰除了检查和挂盐水，一整天就顾着“接待”他们了。

一直到夜幕降临，杨帆才火急火燎准备赶去观看晚上闭幕式的表演滑。

龙思思好奇：“表演滑是什么，好看吗？”

“当然好看！”杨帆立刻卖起了“安利”，“美女帅哥，冰上起舞，视觉盛宴！”

说着，他还把手机掏出来，翻了不少之前存着的漂亮照片和视频给她们看。

龙思思等人看得蠢蠢欲动，简冰也巴不得她们出去溜达溜达，催促道：“那你们就一起去看看呗。”

“可是，我们是来看你的呀。”龙思思道。

“我就是脚踝扭了而已。”简冰顶着额头上的纱布，一脸的无所谓，“你们在这儿，我反而休息不好。”

好姐妹都把话说到这份上了，龙思思她们也不客气了，兴冲冲地结伴往等温线比赛馆去了。

这一波人才走，本该出现在等温线冰场的陈辞居然回来了。

“你……不是去参加演出了吗？”简冰惊讶道。

“我推掉了，”陈辞笑道，“以后我们一起去参加。”

像这类大赛的表演滑，一般也就邀请每个项目的前几名选手，以及没发挥好的一线名选手。

陈辞被邀请，是在情理之中的。

而他们的组合想要被邀请，恐怕就只能走比赛夺奖牌的路子了。

简冰沉默，隔了半天，问：“还滑《堂吉诃德》？”

“对……”陈辞正要继续说什么，房门被又一次拉开了。

“哈，大白天门关那么紧干什么？”

单言鼻子上架着墨镜，单手拎着只果篮，大刺刺闯了进来，视线毫不客气地往陈辞身上飘了。

孤男寡女，房门紧闭！

“这是医院。”简冰没好气道。

“你精神状态不错嘛，”单言把果篮往地上一放，一屁股坐下来，“留疤没有？留疤当心嫁不出去。”

简冰嘴巴张了又张，硬是先怼了句“关你屁事”，才问：“你怎么来了？”

“我怎么不能来？”单言一脸理所当然，“我看看你脚踝怎么样了。”

说着，他又站了起来，伸手就去掀被子。

陈辞一把拦住：“你干吗？”

“看看伤怎么样啊！”单言瞪着他，“你起开！”

陈辞当然是不可能让开的，不但不让，还让简冰按铃喊护士。

单言这才放弃“看伤口”，懒洋洋地坐回椅子上。

“小气——看看怎么了？我也是久伤成医的人，比那些小护士强多了。”

简冰可不相信，反而追问：“你不参加表演滑？”

“来得及。”单言瞥了眼墙上的挂钟，“你怎么不问问你们家搭档为什么不去？他不也拿了友情邀请函，机会难得嘛。”

陈辞早已经解释过了，简冰自然不用问。

“我们以后一起去。”她说得自然而笃定，颇有些帮陈辞反驳的意味。

单言眼皮跳了跳，被“我们”两个字刺激得如鲠在喉。

那些解说和评论家还说她摔怕了，她这个模样，哪儿也不像摔怕了的样子。

不但没摔坏，看着还挺野心勃勃的。

她的伤脚被被子盖着，身上零零碎碎的摔伤都包扎处理过了，这时候靠在床头坐着，眼中的精光似一头蛰伏的小兽。

单言难得没开口讥讽，脚尖抵着地板上的缝隙，微微用力。

那种感觉又来了，像被火苗舔舐皮肤一般。

又危险又刺激，还带着火辣辣的焦灼感。

“你能不能出去下？”单言拖拖拉拉又待了一个多小时，眼看再不走真要赶不上表演滑了，才扭头向陈辞道。

陈辞不置可否，纹丝不动。

“还赖着不走了。”单言嘟囔了句，起身把墙角的轮椅推到了床边，招呼简冰下床，“简冰，我们走。”

简冰茫然：“去哪儿？”

“去没有他这个电灯泡的地方！”单言理直气壮。

简冰看了脸色沉郁的陈辞一眼，小声道：“医生让我卧床——你不乐意他听见，你就发消息给我呗。”

单言“哼”了一声，手拄着轮椅，一脸的不高兴。

“到底什么事儿？”

简冰催促道。

单言哼哼唧唧，愣是不张嘴。

陈辞便当没看到，也坐了下来，随手拿起放在桌边的杂志。

简冰无奈：“已经7点多了，你节目排第几呀？”

她记得表演滑似乎是7点开始，就算冠军压轴，男单的节目似乎还排在女单前面呢。

单言终于放过了那把椅子，从裤兜里掏出样东西，冲着她直抛过来。

简冰下意识接住，触手冰凉，居然是块奖牌。

这次比赛的男单冠军奖牌！

“这是……”她捧着奖牌，不解地看向单言。

枯坐一边的陈辞，也把书放了下来。

“送给你当个纪念吧。”单言干咳了一声，有些别扭道，“之前的事儿，你考虑得怎么样了？”

“之前……什么事？”简冰丈二和尚摸不着头脑。

“忘了就算了，我吃点亏，再提醒你一下。”单言清了下嗓子，又干咳了一声，“我裁判缘很好的，你……”他说得大胆，脸颊却还是控制不住地开始泛红，“你要不要当我女朋友？没、没准下次比赛还能加个印象分。”

室内一片寂静，只有墙上的秒针“嗒嗒嗒嗒”在走动。

单言难耐地原地走了两步，简冰仍旧沉默，身后陈辞的视线如芒在背。

“要、要是还没想好，”他结巴着给自己找了台阶，“就下次再告诉我，我、我得先走了。”

说完，他就一阵风似的往外冲。

“砰”的一声，空留一扇颤抖不止的房门和室内的一男一女。

（二）

“他……”

简冰有些呆滞地看着半开的房门。

陈辞盯着她手上的东西半晌，伸手道：“你要不喜欢，我帮你还回去。”

“我……”简冰犹豫了。

不喜欢归不喜欢，让他去还似乎也不大合适。

她这反应，却让陈辞误会了，既然不愿意还，那么就是想留下了。

他垂下眼皮，道：“我去看看餐车来了没有。”

说完，也不看她，径直往外走去。

窗户半开着，不知是谁外放了流行歌，醇厚的女声幽幽地哼唱着：

爱情这杯酒，
谁喝都得醉。
不要说你错，
不要说我对，

恩恩怨怨没有是与非……

简冰坐着没动，却陡然觉得手里的奖牌有些烫手。

单言之前的那些诡异示好，她还能当成玩笑，而现在……

她无奈地抓了抓头发，仰面躺下，不大利索地翻过身，把脸埋进枕头里。

单言这个人，作为朋友还是不错的。

但是，要当成男朋友的话，实在不是她的理想型。

她理想的男朋友呀，要有柔软的眼神，要有可靠的肩膀，光是站在身边就能让人安心……

“吱呀”一声，房门被再一次推开。

她茫然地抬起头，就见陈辞端着饭菜，一言不发地走了进来。

不知是不是她的错觉，总觉得单言走后他似乎不大开心。

她看了一眼手里的冠军奖牌……难道，是被刺激了？

外面的音乐声还在响，一声接一声，要把晴天唱哭似的。

男人的心，一揉就碎。

爱也累，恨也累，

不爱不恨没滋味……

陈辞抬眼望了望窗外，放下餐盒，走到窗前，“哗啦”一声把玻璃窗关紧。

世界霎时清静了。

他把柜子里的折叠桌拿出来，摆到病床上，再把饭菜摆上。

勺子、筷子、汤碗、水杯、主食……一应俱全。

简冰拿起筷子，见他又一次坐回到椅子上，忍不住问：“你不吃吗？”

陈辞嗯了一声，翻开刚才还没看完的杂志。

她便侧身拉开床头柜抽屉，把单言的奖牌放了进去。

床上的小桌被她一碰，差点翻倒，盘子里的煮鸡蛋更是直接越狱，啪一声落到地上。

陈辞叹着气起身，捡起鸡蛋，剥掉外壳，放进她碗里。

“我……”简冰戳了戳盘子里的小菜，轻声道，“我要是小心一点，起码……我们就不会输那么惨了。”

陈辞愣了下，没想到她会说起这个。

比赛输了，他当然没办法无动于衷。

但打了这么多年比赛，他还不至于因为这一点失利就一蹶不振。

眼下，她对单言的暧昧态度，才更叫他坐立难安。

他那隐秘的情愫像是深埋心底的蛊毒，愈久愈深，也愈难开口。

如果早一点说出来……

他轻叹了口气，苦笑道：“吃饭吧。”

这一声叹息，却让简冰更加误会了。

她拄着筷子，想要说“下一次我一定全力以赴”，想要说“我再不会拖累你”……

然而，在这样温柔而又忧愁的目光注视下，言语苍白无力，只有自己这条缠着纱布的伤脚才足够真实。

这一次，的的确确是自己拖累了他。

看着女孩颓然地垂着头，陈辞才后知后觉地意识到她会错了他的情绪。罢了，他倾身向前，伸手将她遮住了纱布的发丝拨到耳后，轻轻地将她拥入怀中。

这是她曾经熟悉的拥抱，走累了不想动弹的时候，没完成作业逃避责骂的时候，雷声太大充满恐惧的时候……

被这样熟悉的气息包围着，她觉得心安，仿佛自己还是当年那个小小的孩子。

不用承担责任，不用害怕犯错。

“他有这么好吗？”

简冰“啊”了一声，茫然地抬起头：“什么？”

“因为他送你奖牌，还是因为他来医院看你？”他停顿了一下，轻声道，“可送你来医院，一直陪着你的，不是我吗？”

“我……”简冰觉得他说的每个字，都清清楚楚的，但组合在一起，就显得混沌难懂。

她无措地说了声“谢谢”，那近在咫尺的脸庞却更亲昵地靠了过来。

极轻极浅的一个吻，蜻蜓点水一般，只轻轻地一碰，便离开了。

她睁大眼睛，不可思议地看着他，脸颊也一点一点满满涨红。

古人说，瘦田无人耕，耕开有人争——不过一个早上而已，竟然连续被两个男孩告白！

这算是什么？

羊群理论？

集聚效应？

她瞪着他熟悉的脸庞，脑中有如波涛翻涌。匆匆而过的数月光阴，就像昨天一样历历在目。

拉着她并肩滑行的陈辞，冷着脸将餐盘端走的陈辞，笑着抚摸她头发的陈辞……

谦谦君子，殷切相互。

这一路同行，哭过笑过，摔过痛过，并不曾后悔。

但如果说作为心上人，作为男友……

她不由自主地，吞咽了下口水，脸上火辣辣的，手脚都不知怎么摆了，张了半天嘴，最终也没说出一个字来。

单言说喜欢她，她可以毫不犹豫地拒绝，她亦准备了一箩筐的话劝他，“当男女朋友哪有当好朋友长久”。

可眼前的这个人，是从小一起玩耍、长大了一起训练的陈辞。

她不由自主地抬起头，他那黝黑的眼瞳里，倒映着自己焦灼而慌乱的脸。

“我……”

回应她的，是更加热切的吻。

嘴唇再一次被覆盖，气息与气息交缠，牙齿和口腔都被吸吮得发麻。

简冰觉得喘不过气来，胸口剧烈地起伏，手指也紧陷进他胳膊里。

陈辞却仿佛没有痛觉一般，手臂铁铸一般拥着她，手掌贴在背脊上，连脊梁骨都似有蚂蚁在爬动。

混沌中，简冰突然就看到了窗外婆娑的树影。

满树鲜妍，如火如荼。

那是，姐姐最喜欢的火炬木？

舒雪沉睡的侧脸在她眼前一闪而过，母亲怨恨的目光、父亲有家难回的困境……

简冰蓦然清醒，牙齿闭合，一把将人推开。

这个人，从来就不应该出现在心动的位置上啊！

少女脸上的羞涩一点点消散，像是日光下消融的春雪一般失去了踪影。

简冰握紧了拳，有些生硬地避开他的注视，口腔里隐约残留着鲜血的咸味。

有些拒绝不用说出口，有些心思，一看就懂。

而沉默与冷漠，已经算是最仁慈的回应了。

陈辞觉得喉咙发紧，慢慢地站直了身体：“我去看看，叔叔回来没有。”

简冰坐在原处，死死地咬紧了牙关。

也不知过了多久，眼前那双熟悉的双腿终于掉转了方向，向着门外走去。

房门“吱呀”一声再次打开，又轻轻地合上了。

简冰浑身一松，呆呆地看着小桌上的食物，半天也回不过神。

***

龙思思等人一直到隔天早上才来医院，一进门就叽叽喳喳说起了昨晚的表演滑。

“真的太精彩了！”龙思思那小尖嗓子简直要把玻璃窗震碎，“男的都特别帅，女的都特别美！”

就连最稳重的马可馨，也难得附和：“还全都特别年轻。”

简冰一个晚上没有睡好，疲惫地听她们花痴那些花滑帅哥美女，“章雨天”“单言”“肖依梦”“容诗卉”的名字一次次地被提起，个个都镀上了一层光环。

见她闷闷不乐，龙思思在花痴的间隙里拍马屁道：“当然了，十个她们加一起，也没有我们阿冰一个有潜力！”

她这话实在有些夸张，不但简冰无动于衷，其他人也都当没听到。

龙思思轻撞了下鲁梓涵，鲁梓涵含糊地“嗯”了两声搪塞她，“咔嚓咔嚓”继续嚼薯片。

龙思思又去踢杨帆，杨帆正满脸郁闷，委屈兮兮抱怨：“你踢我干吗，很痛的！”

龙思思碰了一鼻子灰，嘟囔：“你冲我嚷嚷什么呀，有种冲那个肖依梦嚷嚷去。她刚才踩你脚，也没见你说痛。”

“人家又不是故意的，”杨帆嘀咕，“她是合照时候没站稳。”

“呵呵。”龙思思笑得意外八卦，“不是故意的，就不是故意的呗，你脸红什么呀？”

“我哪儿脸红了?!”杨帆忍不住大叫，试图自证清明。

简冰等人都扭头去看他——他的脸果然很红，简直像烧红的虾子一样。

“纳博科夫怎么说来着，”龙思思更来劲了，“人有三样东西无法隐瞒，咳嗽、穷困和爱——”

她把最后一个“爱”字拖得老长，戏谑地看着杨帆。

杨帆百口莫辩：“我压根和她就不熟……”

“不熟才好心动呀，”鲁梓涵也来掺和，“太熟悉了，就像左手摸右手……”

他们正是说得热闹，房门再一次被打开，陈辞拎着饭盒进来。

他意外看到这么多人，笑道：“你们都来了。”

帅哥就是帅哥，笑起来都特别好看。

龙思思又荡漾了，回头去看简冰，却见她把头低了下去。

陈辞脸色黯了下，走到柜子旁开柜门拿小餐桌。

杨帆等人赶紧让出通道，好方便他把小桌子搬上床，把饭盒里的食物一样样取出来，摆好。

“不用麻烦了，”简冰犹豫道，“我好多了，一会儿自己下床吃吧。”

陈辞的动作有一瞬间停滞，随即道：“下次吧，我都摆好了。”

龙思思忍不住歪头和鲁梓涵咬耳朵：“是不是我太敏感了，这两人说个话，我怎么听着那么累呢？”

鲁梓涵也蹙起了眉头，是有点奇怪啊，扭扭捏捏，冷冷冰冰的。

难道，左手摸右手，摸久了，还能摸出仇来？

一边的杨帆也听到了，他好不容易摆脱她们的“围攻”，主动替陈辞和简冰解围道：“被你们这么瞪着眼睛看着吃饭，谁能自在得起来呀——小陈哥，你们什么时候回B市呀？”

“明天。”陈辞道，“我和凛风这边的人先回去，冰冰和舒叔叔再留几天，养好了再走。”

简冰的筷子，登时就顿住了。

他们之间，果然回不去了。

明明之前，说好了大家一起回去的。

（三）

入秋之后，雨水就渐渐多了起来。

陈辞等人的飞机刚起飞，H市就缱绻缠绵地下起雨来。

简冰在耳朵里塞满了棉花球，还拿枕头压住脑袋，也阻挡不了淅淅沥沥的雨声。

“到底还要下多久呀！”

睡在陪护椅上的舒问涛按亮床头灯：“怎么了？”

“我讨厌听那雨。”简冰扁着嘴巴，坐起来抱住膝盖。

舒问涛侧耳听了听：“不是蛮好听的？”

“我觉得不好听，窸窸窣窣，像有老鼠在床底下爬。”简冰嘟囔。

舒问涛给她的形容逗笑了：“雨声怎么会像老鼠——你跟你妈妈，真的完全不一样。”

斯斯文文的简欣，会由夜雨想到芭蕉，想到秋思……无论如何，也绝对不会联想到老鼠。

简冰安静了一会儿，又问：“爸爸，你以前是怎么喜欢上妈妈的？”

舒问涛轻笑出声，回忆起当年的初见：“你妈妈以前特别爱笑，虽然没有酒窝，却比有酒窝的女孩笑得都漂亮。我每次看到她，就心情特别好……”

说到心情两个字，两人不由自主地，就想起了如今的简欣。

舒雪出事之后，他们几乎看不到她笑，即便有，也是浅浅淡淡的，难进眼底的。

简冰犹豫了一会儿，不无忧虑地问：“那你现在，还喜欢她吗？”

舒问涛沉默，片刻之后，笃定地表示：“喜欢的，感情这种东西啊，说不清。”

“是这样吗？”简冰跟着叹气，隔了好半天，才叹息似的感慨，“那怎么才能让自己不走错路，不爱错人呢？”

舒问涛的视线，瞬间就化为眼刀，锐利地射了过来。

“小小年纪，走什么错路，爱什么人？”他提高声音，“大学毕业之前，不许谈恋爱！还有离那个陈辞远一点，我看到他就一脸的晦气。”

说完，啪地关了灯，拿后背对着女儿。

简冰哭笑不得，也跟着躺了回去。

睡意仍旧没有，雨声不歇，心情也如被风雨敲打的窗棂一般，轻轻鸣叫。

一闭上眼，就又看到了陈辞的脸。

温柔的，认真的，满含关怀的……

她翻过身，再一次把脸埋进枕头里。

自作孽，说的大约就是她这种人吧。

***

回到B市，因了脚踝的伤，简冰破天荒得到了一个不长不短的假期。

简冰在宿舍休息了几天，眼看着十一临近，干脆买了票准备回南方去看一看简欣和舒雪。

为了给母亲个小惊喜，她买了一堆母亲爱吃的B市特产，连电话都没打就上路了。

三个多小时的飞机，一个多小时的机场大巴，她到家的时候天还没有黑。

南方小城的初秋不比北方，依旧绿树成荫，鸟雀纷飞。

小区里飘荡着浓郁的桂花香，小公园荷塘里莲蓬低垂，果实累累。

简冰拉着箱子，几步就进了电梯。

开门进了玄关，却发现屋里似乎好多天没人来过了。

封闭的室内弥漫着一股尘埃的味道，窗帘低垂，大白天也像黑夜一般。

简冰开了灯，唤了几声“妈妈”，走到窗前将落地窗拉开，窗户推开。

刺目的阳光冲了进来，夹杂着花香的暖风吹拂在脸上，终于有了点回到家的安心感。

她里里外外走了一圈，确定母亲已经至少一星期没回来了，地板上、家具上都覆着一层薄薄的灰尘。

简冰拨电话给简欣，一连打了七八个，才被接起。

“冰冰，你回家了？”简欣的声音听起来，难得精气神不错。

“是啊，”简冰一边开水龙头洗抹布，一边问，“妈妈你去哪儿了？”

“我和小孟送你姐姐来C市了，”简欣温柔道，“这边有国际专家来交流会诊的活动，机会特别难得，我就带小雪来试试。”

C市？

那不是和B市很近？

简冰的手顿住了，任由水龙头“哗啦哗啦”放水。“那您怎么不告诉爸爸？再不然，我在B市，离得也不远……”

“告诉他有什么用，”简欣打断道，“你也不要跑来跑去，回学校好好学习。”

“可……”简冰看着地板上成堆的特产，心里空荡荡的。

“好了，你姐姐该翻身了，我去忙了。”

随即电话立刻就挂断了，只余下毫无温度的“嘟嘟”声。

简冰苦笑着放下手机，在沙发上枯坐了一会儿，站起来收拾东西。

她原本订了后天回去的票，这么一来，等于完全扑空了。去C市的话，不但假期不够，票也订不到。

看着毫无人气的家，简冰长叹了口气，干脆拎着大包土特产，打车去了舒问涛在冰场附近的家。

舒问涛走之前请过家政，屋子倒是不乱，就是没人气。

明明是四口之家，愣是没一个像样的聚集地。

她简单收拾了下，带着拆分好的土特产，一家一家拜访了当年的老邻居。

简冰算不得爱交际的小孩，舒雪出事之前几乎都躲着这些邻居。

反倒是简欣，喜欢参加各种社区活动。舒雪出事之后，她几乎不再参与任何与舒雪无关的事情，和这些邻居也愈走愈远。邻居们倒很念旧情，上门探望的、劝架的络绎不绝。

甚至，简冰有时候独自在家，还会有好心阿姨送了午饭晚饭过来，或者干脆拉孩子去自己家吃饭。

简冰虽然记仇，却也一样记恩。

每每回到父亲这边，还是经常和这些邻居交往，甚至能耐心地听完年迈阿婆长达半小时的唠叨。

她敲开每一家，门内的人都惊喜不已，喜笑颜开。

送完东西，再在楼上的王阿姨家吃过中饭，简冰推开了自家家门。

舒雪的房间一直留着，摆设装修，连墙上的陈年海报、书桌上放着的书，都几乎没有变过。

仿佛主人只是出门暂别，要不了多久就会推门而入。

而如今，昔日的明星偶像已经不再当红，当年的小文具、女生发饰也已经全然过时。

至于衣柜里那些衣服，躺在病床上生长了七年的舒雪即便醒来，也已经穿不上了。

简冰用抹布和拂尘一处一处清理，努力让那些积灰的物件焕发出一点生机。

拉开窗户的时候，牵动了阳台上的风铃，褪色的玻璃铃铛相互撞击，折射着阳光，清脆悦耳。

她叹了口气，一屁股蹲坐在了地板上。

等待，总是折磨人的。

更何况这希望又这样缥缈，未来又还这样漫长。

***

简冰最怕这样独自在家的日子，毫不犹豫地接受了另一位邻居的晚饭邀约。吃了饭，便领着一大群小朋友到被父亲转让出去的小冰场那儿滑冰。

这附近的小孩滑冰几乎都跟她学的，半年没见，纷纷蹿高了不少，叽叽喳喳抢着说这半年的见闻。

这一个说幼儿园的老师给自己连续三个星期小星星，那个说自己期末考了全班前三名……年纪最大的女孩已经上高中了，吭哧半天，压低声音道：“冰冰姐姐，我在电视上看到你和陈辞哥哥了，你们真棒！”

简冰愣住，脸唰地就红了，她几乎摔了全场，这表现可真算不上好。

女孩却仍是一脸崇拜：“如果是我，肯定早就放弃了。陈辞哥哥没有和你一起回来吗？”

简冰听了沉默半晌：“嗯，他有事，下次……下次吧。”

女孩听了倒也没太失望，嘟囔道：“好吧，见了也没意思，他现在和小时候不一样了。不爱笑，也不爱说话，冷冰冰的，像块石头。”

简冰愣了下，问：“你什么时候见到他的？”

“他每年都回来呀，你不知道？”

每年？

简冰呆了呆，女孩接着道：“去年来得比较少，过年前还来过，拄着拐杖。”

拄着拐杖？那是受伤的时候？

简冰怔忪地看着她，那开翕的嘴唇里，似乎藏满了未知的秘密。

因为母亲的关系，她已经很少到这边来了。

父亲害怕睹物思人，也喜欢在冰场过夜。

去年冬天的时候，两人难得见面，又大吵了一架。简欣情绪差点崩溃，她为了安抚母亲，几乎整个假期，都没怎么来过这里。

“你们都不在家，我们说了他也不信，每天早晚都来，等了快一个星期—— 一直到大年三十才走的。” 女孩说着，比画了下，“喏，他每次来，就在小区的花坛那儿坐着，一坐就好久。”

第二十八章

再见再出发

（一）

简冰这一夜，频频做梦，频频惊醒。

好不容易熬到4点多，她再无睡意，却仍不见东方泛白。

风里有桂花的香气，有松枝相撞的声响，也有虫鸣与鲜冽的寒气。

简冰爬起来在屋子里转了一圈，到底还是没忍住，走到窗户边，拉开窗帘往楼下花坛看去。

花坛上当然不会有人，只有黑漆漆的树影和一点斑驳的月光。

她靠着窗台，隔着夜色，仿佛真的看到那个熟悉的影子，仰着头、哈着气，踟蹰等待。

原来，他都记着。

这么多年过去了，她不再是11岁的小孩，当然明白舒雪的事故，不能全然怪罪他。

尤其是练了双人之后，更明白搭档的意义。

没有哪个男伴会希望女伴摔跤，更不要说这么严重的事故——

但凡事总有个因果，人毕竟是他抛出去的，也是和他一起比赛时受伤的。

更何况，她一直以为，他这七年来对舒雪不闻不问，凉薄如冰。

于情于理，都需要责怪他。

夜风微凉，风铃轻响。

简冰抹了把脸，掏了手机出来。

那个熟悉的号码被她翻出来，盯了半晌，她终于还是作罢。

天色未明，更何况来日方长。

他们，还有的是沟通的机会。

许是因了她这一点期许和好奇，回程的路也显得轻快许多。

她请了太多假，不得不先回去上课，把去C市的行程推到了周末。

这一天，简冰好不容易熬到下课，才打算出门，已经走到门口的龙思思却猛地回头，诡异地同她使眼色。

简冰不解，走到她身侧，这才看到楼下小操场对面那儿站着的人。

仍旧是树影重重，月光却换作了日光，泼墨一般洒了他一身。

深深浅浅，像是落在衣服上的小小爪印。

简冰的心，也便跟着这半明半暗的光影，微微地颤动了起来。

一日不见，如隔三秋。简冰扶着楼梯扶手往下走去，不算快也不算慢，但每一步都踏得极稳。

走出大楼阴影庇护时，仿佛有心电感应一般，他也抬头看了过来。

四目相接，有欣喜，有怀恋，有缱绻。

简冰往前走去，他也迎了上来。

道旁的银杏叶子落个不停，两人走得近了，又都有些尴尬。

陈辞上下打量她，道："你脚踝恢复得不错。"

简冰嗯了一声，半晌才问："你怎么来了？"

"来看看你。"陈辞扯出点笑意，"好久不见了。"

是啊，好久不见，虽然才半个月而已。

"我都好了，"简冰原地走了个来回，"可以恢复训练了。"

陈辞嗯了一声，看了看时间："一会儿还有课？"

简冰摇头，他便说了句：“那一起走吧。”

“午饭想吃什么？”看着校门口花花绿绿的店铺，陈辞也有些茫然。

简冰迟疑着打量了下自己胖了不少的胳膊，摇头道：“算了，不吃了。”

陈辞愣了，视线在她脸上、身上转了一圈，点头：“也是，那咱们就去冰场吧？”

“我还有个事儿，”简冰抿了下嘴唇，看他一眼，“我今天得去趟北极星。”

陈辞的脸色果然暗了下来，半晌才问：“找单言？”

“对。”简冰故作轻松道，“我跟他约好了，你有事就先回去吧，晚上咱们一起训练。”

陈辞站着没动：“我送你过去吧。”

陈辞一路上都沉默无言，初见时的好心情，似乎全都因为“北极星”这个目的地不见了。

简冰也不解释，只看着窗玻璃上倒映着的肃然侧脸，恍惚出神。

到了北极星，老远就看到了在门口徘徊的单言。

见简冰从陈辞的车上下来，单言的脸立刻拉长了：“不至于吧你，带着他来干吗?!”

这世界上居然还有这样顽固的狗皮膏药!

简直要把人往死里逼!

陈辞看到他，也没高兴到哪儿去，但还是很果断地下了车，寸步不离地跟着简冰。

——看到他们俩站一块儿扎眼，看不到光凭想象的话，就更可怕了。

单言早在接到简冰短信的时候，就规划了自认为非常合理的“北极星半日游”加商圈小约会，吃饭、打电动、滑冰、看电影全都包揽进去了。

按阿佳的分析，这一套操作下来，是个女的就得臣服，哭着喊着要当“小单哥哥”的女朋友。

单言虽然想象不出简冰哭是什么样子的，但也不介意在悲恸的爱情电影之后，为她提供一个可以靠一靠的坚实肩膀。

可惜，简冰似乎连开始的打算都没有。

她一走到他跟前，直接就把背包里的那块奖牌给拿了出来。

“物归原主。”

单言脸色红了白，白了又青：“你什么意思？”

简冰见他不接，干脆塞进他手里：“这荣誉是你的，给了我，我也承受不起——我要，就自己努力去拿。”

“你……”

单言捧着奖牌，噎了半天，才问：“那当我女朋友的事儿，你考虑好了？”

“东西都还了，”简冰无奈，“你还问结不结账？”

单言一张俊脸，登时黑如锅底。

“别这样，”简冰拍拍他肩膀，“当不成情侣，我们可以当好朋友嘛。等我也拿了奖牌，请你吃饭。”

说着，转身往回走。

陈辞站得不太远，显然听到了他们的对话。

他轻快地拉开车门，催着简冰上了车，“砰”的一声把门合上了。

他才刚回到驾驶座上，单言却又追了过来，不依不饶道：“那上回的事儿呢？”

简冰眨巴眼睛：“什么事儿？”

“我答应帮你忙的事！”单言一边说，一边拿眼睛剜驾驶座的陈辞。

陈辞只作不见，靠着椅背，懒洋洋地看着道边萎靡的花草。

单言更觉得被藐视了，不等简冰回答，就连珠炮似的说道：“你要实在想不出来，我帮你补课好了。你那鲁卜三周跟屎似的，看着就丢人。”

简冰撇嘴，正要反驳，陈辞蓦然插嘴道：“我的搭档跳得如何跟你没关系吧？”

“我高兴，我乐意！”单言跳着脚道，“我就想让自个喜欢的女孩变强变成功！”

“然后更配得上我？”陈辞的声音冷冷的，说的话却毫不相让。

单言噎住，为他人作嫁衣裳，说的大约就是他这样吧?!

就这么一晃神的间隙，陈辞已经发动了车子，缓缓驶出车位。

单言心里一慌，冲着简冰喊道：“简冰，每周六早上8点，我在这儿等你，不见不散！”

电影看不成了，逛街逛不成了，一起上冰总是可以的!

烈女怕缠郎!

玫瑰刺再多，他也照采不误!

他还就不信，自己的魅力比不上陈辞那个木头人。

一路上，陈辞欲言又止，待到车子驶上高架，他终于还是没能忍住，状似漫不经心道：“他会的，我都会。”

简冰听着这没头没脑的话一愣，待反应过来，不知怎的，心里竟有丝丝说不清道不明的欢喜，她便轻轻地“嗯”了一声。

她应得极轻，差点就被引擎声盖过了，陈辞却听到了。

车子正驶上最高点，长风缱绻，天近流云矮。

人心和人心，也似这悠悠荡荡的云霞轻风一般，浮沉缠绕，慕思如潮。

***

曲瑶做完陆地训练，就和申恺往冰场走。

经过舞蹈室，清晰地看到了两个熟悉的身影。

她停下脚步，朝内望去。

简冰单足落地，先是做了几个原地的旋转，然后是小跳步，紧接着就是个模拟的A跳。

陈辞在一边压着腿，侧脸看着自家女伴，一脸的宠溺和温柔。

曲瑶颤抖了两下，小声问申恺道：“你说，小陈哥是不是那个……养成控啊？”

申恺紧张兮兮地靠近她，更小声问：“怎么说？”

“你见他这样黏黏糊糊地盯着谁过？”曲瑶没好气地提醒。

申恺仔细观察了会儿，摇头。

“可是，蓝鲸俱乐部的何成美，不每天都这么看人？”

“何成美那是色！”曲瑶嘟囔。

至于陈辞，这么多年了，示好的女孩多如过江之鲫，他们可没见他失过态。

就是凌霄花一样傲立枝头的容诗卉，他也一样毫不动心。

听了曲瑶的分析，申恺总算开窍了，点头道：“是这个道理。全国大奖赛输那么惨，小陈哥居然也不后悔——我听文教练说，他完全放弃了今年世锦赛和大奖赛的男单名额，一心一意备战全国锦标赛的双人滑。”

曲瑶叹气，又是忧虑又是不解。

她有些同情陈辞上一次的失败尝试，却也不愿意看到他们青云直上。

一对容诗卉路觉就已经够她和申恺苦的了，要再加上陈辞和崛起的新女伴……那他们的世锦赛名额很可能就要飞了！

（二）

简欣和大女儿去了C市的事儿，让舒问涛这几天的心一直高悬着。

去还是不去？

看着小女儿熟练地订票选座，他又是感慨，又是无奈——因了舒雪的事，他们对简冰的照顾，确确实实是有不少疏漏的。

好在，她不但健康长大，还这样阳光开朗。

简冰订完了票，见舒问涛还在那儿纠结，直接把页面亮给他看：“别纠结了，我替你做决定了。”

订票页面上，赫然显示着两张邻座连号票。

舒问涛长叹了口气，算是妥协了。

在火车上，简冰的手机响个不停，不是短信就是电话，引得舒问涛频频侧头：“怎么啦，学校有事情？”

“嗯”，简冰淡定地删掉单言谴责她不遵守约定的短信，靠着椅子休息——

她可不记得自己答应过单言什么，短信删得毫无心理负担。

临下车，她又掏出手机看了一眼，未接电话和新消息果然又多了一串。

十条来自“单言”，中间夹着一个“陈辞”，语气温和，问的内容竟然也差不多：

“在学校，还是在北极星？”

简冰略一思忖，回道：“学校安排了义工活动，计综合考评分的，不去不行。”

消息刚发完，舒问涛蓦地探头过来：“到底跟谁在聊，一会儿蹙眉头一会儿微笑的。”

简冰赶紧把手机往身后藏：“爸爸！”

虽然是惊鸿一瞥，舒问涛还是看到了隐约的“辞”字，面色不豫。

姑娘大了，招蜂引蝶，管不住了！

C市这次会诊安排在中心医院，来的几乎都是国际上的神经外科专家。

简欣提前得到消息，费了九牛二虎之力提前转入中心医院神经外科——舒雪的病症具有典型性，加上前世青赛冠军的身份，还真得到了院方的关注。

舒问涛和简冰赶到时，已经是会诊的第三天。

和许多人印象中的植物人不同，舒雪其实是会睁眼的。

如一棵种在医院窗台上的普通绿萝，能自主呼吸，有心跳，就是没有自主意识。

简欣多年来严格遵照医嘱，每隔两个小时帮女儿翻身，三个小时鼻饲喂饭，不论冬夏每天给女儿擦身，每周给她洗澡……

躺了七年，舒雪看起来仍旧是干干净净的年轻女孩。

只是发型朴素，不施粉黛。

她甚至，还比受伤前胖了好几斤，长高了不少。

舒问涛隔着病房的玻璃窗看简欣和孟彬远把舒雪扶起来，按摩肌肉，眼眶微潮。

简冰个子矮，看不到那个高高的窗户，瞥了父亲两眼，直接推开了病房门，招呼道："妈妈，彬哥。"

简欣看到她，愣了下，继续帮舒雪按摩小腿："你怎么来了，不是让你好好学习？"

"我……学习不忙，"简冰凝望着仰靠在枕头上的舒雪，结巴道，"想、想姐姐了，也想你了，还有彬哥。"

病床另一边的孟彬远冲她笑了笑，脸容有些憔悴，眼睛却较以往明亮了几分。

见简欣没再说话，简冰回头看了眼门口，犹豫道："妈妈，爸爸他……"

简欣的脸色微变，碍着孟彬远在场，没发作，淡淡道："你早饭吃了没？"

"吃过了，"简冰又望了门口一眼，"爸爸听说了会诊的事，也挺担心的……"

"好了，"简欣再一次打断了，"难得见面，不要每次都提他，他人又不在这里。"

"他……"简冰还要再说，房门再一次被推开。

舒问涛到底没能沉住气，拖着父女俩的行李，直接走了进来。

室内有了一瞬间的寂静，然后，又归于正常。

简欣如同什么都没看到一般，继续给舒雪按摩。

孟彬远没好意思，轻轻唤了声："舒伯伯。"

舒问涛应了一声，走到病床前，看着空睁着眼睛的大女儿，再没能控制住眼泪。

就像简欣因为忙于照顾舒雪，而不自觉地忽略简冰一样；他也因着各种各样的理由，一不留神，探望舒雪的次数，就越来越少了。

因为要见大女儿，必定躲不过妻子，一见妻子，注定要争吵。

又因为他内心深处的怯懦，怕见到她的处境，怕看不到希望的未来……

某种程度上说，他们夫妻俩都"不正常"。

一个沉溺悲伤，一个逃避现实。

而争吵，大约是唯一能够找到的沟通模式了。

医生们的到来，浇灭了简欣即将点燃的怒火。

大医生领着一群实习生，一进门就浩浩荡荡地挤占了大半个病房。

是常规查房，也是教学现场。

简冰和舒问涛一起沉默地站在一边，听简欣仔细地向医生们介绍舒雪的情况——她显然已经不是第一次做这种介绍了，甚至还纠正了外籍医生身边助手的错误翻译。

她不但能把"趋声反应""情感反应"之类的中文名词挂在嘴边，一应的英文专有名词，也都精通熟练。

医生们也被这样伟大的母爱所感动，听得认真，笔记做得也勤，说到舒雪的具体情况，却没办法违心地给出太大的希望。

毕竟，她已经躺七年了。

***

医生们离开后，全部人都有种虚脱了的感觉，就像绷紧了的弓弦突然失去了拉弦的手。

查房之后，便是舒雪的常规“散步”时间。

她没有行动能力，一般都是简欣或者孟彬远用轮椅推着她出去。

哪怕当了七年绿萝，她也并没有错过春花秋月和朝露夕霞。

舒问涛想要上前帮忙，孟彬远主动退到了一旁，找借口道：“那我就先送冰冰去酒店吧——你们带着行李不方便。”

说罢，他背过身，和简冰使了个眼色。

简冰会意，赶紧拎上东西，跟着孟彬远往外走。

一直出了住院部大楼，她才不无忧虑地抬头：“哎，你说，他们会不会又吵？”

孟彬远笑笑：“夫妻就是要吵架的。”

简冰哑然，然后信服。

孟彬远比舒雪还大上几岁，算是她和陈辞在冰雪分校时的同学。他退役得早，没滑几年就转去当教练员了。

舒雪和陈辞杀入世青赛称王称霸的时候，他已经是商业俱乐部的年轻教练员了。

舒雪倒是经常提他，他也偶尔来家里拜访过，但也只是普通的同学关系。

舒雪出事后，来探望的人虽然多，却没有像他这样规律而持久的。

久到，连简欣，都习惯了他的存在。

他也不每天来，但如果需要帮助，总是能想办法抽出空来。

硬生生靠着时间和毅力，在简冰他们一家人跟前，把自己“舒雪同学”的称谓，刷成了亲昵的“小孟”“彬哥”。

“我看到你比赛的直播了，简阿姨不知道这事吧？”上出租的时候，孟彬远突然问。

简冰瑟缩了下：“你告诉我妈了？”

“我哪儿敢，”孟彬远道，“我就是和你八卦一下。”

简冰松了口气。

孟彬远瞥了她一眼，问：“那舒伯伯，知情的吧？”

简冰点头。

孟彬远叹了口气，没再说话。

***

傍晚的时候，简冰才和孟彬远一起回了医院。

简欣在病房里待着，舒问涛脸色憔悴，在门口坐着。

简冰和孟彬远一进来，就被护士拉到了一边：“小姑娘，你爸爸和你妈妈……哎，吵了一下午，隔壁病人都投诉了。”

简冰赶紧道歉，护士也是一脸无奈。

舒问涛见他们过来，尴尬地站起身：“我……”

简冰安慰道：“妈妈她就是……心疼姐姐。”

舒问涛苦笑：“我明白。”

这一下午的相处，彻底绝了简冰对父母夫妻和睦、齐心面对未来的美好期盼——

舒问涛在医院待了两天，受了妻子两天的冷脸。

眼看周末结束，简冰要回去上课，他也只得跟着返程。

（三）

随着气温的降低，各项冰上赛事也开始频繁举办。

11月大奖赛第一站开赛，花滑圈又开始热闹了。

到处可见各场比赛的剪辑，人气选手的图片又开始刷屏。

简冰和陈辞的日常，却仍旧只是围绕着训练和节目细节的调整。

能加上的难度要加上去，能完成的动作要提高成功率……

大学文科课程不多，简冰把几乎所有的空余时间都留给了日常训练。

霍斌反倒放松了下来，甚至让他们有空排练个新的表演滑——既然有拿奖牌的心，当然要做好拿奖牌的准备。

如今的花滑圈，会有哪个名将不准备答谢观众的表演滑呢？

江卡罗听得连连点头，埋头又去研究。

简冰却只希望能够把短节目和自由滑磨得更加好一点——因为肌肉力量不足，他们做手拉手式拉索托举的时候仍旧颤颤巍巍，简冰的3A也仅是有了点眉目，三周抛跳的成功率虽然有所上升，距离当初夸下海口的四周抛跳，却还隔着不知多少日夜。

C市的会诊活动终于还是结束了，舒雪的眼神没能恢复神采，也仍旧嗜睡。新的诊疗手段即便有效，也起码要坚持半年才能看到效果。

送舒雪回家那天，舒问涛还是去了。

简欣破例没和他争吵，全程只当没看见。

被她一并忽略掉的，还有小女儿身上无处不在的摔伤。

运动竞技不是请客吃饭，危险存在于每一个动作之中。

愈是美丽的动作，就愈是危机重重。

谁不知道贝尔曼旋转伤腰，谁不知道四周跳伤膝盖伤脚踝？

但是贝尔曼旋转漂亮，四周跳华丽——生而为人，总有欣赏和挑战身体极限的美学本能。

时光飞逝，全国锦标赛几乎与大众冰雪季同步到来。

杨帆和花滑群的朋友对冰雪季上的大众赛事热情高涨，泰加林冰场经营了小半年，也算积累了一部分资质还可以的会员，摩拳擦掌地想要在冰雪季期间的俱乐部联赛上一展身手。

报名全国锦标赛后，简冰看着大本的宣传册犹豫半晌，问：“大众冰雪季的那个俱乐部联赛[1]，咱们要参加吗？”

陈辞愣了下，又看了看时间，最终还是点了头。

国内的俱乐部联赛其实是冰协组织的全新竞技项目，分为了华北、华东、中南、东北、西部五个赛区，而各赛区里又分出了大众组和精英组两个大组，内部再细分出不同年龄段和不同性别。

所谓的精英组，其实就是注册运动员的专业竞技比赛。

大众组倒真是老少不忌的普及娱乐性比赛，除了传统的年龄组别，甚至还有戏剧表演组和跨界选才组这样一听就“不单纯”的特殊组别。

冰协举办这样的比赛，一是为了推广冰雪项目，二则是想要挖掘后备人才。

简冰眼里看到的，却是精英组总决赛前三名的积分奖励。

国际比赛的名额是要靠国内比赛的积分排名来筛选的，他们已错过一次全国大奖赛，剩下的任何一个拿积分的机会，都不应该随便放弃。

陈辞当然明白她的想法，于他来说，最大的困扰，大概就是他不得不彻底放弃单人项目的积累了。

因为冰上运动项目的特殊性，花滑国际大赛事几乎全部集中在冬季举行。为了让运动员有充分的调整时间，也因为含金量的不同，国内一线运动员几乎都只参加大奖赛、世锦赛、四大洲赛等大型A级赛事。

按陈辞现在在单人项目上的水平和地位来说，即便因为跨项和积分的问题拿不到国际上的A级赛事名额，参加一些较为冷门的B级赛事，也并不算难。

若按简冰的安排，即便他想参加那些密密麻麻拥挤在冬季的B级赛事中的单人滑比赛，恐怕也抽不出时间和精力了。

如此一来，兼项就真正变成了改项。

---

1 中国花样滑冰俱乐部联赛：中国花样滑冰协会2018年6月新推出的赛事，文内同名赛事规则分组与现实相同，比赛时间不同。

釜底抽薪，再无退路。

***

在北方待了快一年，简冰才真正明白二十四节气里霜降和小雪真正的含义。

在南方气温不低的阳历10月，北方的清晨是真会落霜的。

而到了11月，天空真的就不顾时间场合，纷纷扬扬落下小小的雪花。再到12月，下雪更是成了家常便饭。

在这样寒冷的天气里，室内冰场的冰面因为添加了提高凝固点的化学物，冰场温度反而高于室外。

简冰于是更喜欢待在冰场里，哪怕训练的休息间隙，也裹得严严实实地缩在冰场边的椅子上哆嗦。

往往要陈辞催促，才缩着脖子，勉强跟着出门透气。

北方的冬天，就这样悄无声息地到来了。

全国锦标赛排在12月10日开幕，大众冰雪季推后了一周，俱乐部联赛自然更晚一些——这也意味着，距离国际赛事更近了，一线的大部分选手都不会参加这个所谓的精英组比赛了。

毕竟，一场国际赛事的积分，远高于这个新冒出的俱乐部联赛的奖励。

简冰恨不得把一小时掰成两小时用，课余时间全都泡在了冰场。

陈辞趁机劝她再搬来同住，可以延长夜间的训练时间。

简冰犹豫半天，到底还是没能抵御住积分的诱惑。

趁着傍晚人流量大，她瞒着所有人，收拾了行李，赶到了和陈辞约好的小巷口。

陈辞早等在那儿，见了她，几步迎上来，开后备厢装行李开副驾驶座门……这一串动作又快又利落，全程没超过十分钟，生怕她反悔似的。

待到车子上了高架，简冰才有点恍惚的不真实感。

***

他们的新同居生活，开始得较之上一次轻松熟稔许多。

公寓里，简冰离开时空出的半边衣柜仍旧空着，放过电脑的小桌旁上也贴心地放着靠垫。

甚至，她那时外出晨跑时折回来的一支薄荷，竟然在清水里长出了根须，开出了浅紫色的小花。

简冰惊奇地拿起水杯，感慨：“它的生命力也太强了，简直奇迹！”

陈辞只是微笑，并不告诉她，自己早在小区开始正式供暖之前，就已经给它吹起了空调暖风、喝上了植物专用的营养液，就为了催它茁壮成长。

如今佳人归来，花朵果然怒放。

第二十九章
冰天雪地世界

(一)

全国锦标赛这一次的协办方是北极星，比赛场地自然也就设在北极星的训练基地。

北极星这金碧辉煌的装饰，再配上赞助商鲜红的logo，刺激得来参赛的运动员和来观战的冰迷都纷纷吐槽“亮瞎了狗眼”。

简冰和陈辞这一次，排在了第六对出场。

又因为比赛日程安排太近，容诗卉和路觉为了参加芬兰站的大奖赛，直接就放弃了这次比赛。

也因为这样，放弃所有国际B级赛事的陈辞，在不少人看来，傻得有点过分。

说是被爱冲昏头脑，似乎也没见昏得这么厉害的。

即便是偶像剧里的扶贫王子，也很少越扶越“穷”的。

然而，无论如何，他们还是来参赛了。

《图兰朵》的音乐再一次在冰场上空响起，简冰随着旋律就滑了出去。

依旧是那身浅蓝色的滑冰服，依旧是那个熟悉的茉莉花旋律，甚至连发型都与三个月前一模一样。

一切，似乎都与之前并无二致。

但看着看着，解说和观众意外地发现，节目的编排有了小小的变化，冰上滑行着的人，也有了不小的进步。

三周的抛跳，落冰稳了不少；螺旋线的进入难度加大了，捻转的流畅程度也有了提高。

最明显的，则是他们默契度变好了。

全国大奖赛的时候，他们俩的滑行是割裂开的。

陈辞的高水平仅代表自己，简冰的坎坷也只坎坷在自己脚下。

而如今，那两道绕场滑行的身影，连转弯的手部动作都颇有些相像。

零碎的小失误当然还是有的，但流畅的表演让不那么专业的观众们沉浸其中，仿佛当真看到了月华初升的大地上，公主与王子的邂逅。

哪怕背景是充满血腥味的屠戮场，爱情到来时，仍旧有月光如水相照。

一曲结束，他们的分数冲到了第一位。

虽然，一共也才六组选手完成了短节目。

解说更是连声赞叹：“三个月的时间，我们在这对选手身上看到了非常明显的进步，真的非常惊喜。”

网上的舆论自然也热闹，惊喜固然有，嘲讽声却更大——“贫穷”的帽子可不是这么好摘的。

更何况，简冰之前炸雷的，也不是短节目。

下场之后，竟然还有记者试图采访他们。

简冰有些无措，扭头看向陈辞。

陈辞冲着记者笑着摇摇头，揽着简冰的肩膀就往休息室走。

那熟稔的动作通过镜头，毫不客气地被上传到了大屏幕，让还在练习馆合乐的单言一阵胃疼。

李用鑫安慰：“老大你别介意，他们是搭档啊，搭档之间搭肩膀那太正常了，抱来抱去都习惯了，就跟摸自己似的。”

单言脸色更难看，瞪着眼睛看他：“就你懂得多，你自摸没感觉？”

李用鑫："……"

这次参赛队伍与全国大奖赛差不多，进入自由滑的标准也趋同。最终排名出来，简冰和陈辞排在第九位，顺利进入自由滑。

要拿积分，就要进前八强。

"9"这个位置，既叫人忐忑，又充满了希望。

舒问涛一夜没睡好，简冰和陈辞倒比他平静。

临要上场，简冰再一次检查了身上的衣服，系紧了鞋带，连头发都解下来重新绑了一遍。

陈辞在一边静静看着，觉得女孩连手臂弯曲的弧度，都漂亮如天鹅曲颈。

简冰之前那套滑冰服完全摔得不能穿了，新做的这套滑冰服裙摆稍微长了一点，颜色也与原来有些细微差别。

哀伤的旋律响起，血与钢的配色在白色冰面上分外惹眼。

提刀旋转的时候，简冰不由自主地闭上了眼睛。

母亲憔悴的脸一闪而逝，姐姐睁着眼睛，无神望着天花板的模样针扎一般刺在胸口上……

"一、二！"陈辞的声音突兀响起，如划开黑夜的闪电。

简冰猛然睁眼，就听得他继续提醒道："三——准备，换！"

身体的反应比思维更快，脑海中的过往还没有完全消散，旋转的姿势已经成功变换了。

旋律里的童声如泣如诉，唱得温柔而又悲伤：

Милаямама！ Нежная мама ！

亲爱的妈妈！你是如此温柔的妈妈！

Мы так любили тебя.

我们曾是那么爱你。

Но все наши силы

可倾尽我们全力，

Но все же налрасна.

却仍旧徒劳无功……

旋转结束，在她前方的陈辞稍微降了点速，朝她伸过手来。

简冰自然而然地握住，随着他一起压步加速。

病床上的舒雪、病床边的母亲、站在门口欲言又止的父亲、除夕夜花坛旁坐着的少年……

一桩桩一件件，如影子一般向她袭来。

她的手掌不由自主地攥紧，被他握着腰部辅助“抛出”的瞬间，凌厉似离线的箭矢。

一周、两周、三周！

落冰！

隐约似有掌声响起，简冰却听不到了。

她只记得下面还有好几套托举、好几个跳跃……两人再一次拉手靠近，陈辞忽然道：“放轻松，脸不用绷那么紧。”

“啊？”简冰有些茫然。

陈辞没回答，只跟着音乐一起轻哼。

Тяжек, нашгрех

我们的深重罪孽在于——

Хотеть быть сильнее всех.

想要变得比任何人都要强……

忧伤婉转，却又温柔坚定。

做完螺旋线之后，又是一组托举。

她熟练地翻上陈辞肩头，舒展身体。高速滑行带起的凛冽寒风迎面扑来，带得裙摆都猎猎作响。

三周单跳、连跳、拉索式托举……

完成最后一个动作，随着音乐停止而相拥站立的那瞬，掌声如雷响起。

“这对选手运动生涯里的第二场比赛，彻底颠覆了上一次的失败，进步极大，简直可以用奇迹来形容……”解说声音激动，冰场上方的大屏幕也开始回放。

简冰坐在等分区，紧紧地攥着陈辞的手。

不会输！

不会输！

“叮”的一声提示音，广播开始，大屏幕也开始显示分数。

106.45！

简冰嘴角不自觉地就弯了起来，陈辞也笑了：“你看，我就说不用担心的。”

单项分数之后，是长短节目乘以系数相加的最终得分，他们再一次排到了榜首。

比赛继续，越到后面综合能力越强，一直等到米朵拉这一组的分数出来为止，他们的排名终于掉了下来。

霍斌沉吟：“你们平时差不多前十的水平，今天发挥特别好，你们进前八的希望还是有的。”

简冰咬唇，陈辞犹豫了下，安慰道：“容诗卉他们不在，排名还能升一位。”

这样的安慰，不如没有！

简冰没再吭声，只低头看着脚尖发呆。

归根结底，还是自己能力的问题。

如果实力足够，别人失不失误，退不退赛，又有什么要紧呢？

冰场上，却突然传来一声凄厉的惨叫。

接着，更大的惊呼声连迭响起。

他们抬起头，就见贝拉俱乐部的女伴弓着腰，一脸痛苦地躺在冰面上。

男伴已经爬起来了，一脸无措地蹲在她旁边。

简冰霍然起身，脸色惨白。

陈辞也站了起来，望向冰场的同时，轻轻握住了她的手。

担架、救护车、眼泪……冰场很快重归平静，清理冰面的工作人员开始平整场地……

简冰有些神经质地将右手手指反复蜷曲、伸直，左手也从陈辞掌心抽了回来。

甚至最后总排名公布，他们排到了第七名，也没能让她笑出来。

回到酒店，她第一件事儿就是联系章雨天："你们俱乐部的那个女选手，还好吗？"

章雨天似乎在外面，手机里全是刺耳的喇叭声："没事没事，我刚从医院回来，休息几个月就好了。"

简冰这才轻嘘了口气，一颗心晃晃悠悠，重新落回肚子里。

（二）

全国锦标赛闭幕式那天，B市下起了入冬以来最大的雪。

鹅毛般的雪花纷纷扬扬，把整座城市都包裹入怀中。

看完美轮美奂的表演滑，简冰一出门，就给北方美丽的夜雪晃花了眼睛。

上一次在家乡见到这么大的雪，还是在上小学的时候。

舒雪和陈辞领着她在雪地上疯了大半天，又抱着冰鞋找冰湖溜野冰。

最终被只结了薄薄一层冰皮的人工湖的管理员大爷发现，臭骂了整整半小时才灰溜溜地回家……

她看得入神，围巾都被风吹开了。

陈辞把垂在她身后的围巾重新裹上来，连脖子带耳朵都暖洋洋的："北边的冰湖已经冻结实了，我们去看看吧。"

车子停得有点远，步行也要好几分钟。

雪已经积了不少，松软如蛋糕，一踩一个脚印。

雪花落在地上，转瞬与积雪融为一体，落在他们的肩头发梢，却似挂了秋霜一般。

陈辞的影子被路灯投射到她脚下，人影叠着人影。

她的半个身体，也似陷进了他怀里一般。

简冰觉得心口似有蚊虫在噬咬，一下一下，不轻不重，又麻又痒。

冰湖距离北极星足足有半小时的车程，两人赶到时，已近午夜。

冰面上空无一人，销售溜冰工具的摊贩都回去了。

安静到了极致，连落雪都是有声音的。

简冰穿好了冰鞋，跟着陈辞慢悠悠上了冰。

天地辽阔，月黯星沉，雪花像是从虚空里凭空生成的，一片一片，簌簌落下。

自然冰的触感和硬度与室内冰差距明显，白色的冰纹绵延交错，像是某种充满隐喻的图腾。

冰刀划过去，嗞嗞作响，如尖锐的风鸣。

两人沿着冰湖绕了好几个大圈，简冰率先做了个漂亮的两周阿克谢尔跳，陈辞便也回应似的，跟着跳了个三周的阿克谢尔。

简冰有些不服气，助滑了一阵，接了3Lo上去。

陈辞慢慢地跟着，一直滑到近前了，才滑步进入跳跃。

一周、两周、三周、四周！

简冰瞪大眼睛，有些愤然地鲍步下腰，再提刀接了个贝尔曼旋转。

——鲍步和贝尔曼对柔韧性要求极高，也容易损伤腰部，但做起来优雅美丽。

陈辞虽然不擅长，却也不是不能做。

这一回，他却只是默默看着，脸上带着淡淡的笑意。

“你怎么不跟了？”

她是想赢，可不想被放水。

“年纪大了，”陈辞感慨，“做不了了。”

简冰滑回来一点，挑衅道：“腰不好？”

陈辞愣了下，笑意更浓：“怎么？你很关心我的腰？”

语气里满是揶揄，一听就不是什么好话。

“谁管你！”简冰涨红了脸，余光瞥到岸边有棵斜长向冰面的老树，枝叶上积了一层雪。

她往那边滑了滑，弯腰捧起积雪，揉捏成团，“砰”地向陈辞砸了过去。

陈辞早在她看到老树的时候，就猜到了她的心思，稍一弯腰就躲过了。

见简冰还要再去捧雪，自己也滑到岸边——他在北方待得多，滚雪球可比简冰熟练。

简冰才滚好一个，一抬头，手就僵在了那里。

陈辞半蹲在岸边，手上拿着两个不大不小的雪球，地上还排了三四个。

她咽了下口水，捧着雪球的右手，登时就沉重起来了。

敌强我弱，这是绝无胜算啊！

陈辞招手：“不砸你，过来帮忙。”

简冰犹豫着上前：“帮什么？”

“堆雪人。”陈辞说着，又滚了个不大不小的雪球。

“雪人……”简冰皱着眉缓缓蹲下，堆雪人不是滚两个大球一个小球吗？

做这么多大小一样的“大汤圆”，打算堆什么雪人？

蜈蚣吗？

陈辞却听不到她心里的吐槽，只是将大小一样的雪球并排排好，又折了两根树枝，串丸子似的插在两头。

“好了。”

简冰：“……”

这是鱼丸？

还是糖葫芦啊？

她蓦然想起当年“陈辞哥哥”在家门口堆下的那些“鸭子”“救生圈”“金字塔”等异形雪人。

岁月虽然是把杀猪刀，对于人类的恶趣味，倒是慈悲得很。

陈辞挨着她蹲了下来，一起盯着那“糖葫芦雪人”看了半晌，突然道：“今年的锦标赛，是我这七年来滑得最开心的锦标赛。冰冰，谢谢你。”

简冰心中一颤，没敢抬头看他。

他为着自己的坚持得到回报而欣喜，哪怕这回报是这样微不足道。

而她，最初选择他仅仅是因为他足够强……整整半年，她拖着他在小冰场上训练，在国内赛事上沉沦……

她可以理直气壮地宣布这是为了姐姐，为了自己，却实在……没办法坦然接受他这样诚恳的谢意。

***

隔天一早，雪还没停。

陈辞开车把简冰送到学校门口，才回凛风训练。

有关大众冰雪季的各种新闻和广告，却已经趁着全国锦标赛闭幕的契机，轰轰烈烈上线了。

冰雪项目在北方的群众基础，远好于南方。

入冬以来，冰雪赛事频开，本来就把人心撩得火热。

如今大众冰雪季一上线，更是点燃了普通民众的参与热情。

几大野冰胜地在清理冰面之余，还搭配着做了冰灯冰雕助兴，引得3岁小朋友，都闹着要上冰玩耍。

各大商业俱乐部也借着这个机会推广自己，教练员路演、冰雪秀表演、新会员招募……

其中最吸引眼球的，就数马上要举行的俱乐部联赛。

这毕竟是冰协组织的大型赛事，含金量远高于小规模商业赛，引得冰童家长们蠢蠢欲动，光泰加林一个新冰场，就有数十人报名。

舒问涛组织的队列滑也初具形态，早早地报了名，开始了突击训练。

杨帆等人当然没错过这样的机会，他按年龄和等级限制报了个业余组。

因为是大众普及娱乐性赛事，年龄层跨度也非常大，不仅有参加“幼儿高龄组”“少年低龄组”的小朋友，甚至还有不少年过半百的老人。

杨帆比赛那天，简冰甚至还在赛场上看到了70岁出头的老军人，穿一身迷彩配色的滑冰服，颤颤巍巍滑了一段《黄河》。而隔壁的跨界选才组，更是把琵琶、高跷、舞狮道具都带了上来。

更叫简冰意外的，则是部分“看热闹不嫌事大”的注册运动员。

章雨天这种爱凑热闹的就算了，肖依梦竟然也和几个小姐妹挤在人群里，没多久，就被冰迷围得水泄不通。

杨帆的表现不功不过，算不上特别拔尖，但也绝不算丢人。可惜人太多，一比完赛，就找不到人影了。

简冰在冰场里里外外找了半天，也没找到人，便打算作罢。

临要离开，却在冰场出口附近的走廊那看到了他的橙色羽绒服一闪而过。

走那么快，要去哪儿？

简冰觉得奇怪，跟了过去。

这个冰场的设计尤其累赘，走廊弯弯曲曲，绕了半天竟然是通往后门停车场的。

她才迈出一脚，立刻就缩了回来。

门外树荫下，杨帆脸红红地跨在自行车上，一脚还踩着地面固定。

肖依梦穿着件修身的粉色格子大衣，搭着小短裙，小牛皮靴子，正慢吞吞往后座上坐。

她一边坐，一边细声细气地叮嘱："你骑慢点哈，我胆小。"

"哦、哦！"杨帆结结巴巴的，连脖子都涨红了……

一直到两人骑远了，简冰才从门里走出来。

北风呼啸，冻得她狠狠哆嗦了一下。

单身狗和被荷尔蒙冲昏头脑的狗男女对环境的认识，果然是完全不一样的啊！

（三）

华北区精英组的比赛，排在大众组开始后的第二个星期六。

因为大部分运动员都聚集在这个区，竞争不可谓不激烈。而其余几个赛区，尽管大众赛参与人数众多，注册运动员的数量和质量，远不能与之抗衡。

简冰这段时间仍住在陈辞的loft里，恶补编排步伐的基础。

她的滑速在业余里当然是拔尖的，但是和其他老将比起来，就弱得多了。

陈辞则主攻器械——双人的托举、抛跳，无一不对男伴的肌肉力量提出极高的要求。

他滑了这么多年单人，虽然有意识在保持，到底不如陈迪锋、路觉这些一路练上来的。

曲瑶和申恺虽然拿了全国锦标赛的冠军，世界花样滑冰大奖赛分站赛成绩也不错，但见陈辞和简冰进步这样快，多少还是有点紧迫感。

因为这个紧迫感，华北区的俱乐部联赛他们也参赛了，一路遥遥领先。

让人意想不到的，是紧跟在他们身后的，既不是贝拉的陈迪锋和林纷纷，也不是等温线俱乐部双人滑的万年老二杨媛媛和朱旭。

简冰、陈辞这两个名字，突兀地挂在华北赛区第二名的位置上。

一时间，舆论哗然。

不少人回忆起当年舒雪和陈辞横扫四站的肆意张扬，对陈辞改项的嘲讽声也一下子小了许多。

体育竞技，就是拿成绩说话的。

“没实力”三个字，就是原罪。

虽然，有人觉得这个第二名水分太大。

一来只是分站赛第二，二来一号种子选手容诗卉和路觉还缺席了。

但谁不知道，华北赛区基本代表了全国赛的最高水平。

谁又不知道，杨媛媛和朱旭已经连续当了两年积分“老三”了。

简冰和陈辞压了杨媛媛和朱旭，某种程度上说，就是压了其他赛区的第一名。

这样一来，部分耿直的群众，就觉得“扶贫组”这个称呼实在有点刻薄了。

待到总决赛时，现场的广告牌里，赫然拉着“辞冰夫妇”的横幅。

舒问涛看得眼皮直跳，简冰顾左右而言他。

倒是陈辞，虽然一如既往地冷着脸，换鞋上冰热身的时候，竟然还冲横幅边的冰迷挥了下手。那几个小姑娘更激动了，恨不得把横幅贴脸上。

所谓热身，一是为了适应冰面，二是为了展示自己，在教练和观众面前留个好印象。

双人滑里，最具观赏性的自然就是抛跳、捻转和托举了。

场上热身的选手们两人一组，各自为营，滑行的、抛跳的、捻转的、做螺旋线的……

满场都是人，满场都是冰刀与冰面的摩擦声。

跟着陈辞做完一组螺旋线之后，简冰挑眉道：“要不要试跳一下……那个？”陈辞愣了下，随即明了。

试跳一下，也未尝不可。

反正他们也不是没摔过，如果成功了，可就真在裁判们面前刷脸了。

时间一分一秒过去，大屏幕在全景和特写之间频繁切换。

滑到冰场另一头的陈辞和简冰做了一组抛跳和旋转之后，两人突然同步小跳助滑，紧接着就是一个向前起跳，凌空旋转——

所有跳跃里，只有阿克谢尔跳是向前起跳的。

一周、两周、三……

“砰”的一声，陈辞继续旋转的同时，简冰摔到了地上。

阿克谢尔三周半啊，失败了呢！

观众席人头攒动，导播也将大屏幕的镜头切到了他们这儿。简冰却已经一骨碌爬了起来，和陈辞挨着头说了两句，又是与刚才一模一样的动作。

一周、两周、三周半！

落冰的时候，同组的杨媛媛和朱旭直接停止了热身。

双人滑里，能跳三周半的男伴当然是有的，但是女伴是少之又少。

即便是容诗卉，她的三周半也经常因为差周或者错刃而不被裁判组承认。

哪怕是女单，国内能跳三周半的，也只有屈指可数的几个而已。

而这两个人，刚刚跳了组标准的三周半单跳！

杨媛媛看简冰的眼神，已然变成了惊愕。

这个小姑娘的比赛，她几乎都看过——就在不久前，她连抛跳都还经常摔啊！

现场解说毕竟见多识广，这时已经开始分析简冰和陈辞刚才举动的含义了：

“……选手简冰之前是练女单的，单人项目比双人项目更强调跳跃难度，所以在单跳上优势其实非常大。哪怕她为人诟病的全国大奖赛上的表现，也成功完成了好几个质量不错的三周单跳……”

解说越说越觉得自己睿智英明，最后断定：“看来，这对选手是打算发挥自己的长处来抢分，毕竟他们在配合上和多年老搭档还是存在一定差距……”

他的声音不低，不但电视机前的观众听得到，场外的霍斌和云珊也听得一清二楚。

师徒俩对视一眼，颇有些无奈。

这位老伙计啊，从业这么多年，就是经验主义作祟。

***

两个小时后，解说看着场上携手行礼致谢的简冰和陈辞，攥紧了手里的笔，颇有些咬牙切齿地打自己的脸：“没想到，他们并没有选择阿克谢尔三周半……”

即便没有跳三周半，他们的成绩却正如之前好几个资深评论员预测的，压了朱旭和杨媛媛，也把陈迪锋和林纷纷以半分之差压在底下，排在了第二。

观众席上那张有些简陋的蓝底“辞冰夫妇”的横幅，被握在手里，招摇地挥舞着出了冰场大门。

陈辞那些沉寂许久的冰迷，也终于扬眉吐气了一回，凶巴巴地表示：

我们家男神就是单人双人都hold住，王者归来震你一脸，服不服！

浑然忘记了半个月前，连他们自己都在忐忑紧张地留言劝陈辞转回单人项目。

一出分数，简冰与陈辞就被记者和冰迷包围了。耳边与眼前均是乱哄哄的话筒与人影，她被陈辞拉着往前闯，他们穿过走廊，转过门厅，冲出了体育馆大门。

僻静的小道上，漫天飞雪也似带着旋律。简冰从没觉得夜晚这样美丽过，手是凉的，脚也是凉的，胸口的心脏却似有火苗在蹿动，一下一下要从胸膛里喷出来一般。

脚下的雪地松软而温柔，恰似眼前牵着她的人。

不知是谁先伸的手，不知是谁先拥的人，嘴唇与嘴唇贴到一起时，整个世界都似只剩下了自己与对方。

牙齿和牙齿撞到一起，舌尖与舌尖试探着纠缠……混沌中，简冰突然就想起了图兰朵公主那难倒了无数异国王子，血染刑场的三个问题。

她让人猜“希望”，让人猜“热血”。

甚至，拿自己的名字“图兰朵[1]”做谜底……

如此骄傲、冷漠的女人，却形容自己为如火般燃烧的冰。

——这样的图兰朵，为爱所拯救，为爱所动容，又有什么好疑惑的呢？

接吻这种事情，似乎也会上瘾。

食髓知味，温柔噬骨。

简冰觉得喘不过气来，又不愿意服输，胸口剧烈地起伏，手也紧攥住他胳膊，拼命地把人往自己怀里拉。

陈辞有点哭笑不得，他就是再努力，也没办法把自己塞进比自己矮了二十多厘米的女孩怀里。他便只好张开臂膀，更加温柔地把人拢进怀里。

怀里的人安静了下来，片刻之后，他兜里的手机不合时宜地剧烈地响了起来。

简冰赶紧挣脱，有些尴尬地转头。

电话甫一接通，霍斌的声音就中气十足地传了出来：“要颁奖了，你们在哪儿？”

---

1 图兰朵，蒙古语 dulaan 意为“温暖”。

第三十章
迟来的发育关

（一）

因了这个全国俱乐部联赛亚军的头衔，简冰成了学校里的小红人。

在校园里被同学围观要签名也就算了，连单言都来凑热闹，时不时奇袭来个土味表白，为校园八卦论坛添砖加瓦。

最最可怕的，则是那几个看了点比赛、新闻，就开始每节课必点她名字的任课老师……

简冰苦不堪言，从此不敢随意逃课，成绩突飞猛进，傲立全寝室。

室友们纷纷羡慕："我们阿冰实乃人生赢家啊，武能上冰场拿奖牌，文能爆小宇宙考高分，情场还桃花朵朵开！"

简冰有口难言，长叹了口气，背上背包就往外走。

最近课业紧张，她已经足足三天没上冰了，和陈辞也快一个星期没见面了。

其间当然也有电话往来，两人都默契地没有重提那天晚上的吻，仿佛只是情绪亢奋时的一点发泄手段而已。

就像儿时放烟花，砰地一声天地绚烂，终归于平静。

到了凛风训练基地门口，她一时竟有些近乡情怯。

好尿啊——

她在心里鄙视了自己一声，迈步往里走去。

熟悉的门厅，熟悉的前台小妹，熟悉的走廊，熟悉的冰场入口……

推开门的刹那，看到陈辞正背对着她，一边滑行一边将一个娇小的女孩高高托起。

女孩紧握着他的手，交颈鸳鸯似的将头依在他脸旁，耳鬓厮磨，面含微笑。

简冰呆了一呆，反应过来这是他们短节目里的托举动作。

她在那儿愁肠百结，他倒好，换个人依旧深情款款，连姿势都不带换的!

她觉得胸口酸涩，一路上起起伏伏的心情恍如一个笑话。

“冰冰？”

陈辞终于转过弯，看到了门口的简冰。

他放下女孩，滑了过来：“你怎么来了？”

“不能来吗？”简冰瞪起眼睛，“啪”一声把包拍在凳子上。

“怎么了？”陈辞微微俯下身，与她视线齐平，“生气了？”

“没有。”简冰言不由衷。

这是……吃醋了。

陈辞轻咳了一声，嘴角不自觉上扬，解释道：“我就是借个搭档来维持下日常训练的节奏。”

简冰没再说话，垂着头，换鞋上冰。

冰鞋落在冰面上，发出响亮又不安的声音。

依旧是那套《图兰朵》，依旧是那个托举动作。

挨近他身旁的时候，她忍不住问：“我技术好，还是她技术好？”

陈辞的手明显僵了下，耳根也红了，一直到托举落冰，做完了后面的单跳和螺旋线，才轻声责备道：“小姑娘家家，用词也太污了。”

简冰怔住，待到反应过来，陈辞已经滑远了。

你才污!

你满脑子都是污秽好吗！！

***

元旦过后，学校就进入了考试周。

简冰一下子就忙碌了起来。

文科要背的东西多，她平时又把精力放在了花滑上，这佛脚抱得异常辛苦，日日复习到深夜。

初时，她还控制着饮食；忙到后来，也有点顾不上了，怎么方便怎么来，跟着室友吃了一堆泡面和外卖。

待到考完试一称，体重居然长了足足四五斤！

陈辞原来还给她发过鼓励短信，一看她那明显圆润了的脸庞，立刻拽着她上体重秤。

那指针呼哧一声，就转到了右边。

“你……怎么胖了那么多？”

说着，他还伸手在她脸蛋上轻掐了一下，又滑又软！

简冰脸涨得通红，只好举手发誓：“我一周之内，一定减下来！”

陈辞将信将疑地看她：“你什么时候回家？”

“下周吧，”简冰抓了抓头发，“下周和我爸一起回去。”

陈辞略一沉思，拍板：“那这周就住我那儿去，饮食我来安排。”

简冰哦了一声，拿脚尖轻踢了地板一下。

一点欢喜，一点忐忑，混合在一起，在她脸上挤出了个似笑非笑的诡异表情。

***

在监督人减肥这件事情上，陈辞称得上是雷霆手段。

一大男人计算起卡路里来比女生都准，每份食物的计量单位都精准到克，多一根青菜都没门。

堵不如疏，越是得不到，就越是向往。

半个星期过去，简冰觉得，哪怕是当年高中长身体的关键期，自己都没那么好吃过。

看着面前寡淡无味的怪味糊，再看看陈辞盘子里的黑椒意面，她狠狠地咽了下口水。

陈辞瞥了她一眼，端起盘子，迈着两条大长腿，走去客厅。

简冰："……"

当天晚上，她一连梦到四五份不同口味的意面，连手不小心摸到自己的头发，都是意面的形状。

长夜黑如漆，饥肠辘辘熬不住啊！

简冰正躺着翻来覆去，单言的消息来了："哪儿呢？要不要出来夜宵？"

夜宵！宵你妹！

简冰恨恨地发了个"滚"字。

单大少爷可不会被这点挫折吓倒，立刻发了好几张图过来。

火红的烤大虾，串着红辣椒的螺蛳肉，油嗒嗒的烤蚕蛹，浇满番茄酱的意面……

简冰看了又看，最后终于按捺不住，回道："你们在哪儿？"

单言发了个定位过来，她看着心痒，半晌，又问："给送上门不？"

单言回了个鄙视的小表情，接着，是一个定位分享的邀请。

简冰立刻点了接受，地图上两个小点距离不算远也不算近，隔着几条街。

"等着。"单言只回了这两个字，便再没有声息。

简冰想想有些不放心，又叮嘱了他一句"不要敲门"。

十分钟后，窗外有摩托的引擎声响起。

简冰掀开帘子，望了眼黑漆漆的客厅，蹑手蹑脚地爬起来，套上衣服。

一步、两步、三步……她轻轻地拉开门，猫一样溜了出去。

单言的摩托就大剌剌停在楼下，见她下来，还张扬地按了下喇叭。

“嘘！”简冰魂都要给他按出来了，接过外卖盒，“你别把人吵醒了！”

单言“啧”了一声，仰头望望楼上：“你住这儿，你爸睡了？”

我爸啊——

“……对。”简冰僵着脸点了下头。

单言看看手表，也觉得这个点在当爹的眼皮底下带姑娘出去玩不大合适。

“那我披星戴月地特意送来，你总得致个谢，献个吻什么的吧。”

“致谢，献吻？”简冰抱着饭盒冷笑，“你不还欠着我人情么，那现在就算两清啦。”她打了个哈欠，冲他挥挥手，转身就要往回走。

“过河拆桥，清什么清！”单言一把拽住她衣服。

“刺啦”一声，他这一下用力太大，直接把她居家服那宽宽大大的领口扯开了线。

单言眼睛登时就直了，简冰呆了片刻，抄起他的头盔就往他脸上砸。

不料脚下没站稳，不但头盔冲着他飞了过去，自己人也跟着歪了过去。

单言躲过了头盔，却没躲过这么大个活人。

他被撞得一屁股坐在地上，怀里倒是抱了个软玉温香。

也正是这个时候，身后房门“吱呀”突然洞开。

灯光也随即亮起，刺眼地把他们衣衫不整、滚作一团的狼狈照了个清清楚楚。

简冰有些僵硬地回过头，陈辞穿着居家服，满脸的阴郁。

偏偏身下的单言还不嫌事大：“陈辞！你大半夜在她家干吗？——简冰，你居然脚踏两条船！”

看着陈辞瞬间又黑了好几度的脸色，简冰恨不得把手里的饭盒直接塞他嘴里去。

这一下，真是跳进黄河也洗不清了。

（二）

度过了艰难的一周减肥时光，简冰终于迎来了回家的日子。

她一共减下去三斤半，革命仍未成功，诱惑却越来越多。

“回家也得继续坚持。”陈辞一边整理她的饮食安排表，一边冷冷淡淡道，“要不然，年初的冠军赛，你就别想了。”

简冰“嗯”了一声，欲言又止。

自从“捉奸事件”后，他就一直摆着张公事公办的脸。

说他吃醋吧，她也没闻着什么酸味。

说他无所谓吧，她又觉得……自己似乎是在被“冷落”的。

但这“冷落”又实在是不太明显，细细密密地散落在生活的点点滴滴里。

说出口了就是无理取闹，憋在肚子里，又特别郁闷。

眼看离别在即，他的脸上，也仍旧冷漠如常。

简冰多少有些不甘心，坐上车之后，终于还是主动开口：“我和单言，不是你想的那样……那都是误会。”

陈辞“嗯”了一声，表情岿然不动。

简冰无法，扭头看向窗外。

车子呼啸着出发，没多久就到学校了。

这时已然是寒假，校门紧闭，附近一派萧瑟气象。

简冰看看表，虽然有些不舍，到底还是开口了：“我爸马上就来了，你……快回去吧。”

陈辞终于抬起了头，伸手帮她把围巾拉紧：“别忘了我跟你说的那些事。”

也别忘了我。

他在心里默默把话说完，挥手告别。

***

交通系统四通八达，由北到南一千多公里的距离，也不过几个小时就到了。为了给简欣留个好印象，舒问涛先把女儿送到妻子家。

无奈家里空无一人，他便又把人领回了自己的那一个家。

好好的一家四口，闹成这样……

舒问涛有些心酸，摸摸简冰的头，去菜场买了一大堆东西，乒乒乓乓开始捣鼓晚饭。

简冰靠在沙发上，抱着杯白开水瞎灌。

手机里，刚刚接到陈辞在飞机飞行期间发来的消息。

一路顺风，平平安安。

她正要回复，又一条消息蹦了出来。

“玲珑骰……”

一眨眼，秒撤回了。

玲珑骰子安红豆，入骨相思知不知?

简冰愣了下，接着不由自主地咧嘴笑出声。

恰好舒问涛进来拿围裙，惊诧地看看电视机又看看她：“冰冰，看个凶杀案都能笑？”

“呃……”简冰敛起笑容。

南方的空调虽然比不上北方的供暖，打击湿冷气候还是有点用处的。

让简冰觉得最难熬的，还是大家逢年过节那疯狂的饭局和她迟迟不肯下降的体重。

她不但胖了，连胸似乎都膨胀了不少，原本有些宽松的羊绒衫都变得紧绷绷的。

控制饮食、增加运动量、改变作息……那个偏高的体重，简直就像凝固不动了一般。

体重变重，跳跃肯定是会受到影响的。

简冰在小冰场滑的时候，明显感觉到膝盖的压力变大了。

好不容易练出来的三周半，自从回家后，一次也没能跳成功过。

训练之余，她便去医院陪舒雪。

她喜欢在正午的时候，把落地窗整面拉开，让暖融融的阳光洒满病床，也洒满苍白得有些过分的舒雪全身。

光线太亮，空瞪着眼睛的姐姐会因为身体自然反应而眯起眼睛，像只慵懒的猫。

植物人的表情在那一刻生动异常，与大街上的普通女孩无异。几个月的治疗方案实行下来，她对外界的反应，仍旧迟钝。

他们家不是初做病患家属，对她那些像极了自主意识的生理反应，早已经习惯。

这天下午，简冰刚扶着舒雪坐上轮椅，见简欣拎着好几支热水瓶要往开水房走，便出声劝道："妈妈你别动，一会儿我帮你一起拿。"

椅子上的舒雪慢慢地转过头，大眼睛茫然地看着她。

简冰以为是巧合，拿了毛巾替她擦脸。见简欣仍旧要逞强，她忍不住又念叨了一声。

被她把脸推回到目视前方状态的舒雪，再一次转过脸来。

简冰愣了下，站起身，走到了另一边。

“姐姐？”

舒雪轻晃着，如刚才一般转过脸来。

简冰捂住胸口，深吸了好几口气，才抑制住尖叫的冲动。

她的姐姐，有趋声反应了!!!

***

好的开端，未必有好的结局，却能带来巨大的希望。

舒雪的变化让全家人都喜气洋洋的，简欣更是喜上眉梢。

连舒问涛来给女儿陪夜，都没再拒绝。

大年三十，全家都聚集到了舒雪的单人小病房里。

舒问涛做了一桌子菜，甚至还带了瓶红酒。

简欣拿着梳子，认真地给舒雪梳头。

22岁的女孩已经有了点成年女人的韵味，头发扎上去之后，更显得面白如玉。

当天下午，简冰的手机就开始热闹了。

隔壁邻居们的拜年祝福、杨帆和室友们的逗比短信、单言霸气侧漏却老套无趣的“新年情话”……

等她应付完这些大小朋友，舒雪已经闭上眼睛睡着了。舒问涛喝得两颊通红，躺在陪护床上呼呼大睡。

简欣披着衣服，靠着床头，也睡着了。

简冰把陪床椅子拉开，铺好被褥，扶着母亲躺好，再帮她把被子盖好。

大衣兜里的手机，又一次响了起来。

她按掉铃声，快步走到走廊上，再一次掏出手机。

未接电话列表里，鲜艳地显示着“陈辞”两个字。

总算，没把她忘了！

简冰瞄了眼病房内的人，拉上门，回拨过去。

电话才响了一声，就被接了起来。

“新年快乐！”

简冰嘴角不自觉地弯起：“新年快乐！”

电话那头传来一声轻笑，接着，是喇叭鸣响声，然后才是他的声音：“新年新气象，要不要去滑一圈？”

“啊？”简冰愕然。

“你到阳台上来，”陈辞道，“我马上就到你家楼下了。”

“等、等等！”简冰急得声音都变了，“哪个楼下，冰场那个家楼下?!”

“对。”陈辞似乎还在赶路，声音急促了一些，“现在到了。”

“不、不是——”她抓了抓头发，“我不住那儿了，我……我现在和我妈妈住。”

电话那头蓦然沉默了，半晌，陈辞才问：“……是因为小雪？”

简冰蹙着眉，一时不知怎么回答。

这是他们第一次讨论舒雪伤后，给家庭带来的影响。

他似乎什么都不知道，而她，根本不想讨论这个问题。

时间似乎凝固了，只有微弱的电流声在耳畔回响。

也不知过了多久，陈辞说了句：“对不起。”

简冰垂下眼睛，看着医院地砖规整的纹路，寂然无声。

“那你现在在哪儿？”

她张了张嘴，好半天才发出有点沙哑的声音：“在医院。”

***

关于除夕，陈辞有过无数的印象。

儿时热闹非凡，少年时候随着父母到处新年旅行，再长大为了比赛熬夜训练，和队友一起对着大钟数倒计时……

毕竟是年俗大节，总体上，都是快乐的。

当然，偶尔也有落单的时候。

去年新年，父母工作繁忙回不了国，他又受伤养病，便只能一个人过了。

恰好又在老家，除夕当夜去了舒家，不出意外，吃了个闷声不响的闭门羹……

这在他二十多年的生命里，已然算得上是“悲惨”的春节了。

车窗明明紧闭，陈辞却觉得寒冷从骨子里往外渗。

七年过去了，他隐约感觉到他们家的变化……每次来访，无论冬夏寒暑，家里几乎都没人。

他去冰场找人，大铁门紧闭，只有一张出让转售的声明迎风颤动。

邻居们的八卦又都特别天马行空，一时说简欣带着冰冰去了国外，一时说舒问涛与妻子正打离婚官司……

原来，他们整个家庭，真的都还停在原地！

他握紧了方向盘，用力到指节发白，才勉强控制住战栗。

除夕夜，到处都是通明的灯火。

霓虹闪烁，觥筹交错。

医院里也明如白昼，那灯光却是苍白冰冷的，人声也是嘈杂低落的。

他沿着走廊往住院部走去，不时有病人穿着病号服擦肩而过。

拐过喷泉，就是B区住院大楼了。

楼下三三两两站着几个闲聊的护士，一个小小的身影立在路灯下，穿着件他熟悉的灰格子大衣，两手插兜，整张脸都埋在围巾里了。

见他过来，简冰小跑几步迎了上来。

“你还真的来？”

陈辞挤出笑容：“我本来就应该来。”说着，他抬头去看头顶的大楼，

“小雪平时，就住在这儿吗？”

简冰没吭声，半晌，闷声道：“下次吧，我妈妈在，你……你今天就别上去了。”

陈辞愣了下：“我……”

“今天是除夕，”简冰深看向他，“姐姐今天有趋声反应了，她难得高兴。”

趋声反应……

陈辞张了张嘴，有些艰难地，把到了嘴边的话咽了下去。

“那就好，那就好……”

他近乎呢喃着说道。

他想去看一看舒雪，想当面道个歉，想问问……

一切的一切，都在简冰坚定而清澈的眼神中消散了。

她没他想象得那么脆弱，他们整个家庭，仍旧没有放弃治愈舒雪的希望。

“反正也没事做，不如去滑冰吧。”

简冰哈出口热气，在寒冷的空气中化成白茫茫的雾气。

（三）

南方的小冰场，客流量是远不及北方的。

简冰和陈辞进去的时候，洗冰车刚刚洗完冰，三三两两的客人在准备滑旧年的最后一场冰。

陈辞换好鞋，把东西放进柜子里。

一转身，就看到了刚刚脱掉外套的简冰。

他愣了下，揉了下眼睛，视线登时就定在她身上，挪不开了。

刚才穿着衣服，他还没感觉到变化，如今外套一脱……

他忍了又忍，终于还是开口了："你最近……"

"是胖了。"简冰心虚地抢先答道。

"不是……"陈辞舔了舔嘴唇，斟酌了半天用词，提醒道，"你是不是，还在……长身体？"

简冰愣了下，随着他的目光看向自己曲线毕露的胸脯，如饮醍醐，脸"唰"地涨红了。

原来，自己不是长胖，而是……二次发育了！

身高，158.1 cm。

体重，47.3 kg。

胸围……

简冰坐在椅子上，无奈地捂住了额头。

怪不得三周半跳不出，怪不得做个3Lo都觉得膝盖疼，怪不得下腰时骨节酸胀……

18岁的身体像是土下的春笋，春雨一浇，便疯也似的拔节上长。

胸部增大，身体重心转移；体重上升，膝盖压力加大；骨盆扩张，身体横轴加长，旋转动能降低……

第二性征刚开始发育时遇到的问题，统统又回来了，并且更加来势汹汹，打击得她毫无还手之力。

陈辞虽然遇到过女伴发育的问题，但那时候舒雪才15岁，而简冰今年已经18周岁了。

他翻了一堆资料，最后也只能安慰："没关系，长高了是好事，发、发育了……也是好事，总有应对办法的。"

话是这样说，他心里也没底。

女孩的发育关危险性远大于男孩，因为胸部太大排名从全美前三掉到几百名外的案例都发生过。更不要说，部分女孩身高不断上蹿，最后只能退役或转组。

唯一值得庆幸的，大约是陈辞的身高比她高出一大截。

只要别拔高得太夸张，他这边的压力还不算大。

但对于运动员自身来说，身体条件发生的变化越大，赛场上的变数也越大。

陈辞不由自主，就想起了冬青奥之前的那段时间，舒雪因为身高的变化，拼了命地想在升成年组之前上抛四……

他闭了下眼，手指有些神经质地在椅子扶手上轻点。

无论如何，他不会让悲剧再发生！

***

舒问涛觉得，小女儿回到家里之后，似乎比在学校里更加用功了。

春节还没过完呢，每天抱着大部头书，在沙发上一坐就是好几个小时。

再不然就是健身和跑步，每天雷打不动地早跑，上午去健身房练器械，下午去小冰场上冰。

至于陈辞，他倒是也看到过。

毕竟是双人滑搭档，他就……权当不知道吧。

舒问涛可以把陈辞当作隐形人，简冰却没办法忽略身体的变化。

在寻找身体新的平衡点的同时，她意外地发现，自己还在长高，胸脯也仍旧在发育……

“你说，我会不会也像那个美国选手一样，”简冰蹙着眉，靠着椅子呆呆道，“要去做缩胸手术，才可能回到原来的状态啊？”

正在一边绑鞋带的陈辞表情僵了下，视线不由自主往下，又和记忆中的那个大胸女运动员对比了下，默默摇头：“你和她，还是差远了。”

简冰过了好几分钟，才嚼出他话里的意思，抄起冰刀套就往他背上敲。

陈辞吃痛躲开了，很有些委屈：“是你自己问我的。”

“我……”简冰瞪着眼睛，半天也找不出反驳的话。

因了发育关的影响，简冰决定提前回B市——对简欣，当然是说学校有活动；对舒问涛，则解释成为全国冠军赛备战。

严格意义上来说，解决发育关问题，也确确实实是在为冠军赛做准备。

飞机降下云端，向机场俯冲的时候。简冰不由自主地，握紧了身侧陈辞的手。

走不过去的人千千万万，她不想当被淘汰的那一个，付出多大的代价都要走过去。

初五刚过，学校大门仍旧紧闭，简冰直接回了陈辞的loft。

陈辞早在回来之前就联系过了霍斌，放下东西，就载着她往老城区的小胡里跑。

北方的年味和南方又有所不同，大红灯笼映得积雪白里泛红，像是涂了胭脂的女孩脸庞。

霍老的小院里也挂了两个大灯笼，门上加了厚厚的门帘，墙边挂着鲜红的辣椒。

梨花蹲在炕上，呼哧呼哧打盹儿。

简冰坐在小桌边，看着眼前的大盘饺子，胃都一抽一抽的。

“也不差这一口，”钱芸劝道，“长身体的时候硬饿着也不是办法。”

说完，她轻拍了边上的霍斌一下：“你们这些人，就知道比赛比赛，小姑娘家长个儿，该高兴才是。”

她说得高兴，座上其他三个人，却都是愁容不展。

长个儿是自然规律，但现在这个自然规律，让简冰跳不起来，轻盈不了了！

霍斌带过这么多女选手，出现后发育期的选手也有，最终的结果……无一不是遗憾。

发育关不会影响已经学到的技术，但是跳跃难度下降，跳跃稳定性降低，几乎是必然的。

二次发育一般都出现在选手升成年组之后，部分选手甚至会选择暂时退役调整。

看着眼前的两个孩子，霍斌啜了口酒，说道："不要着急，慢慢来，总能熬过去的。难度降了，咱们就再练，身体重心改变了，咱们就重新寻找平衡——温煦当年不也二次发育了，她的冠军还是二次发育之后拿的。我们当年要不那么急迫，小雪也不至于……"

霍斌顿了下，拿筷子夹了颗花生米，放进嘴里细细地咬碎。

说者无心，听者有意。

简冰倏然抬头："我姐姐她，当年也遇到了发育关？"

"陈辞没跟你提起？"霍斌有些意外，"冬青奥比赛的时候，就是在熬发育关，要不是因为这个……"

他不无遗憾地叹了口气，低头啜饮。

要不是发育关，舒雪抛四的稳定性也不至于掉那么厉害。

也是他这个教练估量不足，盲目自信，同意了他们……

从霍斌的小院出来，简冰就一直沉默着。

她坐在副驾驶座上，看着外面的冰天雪地。

整个世界都被模糊的玻璃隔绝了，朦胧而唯美，却又危机四伏。

而陈辞影影绰绰的侧影，也再一次投射在了蒙上了霜花的玻璃窗。

光影浮掠，如梦似幻。

悲剧在最初始的时候，并不会暴露出狰狞的面目。

简冰用力闭上眼睛，想要扒开混沌的时间与空间，去阻拦将要上冰的舒雪和陈辞，去说服放任他们"胡来"的霍斌和父亲……如果昨日重来，如果她能未卜先知，如果……

第三十一章
闯缸鱼的勇气

（一）

今年的新年来得尤其早，也走得特别快。

2月14日没到，学校就迎来了开学。

乐坏了一干同校情侣，也愁坏了一群异地恋。

杨帆就是发愁的人之一，每天魂不守舍，电话费高得都快超过伙食费了。

欧锦赛、四大洲赛、世锦赛、全国冠军赛……他认真计算着本赛季还未举办的各项赛事。

肖依梦的成绩在国际上，是绝对算不上好的，但是在国内勉强挤到了第一位。

中国女单自温煦之后，便弱势多年，与总是遭遇定级难题的冰舞并称花滑圈两大难题。

而男单和双人滑，一个起势凶猛，一个传统强项，得到的关注也大得多。

容诗卉和路觉世锦赛去年惜败东京，今年大奖赛连拿两个分站冠军，最后还是输给了娜塔莉和威尔逊这对跨国组合。

冰迷们热议着赛季里余下的各项赛事，满怀希望，又忐忑不安。

那些有拿奖希望的运动员，如橱柜里陈列的货品，被一一拿来比较。满屏幕都是各种激烈的声音：

女单太疲软了，青年组那个某某和某某快成长快升组！

男单强势！陈辞叛徒！四周跳小王子组团成长！跳死那些老牌强国！

冰舞吃透规则，加强磨砺啊！定级定级！章雨天不要再过敏了！本来就只有脸能看了，再毁了就更完蛋了！

双人滑根基深厚，容诗卉路觉雄起！曲瑶申恺抓紧磨合！杨媛媛不要秀恩爱了，专心爱搭档，男人都是浮云！未成年小双们也不能放松……

聊着聊着，简冰和陈辞的名字又一次被拎了起来。

对于陈辞，大家普遍的态度是叛逃男单也不要紧，接下来要是能继续出成绩，那就是真正的兼项高手了！

前无古人，后无来者。

至于简冰，抨击她不自量力连累搭档的有，欣赏她草根逆袭的也不少。

还有一批默默的情怀姐姐党，附身“舒雪”，拿她当“妹妹”云养……

被养的简冰同志毫无所觉，每天为自己的体重和日益优美的身体曲线发愁。

方法都已经用尽了，身体的变化仍旧叫她无能为力。

入夜之后，她躺在床上，仿佛都能听到骨骼与肌肉拔节生长的声音。

也是在这种时候，她渐渐理解了舒雪当年的焦虑。

那种身不由己的恐惧是一点一点积累下来的，就好像你拼尽全力爬到了山顶，整座大山却在这个时候全速下沉。

山顶成了洼谷，昔日的荣耀全成了讽刺。

如果还想要继续上升，只能放弃已经占有的山包，转身赶往远处的山峰。

而路途是否遥远，山峰是否会再一次下沉……

一切都不得而知。

她艰难地重复着训练，试图用技巧弥补发育期带来的劣势。

跳跃难度还是难以提高。

抛跳失误，捻转跌倒，甚至连曾经优势的单跳都丧失了稳定性。

4月初的全国冠军赛如期到来，简冰的状态却依旧低迷。

冠军赛基本上可以称作中国花样滑冰的赛季收官战，时间排在所有大型赛事之后。

历年都有大量一线运动员因为消耗过大、伤病等原因缺席比赛，算得上是国内无缘国际赛事的二线选手们崭露头角的扬名赛。

老实人路觉当年被等温线挖掘，就得益于某一年的冠军赛。

今年的情况也差不多，不少人便将“掘金”的希望放在了陈辞和简冰身上。

要话题有话题，要实力也爆冷拿过奖牌，一看就是风险巨大的潜力股。

叫人大跌眼镜的是，在容诗卉路觉、曲瑶申恺、杨媛媛朱旭等从国际比赛归来的选手都因为状态调整而退赛的情况下，他们居然落到了十名之外，甚至差点没进自由滑。

好不容易对他们生起信心的冰迷们脸都被打肿了，“扶贫组”的外号又一次响彻小圈子。

简冰在赛场上的那几次狠摔，更是把陈辞粉丝的心都摔碎了。

没有金刚钻别揽瓷器活儿，这是小学生都懂的道理。

即便你是舒雪的妹妹，也没必要绑着姐姐的前搭档一起下地狱吧！

更何况，女伴摔伤，男伴一样煎熬。

谁不知换伴约等于渡劫，生死难料？

***

冠军赛之后，简冰仍旧如常参加训练，复盘的时候也神色如常。

到了晚上独自一人的时候，却开始整夜整夜失眠。

也因为这样，她最近甚至都不去陈辞的那个小公寓了。

无他，人少空间小，单独面对被自己拖累的搭档，她觉得喘不过气来。

就在去年的这个时候，她还满腔热血地站在等级测试的考场上，觉得未来无限。

而现在，她深陷泥潭，举步维艰。

下了课，陈辞的电话又来了。

她无精打采地收拾好背包，见了陈辞，更是觉得连扯个微笑的力气都没有了。

拿不出成绩，看不到技术，光笑有什么用？

“衰样。”陈辞轻拍了她肩膀一下，发动车子。

简冰靠着椅子，看着车子经过公寓区、经过凛风，始终没有停留。

是去泰加林？

还是去江卡罗工作室？

她懒得去猜，眯着眼睛窝在椅子里。

等到车子在上高架前径直拐弯，扑向机场的怀抱，她才终于觉得不对了。

“咱们去哪儿啊？”

“你猜？”陈辞单手把着方向盘，扭头冲她一笑。

“路，你看路！”简冰赶紧提醒。

赛场失意已经很伤怀了，她可不想再上社会新闻。

到了机场，陈辞径直去领登机牌。

她看着登机牌上明晃晃的“H市”两个大字，苦着脸看向他：“你要找老搭档叙旧，带上我干吗？”

我对你的“前女友”一点儿兴趣都没有好吗！

“谁和她叙旧，”陈辞推着她进安检，“我是带你去学习，等温线女人多。”

女人多啊——

简冰在飞机上咀嚼着这句话睡着了，再醒来已经到了H市。

等温线的装修配色按现在流行的话来说，就是性冷淡风，连顶上的塑膜都是银灰色的。

只有冰面下那个巨大的橙红色logo还算艳丽，衬得整个空间有了点生气。

这时是休赛期，一堆人休假，也就容诗卉这样的工作狂还在俱乐部里守着。

陈辞和简冰找到她时，她正独自在舞蹈室做日常基础训练。

“容姐。”

容诗卉转过头，先看到了笑着的陈辞，再看到了一边萎靡不振的简冰。

她那总是冷漠的脸上，也就跟冰河间隙那点温暖似的，匆促地闪过一个未来得及完全绽放的笑容，问道：“你们来找我？”

陈辞“嗯”了一声，轻推了简冰一下：“我们家小姑娘，遇到了二次发育的问题，想跟你请教请教。”

你们家小姑娘？

容诗卉眨了下眼睛，半天才“呵”的一声冷笑出来。

“行啊，”她一边下冰，一边随口应道，“不过，我们女人之间聊发育心得，你在不大方便吧？”

陈辞愣了下，有些尴尬地摸摸鼻子：“那我自己找地方溜达。”

容诗卉掏了把钥匙出来：“去我的休息室吧，就在拐角的第一间，里面有洗漱室也有休憩用的小床。”

陈辞怔住，没接：“不用了，我附近转转就好。”

容诗卉倒也不坚持，收回钥匙，道：“你有困难，先想到我，我……还是挺开心的。”

她这话说得可就挺暧昧了，不但陈辞觉得尴尬，简冰也斜眼看他。

陈辞无奈打圆场：“那就太谢谢了。”

说罢，转身往回走去。

***

等陈辞走远了，容诗卉干脆坐到了场边的桌上，居高临下地看着简冰：“聊聊吧。”

简冰打量她两眼，也跟着坐到另一张桌上，与她视线平行。

容诗卉从头到脚把她打量了一遍，末了问：“长高多少了？胸围看着——变化也没那么大嘛。”

简冰撇嘴：“长了三厘米，胖了六七斤。”

至于胸围，简冰自动忽略了。

容诗卉抿嘴：“那也不是很夸张的数据，还是能救得回来的。这种程度的数据波动，熬的就是耐心，身体不会永无止境地发育，你熬得过时间，就赢了一半。”

简冰沉默，道理她都懂的，但是在黑暗的甬道里走太久了，总是忍不住要惶恐，要不安。

容诗卉却有些坐不住了，跳下桌子，重新去穿冰鞋。

简冰也跟到身旁，目光灼灼地看着。

“比一场？”容诗卉问。

简冰犹豫了片刻，点头。

单人对单人，比的当然就是跳跃和各种步伐。

容诗卉正当运动生涯的鼎盛时期，举手投足都精致标准，滑速更是快而流畅。

简冰跟得有些辛苦，最后干脆不跟了，把自己能跳的能做的一股脑儿用出来，摔了两跤也没能阻挡她的好胜心。

容诗卉看着她捂着额头的肿包站起来，助滑两步，又接了两个歪歪斜斜的跳跃，终于忍不住道："明明摔蒙了，干吗非得接着跳？这种情况下接着跳，除了浪费体力，还能干吗？"

简冰滑到近前，冲着垃圾桶吐了口含血的唾沫："你不说熬时间嘛。"

"那也不是这么熬的，这儿又不是赛场。"

"这是你的地盘呀？"简冰打断道，"情敌都把脚踩我脸上了，我还㞞，那真不用活了。"

容诗卉噎住。

简冰却"哈哈哈"笑了出来。

"你那表情……哈哈哈哈……"

容诗卉当然知道自己表情不好看，谁被小情敌怼也好看不起来啊！

但小丫头笑得那样张扬，连额头的血渍都似泛着霞光。

——这样开心，传染得她也绷不住脸了，眼睛里却不自觉地泄露出放松的情绪。

中间若不是夹着个陈辞，她们没准还真能成为不错的朋友。

她正想得出神，门被轻轻推开，路觉拎着饭盒走了进来。

看到简冰，他也是明显一怔。

"凛风的人？"

"我是泰加林的。"简冰纠正。

路觉便去看容诗卉，容诗卉点头："对，就陈辞带的那个小女孩。"

说罢，她小声向简冰解释道："老路有点脸盲。"

脸盲啊——

简冰看路觉的眼神瞬间就变长了，这哥们不但长得一般，性格一般，眼神也很一般啊。

怪不得上回自己在贝拉门口遇到，对方视若无睹。

原来不是瞧不起人，而是单纯记性差。

（二）

路觉把盒饭往旁边的桌上一摆，一个一个掀开盖子，连筷子都撕开摆好。

容诗卉似乎也习惯了对方的细致，拿起筷子，坐下就吃。

路觉却不着急，慢吞吞把炒饭里的青豆挑出来，放进她碗里。

容诗卉习以为常地夹进嘴里，嘀咕：“你不喜欢就让老板别放嘛，每次都这样，多麻烦。”

路觉没吭声，继续一颗一颗往外夹。

这就是多年老搭档的默契啊，简冰在一边默默看着。

有些羡慕，有些恍惚。

好搭档要走得远，也是需要成绩支撑的。

只要有一方掉下来，整个组合就面临拆对和退役。

她近来总是很容易陷入低潮，即便尽力挣扎，最终还是败在难看的成绩上面。

这世界上最叫人难以接受的，不是无法企及，而是得到之后才失去。

路觉吃得心无旁骛，容诗卉却有点扛不住她那可怜兮兮的目光。

“谁不是这样过来的，”她蓦然开口，夹了颗青豆，飞快地塞进简冰嘴里，“别一副死气沉沉的样子。”

简冰含着青豆，呆了好半天，才咀嚼咽下。

清甜爽口，入味非常。

陈辞推开门，看到的就是这个诡异的场景。

——容诗卉和路觉大家长似的坐桌子旁吃饭，简冰缩着脖子，像犯错了的小孩般坐在一边。

这样就算了，容诗卉还给她夹吃的。

一个喂得温情脉脉，一个吃得津津有味……

“容姐，”他忍不住开口道，“她正减肥，晚上不能吃东西。”

桌边的三人齐刷刷转过头，犹如被打扰的一家三口。

陈辞：“……”

从等温线出来简冰一直没吭气，走着走着，突然转过身，一边后退着往前走，一边认真地瞅着他：“你听说过闯缸鱼吗？”

“什么？”

“爸爸以前养过不少观赏鱼，红红绿绿一大堆。”她认真道，“但在放入名贵品种之前，要先放一批顽强的便宜货进去，测水质、养菌群——那些鱼，就叫作闯缸鱼。”

陈辞“嗯”了一声，凝望着她。

“我以前，一直以为自己就是那种闯缸鱼——”她踩到了石头，踉跄着转过身，“什么水都能喝，什么苦都能吃，也一定能成功。”

陈辞笑了，初生牛犊不怕虎，谁都是这样过来的。

“大家都说发育关艰难，我以前却不那么觉得。”简冰继续道，“一直到今天……”

她的声音低了下去，半天才道：“我才知道，原来人真有无可奈何的时候。”

“其实……”陈辞试图安慰，却再一次被简冰打断。

“所以，你们当年不拦着我姐姐，选择孤注一掷，”她有些急促地加快了语速，“也是想要破局，是不是？”

古人说不破不立，只是谁也没想到，这一“破”代价这样巨大。

破局成了殇局，局中人也成了梦中人。

陈辞站住了，脚步迈不过去，又舍不得和她越来越远。

好半天，他才憋出一句：“怎么突然……提这个？”

简冰笑了下，仰头去看天空：“就是想和你聊聊她。”

“她……”陈辞觉得眼睛有些酸涩，“她把信任交给我，我却没能保护好她。”

简冰这才回过头，眼眶通红，嘴角却还是上扬的：“她现在能听到别人说话了，我们一说话，她就竖起耳朵，特别乖。”

陈辞不由自主往前迈步，张臂将她拥入怀中。

千言万语，满腔思绪，都在这一抱里，如冰雪一般消融了。

***

408宿舍的姑娘们，一大早就收到了个巨大的礼物—— 一只足有人脑袋那么大的草莓芒果光头强千层。

“都没吃早饭吧？”简冰把光头强往桌上一放，声音洪亮。

龙思思自被窝里探出头，撅着鼻子嗅了嗅：“你买了什么？”

鲁梓涵也叼着牙刷出来：“呀，草莓芒果千层！我喜欢！”

只有洗漱完毕的马可馨追根究底：“你昨晚去哪儿了？你爸打电话找你来着——你不是说去你爸那儿住了？”

“正要和你们说这个事儿，千万别告诉我爸爸哈。”简冰大大咧咧地坐下来，“我今天请客，主要就是跟你们宣布一下：我脱单了。”

龙思思等人瞪大眼睛，震惊得下巴都要掉了。

“你一脱单，就夜不归宿？”鲁梓涵思想最社会，语气也最暧昧。

“你这思想也太黄暴了！”简冰斥责道，“我昨晚是去等温线找咱们国内的双人滑一姐容诗卉，取经学习。”

“所以……”马可馨也想歪了，“你脱单的同时……还打算出柜？”

“什么乱七八糟的，”简冰三刀把光头强切成六块，“容诗卉她有路觉呢。”

“那你跟谁脱单？”

“陈、陈辞。”简冰说出口的时候，还有点小害羞。

然而三位室友一哄而散，纷纷表示毫无惊喜，争先恐后把魔爪伸向光头强。

这一天简冰的心情，都像在云端跳舞。

解开了心结，放开了眼界，她突然觉得发育关，似乎也并没有那么可怕——正如容诗卉所说，谁不是这样过来的?

不过是和时间比耐心而已，她又不是大树，不会永无止境地长高。

又到了草长莺飞的4月，燕子回来了，新的赛季也即将到来。

她哼着歌到了陈辞的公寓，平常总是紧闭的房门竟然半开着。

她觉得有些奇怪，推开门，客厅空荡荡的，浴室那边隐约传来水声。

简冰走到浴室门口，叩门："有人吗？"

水声更大了，几分钟后才归于平静。

陈辞顶着湿漉漉的头发开门出来，露在浴袍外面的锁骨上也沾满了水汽："来了？"

简冰"嗯"了一声，指指门口："你怎么不关门？"

"你没带钥匙，手机又关机，"陈辞道，"我怕你进不来。"

"忘了充电——但我可以敲门呀。"简冰抱怨道，"这样多不安全。"

陈辞没应声，只是伸手抱住她，把还滴着水的下巴轻抵在她头顶："那也不管，我只是不想你在外面等。"

那声音温柔而低沉，又无赖又护短，听得她心都酥了。

她不由自主地抬手回抱住他，搂了一手柚子叶的清香。

"你这沐浴露的香气实在太重了，"她把脸埋在他胸前，嘀咕，"简直像我们美学老师可怕的香水。"

两人正腻歪着，浑不知房门已经再一次被推开。

一声熟悉的尖叫震天响起，宛如鸟雀悲鸣。

（三）

简欣是在医院血液检查科门口的候诊大厅电视上，看到女儿参加花样滑冰比赛的转播的。

初时，她还以为自己看错了。

直到导播将女儿的名字和“陈辞”两个字一起念出，她才猛然惊醒。

说是晴天霹雳也不为过！

大女儿还躺在病床上，小女儿居然也走上了这条绝路！

并且，还是和同一个男孩一起！

简欣找了孟彬远暂时照顾舒雪，连夜买了机票，直飞B市。

出了机场，她才突然发现，自己居然不知道女儿学校的全名，更遑论什么专业，哪一个班。

她给简冰打电话，总是提示关机。

她只得去找舒问涛，一半为了联系到女儿，一半为了指责他做父亲的不负责任。

如果没有舒问涛在中间帮忙隐瞒，简冰是决计不可能去参加什么花滑比赛的！

最叫她绝望的是舒问涛居然也找不到小女儿。

好在简冰的室友提供了一个线索：

叔叔，简冰昨晚不是回您那儿去了吗？

她最近很少住宿舍呀。

这一回，连舒问涛也不淡定了！

18岁的大姑娘夜不归宿，还不止一回！

搁哪家的父母都坐不住。

他又开始打电话，霍斌、江卡罗、杨帆……但凡有点相关的，全部都没放过。

最后，他避无可避地想到了自己唯一没存号码的陈辞。

“他们是搭档，关系……关系似乎还好……”舒问涛几乎不敢去看妻子的眼睛，“可能知道一些情况。”

简欣根本不想听他废话，向霍斌问来地址，直奔loft公寓而去。

现实总是要比理想骨感的，推开那扇房门的刹那，简欣目眦尽裂。

那个记忆里的可恨男孩长高了一截，正衣衫不整地抱着自己的小女儿，熟稔而亲昵。

白布染尘埃，明镜已蒙尘！

***

“妈妈，爸爸……”简冰有些慌乱地松开陈辞，讶然地看着他们，“你们怎么来了？”

回应她的，是简欣毫不客气的一个巴掌。

“啪！”

“我从小是怎么教你的?!”简欣瞪着她，眼泪从脸颊滑落，“不要走姐姐的后路，不要相信那些虚无缥缈的所谓荣誉，不要和不三不四的男人混一起——你看看你现在，成什么样子！”

简欣抬手还要再打，被陈辞一把拦住：“阿姨，您有话好好说。”

舒问涛也忍不住劝阻：“骂就骂，你打孩子干吗？”

“滚开！”简欣狠瞪了舒问涛一眼，一把推开陈辞，“你害了我一个女儿不够，还想害另一个？”

陈辞被她推得一个趔趄，怔忪地看着眼前歇斯底里的女人。

七年过去了，当年未出口的责难，终于还是明明白白落到了他身上。

那年他15岁，还算年幼，还有父母教练护在身前。

简欣的怨恨隐晦地藏在眼神里，不曾出鞘直刺向他。

如今，他长大成人，她却已经年华苍老。

而她的女儿，仍旧在承受当年的痛楚。

陈辞没办法在这样的简欣面前辩解，握紧了拳头，低头道歉：“阿姨，对不起，我……”

简欣看也不看他，拽着简冰的手：“你跟妈妈走，我不准你再滑冰！”

简冰犹豫着退了一步，简欣的脸色登时就变了。

“冰冰，你是要妈妈死吗？”

“妈——”简冰真是一个头两个大。

她瞥了舒问涛一眼，舒问涛也是一脸无奈。

“我明天还要上课，”简冰解释道，“怎么跟您回去？”

“你……”简冰赶紧趁热打铁道：“而且，你到这里来了，姐姐怎么办？”

简欣沉默。

简冰悄悄拉了拉舒问涛的袖子，舒问涛掰掉她的手指，到底还是站到了小女儿前面：“阿欣，你放心回去照顾小雪，冰冰……冰冰我看着，不让她再乱来了。”

“你看着？”简欣的声音再一次高了起来，“不就是你看出来的事？小雪还躺在医院，你就把冰冰往邪路上带，”她抬手指向陈辞，“还、还让她跟他搅在一起，你忘了小雪……”

“妈妈！”简冰到底还是没能忍住，开口阻止道，“我们都知道姐姐的事……并不能完全怪陈辞哥……”

“那怪谁？怪我吗？”简欣冷笑，“你也是谈恋爱谈昏头了，他给你喝了什么迷魂汤，让你……”

“我只是说不能全怪他，”简冰打断道，“你永远都在指责别人——姐姐当年为什么非要做四周抛跳，你知道吗？我为什么想要去比赛，你明白吗？爸爸……爸爸和陈辞难道不也和我们一样，都是半个受害者吗？”

“你说什么？”简欣不可置信地看着她。

“冰冰……”舒问涛想要阻止，简冰却已经停不住话头。

“姐姐出事，大家都很伤心。可是，只有您，在不断地借着这件事情来反复伤害别人——我们一家人走到现在这一步，难道和您一点儿关系都没有吗？”

“冰冰！”舒问涛再一次开口，语气严厉，呵斥一般。

简冰终于彻底闭上了嘴，握着拳，固执地看着对面的简欣。

预期里的尖叫和哭闹并没有到来，简欣初时气得发抖，听着听着，渐渐就变得茫然：“我伤害别人？”她身体晃了两下，“你一直都是这样想的？”

“我……”简欣咬紧了牙关，没有否认。

“我确实不能算个称职的母亲。”简欣的眼泪又一次涌了出来，嘴唇抖得几乎说不清楚话，“可我做这一切，也不过是想要你们能过得更好，更安稳一些……我在电视里，看到你摔成那样……看到小雪二十多岁的大姑娘了，还只能躺在床上，连话都说不出来……我……”

她的声音越来越小，眼前的人与事也似在不断远离。

身体向后倾倒的时候，简欣突然就觉得一阵轻松。

不用再想小雪是不是又需要更换褥垫了，不用再去看小雪的输液是不是要结束了……

七年了，她也很疲惫，也想好好地休息一下。

第三十二章

天地为谁春

（一）

“阿姨好点了吗？”

陈辞的声音从电话那头传来，有些含糊，有些低哑。

简冰“嗯”了一声，关上热水开关，将灌好的热水瓶拎起来：“她就是太累了，加上受了点刺激……”她停顿了下，转移话题道，“你在干吗？”

“训练，”陈辞想了想，又加了句，“听歌。”

简冰撇嘴：“到底是在训练，还是在听歌？”

手机那头没了人声，窸窸窣窣似乎是插拔电线的声音。

几秒钟之后，她听到了熟悉的旋律。

是那首《兄弟》：

Кто знает закон бытия,

有谁了解万物的法则？

Помог бы мне найти ответ.

请帮帮我寻找到答案。

Жестоко ошибся я:

我犯下了弥天大错，

От　смерти　лекарства　нет.

却找不到弥补良药。

……

她不由自主停下了脚步，手里的暖水瓶也沉重了不少。清澈的童声一遍遍唱着歌，回旋往复，如泣如诉。

“陈辞哥哥，”简冰突然开口道，“你想去看看姐姐吗？”

这久违的称呼让陈辞呆了好一会儿，才犹疑道：“可以吗？”

简冰不说话，依着母亲现在的身体状况，当然是不应该继续刺激她的。

但是……

陈辞那头的歌曲没播完，她不由自主，也跟着哼唱。

Неплачь，непечалься，старший брат!

不要哭泣，不要悲伤，我的哥哥!

Не ты один виноват.

不是你一个人的错。

Дорогау нас одна,

我们都只有一条路，

Искупим вину до дна.

赎尽我们的罪孽。

Мне не в чем тебя упрекнуть.

我从不曾责怪过你。

……

她不懂俄语，这首歌的歌词却硬背了下来。

发音含糊，像是6月沉甸甸的雷雨云。

陈辞却被安慰到了，他靠着墙壁，听得出神，仿佛有云雀在眼前飞翔。

***

简欣在医院住了两天就出院了，一是本来身体也没什么大碍，二是不放心还在老家的舒雪。

——有了趋声反应之后，大女儿的身体确实是一点一点在慢慢变好，有时候甚至还会冲人微笑一下。

这样的关键时刻，她怎能缺席？

至于简冰，简欣无奈地把头转向窗外，看着林立的水泥楼宇，逼仄的湛蓝天空。

不知不觉，她竟错过了那么多，蓦然回首，才猛然发现小女儿业已长得比舒雪出事那年更高，也更有主意了。

她甚至忘了女儿是几号的生日。

临出院，被丈夫提醒，才倏然想起自己是在4月生的她。

简冰对这个倒是无所谓，主动订了蛋糕，拎到病房里，还邀请了隔壁的病友。

这么多人齐唱生日歌，简欣再大的怒火，也发不出来了。

更何况，简冰答应请长假陪她回南方去休息一阵子。

她的小女儿，比她想象的更加坚韧，也更加勇敢。

该攻击时毫不手软，该退让时恭谦有礼。

至于何时开始的成长，何时开始的蜕变，她不得而知。

但简欣还是满怀忧虑，尤其在女儿捧着手机莫名微笑的时候。

***

回到家乡，简冰的作息一下子就松弛了下来。

早上准时起床，散步或早跑，再去医院把母亲换回来，帮姐姐洗漱、擦身……每隔两天，和简欣交换一下日夜班。

舒雪现在不但有基本的趋声反应，还隐约能认得一点儿人了。

简欣不在的时候，她便拉着姐姐说自己的训练和比赛，说陈辞和霍斌的糗事，说章雨天那可怕的过敏脸……

偶尔，还开视频与陈辞聊天。

姐妹俩头挨着头，冲着镜头傻乐的样子，激得陈辞当场就红了眼眶。

病房成了她的家，她的训练室，她的倾诉空间。

孟彬远还是常来的，只是愈来愈沉默，有时甚至看着小口小口吃东西的舒雪面红耳赤，忐忑如情窦初开的小男生。

趁着舒雪熟睡，他悄悄问简冰："你说，小雪醒了之后，会不会讨厌我？觉得我乘虚而入？"

简冰被逗得哈哈大笑，指着舒雪道："彬哥，姐姐现在这个状态，难道不是已经醒了？她听到打雷声，都喜欢往你怀里躲，觉得我没用呢！"

孟彬远这才有些放心，过了几天，再一次忧虑："你之前说的那些，会不会……是身体自然反应？"

简冰拉长视线："自然反应都喜欢你，那不就是本能，你赚大发好了吗？"

孟彬远总算安心了。

简欣其实有留意到小女儿的小秘密——有时回到家，会看到简冰来不及收起的冰鞋；有时赶到医院，隔着窗户能看到小女儿在病床前做漂亮的陆地模拟旋转……

话到了嘴边，她就想起简冰的那些指责。

你知道为什么吗？

你明白我们想要什么吗？

短短的两个月时间，长长的两个月时间。

母女俩都在妥协，用她们自己的独有的方式，小心翼翼地呵护这得来不易的数月和平。

***

简冰回B市那天，正是骄阳如火的6月1日。

医院旁的幼儿园锣鼓喧天，小朋友们打扮得花枝招展，仿佛一株株矮矮的彩色圣诞树。

孟彬远送她去的机场，临要告别，他不无感慨地说："冰冰，你真的长大了。"

简冰接过行李箱，颇为自信地点头："毕竟都19岁了，再过两年，就要开始奔三了。"

孟彬远噎住，咳得脸颊都红了。

待到飞机起飞，简冰靠着座椅不自觉地笑了起来。

天高水远，遥隔重山。

终于，要再见了。

下了飞机之后，她几乎不费吹灰之力就在接机的人群里看到了陈辞。

他个子本来就高，还戴了顶棒球帽，拿着牌子站在围栏外，帅气到有小女生偷拍。

简冰小跑着过去，扑过去亲。

陈辞吓了一跳，往她身后看了半天，又回头瞧了好一会儿，小声道："叔叔阿姨……"

简冰翻了个巨大的白眼，把行李留给他，空着手就往外走。

陈辞拉着大箱子，拎着一看就是女生用的小背包跟在后面，瞬间就变得有些狼狈。

上了车，陈辞飞快地摇上车窗，既不系安全带，也不急着开车。

简冰笑嘻嘻地看他："干吗还不走？"

陈辞没应声，微微朝着副驾驶座俯过身来。

女孩嘴角还带着笑，眼睛却先闭上了。

他无奈："女孩要矜持一点。"

"废话那么多，"简冰睁开眼睛，带着笑意嘟囔，"哥哥你到底行不行？"

但凡是男人，就对"行不行"很介意！

陈辞甚至都没等她把话说完，便吻了下去。

唇瓣厮磨，舌头长驱直入，手也紧扣着她肩膀。

61个日夜，1464个小时，87840分钟……

他的女孩，终于回来了！

（二）

今年的俱乐部联赛，将举办时间提前了。

既是为了缓解运动员们因为冬季赛事密集造成的压力，也是为了给沉闷的休赛季一点调剂。

而时间，正好定在6月下旬与7月上旬，与冰雪盛典前后脚举办。

简冰回到B市，恶补功课的同时，自霍斌处得到了这个消息。

坦白说，她的状态，其实并不能算特别好。

勉勉强强，恢复了原来百分之七十的水准。

陈辞安慰："不参加也不要紧，等发育关过了，想怎么滑都可以。"

参赛就容易引起非议，非议又会造成压力。

发育关避赛，尤其是不大重要的比赛，本来就无可厚非。

简冰却有些跃跃欲试："我太久没上冰，身上都长虫了。"

陈辞眯起眼睛："你们家附近那个小冰场，最近你不是天天光顾？"简欣不知道她私下练冰，他可一清二楚。

"那不一样，"简冰理所当然地狡辩，"自己练和上赛场不同，完全不同。"

陈辞扭头去看霍斌，霍斌也挺赞同的："那就去试试，在赛场上摔，总比在训练时候摔更吃教训。"

也是因为时间安排得宽裕，不少原本不爱参加这类推广比赛的运动员，都来参加了。

虽然是盛夏，冰迷们的热情却丝毫不见减退。

休赛季，正百无聊赖呢。有比赛看，当然开心。

一来可以看看那些一线老将恢复得怎么样，二来也能八卦八卦新老交替什么的。

总之，看热闹不嫌事大！

俱乐部联赛，单言和肖依梦齐刷刷参赛，毫无争议地抢了男单女单两枚金牌。

冰舞这边，章雨天和新搭档磨合得不错，也回到了巅峰状态。

至于竞争最激烈的双人滑，容诗卉路觉仍是第一，曲瑶和申恺紧跟其后，杨媛媛朱旭依旧万年老三，第四则是被退役传言困扰的林纷纷和陈迪锋……

简冰和陈辞的成绩不算好，排在录取名额的中段偏下，第六名。

舒问涛和霍斌等人，却都挺满意的。

即便有退步，她的状态，总体上还是趋于稳定了。

日子便在这样的起起落落里，呼啸着往前走去。

春夏交替，秋风萧瑟，再一转眼，凛冬又来。

简冰的发育关，慢慢悠悠地熬着，仿佛明天就要结束了，又仿佛永无尽头。

这漫长而短暂的两年里，她从18岁熬到了20岁，长高了足足5.7厘米，迈入160厘米大军。

花滑圈的变化也风起云涌，男单终于靠着单言等人的四周跳捧回好几块奖牌，女单和冰舞的成绩也稍微有了起色。

最重要的是，冬奥会将至，新赛季即将启动冬奥会选拔工作。

而选拔的参考条件，就是注册运动员们的新赛季表现了。

20岁的简冰身量高挑了不少，跳跃也终于稳定了下来。

甚至，在选拔世锦赛名额的全国锦标赛上，和陈辞一起出人意料地重现了容诗卉和路觉的那个3A+3T连跳。

做三周跳就算了，居然还是连跳，还在比赛的后半段！

因为必须双人都完成才能计分，3A+3T连跳几乎是双人滑跳跃里的最高难度了。

待到比赛结束，总分更是直接与曲瑶申恺齐平，挤掉杨媛媛朱旭，拿到了世锦赛的参赛名额。

舆论一时哗然，冰迷和评论员们都有些震动：说好的，发育关导致跳跃难度下降呢？

果然，经历二次发育的，不是彻底陨落，就是凤凰涅槃。

这一场比赛，正如简冰和陈辞的新起点，后续赛季发挥日益稳定。

有人做过粗略统计，他们整个赛季的五十多个跳跃，一共就摔了两次，失误率不到百分之一。

也正是因为新赛季的强势表现，他们的积分也远超新升成人组的李茉莉和周楠，直逼老三杨媛媛朱旭。

而新一届冬奥会的双人滑参赛名额，不多不少，正好三个。

得益于新赛季的发挥出色，简冰和陈辞终于追平了杨媛媛和朱旭的积分。

到底谁将代表祖国出征冬奥会，谁做替补参加团体赛，最终的结果，还要看今年的全国锦标赛。

上场热身的时候，简冰看着场边巨大的广告牌，和陈辞低语：“你说，这一次的冠军是谁？”

陈辞拉着她的手，压步加速：“猜不到。”

“猜不到就猜咱们自己呗。”简冰随口接。

“要谦虚，”陈辞慢慢减速，落到了她身后，为抛跳做换位准备，“这样才能收获最大的快乐。”

话音才落，简冰已经点冰起跳。

陈辞握住她腰肢，熟练地将人提起，抛出——

一周，二周、三周！

后燕式滑出。

与她同时落冰滑出的，是不远处的容诗卉和路觉。

一个灵动飘逸，一个稳健如磐石。

场边有掌声响起，大部分是在为容诗卉和路觉的表现而欢呼。

但当他们随着旋律踏刃滑出时，那些过往荣誉，就已然不重要了。

螺旋线、捻转、托举、旋转……一曲《沉思》，满目苍凉，两人一起跪地结束的时候，观众席上的冰迷掌声热烈……

赛场之上，胜者为王。

短节目结束，他们排在了第四名，和高居第一的容诗卉路觉对比起来，很有些惨烈。

（三）

双人滑的自由滑，安排在隔天的上午。

简冰和陈辞因为排名靠中段，上场顺序也排在中段。

冰场里空气寒冷，简冰紧裹着羽绒衣，缩在陈辞身边听歌。

他们的短节目曲目换了，自由滑虽然也换了，在冰迷们看来，却有点重拾旧梦的意思。

依旧是《堂吉诃德》，依旧是骑士斗争曲。

只是不知这一次，堂吉诃德是否能够战胜命运，拿回荣耀。

热身的时候，简冰摔了一次，爬起来的速度倒是很快，看着也并没有受什么影响。

但落到旁观者的眼里，就仿佛有了那么一点儿不祥的预感。

他们的技术难度，几乎是国际顶尖的水准了，但是因为稳定性和表现力，最终的执行分总没办法打高。

与之相反的，则是容诗卉和路觉——他们还没有尝试过抛四，但因为各方面表现均衡，成绩一直是国内几对双人滑选手里最好的。

木管上升音群响起时，简冰自陈辞的肩头抬起头，望向远方。

长号与低音号鸣响，骑士的战马整装待发。

那些难以忍受的苦难，艰难跋涉的泥泞，沉重如斯的重担……都如潮水一般纷至沓来。

他们手拉着手，逆风滑行，一如面对风车的衰老骑士。

堂吉诃德老爷的梦想，简冰从小就从老师口中听到过，那时年幼，只觉得滑稽可笑。

一直到了姐姐和陈辞滑了这首曲子，她才模糊地触摸到属于这个老骑士的一点悲壮轮廓：

他说他知道鲁莽和怯懦都是过失，但好歹鲁莽比怯懦更近于真正的勇敢。

他说他相信恋慕的姑娘身上长着痣，但因为长在深爱的人身上，黑痣也如星辰一般地迷人。

……

第一个捻转结束的时候，简冰落冰踉跄着跌倒了，靠着单手扶住冰面才重新站起。

陈辞趁着旋转的时候安慰她："不要紧，扣的分不多。"

简冰嗯了一声，待到做完螺旋线，突然说："我们抛四的成功率，其实并不算很低了吧？"

简冰沉默，随着旋律继续滑行、旋转。

"我算过分数了，"趁着抛跳之前的贴身换位，她继续劝说道，"如果成功了，基础分就补回来了。"

"准备——"陈辞轻声提醒，握着她的腰将人托起、捻转——

一周、两周、三周……

落冰，滑出——

掌声响起，他们的目标基础分，却远远不够。

有些梦想，注定是无法实现的，

但追梦的权利，没人能够剥夺得了。

随着乐曲节奏的加快，他们进入了编排步伐的部分——在那之后，节目过半，剩下的那个三周的3S抛跳，分值已然不错。

但是简冰还是不满足——

《堂吉诃德》里说：

忍受那不能忍受的苦难，
跋涉那不能跋涉的泥泞，
负担那负担不了的重担，
探索那探索不及的星空。

不承受苦难与泥泞，又如何探索遥远星空呢？

陈辞越滑越快，脚下的冰刀发出嗞嗞的声响。

简冰扭头看着他，步步紧跟，不曾落后。

——或许，他真的太过担心了。

竞技场上，本来就是需要冒险突破的。

一朝被蛇咬，十年怕井绳的说法虽然睿智，却并不受欢迎，也并不那么鼓舞人心。

而实际上，也确实不乏临阵爆发，震惊世界的选手。

危险与美丽同行，绝望与希望伴生。

再一次滑至她身边的时候，陈辞终于开口了："真的试试？"

身前的女孩没有回头，更不曾说话，只坚定地点了下头，并在他手臂上轻拍了一下。

他深吸口气，身体随着冰刀的滑动而移动。

换位，托起，抛出——

白衣的女孩像是冰原上难得露面的白鹭，凌空腾起，高速旋转。

一周、两周、三周、四周！

四周抛跳！

她微笑着后燕式滑出时，观众席上有不少人站了起来。

中国方面的解说也猛地提高了声音："四周抛跳，我国的选手简冰、陈辞，刚刚完成了一个标准的四周抛跳！"

乐曲声终止的瞬间，毛绒玩具与玫瑰落雨一样撒向冰面。

陈辞领着简冰绕场行礼，将要离开下冰时，随手捞起几枝包扎好的红玫瑰和几个玩具，塞进简冰怀里。

简冰还处在极度的喜悦里，双手颤抖，呼吸急促。

她机械地跟着他绕场，行礼，再被塞了满怀的礼物，傻乎乎地被陈辞连推带扶地带到了冰场边。

霍斌挺着肚子，负着手，眼眶微红地看着他们。

"总算，总算……"他没把话说完，只是张臂将两人一起搂进怀里。

大屏幕上重播了一遍刚才的精彩动作，最为耀眼的，便是那个漂亮的四周抛跳。

白衣凌风，刀刃上起舞，漂亮得像是画中景象。

接着广播开始播报，大屏幕也切换到了分数页面。

157.2分！

这是他们运动生涯中的最高分，也是本场比赛自由滑至今的最高分，更直接打破了国内自由滑纪录！

总排名表上，简冰、陈辞的名字也赫然跃至第一位。

比赛仍在继续，剩下四组运动员的成绩相继出炉，他们的名字，一直高居榜首。

简冰张了张嘴，张口想要说话，却发现喉咙已经干涩到发不出声。

身侧的陈辞轻拉了她一下，她茫然转头，一个温柔的吻便落了下来。

解说席那边已经在宣布比赛结果，“恭喜简冰、恭喜陈辞，打破封尘多年的全国锦标赛自由滑纪录，成功拿到冬奥会入场券！”

身后的观众席里，有人正轻声地哼唱西蒙·吉伯特的《追梦无悔》：

To dream the impossible dream

去做那不可能的梦想，

To fight the unbeatable foe

去和那打不败的敌人战斗。

To bear with unbearable sorrow

承担那无法承受的哀愁，

To run where the brave dare not go.

奔向那勇者们都不敢前去的地方。

……

（End）

番外一：
可怜天下父母心

简冰大二暑假的时候，陈辞父母来B市小住了几天。

因为陈辞常年在B市训练、比赛，陈家在B市是认真置业了的。

他们不仅在凛风附近给陈辞买了当宿舍用的单身loft，更未雨绸缪地在市中心买了套位置不错的学区房当儿子的储备婚房。

房子通透宽敞，连将来陈辞生二胎的可能都考虑到了。

当然，他们没想到的是，这房子的“未来女主人”会来得这么快。

儿子毕竟才23岁，搁婚姻市场那完完全全是嫩出水来了。

而陈辞带回来的女孩就更夸张了：

19岁！

大学在读！

那瘦瘦小小的样子，活脱脱就是个未成年！

陈爸陈妈小心翼翼地把陈辞和简冰迎进他们自己也算不上熟悉的家门，手脚都不知怎么放了。

因为常年在国外，小时候的简冰，他们接触得本来就不是很多。

后来舒雪出事，舒家更是闭门谢客，更遑论交往了。

年纪小，身份尴尬，家庭阻力大……

看着比自己儿子矮了一个头不止的小姑娘，陈爸陈妈都是又喜又惊又忧愁。

生怕下一秒，简冰父母就冲过来真人PK，骂他们诱拐少女。

趁着陈辞去厨房倒水的机会，陈爸爸狠拉住儿子胳膊："怎么回事？你哄人家未成年小姑娘当童养媳?!"

陈辞无奈："她成年了，已经过完19岁生日了。"

"那也犯法！"陈爸爸一脸不赞同，"19岁，结婚证都不能领。"

陈辞："……爸，我也才23岁，我们还没打算结婚。"

"不打算结婚？"陈爸爸的脸色更难看了，声音也不由自主提高了，"不打算结婚还把人姑娘往家里带，你还想始乱终弃？"

陈辞："……"

好不容易从厨房出来，眼前的一幕更让陈辞哭笑不得。

陈妈妈坐在沙发上，拉着简冰的手，正用哄亲戚家来做客的小朋友的语气闲话家常："到了阿姨家就别客气，当是你自己家，想吃什么尽管跟阿姨提——口渴不渴？想吃葡萄还是苹果？电视要看吗？……"

眼看着陈妈都要扭身去找遥控器了，简冰这才有些结巴地阻拦："不、不用了阿姨，我就看这个挺……好……"

她一边说一边转过头，看清电视里的画面，声音又低了下去。

陈辞觉得奇怪，循声看向电视。

屏幕上，长着大脑袋的卡通动物正奶声奶气地和另一个大脑袋说："你是我最好的朋友！"

陈辞失笑，迈步上前，坐在了女朋友和亲妈的中间，拿过遥控器，切换到科普频道。

简冰感激地看他一眼。

他悄悄握住她一直垂在大腿侧边的手，轻捏了一下，以示安慰。

这个小小的动作，显然被陈妈妈留意到了，咳了一声。

简冰脸一下子红了，不好意思地将手抽了回去。

小女友不自在，陈辞既觉得可爱，又有点不忍，于是压低声音问："要不要去我房间看看？"

“咳咳咳咳！”陈妈妈的咳嗽声更大，“大白天的去你房间里干吗？黑乎乎的！”

陈辞无奈，瞥了眼亲妈，又看了眼时间：“您不是要准备会议材料吗？”

陈妈妈瞪了儿子好几眼，这才犹犹豫豫走了，还了他们片刻安宁。

电视里的大草原朝阳初升，小象跟着大象慢吞吞地走着，一派祥和的气息。

陈辞往简冰身边坐了坐，手也握了回去。

简冰紧张地看了眼书房，压低声音问：“阿姨和伯伯，是不是……不喜欢我？”

“没有的事。”陈辞将她头转回来，手就势搭在她肩膀上，“他们那辈人，比较不善表达。”

“是吗？”简冰狐疑。

说话间，陈爸爸端着切好的水果盘出来了。

“来来，吃水果！”陈爸爸一边招呼，一边用余光忍不住再一次打量简冰——瘦是真瘦，小也是真小，漂亮也是真挺漂亮的。

坐在儿子身边，活脱脱就是个水灵灵的未成年小媳妇！

哎，作孽作孽——

陈爸爸一边哀叹一边暗暗拿脚狠踩了儿子一下。

陈辞吃痛，“啊”地叫了一声。

简冰吓了一跳，扭头问：“怎么了？”

陈辞镇定道：“没事。”

在书房心神不宁的陈妈妈，也借着吃水果的机会，再一次回到了客厅。

她看看自家老公，又看看儿子，愁得嘴巴里的橙子都泛着苦味。

可怜天下父母心，生闺女怕被臭小子哄走了，生儿子怕养成猪拱坏了邻居家的大白菜……

“冰冰，”陈爸爸两片西瓜下肚，鼓起一点勇气，“你今年高……大几了？”

“大二了。”

“哦，大二啊——”陈爸爸绞尽脑汁，“功课难不？和同学相处得怎么样？”

不等简冰回答，陈妈妈也快速加入：“对呀，平时都参加什么活动？有什么爱好？班上同学……”

“哎呀，你一下子问那么多，让人怎么回答？”陈爸爸抱怨着打断。

“你不也问了一堆？”陈妈妈不服气。

简冰左看看右看看，一时也不知先接哪一茬儿好。

倒是陈辞插了进来：“你们别吵了，她平时要上课，还要上冰训练，根本没时间去参加什么学生活动。”

二老这才罢休。

吃过晚饭，外面哗哗哗下起大雨，陈爸陈妈的心情就更复杂了。

这边房子肯定是住得下的，一共就四个人，一人一间也没问题。

但是……人姑娘年纪还那么小，本地又有家长在——留宿男朋友家，在外人看起来总是不好。

可这么大雨，不留客也说不过去啊！

眼看陈辞已经拎着简冰的小背包进了自己房间，开始翻箱倒柜地帮简冰翻找洗漱用品了，陈妈妈一个劲拧陈爸爸：“去他房间了，两人都去了！”

“我看到了，”陈爸爸还残存着一点儿幻想，“可、可能……就是休息一下吧。”

“休息什么呀，”陈妈妈小声道，“他都在给她找睡觉穿的衣服了——你去把陈辞叫过来，我是坚决不同意的！人女孩才多大呀！这就、就……”

她说不下去了，用力将陈爸爸往儿子房间推了一下：“你去，把你那个流氓儿子叫出来！”

“我……你怎么不去？”陈爸爸蚊子似的嘟囔，“孤男寡女的，我怎么好意思进去？”

就是孤男寡女才要阻止好吗！

陈妈妈怒其不争，跺跺脚，自己气势汹汹地就往前冲。

她才走到房门口，房门“吱呀”一声被推开，“砰”一声砸在她额头。

陈妈妈惊呼一声，捂住额头。

“对不起，对不起！”简冰连忙道歉。

“没事，没事——”陈妈妈痛得眼泪都出来了，视线笔直地落到了她怀里的男式T恤、沙滩裤，以及她明显比刚才红了不少的嘴唇上面。

知子莫若母！

她就知道孤男寡女，是要出问题的！

现在天都还没黑，还在他们眼皮子底下呢，就这么按捺不住了！

这要是等关了灯锁了门，臭小子铁定要翻天了！

“阿、阿姨，”简冰见她瞪着眼睛一动不动，犹豫着挥了挥手，“您没事吧？”

“没事没事，”陈妈妈暗暗咬牙，安慰着拍拍她肩膀，“你乖，先去洗澡，一会儿阿姨帮你把客房收拾出来。”

陈妈妈特地把“客房”两个字咬得很重，简冰不明所以，老老实实点了点头。

等简冰一进洗手间，陈妈妈立刻就往陈辞房里冲，陈爸爸也飞快地跟了进来。

顺手，还把门给关上了。

陈辞正蹲地上关抽屉，一转头看到气势汹汹的父母，愣道：“怎么了？”

“怎么了？”陈妈妈上来就揪住他耳朵，“你胆子不小，爸爸妈妈还在家呢，就想欺负人小姑娘！”

“我……”陈辞茫然道，“我哪儿欺负她了，她同你说的？”

“需要吗？”陈妈妈蹙着眉，“让十八九岁的小女孩夜不归宿，你……你什么龌龊心思，妈妈我还不知道？”

“就是！”陈爸爸帮腔道，“太不像话了！”

“你们就这么看自己儿子的？”陈辞揉了揉太阳穴，“你们要不放心，我一会儿就送她回去。”

陈妈妈扭头看向陈爸爸，陈爸爸刚想点头，眼中闪过一丝疑虑，又立刻摇头道：“不行，出了这个门，你就更无法无天了！”

陈辞百口莫辩，长长地叹了口气：“我都不知道自己是不是你们亲生的了——你们放心，我们不睡一个屋。”

陈爸陈妈这才松了口气。

***

简冰洗完澡出来，就见陈家三口，一字儿排开在沙发上坐着。

电视里，象群的迁徙已经快要结束，解说正煽情地在那儿歌颂母象伟大的情操。

戏里戏外，看着都挺有天伦之乐的。

她穿着陈辞高中时代的旧衣服，像个错穿了大人衣服的初中学生。

T恤长出一大截不说，领口也露着大片锁骨，沙滩裤更是直接变成了七分裙裤。

陈辞强忍着笑意招手：“来。”

简冰浑然不知自己的形象问题，快步走了过来，坐下时还客客气气跟陈妈妈笑了笑。

陈妈妈欲言又止，最后还是在她明亮的眼睛注视下，春风化雨，笑着握住了她有些湿润的手掌。

“家里多了个姑娘，就是暖洋洋的。”

这话陈爸爸很是赞同，如果不是工作太忙，他们还是很想养个小棉袄一样的闺女的。

像现在这样，一家四口开开心心坐在电视机前，看看大象给小象喷水、斑马与牛羚一起吃草。

多温馨，多和谐——

这美好的假象只持续到就寝时分，陈妈妈亲自送简冰去了客房。

陈爸爸则监视一般牢牢盯住陈辞。

陈辞无奈，主动提前回了自己房间。

进屋没多久，简冰就发了消息过来："阿姨和叔叔真健谈——原来你小学还尿过床？"

陈辞一头黑线，立刻就要冲去阻止父母的"好客"。

他握住门把拧了半天，也没能把门打开。

似乎，是从外面锁住了。

番外二：

毕业季·成人礼

简冰大学毕业这一年，也正好是他们世锦赛登顶的这一年。

金牌加身，毕业在即，正是青春飞扬的好时光。

眼看论文答辩时间越来越近，又是休赛期，简冰干脆住回到学校宿舍，方便上期刊网和泡图书馆。

陈辞忙完了俱乐部的事，也经常来学校陪她，顺便帮忙整理东西。

他这一陪就发现了问题——先不提小女友这些时刻可能出现当电灯泡的室友，简冰居然还藏了一抽屉的情书！

叠成爱心的信纸、装了红豆的信封、画满丘比特爱之箭的长篇大论……甚至，还有在信里附上自己的联系方式和照片的。

毕业季，告白季。

那些男孩长相虽然算不上多么玉树临风，但胜在青春逼人，情真意切。

分离在即，他们都像扑火的飞蛾一般勇敢。

翻到单言那封一看就是找人代笔的巨厚情书时，陈辞终于忍不住了：“他也来凑热闹？”

简冰在百忙之中回过头来看了一眼：“哦，单言啊——他这个写得最烂，全是拼凑的情歌情诗，一点利用价值都没有。”

陈辞发愣：“什么利用价值？”

在自己床铺上奋笔疾书的龙思思伸出头："阿冰在二手网上挂着号呢，代写情书，100块钱一封，改个人名把这些录上去就可以了！"

陈辞："……"

小女友的态度虽然端正，但这么多的潜在竞争者，还是让陈辞多少有些不安。

Z大人文学院的毕业生们，渐渐就发现在各种聚会的队伍里，经常出现那么一位长得很正的外校帅哥。

那帅哥也不多话，每每坐在角落，或者站在一旁，花瓶一样漂亮，冰山一样寒冷。

有认出他是花滑冠军的，也有完全不关注体育圈只关注颜值的。

胆小的私下花痴，大胆的女生直接就上去撩了。

陈辞岿然不动，平静地表示："我有女朋友了。"

到了毕业典礼那天，帅哥仍旧在侧。

只是这一次，多了一位一看就是长辈的大龄男同胞。

一老一少一齐望着主席台，翘首以盼，隐隐还有些欣慰和骄傲。

那一脸的慈爱如出一辙，让在台前合影的学生都恍惚产生了"那是我的两个爸爸"的错觉。

典礼甫一结束，简冰就拎着学士袍下摆，飞快地跑到他们身旁："爸，陈辞哥哥，你们先回去吧，我们一会儿还有聚会呢。"

舒问涛眼含热泪，摸着她的脑袋点头："早点回家，注意安全。"

边上的陈辞却不淡定了，聚会，又要去聚会！

每次聚会，他可都留意到了，那几个蠢蠢欲动的小情敌次次在场！

舒问涛走到一半，见陈辞站着没动，蹙眉道："还不走？"

陈辞犹豫："您先回去吧，我陪冰冰……"

"他们年轻人的活动，"舒问涛一把拽过他，"你跟着瞎掺和什么?!"

"我……"陈辞看着一脸不耐烦的老岳丈，艰难地把那句"我也是年轻人”咽了下去。

他的车还停在舒家楼下，要回去当然只能坐舒问涛的车。

没了简冰这个调和剂，翁婿俩别别扭扭地待在这个小小的封闭空间里，连广播里的歌声都带着股焦灼。

好不容易到了地方，陈辞道了谢，一溜烟就往自己车里钻。

“臭小子……”舒问涛远远地望了一眼，嘟嘟囔囔抱怨着往楼上走。

这边厢陈辞把车开出去，过了红绿灯直接转向。

他一边打电话，一边笔直地开向Z大。

“在哪儿？”

“啊，你不是和我爸一起走了？”简冰接了电话，茫然道。

“都是年轻人，我来凑个热闹，不介意吧？”

“不、不介意啊——”简冰犹豫着答应了，顺便把包厢地址报了过去。

隔壁桌的龙思思还在那儿整理桌游卡牌，伸着脖子问：“阿冰你干吗呢？赶快来！”

“陈辞又要跟来。”简冰拉开椅子坐下来，“不知他搞什么鬼？”

“嘿嘿。”龙思思眨巴眼睛，“肯定是因为看到你和郭洋你侬我侬，来捉奸了。”

“嘘——”简冰捂住她嘴巴。

那个郭洋是他们班学习委员，坐得不远不近，还时不时偏头看过来。

“你别瞎说！”简冰告诫龙思思，“他就是找我合个影而已。”

龙思思“嘁”了一声，跑一边玩骰子去了。

大屏幕上开始放老歌，满屋子都是浪漫对唱的氛围，一群人正起哄要郭洋找女生唱歌。

那郭洋也是个尿货，视线在简冰身上扫了好几个来回，愣是没好意思开口。

简冰大大咧咧坐那儿，权当没看到。

组织活动的班长有点看不下去，直接把话筒塞到了她手里："群众呼声这么高，居然不唱？"

简冰见郭洋脸都红了，也有点不忍，本要推开的手掌便改为了抓握话筒。

霎时口哨与掌声齐飞，坐她身边的同学直接推着她起来。

前奏响起，简冰便大大方方顺势往前走了两步。

陈辞来的时候，郭洋正用微有些颤抖的声音唱着："我对你有一点心动，却如此害怕看你的眼睛……"

简冰唱得一般，接得倒是很快，半跑调着唱完女声部分，和郭洋一起合唱："难以抗拒——Oh——人最怕就是动了情！"

陈辞听得眼角都抽搐了，直觉头顶昏暗的灯光都带了幽幽的绿意。

一曲唱毕，简冰才发现他。

她放下话筒，热忱地挤过来："吃饭了吗？"

陈辞没回答，只是示意她去看身后那个被独自留下的郭洋。

许是包厢里的旋律太过忧伤，许是灯光太哀愁，他的表情很有些可怜兮兮的味道。

简冰愣了下，求生欲立时觉醒，拉着陈辞往前几步："那个，和大家介绍一下——我搭档，陈辞。"

她停顿了下，继续道："也是我现男友。"

在场的除了龙思思等人，无一不张大嘴巴，瞪大眼睛。

你们是情侣?!

就这么公开没问题吗?

你们不是天天对着镜头说好朋友一辈子?

郭洋更是整个人都颓了，缩进沙发里，开了罐啤酒默默喝起来。

简冰自觉表现良好，既安抚了男友，又掐死了可能出现的桃花。

她拉着陈辞坐到沙发上，带点小得意道："这下放心了吧？"

陈辞瞥了她一眼，不轻不重道："那个'现'字，可以去掉。"

现……

简冰龇牙，这要求也太多了！

唱完歌，喝完酒，已经是凌晨了。

一群年轻人又闹着要去城北登高望远，展望未来。

简冰喝了不少啤酒，已经靠在陈辞怀里打了好几个盹儿了，哈欠连连地被他拉着上了车。

车门关上的瞬间，那些喧闹与嘈杂仿佛都远离了。

陈辞看着揉着眼睛的小女友，觉得她连指甲盖都比别人的鲜活可爱。

"冰冰。"他轻唤道。

简冰含糊着应了一声，奶猫爪子一样又轻又腻地抓在他心头。

他抬手摸了摸她有些凌乱的额发，轻声问："下面的活动，你还想参加吗？"

简冰"嗯"了一声，使劲把脑袋往椅背上蹭了下。

陈辞失笑，帮她把安全带系好。

人挨得近了，灼热的呼吸近在耳畔，心跳也触手可及。

简冰伸手抱住他，把头靠在他颈窝处，贴着他冰凉的皮肤，舒服地嘘了口气。

陈辞浑身僵了一下，慢慢地回搂住她，嘴唇才刚贴到她唇瓣，车门"砰"一声被拉开。

路灯的光芒伴着龙思思的笑声一齐冲了进来——她也喝了不少，拽着鲁梓涵，一屁股坐进后座："打什么车呀，有陈妹夫！"

鲁梓涵几乎没喝酒，当然看到了两人暧昧的状况，尴尬地冲陈辞笑笑，试图把龙思思重新拉出去："思思别闹了，快下车。"

“我为什么要下车？”龙思思愤然，“我就不下！”

鲁梓涵尴尬得汗都要下来了，前座差不多完全叠到简冰身上的陈辞扶着座椅，慢慢坐回了驾驶座上：“没事，我送你们过去。”

“谢、谢谢啊——”

鲁梓涵无奈极了，把龙思思往里推了推，自己也坐了上来。

车子很快发动了，霓虹流彩般自窗外呼啸而过。

龙思思闹着要把窗户打开，被鲁梓涵狠狠地打了下手，小声劝道：“别闹了！”

盛夏的热浪夹杂着夜风吹拂到脸上，却吹不散驾驶座那儿传来的浓重低气压。

简冰在副驾驶座上蹭了一会儿，身体不住地往驾驶座这边歪，安全带被绷得极紧：“陈辞哥哥——”

陈辞应了一声，车速不减。

简冰挣扎了一会儿，还是没能摆脱安全带，干脆直接伸手来拽他衣服：“你怎么不理我？”

陈辞吓了一跳，赶紧把衣摆抽回来：“乖，别闹了。”

“你不理我……”简冰还在纠结这个，声音含含糊糊地嘟囔，“你得道歉，得好好补偿我，安慰我……”

说着，整个人都往陈辞这边扑来，又被安全带拉了回去。

陈辞飞快地换完挡，抬手安抚性质地在她肩膀上轻拍了下：“好了，坐好，我们一会儿就回去了。”

“啾”的一声，手背上传来温热的触感。

陈辞呆了呆，脸唰地红了，飞快地抽回手，整个后背都因为酥麻而绷紧。

“什、什么声音？”冷不丁龙思思的脑袋从座椅中间冒了出来，大着舌头问，“你们在、在吃什么?!”

驾驶座一片沉寂，只有驾驶员那烧红的耳朵透露出了一点儿尴尬。

简冰则压根没听到她在说什么，偷亲成功，心满意足地闭上了眼睛。

鲁梓涵恨不得直接跳车，硬扯着龙思思衣服，将人拽了回去，紧紧按住。

二十四公里，十二个红绿灯，八个拐弯……好不容易到了学校，鲁梓涵几乎是拖着龙思思下的车，头也不回地直奔校门而去。

陈辞张口欲言，无奈地看向被室友抛弃的小女友。

去他公寓的路并不远，甚至就连道边的林木，都和刚重逢的时候相差无几。

背着人上台阶的时候，心境却完全不同了。

夜风吹过衣襟，夹带着不知名的花香，熏得人如在梦中。

他一路背着她上了楼，将人放倒在床上，又去打了水，仔仔细细帮她擦了脸。

简冰躲了两下，没能躲开，干脆紧抱着他不放。

陈辞挣扎了两下，没能挣脱，只好斜斜地在她身旁躺下。

***

半夜的时候，简冰终于酒醒了。

她睁开眼帘，最先看清的是床头柜上被月光照亮的白色台灯罩，然后才是侧身睡着的陈辞。

白日里那双温柔的眼睛紧闭着，显得整张脸意外地有些陌生。

她张了张嘴巴，喉咙干涩，吞咽一下都火辣辣地疼。

身体的轻微晃动惊动了陈辞，他也没睁眼，只抬起搭在她肩膀上的手掌，轻轻地一下一下拍打着她的后背。

简冰差点被他逗笑，等到那只手越拍越轻，慢慢地停了下来，她忍不住又挨近了些。

眉毛、鼻子、嘴巴，全都是熟悉的模样。

她忍不住伸手，轻轻描摹那被月色浸染得异常柔和的面庞。

一点一点，一寸一寸，整颗心仿佛都被填满了。

不知从什么时候起，眉间心上，已无一处不是他。

她情不自禁地仰起头，将嘴唇贴上他的额头，接着是眉眼、脸颊、嘴唇……

近在咫尺的呼吸声，渐渐消失无踪，取而代之的是他由轻柔到热情的回吻。

两人拥抱着翻身的时候，撞倒了床头放着的青柑香薰。

霎时，整个房间里都充满了又酸又甜的味道。

身体和身体彻底紧贴在一起时，简冰挣扎了一下，大眼睛湿润地盯着他，没头没尾地问："喜欢一个人，一定得这么疼吗？"

陈辞"嗯"了一声，吻她微微开翕着的嘴唇。

她偏头避开，嘟囔着说了句"骗人"。

"不骗你……"陈辞不知该怎么安慰，只更用力地拥抱住她，更热情地亲吻她紧蹙的眉头。

"你看着别人的时候，"他拉着她的手，按在自己起伏不定的左胸上，"你和别人一起唱歌的时候……它都疼得直抽搐。"

光影斑驳，他的脸也在这忽明忽暗的世界里时隐时现。

那些隐秘而难以启齿的小情绪，终于还是倾诉了出来。

简冰愣了好一会儿，才热情地回吻他。

爱一个人，才会计较，才会包容。

一时锱铢必较，一时又予取予求。

窗外新月如钩，一点月晕也没有。

时光带走了许多人和事，却也把少年磨砺成温柔青年，让垂髫稚童长成娉婷少女……

何其幸运，他们在离散之后得以重逢，在动心之后得到回馈。

相知相恋，同路而行。

番外三：单言的秘密

单言这个人，其实是很骄傲的。

他3岁开始磕磕绊绊上冰玩耍，4岁开始上等级测试的考场，自此便顺风顺水，一路滑进市级比赛、全国联赛，乃至世界顶级赛事的冰场。

彼时商业俱乐部正发展得如火如荼，他也非常配合地签了商业俱乐部。

再然后，世青赛夺冠，顺利转入北极星。

天才少年、冰上王子、男单希望……各种头衔和期许纷至沓来，就连俱乐部食堂打菜的阿姨，都特别照顾这个拽兮兮的大男生。

然而，莫名其妙地，他就被个只会跳2T连跳的毛丫头给怼了。

那视频是阿佳拿iPad播给他看的，弹幕上满屏幕嘻嘻哈哈和“6666”的刷屏。

那女孩挑衅地看着镜头，眼神里满是戏谑：“你们不是还有世青赛冠军，什么时候来？”

赢个李用鑫很费劲?

会跳2T很了不起吗?

单言嗤之以鼻。

然而，视频还是传扬开了，有关他被怼的各种传言还是纷至沓来。

甚至，连教练都在训完李用鑫之后，特别把他喊过去，叮嘱他不要到处乱跑，无端树敌。

怼人者，人恒怼之。

单言当然不会放过这种吹牛吹大发了的人——真要上冰比试了，她才知道自己的可怜，逃窜得像只狼狈的仓鼠。

都说穷寇莫追，他这个人，却最喜欢看人走投无路的模样。

他让阿佳查这女孩的背景，趁着她来北极星考试，打算给她个教训。

那女孩看着老老实实的，大言不惭地答应了下来。

等他这边做完陆地空转，她居然跑了！

他单言活这么大，还没受过这种气！

不给个大教训，还真以为自己了不起了！

单言是真没丢过这么大场子，决定和她比试时，完完全全没考虑过输的可能。

也正是因为这样，和李茉莉一起输给简冰和陈辞的时候，他是真受到了打击。

难道，真像媒体评论的：

如果没有陈辞的伤退，他压根排不到这个名次？

可惜的是，那个陈辞似乎被这个没什么亮点的小丫头迷住了。

不但不肯跟他单挑，还鬼迷了心窍，非得放弃单人滑，去跟那小丫头搭档滑双人——赢了他和小茉莉就这么了不起？

单言隐约觉得自己做了什么不好的催化剂，但话到了嘴边，也只能攻击一下简冰本身实力，嘲讽一下陈辞没有和自己一战的勇气。

一直到简冰的家庭背景曝光，也只是让他对陈辞的印象从“恋爱脑”变成了感情用事的男人。

因为女伴摔了，就要为女伴的妹妹牺牲？

这是哪里来的道理，又是哪里来的圣父？

在他单言的世界里，可没有这种逻辑。

他对她的改观，大约是从她那一场摔得头破血流的比赛开始的，又或者，仅仅是那一个匆促的拥抱——

他从小就喜欢好看的东西，艳丽的花朵，张扬的发色，凌厉的峰峦……

那女孩满头鲜血滑行冰上的样子，漂亮得惊人，也夺目得惊人。

单言不由自主问了阿佳一句：“她的脚是不是有问题？”

他的手指、心脏，乃至全身的热血，却在这一刻被点燃——这才是运动员应该有的不屈模样！

那些轻轻浅浅的懵懂好感，突然就有了方向。

如被雨水滋润的根芽，在黑暗里迅速萌发，刺破泥土，拔节而起。

然而，他终究还是晚了一步。

许是之前的相处太过随意，许是示好的态度太过敷衍……当着他的面，简冰也能毫无顾忌地拨号给她的陈辞哥哥，在接通后不自觉露出微笑，在说话时拿手指一下一下地抚摸着栏杆上的露水。

少年不会相思，才会相思，便受相思苦。

他虽然没有身似浮云，心如飞絮，却也被激得两眼冒火，气若游丝。

简冰浑然不觉，挂了电话，还问：“我要回去了，你还继续玩？”

玩什么？

一个人戴着口罩，在人满为患的小冰场里寒碜菜鸟？

简冰可不管这些，她交代完自己接下来的行程，就摆出一副小老板的派头：“那我走了，你随便玩，这儿所有的设施都给您免费开放。”

单言的嘴角抽搐了下，泰加林这么穷，全开放了也就特么一个小冰场，几个训练室啊！

眼看着女孩滑向场边，他跟着往前滑了两步，很快被横冲直撞的小屁孩遮挡住。

待到他绕开他们，终于挤到场边，简冰已经换完鞋，直奔门外了。

他急匆匆换了鞋，拎着背包小跑出去——才到门口，就被直射的阳光扎得两眼直晃。

不远处的停车场旁，简冰拉着的那个人，同他一样戴着口罩，穿着运动服。

但单言知道，那仅是和自己有着一些相似点的，另外一个人。

那个人比他成熟，比他更早认识她，也更早走近她心里。

她会喊那个人“哥哥”，会和那个人耍小脾气，会露出小女生特有的娇憨和依赖神情。

而和自己在一起，她永远也只会直凛凛地看人，大大咧咧地叫自己“单言”。

据说，这就是爱和不爱的差距。

他晚了那么一步，立刻就失去了竞争机会，直接从“参与者”变成了“局外人”。

但他还这么年轻，未来还那么漫长。

谁又知道将来，会发生什么呢？

或许陈辞心术不正变心出轨了；或许简冰突然就回头发现自己的好了；再或者自己对这感情也一笑了之，深爱上了别人……

谈恋爱嘛，总会有结束的一天！

天才少年单言握紧了拳头，酸涩又恶狠狠地对着空气诅咒。

番外四：吵架的学问

都说不吵架不算真夫妻，小情侣之间，也总是要闹矛盾的。

简冰和陈辞开始交往之后，小吵小闹也是经常有的。

某一次争吵过后，简冰决定“离家出走”。

不严正申明态度，他还以为自己是那种随便就能糊弄过去的小姑娘。

但出走容易，冷暴力一旦开始，简冰就有点不好收场了。

而且，东西还没全搬回来呢！

简冰在宿舍龟缩了两天，始终没能等到陈辞的道歉。她越等越火大，最后还是托杨帆帮忙，去陈辞家搬自己留在那儿的行李。

杨帆目瞪口呆，惊叫：“不是，你行李怎么会在他家？”

“嘘，你小声点。”简冰轻声道，“我就是借住了几天而已。”

借住？

还几天？

青春少男的伦理观受到极大的冲击：“你爸爸知道吗？你们教练知道吗？你室友知道吗？你……”

“我只告诉了你一个，”简冰斩钉截铁地打断了他的废话，“只有天知地知，他知我知你知。”

“你、你为什么要告诉我？”杨帆颤抖道。

“我信任你呀，”简冰踮起脚，拍拍他肩膀，“谁叫你是我哥嘛。”

“我……”杨帆欲哭无泪，怎么感觉这么坑呢?!

背负着干妹妹的信任，杨帆骑着他从门卫大爷那儿借来的小电驴，没头苍蝇一样在校门口徘徊。

去，还是不去?

这是个非常非常严重的问题!

他一个单身了近二十年的纯情处男，实在分析不了那么复杂的男女关系，犹豫来犹豫去，到底还是拨通了手机里肖依梦的那个号码。

“喂、喂……”

自从那次意外载了崴脚的肖依梦一次之后，他便得以幸运地加上了肖女神的好友。

虽然几乎从没私下联系过，偶尔对方发个动态，他也留过言点过赞。

更不要说，肖女神还曾亲临他朋友圈，点过一次小爱心……

“喂什么呀？有什么事儿？”肖依梦在电话那头有点不耐烦。

杨帆干咳了一声：“我、我是杨帆。”

“我知道，”肖依梦飞快地打断他，“我问你什么事儿！”

“我知道”三个字，犹如投进油锅的带水蔬菜，炸得杨帆眼前礼花翻飞，好半天才找回舌头，“那个、那个……你谈过恋爱不？”

电话那头沉默了。

杨帆口干舌燥地等了好一会儿，才想到对方可能会错意了，赶紧解释：“别、别误会……我不是那个意思，我是……”

“那你是哪个意思？”肖依梦咄咄逼人道。

“我……”杨帆觉得自己简直要窒息了，结结巴巴道，“我就是……有个问题……想要请教请教你。”

肖依梦再一次沉默，但也没挂断电话。

杨帆生怕她再误会，赶紧倒豆子一般，把简冰的请求和她说了一遍。

“你说这个小情侣之间的事儿，我一个外人，掺和进去是不是不大合适？”

他字斟句酌地描述，生怕再说错一个字。

电话那头的肖依梦，却完全被陈辞和简冰同居这个爆炸性新闻给轰得脑子都蒙了。

她瞥了不远处的容诗卉一眼，悄无声息地走到门外，压低声音问：

“你说的都是真的？”

“当然是真的！”杨帆诚信受到质疑，立刻愤怒了，“谁拿这个骗人？你可别四处宣扬，我答应了替她保密的！”

说完，他又觉得自己态度似乎差了点，放软语气道：“我也没啥谈恋爱的经验……就……想跟你请教请教。”

我也没经验好吗?!

肖依梦回头看了眼房门，转了转眼珠子：“请教不敢当……我反正也闲着，陪你去一趟，倒也不是不可以。”

这一下，轮到杨帆震惊了：“你在B市？”

“不行吗？”肖依梦不满道，“你们B市很金贵，我还不能来了？”

“能来，能来。”杨帆也说不好自己是个什么心情，一时间口干舌燥，甚至想要找面镜子照一照自己今天的样子。

头发乱不乱？

衣服和鞋子搭不搭？

电驴配色这么土，换成单车是不是更有朝气……

待到肖依梦挂了电话，他飞也似的停好电驴，直奔男宿舍换衣服。

肖依梦确确实实是在B市的，她早知道容诗卉被简冰“抢”了前搭档的事儿。

这一回知道了这么大的秘密，也没忍心告诉好姐妹，直接就怀着棒打鸳鸯的主意，赶来和杨帆会合了。

可怜单纯如杨帆，哪儿得到过美女亲自上门指教的待遇。

他急匆匆换好衣服，又认认真真擦了后座，还专门多借了只女士头盔，这才一阵风似的刮回到校门口。

刚入秋的天气，肖依梦穿了件酷酷的过膝套头衫，背着个挂了毛绒吊坠的小背包，踩着油光发亮的马丁靴，时髦而可爱。

杨帆一见她脸就红了，憋半天才说了句：“你今天真好看。”

“那我昨天就不好看？前天也丑得不行了？”肖依梦声音软软的，开口说出的话却有点无理取闹。

杨帆又结巴了：“我、我不是这个意思……”

“好了，不和你开玩笑了。”肖依梦脚步声响亮，“他家住哪儿？”

“谁？”

“还能有谁，”肖依梦道，“当然是陈辞。”

“他住……”杨帆又犹豫了，“咱们真去啊？”

“当然要去！”肖依梦道，“人家这么信任你，你却……你不去，她怎么办？难道真跟渣男绑定一辈子？人家结了婚，还能离婚呢。”

渣、渣男?!

肖依梦那果断的样子，搞得杨帆有些手足无措。

他虽然没吃过猪肉，但也是见过猪跑的：“可万一……书上不都说，你们女孩……口是心非……”

“我是女的，还你是女的？”肖依梦说得自己也有点心虚起来，赶紧提高嗓门，“我就问你，简冰是不是你朋友，她的忙你帮不帮吧？”

朋友的忙，当然是要帮的！

杨帆被她这么激，立刻还是骑上了电驴，载着肖依梦，“突突突突”，往陈辞家开去。

身后不时传来女孩身上的清香，熏得他脑袋昏昏沉沉的，上下坡时，就颠了好几下。

肖依梦吓得大叫，不由自主地张臂箍住他腰部。

杨帆整个人都僵直了，骑得更快，没几分钟就到目的地了。

两人停好电驴，你看我，我看你，都有些忐忑。

最后还是杨帆凭着想要在漂亮女孩面前逞英雄的那腔孤勇，勇敢地上前按下门铃。

“叮铃叮铃”几声铃响之后，屋门便被拉开。

陈辞披着浴袍，顶着满头的水珠走了出来。

见到杨帆，他的表情明显一愣，再往后一看，肖依梦居然也在。

“你们……”陈辞是真看不懂这个组合了。

“咳！”杨帆挤出笑容，“小陈哥，洗澡呢。”

陈辞：“……”

“那个，”杨帆差点咬到自己舌头，“那个冰冰啊，托我……我们来拿她的行李。”

肖依梦也赶紧往前站了站，以示自己也是“我们”的一员。

陈辞的脸色，果然立刻就阴沉了不少。

但他这人吧，就是不高兴，也挺给人面子的。

他说了声“稍等”，关上门进去了，过了好半天，果然穿好T恤、运动裤，回来开门了。

杨帆和肖依梦千恩万谢地进了门，对着这个完全陌生的环境，一脸震惊。

这是个loft公寓啊！

一共就一个卧室，一个卫生间！

他们这孤男寡女的，果然就是住在一起，未婚同居！

杨帆又是嫉妒又是羡慕，还有点对陈辞的小埋怨——不负责任啊，占了人女孩便宜，人离开了也不去追，居然还有空在家洗头洗澡。

肖依梦那思维可就简单多了：这俩住一起过，就住一起过呗。

反正现在都要分手了，把女方东西彻底搬走，她就算撤出小陈哥哥的世界了。

她好姐妹的希望，就在前方！

两人各怀心思，一起上楼，找到简冰的香槟色行李箱、装了杂物的大帆布包。

一人拉箱子，一人拎包，大摇大摆打算往楼下走。

陈辞站在楼梯口，面无表情地看着他们。

肖依梦往边前走了步，干笑："陈帅哥，劳驾让一让呀。"

她身后的杨帆，却猛然发现箱子重量不对——简冰交代的行礼里，可包含了不少书。

这么轻……

他不放心地蹲下打开，里面果然空空如也！

"她的东西呢？"杨帆诧异地看向陈辞。

陈辞手插着兜，淡然道："这几天天气不错，我就把衣柜清理了下，她的衣服也一起洗了，晒干了都在衣柜里。"

杨帆于是去开衣柜，肖依梦也立刻跟了上去。

一拉开柜子，这对纯情男女都有些脸红——这特么男女混放的啊！

肖依梦还在发愣，杨帆已经直接动手了。

三下五除二，抓起疑似女生的物品就往箱子里，连陈辞的围巾、帽子、短裤都没放过。

陈辞欲言又止，他虽然反感杨帆那只"咸猪手"毫不忌讳地抓着小女友的内外衣服一样一样往箱子里塞。但把自己的东西搬去简冰那儿，他倒是不介意的。

有借有还，纠缠不清，正是情侣吵架的真谛。

肖依梦在一边看着，越看越不对劲——这个沙滩裤，一看就是男款啊！

她眼疾手快地拦住，脸红红地表示："男、男款！"

杨帆愣住，仔细一分辨，果然拿错了。

他再往箱子里一看，似乎还有不少拿错的。

他再想要弯腰纠错，就被陈辞给拦住了。

“差不多就这些了。”陈辞盖上箱子盖，抽回杨帆手里的那条沙滩裤，随手往床上一放。

杨帆瞪眼：“我好像还有拿错的吧？”

陈辞笑笑：“她有时候也穿我的衣服。”

说者无心，听者有意。

肖依梦和杨帆两条单身狗被刺激得不轻，嘴巴张得几乎可以塞下鸡蛋。

衣服……都开始混穿了啊！

恋爱中的男人和女人，果然花样都很多，胆子都很大！

这难道就是传说中的，换装play?！

陈辞可不知道他们都在想些什么，他严严实实地拉上衣柜门，云淡风轻地表示：“都在这儿了，要还有漏下的，让她自己再过来看看吧。”

不知是不是他的错觉，总觉得陈辞那句“再过来看看”饱含深意。

但杨帆也实在挑不出错来，答应了一声，拖着行李下楼。

出了门，肖依梦就在那儿抱怨：“你们男人……全部都很色！”

杨帆诧异：“你骂他就骂他，干吗带上我？”

“你也一样！”肖依梦气鼓鼓的。

杨帆丈二和尚摸不着头脑，把箱子往电驴前面一放，不大利索地发动车子。

肖依梦嘟囔：“你刚才干吗主动去拿那些……那些女孩贴身的衣服？”

杨帆“啊”了一声，脸慢慢涨红：“我……我就想快点走……”

“喊，”肖依梦明显不信，“你分明是恋物癖，想要占你干妹妹便宜——”她停顿了下，又道，“什么干姐姐干妹妹，没亲戚还硬要攀，居心不良……”

她嘀嘀咕咕地说了不停，杨帆越听越惊奇，一直到车子到了Z大门口，才小心翼翼地道：“你……你那么介意的话，我以后都不这样了。”

肖依梦的抱怨戛然而止。

杨帆自觉得到了鼓励，更加认真地承诺：“我以后一定和其他女孩，保持距离，文、文明交友。”

肖依梦没嘲笑他，也没鼓励他，只“砰”地跳下车，将帆布包往他怀里一塞：“东西也帮你要回来了，我走了！”

杨帆有些失落地“哦”了一声。

待得女孩彻底消失在街道拐角，手机“叮”地响了一声。

杨帆掏出手机，上面赫然是一条新消息。

“我下个月11号还要来B市，到时候请我吃饭吧。”

杨帆怔忪半晌，笑容一点一点自嘴角溢出，整个人都飘了起来。

女神主动约了下次见面!

他满脸含笑地把电驴还给了门卫大爷，又晃悠悠地拖着行李站到了女生宿舍楼下，再一脸慈爱地看着简冰由远而近。

“你捡到钱了，笑这么开心？”简冰狐疑地问。

杨帆摇摇头，脸上笑意更深，简直要满溢出来。

简冰看了直摇头，蹲下去检查行李：“咦，你拿错了呀，这些都不是我的东西！”

杨帆仍在梦里，开开心心地和她复述陈辞的话：“我也不知哪些是你的，瞎拿一通，陈辞说有问题的话，让你自己去找他。”

简冰：“……”

番外五：
火炬木与候鸟

冰河解冻的时候，温暖最先来自于冰面下方的水流。

汩汩而行，悄声细语。

舒雪的苏醒，也是从最简单的趋声反应开始的。

孟彬远是简欣之外，离得最近的人，看得自然也最清楚。

他说上一句话，发出一点儿笑声，那个安静的女孩便如趋光的太阳花一样，缓慢地转过头。

偶尔，还会露出一点浅淡的笑容。

那笑容并不能算机灵，也并不算自然，甚至有点僵硬和怪异。

但看在他眼里，生动如六月的睡莲。

古人说菩萨是满月为面，青莲在眸。

15岁的舒雪，在他看来，也如菩萨一样漂亮而高远。

他是一个普通人，哪怕考上冰雪分校，哪怕当上了运动员。

直至退役，他始终也没能在这一行做出什么大名堂来。

而舒雪不同，她自幼儿组时期就亮得发光，老师教动作找示范，都喜欢找她。

和陈辞一起滑双人项目之后，她更是如鱼得水，耀眼非常。

理所当然地，他们开始愈走愈远。

小胖妞简冰不懂的很多道理，他孟彬远懂。

世上无不散之宴席，想要和星星同行，稍微慢上一步，就可能差之千里了。

他渐渐退出了他们的小圈子，回归到普通朋友的行列，逢年过节送个祝福和问候，谨守着君子之交淡如水的原则。

然而，世事如棋，太阳虽然日日升起，气候却变幻交替。

舒雪出事的那场比赛，他不曾去现场，甚至没能看到直播。

他是在近邻傍晚的时候，才在手机新闻上看到的消息。

画面已然做了处理，只冰面上殷红的血迹和一闪即逝的担架暗示着情况的危急。

孟彬远赶到医院时，舒雪已经进了急救室，冰冷的墙面隔绝了一切，只一双双通红的眼睛似曾相识。

再后来，因为拥上来的记者和冰迷太多，医院工作人员和保安开始清人。

他挤在人群里，随着人流身不由己地往外退去。

他想说我们是体校的同学，想说我们是曾经的好友……看到她悲恸的家人，言语被堵死在喉咙里，一个字也发不出来。

他在医院外等了一个多星期，等来了病人悄悄转院的消息。

既然是转院，好歹应该是情况稳定了吧?

孟彬远回家痛痛快快洗了个澡，回俱乐部销假，安安心心上了一个月班。

终于打听到舒雪回老家的消息之后，他趁着假期，不远千里飞了过去。

让他料想不到的是，媒体的谣言居然真的猜中了一半。

舒雪确实回来了，但这个舒雪，已然不是他们所认识的那个星星一样夺目的天才花滑少女了。

她躺在病床上，深陷白色被褥之中，像窗外落光了叶子的火炬木一样安静。

即便火炬木，也有萌发和枯败的季节。盛夏叶片葱翠，到了深秋，却绯红如血。

而她，如在时光中凝固一般毫无反应。

在她绝望的家人面前，孟彬远甚至不好意思表露自己的伤心和怜悯。

他安排了固定的假期去探望，带上一些水果和书籍，尽量让自己的态度显得平和而稳重。

他给她念自己喜欢的书籍，给她母亲带家乡的特产，给她妹妹带可爱的洋娃娃……

虽然，简欣对食物完全提不起兴致，小简冰更是极少玩他带来的那些娃娃。

但渐渐地，简欣开始习惯了他的到来，甚至开始和他分享舒雪的各种治疗方案。简冰越长越大，放在床头的那些娃娃，也一直整整齐齐，犹如待检阅的哨兵。

一切的伤痛，在漫长的时间面前，逐渐被磨去棱角，显露出玉石一般坚硬而又光润的质地。

他仿佛也成为这个家的一分子，一起为小简冰的升学而高兴，对舒雪的新治疗方案满怀期待……

舒雪恢复趋声反应的那段时间，也正是简冰开始在花滑圈崭露头角，和母亲矛盾激烈的时候。

孟彬远不无欣慰，又满怀忧虑。

他没理由阻止，也安慰不了一个已经失去了半个女儿的哀怨母亲。

他只能更加殷勤地来探望病床上的舒雪——幸而，她是真的一天天在变好。

有时候和她说上一会儿话，他还能感觉到她嘴角缓慢地扬起，露出个不大明显的笑容。

简冰的妥协和陪伴，似乎让简欣的情绪得到了平复。孟彬远不止一次看到简欣找出舒雪当年的比赛照片，细细翻阅。

她甚至开始对小女儿去冰场训练的事情，睁只眼闭只眼。

有时，他们一起推着舒雪散步，也会提起一两句关于花样滑冰的话题。

阳光下，舒雪苍白的脸显得有些憔悴。

她听得那么专注，偶尔仰头看向他们，神情单纯得像个未到学龄的孩子。

简冰和舒雪的相处，则显得轻松多了。

她有时候甚至还会开视频，让舒雪和自己凑在手机镜头前摆表情。

孟彬远不止一次听到她对着手机喊了“陈辞”的名字，那个和舒雪一样耀眼的男孩。

他站在门口，没好意思进去打扰，甚至觉得一直表情呆滞的舒雪，眼神里也多了一些光亮。

舒雪人生最辉煌的经历，都是和那个男孩一起的。

或许，那才是她最在乎，也最印象深刻的人。

孟彬远依旧兢兢业业地做着一个“家人”的角色，他有时候甚至会想，自己为什么对这个女孩这样执着地放不开。

因为好胜心?

因为自惭形秽?

还是单纯地，因为那场悸动来自于青春懵懂时期?

他分析不了，也已经习惯了这个守望者的角色。

他的假期行程多年固定不变，由北向南，再由南向北，候鸟一样守时。

冬去春来，又是一年东风至。

小区里的燕子渐渐多了起来，舒雪脖子上的围巾也终于摘了。

她开始能慢慢地自己拄着拐杖走上一两步，高兴的时候笑眯了眼睛，不高兴时闭着眼睛靠着墙，活脱脱就是个孩子。

但这个孩子，又和真正什么都不懂的孩子完全不同。

简冰和陈辞回来的时候，她能不转眼珠子地看着他们。

偶尔有人提起冰场，提起花滑，她眼神里的兴奋、期许和羡慕，让孟彬远都不忍多看。

——如果没有那场意外，她才是那道优雅靓丽的风景。

常年的卧床，几乎完全摧毁了她的身体机能。

各种理疗康复也只是辅助，这个小个子女孩的忍耐力让康复中心的工作人员都觉得吃惊。

孟彬远隐约猜到了她的梦想，却没敢问出口。

他还记得她在热闹的大街上，张扬地说着：

“你们没听过火炬木的花语？于巨变中重生！这种树特别顽强，哪怕整个树干都被砍伐殆尽，只要还残留着一点根蘖，它就能繁衍出无数的小树，密密麻麻火焰一样烧遍整片山脉！”

而她，虽然在巅峰时陨落，沉寂多年。毕竟还活着，甚至还开始苏醒——太阳虽然落下了，明月依旧当空。

美梦，当然还可以继续做下去。

但这期望，毕竟还遥远。

孟彬远听着简冰给舒雪描绘的美好未来，看着她和陈辞推着轮椅带她上野冰，两手插着兜，像局外人一样冷静。

直到有一天，舒雪突然问：“阿远，你不希望我早点康复吗？”

孟彬远愣了好一会儿，才耐心解释道：“我只是希望你平安健康，一步一步来，不要让阿姨担心。”

舒雪看着他：“那你呢？”

“什么？”他有些愕然。

“你为什么希望我平安？”

“我……”他一时有些失语，抓了抓头发，又在原地走了个圈，怎么也鼓不起勇气，把那已经快变成亲情的爱意说出口。

“我那时候不会说话，却特别喜欢听你讲的那些故事。”舒雪推着轮椅往前了一点，几乎可以算是逼近了，“你那时候可比现在勇敢多了。”

孟彬远咽了下口水，艰难地问：“你都还记得？”

“记得。”舒雪仰起头，目光灼灼地看他：“我记得你说自己有多嫉妒我，有多喜欢我，有多……”

她停了下来，等到他的脸颊整个涨红了，才继续道：“记得你说只要我醒过来，哪怕我一辈子瘫痪，也愿意娶我。”

窗外不知何时下起了淅淅沥沥的小雨，细密如网，绵长若丝。

偶有水珠飞溅到玻璃上，缓慢地汇聚成流，蜿蜒而下。

舒雪等了半天，干脆连手臂也张开了：“男人说话，可是要算数的。”

孟彬远凝望着那个敞开的，属于他深爱的女孩的怀抱，那种嫉妒的感觉又一次冒了出来。

“这种话，应该我来说才对。”

“很重要吗？”

他无奈地弯下腰，轻轻地揽住她：“不重要。”

舒雪那看似柔弱的手臂，立刻八爪鱼一样攀附上来，紧紧地回抱住他。

候鸟随季节迁徙，火炬木逐土而生。

谁也料想不到，他这只候鸟，飞着飞着，居然就在温暖的南方一留数年，成了彻彻底底的留鸟。

更没人猜到，那个南方小城被辗转着卖来卖去的小冰场，最终又一次回到了最初的主人手里。

而那个年轻的舒姓女教练员，神采飞扬，眼神比火炬树秋天的叶子还要明亮。

这是属于一棵名叫“舒雪”的火炬树的故事。

王者归来，荣耀不再。

但哪怕无法再在悬崖之上生根，她也要在坡谷上尽情生长，肆意绽放。